爱弥儿

上册

[法]让-雅克·卢梭 —— 著

文霈 —— 译

中国华侨出版社

北京

图书在版编目（CIP）数据

爱弥儿：全 2 册／（法）让－雅克·卢梭著；文霈译.
—北京：中国华侨出版社，2020. 8
ISBN 978-7-5113-8261-0

Ⅰ.①爱… Ⅱ.①让… ②文… Ⅲ.①长篇小说一法
国一近代 Ⅳ.①I565. 44

中国版本图书馆 CIP 数据核字（2020）第 125625 号

爱弥儿：全 2 册

著　　　者／［法］让－雅克·卢梭
译　　　者／文　霈
责任编辑／姜薇薇　桑梦娟
策　　　划／周耿茜
责任校对／刘　坤
封面设计／一个人·设计
经　　　销／新华书店
开　　　本／880 毫米×1230 毫米　1/32　印张/20　字数/518 千字
印　　　刷／三河市华润印刷有限公司
版　　　次／2020 年 8 月第 1 版　2020 年 8 月第 1 次印刷
书　　　号／ISBN 978-7-5113-8261-0
定　　　价／98. 00 元（全 2 册）

中国华侨出版社　北京市朝阳区西坝河东里 77 号楼底商 5 号　邮编：100028
法律顾问：陈鹰律师事务所
编辑部：（010）64443056　64443979
发行部：（010）64443051　传真：（010）64439708
网　　址：www. oveaschin. com
E - mail：oveaschin@ sina. com

译者序

　　本书的作者让－雅克·卢梭（Jean－Jacques Rousseua，1712 年 6 月 28 日—1778 年 7 月 2 日），是法国著名的哲学家、教育家、文学家和民主政论家，也是浪漫主义文学流派的开创者，更是欧洲启蒙运动的代表人物之一。主要的代表作品有《论人类不平等的起源和基础》《社会契约论》《爱弥儿》《忏悔录》《新爱洛伊丝》等。

　　卢梭的一生可以用"颠沛流离"来形容，他出生于日内瓦的一个贫苦家庭，很小的时候就开始靠打工谋生，干过学徒、仆役、私人秘书、乐谱抄写员……一路走来的成长过程，充满了艰辛和不易。1737 年，卢梭因一次化学实验而双眼受伤，之后，他便前往沙尔麦特村养病。在养病的这段时间里，卢梭一边享受乡村生活和爱情，一边钻研学问，认真阅读洛克、笛卡儿等人的哲学著作。1749 年，卢梭凭借"科学与艺术的进步是否有助敦化风俗"一文而闻名，之后便发表了一系列作品。

　　《爱弥儿》是卢梭于 1762 年创作出版的一本夹叙夹议的教育学著作。全书以富家孤儿爱弥儿为主人公，对男子教育和女子教育的改革进行了大胆的探讨，同时也批判了当时英国旧教育的荒谬腐朽，展现了卢梭本人所抱有的新教育的原则和理想。值得一提的是，这部作品在西方教育史上首次提出了新的儿童教育观，并掀起了一场"哥白尼式的革命"，朴素地反映了自然主义的教育思想，对后世的教育学家产生了很大影响。

　　本书分为五卷，上下两册，为了使两册篇幅基本一致，我们在排版过程中将第四卷《信仰的自白》以后部分划在下册。

　　通过阅读本书，您会重新认识卢梭，重新认识教育这一领域以及启蒙运动时期的教育特点，了解那个时代的人文理念和人文价值。

原 序

　　写这本书的初衷是为了愉悦一位擅长思考的温柔的母亲①，所以出现在这本书中的观点是毫无秩序可言的，而且几乎没有什么连续性。一开始，我只是想写一篇短文，可是我所论述的问题却要求我一直往下写，所以就让这篇论文越变越长，最后成了一本书。从内容的角度来说，这本书实在是太沉重了，然而从它所论述的事情本身来说，又显得微乎其微。我考虑了很长时间，要不要发表这本书，而且在写作时，我也时常认为，尽管我写过几本小册子，可对于著书还是不太懂的。我原想把这本书写得更好一些，可是努力了几次也没有看到什么效果，不过经历了这一过程以后，我觉得我应该就按现在的样子发表出来，以引起大家对这方面问题的关注。而且，哪怕我的观点不够吸引人，可是假如可以启迪他人，让其他人产生不错的观点，那我所付出的努力就是有价值的。一个几乎隐居于世的人，公开发表他的文章，既没有人给他唱赞歌，也没有人给他辩护，甚至不知道看到他的文章以后，别人会作何感

---

　　① 德·舍农索夫人。——译者注

想，会说些什么，那么，哪怕他的观点不对，他也不需要担心别人会毫不迟疑地对他的错误表示认可。

我不想说良好教育的重要性，也不想证明我们常用的教育方法的劣势，因为已经有许多人在我之前做了这项工作，我不想让我的这本书充斥着那些众所周知的事情。我只想说明：这种旧式的教育方法，很早以前就有反对的声音出现了，可是一直没有人准备提出一套更好的来。产生于我们这个时代的文学和科学，大部分都带有破坏性，鲜少带有建设性。人们总是以师长的语气提出质疑，却用另一种语气提出建议，可是，骄傲的哲学家是不太喜欢这种语气的。虽然有不少人著书立说是为了人类着想，可是在所有对人类有益的事业中，教育人这项首当其冲的事情却没有得到人们的关注。在洛克①的著作公开发表以后，从来没有人谈论过我所论述的这个问题，我担心我把这本书发表了以后，这个境况依然没有任何改变。

对于儿童，我们是全然不明白的，我们没有正确地看待他们，所以才会越走越偏。具有大智慧的人把精力都放在研究成年人应该知道什么上面，却没有考虑依据孩子们的能力，他们可以学到什么。他们在看待小孩子时，总是用大人的眼光，而从来不想想小孩子还没有成年。我对这种问题进行研究，宗旨就在于：哪怕我提出的是非常可笑的方法，从我的观点中，人们仍然可以收获些什么。可能我的观点存在错误，可是我相信，对于人们马上要予以解决的问题，我已经明确地提出来了。所以，现在就开始研究你们的学生吧，因为我可以非常肯定地说，你完全不了解他们。如果你在读这本书时是秉持这种观点，那么，我相信它一定会对你有用处。

在这里，人们用做法称呼的那个部分不是其他什么东西，而只是自然地进行而已，这里是读者最容易误入歧途的部分。我可以非常肯定地说，将来，你们一定也会在这个地方抨击

① 英国哲学家。——译者注

我，而且，可能这就是人们批评的对的地方。人们将来一定会觉得，他们并不是在读一篇教育论文，而只是在读一位空想家在教育方面的无限遐想。没办法，我要阐述的是我自己的思想，不是别人的思想。我的看法是完全不同于其他人的。一直以来，人们就非常诟病我这一点。我难道要采纳别人的观点，被别人的思想所影响吗？当然不。我只能表现得不太固执，不要觉得只有我才是明智的；可以对我提要求，不是让我改变观点，而是大胆对我的意见提出质疑。我只能做这些，而且我已经做了。假如有时候我的语气非常肯定，那也一定不是为了强行让读者接受我的观点，而是要告诉读者我的想法。就是因为我要准确地把我心中的想法说出来，所以我才用质疑的方式提出我非常肯定的事情。

在我自由地表达我的观点的时候，我当然知道我的意见不能作为权威，因此我总是顺便把我的理由说出来，好让别人去评价，并对我这个人进行评价。虽然我不愿意在我的观点方面一意孤行，可是我依然觉得应该把它们发表出来；虽然我的意见和别人的意见在这些原则上南辕北辙，可是它们绝对是一些非常必要的原则。我们必须要对这些原则的真伪加以了解，了解这些原则究竟会给人类带来福祉还是带来祸患。

人们反复告诉我："提出可操作性的办法。"一样的道理，人们也告诉我，要采取大家都采取的办法，或者，最不济也要把好办法和现在的坏办法相结合。这种想法在有些事情上是行不通的，甚至比我的想法还要糟糕，因为这样结合的话，好的就变成了坏的，而坏的还是坏的。我宁愿依照过去的办法，也不愿意只采取一半的好办法。因为这样才有可能减少人身上的矛盾，他不可能同时实现两个截然不同的目标。做父母的人啊，要采取的办法就是你们喜欢采用的办法。我应不应该把你们的这种想法表达出来呢？

不管什么计划，都要考虑两件事情：一是计划要完美无缺，二是实行起来要没有什么难度。

关于第一点，只要它所具有的好处和事物的性质相符，人们就会接受这个计划，并实行这个计划。在这里，我可以举例说明，我们所提出的教育方法，只要用在人的身上合适，而且和人的心相适应就可以了。

至于第二点，就取决于一些情况中的某些关系怎么样了。对事物来说，这些关系并不是必然的，所以不是不可缺少的，而且是可以变幻无穷的：在瑞士可以实行的某种教育，在法国却实行不了；这种教育对于有产阶级是适用的，而那种教育只对贵族适用。至于实行起来的难度如何，那就要取决于具体情况了；实行起来的结果如何，则要看那个方法是专门用在哪个国家、哪种情况了。可是，就我所论述的题目来说，所有这些不带有普遍性的问题都是无关紧要的，因此并不在我的计划范围内。假如别人愿意，可以对这方面的问题进行研究，所有人都可以对他心中想研究的国家或情况进行研究。而我只需要做到下面这一点就心满意足了。那就是，无论人们在哪里出生，都可以采用我所提出的办法，而且，只要能让他们成长为我想象的人，那就算对他们自己和别人都做了善事。假如我不能信守这个承诺，毫无疑问，那是我的问题。可是，假如我信守了这个承诺，人们就不应该再对我提出更多的要求了。因为我只是就这一点作出了承诺。

Contents
目　录

每件东西在造物主手里的时候都是好的，可是一旦到了人的手里，就会变恶。人总是强要一种土地产出另一种土地上的东西，强要一种树木结出另一种树木的果实。不管是时间、地点还是自然条件，他们都弄得十分混乱。不管是狗、马还是奴仆，都会受到他们的残害。他们会破坏和玷污任何东西。他们对于各种畸形和奇怪的东西都很偏爱，不喜欢让事物保持大自然赋予的原样，就连对人也不例外。他们觉得要把人像训练马一样训练，要像修剪园中的树木一样，按照自己的喜好来塑造人。

　　然而如果不这么做，情况可能会变得更糟。人类总是不愿意接受不完整的教育。如果一个人出生之后没有被人教养，那在今后，他可能根本就不像样。他的天性，会因为偏见、权威、需要、先例和压在我们身上的所有社会制度而被抹杀，而且这些东西不会为他的天性添加什么新的营养。他的天性就像一株偶然生长在大路边的树苗，被经过身边的行人不断触碰，变得东扭西歪，很快就死去了。

　　慈爱而有远见的母亲①，因为你最知道如何避开这条大路，以免这株正在成长的幼苗受到伤害，最知道如何让它免受人类舆论的冲击，因此，我恳求你：一定要好好培育这株幼苗，给它浇水，让它能够成长。终有一天，它会用果实来报答你的关心。你应该尽早在孩子的灵魂周围筑起一道高墙，也许别人能画出这道墙的范围，而你，就要给这个范围安上栅栏。

　　我们培育草木，使它长到一定的规模；我们教育人，让他拥有一定的才能。如果一个人高大强壮，可是在他学会使用自己的身材和力气之前，这两样东西对他没有任何好处，也许还会对他有害，因为别人会因为它们而产生不帮助这个人的念头。于是他形单影只，还不知道自己需要些什么，就会因匮乏而死。我们每个人都很同情婴儿的处境，可是我们并没有意识

------

　　① 一开始的教育太重要了，而且毫无疑问，这一开始的教育必须由妇女来负责：假如造物主让男子来负责这件事情，那他就会让男子拥有可以哺育小孩的乳汁。所以，你要多告诉妇女这些，原因是：不只是和男子相比，她们对这方面的问题更加关注；不只是和男子相比，她们在教育上产生的影响要大得多。而且教育的成功和她们之间的关系也最为密切，因为大部分寡妇的主导权都在她们自己的孩子身上，这些孩子会告诉她们，她们有没有运用正确的方法培养他们。和法律相关的问题基本上都与财产有关，极少和人有关，因为法律是为了维护和平，而不是培养道德，因此它不能带给母亲威信。可是相比父亲的地位，母亲的地位要牢固得多，而她们的责任也要大得多。全靠她们的操持，家庭才能和谐运转。通常情况下，她们都对孩子是充满疼爱的。有时候，一个儿子对他的父亲不够尊敬，通常是会得到原谅的，可是，假如有时候，一个孩子竟然丧失天性到了不尊重他的母亲的地步，不尊敬那个从小把他养大的人，不尊敬那个用乳汁喂养他的人，不尊敬那个多年以来不分白天黑夜照顾他的人，那么，人们就应该立刻像把一个没有资格见天日的怪物掐死一样，把这个可恶的人掐死。有人说，做母亲的太惯着她们的孩子，把他们都惯坏了。诚然，她们在这一点上没有做好。可是，相比你让孩子走上腐化堕落的道路，她们并没有犯多么严重的错误。做母亲的都希望孩子可以生活幸福，希望这种幸福他们现在就可以得到。在这一点上，她们是没错的。假如她们用错了方法，就应该告诉她们。对于孩子们来说，母亲的溺爱的危害远远比不上父亲的奢望、专制、错误以及他们的冷漠和大意。除此之外，我还要说明一点，对于"母亲"这个名词，我是如何定义的，在后面我会谈到。——原注

到，人类要不是从婴儿开始做起，也许早已灭亡了。

我们生下来就十分软弱，因此需要力量；我们生下来就一无所有，因此需要帮助；我们生下来就十分愚昧，因此需要判断力。因为有了教育，我们在长大后才有了出生时没有的东西。

我们接受的这种教育可能来自自然，可能来自人，也可能来自物。我们的才能和器官的内在发展都是自然教育的功劳；学会利用这种发展是人的功劳，也就是人的教育；我们能对影响我们的事物产生良好的经验，是事物的教育。

所以，我们每个人都是被三种教育培养起来的，因此就会产生这样一种差别：如果这三种不同的教育在一个人身上发生冲突，那他就无法接受好的教育，而且这种教育也无法符合他的心意；如果这三种教育能在他身上和谐相处，而且目的相同，他就能实现自己的目标，过有意义的生活。只有这样的学生才是真正受到了良好的教育。

在这三种不同的教育中，自然的教育完全不受我们的意愿的控制，事物的教育只是部分受我们的意愿的控制，只有人的教育才能完全由我们控制。不过我们也要知道，我们的控制在很大程度上只是假定的，因为谁都无法完全控制一个孩子周围所有人的言语和行为。

如果无法让这三种教育配合一致，就无法获得成功的整体教育。所以，如果把教育看成一种艺术，那它多半无法取得什么成就。但是，这三种教育的配合不受人的意志的控制。就算我们竭尽全力，也只能尽量靠近目标。而且，要达到这个目标，还需要命运的眷顾。

这个目标是什么？就是自然的目标，这是我们刚才已经论证过的。前面说过，要让这三种教育配合一致，那我们现在就面临着一个任务，就是要让其他两种教育配合我们无法控制的那种教育。也许"自然"这个词的意义过于模糊，所以我们需要在此明确它的定义。

有些人认为，自然只是一种习惯，不过这也许会让我们心生疑惑，因为早就存在这样一个观念：人出生的时候就有一些强制养成的习惯，也就是永远也不能消灭的天性。比如，一些被我们阻碍垂直生长的植物就有这种习性。虽然人们会强制一些自由生长的植物倾斜生长的方向，但是它们的汁液还是会按原来的方向流动，如果这种植物可以继续发育，它还能恢复直立生长。人所具有的习性也是这样。一个处于原来境地的人，还能保持由习惯产生的习性，就算我们觉得这些习性非常别扭。但是，如果环境发生改变，习惯也许就会消失，这个人又会恢复天性。说教育只是一种习惯也不无道理，然而还存在这样一个事实：有的人保持了自己受的教育，有的人却忘记了。这种差别从何而来？如果只用适合天性的习惯来定义自然这个名词，那我们也许就没有必要说这番多余的话了。

自从我们呱呱坠地，就有感觉的能力，还通过各种方式受到周围事物的影响。也许可以说：当感觉在我们的身上产生意识，我们就产生了追求或者逃避产生这些感觉的事物的欲望。一开始，我们只考虑这些事物是否让我们感到愉快，之后，我们会看它们是否适合我们，最后才会看它们是否符合理性赋予我们的幸福和美满的观念。这种倾向会随着我们的感觉的敏锐度和眼界的开阔度的增加而增加。不过，由于不同的人的观念不同，它们也会有所差异，因为我们的习惯在制约着它们。我所说的内在的自然，指的就是还没有产生这种变化之前的它们。

所以，这些原始的倾向决定了一切。如果我们所受的三种教育只是存在一些不同，还是可以的；但是，如果它们之间存在冲突，而且我们又是在为了别人而不是他自己的前提下培养一个人的时候，情况又是怎样呢？在这种情况下，就无法让三种教育配合一致了。所以，我们在教育一个人时，必须决定把他是教育成一个人还是一个公民，因为我们无法同时教育成这两种人。

如果一个很小的社会范围很窄，内部又很团结，就会和大的社会不相容。一个爱国的人，对外国人的态度会十分冷淡，因为他们觉得外国人只是纯粹意义上的人，跟他们没有任何关联①。这种缺陷虽然十分微小，却始终存在。他们最需要解决的问题，是怎么好好地跟和他们一起生活的人相处。就比如斯巴达人，他们在国外时充满野心，贪婪而不讲仁义，可是在国内，他们又会充满公正和和睦的精神。不要再相信那些世界主义者，因为在他们的著作中，他们只是想到遥远的地方，那里让他们可以不必履行周围那些他们不屑的义务。这些哲学家爱鞑靼人的原因，就是为了避免爱自己的邻居。

一个自然人完全可以为自己而生活，也只需将自己当成一个绝对的统一体，只跟他自己和他的同胞产生关系。而公民则不同，公民是一个依赖于分母的分数单位，他的价值取决于他和总体，也就是和社会的关系。所以，好的社会制度应该是这样的：它知道该怎么让人改变自己的天性，怎么避免让人以自我为中心，知道自己只是一个相对存在对象，将自己不再看成一个独立的人，而是共同体的一部分。一个罗马公民，即便不是盖尤斯或者卢休斯，也会深爱着自己的祖国。勒居鲁斯②就是一个很好的例子，他变成主人的财产后，就自称迦太基人；罗马元老院给他一个席位，但他拒绝接受，除非迦太基人给他下命令；别人想要挽救他的生命，他却对此十分愤慨，他达到目的后，就回去接受了酷刑，失去了生命。以从我们现代人的眼光来说，他这样做根本没有必要。

斯巴达人佩达雷特请求参加三百人会议，却遭到了拒绝，不过，他还是高兴地回去了，因为斯巴达有三百个比他强的

---

① 一样的道理，相比君主国之间的战争，共和国之间的战争要残酷得多。可是，虽然君王之间的战争没有那么惨烈，可是他们的和平才是更恐怖的：相比他们的臣民，做他们的敌人要好得多。——原注

② 古罗马将军，是一个非常守信的人。——译者注

人。我觉得这样的表现非常真诚，也有理由相信这一点。这样的人才是公民。

有一个斯巴达妇女，她的五个儿子都参了军，她焦急地等待着战事的消息。一个奴隶回来了，于是她胆战心惊地问他。奴隶说："你的五个儿子都死在了战场上。"她说："卑贱的奴隶，我问的不是这个！"奴隶才明白过来，说："我们胜利了！"于是这位母亲就跑到庙中向神灵致谢。这样的人才是公民。

如果一个人将自然的情感放在社会秩序中的第一位，那他是不会知道自己的需求的。如果一个人经常自相矛盾，在自己的倾向和应尽的本分之间游移不定，那他既不能成为一个人，也不能成为一个公民，他对自己和别人都没有用处。我们今天的人，今天的法国人、英国人和中产阶级的人，就是这样的人：他们起不到任何作用。

如果一个人心中有这样的想法却不说出来，坚持自己的主张并坚决执行，那他就无法有所建树，也无法成为一个有独立人格、有原则的人。我期望人们给我展示这样的奇迹，以知道他是一个人还是一个公民，或者是怎么做才能两者兼而有之。

这两个目的一定是对立的，由此产生了两种矛盾的教育制度：公众的和共同的，特殊的和家庭的。

如果你想知道什么是公众的教育，可以读一读柏拉图的《理想国》。有人会因为书名而觉得它是一本讲政治的书籍，但实际上，它是有史以来写得最好的教育论文。

人们普遍认为，柏拉图的制度代表的是幻想和不真实的东西。不过就我个人而言，我认为如果莱喀古士①只把他的那套制度写在纸上，而不付诸实践，他的制度更加行不通。柏拉图的目的只不过是净化人们的心灵，而莱喀古士却让人的天

① 传闻是公元前 9 世纪斯巴达的立法者。——译者注

性偏离了自然的轨道。

公共的机构已经不复存在，也无法存在，因为公民无法存在于没有国家的地方。"国家"和"公民"这样的词早就应该从现在的语言中删除。我很清楚这样做的理由，只是它与我阐述的问题无关，所以我不想谈它。

人们口中的学院①就是这样一种可笑的机构，不过，我不想将其当成一种公共的教育制度来进行研究。我也不准备将其当成世人的教育，因为这种教育想实现两个相反的目的，所以一个都达不到。这种制度实现的目的只有一个：培育出一些每天声称为了别人而活，实际上只考虑自己的伪君子。不过，几乎每个人都有这种表现，所以他们也骗不了人，只是在白费心机。

我们本身不断感受到的矛盾，就是由这些矛盾引起的。因为自然和人带着我们走了相反的道路，而这些不同的推力又不能完全相同，所以，我们做出了妥协。不过这种做法达到的效果并不理想，我们并没有达到这两个目的中的任何一个。在我们的一生中都充斥着这种斗争和犹豫，所以在生命结束的时候，我们还无法达到我们的意愿，也不能对自己和别人有所贡献。

现在要谈家庭教育和自然教育了。如果一个人只是为了自己而接受教育，那他对别人有什么意义呢？相反，如果一个人把所抱的两重目的结合为一个单独的目的，他就消除了通往幸福生活的一大障碍。要判断一个人，就要看他成人之后的表现，要了解他的倾向，观察他的发展，注意他走的是什么样的路。总之，要充分了解一个自然的人，才能评判他。我想，

---

① 在几个学校里，特别是在巴黎大学，我很喜欢其中几位教师，也很尊敬他们。我相信，要是他们不需要墨守成规的话，他们在教育青年方面还是很出色的。我鼓励其中一位老师把他所拟订的改革计划发表出来。当人们看到有药可救时，可能才会开始想办法对这种不良状况进行纠正。——原注

人们在读完这本书后，一定能在这个问题上获得一些启发。

那我们要做些什么样的工作，才能培养出这样一个不可多得的人呢？毫无疑问，这需要做很多的工作，但最重要的是，防止任何事情都不做。如果我们在逆风中行船，只需调整航向就可以；如果海面上巨浪滔天，而我们又想让船停在原地，就需抛锚。年轻的舵手啊，一定要小心，不要让你的缆绳松动，不要让你的船锚动摇，不要让船在你没有意识到的时候漂走。

每个人在社会秩序中都有自己的地位。所以，每个人都必须为了取得自己的地位而接受教育。如果一个人是按照他们命定的地位进行培养的，就无法再适应别的地位。要想让教育真正有用，必须让父母这一职业和命运一致。在其他情况下，只是因为教育给了学生偏见，就会伤害学生。在埃及，儿子必须要依从父亲的身份，因此教育至少还有一个确定的目的。可是反观我们，地位在不断改变，只有阶级还保持原来的样子。一个人在培养儿子去取得他的地位时，到底是不是在伤害他，还不得而知。

在自然秩序中，人人平等，他们天生的义务就是让自己获得人品。只要一个人能够在这方面接受好的教育，自然就会拥有和自己相称的品格。别人要我的学生做军人，做教士，或者做律师，我都不反对。在他从事其父母的职业之前，大自然就已经让他认识了人生。我要教授给他的技能就是生活。我承认，我教出的人既不是文官，也不是武人、教士。他首先是一个人。一个人知道了做人的要求后，才知道怎么做人。这样在紧要关头，他才能对每个人尽到做人的本分。这样，他的地位就不会随着命运发生改变。"命运，我早就对你心生防备，我已经掌握了你的支配权，也切断了你能够通往我身边的所有道路。"

我们真正要研究的东西，是人的地位。我认为，我们中那些能够容忍生活中的幸福和忧患的人，才是接受了最好的教育的人。因此可以说，真正的教育并不是停留在口头上，而是在于实行。我们从开始生活的那一刻，就已经开始了教育，教育是跟我们的生命一起开始的。我们的保姆就是我们的第一个教师。古人所说的"教育"这个词还有另外一个意思，就是"养育"，不过如今我们已经不用这个意思了。瓦罗①说："助产妇负责接生，乳母负责哺育，塾师负责启蒙，教师负责教导。"所以，教育、教训和教导是三件不同的事情，它们的目的也像保姆、塾师和教师的意义一样，各有不同。不过人们并不清楚这些区别，他们只知道，儿童要想受到良好的教育，不应该只跟从一个向导。

所以我们就要对问题展开最普遍的观察，将我们的学生看成抽象的人，看成时刻受到人生的偶然事件影响的人。当然，如果一个人出生后就固定在一个地方，一年四季也没有变化，安于现状，那现行的方法也是有可取之处的。一个儿童为了某种地位而接受教育，因为永远都不会离开这种地位，所以也不会遇到其他的地位带来的困难。但是，考虑到人生总是充满变数，考虑到我们整个一代人在这个世纪总是感觉精神动荡不安，也许我们应该这样想：把儿童当作永远不出房门、总是有人侍奉左右的人来培养，是不是荒谬至极？对于这样一个可怜的人来说，只要他在地上移动一步，或者走一步下坡路，他就面临着毁灭。我这么说不是要让他去承担这种痛苦，而是要让他了解这种痛苦。

人们只想着保护自己孩子的性命，这是不够的，还要教他这种技能：成年后怎么保护自己，承受得住命运的打击，轻视豪华和贫困，在必要的时候，能够在寒冷的冰岛或者马耳他岛滚烫的岩石上生活。如果你费尽心思只是想让他避免死亡，那只能是徒劳无功，他终究会死去。那时候，虽然你的操心并不是造成他死亡的原因，但你耗费的心思很可能会引起误解。所

---

① 古罗马学者，有《论农业》三卷流传于世。——译者注

以，问题的根本是教会他如何生活，而不是防止他死去。我们不应该把生活看成呼吸，活动才是生活。也就是说，我们必须要使用我们的器官，使用我们的感觉和才能，以及一切让我们感到我们的存在的各部分。活得最长的人并不是生活得最有意义的人，对生活最有感受的人才是。如果对生活缺乏感受，那活到百岁高龄才死亡，跟一出生就死亡也没什么区别。如果他到生命的最后一刻过的都是没有意义的生活，还不如在年轻的时候就走入坟墓。

盲从的偏见塑造出了我们的种种智慧。我们受到一些习惯的奴役、折磨和遏制。文明人生而为奴，死而为奴。自从他呱呱坠地，就被困在襁褓之中。他死后，又会被人钉进棺材。只要他还保持着人的样子，就无法摆脱制度的束缚。

听说有些助产妇会按摩新生婴儿的头，好让他的脑袋有一个更合适的形状，而人们也并不反对她们这么做。我想，也许是因为造人的上帝没有把我们的头做好，所以需要助产妇来帮助我们塑造头的形状，由哲学家来安排里面的内容。跟我们相比，加利比人倒更加幸运一些。"新生儿刚从娘胎里出来，刚刚享受活动和伸展肢体的自由，就被人们重新束缚起来。人们把他们包在襁褓里，按这样放在床上：头固定在一定位置，双腿伸直，手臂放在身旁，让他们睡着。此外，人们还会用各种衣服带子把他们捆住，让他们根本无法动弹。如果人们不把他们捆得呼吸困难，能够细心地让他们侧躺着，让他们吐掉嘴里的涎水，就算他们运气好。因为他们根本无法自由地侧过头来吐出涎水。"

新生儿需要活动和伸展他们的四肢，以摆脱由于长时间蜷缩造成的僵硬。可实际上，虽然人们让新生婴儿有了伸展四肢的能力，却没有让他们自由活动，甚至还会用头巾把他的头包裹住，好像害怕别人看到他有生命的样子。

如此一来，孩子身体内部的发育动力就在想让孩子运动时遭受了不可逾越的障碍。在这样的情况下，孩子会继续挣扎，直到耗尽体力，发育因此也被延缓。和在胞衣里相比，他扎着尿布的时候会十分局促、痛苦和拘束。如果一个孩子要面对这些，我认为他根本没有必要生出来。

人们束缚住孩子的手脚，让他们无法活动，感到十分拘束，得到的唯一结果就是阻碍血液和体液的流通，让孩子的体力和成长被妨碍，体质受到伤害。在那些不采用这种谨小慎微的方法的地方，每个人都长得十分壮硕，身材十分匀称；在那些用襁褓包裹孩子的地方，驼背的、跛足的、膝盖内弯的、患佝偻病的、患脊骨炎的，还有各种畸形的人都随处可见。人们害怕自由活动会让身体畸形，却让畸形难以避免；为了不让孩子成为残废，人们宁愿让他们关节僵硬。

我怀疑，这样残酷的束缚会对孩子们的脾气和性格造成影响。他们首先会感到痛苦，感到自己无法进行任何必要的活动，于是感到难过，程度甚至超过戴着手铐脚镣的犯人。他挣扎、愤怒和哭泣，却徒劳无功。你们说，哭是不是他们出生后发出的第一个声音？我认为是的。因为他们刚一落地，就被你们妨碍了活动。你们把锁链当成送给他们的第一份礼物，让苦刑成为他们受到的第一种礼遇。他们唯一的自由就是声音，因此用声音来表达自己的苦楚也是理所应当的。他们哭诉着："为什么要给我们施加这样的痛苦？"如果你们也被捆绑着，说不定比他们哭得还厉害。

这种荒谬的习惯的起源是什么？是一种和自然相悖的习惯。原本母亲的头等责任就是哺育婴儿，可是自从她们轻视这一点，这个责任就落到了雇来的保姆头上。这些保姆就会尽量轻松地履行这一责任，因为她们是在给别人的婴儿做母亲，而她们的做法并不符合婴儿的天性。一个没有任何束缚的婴儿需要经常看守，可是如果把他们包裹好，随便放到一个角落，就可以任由他们哭号了。只要保姆的不负责任不被发现，只要吃奶的孩子没有缺胳膊少腿，就算孩子不幸夭折，或者终生体弱多病，又有谁会在意呢？虽然孩子们的四肢健全，身体却受到损害。反观保姆，不管发生什么，她们都不用承担什么罪责。

那些美貌的母亲不用喂养婴儿，高兴地在城里享乐，根本不知道襁褓里的孩子在农村受到了怎样的对待。保姆们稍微繁忙一些，就会像对待一堆破衣服一样，将孩子搁置一旁。当保姆们从容地做自己的事情时，那些可怜的孩子一直被折磨着。我们也许会注意到：被这样对待的孩子，脸色都是青的，因为他们的胸部被捆得很紧，血液流通不畅，就会汇集到头部；人们觉得这个可怜的孩子非常安静，实际上是他已经没有力气哭泣了。我不知道一个孩子在这种情况下能活多久，但我怀疑不会很久。依我之见，这就是使用襁褓的最大好处之一。

也许有人会觉得，如果不限制婴儿的活动，他们就会采取一些不好的姿势，甚至会做一些有损他们四肢的正常发育的动作。但是我要说，这只是一种无端猜测，从未得到任何经验的证实。在一些比我们更加开明的民族，孩子在成长的过程中，四肢不会受到束缚，而且也很少会有受伤或者残疾的情况出现。因为他们不会让自己的动作猛烈到发生危险，一旦动作过于猛烈，痛苦就会马上警告他们改变这种动作。

有谁见过小猫小狗被包在襁褓里？又有谁见过它们因为缺乏这样的关心而遇到困难？诚然，婴儿比它们更重，也更为柔弱。他们几乎动弹不得，又怎么会伤害自己的身体呢？如果你让他们躺着，他们就会像乌龟一样，永远也无法翻身，在这种状态中死去。

妇女们不给自己的孩子喂奶也就算了，甚至还不想生孩子，这样做的结果不难想见。毫无疑问，母亲的职责非常沉重，所以她们想出了完全不用承担这一责任的方法：她们实行避孕，以避免重新怀孕，这样，繁殖人类的乐趣就被她们变成了对人类的摧残。这个习惯，以及其他各种导致人口减少的原因，已经预示了欧洲未来的命运。这块土地会因为自己产生的科学、艺术、哲学和道德而变得十分荒凉。因为无法从根本上改变居民的这种做法，所以将来这块土地上将会野兽遍布。

我曾经几次看到过一些年轻的妇女耍小把戏：假装愿意给孩子喂奶。她们知道，如果别人知道了她们这种荒谬的想法，一定会让她们改正。所以，她们巧妙地利用了她们的丈夫、医生，尤其是老太太。如果一个丈夫不反对妻子给孩子喂奶，就会丢面子，别人会觉得他是一个想要害死妻子的人。所以，谨慎的丈夫只好牺牲掉自己作为父亲对孩子的爱，以免生活起波澜。幸运的是，你们能在乡下找到比你们的妻子更能自制的妇女。要是你们的妻子把因此省下来的时间用在你们而不是别人身上，那你们就更幸运了！

毫无疑问，妇女们生来就有一种责任，可是，她们根本不看重这种责任，所以就争辩说，孩子吃她们的奶和吃别人的奶都是一样的。原本这个问题只有医生有权裁决，可是妇女们似乎已经按照自己的意愿解决了它①。在我看来，从避免让孩子从生育他们的母亲那里获得新的疾病的角度来说，不让他们吃那过于娇气的母亲的奶，而吃健康的保姆的奶更好一些。

可是，是否应该只从体质方面来看待这个问题？对于一个孩子来说，他对母亲的奶的需要是不是比对母亲的关怀的需要更为迫切？如果一个孩子的母亲不愿意给他吃奶，他完全可以从其他妇女甚至牲畜那里吃到奶。但是我们也得承认一点，她们不会像母亲那样关心孩子。一个不把奶给自己的孩子而给别人孩子吃的母亲，怎么会是一个称职的母亲？她又怎么能成为一个好保姆？她们也许可以变成好保姆，但这需要一个漫长的过程，需要用习惯来改变她们的天性。这样的话，对于那个得不到良好照顾的孩子来说，在保姆对他产生母爱之前，他

---

① 我总是认为，巴黎最有意思的一件怪事就是女人和医生结合在一起。医生就是因为仰仗了妇女才变得有名，而妇女就是因为仰仗了医生才无所顾忌。因此，我们可以推测出，一个巴黎的大夫得具备什么样的才能才能成为有名的医生。——原注

已经死了无数次了。

请保姆喂奶，本身就能产生一种坏处，每个明智的妇女在看到这种坏处后，都不敢将自己的孩子交给别人喂养。这种坏处是：她把母亲的权利分享给了别人，或者更确切地说是让给了别人。她要眼睁睁地看着孩子在爱她的同时，也爱另一个妇女，甚至对另一个妇女的爱更深切一些。这样一来，她从孩子那里感受到的爱只是礼节性的，而保姆感受到的爱中含有责任。不难想见，对一个孩子来说，他从保姆那里感受到了母亲的苦心操劳，所以就会对她表现出一个儿子应有的感情。

为了消除这种害处，他们采取的做法是：让孩子轻视保姆，并把保姆当成仆人。保姆的喂奶期限结束之后，她们就把孩子要回来，或者辞掉保姆。如果保姆回来探望自己哺育过的孩子，她们就会爱理不理，让保姆断了来看孩子的念头。几年后，孩子见不到保姆，就不再认得她。这位母亲之所以这样做，就是想取代保姆的位置，以为这种冷酷无情的做法就能弥补自己的过失，实际上她打错了算盘。她不但无法让这个天性已经改变的孩子恢复孝顺，反而会让他薄情寡义。就像母亲看不起保姆一样，他以后也会看不起自己的亲生母亲。

因为这关系到很多你没有想过的事情，本来我是想继续详细论述的，可是反复地谈一些有害处的问题毕竟无法让人打起精神。如果你想让每个人都承担起自己最重要的责任，就要先从那些母亲入手，让她们负起自己的责任。这样一来，你会对你造成的影响感到震惊。母亲不愿意承担自己的责任是最严重的堕落行为，也造成了一系列恶果：道德秩序发生改变；大家的天性泯灭；家里失去了生气；丈夫不再迷恋一个新家庭的动人情景，外人也不再那么尊重他；大家都看不到孩子，所以也不会尊重母亲；住在家里变成一种煎熬，就连习惯都无法弥补已经疏远的血缘关系；父不父，母不母，子不子，兄不兄，妹不妹，大家都变得十分陌生，根本无法建立起亲密的感情。每个人只顾自己。当家庭失去了温馨，就只能去别的地方寻找快乐。

如果每个母亲都能细心呵护自己的孩子，亲自给孩子喂奶，这种风气马上就会发生改变，每个人心中都会燃起自然的情感，国家的人口又会兴旺起来。这一点尤为重要，只要做到这一点，一切都会变得十分和谐。想要抵抗坏风气的毒害，家庭生活是最好的药剂。原本人们不喜欢孩子们吵闹，如今却觉得很有趣；父亲和母亲的亲密关系也会更近一层，都意识到不能离开彼此。当家庭充满了温馨，妇女们操持家务的工作就变得更可贵，丈夫也会因此感到十分甜蜜。所以，只要消灭了这个恶习，其他的恶习自然就能解决，一切都可以恢复常态。只要妇女们能够承担起做母亲的责任，那男人们就能承担起做父亲和做丈夫的责任。

其实根本没有必要说这些话。一个人既然已经厌烦了世间的快乐，自然不会感受到家庭的快乐。不管是现在还是将来，妇女们都不会也不愿承担母亲的职责。就算以后她们再想承担这种职责，也是有心无力。现在，母亲不亲自哺乳的风气已经确立，每一个哺乳的女人，都会被周围的妇女反对，她要和这种反对进行斗争。那些妇女不但反对，也不愿意学习这种榜样。

但是，也有一些天性善良的妇女敢于抵抗这种趋势，也不认可其他妇女的呼声。她们以惊人的勇气完成了大自然赋予她们的美好使命，这种妇女能够获得很多好处，所以我希望这样的妇女能够越来越多。根据最简单的道理得出的结论，以及我从未见过任何人予以反驳的事实，我可以向这些可敬的母亲承诺：她们的丈夫会坚贞地爱着她们；她们的孩子会真诚地孝顺她们；人人都会尊敬她们；她们会顺利分娩，不会有任何痛苦和不良反应；她们会身体健康，精力旺盛。我还保证她们有一天会看到女儿效仿她们的做法，其他的丈夫也让妻子以她们为典范。

如果母亲不称职，那孩子们也好不到哪去。母亲和孩子之

间的义务是相互的，如果其中一方不好好履行自己的义务，那
对方也不太可能好好履行自己的义务。要让孩子爱自己的母
亲，首先要让他知道自己应该爱自己的母亲。如果血肉之情缺
乏习惯和母爱的滋养，在最初的几年中，它就会消失。甚至可
以说，孩子的心还没出生就已经枯萎。如果出现这种情况，可
以说我们开始的几项工作就脱离了自然。

但是还有一种情况，就是妇女从另一种相反的途径脱离
自然：她不是不给孩子关心，而是过于关心。这时候，她把孩
子视为自己的偶像。她的本意是让孩子免于柔弱，没想到孩子
却越来越柔弱。她不想让孩子遭受自然法则的侵袭，所以让他
远离各种痛苦，却没想到孩子一时因为她少受了一些折磨，将
来却要面临更多的灾难和危险。她也没有想到，这种谨慎的做
法如此残酷，让小时候的柔弱一直延续，导致孩子长大后无法
承受各种劳苦。有这样一则寓言，是太提斯①为了让儿子刀枪
不入，就把他浸泡在冥河水中。这是一个非常好的寓言，寓意
也十分清楚。但是我所说的残酷的母亲又采取了怎样的做法
呢？她们无视会给孩子带来的苦难，让孩子生活在温柔和舒适
中，打开他们身上的毛孔，让各种疾病侵袭他们，所以他们长
大后会经常生病。

遵循自然，沿着它给你描绘出的道路前进。其实，它只是
在不断地锻炼孩子，通过各种考验来磨砺孩子们的性情，它让
孩子们从婴儿时期就开始面临各种烦恼和痛苦：出牙的时候
发烧，肠腹疼痛的时候痉挛，剧烈咳嗽的时候呼吸困难，遭受
肠虫的折磨，血液被多血症②破坏。另外，因为孩子们的血液
中有各种细菌发酵，还可能有危险的斑疹发作。他们的婴儿时
期几乎都是在这种烦恼和痛苦中度过的，所以有一半的孩子

---

① 海洋女神。——译者注
② 多血症，又名红细胞增多症，成年人患此病的概率高于儿童。——译
者注

还不到八岁就夭折了。孩子们顺利地通过了这些考验后，就获得了力量。这样等他们有能力运用自己的生命时，就有了坚实的生命基础。

这就是自然的法则，我们要做的就是遵循它。如果你想改变这个法则，只会毁掉孩子，让孩子无法顺利地从这一法则里获得关心和照料。你要明白，虽然你可能觉得孩子在室外接受自然的锻炼充满了危险，但实际上，这是在分散和减少危险。生活给我们的教训是，相比其他孩子，那些娇生惯养的孩子更容易失去生命。只要我们让他们做力所能及的事情，跟爱惜他们的体力相比，让他们使用自己的体力会更好。因此，我们要训练他们，让他们将来遇到挫折时能够承受得起。磨炼他们的体格吧，让他们在残酷的季节、气候和风雨中，可以应对饥渴和疲劳。只要他们身体的习惯还没有养成，你完全可以按照你的喜好来培养他们；但是，一旦他们有了牢固的习惯，任何改变对他们都有很大的危险性。一开始，孩子们的性情柔和而又容易改变，所以他们可以承受大人无法承受的变化。因此，我们无须花费很大的力气就能把他们培养成我们心中的类型；但是成年人性情比较固执，如果不使用暴力，就很难改变他们的个性。因此，就算有危险，我们也可以在不危害孩子的生命和健康的情况下，把他们培养得十分强壮。因为人生既然难免遇到危险，那最好在危险还不够大的时候熟悉一下。

孩子的价值随着年龄的增长而增长。这种价值不但包括他个人的价值，还包括别人为了照顾他而投入的精力，以及他失去生命时我们产生的感伤。所以，我们一方面要百般保护他，一方面要为他的将来打算。如果在他能够利用生命的年岁之前，使他的生命的价值不断增加，那让他在童年时少受痛苦，却在有理智的时候多受痛苦，就是一个非常愚蠢的方法。把这个称为教育，实在是太过牵强，因此，要让他抵抗青年时期的灾祸，就要在还没遭遇这些的时候让他拥有防御的能力。

一个人的一生总是伴随着痛苦，对他的操心照料本身就和痛苦有着不可分割的联系。幸运的是，和其他更加残酷和悲哀的痛苦相比，他童年时候遭遇的只是身体上的痛苦，而且从数量上来说也远远比不上那些让人想要轻生的痛苦。一个患有痛风症的人不会想到自杀，只有那些内心痛苦绝望的人才会自杀。我们总是对儿童的命运充满同情，但是我认为我们自己的命运更加值得同情。我们所面临的更大的灾难都是我们自己造成的。

婴儿刚一出生就会啼哭，并在啼哭中渡过自己的婴儿时期。人们有时候会轻轻摇晃他，说几句表扬他的话，好把他哄好；有时候会吓唬他或者打他，以免他继续吵闹；有时候会顺着他的意愿做事，有时候会强迫他顺从我们的意愿；不是我们顺从他的那些奇怪的想法，就是我们让他顺从我们的那些奇怪的想法。总之，在他和我们之间，必须要有一个人听命于另一个，没有折中的办法。因此，他最先获得的观念就是权势和奴役。他在还没有说话的能力时就开始支配人，他在还没有行动的能力时就在服从人。有时候人们会惩罚他，可是他并不知道自己犯了什么错，或者更准确地说，他还没有犯错的能力。人们就是这样早早地给他幼小的心灵灌输这些情绪，到头来又说这都是天性；辛辛苦苦地把孩子教坏了，又说他本性如此。

如果一个孩子这样在妇女们手上度过六七年，就会成为她们和他自己乖僻任性的牺牲品；她们教给他一些这样的观念，也就是在他的脑子里填入一些他理解不了的语言和对他没有任何好处的事物。她们用自己培养的情绪抹杀掉他的天性之后，就把这个已经改变了天性的人交到一个教师手里，让教师来发展他已经成型的人为的病原，教授给他所有的知识，却不教他认识自己，不教他对自己的长处加以利用，不教他怎么生活，不教他怎么追求幸福。最终，这个孩子既是一个奴隶，又是一个暴君。他充满学问却缺乏理性，身体和心灵都十分脆弱。这个孩子进入社会之后，就会将自己的愚昧、骄傲和种种恶习展露无遗。这时候，大家会对人类的痛苦和邪恶感到悲哀。可是不要忘记，这个人是按照我们自己奇怪的想法培养出来的产物，自然的人并不是这样的。

所以，如果你想保持他的本来面目，唯一的办法就是从他刚出生时就保持他。他刚降生，你就要掌控住他，直到他成年。既然母亲是真正的保姆，那父亲就是真正的老师。当他们在对尽责任的次序和该怎么做的问题进行抉择时，希望他们能够把这二者好好结合起来。与其用才能去弥补热情，倒不如用热情去弥补才能。所以，和让最能干的教师来培养相比，让明白事理但心胸不太广阔的父亲来培养也许更好一些。

但是，做父亲的职责通常是最后考虑的①，人们优先考虑的是许多的事情、工作和职责。当然，这种情况的出现也是有道理的，对于一个父亲来说，既然他的妻子可以拒绝哺育他们爱情的果实，那他当然也可以拒绝培养自己的孩子。没有什么比家庭生活更美好的画面了，可是不要忘了，这幅画中只要少了一笔，整幅画都会毁掉。如果母亲的身体不好，不能哺育孩子的观点成立，那父亲因为事情缠身，不能教育孩子的观点也可以成立。孩子们离开家庭，住到了寄宿学校、教会女子学校或者公立学校，将家庭之爱灌注到了其他地方，或者说得更准确一些，将对谁都不爱的习惯带到了家里。于是，兄弟姐妹就成了陌生人。他们在一起的时候会感觉非常拘束，还会把对方当成外人，十分客气。只要父母之间缺乏亲密的感情，只要一

---

① 在普鲁塔克的著作中我们发现，鼎鼎大名的罗马监察官卡托，在他的儿子还很小的时候就亲自教导他。他是个非常认真的人，甚至认真到当保姆也就是孩子的母亲把孩子弄醒，给孩子洗澡时，他都会把所有事情都放下，到旁边观看。在苏埃东尼乌斯的著作中我们发现，占领世界并统治世界的奥古斯会亲自教他的几个孙子写字、游泳，以及一些基本常识，而且时常让他们和自己待在一起。当我们看到这些时，我们忍不住要笑话那时候的人们，他们竟然乐意做这样让人觉得很傻的事。他们受到了太多约束，对于我们这个时代的大人的大事，他们当然是不知情的。——原注

家人聚集在一起感到非常难熬，就轮到不良的道德来弥补这些空缺了。我想，应该没有人会蠢到看不出这些相互联系的关系。

对于一个父亲来说，生出孩子只是完成了任务的三分之一。为人类培育人，为社会培育合群的人，为国家培育合格的公民，都是他的义务。任何有能力承担这三种责任却拒绝承担的人，都是罪人。可是如果他只承担这三种责任中的一半，也许罪责更大。任何借口，比如贫困、工作或者人的尊敬，都不能用来免除亲自教养孩子的责任。各位读者，请一定要相信我的这番话。如果有哪个人对这么神圣的职责视而不见，那我几乎可以断言，他会为自己的错误痛哭流涕，而这些痛哭永远无法给他带来丝毫安慰。

一个富有而非常忙碌的父亲，说是不得已才放弃管教自己的孩子。他是用什么方法解决这个问题的呢？拿钱雇一个人来替自己完成需要承担的责任。对于这种只认钱不认人的父亲，我只想说，你以为用钱就可以为你的儿子找到一个父亲吗？请停止犯这样的错误吧，你为孩子雇来的这个人连教师都算不上，只是一个奴仆而已，用不了多久，他就会把你的儿子培养成第二个奴仆。

对于一个好教师应该具备哪些品质，人们进行了很多探讨。我的观点是，第一个品质（其中包含了很多其他的品质）就是他不能为了报酬而从事他的工作。有的职业非常高尚，如果一个人为了金钱而去从事这些职业，那他就是不称职的。这样的职业既包括军人，也包括教师。那么，该由谁来教育我的孩子呢？我已经说过了，你自己最合适。你说你不能教，我说我不能教，那唯一的办法就是找个朋友来。

教师必须是高尚的人，这一点谁都无法否认。其实，为了塑造一个人，他本人就应该能够担任父亲的角色，或者比父亲更有教养。你居然放心把这样的职责交给一个为金钱而工作的人，真是让我难以想象。

关于这方面的问题思考得越多，就越会发现一些新的困难。教师要想教育学生，必须接受过教育；仆人要想为主人服务，必须接受过教育。所以，每个想要教授学生的人，都要接受多重教育，直到再也没有教育可以接受。一个自己都没有受过良好教育的人怎么能教育一个孩子呢？

这样的人非常难得，我很难说是不是能找到。在这样一个堕落的时代，谁都无法确定一个人的灵魂有多么高尚。不过，假设我们找到了这样一个优秀的人，首先就要考虑他应该做些什么，然后才能希望他成为一个怎样的人。我可以预先断定：如果一个父亲意识到了一个好教师有多么重要，他就会毫不犹豫地决定不用任何教师，因为和他自己做教师相比，找到一个这样的教师需要花费更多的精力。这就是他愿意做朋友，也愿意把儿子培养成为朋友的原因。毕竟，这样他就不用去别的地方找教师了，而且大自然已经完成了教育工作的一半。

曾经有一个地位很高的人请我去教他的儿子。虽然我觉得能够得到这样的待遇是莫大的荣光，但我拒绝了。如果他因为我拒绝他的请求而埋怨我，实在是不应该，因为我是谨慎考虑后才这么做的，而且我也对此感到庆幸。我为什么会这么做呢？因为如果我接受了他的请求，却没有用正确的方法教导，那就算我去教了也会失败。可是如果我成功了，结果可能更加可悲，因为他的儿子也许会放弃他的头衔，不想做公爵了。

我深深地感受到家庭教师这一职责的重要性，也深深地感受到我自己并不适合担任这样的职务，所以，无论是谁邀请，我都会拒绝。朋友的引荐就更不用说，也许还会成为我拒绝的另一个原因。我想，看过我这本书之后，向我提出这种请求的人会锐减。所以，那些邀请我做教师的人就不要浪费时间了。我曾经多次尝试过这个工作，以便证明我无法胜任。现在，就算我具备了这个能力，我的情况也不允许。有的人并不重视我这番话，也不相信我的决心很大，所以我应该将这一点公布出来。

虽然我无法承担这个有价值的工作，但我可以做一些简单的事情：像其他很多人一样，不去参与这件事，而是写作。虽然我没做我应该做的事情，却还是要尽力把它写出来。

我们要承认一个事实：有一些作者在写作时，会随心所欲地阐述一些不用他去实施的办法，所以他总是能轻松地列举出一些完美的方案。可是，因为没有详细的内容和案例，所以就算他的话有可行性，在他没有说明细节和实例的时候也是一文不值。

因为这个原因，我决定想象出一个学生，并假设我在年龄、健康、知识和所有才能方面都有能力对他进行教育，同时，我能够从他出生开始一直教育他，直到他长大成人，那时候，他就可以在没有别人指导的情况下自己知道自己。这样做的好处在于，可以防止不信任他的读者陷入幻境。因为，作者在不用通常的方法而只用自己的方法教育他的学生时，很快就会感觉到这种教育是否会符合孩子的成长和人心的自然发展。当然，就算他自己感觉不到这一点，读者们也可以替他感觉到。

面对各种各样的困难，这就是我要努力做的事情。在这本书里，我只会提出每个人都能够判断出是否正确的原理，以免在书中堆砌大量不必要的材料，导致篇幅过长。至于那些需要进行试验的法则，我会用在我的爱弥儿和其他人身上。同时，我会对细节进行详细描述，好让人们认同我的方法是可以实施的。这就是我打算实行的计划的模样。至于由谁来判断我做得是否成功，我打算把这个权力交给读者。

由于这个原因，再加上虽然我对教育采取的首要准则和大家公认的准则相悖，但通情达理的人通常会赞成，所以我开始的时候并没有过多地提到爱弥儿。可是我要说明一点，随着我的论述的进行，我的学生已经不再是一个一般的儿童，因为他和你的学生接受的是不同的教育，所以，我必须对他采取一套特殊的教育方法。因此，从这里开始一直到结尾，他会频频出现，以至他不需要我就能自己说所有的话。

因为我已经假设了一个好教师应该具备哪些才能，而且假设我自己具备这所有的才能，所以我在这里并没有论述好教师应该具备的才能。人们在阅读本书的时候，能够看到我对自己是没什么拘束的。

我只谈自己和普通人意见不一致的地方。我觉得，一个孩子的教师首先要满足的特点就是年轻，而且，一个聪慧的人要尽量年轻。如果可能的话，我还希望他自己就是个孩子，这样他就能成为学生的伙伴，能够在和学生分享快乐的过程中赢得学生的信任。儿童和成年人之间没有多少共同之处，因此很难形成牢固的友谊。虽然有时候孩子们也会恭维老年人，但是并不会喜欢他们。

人们也许会对教师抱有这样的希望：他曾经教过学生。毫无疑问，这样的希望很大。但是我们还要面对这样一个问题：一个人只能教一个学生一次，如果需要教两次才能教好，他又怎么会有教第一次的权利呢？

无疑，一个人有了更多的经验，就可以把事情做得更好，但是持续这样做对他来说很有难度。不管是谁，在成功地完成了一次这样的事业之后，都不会再想从事这样的工作。如果他第一次就做得不好，那第二次也不会很好。

我还认为，跟一个青年人相处四年，和教他二十五年，有着很大的区别。你对你的儿子采取的做法是：在他已经成长时给他找一个教师，但我的希望是，在他出生前就有一个教师。你请的这位教师，每五年就可以换一个学生，我请的这位教师却是一辈子只教一个学生。你将教师和导师区别开来，真是愚蠢至极。那你会不会区分门徒和学生？我认为，只有一门学科是必须教给孩子的，那就是做人的天职。这门学科是一个整体，不管色诺芬对波斯人实行了怎样的教育，都不会影响这一点。另外，我宁愿将有这种知识的教师称为导师，而不愿称其为教师，因为关键不是他要教给孩子什么，而是要教导孩子怎样做人。他的责任并不是让孩子明白该按怎样的标准去做，而是促使孩子们去发现这些标准。

如果说认真挑选一个教师很有必要，那教师也应该有权去挑选学生，特别是如果教师想要挑一个学生来装点门面，这样做就更有必要。不过，我不能根据孩子的天赋和性格来挑选，因为只有完成工作之后，我才知道孩子有怎样的天赋和性格，另外，我是在孩子出生之前就把他当成了自己的学生。如果我具有选择权，我会像我假想的那个学生一样，挑选一个智力平常的孩子，因为我们要培养的就是普通人。否则，他们接受的教育就不能作为跟他们相同的人的教育的范例。

地方对人们的教养也会起到一定的影响。只有在温带地区，人们的教育才会十分健全，在两极地区，教养的养成并不容易。一棵树可以在栽下之后永远留在那个地方，人却不一样。和从地球中部出发前往地球一端的人相比，从地球的一端走向另一端的人要多走一倍的路。

和一个从地球的一端走向另一端的人相比，一个温带地区的居民走到地球的一端或者另一端会更占便宜：虽然二者经受的变化一样，但是温带地区的居民自然体质引起的变化只有另一者的一半。一个法国人能够在新几内亚和拉普兰生活得很好，可是一个黑人想要很好地生活在托尔尼欧却不太可能。同样，一个萨摩耶人也无法在贝宁生活。另外，在两极，头脑的组织似乎也无法非常完善地生长。不管是黑人还是拉普兰人，其智慧都比不上欧洲人。因此，如果我的学生要从地球上挑选，那我会从温带地区选。比如，相比其他地区，我更愿意在法国选。

北方的人们通常要在他们贫瘠的土地上消耗更多的精力，而南方的人们则在他们富饶的土地上消耗的精力少。这就造成了另外一个差别：北方人十分勤劳，南方人喜欢沉思。在同一个地方的穷人和富人之间，我们也可以看到这种差别：富人住的地方通常十分肥沃，而穷人住的地方通常十分贫瘠。

穷人不需要教育，他的环境的教育是强加给他的，而且他也不可能受其他的教育。富人不一样，他从所处的环境中接受的教育并不适合他，也不适合社会。不管是谁，自然的教育都能让他适合所处的环境。所以，与其教穷人变富，不如教富人变穷。因为按照这两种情况的数字来说，破产的人远多于暴富的人。所以，我们要选择一个富有的人，我们毫不怀疑这样至少可以培养出一个人，而穷人却可以自己成长为人。

出于以上的原因，我不觉得爱弥儿出身富贵人家有什么不好，这样至少可以让一个人不受偏见影响。

其实，爱弥儿是一个无父无母的孤儿，但这没什么关系，因为我承担了他父母的所有责任和权力。他自然应该尊敬父母，但是他只能服从我一个人。这是我的第一个条件，也是唯一的条件。

我还要对上面的条件做一点延伸，就是在未经我们同意的情况下，没有人可以分开我们。这一条非常重要，我甚至还希望学生和教师也是这么看待彼此之间的关系：二者无法分离，将他们之间共同的目标当成一生的命运。如果他们发现以后会成为路人，那么从一开始他们就是路人。如果他们各自按自己的方法行事，都想到将来分开之后的情景，那也只是勉强凑在一起。如果学生把教师视为自己儿童时的噩梦，而教师将学生视为一个想要丢掉的沉重包袱，双方都盼望着早早离开对方，从来就没有对对方有过真挚的情谊，那唯一的结果是，一个对待自己的工作不上心，另一个不服从管教。

但是，如果教师和学生能像以前一起生活那样，互相尊重，那他们就会互相爱护，建立起亲密的关系。这样，学生不会因为向一个儿童时就已经跟随而成年时又成为朋友的人学习而觉得羞愧，而教师也可以更加投入工作，等待着果实成熟。他把各种德行教给了学生，所以上了年纪之后，他就可以享受这一果实。

分娩顺利，孩子健康活泼，是我们开始就约定好的假设。

这个假设还包括，在上天赐予他的家庭中，父亲应该不偏袒任何一个孩子，要给他们同等的关心和爱护，不管孩子是不是残疾，不管他们的身体的强弱。每个孩子都是寄存在他那里的事物，他要对其花费精力。婚姻既是夫妻之间的契约，也是和大自然的契约。

不管是谁，只要承担了一项任务，而这项任务又不是大自然强迫他承担的，他首先要做的，就是弄清楚如何完成这个任务。否则，他将来就要为自己做不到的事情负责。如果一个学生体弱多病，那他的老师就要费精力照顾他。这样，原本承担教师职责的人就要承担护士的职责；这样，他要把用来增加生命价值的时间用于照料一个没有价值的生命。就算他这么做了，在将来的一天，他还会遭到一个死了儿子的痛哭的母亲的责备，可实际上，他已经替她儿子延长了很长一段时间的生命。

一个体弱多病的孩子，就算他能够活到八十岁，我也不愿意看管他。一个对自己和他人都没有用处的学生，我是极不愿意要的。因为他只有一个心思，就是保全自己。他对精神的陶冶已经被他那病恹恹的身体拖累。我在他身上花费大量精力，却白费心思，这样只能让社会加倍承受损失。为了这样一个人，就要付出两个人的代价吗？如果有人愿意代替我来教这个孱弱的孩子，我会非常赞同，还会赞扬他的仁慈。可是我不愿意这么做，我不知道该怎么教这个只想保命的人生活。

身体有了足够的精力，才能接受精神的支配。如果一个仆人达不到身强力壮的标准，就不是一个好仆人。虽然放纵可以刺激欲望，可是时间长了，也会摧残身体。断食和少食也会造成同样的结果，都是因为对立的原因造成的。越是柔弱的身体，要求越强烈；越是强壮的身体，越能听从精神的支配。孱弱的身体隐藏了一切感官的欲望，可是这个身体不但无法满足这些欲望，反而起到了刺激的作用。

孱弱的身体还伴随着衰弱的精神。对于医药这门学问，相比它自认为能够医治的一切疾病，它对人类造成的毒害大得多。我不知道医生能够治好我们的什么病，可是我知道，他们给我们带来的病症足够让人丧命，比如懦弱、胆怯、轻信和对死亡的恐惧。所以，虽然他们治好了我们的身体，却让我们丧失了勇气。就算他们能让死尸重新走路，跟我们也没什么关系。人才是我们需要的，可是我们并没有看到他们救活过什么人。

在我们这里，医学非常时尚，它是一些整天无所事事的人的娱乐，这些人不知道该如何消磨时间，就把时间花在保全自己的生命上。如果他们真的能够长生不老，也许就会成为最不幸的人，因为永远不怕丢掉的性命对他们来说毫无价值。这些人需要的是医生的威胁，因为这样他们才会开心，才会体会到自己还没有死去的快乐。

我并不准备在这里大谈特谈医学有多么无用，我只想从道德方面来考虑医学问题。但是我要说明一点，和在追求真理上一样，人们在医学的应用上也搞起了那种诡辩。他们总是说，只要对病人进行治疗，就能治愈病人；只要寻求真理，就能找到真理。他们不知道，医生要相应地杀死一百个病人，才能救活一个人。我们发现的真理给我们带来了效益，但同时发生的谬误也造成了等量的错误。我承认，教育人的知识和治疗人的医学本身是有好处的；可是我们也得承认，那种将人带入歧途的知识和杀人的医学是非常坏的。所以问题的关键就是：要告诉人们怎么辨别它们。如果我们鄙视真理，就不会出现受到谎言蒙蔽的情况；同理，如果我们不把希望寄托在医药身上，就不会死在医生手里。这两种节制的做法都十分明智，如果按照这种做法来做，一定会获得很大的好处。所以，我不争论医学是不是对一些人有益，而是要说它对人类十分有害。

也许有人会反复跟我说：医学本身并没有错，错的是医生。好啊，那这样的话，我们就只要医学不要医生好了。因为，医学和医生原本就是不可分割的，相比医学给人带来的希望，医生所犯的错误更令人担忧和恐惧。至于程度，可以说到了一百倍。

这门虚假的艺术并不是用来治疗身体上的疾病的，而是用来治疗心病的。不过，和对身体上的疾病的作用相比，对心病的疗效不一定更大。也许它给我们治疗的疾病，还不如它给我们带来的对疾病的恐惧。它没有延迟死亡，反而让我们预先感受到死亡的威胁。它没有延长生命，反而在消耗生命。而且，就算它有办法延长生命，也不一定对人类有益，因为它强迫我们只关心自己，却对社会漠不关心；它让我们充满恐惧，将自己的责任忘得一干二净。因为我们知道有危险，才会对危险心生畏惧；那些坚信自己不会受到任何伤害的人，是不会畏惧的。诗人让阿喀琉斯有了抵抗危险的能力，可是这样一来，他就表现不出勇敢了。因为，任何一个处在他那种位置的人，都可以付出同样的代价，成为一个阿喀琉斯。

要想找到真正勇敢的人，你们该去没有医生的地方。那里的人们并不知道疾病会带来什么影响，所以很少会想到死亡。顽强地忍受痛苦，毫无牵挂地离开这个世界，是人的天性。人之所以自甘堕落，忘记该怎么死去，就是因为医生所开的药方、哲学家讲述的教条和僧侣宣扬的劝世文。

如果你们让我教一个学生，同时让以上三类人来教他，我肯定不会同意。我绝对不会允许任何人来破坏我的事业，如果不让我一个人教他，我宁愿不做这件事。哲学家洛克用了一部分时间对医学进行研究，然后劝诫人们：不管是为了预防，还是为了治疗一些小病，都不要给孩子吃药。我还要补充一点：迄今为止，我并没有给自己请过医生，所以，如果不是爱弥儿的生命遇到了危险，我也不会为他请医生。因为医生唯一能为他做的，就是给他施加更大的伤害。

当然，我知道医生会对这种延迟就医的情况借题发挥。要是孩子死了，自然是因为请医生请得太迟；要是孩子恢复了健康，那就是他的功劳。我当然希望看到医生胜利，但是我更希望你们是在病人弥留之际才去请他。

虽然孩子并不知道治病的方法，却知道自己是不是生了病。这是一种自然的艺术，能够弥补另外一种艺术的不足，而且成效更好。如果动物生病了，就会默默忍受。所以我们更多地看到的是呻吟的人，而不是呻吟的动物。有多少人都死在了急躁、恐惧、焦虑，特别是药物上。其实，这些人的病并没有严重到致死的程度，过一段时间，他们就能痊愈。也许有人会说，因为动物的生活方式更加适合自然，所以不像人这样爱染病。这句话说得真棒！这种生活方式正是我想让学生采取的，如果他采取这样的生活方式，就会得到同样的好处。

卫生学是医学中唯一有价值的东西，可是卫生学只是一种道德，而不是科学。人类的两个真正的医生，就是节制和劳动。节制能够防止人暴食，而劳动可以增进人的食欲。

研究一下那些最健康长寿的人的养生方法，就能知道哪种养生法最有益于生命和健康。如果我们在经过普遍地观察后，发现医药无法给人带来更强健的身体和更长的寿命，或者发现这门艺术没什么用处，那就可以确定它是有害的，因为它是在无谓地浪费时间、人和物品。用来保持生命的时间不但没有意义，还会起到反作用，因为它不但消耗了生命，还对我们造成了伤害。所以，我们要把它从生命中余下的时间里减掉，因为它是负数，比零年零月零日还糟。一个在医生手里活了三十年的人，其生活质量远不如一个不请医生而活了十年的人。我曾经对这两种生活做过实验，因此，我最有资格得出这样的结论。

也因此，我只要健壮的学生，这也是我保持这个学生拥有健康体格时所采取的原则。至于体力劳动和身体锻炼对于磨砺性格和促进健康有什么好处，我并不想详细论证，因为这个问题在谁那里都能得到回答。那些长寿的人几乎都爱锻炼，能够受得住劳累，而且最爱干活。我也不打算详细论述我会采取哪些照料的办法才能获得长寿，实际上在我的实践中，这些方法的采用都是必然的，我只要稍微提一提它们的精神，无须进行其他解说。这一点人们在后文可以看到。

有了生命之后，需求就出现了。新生的婴儿需要一个保姆，如果母亲愿意尽到自己的职责，自然是很好的。而且，我们也可以写一些东西来指导她。不过这么做也有一个不好的方面，就是让教师和学生之间变得不那么亲密。不过，不用担心母亲会轻视教师，因为她会为孩子考虑，尊敬教师，情愿将这笔珍贵的储蓄交给教师。如果她愿意做一件事，她会做得比任何人都好。所以，如果不得不找其他人做保姆，她应该是首选。

富人们遇到的倒霉事之一，就是总会受到欺骗。知道这一点之后，就能理解他们为什么总把别人看得很坏了。财富是让他们腐化堕落的根源，因此他们遭遇这一切也是咎由自取。何况，对于他们所知道的这个唯一的工具的缺点，他们也是能感受到的。在他们家中，除了那些他们身体力行的事情，其他事情都非常糟糕。可是他们在家里几乎什么都不做。如果需要产科保姆，他们就会找产科医生代劳。结果就是，最好的保姆总是给产科医生钱最多的那个人。因此，我反对把给爱弥儿找保姆这件事交给产科医生，而是要亲自认真挑选。关于这一点，产科医生能头头是道地说出一大堆道理，我却做不到。但我可以肯定，我是诚心在做这件事，而且我的热情会忠诚于我，不像他的贪婪那样让人上当。

挑选保姆并没有什么诀窍，每个人都知道它的法则。但是我也有一个疑问，就是要不要对乳母的年龄和乳汁的质量多加注意。新乳汁总是十分稀薄，甚至可以将其看成一种轻泻剂，其作用就是清洗残存在新生儿肠子中的浓厚的胎便。慢慢地，乳汁会变得浓厚，给婴儿提供一种比较稠的营养品。这时候，婴儿已经变得更加强壮，消化这些东西也不困难。由此可以看出，大自然让各种雌性动物按照吃奶的小动物的年龄而改变乳汁的浓度，是有原因的。

因此，就要给新生儿请一个刚刚坐过月子的保姆。我当然知道，这位保姆很难做到这一点。不过，如果不按自然的秩序做事，就很难把事情做好。所以，将事情搞砸就变成了唯一的权宜之计，而实际上人们通常也会选择这个办法。

　　只有一个身心都健康的人，才能做一个合格的保姆。因为她的乳汁可能会因为感情的放纵而败坏，就像脾气的暴烈造成的后果一样。如果只选择身体，也只能达到一半的目的。也许不但要注重乳汁和保姆的好坏，也要注意品格和性情的质量。如果找一个品行不好的人做保姆，我可以断言，虽然这个婴儿将来不一定会沾染她的恶习，但是不可避免会受到她的恶习的不良影响。既然她用乳汁哺育他，就应该热情、耐心和温存地照顾他，把他收拾得非常干净。如果她不但贪吃，而且品行不好，那很快她的乳汁就会被她败坏。如果她不够细心，或者性情急躁，那这个没有自我保护能力又无法诉苦的可怜孩子，命运自然不难想见。一个心地不好的人，是绝对不可能办好任何事情的。

　　为什么保姆的选择更加重要？因为她所哺育的婴儿只会有她一个保姆，就像只会有一个教师一样。古人就已经有了这个习惯。跟我们相比，虽然古人不像我们这样爱发议论，却比我们更开明。保姆一旦开始哺育一个女孩，就会留在她身边。所以，古人的戏剧中通常由乳母来扮演知心人。如果让几个人来培养一个孩子，是不可能培养好的。每次换人来培养，孩子就会暗中对他们进行比较，这样就会让孩子越来越不尊敬培养他的人，让他们失去了威信。如果让他知道大人并不比孩子多懂多少道理，哪怕只有一次，大人就会失去威信，对他的教育也会失败。除了自己的父母，孩子不能有其他的长辈。当父母不在身边时，他就要以保姆和教师为长辈。而且，这两个人中有一个是多余的。不过这个弊端并非无法避免，避免的方法就是：管教这个孩子的男子和妇女在涉及孩子的问题上要配合默契，让孩子看起来他们就像一个人一样。

　　诚然，保姆应该过更舒适的生活，吃更丰富的食物，但是不应该彻底改变她的生活方式。因为一旦突然彻底改变她的生活方式，就会影响她的健康，就算这种影响是从坏变好。其实，既然她日常的养生方法已经让她足够健康，那又为什么要改变她的生活方式呢？

　　和城里的妇女相比，乡村的妇女吃肉少，吃菜多。对于她们和她们的孩子来说，这种素食养生法的好处多于坏处。如果中产之家请她们给孩子做乳母，通常会拿很多肉给她们吃，认为她们吃完肉汤和肉之后就会有更好的乳糜，产生更多的乳汁。我对此并不赞成，我的经验告诉我，和其他孩子相比，这样养大的孩子患腹痛和生肠虫的概率要高一些。

　　这其实很好理解，因为肉食的一大特性就是多虫，而素食并不会出现这种情况。虽然乳汁是动物产生的，但它其实是一种植食性食物①。如果我们对其进行分析就不难看出，它很容易变酸。所以，它不像动物性食物那样会生成残余的挥发性碱质，而是会像植物一样产生一种中性盐。

　　和食肉动物的奶相比，食草动物的奶更为甘甜，对身体的好处也更多。因为乳汁是由和它同种性质的东西组成的，所以能够更好地保持它的性质，不易腐败。众所周知，和肉类相比，淀粉能产生的血液更多，因此淀粉产生的奶也会更多。如果一个孩子不过早断奶，而且断奶后只吃植食性食物，他的保姆也只吃蔬菜，那我不相信他还会生肠虫。

　　我承认，植物性的营养品所产生的乳汁可能很快就会变酸，但是我并不觉得变酸的奶就是不健康的食物。有的民族喝酸奶，喝完之后也没有觉得不舒服。我认为一切中合剂都是骗

---

　　①　妇女们吃面包、蔬菜和奶制品，这些东西母狗和母猫也吃，母狼甚至还吃草。所以，她们的乳里才会分泌植物性的液汁。现在我们来对那些完全以肉类为食物的动物的奶进行一下检查，看它里面是否含有这些东西，我就是对这一点有所怀疑。——原注

人的东西。有的人的脾胃原本就不适合喝奶，所以我不觉得有哪一种中合剂可以让乳汁变得适合他们的脾胃。而对于另外一些人，他们就算不用中合剂也可以喝奶。有的人害怕吃提炼过的或者凝结的乳汁，我只能说这样的做法非常可笑，因为众所周知，乳汁进入胃之后，一定会凝结①。正是因为它要凝结，才会变成一种非常结实的食物，哺育婴儿或者幼小的动物。要是它不凝结，只流经肠胃就能起到哺乳的作用，简直难以想象。

因此我认为，与其改变乳母平常的食物，倒不如让她吃的食物丰富一点，更好一点。素食引起便秘的原因不在于食物的性质，而是在于烹调让它们受到了污染。你们要改变烹饪方法，不要把食物烤焦，不要用油去煎炸，也不要用牛油、盐和乳制品去煎炒。用水煮过的蔬菜，要趁着滚烫的时候端上桌，再加上调料。这样素食不但不会让乳母便秘，反而会让她生出丰富而优良的奶②。我确信，如果大家都知道了素食法对婴儿最有好处，就不会说肉食是最适合乳母的养生方法了。这两个方法本来就是自相矛盾的。

空气对儿童体格的影响很大，尤其是在儿童早期。空气会穿过柔嫩的皮肤上的每一个毛孔，对正在生长的身体产生强大的影响，然后这些被它触摸过的皮肤就会留下永不磨灭的痕迹。因此，我并不赞成那种将农村的妇女请到城里，把她关在自家的屋子里，让她给孩子喂奶的做法，我宁愿让孩子去乡村，让他呼吸那里的新鲜空气，而不是把他留在城里，呼吸那污浊的空气。他会跟他的新母亲一样，住在乡下的房子里，他的老师也要跟着一同前往。读者应该没有忘记，这位教师不应

---

① 抚育我们长大的浆汁尽管不是固态的，可是它来自固体食物。一个做工的人如果只是喝汤，身体不久就会垮掉。假如他喝奶的话，情况就好多了，因为奶会变成固态。——原注

② 想对毕达阿拉斯摄生法的优劣进行研究的人，可以以科基医生和与他观点不同的比昂基大夫所做的有关这个重要问题的论文为参考。——原注

该是一个雇佣的仆人，而是他父亲的朋友。也许人们会问我：
"如果找不到这样的一个朋友，或者这样的迁移无法实现，或
者你的方法都不对，又该怎么办？"我已经告诉过你们这个问
题的答案，所以你们不用再为这个问题来请教别人。

人类繁衍的目的，并不是要像蚂蚁那样挤成一团，而是遍
布他所耕种的土地。人类越聚集在一起，就越会堕落。聚集在
一起的人数过多，就必然会导致疾病和恶习。人在所有的动物
当中是最不适合群居生活的。如果人像羊群那样聚集在一起，
只会加速灭亡的进程。人的呼吸对同伴具有致命的危险，不管
是从实际方面或者从抽象方面来说，这一点都是毋庸置疑的。
人类就是被城市陷害的，用不了几代人的时间，人就会发生变
化，要么灭绝，要么退化。也就是说，人类必须要更新换代。
而能够让人类更新换代的通常是乡村，所以，请把孩子送到乡
村去吧，在那里他们可以自然而然地进行改变，他们曾经在人
口过多的地方的污浊空气中失去的精力也会恢复。乡村的孕
妇想到城里来生孩子，但我觉得应该采取相反的做法，让城里
的妇女去乡村生孩子，那些愿意自己哺育孩子的妇女更要这
么做。也许她们觉得这么做会十分困难，但实际上困难并不像
她们想象得那么多。在一个人类觉得自然的环境里居住，充分
履行自然的责任，自然会获得快乐。而在这种快乐中生活上一
段时间，她们就不再会有兴趣去享受那些跟这些责任无关的
快乐了。

人们通常会在妇女生下婴儿后，用温水洗涤婴儿，有时候
还会在温水里加一点酒，但是我认为根本没有必要在水里加
酒，因为大自然不会产生任何酵素，所以我觉得人工制造的酒
并不会对大自然的造物有什么好处。

同理，那样小心地把水加热也是没有必要的。在很多民族
中，新生儿会被放到河里或者海里，稍微清洗一下就可以。我
认为，这种做法非常合理。可是我们的孩子并不能马上就开始
进行各种锻炼，好让他们恢复健康，为什么呢？因为他们的父

母体质就很单薄，所以他们来到这个世界的时候身体就十分虚弱，带着一种娇气。要想让他们恢复元气，只能一步一步来。一开始可以按照他们的习惯做，然后再让他们慢慢地摆脱这些不良的习惯。经常给孩子洗澡是非常有必要的，因为他们总是把自己弄得很脏。但是不要给他们擦澡，否则会损害他们的皮肤，等他们的体质越来越强了，就可以将水的温度逐渐降低，直到最后不管是在冬天还是夏天，他们都可以用冰水洗澡。为了不让他们受到伤害，这种变化必须是缓慢的、渐进的和不易察觉的。为了保证准确，我们可以用寒暑表来准确测量降低的温度数。

一旦养成这个洗澡的习惯，就应该终生保持下去。我之所以对这个习惯如此重视，一方面是为了保持清洁和健康，另一方面，我认为这是一个增强体质的好办法，因为它可以让肌肉纤维更加柔和，让人们在面对不同程度的炎热和寒冷时，都可以轻松应对，而且不会有危险。所以我希望他们长大之后，可以用身体能够承受的最热的水洗澡，也可以用身体能够承受的最冷的水洗澡。这样一来，因为水是一种密度更大的流体，会影响我们身上更大的地方，作用也会更大。在适应了不同温度的水之后，我们对空气的温度就不会变得那么敏感了。

婴儿第一次呼吸时，就要避免把他包裹在比胞衣还紧的襁褓里，同时也不要给他戴帽子，系带子，要给他穿宽松的衣服，让他的四肢得到自由。这样既可以不妨碍他的活动，也不会让他暖和得失去对空气的感知能力①。也可以把他放在一个

---

① 城市中的婴儿因为时常闭门不出，而且穿的衣服很多，因此时常是不透气的。对他们进行管理的人必须知道，冷空气不仅不会有害于他们，反倒会让他们的体质变得更好，而热空气会毁坏他们的身体，让他们身体温度上升，甚至对他们的生命造成威胁。——原注

垫得很好的摇篮里①，让他在里面安全地自由活动。等他的体质开始增强的时候，就可以让他在房子里自由自在地爬行，让他的四肢得到运动，让他成长，这样你就能看到他日益强壮起来。如果你拿他跟一个被襁褓包得十分紧的同岁的孩子相比，你会惊讶地发现他们的发育竟然有这么大的差别。

不难想见，乳母会对此表示强烈的反对。因为对她来说，看管一个把手足捆得紧紧的孩子，要比看管一个需要经常照看的孩子的麻烦少得多。另外，如果给孩子穿宽大的衣服，别人就容易看出孩子的肮脏样，所以要经常给孩子洗澡。或者她可以以风俗习惯作为理由来反对，因为在一些地方，不管人居处于什么地位，都不能随便反对风俗习惯。

你没有必要和乳母进行争论，你只需给她下命令，然后监督她执行就可以了，为了顺利地完成你所规定的事项，你就应该竭尽全力。你完全有责任分担这些事情。在一般的教育中，大家唯一关心的就是孩子的体格，只要他活着，身体没有什么变弱的迹象，其他的就没什么可在意的。可是别忘了，这里所说的教育是伴随着孩子的生命一同出现的，自从孩子呱呱坠地的那一刻，他的教育就开始了，不过他并不是教师的学生，而是大自然的学生。教师只是在大自然的安排之下进行指导，避免别人阻碍他关心孩子。他照料着孩子，观察着他，跟随着他，专心地等待他薄弱的智力显露出的第一道光芒。

我们生来就有学习的能力。我们之所以没有意识到这一点，只是因为刚出生的时候没有自主意识，那时候我们的心灵还被不完善和不成熟的器官束缚着，连自己的存在都感知不到。刚出生的婴儿的动作和啼哭纯粹是条件反射，并不是受意识和意志的支配。

---

① 我说"摇篮"的原因是没有其他的字眼，因此只好把这个常用的词儿派上用场。因为我相信，根本没必要把婴儿放在摇篮里不停地摇，而且，这个习惯通常还会有害于他们。——原注。

假设一个孩子天生具有成年人的体格和力量，又或者他刚出生的时候，从母亲的腹中带着各种装备出来，就像帕拉斯①从宙斯的脑袋里出来时带着武器一样。那我们可以说，这个小大人的智商不会高。他就是一个像机器一样的人，或者说一个没有任何动作和感觉的雕像。他什么也看不见，什么也听不到，什么也不认识，更不知道把眼睛转向自己想看的东西。他无法感觉到任何外部物体，就算借助感觉器官，他也无法感知这些东西。他的眼睛无法辨别颜色，耳朵无法辨别声音。身体接触到什么东西的时候，也没有任何感觉。他甚至可能都不知道自己有一个身体。当他用手摸到什么东西的时候，他的脑子才知道这是什么东西。他的所有知觉都集合在一点上，并且这些知觉只能在共同的感觉中枢里找到。他唯一的观念就是"我"，他所有的知觉都要符合这个观念。跟一个普通儿童相比，他多出的可能就是这个观念，或者说这个感觉。

这个人在出生时就已经完全长大，所以根本不知道用两脚站立。他必须要花很长的时间才能学会平稳站立，甚至他根本不知道该尝试怎么站立。也许你会看到，这个庞大而强壮的身体只能待在原地，像一块石头一样，或者像小狗一样爬着走。

他会因为身体的需求而感到难受，却又不知道自己要什么，也不知道该怎么满足这些需求。他的胃和他四肢的肌肉之间没有任何直接的联系，所以就算把他的周围摆满食物，他也没有往前迈一步的想法，也不会伸手去拿。因为他的身子已经开始成长，四肢长得十分发达，也不像婴儿那样不停地活动，也许他还没有开始找食物，就已经饿死了。只要回顾一下我们

---

① 即希腊神话中的女神雅典娜。据说丘比特（即希腊神话中的宙斯）在妻子美迪斯怀孕的时候，担心孩子将来取代他的地位，就将妻子吞掉了。后来，普罗米修斯用一把斧头砍开了丘比特的头，帕拉斯就拿着矛和盾牌从丘比特的头里跳了出来。——译者注

获得知识的顺序和进度，我们就不能否认：如果一个人还没有获得自己的经验，也没有学会别人的经验，他就会处于这种原始的无知和愚昧的自然状态。

人们普遍知道，或者说普遍意识到，我们必须从第一步开始做起，才能达到一般的理解程度。但是这一过程的终点在哪里呢？没有人知道。如果不考察一个人的天赋、爱好、需求、才能、热情以及他想要抓取的机会，就无法判断他的进步是多还是少。我还没有听过哪一个哲学家敢说："这是一个人可以达到的极限，他永远无法超过。"我们不知道大自然允许我们成为什么样的人，我们中没有人测量过人与人之间可能存在的差异。人类的灵魂已经非常卑贱，甚至卑贱到了永远无法激发这种思想的程度。有时候，他们还会骄傲地对自己说："我已经远远地超过了那个极限，我能够达到更高的境界。我为什么要落在别人后面呢？"

我再次重申，人在出生的时候，教育就开始了。在能够说话和听别人说话之前，他就已经开始接受教育了。经验是先于教育的。在他认识他的乳母之前，他就已经有了很多经验。如果我们对最粗野的人从出生到现在的整个进步过程进行追溯，就会惊讶地发现，他居然能够获得这么多的知识。如果我们将人的知识分为两部分，一部分是所有人都有的，另外一部分是学者们特有的。两相对比就会发现，后者比前者渺小得多。可是我们通常不会非常重视我们获得的一般知识，因为它是在还没有理智的年龄之前获得的。大家之所以会重视学问，只是因为它的稀少，就像在代数方程式中，不对公有数进行计算那样。

动物也可以学到很多东西。动物也有感觉，所以必须学会使用它们的感觉。它们的需求多种多样，所以它们要满足这些需求，就要学会进食，学会走路，学会飞翔。而对于四足动物来说，它们刚一出生就能站立，但是并不能行走。它们刚开始走的那几步，只是在做一些没有把握的尝试。如果一只金丝雀逃出笼门，那它根本不会飞，因为它从来没有使用过翅膀。任何一种有感觉和有生命的动物，都在接受周围的一切的教育。如果植物能够行走，就要拥有感觉和知识，否则它们的物种就会灭绝。

孩子们最初的感觉纯粹是感性的，所以他们只知道快乐和痛苦。因为他们既不具备走路的能力，也不具备拿东西的能力，所以需要很长的时间才能对看到的东西产生感情。然而，感性也可以反过来让他们受到习惯的支配。如果那些东西时而脱离他们的视线，并且有大小和形状的变化的时候，就会出现这样的情况。比如说，他们的眼睛会不断地转向光线。如果光线是从旁边射来的，他们的眼睛就会不自觉地往那个方向偏转。为了避免他们变成斜视眼，或者养成侧视的习惯，我们就得想办法让他们的脸背过光线。我们应该让他们尽快习惯于黑暗，避免他们一看到阴郁的环境就要哭叫。过分严格地规定饮食和睡眠并没有什么好处，如果这样做的话，很快他们的想吃想睡就不是因为欲望，而是因为习惯，或者更准确一点说，在自然的需求之外，习惯又让他们增加了新的需求。

孩子唯一应该养成的习惯，就是避免沾染任何恶习：不要只用一只胳膊抱他，不要让他习惯于只伸一只手，不要让他到了某一时刻就有了吃饭、睡觉或者活动的欲望，或者无论白天黑夜都不能在某个地方独处。要尽早让他支配自己的自由和体力，要让他的身体保持自然的习惯，要让他能够自我约束，凭着自己的意愿做事。

一旦孩子有了对事物的辨别能力，我们就要有选择地给他东西。不过我们得承认，人会对所有的事物产生兴趣。他会觉得自己异常柔弱，所以害怕未知。要想避免产生恐惧，就要培养这样一个习惯：看到新鲜事物而不感到惊奇。在没有蜘蛛的干净房子里长大的孩子们害怕蜘蛛，这种恐惧通常会持续一生。乡下的人，不管是男人、女人还是小孩，我还从来都没有见过害怕蜘蛛的。

　　既然只需要我们对孩子看的东西进行选择，就可能使他胆大或胆小，那么我们完全可以在他开始说话和听话之前就开始教育。如果人们能够让他习惯于看新事物，看厌恶和令人讨厌的动物，看一些稀奇的东西，我会非常乐见其成。不过在看的过程中要注意先从远处看，等他已经习惯这些东西后再靠近了看。而且也可以先看别人摆弄这些东西，最后自己再去摆弄。如果他在小时候就不会害怕看见蟾蜍、蛇和大海虾，那他长大之后就不会害怕任何动物，如果一个人天天都会看到可怕的事物，那他自然不会觉得这些事物可怕。

　　所有的孩子都害怕面具。一开始，我会拿一个好看的面具给爱弥儿看，然后把一个人叫到他面前，戴上这个面具。然后我开始大笑，孩子也会跟着大家笑起来，慢慢地我会开始给他一些难看的面具，最后再让他看丑恶的面具。如果我把进度安排得很好，那当他看到最后一个面具的时候，就不会觉得害怕，而是会像看到第一个面具时那样笑起来，那之后我就不用担心别人拿面具吓唬他了。

　　赫克托尔①告别安德洛玛克②的时候，小阿斯塔克纳斯③被父亲头盔上飘动的羽饰吓了一跳，以致连父亲都认不出来，哭着扑到了乳母怀里。他那满含热泪的母亲看到这一幕，忍不住苦笑起来。赫克托尔为了消除这种恐惧，采取了这样的做法：他把头盔放在地上，然后去抚摸孩子；等孩子稍微安静了一些，他就拿起头盔，把玩上面的羽毛，并让孩子跟他一起把玩；最后，如果一个妇女有勇气去拿赫克托尔的头盔，就笑着走过去拿起头盔，戴到自己头上。

　　要想让爱弥儿听惯枪声，我会采取这样的做法：先在短铳里点燃一个引信，爱弥儿看到这转瞬即逝的火焰和闪光，会十

_____

　　①　特洛伊战争中的英雄。——译者注
　　②　赫克托尔的妻子。——译者注
　　③　赫克托尔的儿子。——译者注

分欢喜；随后，我会增加火药的量，重复这一过程，慢慢地，我会用短铳发射少量的没有弹塞的弹药，再逐渐增加弹药的量；最后，他就会习惯长枪、臼炮和大炮的射击，就连爆炸都不害怕了。

据我观察，孩子们很少害怕打雷，除非打雷的声音真的很可怕，震耳欲聋。直到他们知道雷电有时候可以给人造成伤害，或者造成人的死亡，他们才会觉得害怕。当理智给我们带来恐惧的时候，我们就要用习惯来安慰他们。如果我们可以循序渐进，那孩子们就会像大人一样，学会无所畏惧。

在生命产生之初，记忆力和想象力还没有发挥作用。这时候，孩子们只会注意到那些能够影响其感官的事物。因为他的知识是以自己的感觉为原料的，所以必须有顺序地让他产生感觉。这就要求我们培养他的记忆力，以便他有一天能够按照同样的次序将这些原料供应给智力。不过，由于他唯一注意到的就是他的感觉，那我们在进行这种培养的时候，只告诉他这些感觉和造成这些感觉的事物之间的联系即可。他想要触摸和摆弄任何东西，总是不停地动，这时候你不能去妨碍他，因为他通过这一过程才能获得十分重要的学习。他通过这么做，才有了看、摸①和听的能力。有了这个过程，他才会区分看到和摸到的东西，才知道先用手摸一下是什么感觉，了解物体的冷热、软硬和轻重，再用眼力来判断它们的大小、形状和能够感觉出来的种种属性。

只有通过运动，我们才能区分自我和非自我；只有通过我们自己的运动，我们才能获得空间的概念。一个孩子之所以不管东西远近都会伸手去拿，就是因为他没有这个观念。他这么使劲地去做这件事，会让你觉得这是一种指挥信号，是让东西

---

① 孩子们的感官中发育最迟的是嗅觉器官，直到两三岁，他们似乎都还不能把好的或坏的气味嗅出来。我们发现，他们和一些动物一样，并不太在乎气味，或者更准确地说，对气味完全没有感觉。——原注

自己来到他身边，或者命令你帮他拿过去。但实际并非如此。之所以出现这种情况，是因为一开始出现在他脑子里的情况，又出现在了他的眼睛里，他才会觉得这个东西就在他的旁边，一伸手就能够到。所以，为了让他们感觉到位置的变换，为了让他们学会判断距离，就应该经常带着他们走动，从这里走到那里。等他们具备了判断距离的能力，就不能再采用这种方法，不能随着我们或者他的心意去某个地方。因为只要他们的感觉无误，他们的行动就会发生改变。这种改变值得注意，而且要加以解释。

如果一个人觉得别人的帮助超过了自己的需求，就会觉得不舒服，还会用某种信号表达这种不舒服。这就是孩子啼哭的原因，而且他们啼哭的时刻会很多，因为他们的种种感觉是感性的。所以，如果他们觉得舒服，就会保持沉默；如果觉得不舒服，就会用自己的语言说出来，让别人来帮助自己解除痛苦。他们在清醒的时候，通常都处于有意识的状态；只有睡着的时候，他们才会变成无意识的状态。

我们的所有语言都称得上是艺术品。长期以来，人们一直在探究，是不是有一种所有人共通的语言呢？无疑，这样的语言确实存在，而且它是孩子们在学会说话之前就使用的。这种语言不是咬清音节发出来的，但它具备节奏和重音，而且可以理解。但是因为我们只使用自己的语言，所以忽视开始这种语言，很快就将它完全忘记。如果我们研究孩子，那用不了多长时间，就可以从他们那里重新学会这种语言。在教授这种语言方面，保姆就是最好的教师，因为她们可以完全理解婴儿所说的所有话。她们还能回答婴儿，并且理解双方之间的谈话。对于婴儿来说，虽然他们说的都是一些字眼，但这些字眼毫无意义。他们听懂的并不是这些字眼的含义，而是它所伴随的语调。

除了音调语言，手势语也是一种非常有效的交流方式，而且效果也毫不逊色。但是孩子们并不是用他们柔弱的手来表示这种手势的，而是用脸。这些脸是这么稚嫩，却飞快地变换着表情，真是令人吃惊。在他们的脸上，你能看到迅速出现的微笑、恐惧和欲望。这些都令人感到吃惊，每当你看到这一过程，都会以为自己看到的是另外一张面孔。跟我们的面部肌肉相比，他们的面部肌肉更加灵活。另外，他们的眼睛几乎没什么表情。他们这个年纪还只有物质的需要，所以他们会这样传递信号：在脸上表现出感觉，在眼神中表现出感情。

因为人最初所处的境地是艰苦和柔弱的，所以他最初发出的声音就是悲啼。如果感觉到自己有需求，而自己又无法满足这些需求，就会哭泣，以便获得别人的帮助。不管是饥饿还是口渴，不管是太冷还是太热，他都会啼哭。如果他想活动，人们却硬让他休息，他就会啼哭；如果他想睡觉，人们却硬让他活动，他还会啼哭。他越不能支配自己的生活，越会要求人们改变这种境况。因为他的身上只有一种不舒服的感觉，所以他只有一种语言。因为他自身的器官还没有发育完全，所以他无法辨别它们的不同感受。只要他遇到不满意的事情，就会感到痛苦。

很多人并不在意这些哭声，但是人和周围一切环境的第一个联系，就是由这些哭声产生的，它还是构成社会秩序的那条长长的链条的第一环。

孩子在感到不安的时候，就会啼哭。他也可能是因为自己的某种需求没有得到满足而哭，这时候我们要对他进行观察，找出他的需求并予以满足。如果我们无法找出他的需求或者无法满足他的需求，他就会不停地啼哭，让我们感到厌烦。我们只好哄他，好让他不再啼哭，或者轻轻摇晃他，或者唱儿歌让他入睡。如果他还是哭个不停，也许我们会失去耐心，就会恐吓他，粗暴的保姆甚至会动手打他。在他开始生活的时候，他受到了多么奇怪的教育啊！

在那些令人讨厌的爱哭的孩子中，我就曾看到有一个被保姆打了。我会永远记住这件事情。保姆刚一打他，他就停止了哭泣，我想他是被吓住了，也许他以后会成为一个奴隶成性的人，只要对他采取严酷的手段，就能让他做任何事情。但是我想的并不对，这个挨打的孩子并没有被吓到，而是怒气冲冲，气得喘气都喘不匀了，脸色发青，过了一会儿，他就大声哭泣起来。我想对于这个年纪的孩子来说，这高昂的哭声中包含了所有的怨恨、愤怒和失望。见他这么激动，我真担心他会被气死。我曾经怀疑过人类的心中是不是天生就有正义感和非正义感，可是看到这个例子，我的疑问就打消了。我也相信，对于这个孩子来说，就算有一块滚烫的木炭掉到他的手上，他所感受的痛苦也不如虽然是轻轻地、但是存心侮辱地打他一顿来得深。

在对待孩子们的这种易于激动和愤怒的性情的问题上，一定要十分谨慎小心。波尔哈夫①的看法是，小孩的疾病大部分都是痉挛性的。因为按照比例来说，他们的头比大人的重，他们的神经系统范围更为广阔，更容易受到神经刺激。因为仆人们经常会让孩子感到厌恶、愤怒和烦恼，所以千万不要让他们接触孩子。相比空气和气候对孩子们造成的危害，他们要危险100倍。如果孩子们受到的阻碍只是在事物方面而不是意志方面，他们通常不会表现出反抗或者愤怒，这样他们就能够保持身体健康。因此，那些无人管束的孩子，比那些不断挫败而被认为更好地抚养长大的孩子更为坚强，这就是其中的一个原因。不过要注意一点，遵从他们的意愿和违反他们的意愿并不一样。

孩子们最开始的几声哭泣也许只是一种请求，如果你不注意，很快这几声哭泣就会变成一种命令。这样一来，他们的啼哭一开始只是请求别人的帮助，可是最后却变成了命令别人。由于他们本身十分柔弱，所以一开始他们只是寻求帮助，后来才产生了想要控制和命令别人的想法。不过这种想法并

---

① 荷兰内科医学家。——译者注

不是由于他们的需要才产生的，而是由于我们的服侍造成的。也就是在这方面，我们发现了不是直接由天性产生的道德的影响。由此我们可以看出，为什么在头一年就要分清他们的表情和哭声。

由于小孩无法估计他和想拿的东西之间的距离，所以他会默默地伸出手，以为自己能够够得到那样东西。显然，他的想法并不正确。可是当他又哭又闹，同时又伸出手的时候，就是在命令那个东西到他身边，或者让你拿给他，而不是弄错了距离。如果出现前一种情况，你可以把他抱起来，放到他想要的东西那里；如果出现后一种情况，你不但要假装没有听到，而且他哭得越起劲，你就越不理睬他。一定要尽早让他养成这样的习惯：不要对别人发号施令，因为他不是别人的主人；也不要对东西下命令，因为没有东西会听从他的号令。所以，如果一个孩子想要拿到自己看到的东西，或者看到别人要给他拿东西时，最好把他抱到那样东西旁边，而不是把东西拿到他旁边，这样做他就能够明白其中的原因。他将由此得出一个与他的年龄相称的结论，而且这也是唯一能够让他明白这一点的方法。

圣皮埃尔神父①将成人视为"大孩子"，我们也可以将孩子称为"小大人"。如果用来作为箴言，这些说法是正确的，可是如果仅仅作为一种原理，还需要加以解释。霍布斯②曾经把坏人称为"强壮的孩子"，但实际上他的陈述与事实相矛盾。软弱是一切坏事的根源，孩子是因为软弱而顽皮，如果他拥有强壮有力的身体，就会变得很好。事事都能干的人是不会做坏事的。对于全知全能的上帝来说，如果没有善这一个属性，是很难想象的。一个人只要承认两个原理，就会有这样一种认知：恶不如善。没有这种认知，他们就会提出一些荒谬的

---

① 法国著述家。——译者注
② 英国哲学家。——译者注

假设。请参看后面《一个萨瓦省的牧师的信仰自白》。

只有理性才能教会我们分辨善恶。虽然让我们喜善恨恶的良心是独立于理性的，但是它没有理性就不能发展。我们为善和为恶，在我们的智力还没有充分发展的时候，可以说都不是刻意的。这时候的我们虽然偶尔能分清楚别人涉及我们的行为的善恶，可是我们的行为却没有道德可言。一个孩子总想把他看到的东西都给捣烂，把拿到的物品摔个粉碎。他会像捏着石头一样捏着一只鸟，把鸟儿捏死了，他都不知道自己做了什么。

哲学家是这样解释这种现象发生的原因的：人类天生的缺陷、骄傲、好胜、自尊和邪恶。也许还有一个原因，就是因为孩子们意识到了自身的软弱，为了验证一下自己的力量有多大，所以愿意做一些用力的动作。可是那些年老体衰的老年人情况却不一样。由于人的生命的循环，他们又回归了孩童时期的柔弱状态。他们通常会安安静静地待着，一动都不动。而且他们还希望周围的一切也都是那样安静，任何小小的改变都会让他们感到无趣和焦躁。他们觉得宇宙间的任何东西都应该具备宁静的特性。这两种人虽然年龄不同，但是毫无疑问都是具有生命力的，不同之处在于，孩子们身上的生命力正在发展，而老人们身上的生命力正在消逝。两者的区别就在于成长和衰退，走向生活和趋于死亡。当然，还有这些地方不一样：老人们身上的活力日渐消亡，而孩子们身上的活力却不断增长，不断对周围的一切产生影响。这个时候孩子会觉得自己的生命力能让周围的一切都变得活跃。根本不用在意孩子是在制作东西还是在破坏东西，只需要注意他能不能改变事物，因为所有的改变都是从活动开始的。如果他身上体现出的破坏的倾向较多，也不能说是因为邪恶造成的。真正的原因是，制作东西的活动总是迟缓的，而破坏东西的活动总是迅速的，而这也符合他活泼的性情。

虽然造物主给了孩子们这种活力，但他只会小心地让孩子们有限度地使用它，以免造成伤害。但是一旦孩子将周围的一切人都看作可以利用的工具，他们就会依赖别人去做事，以期达到自己的目的，弥补自己的弱点。也正是因此，他们才会变得令人厌恶，专横，目空一切，调皮捣蛋，不服从别人的管教。这种发展并非源于他们与生俱来的驱使人的心理。这种驱使人的心理是在这种发展过程中形成的，因为很快他们就会意识到，比起自己去动手，动动嘴皮子就可以让一切发生移动更加便利。

随着他们慢慢长大，他们就拥有了能量。这时候他们也能够克制自己，不会像之前那样吵闹和动个不停，他们的肉体和精神就取得了平衡。而大自然对我们的唯一要求，只是保持我们自身所需要的活动，但是这并不意味着他们役使他人的欲望会消失。役使他人的欲望会让他们产生自尊，并助长他们的自尊；而当这种欲望变成习惯，又会加强这种自尊的心理。这就导致了各种奇异的幻想的产生，于是，偏见和个人的看法就会在我们的心里扎根。

明白这个道理之后，我们在偏离自然道路的时候，就能清楚地看到是在何处偏离的，还能知道应该怎样坚持这条道路。

对于孩子们来说，他们不但没有多余的力量，甚至无力实现大自然对他们的要求。因此，让他们使用大自然赋予他们的一切力量就变得非常有必要。同时，他们也不会滥用这些力量，这是第一个准则。

第二个准则是，不管是智力方面还是体力方面，我们都要满足他们身体的一切需求。

第三个准则是，只有当他们真正需要的时候，才能帮助他们。如果是他们的一些胡思乱想和无理的欲望，我们坚决不能服从。因为胡思乱想并不是一种自然的想法，所以就算孩子们无法实现这种想法，也不会觉得难过。

第四个准则是，在他们还不知道装模作样时，就要仔细研究他们的语言和动作，区分他们的欲望中哪些来自自然，哪些来自内心。

这些准则遵循的精神是，给予孩子们更多的真正的自由和更少的权力；多让他们自己动手，少让别人帮他们做事。这样他们就不会因为力不从心的事情而苦恼，因为他们已经养成了这样的习惯：将自己的欲望控制在能力范围之内。

对于为什么只要注意让孩子不要跌倒，不要触碰到可以对他们造成伤害的东西，就不该束缚他们的身体和四肢，我们又找到了一个十分重要的新理由。

比起那些被束缚在襁褓中的孩子，身体和胳膊都自由的孩子哭的次数要少。那些只知道身体需要的孩子，只在痛苦时才哭，这样是很有好处的，因为这样我们就可以准确地知道他是在什么时候需要帮助，如果可能的话，我们还能及时帮助他。但是，如果你无法帮助他减轻痛苦，就要保持镇静，千万不要用抚慰他的办法来让他停止哭泣，因为你对他的爱抚不但无法治愈他的肚子疼，反而会让他知道怎么获得你的疼爱。当他发现了如何才能摆布你，你就会被他控制，那你所有的努力都会白费。

孩子们在活动中碰到的困难越少，哭泣的次数就越少。你越是能够适应孩子们的哭泣，就越不会因为他们的哭泣而受到影响。如果你少去恐吓他们或者娇惯他们，他们就不会那么胆怯或者顽固，这样他们的自然状态就能够得到更好的保护。正是因为我们没有放纵孩子们哭泣，而是一听到他们哭就去爱抚他们，所以他们才哭得越来越激烈。我认为，没人管束的孩子比其他孩子更不容易哭，但是我并不是说让大家不再管束孩子，而是说，首先要预料到他们的想法，不要等他们已经开始哭泣了，才开始想他们需要什么。但是，我也不想看到他们因此对自己受到的照料产生误解，因为一旦他们知道哭泣有多么大的作用，就会用哭泣来达到目的。当他们知道你愿意付出巨大的代价来让他们停止哭泣时，他们自然不会轻易妥协，最后他们向你索取的代价越来越高，让你根本无力支付。

这样的话，如果他们哭了一段时间还无法达到目的，就会更加用力地哭泣，直到筋疲力尽，情况严重的话甚至可能哭死过去。

如果一个孩子长时间哭泣，但哭泣的原因既不是受到了束缚，也不是健康问题或者无法得到什么东西，那就是因为习惯或者固执。而且，这个孩子的哭泣不是由大自然造成的，而是由保姆造成的。因为保姆不知道要忍受孩子的一再哭泣，才会让他哭泣的时间越来越长。她当然不会知道，虽然她今天让孩子安静了下来，但他明天会哭得更厉害。

另外，如果孩子是因为习惯或者固执哭泣，那解决这个问题的可靠办法就是用一个好看的东西来转移他的注意力，让他忘记哭泣。可以说，很多保姆都懂这个艺术，如果能够把这个艺术应用得当，将会有很好的作用。但是要注意一点，不要让孩子发现你们是在有意分散他的注意力，在这么做的时候，要让孩子认为你没有注意他，而很多保姆恰恰就在这一点上做得不好。

大多数孩子断奶的时间都太早了，应该到长牙的时候才断奶。整体而言，长牙是非常疼的，孩子们出于本能，经常会本能地将自己手里的东西放到嘴里去咬。人们普遍认为，为了帮助孩子们完成这个过程，应该给他们一些象牙或者狼牙之类的硬物，但是我并不认同这一点。把坚硬的东西放在柔软的牙龈上，不但无法让牙龈变得柔软，反而会让它因为长出老茧而变得更硬，从而导致肌肉在破裂的时候更加难受、更加痛苦。我们还以动物的本能为例子，对这一点进行证明。我们发现，小狗用来摩擦自己正在生长的牙齿的东西，不是石头、铁或者骨头，而是木头、皮革、破布和柔软的东西。因为这些东西能够咬得动，牙齿可以在上面咬出痕迹。

我们根本没有简朴的概念，就连给孩子们用的玩具也弄得非常奢华。有的玩具是一些金、银、珊瑚做成的铃铛、小水晶片以及各种贵或便宜的玩具。这些东西不但没有用处，反而有害。舍弃这些东西吧！不要给他们什么铃铛，也不要给他们玩具，同时也应该禁止这些东西：一根有叶子或果实的树枝，一根他可以吸吮和咀嚼的甘草。因为这些东西跟那些华丽的玩具一样，虽然可以让他们玩得十分开心，但也会让他们生下来就习惯了奢侈。

众所周知，奶面糊并不是一种有益健康的食物。煮得滚烫的奶和生面粉会产生很多难以消化的残留物，很不适合我们的胃，而且和面包里的面粉相比，奶面糊里的面粉并没有彻底变熟，也没有经过发酵，在我看来，面包、牛奶和米浆都比它好。如果有谁一定要做奶面糊，最好先将面粉烘一下。在我的家乡，人们会用这样炒过的面粉做一种非常美味而且有益健康的汤。肉汤和肉汁这样的食品要尽量少吃，因为它们并没有什么价值。要让孩子先习惯咀嚼食物，这对牙齿的生长有好处。当他们往肚子里咽东西的时候，食物中混合的唾液就可以帮助消化。

所以，一开始我就会让他们咀嚼干果和面包皮。我还会拿一些条状的硬面包和类似皮埃蒙特①的面包饼干（也就是乡下人所说的"格里斯"），给他们作玩物。他们把这些面包放到嘴里，软化一些后，就会吞掉其中的一部分，这样他们的牙齿就长出来了，而且还能帮助他们在不知不觉中断奶。有些农民的胃非常好，所以他们断奶时没什么麻烦。

孩子们刚一出生，就能听懂我们说话。而且在他们能够听懂甚至模仿我们说话之前，就已经开始了跟我们的谈话。因为他们的发音器官还非常迟钝，所以只能慢慢地模仿听到的声音。但是现在还不能确定这些声音是不是像传入我们的耳朵中一样清楚地传到他们的耳朵中。我并不反对保姆用歌曲和欢快多变的声调逗孩子开心，但是我反对她们用一大堆的废话将孩子们搞得头昏脑涨。因为孩子们除了其中的语调，其他

---

① 意大利省份，毗邻法国。——译者注

的什么都听不懂。我希望我们要让他们听懂的头几个发音一定不要太多，还要简单清楚，要反复说给他们听，而且这几个发音表达的意思也得是他们经常看到的事物。但是遗憾的是，我们通常很容易相信我们不明白的话，这种情况开始得比人们想象得还要早。小学生在课堂里听到教师的唠叨，就像在襁褓中听到保姆的喋喋不休一样。我认为，让他们学会不去听那些废话，就是对他们进行了非常有用的教育。

如果我们研究孩子们的语言形式和最初的语句，就能产生很多想法。无论我们采取什么样的办法，他们总是用同样的方式说话。在这里，哲学上的各种空论毫无用处。

首先，他们有着适合他们年龄的语法，而且语法规则比我们的更加通用。稍加注意我们就会发现，他们可以精准地效仿某些类同语，也许你可以说这些类同语有语病，但是它们非常有规律。要说它们刺耳，也是因为它们说起来很生硬，而且大家也不习惯这样说话。刚才我听到一个孩子对他爸爸说："爸爸，我去哪里？"然后他爸爸就把他训了一顿。仔细观察就能看出，这个孩子对同类语的模仿，水平要好过我们的语法家。因为既然我们可以对孩子说"去那里"，那么他自然也可以说"我到哪里去"，我们还要注意，他在这样说的时候，巧妙地避免了"irai-jey"或"yiraije"这两种说法中元音的重复。我们不知道该怎么处理句子中的指示副词"那里"，所以不合适地把它去掉了。如果我们把这个错误推到这个可怜的孩子身上，实在是有些说不过去。要是有谁硬要纠正这些孩子不符合习惯的小错误，只能说是非常迂腐，而且在做一件让人无法忍受的事情。随着时间的推移，他们自己就会改掉这些错误。在他们面前一定要说正确的话，要让他们产生这样的感觉：跟你谈话比跟别人谈话要愉快得多。他们不需要你们去纠正他们的语言，他们会按照你们的语言去改变他们的语言。

还有一个非常严重而且难以防范的问题就是人们总是迫切地想要教孩子们说话，好像担心他们学不会说话一样，这样的做法非常草率，也会适得其反。因为大人们这样的做法，孩子们说话会更迟，而且更加含混不清。如果我们过分注意他们说的话的内容，就会忽略他们的音节发音。这么做的结果就是，因为他们懒得张大嘴，所以有些人一生都有发音的毛病，说话也没有条理性，让别人根本无法理解。

我跟乡下人一起生活了很长时间，我发现在他们当中，不管是男人还是妇女，男孩还是女孩，都没有人卷着舌头发"R"音，这是为什么呢？难道是他们的发音器官跟我们的不一样吗？当然不是。原因是他们的练习方法不同。我的窗子前面有一个土坡，那里的孩子经常聚集到这里玩耍。虽然我们隔着相当远的一段距离，但是我能听出他们在说些什么。我在写这本书的时候，经常会回忆起他们说的话。我的耳朵会让我们弄混他们的年纪，听声音我还以为是一些十几岁的孩子们在说话，可是仔细一看，都是些三四岁孩子们的面孔和身材。不光我一个人搞错，一些来看我的城里人也会犯同样的错误（我曾跟他们谈起过这件事）。

出现这种情况的原因，是因为那些城里长到五六岁的孩子都是待在房间里，由保姆照看。只要他们一说话，别人就可以听见。他们动动嘴唇，人们就会煞费苦心地去理解他们的意思。他们发音通常非常费力，就算别人教他们讲话，他们也学得不太好。所以他们周围的那些人只要稍加注意，就能猜到他们想说什么，根本不用去听他们到底说了些什么。

乡下的情况则完全不同。一个农村妇女并不会一直陪在孩子身边，所以孩子必须大声而且准确无误地说出自己想说的话，才能让别人明白自己的意思。在田野里的孩子必须要练习让远处的人能够听到他说的话，并练习调整声音的大小以适应他和听话人之间的距离。因为只有这样，他才能让不在自己身边的爸爸、妈妈和其他孩子听清自己的话。这才是学习发音的正确方法，而不是听细心照顾他的保姆在他的耳朵旁边嘀咕几声就可以了。如果你问一个农家孩子问题，除非他因为害羞而不敢回答你，但是，如果他回答你，就一定会回答得非常准确；城里的孩子则不一样，他们通常需要保姆来做翻译，如果没有这个翻译，人们根本听不懂他在牙缝里咕哝些什么。

男孩长大之后会进入中学，女孩长大之后会进入女修院，在此期间他们可以改正自己的缺点，所以跟在家里成长起来的孩子相比，这些男孩和女孩讲话会讲得更清楚一些，但是他们无法像农民那样发音。因为他们要记住很多东西，要提高嗓门背诵课文。不过他们的背诵非常糟糕，因为他们在学说话的时候就结结巴巴的，发音很随便，非常不准，所以他们需要花费很大的力气才能找到要背诵的词句，于是只好拖长词儿的音节。如果他们记得不是很清楚，说话时舌头就会打结，这样一来，他们就养成或者保持了发音上的毛病。以后你们会看到，这样的毛病不会出现在我的爱弥儿身上，或者就算出现了这种毛病，也不是以上这些原因造成的。

我不否认，一般平民和农村居民会走上另外一个极端。他们总是在说话的时候发出很高的声音，因为无法准确发音，他们的语音显得非常粗笨，而且语调很重，也不太善于恰当地选择用词。

但是我认为，因为说话的首要原则是让别人听懂你在说什么，所以和另一个极端的坏处相比，这个极端的坏处要少得多。毕竟，如果我们要说话，最怕就是说完之后别人理解不了。一个人夸自己没有一点儿腔调，就说在说自己，失去了语句的优美和力量。腔调是语言的灵魂，没有腔调的话就谈不上动人和真实。腔调跟我们说的那些带有欺骗性的话不一样，是非常真实的，也因此受过很多教育的人才会害怕它。有的人说什么话都是一个腔调，所以能够在让对方没有意识到的情况下嘲弄对方。既然在说话中不能带腔调，那么一种可笑的、装腔作势的、迎合时髦的谈话方式就应运而生。我们见到的宫廷少年，采用的就是这种谈话方式。其他国家的人为什么会觉得法国人无聊和讨厌？就是因为矫揉造作的言谈举止。法国人在谈话的时候不但没有腔调，而且装模作样，因此不讨人喜欢。

人们非常担心孩子们会染上语言上的这些小毛病，实际上，这些毛病根本无足轻重，轻而易举地就可以预防和纠正。但是要想纠正以下原因染上的毛病就很有难度了：由于你的缘故，他们总是欲言又止，说话的时候慌慌张张。因为你总是批评他们的声调，所以他们总会挑剔自己的字眼。一个只会和女子讲话的人所说的话，士兵根本听不懂，也根本无法制止暴乱的乌合之众。所以在教孩子们讲话的时候，首先要教他们对成年人讲话。至于和女子说话，将来他们有需要的时候自然可以学会。

如果你的孩子是在乡村自由自在的环境中长大的，他的声音就会十分洪亮，也不可能染上城里的孩子们那种说话犹豫、结巴的毛病，也不会学到乡下人的词汇和语调，就算他学会了，也很容易改正。只要教师从他一出生就跟他一起生活，不让他和陌生人在一起，就可以用正确的语言来消除乡下人的语言对他的影响。将来爱弥儿也能和我一样讲一口纯粹的法语，但是他的清晰度和发音方面都比我更胜一筹。

如果一个孩子正在学习说话，他只听他能够听懂的话，只讲他能够发音准确的词。他在这方面所做的一切努力，可以让他反复发出一个音节，从而把这个音节发得更清楚。如果他说话有些结巴，说不明白，你也不用费劲去猜测他在说什么。希望别人按照他说的做，也是一种驾驭他人的表现，这对孩子并不好。你唯一要做的事情就是仔细观察他真正的需求，应该让他试着使你明白你没有听懂的话。我们没有必要强迫他大说特说，等他觉得有需求，自己就会把话说好。

有人说，那些很晚才开口讲话的人肯定不如别人讲得清楚。我对此并不否认，但也要指出一点：并不是因为他们说话晚才导致发音器官受到阻碍，而是因为他们出生的时候发音器官有阻碍，所以才说话晚，否则的话，要怎么解释他们说话比别人晚呢？难道是因为他们没有说话的机会，或者说缺乏被鼓励讲话的机会吗？事实恰好相反。因为人们如果发现孩子们很晚还不会说话，就会感到十分焦虑，就会尽心尽力地教孩子们讲话。他们在这样的孩子身上花费的时间和精力，要多于那些早就能够咬清音节发音的孩子。毫无疑问，这种错误的热情可能导致孩子的说话变得更混乱，如果我们不操之过急，时间会让他们说得更好。

那些被迫过早说话的孩子没有足够的时间好好学习发音，也没有时间认真思考你教他们说的话。如果你放弃这种做法，而是让他们自己去学习，他们就会从简单的音开始练习。等他们通过手势的帮助，慢慢地将这些语音的意思表达给你，就会向你说他们想说的话，而不是你让他们说的话，这样他们就会在弄明白你想让他们说的话之后才开始说。由于不急于使用它们，他们首先要仔细体会它们的意义，在明白其中的意思之后，才会采用。

儿童过早地使用语言所造成的最大危害并不是让他们无法理解你最开始向他们说的话和他们自己一开始讲的话的意思，而是他们会按照跟我们不同的意思进行理解，而我们根本察觉不到。因此会出现这种情况：他们表面上看起来回答得非常正确，但实际上根本不懂我们的意思，而我们也没有懂他们的意思。这就是我们会对他们的话感到惊讶的最常见的原因，我们觉得他们的话会有某种意思，可实际上并没有。我觉得，就是因为我们忽视了孩子们到底是怎么理解我们说的话，才造成了他们最初的误解，就算之后这些误解得到纠正，他余生的心情也会受到这种影响，我会在下一章中举例说明这一点。

因此，有必要尽量限制孩子们的词汇。如果他们的词汇超过他们的想法，他们会讲的事情超过他们对事情的理解，这是一个非常大的弊病。比起城里人，乡下人的思路之所以更正确，就是因为他们的词汇量较小，虽然他们的概念没有那么多，但他们可以很好地进行理解。

一开始，一个孩子的发展通常比较均衡。他几乎在同一时间学会说话、吃饭和走路，这可以说是他人生的第一个时期。在这之前，他跟在母亲怀中的样子没什么区别，不存在任何心情和想法，甚至连感觉都没有，连自己的存在都意识不到。

他拥有生命，但是没有意识到这一点。

奥维德：《哀歌》第 1 卷

在这里我们要结束对幼儿期的谈论，开始谈人生的第二个时期，也就是儿童期。这么说的原因，这是因为"幼儿"和"儿童"的含义不同。幼儿是"还不具备说话能力的人"，包含在"儿童"之中。因此我们能在瓦勒尔－马克西姆①的著作中看到"幼稚的儿童"这样的词汇，不过，我会继续按照我们的语言习惯来使用这个词，直到可以用其他的名字来表明其年龄。

　　孩子开始说话时，用于啼哭的时间就会减少。这是一种非常自然的进步，是一种语言在取代另一种语言。只要他们可以用语言来表达自己的痛苦，只要他们还没有痛得说不出话，就不会用哭来表示。所以，如果他们不停地哭，就是他们身边的人的责任。爱弥儿可以说"我很痛"，但是直到痛得非常剧烈的时候，他才会哭出来。

　　如果一个非常聪明的孩子无缘无故地哭起来，我就会听之任之，等他觉得这么做一点效果都没有的时候，我就很快地

　　① 罗马修辞学家、历史学家。——译者注

让他擦干眼泪。只要他不停止哭泣，我就不会走近他；他刚一停止哭泣，我就会立刻来到他身边。很快他就不会再采用啼哭的方法来呼唤我，或者就算要哭也只哭一两声。所以，孩子们是根据可以感觉到的效果来判断一件事情是否有意义，对他们来说，没有任何意义是固定不变的。因此，孩子在独处的时候，不管他受了怎样的创痛都不会哭，除非他想让别人听到他的哭泣。

如果孩子不小心摔倒了，撞到了头，流鼻血或者戳伤了手指，我都不会惊慌失措地走到他身边，只会安静地站在那里，至少也要等一段时间再走到他身边。既然他已经受了伤，他就要忍受，如果看到我这么慌张，他心中一定会更加恐惧，疼痛感也会加剧。事实上，在我们受伤的时候，让我们痛苦的并不是伤痛本身，而是恐惧的心情，而我采取这样的做法，至少让他免除了恐惧。毫无疑问，他会根据我对待他的伤痛的态度来判断他受的伤，如果他看到我着急地跑到他身边去安慰他，露出难过的表情，他就会觉得他受了重伤；如果他看到我十分平静，那他很快也会恢复平静，以为伤口已经愈合，不会再痛。这正是他应该学会勇敢的年龄，当他能够毫不畏惧地忍受轻微痛苦的时候，就能逐渐学会承受更大的痛苦。

我不会煞费苦心地防止爱弥儿受伤，反而会担心他在不遭受任何痛苦的情况下长大。他应该学习的第一课就是忍受痛苦，这也是最有用的一课。孩子们这么弱小的原因，似乎就是没有受到这些没有危险的重要教训。如果孩子从高处跌下来，腿也不会摔断；如果孩子不小心用棍子打了自己一下，也不会把自己的胳膊打断；如果孩子拿着一把锋利的刀子，因为他不会抓得很紧，所以也不会弄出很深的伤口。如果人们不是随意地把孩子留在高处，或者让他独自坐在火炉边，或者把危险的器具放在他触手可及的地方，孩子是不会将自己弄死、弄成残疾或重伤的。有些人为了避免孩子受到伤害，会用各种东西把孩子围起来，这样做的后果就是，孩子没有勇气和经验来面对长大后受到的痛苦，稍微刺痛自己就以为性命不保，看见自己流了一点血就昏倒。这种结果只能说明这些东西毫无用处。

我们总是喜欢教训别人，也喜欢炫耀自己的博学。有些东西孩子们原本可以自己学得更好，可我们偏要去教他们，却忘了教他们只有我们才能教他们的事情。我们甚至花了很大的工夫去教孩子走路，似乎是见过有谁因为保姆的疏忽而长大后不会走路似的。其实在教孩子方面，这是最愚蠢的事情。我们可以看到，正是因为我们花了大力气来教孩子走路，导致很多孩子一辈子都走不好路。

爱弥儿将来不会使用学步车，也不会用小推车和引步带。当他学会迈开脚步的时候，我只会在他走到有石头的地方时才会扶他，而我扶他的目的也只是让他快点走过去①。我不会让他在空气混浊的屋子里待着，而是每天带他去草地上，让他在那里蹦跳玩耍，让他每天跌倒 100 次。这样对他是有好处的，他可以很快就能够学会自己爬起来。虽然他会受到许多小伤，但是从自由中得到的益处足以弥补。也许我的学生身上会有一些小伤，但他总是开心快乐；也许你的学生身上没有这么多伤，但他们并不自由，也没有那么快乐。我认为这对他们没什么好处。

随着力量的增强，孩子们会觉得哭泣没有必要。他们遇到事情总是靠自己解决，所以不用频繁向别人寻求帮助。随着力量而来的是智力的发展，就是在这第二个阶段，他的个人生活开始了。在他人生的每个时刻，记忆力都会延续自我的感觉；这时候他已经有了自我的感觉，已经是一个真正的人，已经有了决定自己的能力，从现在开始，我们应该把他视为一个有智

---

① 那些在小时候总是使用引步带牵着学走路的人走路是最滑稽最不稳当的了，这是众所周知的事实。可是，就是因为它是真实的，不管从哪个方面来说都是真实的，所以反倒被人觉得稀松平常。——原注

慧的人。

诚然，我们可以给生命的期限定义一个最长的时间段，并且让每个人都有可能达到这个期限。但是，给每个人设定一个寿命在所有的事情中是最不可靠的，因为很少有人可以达到这个最长期限。生命最开始的一段时间，最有可能遭遇危险。对生活的体验越少，保持生命的希望也就越小。最多只有一半的孩子能够长成青年，也许你的学生都无法长大成人。

我很想知道，在我们看到残酷的教育为了换取不确定的未来而牺牲现在，给孩子加上各种束缚；为了让他迎接他可能永远无法享受到的幸福，而把他弄得那么可怜时，我们会有怎样的想法。当我看到那些可怜的孩子必须忍受难以忍受的束缚，像服苦役的囚犯一样无休止地工作，我会感到无比愤慨，而且觉得这种做法对他们一点好处都没有，即便这种教育的目的是好的。就这样，孩子们在哭泣、惩罚、恐吓和奴役中度过了原本应该快乐的时光。你们确实是出于好心才这样折磨那些孩子，殊不知这为他们带来了死亡，让他们在阴暗的环境中慢慢逝去。到底有多少孩子成了父亲或教师过分小心照料的牺牲品，我们不得而知。我想，能够免于这种残酷行为的孩子，可以说十分幸运。孩子们在遭受了各种苦难后，唯一的好处就是在离开这个世界时不会感到后悔，因为他们这一生总是不断地遇到各种苦难。

仁慈是人的第一个天职，不管一个人的身份和年龄如何，只要他有着人类的特点，你们都要对他怀有仁慈之心。换言之，仁慈是唯一的美德，要关心和爱护儿童，帮他们做游戏，让他们快乐，把他们培养得可爱。你们也非常依恋那充满快乐和安详的童年，那又为什么要阻挠孩子们享受这短暂的时光？为什么要阻挠他们享受这珍贵的财富？和你们一样，他们的童年也十分短暂，那你们又为什么要让这段时间充满痛苦和悲伤？父亲们，你们知道死神会在什么时候召唤你们的孩子吗？所以，不要剥夺大自然给予他们的这短暂的欢乐时光，否则你们会追悔莫及。让他们在可以享受欢乐的时候去享受，在上帝召唤他们之前，你要让他们享受到生命的乐趣。

毫无疑问，很多人会反对我。我从很远的地方就能听到那些表面聪明的人的叫嚣。他们让我们的本性沉沦，对现在视而不见，只去追求那不可能到来的未来；他们让我们离开现实世界，走到那永远也无法达到的地方。

你们告诉我，现在正是改正人的不良倾向的好时机，童年时期对痛苦的感觉最不强烈，所以现在应该让他多受一些痛苦，才能让他成年时期不那么痛苦。可是我不知道是谁给了你们这样做的权利，是谁跟你们说对一个孩子脆弱的心灵进行这样的教训，就能让他将来少受到一些伤害？你又是怎么知道，让孩子多受折磨就可以省去一些麻烦的？既然你无法确定现在的苦难会解除将来的苦难，又为什么让他承受现在还无法承受的痛苦？对于你们准备医治的他们那些不好的习惯，你有什么证据能确定它们不是来自你错误的做法，而是自然的需求呢？应该不能吧。你们为了将来有一天他们能够获得幸福，就让他现在这么可怜，这样的远虑毫无价值。这些粗鄙的理论家已经无法区分放纵和自由、快乐的孩子和娇生惯养的孩子，在这里，我们一定要让他们知道其中是有区别的。

我们只有知道了如何让自己适合自己的环境，才会避免追逐幻想。人类在万物的秩序中有着自己的地位，而童年在人生的秩序中也有自己的地位，所以有必要把大人看成大人，把孩子看成孩子。为了让人幸福，我们能做的就是：把每个人分配到自己的地位上，并固定在那里，按照人的天性来处理欲望，至于其他的事情，就要根据具体情况来处理。我们要知道，外因并不是我们可以决定的。

绝对的幸福或绝对的痛苦是什么样的，谁都不知道，因为它们在人的一生中是互相夹杂的。我们无法只领会其中一种感觉，也不可能同时感受两种不同的时刻。我们的情感复杂多变，就像我们的身体一样。每个人都有幸福和痛苦，只是程度有所不同。最幸福的人遭受的痛苦最少，最可怜的人感受的快乐最少。所以人的痛苦都多于快乐，我们只能消极地看待幸福：痛苦少的人，就是幸福的人。

所有痛苦的感觉都伴随着痛苦的愿望，所有快乐的想法都伴随着快乐的愿望。所以，缺乏快乐的人才会产生愿望，痛苦在感到缺乏快乐的那一刻就会出现。因此，我们之所以痛苦，就是因为愿望和能力的不匹配。如果一个有感觉的人的能力无法匹配他的愿望，他就是一个绝对痛苦的人。

这就产生了一个问题：人怎样才能通往智慧和幸福。要想解决这个问题，仅仅限制我们的欲望是不够的，因为如果我们的能力大于欲望，就会有一些能力无用，那我们就无法享受我们的存在。同样，也不能靠增加能力来解决这个问题，因为如果欲望的增加幅度超过了能力增加的幅度，我们就会感到痛苦。因此，要想解决这个问题，办法就是减少那些超过我们能力的欲望，在能力和意志之间建立一个完美的平衡；必须让所有的力量都得到使用，才能保持心灵的平静，才能让生活变得有序。

大自然这样安排人，是因为它总是向着最好的方面去做。一开始，它让人能够拥有足够的欲望去维持生存，并有足够的能力来满足这种欲望。然后，它将剩下的能力都蕴藏在人的心灵深处，有需要的时候再动用。在这种原始的状态下，欲望和能力才能够平衡，人才不会觉得痛苦。想象力是所有能力中最为活跃的，一旦潜在的能力开始发挥作用，想象力就会率先苏醒，并开始发展。我们可能达到的或好或坏的结果都是通过这种想象力体现的。我们有了满足欲望的希望，欲望也因此得到增长。这时候，一开始那个近在眼前的目标就开始急速地向前移动，让我们似乎追不到。就在我们觉得已经追到的时候，它会变换一番模样，远远地呈现在我们面前，这样我们就无法看到我们的经历，也不再会去想，而没有涉足的领域却在不断增加。所以，就算我们竭尽全力也无法到达终点，我们越是觉得自己在享受就越远离幸福。

相反，人越接近自然状态，能力就越能匹配欲望，他就更能获得幸福。当他觉得自己失去一切的时候，他的痛苦最轻微。因为缺乏某样东西不会造成痛苦，需要某样东西才会。

真实的世界存在界限，想象的世界则是无限的。既然我们无法让一个世界变得更大，就有必要限制另一个世界。因为让我们感到烦恼的各种痛苦，都是由于这种差别而产生的。如果不看体力、健康和良知，有着不同的看法的人也会有着不同的幸福。除了身体的痛苦和良心的谴责，我们所有的痛苦都是想象出来的。也许有人会说，人人都知道这个原理，我对此并不否认，但是，这个原理的实际应用跟它本身并不一样，而我在这里说的就是运用问题。

我们总说人非常"柔弱"，那"柔弱"到底是什么意思？它指的是一种关系，我们在表达生存关系的时候总会用到。即使是一只昆虫，如果它的体力超过需求，它也是非常强大的；而即使是一头大象、一只狮子或者一个战胜者、一个英雄、一个神，只要它的需求超过了体力，就是非常弱小的。完全不了解自己的天性而强行做事的天使，比那些根据自己的天性而平安祥和地生活的人还要柔弱。所以满足于自己当下力量的人就是强者，想要做自己能力之外的事情的人就是弱者；所以就算你扩大了自己的官能，也不表示你的体力会增加。如果你的骄傲之心远超你的体力，那你的体力就会减少。我们要对自己的活动范围进行测量，就像蜘蛛待在蜘蛛网中间一样，我们也要待在那个范围的中央。如此一来，我们就不会抱怨自己的柔弱，而是感到满足，因为我们并没有意识到自己的柔弱。

其他动物只拥有维持自己的生存所需要的能力，而人类拥有的能力更多。但是，这多余的能力正是造成人的不幸的根源，这是不是非常奇怪？不管什么地方的人都能创造出比自己的需求多得多的物资，如果这个人十分贤明，不在乎是否有多余，就会觉得自己的需求得到了满足，因为他根本不想有太多的东西。法沃兰说："巨大的财富产生了巨大的需要。如果有谁想获得自己缺少的东西，最好舍弃掉已有的东西。"我们绞尽脑汁要增加自己的幸福，才会把幸福变成痛苦。如果一个人能够满足当下的生活，他就会十分快乐，也会变得十分善良，因为他不能通过做坏事来获得好处。

如果我们能在这个世界上永生，反而会更加悲惨。毫无疑问，死会让人觉得痛苦，但是，如果我们想到终有一天会死去，想到这辈子遭受的痛苦会被一种更好的生活来终结，我们会变得十分轻松。就算有人愿意让我们永生，也没有人会接受这个不祥的礼物①，因为如果是这样，我们就没有办法来对付命运的残酷和人的不公，也会失去希望和慰藉。愚蠢的人没有远见，他很怕失去自己的生命，因为他对生命的价值知之甚少；智慧的人能够看到更宝贵的财富，所以他愿意舍弃生命而要那种更宝贵的财富。是谁让我们只看到死，而看不到死后的情景的呢？是谁让我们把死看成最大的痛苦的呢？是那些不深入研究问题和自以为聪明的人。聪明的人觉得应该忍受生活中的各种痛苦，因为最后一定会死去。如果我们不相信人终究有一死，又要花很多的精力来巩固这一看法。

除了犯罪，让我们的精神感到痛苦的另外一个因素就是个人的偏见。而到底要不要犯罪，决定权就在我们自己手上。我们身上的痛苦和我们无法共存，总有一个要被另一个消灭。时间和死亡是医治我们痛苦的最好的药物。我们越是不知道怎么忍受，就越会感到痛苦。跟忍受疾病遭受的痛苦相比，我们治疗疾病遭受的痛苦更多。所以，我们最好按照自然生活，要有足够的耐心，要摆脱所有的医生。因为我们终有一死，但是死亡的感觉只有一次，可是有了医生之后，他会让死亡的感觉整天充斥在你的脑海中。他那虚假的医术非但不能延长你的生命，反而剥夺了你所有的快乐。对于医学给人们带来了什

———

① 不难想象，我在这里说的是有思想的人，而不是指所有人。——原注

么真正的好处，我一直持怀疑态度。我承认，医生们确实治好了很多将死之人，可另外，他们伤害了更多原本可以活下来的人。我要劝告那些聪明的人，不要去碰这种运气，因为大概率会失败。所以，不管是身患疾病还是死亡，还是进行治疗，最重要的是你能活到生命的最后一分钟。

人的习惯中充满了荒唐和矛盾。我们的生命越是缺少价值，我们就越会觉得忧虑。和年轻人相比，老年人更加依赖习惯。他们曾经为了享受而进行了各种准备，自然不想白白放弃这些准备。这也是容易理解的。如果一个人到了 60 岁，那最让他伤心的事情就是在他离世的那一刹那还没有快乐地生活过。诚然，每个人都很爱护自己的生命。但是并不是每个人都知道，这种爱大部分是人为的。从天性来说，一个人只有在有能力保护生命的时候，才会对自己的生命感到忧虑，如果他束手无策，他的心情就会非常平静，死亡的时候也不会有那么多烦恼。每个人都要遵循的第一个法则是：生命由上天决定。这是自然教给我们的法则。野蛮人和野兽面对死亡的时候，通常不会过多反抗，而是默默忍受。如果破坏了这个法则，就会从理性中产生另外一个法则，但是认识这个法则的人并不多。跟第一个法则相比，这个由人决定生命长短的法则并没有那么充实，也没有那么完整。

我们为什么总要去做能力范围之外的事情？为什么要向往那些永远达不到的未来？就是因为远虑，它也是我们所有烦恼的真正根源。人的一生本来就十分短暂，却忽视可靠的现在，追求渺远的未来，真是疯了！这种发疯的做法害处更大，因为随着年龄的增长，这种想法会越来越多，让老年人变得十分多疑、焦虑和吝啬，宁可在现在把一切都节约下来，也不愿死后缺少那些可有可无的东西。现在，我们要把一切都掌控在手里。对于我们而言，现在和将来会拥有的时间、地方、人和东西才是最重要的，而个体只是我们最小的部分。完全可以说，我们每个人都能感受到整个世界，感受到自己在大地上的存在。在我们容易受到别人伤害的地方，我们感受到的痛苦很多，这并不奇怪。很多君王都因为失去自己从未见过的土地而痛苦，有很多商人都因为无法涉足印度而在巴黎大声叫喊。

显然，人这样迷失本性和大自然无关。每一个人为了知道自己这样死亡是快乐还是悲伤，都要将自己的命运跟别人的进行对比，并且直到生命的最后一刻才了解自己的命运。我曾经见过一个人，他心情愉快，身体健康，精力充沛。他走到任何一处都能让人觉得高兴，他的眼睛里闪烁着愉快和幸福的光芒。从他的面貌不难判断出，他非常幸福。邮局送来一封信，这个幸福的人看了看是写给自己的，就打开信读了起来，顷刻间他的表情发生了巨大的变化，他的脸色苍白，突然晕厥了过去，等他苏醒过来的时候，就像变了一个人一样，开始大声哭泣，浑身抽搐，撕扯着自己的头发，像是患上了令人恐怖的痉挛一样。我只能说这个人真是太愚蠢了，这封信能给你造成什么样的伤害呢？它是让你断了手还是断了脚，还是把你引向了犯罪，还是对你的内心造成了极大的震撼，才让你变成我看到的这个痛苦的样子？

我觉得，如果出现以下这种情况，这个又幸福又可怜的人的命运就会成为一个奇怪的问题：那封信投错了地址，或者一个好心人把它付之一炬。你们说他是真的很痛苦，我承认这一点，只是他以前没有察觉到而已。我认为他的幸福来自他的想象，因为健康、快乐、富足和内心的满足都是一种幻象。实际上，我们没有按照我们的能力进行生活，我们的生活已经超出了我们的能力范围之外，所以，只要我们不缺乏生活资源，就不用害怕死亡。

我要奉劝你们，只要按照你们的能力生活，就不会再那样痛苦了。你要牢牢占据大自然在万物的秩序中给你指定的位置，不要违背严厉的自然法则，不要徒劳地抵抗上天赐予你的力量。上天之所以要赋予你体力，不是让你把生命扩充和延长，而是让你按照自己的意愿行事，在它允许的范围内生活，你要根据你自己的体力来决定你能享受的自由和权利，不要超出它的范围，除此之外，一切都是奴役、幻象和虚名。如果权力需要舆论作为支撑，那它本身就带有奴隶性，因为你要遵从那些你用偏见来统治的人的偏见。要想按照你的想法支配他们，你要按照他们的想法行事，哪怕他们的想法发生一点点改变，你就得随之改变。那些接近你的人，那些大臣、军人、僧侣、奴仆、拍马屁的人和小孩子，只要能够想方设法控制处于你控制之下的人，或者控制你宠爱的人的想法，又或者能够决定你的家人或者你自己的思想，那么就算你有泰米斯托克里①那样的才情，他们也可以在你的军队中像指挥一个小孩一样指挥你，如此一来，你就会白费工夫，因为无论你做什么，你的实际权力永远不会超出你自己的能力范围。当你用他人的眼光来观察事物，你的意志就要受制于别人的意志。你骄傲地说："我统治着人民。"可是你又是谁呢？你也臣服于你的大臣，而你的大臣又是他们的臣子的臣子，是他们的仆人的仆人。你把一切都掌控在手中，然后大量抛撒金钱，你修筑炮台，竖立绞刑架，制造刑车，还要发布各种命令，让密探、军队、刽子手、监狱和锁链成倍增加，你真是一个可怜而渺小的人，这一切对你有什么用处呢？是能让你从中获得更大的利益，还是让你少受他人的抢劫或者欺骗，还是让你拥有更大的权力呢？这一切都不可能实现。你经常会说"我们想这样做"，可是你做的又是什么事呢？是别人想做的事。

　　不需要借助他人之手来实现自己意志的人，才能为所欲为。可以说，在所有的财富中，权威不是最可贵的，自由才是。只想获得自己能够获得的东西，只做自己喜欢做的事的人，才是自由的人，这就是我的第一个基本原理。只要把这个原理应用在儿童身上，就会不断得出各种教育法则。

　　社会为什么让人变得更柔弱了？一个原因是，它让一个人

　　① 雅典军事家，国务活动家。——原注

无法运用自己的力量；另一个原因是，它让人的力量无法满足自己的需求。这也正是一个人的柔弱程度增加，欲望也会随之成倍增长的原因，同时也可以解释为什么孩子比成人更加柔弱。成人为什么很强？孩子为什么很弱？并不是因为成人的体力大于孩子，而是因为就自然状态来说，成人可以满足自己的需要，孩子却不能，所以成人拥有得更多的是意志，孩子拥有的更多的是虚妄的想法。我说的虚妄的想法就是并非真正需求，而是只有在别人的帮助下才能得到满足的欲望。

我已经给出了这种柔弱的状态的原因。大自然用来弥补这种缺陷的东西就是父母的爱。但是，父母的爱可能出现过度或者不足，甚至不恰当的情况。文明社会中的父母经常在孩子还没成年就让他过早地过上这种社会的生活：他们给孩子的东西超出了孩子的需要，这样做的结果就是让他更加柔弱；他们还强迫孩子做那些大自然都没有做出要求的事情。他们让孩子按照他们的意愿来使用自己不多的一点力气，再加上孩子的柔弱和父母的爱护让他们形成了一种相互依赖的关系，孩子就变得更加柔弱。

聪明的人知道该怎样稳固自己的地位，可是不知道自己的地位如何的孩子是做不到这一点的。我们有很多可以让他的地位发生偏离的方法，因此，要求管教孩子的人将他完全保持在自己的地位上是一个非常艰巨的任务，因为他只是一个孩子，并不是野兽，也不是成年人。他要在不因自身的柔弱而受到痛苦的情况下意识到这种柔弱，他要在不服从成年人的摆布的情况下依赖成年人，他要在不发布命令的情况下提出要求。只有在有迫切的需要，或者别人比他更明白什么东西对他最有用，什么东西有利于或者有害于他的生存的时候，他才能听从别人的命令。任何人，甚至包括他的父亲，都没有权利命令孩子做对他没有用的事情。

在人们的自然倾向还没有受到偏见和人类的习俗的干扰时，孩子和成年人正是因为可以享受自由，才会幸福。但是孩子的自由会受到体力柔弱的限制。一个拥有满足自身需要的能力，并按照自己的意愿行事的人才是快乐的人；在自然状态下生活的成年人就是这样。如果一个人的需要超出了他自身具备的能力，就算他可以随自己的意愿做任何事情，他也不快乐；在自然状态中生活的孩子就是这样。在文明状态下生活的成年人只能享受一部分自由，而在自然状态下生活的孩子也只能享受部分自由。因为我们每个人都需要别人的帮助，所以说我们非常柔弱、非常可怜。我们原本打算要做一个成年人，可是因为法律和社会我们又变成了孩子。高官显贵和国王都是孩子，当他们看到别人努力去减轻他们的痛苦的时候，就会产生一种幼稚的自大心理，因为得到了别人的照料而感到目空一切。可是他们却忽视了，如果他们是成年人，是得不到别人的这种殷勤对待的。

这都是一些非常重要的观点，为我们社会制度中的所有矛盾提供了一个解决方案。这个世界上有两种从属关系：一种是物的从属，这种从属是自然的；另外一种是人的从属，这种从属是社会的。物的从属不会损害自由，也不会产生罪恶，因为它不包含善和恶的因素；而人的从属是十分混乱而无序的①，所以可以产生各种罪恶。正是因为人的从属的关系存在，主人和奴隶才会毁灭彼此间的关系。要想抑制社会中的这个弊病，唯一的方法就是用法律取代人，让人们的公意因为高于任何单独意志的真正力量而得到武装。如果国家的法律也像自然法则那样，不会轻易改变，不受人的左右，就有可能将人的从属变成物的从属，这样我们就可以在国家中好好地统一自然状态和社会状态，很好地把能够让人不犯罪的自由和培养道德的情操结合起来。

如果你让孩子只依赖于物，那就要在教育他的时候遵从

① 在我的《政治权利的原理》里，我已经明确说明，不管什么个人的意志都不能用社会的制度来规定。——原注

自然秩序。如果你想要制止他做错，就要给他设置一些有形的障碍，或者是让他自己承担做错的后果，这样他能够随时记住这些后果带来的惩罚，就算你不再禁止，他也不会再调皮。应该让他按照经验和体力的柔弱来做事。给他物品的原则是他是不是真正需要，而不是他要什么就给什么。要避免让他在活动的时候知道怎样服从人，也要避免在你为他做事的时候让他明白如何使唤人。不管是他的行动还是你的行动，都要让他感受到有自己的自由。如果他的体力无法满足他的需求，你就要帮助他补充体力，但是补充的程度是能够让他自由活动，而不是让他随意驱使别人，所以你让他带着羞愧来接受你的帮助，让他渴望早一些摆脱别人对自己的帮助，体面地独立地完成自己的事情。

大自然有着自己的办法来让孩子拥有强壮的身体，让他成长，我们千万不可以违背这些方法。当孩子想跑的时候，不要让他安静地坐着；当他想安静的时候，不要让他跑。如果我们不用自己的错误去毁坏孩子的意志，他绝不可能做对自己无用的事情。让他们尽情地奔跑、跳跃、呐喊吧。他的一切运动都是他那逐渐强壮的身体提出的要求，但是我们要避免他做力不能及的事情，或者他让别人代劳。所以，我们要对他的需求进行了解：哪些是真正的、自然的需要，哪些是他刚出现不久的幻象造成的需要，还有哪些是因为我提到过的过于优渥的生活引起的。

我在前文已经提到，当一个孩子哭喊着要各种东西时，你应该怎么做。现在我要补充一点：如果他已经学会用说话的方式来索要自己想要的东西，之后却又用哭号的方式来索取某样东西，那不管他是为了尽早得到那件东西，还是迫使别人给他那件东西，都不要让他得偿所愿。如果他的需要非常确切，而且只能说出来，那你就要弄清楚他的需求，并满足他。可是，如果你在他哭泣的第一时间就把东西给他，就是在鼓励他哭泣，他会对你的好意产生怀疑，还会产生这样一种认识：比起温和地索取，采用强硬的方式更能达到目的。如果他对你的好意产生怀疑，那他瞬间就会变得邪恶；如果他认为你很软弱，那他瞬间就会变得强悍。因此你要记得，如果你想要把某样东西给他，就在他索取的第一时间给他；不要随便拒绝他的要求，如果拒绝了，就不要改变主意。

　　你还要注意，不要让孩子学会一些空洞的客套话，否则在他需要某样东西的时候，他会把这些话当成咒语，让周围的人服从他的意志，让他立刻获得自己想要的东西。富人经常给孩子们实行一套过于讲礼仪的教育，所以他们的孩子都十分文雅。这些富人教给孩子一些辞令，好让谁都无法反对他们。所以他们的孩子在说话的时候，根本没有恳求的语气，也没有恳求的态度；他们恳求的时候，也像在给别人下达命令，十分傲慢无礼，甚至还有更过分的情况，好像别人必须服从他们。他们说"如果你愿意的话"，就好像在说"我要这么做"；他们说"我请求你"的时候，就是在说"我命令你"。从他们口中说出来的话不管有多么客气，意思都改变了，让这些话变成了命令。我并不害怕爱弥儿说话粗鲁，但是我很怕他说话傲慢。我宁愿他在他请求别人的时候说"你去做"，也不想在他命令别人的时候说"我请求你"。我在意的并不是他使用的措辞，而是这些措辞表达的意思。

　　过度严苛或者过度放任的情况都应该避免。如果你对孩子过于放任，就是在拿他们的健康和生命冒险，让他们遭受很多折磨。如果你费尽心机想让他们不受任何苦，就是在给他们未来埋下许多苦难，会让他们过于脆弱，过于敏感，永远都无法长大。可是不管你愿意与否，他们终有一天会长大。你费尽心思想让他们免受大自然无意中带给他们的灾难，却让他们遭遇了另外的灾难。我曾经批评过那些牺牲孩子们现在的幸福来追求永远也无法达到的未来的父亲，现在你可能会说："看，你也成了这样的父亲。"

　　没有。虽然我让我的学生遭受了一些轻微的痛苦，可是我给他的自由足以弥补他。我看到一些调皮的孩子在雪地上玩耍，他们的皮肤都冻得变成了青紫色，手指也有些僵硬。如果他们想去取暖的话，是完全可以去的，可他们不愿意去；如果你强迫他们去取暖，他们会觉得你的做法比寒冷更冷酷。那面对这种情况，你能有什么怨言呢？你绝对不能觉得，我让孩子遭受一些他已经准备好忍受的轻微的痛苦，就是在折磨他。实际上我给了他自由，让他现在能够高兴；我让他锻炼，让他能够抵御将来要遭受的灾难，可以让他在未来充满快乐。如果他可以选择的话，他会在你和我之间有任何犹豫吗？

真正的幸福就是拥有健康的体格。所以，他不会以舍弃自己的身体为代价，免除人类的种种痛苦。我的看法是，他先要遭受一些微小的痛苦，然后才能够感受到巨大的快乐，这同时也是他的天性。如果一个人的身体过于舒适，精神就会败坏。一个对苦难一无所知的人，没有体会过痛苦的人，不可能理解人类爱的力量和怜悯的温暖。没有体会过这些的人，必定心如磐石，非常不合群，成为所有人中的异类。

让你的孩子遭受折磨的方法，就是让他得到他想要的一切。因为随着他的需要与他得到满足的容易程度成比例地增加，你迟早会被迫拒绝他的要求，而这种不期而遇的拒绝比他缺乏他想要的东西更伤害他。一开始他想要你手里的手杖，然后又想要你的手表，之后他又想要空中的飞鸟和天上的星星，除非你是上帝，否则你怎么能满足他呢？

人类自然而然地认为他能得到的一切都是自己的。从这个意义上说，霍布斯的理论在某种程度上是正确的：如果随着我们的欲望增加，满足欲望的方法也相对增加，那每个人都可以成为万物的主宰者。所以，如果一个孩子想要什么都能得到，那他就会以为自己是宇宙的主人，将所有人看成他的奴隶。他会觉得，只要自己提出要求，就可以获得任何东西。当你最后被迫拒绝时，他把你的拒绝看作一种反叛行为。现在他还不能明白事理，因此不管你怎么解释，他都认为你是在找借口，处处在针对他，这样，因为他眼里的不公正，他的性格会变得十分扭曲。他会对所有人心怀怨恨，就算别人无微不至地照顾他，他也不会感恩，反而会因为一些小小的不如意而暴怒。

我怎么能指望这样一个孩子会幸福呢？他只会成为一个暴君。既是最卑贱的奴隶，又是最可怜的动物。我知道有些孩子就是这样长大的，他们的举动十分惊人：让人突然推倒房子，让人为他拿下钟楼上的风向标。更有甚者，为了多听一会儿行军的鼓声，他还让人阻拦正在行进的部队。如果你不立刻满足他们，他们就会又哭又叫，谁都无法让他们停下来。于是，每个人的努力都白费了，没有人可以让他们快乐起来。当他们的欲望被他们轻松地得到自己想要的东西所激发时，他们的欲望就日益增长。他们会想要那些得不到的东西，于是在各方面都遭到了拒绝、困难和痛苦。他们每天哭号，每天大发雷霆，就在哭泣和抱怨中度日。这样的人幸福吗？柔弱的体力和对权力的热爱混合在一起，就会产生妄想和痛苦。如果有两个被宠坏的孩子，一个要大发雷霆，另一个要往死里折腾，那么他们一定会在摔烂很多东西之后才善罢甘休。

如果在童年的时候，他们就因为专横的思想而过得十分不幸，那等他们长大，扩大和别人的关系范围，又会怎样呢？他们已经习惯了一切都屈服于他们，可是踏入社会之后，他们会惊讶地发现：每个人都在反抗他们，原本可以随意支配的世界，变成了落在他们身上的重重压力。他们傲慢的态度，孩子气的虚荣心，只会使他们受到屈辱、轻蔑和嘲笑。每当遭受别人的侮辱，他们把侮辱当水一样吞下去。很快残酷的事实就会告诉他们，他们对自己的地位和力量并没有清楚的认识。当他们什么都做不成的时候，就觉得自己毫无能力。他们会变得十分胆小，十分懦弱，因为他们遇到了之前从没遇过的困难，看到了之前从没看到过的轻蔑眼神。他们以前把自己看得多么高贵，现在就把自己看得多么卑贱。

　　我们不妨再看一看原始法则。大自然塑造儿童的目的，不是要人们服从和惧怕他们，而是让他们得到爱护和帮助。她不会让儿童拥有凶悍的面孔、凶狠的目光和粗暴的声音，让别人对他们心生畏惧。动物们听到狮子的吼声就会感到害怕，看到狮子的鬃毛就颤抖不止。可是还有一种又粗鄙又令人厌恶的情景：一大群身穿礼服的官员和他们的上司一起跪倒在一个襁褓中的婴儿前面，用庄严的话语跟婴儿大谈特谈，可是婴儿的反应就是只哭叫几声，就算给了答复。

　　站在孩子自身的角度来看，就能看出他是世界上最柔弱、最可怜的动物，他最容易受到身边一切的摆布，所以极其需要关心、爱护和怜惜。他为什么要拥有那样可爱的面孔和动人的神情呢？就是为了让所有靠近他的人都爱惜他柔弱的身体，积极为他提供帮助。因此，最让人觉得气愤和违背常理的事情就是：一个骄傲而专横跋扈的孩子对身边所有的人发号施令，他以主人的口吻跟那些只要不管他就能让他一命呜呼的人说话。

　　但是从另一个角度来看，我们也进行了一项野蛮的工作：知道童年时候的柔弱已经让孩子们受到了各种束缚，也知道他们的自由非常有限；如果剥夺他们享受的权利，会对他们和我们都有害，但我们还是剥夺了他们的自由，以至于他们除了前面受到的束缚，还受到了我们的乖张造成的束缚。如果傲慢的儿童最可笑这种观点成立，那另外一种观点——也就是害羞的儿童最可怜——也应该成立。等他们长到有理智的年龄，就要被社会所奴役，既然如此，又有什么理由在一开始就让他们受到家庭的奴役呢？我们应该给他们留出一段时间，让他们不用受到这种并非由大自然加给他们的束缚，还要让他们能够自由享受天赋。如果我们这样做，他们就可以在某一段时间内不会沾染上我们在奴隶生活中形成的恶习。对于那些粗暴的教师和让孩子沦为奴隶的父亲来说，应该把他们那些肤浅的反对理由在这里谈论一番，让他们先学习大自然的方法，再来吹嘘自己的方法。

现在再来谈谈实际问题。我曾经在前面说过，不是孩子想要什么就给他什么，要看他是不是真的需要①。他不应该为了服从你而做事，而是出于必要。因此，"服从"和"命令"这些词将不会出现在他的字典里，"责任"和"义务"也不会出现；但是，"力量""需要""缺乏能力"和"遏制"将会成为他的字典中的重要字眼。为了避免孩子们在这些语言中添加一些不理解或从现在起无法纠正的错误的意思，应该尽可能避免使用表达这些东西的词。因为孩子在到达明白事理的年龄之前，并没有精神的存在和社会关系的概念。他头脑中出现的第一个错误想法将成为他的错误和罪恶的根源：这是我们应该尤其注意观察的第一段路程。试着用他所能感受到的去对他施加影响，这样，他所有的想法都会只限于感觉；他放眼望去，只能看到他周围的物质世界。否则，他不会听你说的任何一个字，或者会以一些错误的概念来理解你说的精神世界，而这些概念在你的有生之年是永远无法为他消除的。

"用理性来教育孩子"是洛克的一个重要原理，这也是当今最流行的，但在我看来，它尽管如此流行，但并不合理。而且我发现，比起其他孩子，那些受过很多理性教育的孩子更愚蠢。理智是一切官能中最难发展的，也是发展得最迟的，因为它可以说是由其他所有官能组成的。但是，有些人选择利用它来发展其他官能。诚然，造就一个理性的人是一种好的教育结果，正是因为这个原因，人们才试图用理性来教育孩子。这种做法完全是舍本逐末，把目的当成手段。如果孩子是理性的，他们就没有必要接受教育；但是因为你从小就用他们不懂的语言和他们交谈，所以他们养成了各种习惯：喜欢玩文字游

---

① 我们要明确的一点是，就像痛苦通常是一种需求一样，有时候，愉悦也是一种需求。所以，孩子们的欲望只有一个是要严词拒绝的，那就是要其他人听他们的话。从这里可以看出，当他们提要求时，应该特别关注促使他们产生那种要求的动机。只要可以让他们开心的事情，就尽量顺着他们的心意，可是不应该满足他们所有胡搅蛮缠的要求和彰显权威的行为。——原注

戏，喜欢打断别人的话，认为他们比老师高明，总是喜欢争论，总是不服别人的看法；所有你要求他们带着合理的动机去做的事情，只能出于贪婪、恐惧或虚荣。

下面这段对话，可以归纳出向孩子们进行的或可能进行的种种道德教育。

教师：那件事情不该做。

孩子：为什么不该做？

教师：因为那样做非常不好。

孩子：哪里不好？

教师：因为别人会反对你那么做。

孩子：我做了别人反对的事情，就是不好吗？

教师：如果你不按照别人说的做，就要被惩罚。

孩子：我可以不让别人知道。

教师：别人会暗中关注你。

孩子：我藏起来做。

教师：别人会问你的。

孩子：那我就说谎。

教师：不应该说谎。

孩子：为什么不应该？

教师：因为说谎是错的。

……

这样谈话就会循环下去。完全没有必要这么做，因为孩子们根本听不进去。无疑，这种教育方法并没有什么大用处。我好奇的是，别人会用什么来代替这段对话呢？我想，洛克本人也会对这件事束手无策。一个孩子既无法分辨善恶，也无法明白为什么人会有各种天职。

如果一个孩子还没有长大成人，那大自然就希望他只像一个儿童。如果我们试图颠倒这个顺序，就可能出现这样的结果：长出一些既不成熟也不甜美的早熟的果实，而且很快就会腐烂。我们将会获得一些年幼的博士，以及一些暮气沉沉的儿童。儿童有他们自己的看法、想法和感受方式，最愚蠢的做法就是用我们的看法、想法和感情来代替他们的。对于一个 10 岁的孩子，我宁愿他长到五尺那么高，也不想让他拥有判断力。其实对于这个年龄的儿童来说，理性没有任何用处，只会阻碍他们体力的发展，而儿童不需要这种阻碍。

在你试图说服你的学生，让他们相信自己应该服从时，你所谓的说服中就混入了强迫和威胁。更糟糕的是，你可能还在其中掺杂了奉承和许诺。这样一来，学生们会装出被道理说服的样子，可实际上呢？他们只是受到了利益的驱使或者是暴力的胁迫。他们和你一样，很快就能发现服从的好处和反抗的害处。可是由于他们是受到你的逼迫而做自己不喜欢的事情，而做这样的事会让人觉得十分痛苦，所以他们暗地里还会按照自己的想法去做，还会觉得只要你没有发现他们的伎俩，他们就可以随心所欲地去做。直到你发现他们，他们就马上坦白自己的错误，以免受到更大的惩罚。以他们现在这个年纪还无法理解，为什么要服从？而且世界上也没有人能够让他们真正明白。但他们还是按照你的意愿做了，因为他们害怕受到你的惩罚，希望得到你的宽恕。因为你几次三番强迫他们同意，所以他们只好按照你的意愿承认。你认为他们是被你的道理说服了，但实际上他们只是厌烦和恐惧你的说教而已。

这样做会产生几个后果。首先，因为你给他们强加了他们无法理解的义务，所以他们会反对你的独断专行，会非常讨厌你。其次，为了避免你的惩罚或者获得你的奖励，他们会采取欺骗和说谎的方式。最后，他们将学会用表面的动机来隐藏真实的意图，在你的手下学会不断地捉弄你，让你无法理解他们的性格。一旦有机会，他们就会用空话来应付你和别人。也许你会说："法律虽然对良心有约束力，却对成年人施加同样的约束。"如果要说到法律，所有人从良心上觉得应该服从，但成年人还是要受到它的约束。我并不否认这一点。但是，之所以会有这种人，就是因为把孩子教坏了，因此我们应该事先预防这一点。真正自然的次序是以体力来约束儿童，以道理来约束成年人。聪明人不需要法律。

要怎么对待学生呢？应该按照年龄进行区分。一开始就要把他放在应有的地位上，还要让他待在那里，这样他就不会试图离开那里了。这将使他能够在知道什么是智慧之前，将这些课程中最重要的教训付诸实践。永远不要对他发号施令，同时，也不要让他产生这种认识：你想对他行使权威。只要让他知道他是弱者，你是强者，因为他的处境与你不同，他必须听你的，让他知道、学习、认识到这一点。让他早日认识到：自然界在他高傲的脖颈上强加了一副沉重的枷锁，它是沉重的生活所必需的，所有人都被它束缚。还要让他认识到：不应该从人的任性方面去理解这种需求，而应该从事物的角度去看。要让他理解，是他的体力，而不是来自别人的权威，使他的行动受到约束。不要禁止他做不该做的事，只要提防他，在提防的时候也不用给他解释。对于你想给他的东西，要在他开口的第一时间给，不要等他求你，更不要附带条件。给他的时候心甘情愿，不给他也要表示不悦。你要注意，如果你拒绝了，就要立场坚定，不能被任何恳求打动。说出"不"之后，就像板上钉钉，绝对不能改变。等他纠缠几次却看不到希望的时候，就不会再这么做了。

因此，即使他没有得到他想要的东西，你也可以让他耐心、平和、冷静和顺从，因为人生来就可以轻松地忍受事物的缺乏，但不能忍受别人的恶意。只要孩子觉得你没有撒谎，他就会安于你这样的回答：再也没有了。而且这里没有什么妥协的余地，要么告诉他确实如此，要么对他提出命令。教育他最糟糕的方法就是在自己的意志和你的意志之间摇摆不定，并且让他无休止地和你争论你们两个当中谁能做主。

奇怪的是，自从人们开始承担起培养孩子的义务，采取的唯一方法就是灌输竞争、嫉妒、猜疑、虚荣、贪婪和卑鄙怯弱的思想，用最危险和最刺激的观念来进行教育，在身体还没完全成熟之前就把心灵腐蚀掉。你每向他灌输一次过早的教育，就会在他的内心深处种下一颗罪恶的种子。愚昧的教师虽然让孩子变成了坏人，却还以为自己创造了奇迹——让人变得善良。然后他还会郑重地对大家说："这样的人才算得上一个人。"没错，你培养的人就是这样。你曾经尝试过各种手段，唯一没有尝试的就是节制的自由，而这恰恰是最有效果的。如果你不知道如何用或正确或错误的方法将孩子引领到你预想的目标，就无法承担起教育孩子的重担。孩子对这两种方法的界限没有任何概念，你可以随着自己的意愿来扩大或者缩小这个范围。只要你可以利用他对事物的需要，就能束缚、推动或遏制孩子，而且不会让他有任何怨言。只要你可以利用事物的力量，就能让他服从管教，没有任何染上恶习的机会。因为，欲望只有在产生作用的时候，才会变得冲动。

不要对你的学生进行口头教训，要让他们从经验中获得教训；不要对你的学生实施惩罚，因为他们并不知道自己错在哪里；也不要让他们请求你的宽恕，因为他们并不知道自己忤逆了你。他们做的事情没有一件邪恶到值得惩罚和斥责，因为他们在做的时候并没有任何善恶的观念。

某个震惊的读者也许要以我们的孩子为对比物，对这样的学生进行论断，但这样做并不正确。你想用无数的桎梏来限制你的学生，反而会让他们变得更加活泼。他们在你的面前越受拘束，一旦离开你的视线就越能胡闹，因为他们想要抓住一切机会挽回因为你的管教太严而遭受的损失。和一整个村子的小孩捣的乱相比，两个城里的小学生在乡下捣乱带来的影响更大。如果将一个城里的公子哥和乡下的孩子同时关进一间房子，可能会出现这样的情形：那个乡下孩子还在原地不动，而那位公子哥已经将一切都打得破烂不堪。之所以会出现这种情况，是因为城里的公子哥好不容易得到了放肆的机会，所以痛快地放肆；而乡下的孩子经常能够获得自由，所以并不在乎此时的约束。不过乡下的孩子也并没有达到我的期望，因为他们经常会被别人夸奖，或者经常会被别人约束。

人的心里并没有什么天生的邪恶。任何进入人心的险恶，我们都能说出它是如何和怎么进入人心的，因此我们可以认定，本性最开始的冲动始终是正确的。自爱是人与生俱来的唯一的欲念，我们在广义上称其为自私。不管对它本身还是对我们来说，这种自私都非常好，而且非常有用。它适用于任何人，也受到大自然的允许，所以它不一定关系到其他人，它的变好和变坏取决于我们的运用和它使它具有怎样的关系。自私受制于理性，所以如果理性还没有产生，千万不要让一个孩子因为别人的倾向而做某件事情。总之，他所做的任何事情，都不能受到他和别人的关系的支配，而只应该是因为大自然对他的要求，只有这样，他才不会做邪恶的事。

我并不是说他完全不会捣乱，不会伤害自己，不会打坏任何能够够得着的贵重器皿。因为不好的行为来自破坏的想法，他可能有这种想法，并做出一些没有害处的坏事。一旦他开始有这种想法，那之前的努力全都白费，他几乎会变成无可救药的坏人。

一件事情从理性的角度来看也许并不坏，可是从贪婪的角度来看，说不定就是坏事。如果你不打算干涉胡闹的孩子，就要把所有值钱的东西拿开，把易碎和珍贵的东西放到他们够不到的地方。你应该给他一个这样的房间：家具都是简单而结实，也不摆放镜子、陶器以及贵重物品。那爱弥儿的情况呢？因为我把他放在乡下培养，所以他的房间跟一个乡下人的房间是一样的。而且，他并不会总待在房间里，因此也没有必要费大力气来装饰它。不，我说得不对。他自己会进行装饰的，很快我们就能知道他是怎么装饰的。

就算你十分小心谨慎，也可能会出现小孩子损坏或者打碎一些有用的东西的情况。这时候，你千万不要因为自己的疏忽而责骂他，也尽量不要责备他，有可能的话，要尽量不表现出痛心的样子。你要假装那件家具是自己坏的，如果你可以对此一言不发，我想应该能起到很大的效果。

我能不能斗胆在这里提出最伟大、最有用、最重要的教育法则呢？它就是：不要争分夺秒，反而要浪费时间。毫无疑问，这个言论非常奇怪，但我希望能得到读者们的原谅。因为只要一个人进行反复思考，就完全有可能提出这样奇怪的理论。不管你们说什么，我的观点都是与其做一个抱有偏见的人，不如做一个抱有奇怪理论的人。从人呱呱坠地一直到12岁，是人生中最危险的一段时期。现在是错误和罪恶涌现的时候，如果不想办法消灭它们，那它们就会生根发芽，不断滋长，等有一天你想摧毁它们的时候，却发现它们的根已经扎得太深，你根本无能为力。如果孩子刚出生就能长到有理智的年龄，那也许你现在的教育方式比较合适。可是从自然的进程来看，他们需要的正是跟你实行的相反的教育。如果他们的心灵还不具备各种能力，就不应该让他们运用心灵，因为在心灵处于原始状态时是盲目的，就算你给它一个火炬它也看不见。而且在辽阔的思想的原野中，它也无法找到理性指引的道路，因为那条路的痕迹太过模糊，就连最好的眼睛也无法分辨出来。

因此，最开始的几年应该采取消极的教育。这种教育的目的不是把道德和真理传授给学生，而是在于保护心灵远离邪恶和错误的精神。如果你能把你的学生健康地带到12岁，并且在这期间自己不教他，也不让别人教他，那么到时候就算他连左右手都分不清楚，一旦你开始教他，理性还是能够融入他的智慧。因为没有偏见和习惯，你的教育成果不会被他身上的任何东西抵消。经由你的教育，他会变成一个聪明的人。一开始你什么都没有教他，最后却造就了一个教育的奇迹。

你采取非同寻常的做法，就可以很好地做成想要做的事情。谁都想把孩子教育成一个有学问的人，而不是一个孩子。父母和教师对他的做法，不管是恐吓、夸奖、表扬他，还是教育他，改正他的缺点，答应给他东西，或者给他讲道理，通常都过于心急，选择的时机并不恰当。要想做得更好，你应该采取的做法是任何事情都恰如其分。另外，不要跟你的学生进行争辩，特别是不要为了让他赞成自己的讨厌的事情而跟他讲理。因为如果经常为一些不愉快的事情讲理，他就会产生这样的看法：讲理是非常讨厌的。这样的话，虽然他的心灵还对道理一无所知，却对道理产生了怀疑。你要让他的身体得到锻炼，同时还要锻炼他的器官，他的感觉，他的体力，并尽可能长时间地让他的心智闲着不用。你要注意，不要让他在具备对感情的辨别力之前产生情感，不要让他产生奇怪的印象。求善心切是非常不恰当的做法，而且会让他产生邪恶之心，只有他真正明白了道理才能这么做。这些延迟的做法都是很有好处的，它可以让孩子在不遭受损失的情况下，尽可能接近最终目的。没有什么东西是必须教他的，如果可以明天教，就没有必要在今天教。

这种方法从孩子特有的天资来看也是有用的，先要充分了解孩子的天资，才能确定到底哪种培养道德的方法最适合他。每个人的心灵都有自己的形式，要按这种形式加以教导。要想你花在他身上的苦心不会白费，就必须用这种形式去教育他，而不能采取别的形式。谨小慎微的人们啊，花点时间去探索大自然吧。你要充分了解你的学生之后，再对他说出第一句话。要想仔细观察他的性格的原始状态，一定要让其自由地展现出来，不要把他束缚在任何事情上。这样做并不是浪费时间，实际上，这段时间用得非常合适，因为这是唯一能够知道怎样在最宝贵的时期充分利用所有时间的方法。但是，如果你还没有任何头绪就开始做，那你只会盲目行事，很容易出错，只好重新来过，因此，欲速则不达。你不要学习那些守财奴，他们一辈子连一分钱都不舍得花，却会遭受更大的损失。牺牲在童年的一些时间，可以在长大后得到补偿。一个明智的医生总会先研究病人的体质，才会开出药方，绝对不会草率开药。虽然他治疗时间的病人晚了一些，却能让病人痊愈，可是那些草率的医生经常会把病人治死。

可是，我们应该在哪里给孩子找到一个容身之处，以便把他当成一个没有知觉的人、一个机器人来培养呢？是把他放在月球上呢，还是放在荒岛上？要让他隔绝一切人吗？如果让他继续生活在人类社会上，他就会不断地看到别人产生欲望的情况和事例。不让他看到同龄的孩子，不让他看到他的父母、邻居、乳母、保姆、仆人和教师也不太可能，毕竟他不是一个天使。这种反对的意见是很有道理的，但是，我什么时候告诉过你，按照自然规律接受教育是一件容易的事情？如果你们硬要把所有的好事都看得非常困难，那是我的错吗？虽然我个人也感觉这件事情有很多困难，有些困难难以克服，但是我坚信，只要我们全力以赴，就能在一定程度上解决。我提出这个我们必须持有的目标，并不是说我们一定可以实现，只是说，坚定地朝着这个目标前进的人，成功的可能性会更高。

　　每个想要担负起培养一个人的任务的人都要满足一个前提条件：他自己必须是一个被造就出来的人，一个值得推崇的模范。在孩子还没有理智的时候，你就可以从容地准备好一切，好让他看到的事物都适合他。你要让自己受到所有人的尊敬。你必须让别人以爱为你为标准去做事，才能让每个人时时处处都满足你的心意。如果你没有能力对孩子周围的人加以控制，就做不了孩子的教师。如果这种权威的基础不是别人尊敬你的道德，那你就无法充分展现这种权威。当然我这么说并不是让你掏出自己口袋里的金钱，慷慨地送给别人，我还从没听说过通过金钱能够获得人的欢心的例子。但是也不必过于吝啬和冷酷，如果你有能力帮别人解除痛苦，就可以向别人施以援手，不要只在那里表示忧心。如果你只是慷慨地拿出金钱，却不敞开心扉，那也很难去让别人为你敞开心扉。别人会觉得你的金钱并不是你本人，因此，你要拿出你的时间、精力、感情，甚至你自己。对别人表示关心和善意的效果，远超过送别人任何礼物带来的实际利益。这个世界上有很多穷苦和患病的人，他们需要的不是我们的施舍，而是我们的安慰；

这个世界上有很多受压迫的人，他们需要的不是我们的金钱，而是我们的保护。劝解争吵的两个人，劝诫别人不要打官司，让孩子们守护天性，让父亲们拥有宽容的胸怀，让别人获得幸福的婚姻，让别人摆脱苦恼，尽量用你的学生的父母的名望来扶持那些饱受屈辱和被欺凌的弱势群体。你应该大声疾呼："我是不幸的人的保护者。"你还要有一颗公正而善良的心，在施舍的同时，还要用仁爱之心待人。与金钱相比，慈善的行为更能帮人解除痛苦。如果你爱别人，向别人施以援手，以手足之情对待别人，别人也会同样对待你。

我带爱弥儿去乡间培养的另一个原因，就是让他远离那些糟糕的仆人，他们堪称是主人之外最堕落的人。虽然城市有着光鲜亮丽的外衣，却也有很多不良习俗，能让孩子受到蛊惑和影响，所以我要让他远离城市。而农民们虽然有很多缺点，但是他们朴实无华。因此，如果你不是有意模仿，就不会喜欢这些，甚至会心生反感。

在乡下还有一个好处，就是教师能够更好地处理自己拿给孩子的东西。比起在城里，他的名誉和言谈举止都能为他带来更多的威信。在乡下，他能够帮助每一个人，所以每个人都会对他心存感激，都想得到他的重视，都想在学生面前显示一下自己是怎么对待教师的。因此，就算他无法完全改掉自己的缺点，也会减少做一些不好的事，这也正是我们想要达到的目的。

不要把你自己的过失推到别人身上。虽然孩子们会受到身边的坏事的影响，但是你糟糕的教育造成的不良影响会更大一些。你把自己的道理灌输给他们，向他们展现自己的学识，让他们接受自己美好的观念。可实际上，你在灌输你的观念的同时，也灌输了一些毫无用处的观念。这样一来，虽然你有很多想法，但这些想法并没有在他们的头脑中起作用。当你在他面前夸夸其谈时，他很有可能听错某一句话，也许他们还会按照自己的方式去评论你滔滔不绝地说的那些东西，甚至会从你讲的东西中拿出一部分，形成他们理解的一套说辞，一有合适的机会就拿出来反驳你。

　　刚才你已经把孩子数落了一顿，现在就请你听一听他要说什么吧。随便他怎么说怎么问，随便他发表自己的意见，你立刻就会惊奇地发现，从他口中说出的你的那番道理已经面目全非，变得十分奇怪、十分混乱，这让你气愤不已。有时候，他还会提出一个能够让你痛心的反问，让你瞠目结舌，无言以对。没办法，你只好让他闭嘴。这时候，如果他发现一个像你这样喜欢说话的人突然开始保持沉默，他会有什么想法呢？一旦他在风头上盖过了你，那今后就不用想再对他进行教育了。之后他不但不会接受你的教育，还会想尽办法反驳你。

　　所以，热情的教师，你要保持一颗淳朴的心，对自己的言行加倍小心。除非是为了防止别人影响你的学生，否则你不要急于采取任何行动。我在后面还会反复提到这一点。为了避免对他们进行有害的教育，你甚至还要抛弃对他们有益的教育。大自然把这个世界塑造成了人间天堂，所以既然你存在在这个世界上，就要小心谨慎，要避免在教纯真的孩子们分辨善恶的时候，自己先引着他们走向了邪恶。毫无疑问，你没有办法阻止孩子在外面模仿别人，所以，你要尽力在他心中留下你想要把他雕琢成的模样。

　　孩子看到冲动的情绪后，会受到巨大的影响，因为这种情绪的外在表现是非常明显的，很难不被注意。而极度愤怒的情绪会产生更大的影响，会让周围的人都察觉出来。这时候，教师是不是要对此高谈阔论一番？不，不要讲什么好听的话，最好一句话都不要说。让孩子来到你身边吧，因为他看到了这种情景，会感到十分惊讶，想要问问你。你该怎么回答呢？很简单，你要直接把那些震撼他感官的事情告诉他。一个脸红脖子粗的人大吵大闹，只能说明他的身体失去了控制。所以，你没有必要进行伪装，也不要故作高深，只要冷静地告诉他："这个可怜的人生病了，他在发烧。"你也可以抓住这个机会，言简意赅地告诉他什么是疾病，以及疾病的影响。因为疾病也属于自然，是他一定会遭受的束缚之一。这个观念自然没错。可是也要担心一下这个问题：他有了这个观念之后，会不会在很小的时候就会视过度放纵情绪为疾病，甚至对其心生厌恶？你是不是会觉得，跟让他在适当的时机获得这样一种观念相比，让你不停地说教产生的影响更好？不过，你不能忽视这种观念产生的效果。如果情况需要，在你无计可施的时候，可以把一个不服从管教的孩子看成一个有病的孩子：把他关在房间里，有必要的话还要让他整天躺在床上，给他喂食，用他身上日益增多的缺点来恐吓他，让他憎恨和恐惧这些缺点。这样，就算你采取严厉的手段来纠正他的错误，他也不会认为这是一种惩罚。如果你的情绪一时失控，失去了往日的稳重，也不要试图掩饰自己的错误。你可以用一种温和的口气，坦率地责备他："我的朋友，你这样做让我非常痛心。"

你还要知道，在一个孩子接受这种简单的观念后，很容易产生很多天真的想法。因此，绝对不能在他面前谈论他的天真言行，至少不能让他发觉。你露出的一个轻率的笑容，可能就让你之前六个月的心血全部白费，从而造成无法挽回的伤害。我要反复声明，要想做好孩子的教师，你要严格地要求自己。

我想，如果两个女邻居发生了争吵，那我可爱的爱弥儿肯定会走到那个最凶的女人面前，同情地对她说："我的好邻居，你生病了，我为你感到难过。"显然，不管是对围观者，还是对那两个争吵的人来说，这句俏皮话都会产生一定的影响。这时候，我不会取笑他，也不会夸奖或责备他，我会在他看出这种影响或者想到这种影响之前带他离开现场，不管他愿意与否。然后，我会把他的注意力转移到别的事情上，让他尽快忘记这件事。

我并不准备详述每一个细节，只想解释一般规则。只有在遇到困难的时候，我才会举一些例子。如果想把一个身处社会的孩子带到12岁，而不让他对人和人之间的关系以及人类行为中的道德有任何认识，我觉得是不可能做到的。所以应该尽量让他晚一些了解这些必要的概念，并且在给他灌输这些概念的时候，也只告诉他当时需要的观念。这么做是为了让他知道，他不是别人的主人，不应该轻易损害别人的利益，或者损害了别人的利益而不自知。有一些孩子的性格非常温顺，我们可以在不出任何乱子的情况下，把他们从小带到大。但是我们也得承认，有一些孩子的性格非常刚烈，凶悍的特性也发展得非常早。所以，要尽早把他们教育成人，以免出现不得不束缚他们的可能。

我们首先要把对自己的责任尽到。我们的原始情感的聚集地就是我们自身。我们一切本能活动的目的，首先是保全我们的生存和幸福。所以，第一个正义感产生的根源并不是我们怎么对待别人，而是别人怎么对待我们。普遍的教育法还有一个错误，就是只对孩子们说他们的责任，而对他们的权利闭口不谈。这是一种舍本逐末的做法，结果就是，把一切跟他们没什么关联的事情都告诉了他们，而他们应该知道的事情却一件也没谈到。

如果让我去教育这样一个孩子，我会觉得一个不打人①却损坏东西的孩子，虽然他很快就能从经验中学到要懂得尊重所有年龄和体力在他之上的人，但他不一定会爱护东西。所以他应当具备的第一个观念不是自由的观念，而是财产的观念，并且还要让他拥有几件私人的东西，以便他获得这个观念。不能只告诉他说他有哪些衣服、玩具和家具，这样做毫无意义，

---

① 假如一个孩子对待大人像对待下人一样，无礼又残暴，那么是万万不可以容忍的，哪怕只是把大人当作和他同等的人粗暴对待，也是不可以的。假如他真的敢对什么人动手，即便那个人是他的奴仆，或者是一个刽子手，也要叫那个人加倍还回去，让他不敢再打人。我曾经看到一些愚蠢的保姆竟然鼓励孩子们造反，蛊惑他们打人，甚至让孩子动手打她们自己，而且还笑话他们打得太轻了。她们没想到的是，这个残暴的孩子之所以会动手打人，就是因为他们有凶杀的动机。她们不知道的是，他小时候打人，以后就会杀人。——原注

因为他虽然是在用这些东西，却不知道自己为什么会有这些东西，也不知道这些东西是怎么来的。就算你更加深入地告诉他，说这些东西是你给他的，也不一定能够说明问题。因为一个人首先要有东西，才能把东西给别人，也就是说，在他拥有某项东西之前，这件东西是别人的。这正是我们准备向他讲解的财产的原理，而赠送礼物就不用讲了，因为那是一种社会习俗，而以孩子们当前的水平是无法理解社会习俗的①。读者们，请你们好好想一下，把一些孩子们无法理解的词灌输到他们的头脑中，就算是已经把他们教育好了吗？

所以，我们有必要对财产的来源追根溯源，因为它是第一个观念产生的根源。在乡间生活的孩子如果有一定的观察能力，又有一定的闲暇时间，就能对田间劳动有所认识。毫无疑问，时间和能力他都是有的。每个年龄段的人，尤其是像他这样的孩子，都有通过创造、模仿和制作充分展现自己的体力和活力的想法。所以，只要他看到别人是怎么锄地、播种和种植蔬菜的，哪怕只有一两次，也会产生去种蔬菜的念头。

我不但不会反对他的想法，反而会十分赞成。我会分享他的乐趣，跟他一起劳动。我之所以这样做，是为了让我自己高兴，而不是让他高兴，至少他是这么认为的。我辅助他种菜，帮他锄地，直到他有足够的臂力自己锄地。当他往地里种下一颗蚕豆，就代表着他已经占领了这块土地。他的这种占领，比努涅斯·巴耳博亚②替西班牙国王把旗子插在南海的海岸占领南美更值得尊重，更不容侵犯。

每一天我们都会给蚕豆浇水，亲眼看着它们日渐长大，我们心里无比高兴。我告诉他："这些都属于你。"这会更增加

---

① 这就是为什么大部分孩子要把他们已经拿给人家的东西要回来，而且要不回来还会痛哭的原因所在了。如果他们知道赠礼是什么意思，就不会再发生这种的情况了，他们下次要给人家东西时，就会多考虑一下了。——原注

② 西班牙航海家、冒险家。——译者注

他的喜悦。我把"属于"这个词的意思解释给他听，并让他意识到，他在这里投入了时间、劳动、精力。他已经意识到，这块土地上有他自己的东西，他有权利制止任何人来侵犯，就像他自己的手，不管谁来强拉，他都可以缩回来。

有一天天气非常晴朗，他拿着浇水壶，脚步匆匆地走到了蚕豆旁。啊，情况真是太糟糕了，所有的豆子都被拔了出来，甚至连土地都被翻了一遍，种豆的地方已经面目全非，几乎无法找到了，真是让人心痛啊！我的劳动成果去了哪里？我在意的美味果实去了哪里？是谁掠夺了我的财产，是谁把我的蚕豆拿走了？这个孩子的心里充满了反抗的情绪。有生以来，他还是第一次遇到这样不公平的事，所以他十分悲伤，眼泪直流，哭得惊天动地。我当然也为他感到痛苦和愤怒。我们到处寻找，只要见到一个人就向他询问，最后我们终于找到了罪魁祸首——园子的主人，于是我们迅速派人把他叫了过来。

可是最后我们发现，原来做错的是我们。园子的主人听到我们抱怨，就朝我们发了更大的火："两位先生，实际上是你们损坏了我的东西。别人以珍贵的态度送给了我一些马耳他瓜的瓜种，于是我种在这里，希望等瓜成熟之后就可以款待你们。可是你们也看到了，你们为了那些可恶的豆子，毁坏了我那些已经长起来的瓜，我连补种都做不到。你们给我造成了巨大的损失，自己也吃不到甜瓜了。"

让·雅克："不幸的罗培尔，请宽恕我们吧。你在这里辛苦劳动，洒下很多汗水。现在我已经知道，糟蹋你的东西很不应该，我们会帮你再找一些马耳他瓜的种子。而且我已经得到了教训，以后再种地的时候我要先弄清楚，是不是有人已经种了东西。"

罗培尔："两位先生，算了吧，已经没有空闲的土地了。我种的这块是我父亲曾经耕种过的，这里的每个人都是这样。看吧，所有的土地都被人占领了。"

爱弥儿："罗培尔先生，你经常遇到丢失瓜种的事情吗？"

罗培尔："不是这样的，孩子。我这里的孩子很少有像你这么淘气的，我们也不会去碰邻居家的园地。为了保证自己的劳动，每个人都要尊重别人的劳动。"

爱弥儿："可是我没有园地呀。"

罗培尔："这跟我无关呀，要是你们再敢弄坏我的菜园，我就不让你们进去，我可不想白忙活一场，最后什么东西都收不到。"

让·雅克："我们跟诚实的罗培尔商量一个办法，怎么样？让他把这个菜园的一小块地划给我们，让我们和你来进行种植。当然，我们也愿意把收成拿出来一半给他。"

罗培尔："我可以白送给你们一块土地，但是你们要记住，要是再敢糟蹋我的瓜，我就把你们的蚕豆铲除。"

就这样，我们试着用这个办法向孩子传授了一些最原始的观念。在这个过程中，我们简单地了解了财产的观念是如何自然地回溯到第一个以劳动占有那块土地的人权利的。这一点非常简单明了，孩子也能够充分明白。下一步就是产权和交换，完成这个阶段之后，就应该马上停止。

我们还可以看到，在这里，我用了两页文字来陈述这件事情，可是真正做起来也许要花费一年的时间。之所以要这么做，是因为在培养道德观念的过程中，不管我们走得多慢，走得多稳，都不该被指责。我希望年轻的教师们能够经常回想这个例子，而且我希望你们记住，不管你们在进行哪方面的教育，都应该更重视行动而非言语。因为孩子们对于他们自己说的话和别人对他们说的话，都没有很深刻的记忆；可是对他们自己做的事和别人对他们做的事，却不容易忘记。

我已经说过，这样的教育早晚都要进行，唯一不同的是进行的时间，这取决于学生的性情是温和还是暴烈。这些教育的作用只用眼睛就能看出来，但是为了避免在这些困难的事情中忽略一些重要的东西，我们再举一个例子进行讨论。

你那个性情暴烈的孩子毁坏他能碰到的所有东西，但是你不要为此感到生气，你应该把他能够搞坏的东西都放到他够不着的地方。如果他把家具打坏了，也不要着急给他另外的家具，让他感受一下没有家具有多么不方便吧。如果他把房间的窗户打破了，你也要让他尽情地享受风吹日晒，不用担心他会不会着凉，因为与其让他不计后果，不如让他着凉。不管他给你造成什么麻烦，你都不要开口抱怨，你要让他第一个去感受这些麻烦。最后，你叫人来修理窗户，但还是一言不发。如果他再次把窗户打破，你就要采取另外一种方法。这次你还不生气，只是干脆地告诉他："这些窗子属于我，我费了很大的力气才把它们安上，不允许你毁坏它们。"然后，你就把他关到一间没有窗户的黑屋子里，如果这时候他还会发脾气，就让谁都不要理他。用不了多久，他就会服软，在那里自怨自艾，不停地诉苦。这时候你让一个仆人去他那里，他就会请求仆人把自己放出来。你不用让仆人找借口拒绝放他，只要告诉他："我也不想让别人打破我的窗子。"说完这句话就离开。然后让孩子在那里再待几个小时，等他已经心烦意乱，而且把这件事牢牢记住之后，再派人去他那里告诉他，你可以跟他订一个条约，条约的内容是你还他自由，他也要保证不再打破你的窗子。他会非常乐意这样做，还会叫人过来请你过去看他。等你到了那里，他会把自己的条约向你提出来，你要立刻接受，同时告诉他："这是一个对你和我都有好处的想法，你怎么早没有想到呢？"然后，你不要问他是不是还有什么意见，也不要让他保证会遵守诺言，只要高兴地给他一个拥抱，把他带回自己的房间，让他知道这个条约是神圣的，就像他正式发过的誓言一样。这样做了之后，你很容易就知道这些约定的信念和它们的用途。在获得这样的教训之后，如果还有哪个孩子（当然是那些不娇惯的孩子）要打破窗户，就算是我错了。所以按照这样的次序，尽管放手去做。对于一个调皮的孩子来说，当他在地上挖出一个洞种上蚕豆的时候，他并没有意识到自已是在挖一个囚笼，让学到的知识迅速把他关在里面①。

如今我们已经进入了道德的世界，通往罪恶的大门是敞开的。如果一个人可以做他不该做的事情，就会产生掩饰他应该做而没做的事情的想法。如果人可以为了一种利益而许下诺言，就可以为了更大的利益而违反诺言。难道是因为违反了诺言可以不受惩罚？不是的，因为这个人有一种天然的认知：他可以欺骗和撒谎。在罪恶产生的时候，我们没有扼杀，因此只能在现在惩罚罪恶的行为。人生的痛苦始于错误。

我在这一点上说得已经够多了，目的就是让大家知道，我们惩罚孩子的目的不是惩罚，而是让他明白，这些惩罚是他们的不良行为的自然后果。所以，就算他们撒谎，你也没有必要斥责他们。如果他们撒谎，你处罚他们是为了让他们明白，撒谎后就要承担谎言带来的各种不好的后果。比如，别人连他们说的真话都不再相信，以及别人把不是他们干的坏事归到他们身上。但是我们要让孩子们弄清楚，什么是撒谎。

谎言可以分为两种：就过去做过的事情撒谎，和为将来要承担的义务撒谎。前一种撒谎是矢口否认自己曾经做过的事情，或者坚称自己做过没有做过的事情，总之就是他知道事情的真相是这样，却偏要说成那样。后一种撒谎就是许下一个不打算兑现的承诺，也就是说，他心里的想法跟告诉别人的想法

---

① 与此同时，哪怕在孩子心中，这种践行承诺的责任感还没有产生实际作用而让他们有清晰的认知，可是这种责任会因为他内心已经产生的情感而成为一种良心的法律，作为只等到可以派上用场的知识才显现出来的固有的原则赋予他。这个至关重要的特点是创造正义的人镌刻在我们心中的，而不是人的手在我们的心中刻画的。如果把原始的契约和它赋予人的责任放到一边，那么人类社会的所有就都不是真实的了。只是在有利于自己的情况下才践行承诺的人，其遵守信用的情况基本就是没有遵守任何诺言，或者说，到最后他依然不会遵守他的诺言，就像玩朹球的人之所以一直不把对方给他的那个分数派上用场，只是想等一个更好的时机而已。这个原理太重要了，我们必须好好研究一下，因为正是从这里开始，人才开始和自己对立的。——原注

不一样。有时候这两种谎言是一起撒的①，但是我在这里想说的是这二者的区别。

如果一个人意识到自己需要别人的帮助，而且也经常从别人那里得到好处，那他就不太可能撒谎。他为了避免自己被误伤，还会尽可能地让别人知道事情的真相。由此不难看出，孩子之所以被迫撒谎，并不是因为天性，而是因为要服从某种义务。因为服从别人是一件非常痛苦的事情，所以他们会想尽办法不去服从别人。他们也许还会有这样一种认识：如果说出真相可能会在将来才能得到利益，那相比之下就不如编一个谎言免受处罚和责备，这种好处是当下就能享受到的。孩子在自然和自由的教育下会对你撒谎，对你有所隐瞒，就是因为你在挑他的错、惩罚他和强迫他。他会把自己做的事情告诉小伙伴，而不会告诉你，是因为他认为告诉你会有更大的危险。

答应做什么或不做什么不是一种自然状态，也对自由有害，它是双方协定的结果，因此就义务而撒谎的行为更加不符合自然。而且，由于孩子眼光狭隘，只能看到当下，所以他们并不知道自己承诺的到底是什么，也因此，他们的承诺是无效的。一旦他们具备了撒谎的能力，就具备了做出各种承诺的能力。因为他们觉得，只要能够摆脱眼下的困难，采用什么方法都可以，不论这种方法会产生什么样的影响。就算他许下承诺将来会怎么样，也是一纸空文。因为他的想象力还没有定型，无法了解两种情况下自己的情景。如果你跟他说，只要他明天从窗口跳出去，就可以免一顿揍或者获得一包糖果，他也会当场答应，也因此法律才会无视小孩的约定。如果严厉的父亲和教师一定让孩子们信守承诺，也是因为这些事情就算他们不承诺也必须要做。

_____

① 比如说有个罪犯被人控诉做了一件坏事，在给自己辩解时一直说他是一个从不撒谎的人。他这样说，不管是在事实层面，还是在责任层面，都没有说实话。——原注

　　小孩子在答应做某件事的时候，其实并没有撒谎，因为他对自己许下承诺的事情并不太了解，可是如果他违背承诺，那就可以把他的诺言视为一种谎言；因为他记得自己曾经做出过承诺，只是没有意识到履行诺言的重要性；因为他们缺乏观察未来的能力，所以无法预见事情可能会出现什么后果。以他当时的年龄所具备的理智水平，就算他不遵守诺言也是可以理解的。

　　从这一点就可以看出，是教师导致了孩子学会撒谎，他们原本想让孩子说真话，结果却适得其反。他们很想把孩子教好，让孩子规规矩矩，却又找不到合适的方法来实现这个目的。他们觉得，一些不切实际的格言和违背常理的教条能够让孩子的心灵重新受到约束。所以，他们更愿意让孩子背诵功课和肆无忌惮地撒谎，也不想让孩子保持天真烂漫和诚实的做法。

　　我们不会这么做。我们只希望学生能够从实践中获得知识，宁愿让他们做人老实忠厚，也不愿意他们学富五车。可是为了避免他们欺骗，我们也不会强迫他们忠厚老实。我们也不会强迫他们许下各种承诺，以免他们不打算遵守诺言。就算爱弥儿在我不在的时候做了什么坏事，我查不出是谁干的，也不会认为是爱弥儿的错，我不会问他："是你干的吗?"① 因为这样做只有一个效果，就是让他矢口否认。就算他性格固执，让我不得不跟他订立一个条约，我也会非常小心，尽量让他来提出条约的全部内容。我要让他在定下条约之后，觉得他获得了最大的现实利益。如果他没有遵守诺言，我也要让他知道，由此产生的痛苦并不是教师的报复，而是不遵守诺言的必然结

---

　　① 这样问真的是太不慎重了，尤其是当孩子犯了错时，这样问就显得更加不慎重了：假如他觉得你知道这件错事是他干的时，他可能会觉得你这是在给他设套，如果他心里有了这种想法，也许就不喜欢你了；假如他觉得你不知道是他干的，他就会告诉自己："我为什么要把我的错处暴露出来呢?" 由此可见，正是因为你不够慎重地问他，他才会撒谎的。——原注

果。不过我觉得自己用不着这么毒辣的手段，因为爱弥儿要很久以后才会知道什么是撒谎，而且他知道的时候一定感到非常惊讶，因为他不知道撒谎有什么用。如此一来，事情就显而易见了。我越能让别人的观念和判断对他的生活产生越小的影响，越能让他知道撒谎对他没什么好处。

如果我们不是急着把孩子教好，就不会急着强迫他做各种事情。我们可以从容不迫，只在合适的时候不慌不忙地提出我们对他的要求。只要我们这样做，而且不溺爱孩子，就一定能把孩子教好。可是一个愚钝的教师无法做到这一点，他不知道该怎么开始教育孩子，就总是强迫孩子答应去做各种各样的事情，而且对事情不加选择，数量也很大。这让孩子对这些承诺感到困惑和负担过重，于是他就会忽视它们，觉得不必遵守，甚至还会把诺言当成空谈，觉得许下诺言而不遵守是一件非常有趣的事情。你想不想让孩子遵守诺言呢？那你对他的要求要适度。

其实，我刚才讲的一些撒谎的情形，可以在很多方面证明我们强加给孩子各种义务。之所以这么说，是因为这些义务不但是可恨的，而且是不切实际的。强迫他们承担某些义务看起来似乎在向他们宣扬道德，实际上在让他们沾染各种恶习。我们本来是想避免他们沾染恶习，没想到适得其反。原本你想把他们变得虔诚，可是在带他们进教堂的时候，却让他们抱怨个不停；你想让他们不停地小声祈祷，他们却觉得真正的福音就是从今之后不向上帝祷告。为了让他们有一颗善良的心，你让他们去施舍别人，却让他们产生了这样一种印象：因为你自己不屑施舍，才会让他们去。真正应该施舍别人的不是学生，而是教师。不管一个教师对孩子的爱有多深，都应该和学生去争抢施舍这一荣誉，要让孩子明白，他这种年纪的人还没有施舍的资格。只有大人才能去施舍，因为他知道施舍的东西的价值，也知道别人的需要。可是孩子们不懂这些，所以他们的施舍不能算功德，因为他并不是因为慈悲和善意才施舍的。而且他从自己和你的事例中可以看出，施舍是小孩的事，长大之后就不用施舍了。所以，他会在施舍的过程中感到十分羞涩。

还要注意一点，能让孩子施舍的，只有那些他不知道价值多少的物品，或者他口袋里的金属物，因为就算他留着这些东西也用不上。对一个孩子来说，他宁愿给人一百个金币，也不愿意给出一块蛋糕。要想验证你是不是真的把他变成了慷慨的人，可以试试你能不能让他把心爱的东西、玩具、糖果和点心拿给别人。

还有另外一种方法可以让他对别人慷慨，就是过一段时间之后，把他给了别人的东西还给他，这样他就会养成习惯：把自己认为能够要回来的东西送给别人。我只在孩子们身上发现了两种慷慨的行为：一是把自己没有用的东西给别人；二是把别人会还给他的东西给别人。洛克说："要让他们从经验中获得一种认识，那些最慷慨的人总是能够得到好处。"也正是因为这样，孩子才会变成一个表面上慷慨，实际上却非常小气的人。他还说这样可以让孩子变得慷慨，我承认他说得没错，只不过这是一种高利贷式的慷慨，把一块奶油拿给别人，是想人家还一头奶牛。可是如果你让他真的把某样东西给别人，这种习惯就会消失。当他们得不到东西时，他们就不会给予。因此，我们更应该养成心灵的习惯，而不是表面上的习惯。你教给孩子的一切道德，都类似于这种表面上的道德。这种道德的宣扬，让他们的少年时期充满忧郁。谁能说这是一种高明的教育？

教师们，不要再装模作样了。你们要为人公正，善良仁慈，把你们的光辉形象留在学生的记忆里，让他们铭记在心。我从来不会强迫学生去做慈善的事情，但喜欢当着他们的面亲自去做。我还会让他无法模仿，让他觉得他那种年纪的人没有权利享受这样的荣誉。不能让他习惯于把只能是大人做的事情看成小孩做的事情，这件事情非常重要。如果我正在帮助穷人的时候被他发现了，而且我觉得应该向他解释①，我就会告诉他："我的朋友，穷人想遇到富人，是因为富人曾经承诺过，养活那些靠自己的财产或者劳动都无法生活的人。"他就会问我："这么说的话，你也曾经答应过要养活他们吗？""是的。经过我手的财物被附带了这项权利，所以我才会这样支配它们。"

如果另外一个孩子（当然不是爱弥儿）听到了这番话（我已经说了怎么才能让一个孩子明白这段话的意思），就会像我一样，以富人的态度做事。这时候，我要防止他带着高傲的神气来做这件事，哪怕要付出让他剥夺我的权利、瞒着我把东西拿给别人的代价。以他的年龄来说，他只能做到这种隐瞒的行为，而且这也是唯一能够被我原谅的隐瞒行为。

我的观点是，从别人那里学来美德的方式，就像猴子学来的乖。一种好的行为能够产生良好的道德效果的原因，并不是你看到别人那样做才跟着做，而是因为你在做的时候已经意识到了它的美好。不过以孩子的年龄来看，他的心灵还十分懵懂，所以，我们要确定哪些习惯是我们希望他们养成的，才能让他们凭借自己的判断和对善良的喜爱来把这些行为付诸实践。人和动物一样，都善于模仿，这是一种良好的天性。然而，这种爱好在现代社会中已经变成了一种恶习。猴子模仿的是他所惧怕的人，而不是他所鄙视的其他野兽，因为它们觉得，比自己优越的人的举动一定是好的。我们则不一样，我们的小丑为了贬低美德的价值，把它们弄得可笑，才会去模仿美好的行为。他们是因为感到自卑，才想尽一切办法让自己和比他们高尚的人拥有同等地位。他们之所以这么做，不是想让自己变得更好或者更加聪明，而是想欺骗别人，让别人对他们的

---

① 不难想象，当他想什么时候问就什么时候问的时候，我是不会随时回答他的，否则的话，我就会被他的意志所主导，让我自己处在一个教师也许要听他的学生的话的危险处境。——原注

才能表示赞赏。就算他们不遗余力地模仿，我们也能轻而易举地发现他们的模仿目标不是真实的，这一点从他们选择的对象就能看出。我们模仿别人的动机，就是想要超越别人的地位。我并不怀疑，如果我的工作取得成功，爱弥儿肯定不会产生这种想法。因此，我们必须想办法消除这种想法可能产生的表面的好处。

彻底研究一下你所有的教育法则，你就会发现，它们都是花言巧语，特别是在所有涉及道德和道德的方面。唯一适合孩子的道德法则就是"绝对不损害别人的利益"。甚至如果教人为善这一条不遵从这一教训，也是虚伪和矛盾的，不会有任何好处。每个人都会做好事，坏人也不例外，可是他做的一件好事，可能会对上百人的利益造成损害，这就是我们的各种灾祸的根源。最高尚的道德非常消极，也最难实践。这样说，是因为这种道德并不是做出来给人看的。而且，就算我们做得让别人满意，自己也不一定会觉得快乐。如果一个人从来没有损坏过朋友的利益，就算是他对他们做了最善良的事。要想做到这一点，他需要有坚强的心灵和性格。只空谈这一点理论是无法体会把它做得成功有多么伟大和艰难，要付诸实践才行①。

我希望，人们可以在教育孩子的时候注意到这样几个一般的观念：如果不时刻这样做，就会让他们对自己或者别人造成损害，甚至会染上一些难以改正的恶习。当然，对受过良好教育的孩子是不用这么做的，因为他们心里并没有不良行为

---

① "绝不损害别人"这条训诫和"尽可能不依附于人类社会"这条训诫是相抵触的，因为在社会条件下，一个人的幸福必然造成另一个人的痛苦。这个关系存在于事物的本质，是没有任何办法可以改变的。我们可以按这个原则来判断社会中的人和孤独隐居的人两者之间哪一个好。有一个著名的作家说只有孤独的人才是坏人；而我则认为只有孤独的人才是好人。这个说法虽不很精辟，但是比前面那个说法更真实和更合情理。如果坏人是孤独的，他有什么坏事可干呢？只有在社会里他才能设下机关陷害别人。如果谁想把这个论据倒过来责难好人，我就用这个脚注所注释的这一段文字来回答他。——译者注

的种子，所以不可能变得那么粗野、顽皮、叛逆和贪婪。因此，我在这一点上阐述的看法，并不太适合一般情形，而是更适合特殊情形。可是，由于孩子们脱离原来的状态，以及沾染大人的不良习惯的机会增多，所以这种特殊情形就越来越常见了。和在穷乡僻壤培养的孩子相比，那些在繁华地方培养的孩子接受这种教育的时间应该更早。所以，就算这种单独的教育的唯一作用就是让孩子在童年时期就变得成熟，也有必要采取。

还有一种截然不同的例外情况，就是那些天赋异禀的人。就像有的人永远带着孩子气一样，有的人几乎没有童年，刚一降生就变成了大人。不过，这种例外非常罕见，也很难发现。每个母亲都觉得自己的孩子能够成为神童，并且坚信这一点。因此，她们可能会把一些比较常见的现象，比如说话俏皮、动作鲁莽和天真活泼等，视为杰出才能的标志，而实际上，这正是这个年龄段的孩子应该具有的，只能说明他是一个真正的孩子。你既然不反对孩子多说话，让他按照自己的意思说，也不讲究礼节和规矩，那在他偶尔说出几句中肯的话的时候，也不用觉得奇怪。真正应该觉得奇怪的就是他一句中肯的话都不说，就像星象家说了一大堆预言，却一句都没有成真一样。亨利四世说："他们撒了很多谎，最终还是说出了实话。"每个人只要多说傻话，也许就能说出几句漂亮话。对于那些唯一的长处就是说几句漂亮话的时髦人物，愿上帝保佑他们。

孩子们的手上可能戴有最珍贵的钻石，他们的脑子里也可能有最美妙的思想。或者更准确地说，他们能说出最美好的词句，但是，如果我们就此说这些思想和钻石属于他们，就不对了。以他们当前的年龄来说，是无法真正拥有一种财产的。孩子对自己说出来的事情的认识，跟我们对这件事的认识并不相同。就算他的头脑中有这些观念，也是不连贯的，他们的思想中也没有任何固定和明确的东西存在。以你所谓的天才为例，有时候你会发现他的思想非常敏捷，像一个不会干涸的喷泉，清澈见底，连天上的云彩都能反射出来；可是更多时候他会无比迟钝，像被浓厚的烟雾包围起来一样。他时而走在你的前面，时而待在那里不动。有时候你会说他是一个天才，有时候你又会说他是一个蠢才，但是你这两种说法都不对，他只是一个孩子，就像一只小鹰一样，虽然有时候会在空中翱翔片刻，但很快就会回到自己的巢穴。

所以，不管他的外表如何，要根据他的年龄来对待他，并且要注意不要因过度锻炼而耗尽他的体力。如果他的头脑已经开始发热，甚至到了沸腾的地步，就要让他自由思维，停止再刺激他，避免能量全部消失。在他快要丧失自己刚出生的精华时，就要立刻将剩余的精华保留下来。这样做的目的，是让它们以后能够变成保全生命的能量和真正的力量。否则，你投入的时间和精力就会白费，你创造的成绩也会被摧毁。用这些令人头晕目眩的烟雾愚蠢地麻醉自己之后，你将只剩下平淡无味、毫无价值的东西。

有一个愚笨的孩子，相应地就会有一个能力不足的大人，我认为这是最为普遍的法则，而且精准无比。应该在孩子还处于童年时期的时候，就看出他是真正的愚笨还是表面如此，因为后者实际上代表了性格的坚强，而这一点也是最难做到的。乍看起来，这会让人觉得非常奇怪，因为这两种极端情况的表现形式非常类似。实际上，这种类似很有必要。因为在真正的思想还不具备的时候，有天才的人和没有天才的人的区别只是：前者能够分辨出一些虚假的观念，所以一个都不接受；而后者则会全盘接受。这样一来，二者都和傻子类似。不过一个是什么都不懂，一个是认为所有的东西都不合自己的心意。能够表现这种区别的情况只有唯一一种：在向儿童灌输某种观念时，有天才的儿童可以理解，没有天才的儿童却一直都是那样。小卡托①小时候，就被家人视为一个笨蛋。人们对他的评

---

① 罗马政治家。——译者注

价就是：寡言少语，性格固执。直到有一次，他的叔父在苏拉①的客厅里发现了他的聪明。如果他的叔父没有走进那间客厅，也许他一直都是一个粗野的人，就算到了有理智的年龄也是如此。如果当时凯撒不出现，那卡托也许会一直被当成一个空想家。可是，这个人早就对凯撒的阴险了如指掌，早早察觉到了他的意图。对孩子妄下断言的人，通常会判断错误。和孩子们相比，这种人也许更幼稚一些。我对跟一个人②建立起友谊感到无比荣幸，可是这个人在年岁很大的人，还被家人视为弱智。但实际上，他非常睿智，等他逐渐成熟起来，大家才突然发现，原来他是一个哲学家。我坚信，后世的人一定会把他放在他那个时代最伟大的思想家和最深奥的形而上学家的高位。

不要急于给儿童下好或者坏的定论，要尊重他们。一定要让他们身上的特异现象得到充分体现后，再采取特殊的应对方法。你要在大自然已经进行了很长一段时间的教导后再接替它的工作，以免和它的教育方法产生冲突。也许你会说，我知道时间多么重要，所以连一分一秒都不想浪费。但是你有没有想过，比起在那段时间什么都不做，用错时间带来的损失更大。一个没有受过教育的孩子，其聪明程度要超过一个受过不良教育的孩子。看到他什么都没做就度过了童年岁月，你是不是会觉得非常惊奇？可是让他每天都开心快乐，跑跑跳跳，嬉笑玩耍，真的是在浪费时间吗？在大家的印象中，柏拉图的《理想国》是一本非常严肃的书。可是在书中，他对孩子的教育完全是通过节日、体操、唱歌和娱乐活动来进行的。他在教他们嬉戏的过程中，也教给了他们别的东西。在谈到古罗马的青年时，塞内加说："他们总是站着，根本不知道怎么坐着做

---

① 罗马独裁者。——译者注
② 指法国哲学家孔狄亚克（1715—1780 年）。孔狄亚克是一个感觉论者，《论感觉》等书就是由他所写。

事情。"难道等他们成年后身价会因此而降低吗？因此，不要害怕这所谓的懒惰。当你看到一个人为了充分利用一生的时间，连觉都不睡，你会对他有什么看法呢？你会说，这个人疯了，他根本没有享受到时间，还白白浪费了时间，因为抛弃睡眠就等于死亡。所以你要知道，这里也是这种情况，孩子在童年时期就要拥有理性的睡眠。

乍一看起来，教育孩子似乎非常容易。而正是因为这种看起来的容易，孩子的教育就被遗忘了。其实，这种容易代表着孩子们什么东西都没学到。他们的头脑像镜子一样光滑，把你给他们看的事物都反射了出去，一点儿深刻的印象都没有留下。孩子把你说的话留在了脑海里，却把观念反射出去。孩子们所说的那些话，别人都能明白是什么意思，但是他自己不明白。

虽然记忆和理解是完全不同的两种能力，但它们并不是分开发展的。孩子在还没长到有理智的年龄之前，只能接受形象，而无法接受观念。二者之间的区别在于：前者只是可以感知的事物的图形，而后者是对事物的看法。一个图形可以单独存在，可是一种观念一定会引起其他的观念。当你在心中想象的时候，你所做的事情就是看；可当你进行思索的时候，你就会进行比较。我们的感觉是被动出现的，而我们的理解和观念源于主动判断，在后文中我还会对此进行阐述。

因此我的观点是，孩子们并没有真正的记忆，因为他们缺乏判断的能力。他们可以记住声音形状和感觉，却很少能记住观念，更别说记住观念之间的关系了。对我持反对意见的人，看到他们学会了一些初级几何，就以此为例子来反驳我，想证明我的观点不对。但实际上他们正好证明了我的观点是正确的，孩子们不但没有推理的能力，还无法记住别人的论据。孩子们记住的只是例题的精确图形和术语，这一点你只需考察一下小几何学家们用的方法就能发现。只要你提出一点点反对意见，他们就不懂了；要是你把图形颠倒过来，他们就怔住了。他们拥有的知识都是感觉上的，无法真正理解。他们在小时候曾经听别人讲过的事情，要是想重新理解，必须在长大后再学一遍，可见他们的记忆力并没有超过其他能力。

但是，我并不觉得孩子们没有任何理解力①，反而觉得他们可以很好地理解他们眼前可以感觉得到的与利益有关的事物。但是对于他们究竟知道什么东西，我们就不得而知了。所以有些他们不知道的东西，我们却以为他们知道；有些他们不懂的事情，我们却以为他们懂。另一个错误是试图将他们的注意力转移到与他们毫不相干的事情上，例如他们的未来利益、他们长大后的幸福、他们成年后人们对他们的看法——这些话对于完全没有远见的人来说是毫无意义的。但是，强迫可怜的孩子们去研究这些东西，就会让他们关注一些与他们完全不相干的问题。因此你要判断一下，能否让他们关注这些事。

一些迂腐而浅薄的教师在收了别人的礼物后，说法就变了，开始夸耀自己的教学方法有多好。可实际上，从他们的行为不难看出，他们跟我们的看法相同。因为，他们教给学生的，除了词句还是词句。他们吹嘘了各种学科，却唯独不教对学生真正有用的，因为它们是事物的科学，他们没有教好的能力。他们只会选择其中的一些术语、谱系、地理、年代和语言等学科来教给孩子，以此体现他们对这些学科十分精通。但是

---

① 在一部长篇著作中，是不可能让同样的字一直表达相同的意思的，当我在写这本书时，我无数次考虑过这一点。从来不存在哪种特别丰富的语言，以至于我们想如何修饰，它都可以把字眼和词句提供给我们。对所有词都进行定义，而且时常用所下的定义取代那个被下定义的词，这个办法固然是好的，只是难以实施。因为要如何才能不出现循环的现象呢？假如我们下定义的时候不用词句，可能还会给出比较好的定义。可是虽然这样，我依然觉得，哪怕我们的语言再不丰富，我们也可以清楚地表达意思，所采取的办法是，无论每个词使用的频率有多高，我们都要让它表达出来的意识可以结合上下文看出来，进而使包括这个词的句子可以反过来定义它。有时候，我们说孩子们不会推理，有时候又说他们很会理解。我并不觉得这说明在这个问题上，我的思想是对立的。可是，我必须承认，我在表达方法时常是有冲突的。——原注

这些学问对成人都没什么作用，对孩子就更没什么作用了。所以，他们这一生就算能把这些知识拿出来用一次，就已经够了不起了。

也许你会惊讶：为什么我会将教授语言当成一种没有用处的教育？但是我在这里说的，只是童年时候的教育。因此，不管你说出什么理由，我都不相信会有哪个孩子（天才儿童除外）能够在 12 岁或 15 岁之前真正学会两种语言。

关于语言的学习。如果只让孩子们学习一些词汇，也就是这些词的符号或声音，我觉得是可以的。不过我还要指出，语言在改变符号的同时，也改变了它们表达的观念。语言形成了知识，而思想也带有一种观念，只有理性是共同的。不管是哪一种语言，都有自己独特的表现形式，这种差别可能造成了民族性格不同，也可能是民族性格不同导致的。有一种推论是肯定的，就是世界上各个民族的语言已经随着风俗几度变化。语言的命运和风俗相同，要么保存下去，要么发生改变。

孩子们在学习说话的过程中，可以学会那些形式不同的语言中的一种。而在他有理智之前，这是他唯一能记住的一种语言。学会两种语言的前提，就是懂得比较它们的概念。可是他怎么能比较他几乎不能理解的概念？在他们看来，任何一种东西都有不同的符号，可是一个概念的形式却只有一种，所以他们能够学会的语言也只有一种。有人认为他们的确学会了几种语言，但我不认可这种说法。我曾经见过几个神童，据说能说五六种语言，还讲了德语、拉丁语、法语和意大利语的词汇。可是我要说，虽然他们确实用了五六种词汇，但一直都是讲的德语。所以，不管你把多少种同义语教给孩子，你变换的都不是语言，而是词汇，因此他们也只能学会其中的一种语言。

你们要教他们那些失去生机的语言的原因，就是为了掩盖自己在这方面的无能，因为现在根本找不到人来判别这些语言的教法是否合乎文规。你可以模仿书上写的词句，甚至说这些就是口语，因为这些语言的通常用法早已失传，难以考证。如果老师的希腊文和拉丁文就是如此，那自然不难想见孩子们学到的希腊文和拉丁文是什么样的。他们刚刚摸清了语法的一点门道，还没掌握这种语言的用法时，你就拿出一篇用法文写成的文章，让他们翻译成拉丁文。等他们觉得再高深一些，你就让他们用散文写出西塞罗①的句子，用韵文写出维吉尔②的诗篇。如此一来，他们就觉得自己掌握了拉丁语。可是谁又会告诉他们，事实并非如此呢？

不管是哪一门学科，如果代表事物的各种符号不和它所代表的事物的观念对应，那就毫无价值。而你教授给孩子的只是这种符号，并没有让他们明白这个符号所代表的东西。你让他看看地图，就以为让他明白了世界是什么样子；你把城市、国家和河流的名字教给他，可是他却觉得，这些地方只存在于他面前的纸上，并不是真实存在的。我曾经看过一本地理书，开篇写的是："什么是世界，一个硬纸板做成的球体。"而这正是孩子们学的地理。我敢断言，你用地球仪和世界地图去教他们两年之后，他们中没有哪一个 10 岁的孩子能按照从你那里学来的方法，说出该怎么从巴黎走到圣丹尼镇。我敢说，如果一个孩子的爸爸给他一张园林示意图，让他按着这个图走，他根本无法走过这些曲折的道路，一定会迷路。看吧，那些知道北京、伊斯帕亨、墨西哥和地球上所有国家在哪里的博学之士就是这样。

有人说，最应该让孩子们学的，就是那些只用眼睛就能学习的问题，如果真有这样的东西倒是可以，但是我从来没见过。

你让他们学习历史，这也是一种非常可笑的行为。你认为他们可以理解历史，因为历史代表的全是事实。但是我要问，

---

① 古罗马政治家，哲学家，法学家，雄辩家。——译者注
② 罗马诗人。——译者注

"事实"这个词应该怎么理解呢？也许你会觉得，孩子们可以轻易了解各种历史事实背后的观念，因为这些历史事实的各种关系是非常容易理解的。也许你还会认为，真正了解事件和了解事件的前因后果是相互独立的，认为历史中很少有涉及道德的地方，所以就算一个人不懂道德，也是可以学会历史的。如果你对人的行为只观察外部的东西，那么就算学了一段时间的历史，也不会有什么收获。既然学习历史十分枯燥，就不会给我们带来快乐，也不会带给我们什么有用的东西。如果你以那些行为的道德关系来判别我的观点，就能明白你的学生是否能了解那些关系，以及他们那种年龄的人是否适合学习历史了。

各位读者，你们要记住，跟你们交谈的既不是学者，也不是哲学家，而是一个平凡的人，一个热爱真理的人，他既没有什么偏见，也不相信任何主义。他十分孤独，很少跟别人打交道，因此没有那么多机会来沾染他们的偏见，也就有了足够的时间来反思和别人交往时自己感受到的事物。与其说我的论点是一种原理，倒不如说是一个事实。为了让你们评判我的论点，我认为最好要向你们举出几个让我产生这种论点的例子。

我曾经在一个乡下人家里住过几天。这个家里有一个可敬的女主人，她对孩子们的生活和教育都非常上心。有一天早上，大孩子上课时，我恰好也在场。他的老师曾经教过他古代史，现在正在给他讲述亚历山大的故事，并同时提到了医生菲利普的一些著名故事。我承认这个故事有讲的价值，而且书上也有插图。这位教师非常可敬，但是他对亚历山大的勇敢行为提出的几个看法，我并不认同。可是为了避免影响他在学生眼中的威信，我并没有和他争论。吃饭的时候，按照法国的习俗，一定会让那个可爱的小孩瞎说一顿。本来他这个年龄的孩子就十分活泼，而且他也想获得称赞，所以就讲了一些蠢话。当然，其中碰巧也会有几句中肯的话，足以让人忘掉其他的傻话。最后他讲到了医生菲利普的故事，并且讲述得非常经典、非常优美，赢得了大家的一致称赞（这是母亲求之不得的，也是孩子等待已久的）。然后，大家开始对这个故事进行讨论。大部分人的看法是亚历山大太过冒失。有几个人也跟教师持有相同的观点，认为亚历山大非常勇敢、非常果敢。但是我听完这些议论，觉得在场的所有人都没有看出这个故事到底美在何处。我告诉他们，我的观点是如果非要说亚历山大的行为非常勇敢、非常果敢，那也只是一种鲁莽的行为。于是大家一致认同我的观点，认为这种行为非常鲁莽。原本我是想继续就这个问题进行热烈地讨论的，这时，坐在我旁边的一个妇人（她到现在还没有开口说过话）把身体侧过来，凑到我的耳边小声说："让·雅克，不要继续讲了，他们根本听不懂你的话。"我诧异地看了她一眼，意识到她的建议是明智的，马上闭上了嘴。

种种迹象让我怀疑，这位博学之士对自己讲的这段了不起的历史并不是非常了解。所以吃过晚餐之后，我就拉着他的手去花园散步，并随口问了他几个问题，发现他比谁都推崇人们所夸耀的亚历山大的勇敢。但是他看出亚历山大的勇敢，居然是通过亚历山大毫不犹豫地一口气喝下一杯难喝的药。在半个月之前，这个可怜的孩子就吃了一次药，很是费了一些力气，现在他的嘴角还残留着药的味道。在他看来，死亡和中毒只是一些不太快乐的感觉，而他想到的唯一的毒药就是旃那①。但是我不得不承认，他幼小的心灵受到了亚历山大的勇敢的影响，所以决定以后要像亚历山大那样吃药。我没有对此进行解释，因为他肯定无法理解，所以我只是跟他说，这是个不错的想法。回去的时候，我窃笑有的父亲和教师的做法非常明智，居然能够想到用历史来教育孩子。

要让他们在口头上学会国王、帝国、战争、征服、革命和法律这些词毫无难度，可是要赋予这些词以明确的观念，就要

---

① 一种可以治疗腹泻的豆科植物。——译者注

用我们跟园主罗培尔谈话的方式来解释了。

有的读者对"让·雅克，不要继续讲了"这句话非常不满，这也是我预料之中的事情。他们会问我究竟看到亚历山大的哪些行为值得称赞。可怜的人啊！就算我告诉你们，你们也不会懂。亚历山大值得称赞的原因，是因为他相信德行。为了证明自己的信念，他甚至有勇气以自己的生命作为代价。他伟大的心灵是和这个信念相称的。能够证明他有这种信念的，就是他吞下了那一剂药。有谁对自己的信念进行过这样庄严的表白吗？如果有谁自诩是当今的亚历山大，就按照这个样子把自己的信念表白给我看吧。

如果孩子们还不懂你的话，最好不要拿你的功课去教他们。要想让他们拥有真正的记忆，就要有真正的观念，这么说的原因是因为我觉得，只保留一些感觉并不能算记忆，在他们的脑海中印上一些奇怪的符号，对他们毫无用处，在他们学习事物的过程中自然能够学会这些符号，没有必要再浪费一次力气。而且如果你要求他们把一些不知所云的话当成自己的学问，就会面临着让他们产生非常严重的偏见的风险。孩子之所以会丧失判断能力，是因为他所学的第一个词和第一件事物都是按照别人的话去理解的，自己对其根本一无所知。这种损失根本无法弥补，就算他可以在傻子面前炫耀很长时间①。

---

① 大部分学者在夸奖傻子时，方法和小孩一样。他们拥有丰厚的知识，主要在于他们可以把很多的形象都记下来，而不在于他们可以把很多观念都记下来。在他们的记忆里，像日期、专有名词、地点以及各种独立而缺乏思想内容的东西都只是一个符号，他们只有同时看一下他们所读过的篇页的正反两面，看一下他们第一次看到那些东西的图形，才能想到那些东西。在前几百年曾经万人瞩目的学者基本上都是如此。而我们这个世纪的学者，则完全是另一个模样：他们不研究、不观察，只是沉浸在梦境中。他们只是让我们连续做了几晚的噩梦以后，就说他们把哲学教给了我们。可能有人会说我也沉浸在梦境中，这种说法我并不否认，可是出现在我梦里的东西是别人不想看到的，我做的是梦就说是梦，让读者去找这些梦中有没有有益于人的头脑清醒的东西。——原注

对于孩子来说，虽然大自然让他具备了接受这种种印象的可塑性，但是这并不是为了让他们记住一些国王的名字、年代、谱系、地球仪、地方名称，以及那些对他这种年纪和任何年纪的人都毫无用处的词句。让他背负着这些东西，一定会让他的童年过得十分忧郁，毫无乐趣可言，孩子的头脑之所以有各种可塑性，是为了让他能够记住他能理解和对他有用的观点。在往后的岁月中，这些观念和他的幸福，以及他能够履行自己的天职息息相关，它们在他的心中留下了难以磨灭的印象，让他可以按照自己的天性和才能度过一生。

　　一个孩子就算不读书，他的记忆力也不会闲置。他的一切所见所闻都能对他产生影响，留在他的心中。他会把大人们的言行举止记在心里。对他来说，周围的事物就像一本书，能够潜移默化地丰富他的记忆，让他的判断能力得到增强。判断力是他最需要具备的一种能力，要让他具备判断力，最好的办法是筛选他周围的事物，谨慎选择他能接触的东西，最好是他能理解的，而把他不应该知道的所有事物都隐藏起来。通过这个方法，我们可以让他获得各种对他的青年时期有用的教育和对他的理性行为有用的知识。虽然这个方法无法培养出神童，也不能让他的保姆和教师得到别人的称赞，可是能够培养出一个有见识和性格，身体和头脑都十分健康的人，也许这种人小时候无法得到别人的称赞，但长大后他一定能够得到众人的尊敬。

　　爱弥儿不会背诵课文，就算这篇课文是一个寓言，就算它是拉·封丹①的寓言，就算它非常简单和生动。因为寓言中的话并不等同于寓言，就像历史中的文字并不等同于历史一样。人们竟然会把寓言当成孩子们的修身之学，真是糊涂至极。他们没有考虑到，虽然寓言可以让孩子们变得快乐，却也会让他们产生错误的想法。孩子们在受到杜撰的故事迷惑的同时，可

　　① 法国诗人，寓言作家。——译者注

能会遗漏真理。人们也没有考虑到，虽然这样的方法让孩子觉得很有趣味，但是并没有让他们从中获得什么好处。寓言可以对大人起到教育作用，可是不能够用到孩子身上，应该直白地把真理告诉孩子们。如果你把真理用东西遮盖起来，他们就不会有把它们揭开的想法。

　　每个人都让孩子去学习拉·封丹的寓言，可是真正学懂的孩子却一个都没有，如果他真的学懂了，情况反而更糟糕。因为对他这种年纪的孩子来说，那些寓言的寓意非常不恰当，而且过于曲折。结果不但无法让他学到良好的德行，还让他沾染了很多坏毛病，也许你会说："你又在发表奇谈怪论。"但是我要证明，这番奇谈怪论是不是真理。

　　我觉得，孩子根本无法理解你教给他的那些寓言。所以就算你费了很大的力气，把寓言写得简单一些，但是为了通过寓言教育孩子，你一定会在其中加进一些孩子无法理解的观念。而且，虽然你把寓言写成诗的形式，便于孩子们背诵，可是由于诗韵，它们变得更加难以理解，这样一来，虽然寓言写得十分有趣，却也丧失了鲜活的寓意。有一些寓言不但让孩子们觉得晦涩难懂，对他们也没有任何作用。你可能让他们不加选择地学到这些寓言，因为在一本书中，这些寓言和别的寓言是混杂在一起的。现在我们先不说这样的寓言，就只说那些专为小孩写成的寓言。

　　据我所知，在拉·封丹的寓言集中，只有五六个充满着孩童的天真。现在，我会选择这五六个中的一个为例子，来进行解释。之所以要选择这一个，是因为这篇寓言适合各个年龄段的人，孩子们理解起来非常容易，学起来就会充满乐趣。也正是因此，作者才会把它放在自己书籍的第一篇。如果作者写这篇寓言的目的是让孩子们能够理解，让他们在读过之后不但会觉得快乐，还能够受到教育，那么这篇寓言可以说是他的一个杰作。出于这一原因，请允许我在这里用几句话逐行分析一下这篇寓言。

乌鸦和狐狸
寓言

"乌鸦先生在一棵树上休息。"

"先生"这个词本身有什么意义？为什么要把它放在一个专门名词之前？这个词放在这里是什么意思？什么是"乌鸦"？为什么说"在一棵树上休息"？按照我们的说法，应该是"休息在一棵树上"，而不是"在一棵树上休息"，所以这里有必要讲一下诗歌的倒置法，这就要解释一下什么是诗，什么是散文。

"它的嘴里叼着一块奶酪。"

是哪一种奶酪呢？瑞士奶酪还是荷兰奶酪？如果孩子从未见过乌鸦，你怎么把乌鸦的样子给他描述清楚呢？如果他见过乌鸦的样子，他会相信它们嘴里能衔着奶酪吗？因此，最应该采取的方法是按照自然的样子来描述。

"狐狸先生被美味所诱惑，"

这里又是一个"先生"。这个头衔对狐狸来说真是再合适不过了，别忘了，它最善于玩弄花招。所以这里应该大概介绍一下狐狸，讲一讲它们真正的性格以及它们在寓言中的性格。

"诱惑"这个词已经过时了，所以要进行解释，要告诉孩子这个词通常只会出现在诗里，也许孩子会问为什么人们在诗歌中说话的方式不同。你将如何回答这个问题？

"被美味所诱惑，"这块奶酪是叼在乌鸦嘴里的，而乌鸦正在一棵树上休息。所以我想知道，这块奶酪要想把一只狐狸从树丛或者地洞中引出来，到底需要发出多大的气味？只要有可靠的依据作为支撑，能够分辨出别人所说的事物的真假的论断，才是正确的。所以，你能否用这句话来让你的学生学会这个判断事物的精义呢？

"对乌鸦说，"

"对乌鸦说，"狐狸也会说话吗？它会讲乌鸦的语言吗？

请各位聪明的教师多多留心，在给出答案之前要权衡一下，因为你不知道你的回答会产生多么大的影响。

"你好呀，乌鸦先生。"

如果孩子看到你把这个称谓当成一个笑话用，就会忘记它是一个尊称。对于一个说"乌鸦先生"的人来说，他要花费很大的力气，才能把"乌鸦"前面的冠词"德"（de）解释清楚。

"你真美，我觉得你非常漂亮。"

这番重复说的话毫无用处。如果小孩子发现你把同样的事情用另外的词来重复说，也会跟你说这样一些无聊的话。也许你会说，这种冗余是作家的一种艺术手法，目的是表现狐狸极力夸赞乌鸦。我认同你这种说法，但是这不适合对我们的学生说。

"不要撒谎，要是你的歌喉"

为什么要说"不要撒谎"？这么说你已经撒过谎了？如果你对孩子说，狐狸之所以告诉乌鸦不要撒谎，是因为它自己撒谎了，那孩子会有怎样的想法呢？

"配得上你的羽毛，"

"配得上"的意思是什么？声音和羽毛是两种有着不同性质的东西，你却让孩子进行比较，你看他会了解多少呢？

"就让你做这片树林中百鸟的凤凰，"

"凤凰！"什么叫"凤凰"？我们竟然突然谈到了不存在的古代物种，几乎就是在讲神话了。

"林中百鸟"，多么具象的语言啊。一些喜欢拍马屁的人，总是把文雅的词说得十分高尚，好更容易诱惑别人。一个孩子到底能不能理解这种奇妙的地方呢？他到底知不知道什么是更高尚的说法，什么是低俗的说法？

"乌鸦听了这句话，欣喜若狂。"

要想理解这个成语表达的是什么意思，必须亲自体会过十分激动的情绪。

"所以，为了展示它美妙的歌声。"

别忘了，要想让孩子理解这一行诗和整个寓言，就得让他亲自听一听乌鸦的声音到底有多美。

"一张开嘴，奶酪就掉到了地上。"

这是一行极好的诗，让人联想到一幅画面：我看到了一张又大又丑地张开的嘴，我听到奶酪落下来掉到地上的声音，可是孩子无法理解这种优美。

"狐狸拿起奶酪说，我亲爱的先生，"

你看，好心居然变成了一种愚蠢的行为，当然，你会对孩子进行教育。

"你要知道，所有拍马屁的人，"

这种说法非常笼统，孩子无法理解。

"都靠着他吹捧的那个人生活。"

对于一个十岁的孩子来说，这一行诗很难理解。

"以一块奶酪为代价学到这个教训，还是很划算的。"

这话说得很好，意思也很清楚。不过，个别儿童会把一个教训和一个奶酪进行对比，说自己宁可要奶酪，也不要教训。所以，我们要让他们知道，这种说法就是一个笑话。可是孩子们无法理解其中的奥妙。

"乌鸦又羞又气，"

又是把同一个意思说两遍；这一次就无法辩解了。

"发誓——可惜为时已晚——以后再也不上这种当。"

"发誓！"有哪个傻老师敢向孩子解释什么是发誓？

上面阐述得非常详细，但是并不足以分析这篇寓言的全部思想，以及总结出其中每个思想所依据的基本观念。但是我觉得，没有人会觉得有必要为年轻人进行这样的分析。我们在讲哲学的时候，没有人会把自己当成小孩子，所以我们索性继续谈它的寓意。

我有一个疑问：有没有必要告诉一个 6 岁的孩子，有的人为了自己的利益会溜须拍马或者欺骗别人。我们只能告诉他们，确实有人会逗小孩子玩，或者暗中嘲笑别人傻。可是在这个寓言中，一块奶酪就弄坏了整件事情，因为你在教他们怎么从别人嘴里夺取奶酪，而不是把自己的奶酪紧紧含在嘴里。于是我在这里又提出了第二个奇谈怪论，它的重要性跟前一个奇谈怪论不相上下。

如果你能和学过寓言的孩子长期接触就不难发现，一旦他们有机会将学到的寓言付诸实践，他们的做法跟寓言作者的想法完全是背道而驰。他们不但不会把你想要纠正或防止的缺点放在心上，还会故意为非作歹，以便从别人的缺点中获得利益。就像上面讲的那个寓言，他们在嘲笑乌鸦的同时，还会很喜欢狐狸。至于第二个寓言，也许你以为他们会把蝉当成学习的榜样，可实际上他们选择的是蚂蚁。每个人都不想失掉自己的体面，只想充当一个出彩的角色。这取决于一个人的自爱，也是非常自然的选择。但对孩子们来说，这是非常可怕的教育。一个又吝啬又心狠手辣的孩子，堪称所有的怪物中最可怕的，他能知道别人会向他索取什么，也知道哪些东西不能给别人。寓言中的蚂蚁更厉害，它在拒绝的同时，还把别人痛骂了一顿。

在所有的寓言中，狮子这个角色尤其显要，孩子们在学了这些寓言之后，就一门心思想做狮子，如果让他来分什么东西，他就会学狮子的样子，想尽一切办法霸占所有东西。可是在他看到蚊子把狮子搞垮之后，他的想法就会发生改变，就想做蚊子而不愿意做狮子。将来他就会学蚊子，不明着攻击别人，却把他叮死。

孩子们学了《瘦狼和肥狗》这个寓言后，你是不是觉得他们会把它当成一种谦虚的教训？可实际上，他们反而会觉得这是在教他们放纵。有件事令我印象深刻，就是我曾看到有人用这个寓言来折磨一个小女孩，好让她听大人的话。可结果却是，那个小女孩痛哭一场。一开始大家都不知道她哭泣的原因，直到后来才知道，这个小女孩已经受够了别人的束缚，觉得自己脖子的皮都被锁链磨破了，所以为自己不是一只狼而哭泣。

所以，在孩子们看来，第一个寓言是在教人溜须拍马和卑鄙，第二个寓言是在教人冷酷无情，第三个寓言是在教人处事不公，第四个寓言是在教人讽刺和嘲笑，第五个寓言是在教人不听从管束。当然，我的学生是用不上这最后一个寓言的，你的学生也是如此。你用一些自相矛盾的寓意来教育他们，只能是白费工夫。但是有一点，我把这些寓意当成反对寓言的理由，你却把它们当成了保留这些寓言的理由。社会中不但需要口头的教训，也不能缺少行动的教训，而这两种教训是完全不同的。前一种主要出现在问答式的教育，通常教育一段时间后就会了事；而后者常见于拉·封丹写给孩子们的寓言和写给母亲的故事里。可以说，在这里，一个作者应用了这两种教训。

拉·封丹先生，我们能不能商量一个两全其美的办法呢？我向你保证，我可以读你的书，而且我也很喜欢你，想从你的寓言中获得益处，因为我觉得我可以理解它们的真正目的。但是你也要同意，不让我的学生去学那些寓言。如果想要让我同意我的学生去学，你要保证：虽然那些寓言中他有四分之一不懂，但是学了还是有好处的；在学习他能懂得的寓言时，不会曲解其中的意思；他学了之后不会上当受骗，也不会为非作歹。就这样，我让孩子们不用学习各种功课，就替他们消除了让他们感到最痛苦的因素——读书。对于孩子们来说，在儿童时期读书就像是一种灾难，可是你却硬要他们把时间花费在读书上。爱弥儿一直长到 12 岁都不知道读书为何物。有人会说至少也该让他识字，我认可这种观点。他要在读书对自己有用的时候识字，可是现在，读书除了让他感到厌烦，无法给他带来任何好处。

孩子们之所以要学那些既无趣味又无用处的东西，都是因为你们的勉强，否则根本找不到让他们去学的动机。对于并不在身边的人，听他们讲话和跟他们讲话，以及把感情、意志和希望从远处通过媒介传递给他们，是一种艺术。不管什么年龄段的人，都能感觉到这种艺术。这种艺术原本十分有用、十分有趣，又是什么奇怪的原因把它变成了一种对孩子的刑罚？因为你强迫孩子们去学它，强迫孩子们把它用在自己不了解的事物上。就算一个孩子非常好奇，也不会达到自己去练习折磨他的工具的地步。可是，如果这个工具可以让他快乐，就算你禁止使用，他也会立刻用它。

人们在想尽一切办法，来寻找读书识字的最好办法，其中一些人发明了单字拼读片和字卡，另外一些人则把孩子的房间变成了印刷厂。洛克的办法是，用字骰教孩子们学习识字。这确实是一个最好的办法，真是太不幸了。其实还有一个比以上方法都要可靠却被人遗忘的方法：激发孩子学习的欲望。孩子们有了学习的欲望后，你就可以把字卡和字骰都搁置一边，随便使用什么方法都能教好他们。

人最大的利益就是现实的动力，有了这个动力，他们才会走得更稳，走得更远。有时候，爱弥儿的父母或者亲朋好友会给他发来请柬，邀请他去赴宴、游览、划船或看戏。这些请柬通常言简意赅，字体也很好看。这时候，他需要找一个人来帮他念。可是问题是，他经常找不到这样的人，就算能找到，也会慢悠悠地念给他听，就像昨天那样对他。一来二去，时间就白白浪费了。等他终于可以找到人念请柬的时候，已经为时太晚。他会想："要是自己能够识字该有多好啊！"随后他又收到了请柬，上面的意思言简意赅，谈到的事情也非常有趣。他很想明白上面写的是什么，有时候他能找到人帮助他，有时候又会吃闭门羹。于是，他试着自己来念，终于弄清楚了请柬上一半的意思：请他明天去吃奶油。可是去什么地方吃呢？跟谁一起吃呢？他费了九牛二虎之力，才把请柬上剩下的字读出来。我觉得，爱弥儿根本不需要写字桌。现在需要给他讲写字吗？我觉得没有必要。在一部教育的著作中，却谈到这样一些小事，我都有些不好意思。

　　我在这里要补充一句话，一个重要的准则：我们不急于得到的东西通常都能迅速而确定地得到。我可以断言，爱弥儿在10岁之前就能学会读书和写字，因为在他15岁之前，我并不关心他的读书识字。可是，相比让他学到一些学问就丢掉别的有用的东西，我倒宁愿让他大字不识。因为，如果他不喜欢读书，那读书对他就毫的无用处。"要注意，不要让对读书不感兴趣的人厌恶读书。为了避免过了青年时期还觉得读书非常可怕，千万不要让他体会到读书的痛苦。"

　　对于这种任其自由的方法，我越是坚持，人们就越是反对。要知道，如果你的学生从你身上学不到什么东西，就会转而跟别人学习。如果你无法用真理去改正错误，他就会学到很多错误的思想。你担心他产生的那些偏见，来源就是他身边的人。这些偏见会通过他所有的感官，进入他的内心深处，让他正在成长的理性受到损害。另外，他那长期休眠而麻木的心灵，也会耽于物质享受。如果他没有在儿童时期养成思考的习惯，那他这一生都无法养成这样的习惯了。

　　我可以轻易回应人们对我的反驳，可是，我为什么要去回应他们呢？如果我的方法可以自己反驳那些反对的意见，它就是一个好方法，否则它就毫无价值。所以，我还是要继续往下谈。

　　如果你按照我的计划进行教育，不墨守成规，让你的学生的心灵能够向往遥远的未来，让他不受其他的地方、风土、世纪、天涯海角以及天堂的迷惘，而是认真地按照自己的能力生活，关注和自己有关的事物，就能发现他是具备观察记忆和推理能力的。这些顺序是非常自然的。一旦有感觉的生命活跃起来，就能获得和体力相称的辨别能力。在维持自己的生存之外，如果他还有多余的体力，才会用来发展自己的思考能力。因此，如果你想培养学生的智慧，首先就要培养他支配智慧的体力，要让他锻炼身体，变得强壮，让他长得聪明又理性，能够做成事情，能够干活，能够跑跳和呐喊，能够不停地活动，按照自己的精力和理性做人。

如果你总是对他指指点点，跟他说："到这里去，到那里去，做这个，不做那个。"那他就会变成一个傻瓜。如果你总是用自己的头脑去指挥他的手，那他的头脑就无法派上用场。不要忘记我的约定：如果你十分迂腐，最好不要看这本书。

有些人抱有一些愚蠢的观点，认为锻炼身体不利于思想的运用，似乎不能同时进行这两项活动，一个活动不能总是去指导另一个活动，真是好气又好笑！

有两种人总是锻炼身体，而很不注重心灵的培养，他们就是农民和野蛮人。我们都知道，农民强壮、驽钝而又笨拙；野蛮人却感觉敏锐，心思缜密。可以说，农民最为驽钝，而野蛮人最为狡猾，那这种差别是怎么来的呢？因为农民总是在做别人让他做的事，或者模仿父亲做事，或者一直重复做小时候做的事。他的一生就像一部机器，总是在做同样的事情，他的理性已经被习惯和服从取代了。

野蛮人的情况则大不一样，他们居无定所，没有什么必须要做的事情，只需要服从自己的意志即可，用不着服从任何人或者任何法规。他不必事事谋划，也不用先考虑事情的后果再去行动。这样，随着身体不断得到活动，他的心思也会越来越缜密，他的体力和智力同时得到了发展。

各位聪明的教师。我们来比较一下各自的学生，看看谁的学生像野蛮人，谁的学生像农民。你的学生事事都要听从别人的命令，别人怎么说他就怎么做，肚子饿了也不敢吃东西，也不敢表露自己的高兴和悲伤。他伸出一只手就不敢换另一只手，只敢去你允许去的地方，用不了多长时间，他连呼吸都要听你的命令。如果你为他谋划好了一切，那他还需要自己动脑吗？如果他可以依靠你的谋划来做事，又何必自己动脑呢？他看到自己的幸福生活由你代为料理，就觉得自己根本不用操心。他根据你的判断来做判断，只要不是你禁止的事情，他就会放手去做，因为他知道做这件事非常安全。他不用去猜测今天的天气如何，因为你会替他观察天气。他也不需要计算自己的散步时间，因为你到时间就会叫他回来吃饭。他只吃你允许他吃的东西，而不听从胃的安排。所以你只会让他的身体变得呆笨，让心灵变得迟钝。另外，因为他把仅有的理智放在对他没有用的事物上，反而让理智在他的心中的地位大大降低。因为他没有发现理智对自己的作用，所以认定它毫无用处。更不幸的情况是，他每次犯错都会被你指出来，次数多了他也就习以为常，不觉得惊讶了。

也许你认为你的学生非常聪明，在跟妇女们聊天的时候，能够展现出我之前提到的那种风度，可是当他要牺牲个人，在某种困难的情况下作出决断的时候，你就会发现，他的愚蠢程度远超一个最笨的农民的儿子。

而我的学生，更确切地说是自然的学生，从小得到的锻炼就是尽量依靠自己，所以不会总想着去寻求别人的帮助，更不会向别人炫耀自己的学问。而且，对于一切和他自己有关的事物，他都会进行评判，并对其可能造成的后果和道理进行研究。他不会夸大其词，只要实际行动。虽然他并不了解世界上的事情，却非常知道自己该做什么。因为他总是在活动，所以会认真观察事物，并仔细考虑它可能会造成的影响。从小开始，他就从自然那里获得了很多经验。他对教育的目的一无所知，因此更能发挥教育的成果。这样，他的身体和头脑都同时得到了锻炼。他在活动时是按照自己的思想，而非别人的思想，因此他可以很好地结合自己的身体和头脑的作用。他的身体越强壮，他就越聪明，越有见识。今后，他可以获得一般人没有的东西，比如大多数伟人所具备的智力和体力、哲学家的理解能力以及大力士的精力。

年轻的教师，也许你觉得我让你采取的方法——不要墨守成规，要让其自然发展——很有难度。我承认，就你的年龄来说，这个方法并不适合，而且一开始既不能展示你的才华，也不能提高你在孩子父亲眼中的地位，但是，如果你想成功，这是唯一的办法。要想培养出聪明的人，首先要让孩子变得活泼。斯巴达人采取的就是这种教育方法，他们不会一开始就让孩子去读书，而去教他们去掠夺别人的食物。那么，这样长大的斯巴达人是不是非常愚钝呢？并没有，世人都知道，他们说话有力，能言善辩；他们战无不胜，将敌人打得溃不成军。雅典人口才惊人，可是他们害怕跟斯巴达人说话和打架。

　　教师采取中规中矩的教育方法，给孩子下达命令，觉得这样就可以把孩子管好。但实际上，这是孩子在管教师。他对你强迫他做的事情加以利用，反过来让你去做他喜欢的事情。他知道，自己认真学习一小时，就能换回你的八天的顺从。于是，你几乎每分每秒都在跟他讲条件。虽然你是按照你自己的方式提出的这些条件，可他会按照自己的意愿去做。所以，如果你愚蠢地把不管他是否履行承诺都会满足他的要求写进跟他订立的条约，他就会变本加厉，更加胡闹。相比之下，教师对孩子的心的了解，还不如孩子对教师的心的了解多。这一点并不奇怪，既然一个没有约束的孩子可以利用机智让自己生存下去，当然也可以利用机智来让自己摆脱独裁者的束缚，以便更加自由地发挥自己的天赋。而教师却不会去揣度孩子的内心，因为没有任何切身利益能让他有这样的动机。有时候，他甚至会觉得让孩子偷懒或者瞎闹一阵更好一些。

　　用一个和上面提到的做法完全相同的办法来教育你的学生，表面上看起来是他在做主，但实际做主的还是你，这是束缚住一个人并保持表面的自由的最好的办法。而且，这样做甚至可以左右他的意志。这样，这个孩子就随你摆布，因为他对一切都一无所知，也不会做任何事。鉴于你们之间的关系，你就可以支配他身边的一切了。你作为教师，就可以随心所欲地对他施加各种影响。在他还没有意识到的时候，他的工作和游戏、快乐和痛苦就已经由你掌控了。当然，他可以做自己想做的事情，但是这都是得到你的允许的。你能预料到他想做什么，在他开口之前想到他会说什么。

这样，他就可以一心一意地进行适合自己这个年龄的体育锻炼，还不会让思维变得迟钝。你会发现，他不但不会想尽一切办法来摆脱那些给他带来无限烦恼的管束，还会充分利用周边的一切，来获得当下的幸福。因而你就能看到一种令你惊讶的场景：他会巧妙地让自己获得可以获得的东西，并在不受别人管束的情况下真正想用那些东西。

如果你可以让他支配自己的意志，他绝不会变得性情乖戾。他所做的所有事情都是适合他的，所以他很快就会做他应该做的事。虽然他在不断运动自己的身体，可是一旦关系到他的利益，他就会尽可能发挥自己的聪明才智。跟凭空研究相比，这种发挥的方式更好。

这样，他就不会对你撒谎，因为你并不是存心为难他，他也会无条件相信你。他会勇敢地把自己的本来面目展示在你面前；这样，你就可以从容地观察他，利用他周围的一切培养他，而不会让他对你的教育心生反感。

以后，他再也不会以猜疑的心态来揣测你，就算你做错了事，他也不会暗中嘲笑。他的揣测和嘲笑是非常麻烦的事，我们要小心预防。我在前面说过，孩子们做喜欢的事情就是找到管束自己的人的弱点。也因此，他们会倾向于做一些调皮捣蛋的事情。不过，出现这种倾向的原因不是他们天性顽皮，而是他们想要逃离欺压他们的权威。他们无法忍受你加在他们身上的束缚，才会想尽一切办法逃脱。一旦他们发现教师的弱点，就找到了实现这个目的的好机会。所以，他们就会十分关注别人的弱点，并以找到别人的弱点为乐趣。很显然，爱弥儿身上是不会出现这种恶习的，因为它的根源被堵塞了。他不会挑我的错，因为他根本没有这个想法，当然，他也不会挑别人的错。

因为你并不了解这些方法，才会觉得它们很难，但事实上它们根本不难。我的这一看法建立在这样的假设上：你具备从事这一职业的能力，也能了解人心的变迁。你知道研究人类和单独的人的方法，也知道如果把适合学生年龄的有趣事物呈现在他们面前时，他们会偏爱什么。这样一来，你既有了工具，也懂得如何运用，自然可以把应该做的事情做好。

你不应该讨厌孩子乖僻的性格。孩子们之所以出现这种性格，不是因为自然，而是因为没有得到良好的教育。换言之，他们习惯听命于别人，或者对别人发号施令。而且我曾经反复说过，小孩子不应该听命于别人，也不该对别人发号施令。因此，如果你的学生性格乖僻，根源全在你，你也应该为自己犯下的错误付出代价。也许你会问我："该如何补救？"补救的方法就是好好对待他，并付出足够的耐心。

我曾经管教过一个孩子几个星期，当时他已经养成了这样的习惯：随心所欲地做事情，还要对别人发号施令，所以说，这个孩子简直就是一个混世魔王①。在我刚管教他的第一天，他半夜就起床了，只想看看我是不是会对他言听计从。他穿上衣服之后就过来叫我。我从床上爬起来，点燃蜡烛。他让我做的事情就这么多，15分钟之后，他开始打瞌睡，并且对试验的结果非常满意，就回去睡觉了。两天之后，他把这个过程重复了一遍，又取得了同样的成功，而且我没有表现出任何的不耐烦。去睡觉的时候，他亲吻了我一下，这时候我平静地告诉他："小朋友，不要再来了，你已经做得很好了。"因为我的这句话，他的好奇心又被勾了起来。第二天，他又在同一时刻来找我，看看我会怎么忤逆他。我问他："你有事吗？"他说："我睡不着。"我说："太糟糕了。"然后陷入沉默。他让我点燃蜡烛，我说："为什么？"说完之后我又闭口不言。碰到这种简单明了的回答方式，他有些迷惑。他在黑暗中找到了打火器，做出要打火的架势。我听到他弄痛手指发出的声音，偷偷地笑了。最后他觉得实在打不着，就拿着打火器来到

① 这个孩子是杜潘夫人的儿子。——译者注

我的床边，我跟他说我用不着，然后就翻了一个身，他就开始在房间里瞎跑，一会儿唱歌一会儿大叫，制造各种噪声。他一会儿拍桌子，一会儿打椅子，当然为了避免把手打疼，他总是非常小心地打，因为他的目的就是让我难以安宁，可是这一切都是徒劳无功。我知道，原本他以为我会对他好言相劝或者大发雷霆，却没有想到，我居然会这么冷静。

可是他继续吵闹，似乎已经下定决心要让我失去耐心，最后他终于得偿所愿，让我生气了。在这个不该发脾气的时候，如果我发了脾气，就会让一切都难以收场，于是我采取了另一个办法。我从床上站起来，默默地去找打火器，可是没有找到，于是我问他要打火器，他就递给了我，并因为觉得战胜了我而十分高兴。我打燃火石，点亮蜡烛，然后拉着他的手，默默地带着他来到了附近的一间盥洗室。这里的每扇窗户都关着，里面也没什么怕被打坏的东西。我把他留在里面，连蜡烛都没有给他留，就把门锁上，一言不发地回去睡觉了。毫无疑问，他一开始大吵大闹，但是我只是静静地等待着。后来，吵闹的声音越来越小，我凝神谛听了一会儿，发现他已经安静下来，才放下了心。天一亮，我就来到了盥洗室，发现这个小造反者就在一张便床上睡觉，睡得十分香甜。他已经筋疲力尽，自然要好好睡一觉。

不过事情到这里还没有结束。他妈妈得知他一晚上有三分之二的时间没有睡觉，这下可不得了了。接下来，孩子变得像个死人一样，因为他等到了报复的机会，就开始装病。可是出乎他意料的是，他没有捞到任何好处。医生来了，母亲就遭了殃，因为这个医生非常爱开玩笑，就利用她的恐惧心，让她变得更加恐惧。但这时候他凑到我的耳边说："交给我好了，很快我就能帮你把孩子的胡闹病治好。"之后他规定了孩子的吃饭和睡觉事项，并把他交给了药剂师。我对这位可怜的母亲表示十分同情，因为她周围的所有人都在愚弄他，可是她却只恨我一个人，原因正是因为我让她看到了真相。

　　她狠狠地把我批评了一顿，然后告诉我："我的儿子身体娇贵，是我们家唯一的继承人，只要能保住他的性命，花多少钱我都愿意。"然后她又说："我不希望有谁为难他。"我当然同意她的这些观点，但是她所谓的"为难"，就是说我没有事事听从他的指挥。我能看出，我应该以和孩子说话的态度对待这位母亲，于是我冷静地告诉她："夫人，我并不知道该怎么培养一个继承人，也不打算向这方面发展，你想怎么办都可以。"他们还需要我教一段时间，于是他的父亲极力劝解，母亲却给原来的教师写信，让他快点回来。而那个孩子看到打扰我的睡眠和装病没有任何用处，就决定好好睡觉，很快病就好了。

　　我不知道这个小暴君这样驱使自己可怜的老师的事情还有多少，之所以会出现这种情况，是因为教师的教育工作是在母亲的监督之下进行的，她严禁任何人不服从她的继承人。他总是想出门，所以教师必须经常带着他，或者更准确地说是要跟着他，而且他会故意把出去的时间选在教师最忙的时候。他本来也想对我这么做。虽然他在晚上的时候得让我休息，可是到了白天他就展开报复，不过我对这一切都十分愉快地接受了。而且我最开始的时候就让他亲眼看到，让他开心，我心里也很高兴。不过当纠正他的胡闹行为变成一个关键问题，我就改变了做法。

　　首先要做的就是让他明白自己的错误，这一点并不难，众所周知，小孩子能够想到的只是眼前的东西，所以只凭借看得远这一点，我就能占据上风。我专门拿了一些他喜欢的室内玩具给他，等他玩兴正浓的时候，就跟他提出建议："我们去散步吧。"他把我推到一边，我坚持要去，他就不再理睬我。我只好服从他的意志，而他把我的这种服从都看在了眼里。

　　第二天我就准备拒绝他。我早就看出他现在已经玩够了，而我则故意假装忙得脱不开身。他看到这种情况，就准备做点什么。他马上来到我身边，让我放下工作带他出去散步，我对此表示拒绝，可是他毫不退步。我跟他说："不行，昨天你按照你的意志去做事，我从你身上学会了这一点，今天我也要按照我的意志来做，我不想出去。"他说："好吧，那我自己去。"我说："随便你好了。"然后我又继续做自己的工作。他穿好衣服之后，见我不管他，开始有些不安。他做好出门的准备之后就过来向我行了礼，而我也回了一个礼。他跟我说自己要去些什么地方，似乎要去很远的地方似的，想以此来让我感到恐惧。我神色如常，只说了句一路顺风，他感到更加不安，但他还是想要出去，还准备把仆人带上。不过我早就知会了这个仆人，所以仆人跟他说没有时间，因为要去做我吩咐过的事情。仆人还告诉他，他会听我的话，而不是听他的话。孩子现在无计可施。他从来都以为自己的重要性超过任何一个人，是大家关注的中心，现在居然要独自出门，于是他开始意识到自己的弱小。他知道独自走在陌生的人群中会遇到什么样的危险，现在他唯一的支撑就是一点不服从的心理。他不情不愿地、缓缓地走下楼梯，心想："要是他出了什么事情，别人肯定会要我负责。"有了这点儿安慰，他来到了大街上。

我等的就是这一切。我已经事先做好了安排，因为要到公共场合，所以也首先得到了他父亲的许可。他刚走了几步，就听到了路两边的人的议论。"大伯，你看那个俊俏的小少爷，他一个人是要去哪里？一定会迷路的，我准备把他请到咱们家。""大婶，你要小心了，一定是因为这个放荡不羁的小家伙什么都不干，才被家里赶了出来。""没有人会收留浪子，随便他去哪里吧。""好吧，希望他能得到上帝的指引。也许他会遇到灾难吧，这真是让我不安。"他又向前走了几步，就遇到了一个跟他年纪相仿的人，他们不停地嘲讽他、捉弄他。他走得越远，就越觉得狼狈。他发现，孤单的自己不但没有得到任何保护，反而成了大家的笑柄。他也惊讶地发现，别人不会因为他华丽的服饰而尊敬他。

我委托了一个朋友去跟着他，在不引起他注意的情况跟在他后面，适当的时候还要跟他交谈。当然，他并不认识我的这个朋友。这个角色类似于《普索涅克》中斯布里卡尼①扮演的角色，要非常机敏，还要能很好地解决问题。他不能一下就把孩子吓坏，让他觉得恐惧，而是应该让孩子意识到，这么贸然离开家是非常危险的。半个小时之后，他再帮我把孩子带回来。这时候，孩子感到十分狼狈，连抬头的勇气都没有了。

这次远游回来，他刚进屋就遇到了从楼上走下来的父亲，真是太倒霉了。父亲好像要出门，一看到他就问："你去哪儿了，你的老师怎么没有和你在一起？"孩子感到十分窘迫，真想挖个地洞钻进去。父亲愤怒地批评了他一顿，以一种出乎我预料的冷淡语气说："要是你想一个人出门，就自己去吧。不过，我不想家里有个不服管教的人，所以你要是再一个人出去，就要做好回不来的准备。"

而我见到他之后，并没有批评他，也没有嘲笑他，只是比以往更严肃了一些。那天我没有带他出去散步，以免他发现这一切都是在骗他。第二天我看到了令我非常高兴的一幕：我们又遇到了昨天就他孤身一人拿他开玩笑的人，但是他还是非常神气。大家也不难想象，那之后，他再也没有说过要一个人出去，不要我跟他一起这样的话来吓唬我。

在我们相处的这很短的一段时间内，我用上述的办法和与此类似的一些办法，让他开始完全按照我的意图行事。在这个过程中，我没有规定他应该怎么做，也没有禁止他做什么，或者对他进行批评或者鼓励，或者让他做那些没用的功课。不管我说什么他都会听从，要是看到我一言不发，他反而会觉得忧心，意识到自己一定是做错了什么事情，而且会从这些事情中受到教训。现在，我们还是回过头来继续说我们的主题。

经过大自然的不断训练之后，人的体格会得到增强，思想也没有变得迟钝，还会拥有一种独特的理解能力。这种能力在

---

① 莫里哀的戏剧《普索涅克》中的主角之一，很有计谋。——译者注

幼年时期最容易形成，并对于任何年龄段的人来说都是不可缺少的。我们通过锻炼学会了使用体力，也知道了身体和周围事物的关系，也学会了使用那些适合我们器官使用的自然工具。一直被母亲在房间中带大的孩子，根本不知道什么是重量和阻力，居然蠢到想去拔一棵大树或者搬开一块巨石。我第一次离开日内瓦的时候，和一匹奔跑的骏马赛跑；拿石头去扔两公里之外的萨勒夫山；村里的孩子们都觉得我很愚蠢，所以都取笑我。我长到18岁的时候，才从物理学上知道了杠杆是什么，可是在操作杠杆方面，法兰西学院第一流的机械师还不如一个12岁的农家孩子。你在课堂上给小学生讲的知识，还不如他们在学校里彼此学习的有用。

一只猫首次闯进一间屋子的时候会怎么做呢？它会仔细地察看四周，东闻西嗅，直到把所有的情况都打探清楚，才会放心活动。一个刚开始学习走路的孩子在第一次行走于这个世界时，也是如此。虽然孩子和猫在查探的时候都会用到视觉，但是不同的是，孩子还额外用了大自然赋予他的手，而猫用了敏锐的嗅觉。这种能力的培养，决定了孩子是否会变得灵巧，变得活泼，变得小心谨慎。

可以说，人最开始研究的东西，是一门用来维持自身生存的实验物理学。因为人最初的自然运动，就是他对周围事物的观察，以及感知所有自己视线所及的东西，能够感知到的性质与自身关系的探求。不过在孩子还没有搞清楚自己在这个世界上的地位时候，没有必要让他把这种物理学搁置一边，去研究一些没有实际意义的理论。此时他那柔嫩而灵活的器官可以自动适应接触到的所有物体，感官也因为没有受到幻觉的影响而十分纯洁，这正是锻炼他们承担固有的义务的好时机，也是他们学习认识事物之间和我们可以感觉到的这种关系的好时机。因为当时一切能够进入人脑的事物，都是通过人的感官进入的。因此，人最初的理解就是这种感性的理解，这也是理智的理解的基础。因此，我们的手脚和眼睛堪称我们最初的哲学老师。抛弃这些东西，用书本来代替，只会让我们利用别人的思考成果，只相信别人的话，而不自己去寻找答案。

一个人拥有了从事一门职业的工具之后，才能从事这门职业。而且这些工具必须十分坚固耐用，才能被充分利用。因此，我们必须锻炼我们的四肢、感觉和各种器官，因为这是我们智慧的体现。只有让拥有这些工具的身体十分强健，我们才能充分利用这些工具。因此，人类的理解力并非和身体无关。身体强健的人，才能思想敏锐，保持正确性。

也许有人会觉得我非常可笑，因为我居然花了这么多笔墨来证明，在童年闲置这么长一段时间有什么好处。也许有人会说："如果你反过来用自己批判的眼光看，就会觉得那些有趣的功课根本用不着学习。这些东西不用学就能会，根本不需要花时间和力气去学习。你让学生学习的那些事情，随便一个12岁的孩子都会，而且他们也学会了教师教给他们的东西。"

先生们，你们搞错了，我教给我的学生的是一种需要经过很长一段时间才能学会的艺术。至于你们的学生，我可以保证他们根本学不到这种艺术。这种艺术就是保持自己的无知状态，因为每个人的真才实学都非常少。诚然，你们把各种学问教给学生是非常好的，而我只是帮他们准备能够获得学问的工具。有这样一个故事：一天，一个威尼斯商人对一位西班牙使臣极力夸耀圣马可教堂的珍宝，而这位使臣只是看了看桌子下面，对他们说："下面没有根基。"每当我看到教师对自己的学生大肆夸耀，就想对他说这句话。

古人之所以会有那样的体力和智力，之所以和现代人有着如此大的差别，正是因为他们会进行体育锻炼。这一观点是那些研究过古人生活方式的人提出的。从蒙田对这种看法的语气不难看出，他非常了解古人的生活方式，并曾经从多个方面反复谈到这一点。他在谈到孩子的教育时，说："要让孩子有结实的肌肉，这样他才能有一颗坚强的心；要让他热爱劳动，这样他才能忍受痛苦；要让他进行各种艰苦的体育锻炼，这样他将来才能忍受关节脱落、腹痛和疾病的折磨。"虽然智者洛克、可敬的罗兰、学富五车的弗勒里和迂腐的德·克鲁扎斯四人在其他方面有着不同的看法，但是在让孩子多多锻炼身体上，却有着完全相同的看法。这一看法是他们所有的看法中最正确的，也是最容易被现在和将来的人们忽视的。对于它的重要性，我早已详细地阐述过。但是就理由而言，我的比洛克的更逊色一些，我的方法也没有他的实际。因此，我会先说一说我对他的理由和方法的看法，再进行论述。

要给正在发育的身体各部分穿尽量宽大的衣服。衣服不能太小，也不能紧紧贴住身体或者捆绑带子，以免它们阻碍身体各部分的活动和成长。法国风格的衣服穿着不舒服，也很不卫生，给大人穿都不合适，更别说给孩子穿了。体液不流动，就会阻碍循环，这样，体液就会变坏。而且，由于静坐不动，休息的时间增加了很多，就更让体液容易变坏，滋生坏血病。在我们这些人中，患这种病的人越来越多，可是古人根本不知道这种病，原因就是他们的穿衣和生活方式让他们免于这种疾病的侵害。骑士服不但没有减少不适，反而让不适感更加强烈。原因就是这种服装虽然让孩子少捆了几根带子，却把孩子的全身都束缚得很紧。最好的办法是，尽量延迟他们穿袍子的时间，然后给他们换上宽大的衣服。要注意，不要用衣服来表现他们的身材，因为这对他们并不好。他们之所以会出现身体和精神上的缺陷，原因几乎相同，就是你想尽快让他们变成大人。

颜色有鲜艳和暗淡之分。前者深受孩子们的喜欢，跟他们也很相配。这种搭配非常自然，我不知道为什么人们在颜色搭配的问题上没有想到。当他们开始追求医疗的华丽，他们就开始变得奢侈，开始追求荒谬的时尚。毫无疑问，他们并非主动产生的这种爱好。对于衣服的选择和进行这种选择的动机会给教育造成多么大的影响，我说不清楚。一些溺爱孩子的母亲会把装饰作为对孩子的奖励，一些糊涂的教师更是将给孩子穿粗布做的简陋衣服作为对孩子的惩罚："如果你不好好学习，不把自己的衣服保护好，我就让你穿农家孩子那样的衣服。"这就相当于在告诉他们："每个人都要靠衣服，你身上的衣服就是你价值的体现。"这样教育年轻人，让他们变得只看重服饰，只从外表来判断一个人，也就不足为奇了。

怎样才能让一个被过分骄纵的孩子醒悟过来呢？我的做法是：让他觉得穿着最华丽的衣服非常不舒服，觉得全身都紧绷着，都被束缚着。我还会让他无法从穿华丽的衣服这一过程中获得快乐和自由；要是他想加入那些穿着朴素的衣服的孩子玩耍，他们就会一哄而散。最后，我会让他因为这种表面的华丽而痛苦，让他受到了这华丽的衣服的奴役。所以他会把这些衣服看成自己的枷锁，一看到人们要给他穿华丽的衣服，他就会非常恐慌，恐惧程度甚至超过了看到最黑暗的地牢。一个还没有受到我们的偏见影响的孩子，最先尝试的愿望就是生活得自由和快乐。对于这时候的他，最简朴、最宽大、最让他不受限制的衣服，才是最宝贵的。

有的人喜欢动，有的人喜欢静。喜欢静的人要让身体免受空气变化的影响，因为他的体液流动非常均匀；喜欢动的人要让身体习惯于空气的变化，因为他的身体在不断地受到动和静、冷和热的交替变化；所以，喜欢待在家里的人应该一直穿得非常暖和，一年四季都是如此，以免身体的温度总是发生变化。而那些经常在户外活动，面临着风吹雨打的人，就要穿得单薄一些，以便适应空气和温度的变化。我给这两种人的建议是，不要按照季节去变换衣服。将来，我的爱弥儿也会采取统一的做法。我的意思并不是让他在夏天也穿冬天的衣服，像那些不动的人一样，而是说，他应该像劳动人民一样，在冬天穿夏天的衣服。牛顿爵士一生都保持着冬天穿夏天衣服的习惯，活到了八十岁高龄。

不管什么季节，孩子的头上要少戴东西，或者尽量不戴。古代的埃及人总是在头上不戴任何东西；而波斯人过去总是戴很厚的帽子，现在就变成了缠厚头巾，根据沙丹①的说法，这是由国家的气候决定的。希罗多德②曾经在一个战场上发现，波斯人的头和埃及人的头大不相同，这一点我在另一个地方③也谈到过。脆弱和稀松的帽子无法保护我们的脑子，所以我们应该让孩子养成一年四季都光着头的习惯，这样才能让我们的头骨长得坚硬而细密，更好地保护我们的脑子，让它既不容易受伤，也能抵御冷热和空气的影响。为了保持孩子的头发清洁，以及让头发不凌乱，可以在晚上给他们戴上一顶类似巴斯克人用来笼头发的网子的薄款镂空小帽。很多母亲都赞同沙丹说的话，却不认可我说的道理，因为她们觉得所有地方都和波斯有着同样的气候。不过，我可没有把我的欧洲学生变成一个亚洲人的想法。

　　我们总是给小孩穿过多的衣服，在给幼童的穿戴上表现得更为明显。实际上，我们更应该让他们经受住的应该是冷，而不是热。如果他从小就习惯了寒冷，那就算遇到极寒天气，他们也不会觉得不舒服。不这么做的话，就会让他们的皮肤纤维变得十分娇嫩，要是遇到酷热天气，很容易会出现精力耗尽的情况。我还要提到一点，死于八月的孩子的数量是最多的。另外，受得住寒冷的北方人，比受得住炎热的南方人长得更加强壮，这是一种非常常见的现象。可是随着孩子的长大，他们的肌肉会越来越结实，这时候就要让他们经常晒太阳，并且逐步增加晒太阳的强度，这样就算以后他们遭遇热带的酷暑，也不会发生危险。

　　洛克给我们提出了很多勇敢而合理的办法，让我们觉得意外的是，他这样一个严谨的思想家，居然会说出自相矛盾的话。他建议孩子们在夏天用凉水洗澡，却反对孩子们在发热时

①　法国旅行家。——译者注
②　希腊历史学家。——译者注
③　指《致达朗贝先生论戏剧书》。——译者注

喝凉水，或者躺在潮湿冰冷的地方。如果他建议孩子们穿湿乎乎的鞋子，为什么又让孩子在发热时少沾水呢？既然他可以由手来推论脚，由脸来推论身子，为什么我们就不能由脚来推论身子？我会告诉他："如果你希望一个人全身都像脸那样健康，为什么却反对我希望他全身都像脚那样健康？"

洛克说："为了避免孩子在发热的时候喝水，就要让他们养成在喝水之前先吃一块面包的习惯。"孩子口渴了，却拿吃的给他，这真是一种奇怪的做法。那这是不是说在孩子饥饿的时候，要给他拿水喝呢？难道我们一开始的食欲就必须这样混乱，所以我们如果不满足它，就会面临危险吗？我是不相信的。果真如此，那人类在学会保护自己之前就被毁灭多次了。

如果爱弥儿觉得口渴，我会让人拿水给他喝，这种水是不加任何东西的清水，甚至都不需要加热。不管他是汗流浃背，还是在寒冬腊月，我都会这么做。我只提醒一点，就是水的性质。如果给他喝河水，就要在刚取出来的时候立刻给他；如果给他喝泉水，那就要在空气中放置一段时间再给他喝。因为河水在夏天是热的，而泉水因为没有接触空气，所有只有等它的温度和空气相近时才能给他喝。在冬天则采取相反的做法，因为泉水不像河水那么冷。不过让人在冬天出汗，特别是在户外出汗，是一种非常不自然的做法，也非常罕见。因为冷空气会不断侵袭皮肤，让毛孔闭塞，让汗水无法散发出来。让爱弥儿在冬天的时候靠近火炉做运动，我是不赞成的，我会让他去田野、去冰天雪地里锻炼。等他玩了一会儿雪球，觉得口渴的时候我会给他水喝，喝完再让他继续玩，也不用担心他会生病。如果是其他运动导致他出汗，让他觉得口渴，就拿凉水给他喝。这样就算是在寒冷的冬天，我们也可以带他到稍远的地方去喝凉水，他在这种缓步的过程中会受一点冷，等他到达目的地时候，身上已经非常凉快，所以喝水也不会有危险。最要紧的是，不要让他发现我们这种小心预防的办法。相比之下，我宁愿让他生点小毛病，也不想让他总是担心自己的健康。

孩子们大部分时间都在运动，所以睡眠的时间也要尽量长。睡眠和运动都是孩子不可缺少的，而运动造成的消耗可以由睡眠进行补偿。大自然规定要在夜里休息。一个不变的事实是，每当太阳西斜，万籁俱寂，我们感受不到阳光照射的时候，睡眠质量也会更好，所以最健康的方法就是日出而作，日落而息。从这一点也可以看出，乡下的人和动物在冬天需要的睡眠时间比夏天更长。可是在城市里情况就不相同，城市生活的单纯和自然程度没有乡下那么低，也无法免于受到事物的影响，因此人很难养成固定的作息时间。诚然，人应该服从法则，可是如果有必要，而且条件允许，打破法则也是一条重要的法则。因此，千万不要在没有任何理由的情况下，让你的学生不受干扰地、一直安静地这么睡下去，导致他的体质受到损害。一开始你不要去影响他，要让他遵从自然的法则。但是要注意一点，要让他处于我们的环境中摆脱这一法则；让他晚睡早起，而且突然醒来，站上一个晚上也不会觉得不舒服。如果我们早早采取这种措施，并且逐步延长这样做的时间，就能让他的体质逐步适应这种情况。可是如果他要长大之后突然遇到这种情况，身体一定会垮。

　　要是怕以后遇到不好的床，就要在一开始就养成能在不好的地方睡觉的习惯。通常来说，一旦习惯了艰苦的生活，就能产生很多愉悦感，而舒适的生活会在将来带来无尽的烦恼。那些较弱的人，不睡软床就睡不着；而睡惯了地板的人，在哪里都能睡着。一个一躺下就能睡着的人，不会害怕睡硬床。

　　人睡在软床上，就像陷入了鸭绒被或者羽绒被，身体会融化进去，结石症等疾病也会找上门来，而且还会导致身体虚弱，疾病缠身。

　　能够让人睡得香甜的床就是好床，我和爱弥儿在白天准备睡的就是这种床。我们不需要让波斯奴仆来为我们收拾床铺，因为在种地的时候，我们就已经整理好了被褥。

　　经验告诉我们，如果一个孩子身体健康，我们可以随时让他睡觉，或者随时把他吵醒。如果一个孩子躺在床上不停地吵闹，让保姆感到厌烦不已，她就会告诉他："你睡觉吧。"就好像在他生病的时候，保姆会说："你快点好起来吧。"让孩子入睡的最好办法就是让他自己感到厌烦。你要不停地说话，让他张不开嘴，很快他就会入睡。在各种训练方法中，唠叨法也是有用的，与其摇他的小床，还不如对他进行说教。不过这种麻醉剂只能在夜间使用，白天是不可以用的。

有时候我会突然把爱弥儿叫醒，这样做并不是因为害怕他贪睡，而是想让他习惯一切，哪怕是突然被人叫醒。如果我无法做到什么也不说就能让他醒过来，自己起床，就说明我不够合格。

要是他睡眠不足，我会采取这样的办法：让他觉得自己等待的是一个令人心烦的早晨。这样的话，他就可以充分利用这段原本用来睡眠的时间。如果他睡的时间太长，我会在他睁开眼睛的时候递给他一件他喜欢的东西。如果我想让他在某个时间醒来，我会告诉他："我会在明天6点去钓鱼，去某个地方远足，你要不要去？"他会说要去，并请求我到时候把他叫醒，我会根据自己的需要决定到底要不要答应他，如果他醒来得太迟，就会发现我已经出门了。如果他不能学会迅速醒来，就一定会吃亏。

如果真的有某个孩子懒到了极点（这样的孩子并不多），就不能放任这种情况继续发展，否则他会变得十分迟钝。我们要多多鼓励他，让他快点醒悟过来。我们要知道，问题的关键不是强迫他活动，而是让他产生一种自己去活动的欲望。如果我们能够很好地选择自然的秩序，这种欲望就可以让我们一举两得。

不管是什么事情，只要我们方法巧妙，就可以引发孩子的兴趣，甚至热爱，同时又不会出现攀比、嫉妒的心理。他们的天真活泼和模仿的心理，尤其是快乐的天性，完全可以让他们做到这一点，不过直到现在还没有教师想过要利用这个工具。

任何一个游戏，只要我们可以让孩子在做的时候相信这只是一场游戏，他们不管在游戏中遇到什么痛苦都不会抱怨，反而还会笑容满面；如果不是这样的话，也许他们早就痛得哭起来了。野蛮人的孩子觉得挨饿、挨打，或者把身体弄得极度疲劳是一件非常快乐的事情，这足以说明痛苦是一种调料，但是我这么说的目的并不是让你们以为所有的教师都可以配置这种调料，也不是说每个学生在体会到这种滋味的时候都表现得没有任何勉强。看吧，一不留神我就把话题引到了别的事情上。

　　如果一个人害怕痛苦、疾病和遭遇不测，害怕危险和死亡，那他就无法忍受任何东西，因此，我们越是能让这个人熟悉这些观念，越是能够缓解他心中的不安。因为这些感觉能够给他带来痛苦，却没有给他带来忍受痛苦的耐心。就像蒙田①所说的，我们越是让他们经常遭受可能遭受的痛苦，他就越不会觉得这些痛苦有什么。而他的心灵也会越来越坚强，他的身体就会变成一副盔甲，能够阻挡所有射向他的箭，就算他面临着死亡，也不等于就是死了。而且他也会觉得死亡不过如此，他只能是活着或者死亡，绝对不会半死不活。蒙田在谈到一个摩洛哥王子时曾经说过："在死之前，他比谁都尽情地活过。"因此幼年时期也应该经常学习这种美德。不过我们并不是只让他们知道这种美德的名称，而是让他们在感受到这一美德的美妙的过程中学习。

　　可是说到死亡，对于天花给我们的学生造成的危害，我们该如何对待呢？是应该在他幼年时期给他种痘，还是等他自然得上天花？如果这种危害是指经过妥善处理地种痘的话，那前一个办法较为可行，可以让生命在不那么珍贵的时候遭受威胁，而不用在生命珍贵的时候遭遇风险。

　　后一个办法跟我们的总原则更加相符，也就是在各个方

---

　　①　十六世纪法国思想家，作家，怀疑论家。——译者注

面都让大自然去照顾孩子，一旦人去插手这件事，大自然就会放手不管。自然随时可以给人种痘，也比我们更会选择时机，因此我们应该让这位教师来种。

不要据此得出结论，说我不赞成种痘。因为我是根据我的学生的情况来不让他种痘的，而你的学生可能是另外一种情况。如果你的教育方法不对，很可能会让他们无法躲避天花的偷袭，如果他们突然罹患天花，很可能会就此失去生命。我发现，越是需要种痘的地方的人，越是拒绝种痘，其道理不言自明，所以我不打算对爱弥儿的种痘问题进行讨论。他要不要种痘，取决于时间、地点和情况，种不种痘对他来说都没什么区别。人为地让他得到天花，可以让我们提前知道他会面临怎样的痛苦；而如果让他自然地得到天花，可以让他免去看医生的痛苦，这样的好处会更大一些。

富贵人家的人想让接受教育的人不同于常人，所以不愿意教孩子最普通的科目，哪怕这些最普通的科目最为有用，而愿意选择最花钱的科目。也许一个备受呵护的成年人会学骑马，是因为学骑马非常花钱；可是他们几乎没有人会学游泳，因为学游泳不需要花钱，而且一个工匠也可以游得非常好。一个没有研究过骑马的旅行家也会骑马，可以骑着马任意驰骋；可是如果你不去学游泳，就一点都不会游泳，掉进水里就会淹死。而且在处境艰难的时候，我们完全可以不骑马，相反，谁都无法保证自己永远不会遇到危险。将来爱弥儿在水里也能像在陆地上一样生活。如果一个人能够在空中飞翔，我就会让他变成一只鹰；如果一个人能经受得住烈火灼烧，我就会让他变成一条火蛇。

有人存在这样一个担心：孩子可能在学游泳的时候被淹死，不管他是死于学游泳，还是死于没有学游泳，罪责都在于你。因为我们之所以做事鲁莽，都是因为一时的自负，如果没有旁观者，我们不会一味蛮干。爱弥儿就不一样，就算全世界都在关注他，他也不会莽撞地做什么事情。在他父亲的庄园的小河里，他会学习横渡赫勒斯邦海峡，因为他是在练习，而不是去冒险。不过为了避免他在面临危险时不知所措，也应该让他面临一些危险。这一点也是我刚才谈到的学习中的一个重要组成部分。另外，不管什么时候，我都是按照他的体力决定他所遇到的危险的程度，有时候还会陪着他一起渡过危险，所以当我根据我自己得以生存的方法来制定让他生存的方法时，我也不会蛮干。

小孩不像大人那样高大，体力和智力也比不上大人。可是他能看得、听得和大人一样清楚，至少不比大人差。他的味觉也许不像大人那样灵敏，但也不会太差，就算他不像大人那样贪图美味，也不会很差。感官是我们身上最先成熟的官能，所以我们首先要锻炼感官。但实际上，人们最容易忽略和容易遗忘的也是感官。

不过，单单使用感官并不是锻炼感官，真正地锻炼感官，是要通过它们学习正确的判断，也就是说学会去感受。因为只有在经过学习之后，我们才能掌握摸、看和听的技能。

有一些自然和机械的运动虽然可以增强体质，却无助于我们的判断，这些运动是游泳、跑、跳、抽陀螺和扔石头。当然，这些运动都很有意义，可是我们就只有四肢吗？不是，我们还有眼睛和耳朵，而且这些器官对于手和脚的使用也大有帮助。

因此，我们除了要锻炼体力，还要对所有指挥体力的感官进行锻炼。我们要用这个感官获得的印象来对另一个感官获得的印象进行核实，以便充分利用所有的感官。我们要学会测量计算、称重和比较。我们要先估计阻力，再开始用我们的力气；在决定要使用什么方法之前，要先估计一下效果。要告诉孩子，我们使用的体力的量必须大小适中。如果你能够让他养成在采取所有的行动之前都能预估一下效果的习惯，并按照自己的经验纠正错误，那他活动的时间越长，他就会变得越聪明。

以撬动一块巨大的物体为例。如果他用的是一根太长的棍子，他就要付出更多的力气；反之则力气不够。这时候，经验会告诉他该怎么选择适合的棍子。以他这样的年龄来说，完全可以拥有这种智慧。再比如说，你让他搬运一个笨重的物体。如果他只靠自己的意愿来搬，而且你又不让他试一下到底能不能搬起来，这样他只能用眼睛去估计这个东西的重量。所以，如果他不学会比较，他就无法比较质量相同而大小不同或者大小相同而质量不同的东西。我曾经见到过一个接受过良好教育的年轻人。他跟我说："我只有经过实验，才能相信一个装满橡树刨花的桶比一个装满水的桶轻。"

我们身上的各种官能并不是平均使用的。比如说触觉这种官能，在我们清醒的时候，它一直在发挥作用。它遍布我们全身的表面，就像一个只知道工作的哨兵。每当发现会对我们的身体造成伤害的东西，它就会及时警告我们。这种官能的存在让我们不管愿意与否，都要通过它的不断运用而及早获得信息，因此我们才不需要特别地训练它。众所周知，盲人丧失了视觉能力，因此他们只能靠触觉来判断我们用视觉判断的事物，所以他们的触觉比我们的更加敏锐，也更加准确。我们也可以像他们一样练习在黑暗中行走，并在黑暗中拿到我们想要的东西，判断周围的环境。也就是说，我们完全可以练习在黑暗中去做盲人白天不用眼睛也可以做到的事情。在阳光下我们比他们强，可是在黑暗中我们就不如他们。在我们的一生当中，有一半的时间是无法使用视觉的。而我们和瞎子的不同之处在于真正的瞎子知道怎样去引导自己，而我们在黑暗的夜晚却一步都不敢迈出去。也许有人会说："你完全可以点灯呀！"难道我们随时都有灯笼使用吗？你能确保当你需要的时候它会一直在你身边吗？而我是宁愿让爱弥儿的手指头上长眼睛，也不愿他去卖蜡烛的地方买蜡烛的。

在深夜的时候，你将自己关在一间屋子里，然后拍手，就能够根据回声判断屋子的大小，判断自己是站在屋子的中间，还是站在某个角落。站在离墙半步远的地方，你的脸上会有一种异样的感觉，因为四周的空气虽然不是均匀分布的，但是更易于反射。你站在一个地方原地旋转，如果有一扇门是开着的，你就可以通过微风判断出门在什么地方。你坐在船上，根据迎面吹来的风势，不但可以判断船行走的方向，还能判断出船的速度。只有在夜晚的时候，我们才能获得这些经验或者许多相似的经验，而在白天，我们见到的景象虽然帮助了我们，但是也分散了我们的心思，所以尽管我们十分留心，也会漏掉这些经验。这里我们既用不到手，也用不到棍子。根据触觉，我们不需要接触任何东西，就可以获得从视觉得来的知识。

要多在夜晚做游戏，这个办法的重要性远远超过表面能看到的。人非常害怕黑夜，有时候动物也会害怕。能够凭借自己的理智、判断、精神和勇气摆脱这种恐惧的人，简直是少之又少。我曾经见过一些辩论家、哲学家和白天非常勇敢的军人，夜里竟然像个妇人一样，就连树叶掉到地上，都会让他们颤抖不已。有人说，这种恐惧感源于保姆讲的故事，但是这并不准确。实际上，是一个自然的原因导致了这种恐惧感。是什么呢？就是那个让聋子猜疑、人们盲从的原因：不了解周围的事物和周围的变化。我们总是习惯于从远处看东西，还要预估它们的影响，所以当看不到自己周围的事物时，就会觉得自己可能受到数不清的人和事物的变化的伤害，而自己又无法保护自己免遭它们的伤害，就算知道自己所处的地方没有任何危险，也毫无用处。因为只有看清自己所处的地方的时候，才能确定这里真的是安全的。我的心里总觉得有一些让我害怕的东西，但是在白天就不会出现这种感觉。我知道，外物要对我的身体施加影响，一定会发出声音，因此我的耳朵总是时刻保持警惕。如果我听到了一些风吹草动，而又没有弄清楚它的原因，自卫的心理就会让我对这些东西十分关注。所以，这些东西也是让我恐惧的原因。

就算我没有听到任何声音，也不会放松心情，因为别人可能在不发出声音的情况下来突袭我。在那个时候，我必定会以过去的一些事情为蓝本展开想象，想象它们还是原来的样子，这样的话我一定会想象出一些我没有看到的东西。随着一系列想象的进行，就会像演戏一样，我根本无法控制它们，虽然我极力想安静下来，结果反而越来越惊慌。听到一点声音我就以为是贼来了；如果一点声音都没有，我又会觉得有幽灵存在。为了生存，我产生了一些警惕心理，可是这些警惕心理让我总是想到一些害怕的事情，这时候，我只有运用理智才能让自己镇静下来，可是本能比理智更加强烈，它不让我这么做。既然无计可施，又没有什么值得害怕的东西，那又为什么要去想呢？

　　找到了疾病的原因，才能对症下药。不管碰到什么事物，我们都会习惯性地不让自己进行联想，能让我们展开想象的只有新事物。其实，对我们每天都见到的事物起作用的并不是想象，而是记忆，俗话所说的"见怪不怪"就是这个道理，因为情绪的产生只能靠幻想。如果你想治疗一个害怕黑暗的人，无须对他讲大道理，只要经常把他带去黑暗的地方就可以了，你要知道，这个方法比任何的哲学论证都有效。盖屋顶的人从来不会觉得头晕，经常去黑暗地方的人也不会害怕黑暗。

　　从这一点不难看出，除了前面说到的好处，夜间游戏还有另外一个好处。但是要指出一点，要保证做游戏时人是快乐的，这样游戏才能成功。黑暗是最阴沉的东西，所以千万不要把孩子关进地下室。要让他笑着走进黑暗，笑着走出黑暗。要让他在黑暗中玩了一会儿之后，还能产生去做别的游戏的想法，这样他才不会产生荒唐的想法。

　　每个人的生命中都有这样的一个时期，度过这个时期之后，人会处于一种既前进又倒退的状态。我想我已经度过了这个时期，而且我可以说，另外一种经历在等着我。我觉得自己已经到了成熟的年龄，而成年时期的空虚让我经常会回想儿时的甜蜜。随着年龄的增长，我又变成了儿童，在我30岁的时候，我产生了回忆我 10 岁时候的事情的欲望。各位读者，请原谅我在这里引用了我自己的几个例子，因为只有怀着愉快的心情才能把这本书写好。

当时我正在乡下，寄宿在一个牧师家，他的名字叫郎贝西埃。我有一个有钱的表兄，他也是我的同伴。当时，他被视为家里的继承人；而我呢，只是一个远离父亲的穷苦孤儿。贝尔纳特是我的大表兄，他的胆子非常小，夜里尤其如此。我总是拿他的胆怯开玩笑，这直接导致郎贝西埃牧师厌烦了我说的大话，想要看看我究竟有多大的勇气。一个秋天的夜晚，天色非常黑暗。他把教堂的钥匙交给我，让我去把他放在讲坛上的《圣经》拿回来。为了激发我的雄心，他还鼓励了我一番，让我不会临阵退缩。

我出门的时候没有拿灯，因为拿灯的话，情况可能会更加糟糕。我要去教堂，就必须经过墓地。因为我在空旷的地方并不会觉得害怕，所以我壮着胆子，高兴地走了过去。

来到教堂门口，我拿出钥匙开门的时候，听到圆弧顶发出了几声哗啦啦的响声，好像是人的声音。这时，我那无畏的心理开始动摇。我打开门准备进去，可是走了几步又停住了。这个地方非常大，而且漆黑一片，这让我十分害怕，我往后退了几步，从门口走出来，哆嗦着逃跑了。跑到院子里的时候，我看到了小狗絮耳唐，它的样子十分亲热，我也不由自主地平静下来。我想带着小狗跟我一块儿回去，可是它并不愿意。我跨过大门走进教堂，可是刚走几步又被吓住了，一时间真有些不知所措。我明知道讲坛在右边，但是我没有看见，反而折向了左边。我找了半天，不停地被凳子绊到，最后，我根本不知道自己身处何处，因为找不到讲坛和大门，所以头脑发晕，狼狈不堪。最终，我看到了大门，走出了教堂，然后像上次那样心惊胆战地逃跑了，还下定决心，以后不是白天的话，绝对不独自去教堂。

我飞快地往回跑，一步都不敢停。刚准备进屋，就听到了郎贝西埃先生的大笑。我知道，他早就想笑我了。我觉得让别人看见会非常丢脸，就有所犹豫，一直不敢开门，这时候我听到了郎贝西埃小姐的声音，她说非常担心我，准备派女仆给我送灯。而郎贝西埃先生却说，他要跟我那勇敢的表兄一起来找我。然后，他就把这个光荣的任务交给了我的表兄，那一刹那间，我的恐惧烟消云散，并且担心在跑的时候会被他们抓到。我飞快地跑进教堂，准确地跑上讲坛，拿着《圣经》往下一跃，几步就跑出了教堂，连门都忘了关。然后，我上气不接下气地回到屋里，把《圣经》扔在了桌子上。这一次我虽然还是非常害怕，但更觉得开心，因为我在他们派人来帮我之前就完成了任务。

也许有人会问，这里我说这个故事是为了让大家也这样去做，说明从这类锻炼中得到的快乐是什么样子的吗？我是想通过这个故事说明：安静地听到隔壁房间的人的谈笑声，最能够平静一个被黑暗吓坏的人的心神。在晚上的时候，我希望大家不要只和一个同学玩，而是要和很多孩子一起玩；要避免把他们分别派出去，而是让他们三五成群地出去。如果你不知道一个孩子是不是特别害怕，就不要贸然让他独自去一个黑暗的环境。

我想，只要略施小计就能让人心甘情愿地做的事是最有趣的，也是最有意义的。在一个大厅的中央，我用桌椅、凳子和屏风布置了一个迷宫，其中有着很多弯弯曲曲的交错的道路。我在这些道路中放了8—10个一模一样的空盒子，又在里面放了一个装有糖果的盒子，当然，这个盒子的外形跟其他盒子几乎完全一样。我简单说了一下这个糖果盒子在哪里，根据我提供的线索，只要孩子不太粗心，完全可以把那个盒子找出来。然后我会让孩子们抽签，让他们一个一个地去寻找，直到找到那个盒子为止。当他们寻找的技巧一次比一次熟练的时候，我也会相应增加找那个盒子的难度。

设想一下，小小的赫拉克勒斯①手里拿着一个盒子，意气风发地远征回来。他把盒子放在桌上，小心地打开它，却发现里面并不是他所期盼的糕点蜜饯，而是一些苔藓或棉花，上面有一只小甲虫，一只蜗牛，一块煤，几个橡子，一块芜菁或者与之类似的东西，他们就会发出欢乐的笑声。还有一次，我把几件玩具或者小用具挂在一个刚粉刷过的房间的墙壁上，让他们去寻找，前提是他们不能碰到墙壁。每个人只要拿到一件东西就要立刻回来，让我检查他做得是否符合我的规矩。如果他把帽顶弄白了，或者鞋边、衣边、袖子沾上白粉，就说明他非常愚钝，没有满足这个游戏的条件。我已经说了足够多的话来让大家了解这个游戏，也许说得还太多了。但是我不能全部讲完，否则你就没有必要看我这本书了。

　　一个得到了这种训练的人，在夜间会比其他人更占优势。在一片漆黑中，他可以自由活动，因为他的脚已经习惯坚定地在黑暗中行走，他的手可以毫不费力地摸出周边的事物，他的脑海中只会回想起童年时期在夜里玩游戏的情景，因此对那些恐怖的东西不屑一顾。当他听到一阵阵的笑声，他不会认为这是妖精发出的，而会认为是旧时的伙伴发出的；当他看到一群人，他会把他们看成聚集在教师房间的同学，而不是妖魔鬼怪。黑夜只会勾起他快乐的回忆，并不会觉得害怕。而且他不但不会害怕黑夜，反而会喜欢上它。在行军的时候，他时刻都是整装待发，不管是孤身一人，还是随着队伍同行。当他走进扫罗②的军营，能够跑遍整个营房都不迷路；他可以在不惊动任何人的情况下，走到国王的营帐，然后又悄悄地回来。如果你想让他去偷雷苏士③的战马，也可以放心地让他去偷。可

---

①　希腊神话中的一个英雄。——译者注
②　《圣经》中以色列人的第一个国王。——译者注
③　希腊神话中的特雷斯王。——译者注

是，如果你不采取这样的办法，是很难培养出一个尤利西斯①的。

有的人为了养成孩子不害怕黑夜的习惯，经常会突然惊吓他们。其实这个方法非常不好，只会适得其反，让孩子更加胆小。如果一个人无法预料自己眼前的危险有多大，就无法安静下来，不管是通过理智还是习惯都做不到这一点。同样，如果一个人经常受到惊吓，他的心也很难平静。怎样才能让你的学生在遇到这种意外的时候不觉得害怕呢？我觉得最好对他说我对爱弥儿说的这番话："在这种情况下，你应该进行正当防卫。你要知道，袭击你的人让你没有时间知道他到底是来害你的，还是来吓你的。而且因为他已经占据了优势，所以你根本无法逃脱。所以不管是人还是野兽，只要夜里来偷袭你，你就要勇敢地把他擒获，用尽全身的力气把他掐紧。如果他攻击你，你就用拳脚招呼他。不管他怎么说怎么做，如果你还没有弄清他的身份，就绝对不要放手。等你把事情弄清楚，也许就会觉得这也没什么可怕。不过，如果这个人是来跟你开玩笑的，那有过这一次之后，他也不敢再来第二次。"

虽然触觉是我们所有的感觉中运用时间最多的，但是正像我之前说过的，跟其他感觉相比，触觉得出的判断更加粗糙，更加不全面，因为我们通常会把它和视觉一起运用，而眼睛又会先看到物体。这样一来，不用再用手触摸，我们的心灵就能作出判断。但反过来说，因为触觉所包含的范围最窄，这种判断也是最准确的，只要我们能够伸手摸到某样东西，就可以把其他感觉的错误纠正过来。因此，其他感觉虽然能够在更广的范围内感知事物，但是无法像触觉一样，只通过接触就能观察得十分清楚。如果有必要，我们还可以将神经和肌肉的力量联系起来，结合温度、大小和样子的判断，对质量和硬度作出判断。因此，在我们接触到外界事物的时候，相比其他感

---

① 希腊神话中的伊撒克王。——译者注

觉，触觉获得的信息最为准确，因此它被使用的频率最高，也最能给我们提供生命所需要的直接知识。

众所周知，声音在发声体中可以产生能够感觉出来的颤动。那么，经过训练的触觉也可以在一定程度上代替听觉，就像它代替视觉一样。我们把一只手放在小提琴上，不用借助眼睛和耳朵的帮助，就能通过音响的震颤，判断出发出的是高音还是低音，高音弦发出的还是由基音弦发出的。只要不断锻炼这种辨别差异的能力，时间长了，我们就可以只靠手指听出整个曲子。如果这个假设成立，那我们就能够很容易地用音乐和聋子进行交流，因为既然音调和节拍结合之后，能够和轻音、浊音那样为人所感知，那把它们当成语言的元素也是可以的。

触觉会因为一些练习变得越来越迟钝，也会因为另外一些练习变得越来越灵敏。前者会让触觉失去自然的感觉能力，因为这样的练习需要使用很多动作和力量去感受坚硬的物体，让皮肤变得十分粗糙，长满厚茧；后者总是轻微地接触物体，因此可以让自然的感觉能力接连变化，可以让心灵注意到不断变化的现象，并具备判断这些变化的能力。在使用乐器的时候，就可以感觉出这种差别：用力抚弄小提琴、大提琴和低音提琴的弦虽然可以让手指变得十分灵活，但也能让指尖变得粗糙。因此，如果你想做这方面的练习，不妨选择大提琴，因为大提琴的指法柔和，能让手指变得更加灵活的同时，让它们变得更加敏锐。

让皮肤能够抵挡空气的影响，抵抗它的各种变化，也是非常重要的，因为皮肤是保护身体其他部分的屏障。此外，我不赞同总是用手去做同样的工作，因为这会让手变得僵硬；我也不赞成让手上的皮肤变得十分干瘪，失去敏锐的感觉。我们正是靠着这种感觉，才知道手接触的到底是什么，才会根据在黑暗中接触的不同方法获得不同的感受。

所以，没有必要让学生在脚底下穿一块牛皮。如果有必要的话，可以用他的皮肤代替鞋底。如果脚底的皮肤太过娇嫩，只会带来好处。在寒冬时节，日内瓦城的人在深夜被敌人从梦中惊醒，首先找的不是鞋，而是他们的长枪。如果他们所有人都无法光脚走路，只怕日内瓦城就会被攻陷了吧①。

要养成遇到任何意外事件都能随时武装起来抵抗的能力。不管在什么季节，我都希望爱弥儿可以在早上光着脚跑出房间，跑下楼梯，再从花园跑过去。如果他这么做，我不但不会责备他，反而会学他的样子，只要保证路上没有玻璃就可以了。很快我就会谈到体力劳动，但是当前最重要的是让他学会有利于身体的步伐，以及不管采取什么姿势都能站得很稳当；要让他学会跳远、跳高、爬树、翻墙，以及在任何情况下保持平衡；虽然他现在还不了解静力学的原理，但也要按照平衡的法则对自己所有的动作和姿势进行调整。他可以根据脚站在地上的样子，身子和腿的姿势，判断出自己站得稳当与否。从容的举止和稳定的姿势最为优美。如果我是一个舞蹈家，绝对不会像马塞耳②一样，跟只猴子似的乱蹦，因为这种跳法只能用在表演中。因此，我会禁止我的学生胡乱扭动，还会带他到悬崖边，让他知道应该在岩石上如何站稳，并抬起头，向前运动。在崎岖不平的窄路上，该怎样手脚并用才能前进，如何在上下坡上自由跳跃。我要让他跟山羊较量，而不是跟舞蹈家比赛。

触觉能够发挥作用的范围很小，只限于一个人周围，而视觉就算在很远的地方也可以发挥作用。也因此，视觉总是会出现错误，因为一个人一眼就能把地平线上半个圆圈内的东西全部看完。既然在某一时刻的感觉和凭感觉做出的判断有那么多，那出现一些错误也是可以理解的。因此，视觉之所以容易在我们的感觉中出现错误，原因正是它在很远的地方也可以发挥作用。同时，跟其他感觉相比，视觉总是最先接触物

---

① 1602年，萨瓦大君曾经偷袭日内瓦，但没有成功。——译者注
② 巴黎一名知名的舞蹈家。——译者注

体，而且总是很快发挥作用，发挥作用的范围又太广，因此其他的感觉根本无法纠正它的错误。实际上，这种配景的错觉本来就不可或缺，因为只要这样人才能认识那广阔的空间，并比较其中的各部分。如果没有假象，我们就无法看清远处的事物；如果没有大小和光度的层次，我们就无法估计距离，也无法预测距离，甚至根本没有距离的概念。如果有两棵同样大的树，一棵距离我们一百步，另一棵距离我们十步，而它们看起来的大小和清晰度都一样，就会以为它们长在一起。如果我们看到的所有东西的大小都和真实尺寸一样，就会失去空间的意识，觉得看到的所有东西就在我们眼前。

视觉在对物体的大小和距离进行判断时，唯一的标准就是物体在我们的眼睛形成的角度。这个角度是由许多因素综合形成的，因此只靠视觉的话，无法在这许多因素中挑选出每一个特殊的原因，否则一定会判断错。因为如果我们从一个视角看到一个物体小于一个物体，是无法判断出到底是因为它本来就比较小，还是因为所处的地方比较远。

因此，这里要把之前的那个办法完全倒过来，就是经过双重的感觉，而不是简化器官。也就是说，用一个感觉来验证另一个感觉，让视觉器官受制于触觉器官，即用一种器官的稳重去克服另一种器官的草率。缺乏这种联系，我们就无法对高度、长度、深度和距离进行准确地估计。通常工程师、测量师、建筑师、泥水匠和画家的眼力都比我们的准确，对幅度的估计也比我们更准确。这一点可以证明，如果这么做还会有错误，那就不是视觉本身的错，而是对视觉的运用出现了问题。这些人从职业中获得了我们无法获得的经验，因为他们那与视角伴随的幻象可以纠正视觉上的错误，让他们的眼睛能够更准确地确定构成这个角度的两个原因之间存在什么关系。

让孩子去做一些能够运动身体而不对身体产生束缚的活动并不难，也有很多办法可以引起他们对测量、观察和估计距离的兴趣。如何才能摘到远处那棵高高的樱桃树上的樱桃呢，需不需要用仓房里的梯子？怎么才能蹚过一条很宽的溪流，是否可以把院子里的一块木板拿来搭在上面？我们想从窗子里钓护城河的鱼，需要多长的钓鱼线？我们用一根两英寸长的绳子，能在这两棵树之间搭一个秋千吗？有人跟我说，我们在另一座房子中有一个 25 平方英尺大的卧房，你看是不是够我们用，是不是比这间房子大一些？在我们饥肠辘辘的时候，突然发现那边有两个村庄，我们去哪一个村庄吃饭会更近？诸如此类。

如果一个孩子以后要进入军界，可是他十分懒惰，不想跑步，也不想做各种练习。我很难理解他这种想法：以他这样的身份，没有必要做任何事情，也没有必要学习，他的高贵可以替代他的手脚，也可以替代各种成绩。想要把一个这样的绅士训练成一个身手敏捷的阿喀琉斯，就算有西隆①的巧妙办法也很难做到。而且我并不会强迫他做什么，所以困难就更大了。因为我不准备用自己的权威训诫他，或者对他做出什么承诺，或者对他进行威胁，或者跟他比赛，或者在他面前展示自己的本领，那怎样才能一言不发地让他去练习跑步呢？我自己先跑的方法看起来也不是最有效，而且也不太合适。另外还有一个问题，就是怎样从这些练习中得出一些可以教育他的东西，让他的身体和心灵能够有机调和？我，也就是以这个故事做例子的人，采用的是如下的办法：

有时候我会在下午跟他出去散步的时候，在口袋里放两块他喜欢的点心，在散步途中②，我们一个人吃一块，然后高兴地回去。有一天，他突然看见我拿了三块点心，对他来说，

---

① 阿喀琉斯的老师。——译者注
② 大家一定都看到了，这时，我们是在乡间散步。在城中人群聚集的地方散步，是最不利于男孩和女孩的。他们到那些地方去以后就会生出虚荣心，想要显摆一下自己：巴黎的美少年就是因为时常到卢森堡、提勒里，尤其是到王宫去，才学会了那种既高傲又娇揉造作的神气，让他们显得滑稽可笑，在欧洲处处受人嘲讽。——原注

这种点心当然是越多越好，所以他为了能够吃到第三块点心，就狼吞虎咽地吃掉了自己的那块。但是我拒绝了他，说我自己也想吃，或者我们可以分着吃。不过我还有一个想法，就是把那边的两个小孩叫过来，谁跑得快给谁吃。我把那两个小孩叫过来，给他们看了看点心，并说了自己的想法，他们一致赞同。我把点心放在一块大石头上，并将这里作为比赛的终点，规定好路线之后我们就坐下来观看，等我发出信号，两个孩子就飞快地跑了起来。最后，获胜的孩子拿起了点心，当着旁观者和另外那个失败的孩子的面津津有味地吃了起来。

　　毫无疑问，这个游戏比点心有趣得多，不过一开始，它的效果并不是很明显，但我既不灰心也不着急。因为我知道一个道理：想要把孩子教育好，浪费一些时间是为了争取更多的时间。我们还继续去散步，有时候我会带三块点心，有时候带四块，有时候我甚至会给赛跑的孩子准备一两块。如果奖品的分量不够，争夺的人就没有那么有动力；要让一切都非常体面，才能让获胜者得到赞誉和欢迎。为了让孩子们多跑并且更加感兴趣，我尽量把路线定得长一些，并让几个孩子同时参加。比赛开始的时候，路过的人经常会驻足观看，为他们呐喊喝彩，为他们拍手，对他们进行鼓励。每当爱弥儿看到一个孩子要赶上或者超过另一个孩子时，心里就会十分紧张，会站起来叫喊。在他眼里，这就像一场奥林匹克运动会。

　　有时候这些赛跑者也会使出一些诡计，比如拉扯对方，或者弄得对方摔跤，或者在路上弄一块石头挡住对方的去路。一旦出现这种情况，我就会把他们分开，让他们在不同的地方跑。当然，他们到终点的距离是一样的。很快你就会知道我为什么会这么安排，因为我会详细地论述这一件重大的事情。

　　这个小骑士经常看到别人吃点心，馋得受不了，他开始意识到，善于跑步也是有好处的。而且他觉得自己也有双腿，所以开始悄悄地练习。我假装没有看到他在练习，但我知道我的目的已经达到了。等他觉得自己足够厉害的时候（我早就看出了他这种想法），就假装问我要剩下的那块点心，我拒绝了他，可他还是跟我要。最后他很不耐烦地跟我说："这样吧，把点心放在石头上，然后规定路线，看看谁能吃上。"我笑着对他说："很好，一个骑士居然也会参加跑步，你会越跑越饿，所以你吃不到你想吃的东西。"他见我居然取笑他，愤怒极了，就拼命地跑起来。这时候他会很容易得到奖品，因为我把他的路线画得很短，而且没有让跑得最快的孩子参加。大家应该可以想到，这一步取得成功之后，很容易就能够让他继续参加赛跑，很快他就对这种练习产生了浓厚的兴趣，就算我不偏袒他，就算路线很长，他也可以轻松地胜过其他的孩子。

取得这个理想的结果之后，又出现了一个出乎我意料的结果。当他得到奖品的次数很少的时候，他会和别的孩子一样，一个人享用点心。可是随着他获胜的次数越来越多，他也变得十分慷慨，总会把得到的点心跟别的孩子分享，这让我更加了解了道德，也更了解了慷慨的原理。

赛跑还在继续。而且我在不同的地方设置起跑点的时候，会尽量避免让他看到我设定的距离不一样，以便让那个必须跑更远的路才能跑到终点的人处于明显的劣势。可是就算我让我的学生自由选择，他也不屑利用这点好处。他并不在乎距离多长，而总是挑最平坦的路跑，这让我可以预先猜到他会选择哪条路线，从而可以按照自己的心意决定他能不能得到点心。我之所以要采取这个做法，是为了达到几个目的。所以我尽力让他明白这一点，想让他看出这种差别。不过，虽然他在沉静的时候很懒惰，可是玩起来的时候非常活泼，而且他对我十分信任，因此我费了很大的力气才能让他明白，我在骗他。等他终于明白了这一点，就开始责备我欺骗他。我告诉他："你有什么理由抱怨呢？奖品是我出的，当然要由我来规定条件，也没有人来强迫你跑。我什么时候跟你说过所有的路线都是一样的？你自己不会挑选吗？我也没有禁止你挑选最短的路线呀！你为什么没有看出我在袒护你？你抱怨说距离不等，可是如果你加以利用的话，这是对你有好处的。"我把话说得非常明白，而且他应该也想清楚了：必须要进行仔细地观察之后才能进行选择。一开始他准备用脚步去测量，可是对于一个小孩子来说，用脚步测量不但费时间，而且不太准确。而且我那天又准备举行多次赛跑，他急着游戏，就会觉得用赛跑的时间来测量路线太过浪费。因为孩子们性情活泼，很不喜欢用这种慢吞吞的办法，如此一来，他们就会想到用眼睛去测量距离，所以我只花了很少的精力就让他们产生了这种兴趣。在几个月中，他不断试验，在过程中也不断纠正错误，于是，他的眼睛就几乎成了一个目测仪。就算我把点心放在一个很远的地方，他也能一眼看出距离，其精确程度已经相当于测量师用测链测量。

视觉跟其他感觉的不同之处在于，它是一种很难和心灵分开的感觉。因此，要想让视觉熟练地观察形状和距离之间的正确关系，就要花很长时间来学习观察，并经常将视觉和触觉进行比较。要是没有触觉和前进的运动，就算世界上最锐利的眼睛也无法让我们知道这个空间的样子。在一个蛤蜊的眼中，整个宇宙就是一个小点，就算有人跟这个蛤蜊说世界很大，它还会坚持自己的看法。我们想要准确估计某个物体，就需要借助行走、抚摩、计算和测量物体的尺寸等途径。可是，总是采用测量的办法，会让感官对仪器产生依赖，丧失正确的感觉能力。可是，也不能让孩子们骤然放弃测量的办法开始估计。正确的做法是：如果他们无法一下就比较出全部，就可以让他们分部分比较，以估计出的数字代替准确的数字。不过要注意一点，要让孩子们养成用眼睛测量的习惯，不要总是用手测量。我认为，对于孩子最初的几次目测，我们可以进行实际检验。这样，就算他的视觉中还有什么错误的印象，他也可以改正过来，进行更好的判断。我们的脚步、两臂伸直的总长和我们的身躯，都可以作为天然的尺度用在任何地方。如果一个孩子想估计一座房子的高度，可以把教师当成尺子；如果他想估计一

爱弥儿：全2册 ——

154

座钟楼的高度，就可以把房屋当成标准；想要知道一条路的长度，可以根据自己走的时间来计算。重要的是，要让他们独立完成这些，我们不要插手。

只有认识物体的形状，甚至将其描绘出来，我们才能准确判断物体的大小和宽窄。因为要想估计物体的远近，就需要掌握描绘物体的能力，而这又要通过遵从配景的法则来实现。孩子们具有很强的模仿能力，想要画任何他们看到的东西。所以我会让我的学生也学习这门艺术，不过我的目的并不是学习这门艺术，而是让他能够正确地观察，并且有一双灵巧的手。一般说来，他能不能进行各种练习并不重要，只要他可以做到心明眼快，并且获得我们要经过很多练习才能获得的良好的身体习惯就可以了。我不愿意请一个只让孩子模仿一些仿造的东西，让孩子照着图画来画的教师。我想请大自然做教师，让他看到的那些东西当模特。我不想让他只画纸上的图形，而是想让他看到原件，我希望他在画房子、树木和人的时候，都可以照着实物。我希望他能养成仔细观察物体和它们的外形的习惯，而不是将那些荒谬的外在模样当成真实的东西来画。我甚至不希望他在眼前没有东西的情况下，只靠记忆来画。我要他多次观察，以便在心中留下正确的印象，免得造成比例观念和对自然美鉴赏能力的丧失。

我很清楚，如果采用这种方法，也许他会在很长一段时间内画的东西都不像，甚至十分混乱，很久之后，他都无法画出画家那样清晰的轮廓和线条，连逼真的效果和图画的感觉都没有。可是这种练习能够让他的眼睛看得更加准确，画得更加准确，知道动物、植物和其他物体的大小、模样的真实比例，在配景作画的时候，他能更加从容，这样我的目的就达到了。我想让他学会的并不是怎么描绘物体，而是认识这些东西。就算他在门柱上画的莨苕叶形的装饰画不太好，但是只要他能知道这种植物是莨苕，我也会很满意。

在这个练习和别的练习中，我没有让我的学生产生他是一个人在玩的感觉，我希望可以跟他不断分享游戏中的乐趣，让他更加喜欢这种练习。我希望在这个过程中，我是他唯一的竞争者，而且不会对他造成妨碍。因此，他可以在练习的时候获得更多乐趣，而且也不会跟我互相猜疑。一开始我会像他那样拿起铅笔，并假装不会用。我希望自己能够成为阿贝尔①，可是发现自己画得非常差。我开始画人，就像小孩子在墙上画的人那样，胳膊和腿各画一笔，十根指头画得比胳膊还要粗。很久之后，我们发现这些作品根本不协调：有一条腿太粗了，而且每个地方粗的程度还不一样，胳膊的长度跟身体不成比例，等等。我保持着这样的进度：不是跟他并驾齐驱，而是比他稍快一些，让他很容易就能追上我，而且容易反超我。我们有各种颜料和画笔，可以试着描绘各种物体的色彩、面貌和状态。我们蘸上颜色之后就开始绘图，信手涂鸦，可是在画的过程中，我们还在不断地观察自然。我们画的对象，只是出现在大自然这位教师眼前的东西。

以前我们总是担心没有东西来装饰房间，现在却一应俱全。为了避免有人乱动我们的画，我们会为它装上框子，镶上很好的玻璃。我们看到这样的图画，心里产生了同样的想法：不如把自己的图画也这样放上去。为了从每一张画中看出作者的进度，我们甚至把这些画挂在了房间的四面墙上，而且每幅画都画了20—30次。一开始我们画出来的房子只是一个简单的四方形，可是现在无论是正面、侧面、比例大小和投影，都已经十分逼真。因为这样的逐步提高，我们又陆续画出了很多的图画。也许别人会觉得这些画有些奇怪，可是我们觉得，这些画可以更好地鼓励我们进行比赛。我给最开始的那几幅画镶的是金光闪闪的边框，好让它们看起来比较美观，可是等我们的画越来越逼真，而且已经画得很好的时候，我只用了一个简单的黑色框子把它装起来，因为它已经足够美，用不着额

① 希腊画家，生活在公元前4世纪。——译者注

外的装饰。而且如果让框子分散了人们对画的注意力，对我们来说就是一项损失。因此，我们都想用简单的画框作为装饰。如果一个人看不上另一个人的画，就说要给他的画镶上金框，也许用不了几天，金框就会成为我们之间的一个笑料。另一方面，我们也希望大家在选择框子来装饰自己的图画的时候，也采用这种以图画的好坏来选择配框的方法。

我在前面已经提到过，孩子们无法理解几何学，但原因是我们做得不对。因为我们没有认识到，他们和我们使用的方法是不一样的，我们可以通过几何学培养推理能力，而他们只能培养观察能力。因此，我们在教他们的时候不该用我们的方法，而是应该用他们的方法。因为我们在学习几何学的时候，通常既把它当成一种推理，又把它当成一种想象。提出一个定理之后，我们就要想办法对它进行论证，也就是说，要确定它是从哪个已知定理中得出来的，以及如何从那个已知定理中得出的推论准确选择需要的结论。

就算是最严谨的推理家，如果不具备创造的才能，也用不上这样的办法。那结果就是，论证的方法只能由他告诉我们，而不是由我们自己去找，教师只是在替我们完成推理，练习我们的记忆力，而不是教我们推理。

学会全部的初等几何学非常简单，只需要画一些准确的图形，将它们进行拼接或者重叠，观察它们之间的关系，根本不用讲什么定义、命题或者论证方法。我不会教爱弥儿几何学，反而会让他来教我。我会把一些关系找出来，让他来发现。为什么他能发现呢？因为我在寻找关系的过程中，采取的就是他可以发现那些关系的方法。比如，我不用圆规画圆周，而是用一根线系住一个笔尖，再把线的另一端系在一根轴上。等我画完圆周之后，会逐一比较它们的半径。这时候爱弥儿就会笑我，他跟我说，如果把线绷紧，就不会画出半径不相等的圆。

如果我要量一个60°的角，就会以这个角的顶点为中心画一个圆，而不是画一段弧。之所以这么做，是因为对孩子采取任何容易理解的含蓄做法都是不可取的。画好之后，我发现这个角的两条线间的部分是整个圆的六分之一。之后，我再以这个角的顶点为中心，画一个更大的同心圆，然后发现弧形的比例还是占整个圆的六分之一。随后我又画了第三个同心圆，并在这个圆上重复了同一过程。爱弥儿见到我这么笨，不由得目瞪口呆，他跟我说，不管大小，用这个角得到的每个弧形都占整个圆的六分之一。就这样，我们学会了使用圆规。

别人在证明三角形的三角之和等于两个直角的时候，会画一个圆。可是我采用了完全不同的做法，我先把这一点在圆周内展现给爱弥儿，然后问他："如果去掉圆周，只留下这几条直线，这几个角的大小是否会发生改变？"

很多人只关注怎么证题，并不在意作图的准确性，认为可以假定这个图形十分正确。但是我们的做法恰好相反，我们并不关注怎么证，而是注重把直线画得笔直、准确而均匀，圆就是圆，方就是方。我们还会利用所有能够觉察得到的特征，来检查图画得精确与否，于是，每天我们都可能发现一些新特征。我们把圆按照直径对折，把正方形按照对角线对折。比较对折出来的两个图形，就能看出哪个图的边折得又准确又好。我们还会讨论平行四边形和不等边四边形能否分得这样平均。有时候，我们还没开始做实验，就要预言能否取得成功，并尽量找出其中蕴含的道理。

在我的学生眼中，几何学只是一门使用尺子和圆规的艺术，并不等同于图画。他在画图的时候，并不会用到尺子和圆规。我会把这两种器具锁起来，轻易不拿出来给他用，就算实在要用，也只用很短的时间，免得他习惯于用它们画画。散步的时候，我们会随身携带自己画的图，以便讨论应该怎么画或者怎么画得更好。

有一件事给我留下了深刻印象：在都灵的时候，我曾经见过一个年轻人。在他小时候，他的老师会拿出具有不同形状的奶油薄饼，让他挑出其中边长相等的薄饼。教师的目的是，通过这个办法让他学会周长和面积之间的关系。所以，为了能多吃饼，这个小贪吃鬼深入研究了阿基米德的艺术。

让小孩子玩羽毛球，可以锻炼他看东西的准确度，并让他的手打得更稳；让孩子抽陀螺，可以让他的力气，但是并不能让他学到知识。有时候我会问别人，像网球、棒球、台球、射箭和足球之类的大人玩的游戏，为什么不让小孩玩？他们告诉我，这些游戏中有一些他们因为体力不足而玩不了的，还有一些因为他们的五官和四肢还没有发育完全而玩不了的。我并不认可这些理由。这就好像在说，一个身高不及大人的孩子，就不能穿大人的衣服。我并不是让他们到三英尺高的台子上，用我们玩的大棍子来打弹子；也不是让他们去我们的运动室打台球或者用他们的小手挥舞网球拍。我的意思是，他们可以到一个窗户被遮挡的大厅里玩，一开始先玩软球，然后玩木拍子、皮拍子，最后玩肠线绷的拍子。在你看来，让他们玩羽毛球是最好的，因为它既不让人觉得疲劳，也没有受伤的危险。可是我要说，你的两个理由都不正确。因为羽毛球是妇女玩的，每位妇女见到羽毛球滚向自己，都会第一时间逃跑，因为她们白嫩的肌肤经不住摩擦，她们的脸不能受到伤害。而我们呢，身为男子，我们的目标是长成一个身强力壮的人，有谁能够不吃苦就成为那样的人呢？从来不经受打击的人，又怎么有力量去抵抗打击？再笨的人只是那样有气无力地玩，也不会出任何意外。谁都不会被一个掉下来的羽毛球砸伤，可是正是再用手去保护头的时候，我们的手才会变得十分灵活。正是因为要保护眼睛，我们的眼睛才看得准确和明白。从大厅的一边跳到另一边，判断空中的球将会落在何处，准确地把球打出去，这些游戏虽然不适合大人，但是用来培养小孩的本领还是可以的。

也许有人说孩子的筋骨太弱，可是虽然他们筋骨弱，却比较灵活；虽然他们的胳膊缺乏力量，但毕竟是一条胳膊。他们的器官也应该得到锻炼，不过在锻炼的时候要比照着其他器官。人们还说孩子掌握的技巧不够多，也因此，我才建议他们要多学习一些技巧。一个没有经过很多锻炼的大人并不会比他们的动作更加灵巧，我们只有在使用过器官之后才知道该怎么充分运用它们。我们要想充分发挥自己的能力，只能通过长期的经验，而这些经验正是我们应该学习的，而且越早越好。

我们自己做的所有事情都可以教给他们。一个敏捷的孩子做起事来和大人一样，手脚灵活，几乎在所有的市集上都能看到他们在表演金鸡独立、双手走路和花样跳绳。这些年，把观众吸引到意大利喜剧院去观看芭蕾舞的儿童剧团不在少数，意大利和德国著名的尼科利尼哑剧团几乎无人不知。有谁说过比起成年的舞蹈家，儿童的动作不够熟练，姿势不够优美，耳朵不够灵敏，舞蹈不够柔和？儿童的手指比较粗短，也不够灵巧。手过于肥大，拿东西也不太稳，但有哪个孩子因此就不会写字和画画呢？我敢说别人在他这个年纪的时候，甚至还不知道该怎么拿笔。巴黎的人应该没有忘记，一个 10 岁的英国女孩却能够弹得一手好钢琴。我曾经在巴黎一个市长的家里见过，大家在用过餐后吃甜点的时候，把一个俊俏的 8 岁男孩放到桌上，让他演奏大提琴。他就像一个雕塑一样站在桌子中央，拿着一个个头几乎跟他一样的提琴。可是，他演奏得十分美妙，让提琴家都大吃一惊。

我觉得，除了上面的例子，还有别的很多例子可以证明，我们认为孩子愚笨而缺乏力气，不适合做我们所做的运动，只是一种没有依据的说法。如果你们没有看到他们成功地做这些运动，只能归因于没有让他们练习。

也许有人会说："你在这里说到儿童的身体时，又犯了在谈及儿童心灵时反对的那个错误：过早培养。"不过我要说，这两者存在很大的区别。虽然这两者都是进步，但一种是表面的，一种是真正的。我已经证实了一个结论：虽然孩子们表面看起来很有想法，但他们并没有；相反，他们表面上看起来能做到的事，实际上也能做到。另外，我们还要始终记得：虽然这一切都是游戏，或者只能是游戏，但也是大自然要求孩子们自由舒展身体的方法。这是让孩子们的娱乐变成一门有趣的艺术的方法，能够让他们主动去玩，不会觉得是在忍受痛苦。因为，如果我们没有能力让他们觉得游戏是一种教育人的办法，就无法让他觉得游戏很有趣。就算我们做不到这一点也没关系，因为只要他们能玩得开心，同时又能打发时间，那也不必苛求他们一定要取得进步。相反，如果你们非要他们学点什么，就只会让他们觉得受到了束缚，因此会产生怨恨和烦恼。

我曾经为了锻炼我们经常使用的最重要的两个器官而说了一番话，这番话也适用于其他感官。不管是静止的还是运动的物体，视觉和触觉都能对它们起到同样的作用。可是，如果一切都静止不动，我们就听不到任何声音，因为只有空气振荡才能触动我们的听觉，只有运动的物体才可以发出声音。只有在我们高兴的情况下，我们才会在夜里活动，这就说明我们对一切运动的物体都有一种畏惧感。这就要求我们有一双灵敏的耳朵，要能通过听到的声音判断出发音的物体在哪里，大小如何，它的振动是强还是弱。动荡的空气一般会被反射，因而会产生回声，所以我们总是会多次听到一个声音，而且觉得发声体并不在它本来的地方，而是在其他地方。当我们处于平原和山谷的时候，如果将耳朵贴近地面，就能比站着的时候听到更远的脚步声和马蹄声。

我们已经比较了视觉和触觉，现在有必要把视觉和听觉进行比较，这样才能知道，产生于同一物体的两种印象，到底是哪个最先到达接受印象的器官。如果我们看到了大炮的火光，也许还来得及躲避，但是听到爆炸声再躲避就太晚了，因为炮弹也许已经落到了我们眼前。根据闪电和雷声间隔的时间，就能判断雷是从多远的地方传来的。毫无疑问，你应该让孩子们了解这些经验，并让他们通过自己的能力来获得这些经验，自己归纳总结，得出其他的经验。但是，我宁愿他们不知道这些经验，也不希望由你去告诉他们。

我们身上有一个和听觉器官相对应的器官，就是发声器官。但是，我们并没有一个可以和视觉器官相对应的器官，因此声音可以反复出现，颜色却不能。当然，我们也有一个培养听觉器官的方法，就是让主动器官和被动器官相互锻炼。

人有三种声音：说话、唱歌和感伤的声音，这三种声音又可以分别称为音节清晰的声音、有旋律的声音和高昂的声音。感伤的声音是情感的体现，它能让人的歌声和话语充满朝气。小孩也具备这三种声音，但是他们也同样不知道该如何把这三种声音结合起来，他们也跟我们一样能够欢笑和哭泣，能够感叹和喊叫，也能够呻吟，但是他们不知道如何改变这些音调的变化，以便跟其他两种声音相配合。只有完美地结合了这三种声音的音乐，才算得上是完美的音乐。当然，因为孩子们唱的歌里没有情感，所以他们并不会这种音乐。同样，他们说话的声音没有声调，他们叫喊的声音音节不分明，也不洪亮。我们的学生说起话来更为乏味，因为他的情感还处于隐藏的状态，无法把自己的感情和语言结合起来。我的主张是，不要教他背诵台词，无论是悲剧的还是喜剧的。另外，我也不赞同有些人提出的教他朗诵的主张，因为就算他的脑子很发达，也无法将自己根本不懂的事情讲得绘声绘色，或者将自己从未体会过的情感表达出感情。

在教他说话的时候，应该遵循如下原则：声调清晰而匀称；发出的字节要清晰；吐字准确，不装模作样；要懂得语法规定的重音和韵律，并按照这个标准发音；声音大小要让人能够听清楚，但是不能超过一定的限度——这是在公立学校受过教育的学生的通病。要知道，任何事情都不能超过限度。

在唱歌时也要遵循这样的原则：声音要唱得稳而准，柔和而嘹亮；让他的耳朵能听出节拍和韵律，其实他做到这些就可以了，不用要求更多。以他这样的年纪还不需要唱拟声音乐和舞台音乐，我甚至都不想让他唱歌词，如果他真的想唱，我会尽量挑选一些和他的年纪相符并且非常有趣的歌词，而且歌词的意思也要像他的思想一样简单。

也许有人会觉得，既然我并不急着教他识字，那肯定也不急着教他认谱。是的。我们要避免让他的大脑因为过度劳累而受损，我们不要急着让他把全部心思都放在那些刻板的符号上。我不否认，就像不识字的人也可以说话一样，不识谱的人也能唱歌，只是做到这一点有些难度。不过说话和唱歌也有不同之处，因为前者是表达我们自己的思想，而后者是在表达别人的思想，因此你必须识谱才能表达出来。

但是，就算我们对乐谱一无所知，也能听出音乐，而且相比用眼睛去学歌，用耳朵去学要更加准确。另外，只会唱是无法很好地理解音乐的，我们还要自己作词，这两方面同时学习，才能精通音乐。一开始，可以拿一些念起来通顺流利的句子给你们的小音乐家练习，之后，你可以在句子上加上一些简单的调子，最后再用正确的音符标注出句子的不同关系。做到这一点并不难，只需要合理选择音韵和休止时间。但是有一点很重要：不要把歌写得非常荒唐，也不能在其中蕴含忧伤的词句。一般来说，优美的曲调具备的特点是朴实易唱，而且总是以主弦的音起唱，低音的表达也非常清楚，所以听起来很容易，唱起来也不难。因此，训练嗓子和耳朵的好办法，就是和着大键琴唱。

在发音的时候，一定要吐音清楚，才能发得更好。也因此，我们才会用一些表示音节的字音来唱歌。要将音阶和它们固定的间隔的名称确定下来，才能区别音阶，于是，各种音程的名称，以及标示琴键的字母和标示音阶的音符应运而生。C和A表示两个始终不变的音，发出它们的键也是固定的。ut和la这两个音的情况则不宜，ut可以由大调的主音或小调的中音发出，而La由小调的主音或大调的第六音发出。因此，我们音乐总谱中各关系之间固定的间隔是用字母表示的，而不同音调的相似关系的相似间隔是用音阶表示的。不过在法国音乐家那里，这些区别十分混乱，他们混淆了音节的意思和字母的意思，还做了一些多余的工作：在琴键上使用了双重的符号，这就导致表示音弦的符号无处安放。这么做的结果就是，他们认为 ut 和 C 是同一种东西，实际上并不是这样，也不该是这样，因为如果这二者是同一个东西，那 C 就没什么用了。同样，他们的字音唱歌法不但很难，关键是没有用，因为在他们的方法中，ut 和 mi 这两个音节都可以表示大三度、小三度、增三度或减三度，这样我们就无法获得一个清楚的概念。这个国度产生了许多优秀著作，学习音乐反而更难，这是为什么呢？

　　我们在教学生的时候，要采取最简明的办法：只教他两种调式关系不变的调式，并且代表它们的音阶也是不变的。另外，还要让他在唱歌和弹奏乐器时，都将十二个音的一个音作为调子的基音，并且在转到 D 调、C 调、G 调或其他调子时，都要按照不同的调式，以 ut 或 la 结尾。只有这样做，才能让他明白你的意思。他才会知道，心中要反复想到调式的主要关系，才能唱或者演奏得准确，才能唱得完美，并且取得快速的进步。法国人口中的"自然唱谱法"真是荒谬至极，它让事物的真实概念变得混淆，还会带来很多迷惑人的荒唐概念。学习音乐最自然的方法，应该是改变调式的"变调法"。上面已经就音乐问题进行了很多阐述，只要你坚持把它当成娱乐的前提，就可以用自己想用的任何办法来教。

　　在上文中，我们对外界物体在它们的重量、形状、颜色、硬度、大小、距离、温度、静止和运动方面跟我们的身体的关系，已经了解得十分清楚了。我们也知道了有哪些物体能够靠近，有哪些物体需要远离，以便让自己免受它们的阻碍或者伤害。但是只知道这些并不够，因为我们在不断消耗体力，所以要不断地补充体力。虽然我们能够把其他的物质变成我们自身的物质，但是也要对物质加以选择，因为并不是每种食物都适合人吃。每个人的体质、居住环境、性格和职业都不相同，生活方式也不同，所以，有些食物是不适合的。

如果我们只有具备了辨别和选择食物的经验之后，才开始选择食物，那我们可能早就饿死或者被毒死了。可以感受到的生存的乐趣，已经被最仁慈的上帝变成了保命的工具，它让我们能够根据口味知道什么食物才适合我们的胃。在自然状态下，食欲堪称人的最可靠的医生。我确信，只要人按照自己原始的食欲来选择自己想吃的食物，就一定能够选出对自己的健康最好的。

另外，上帝为我们提供的食物不光可以满足他赋予我们的需求，还可以满足我们自己产生的需求。随着我们生活方式的改变，我们的口味也会不断变化，因为它经常会让我们的欲望适应需求。我们远离自然的状态越远，就越会丧失自然的口味。也就是说，这习惯会成为我们的第二天性，而且会将第一天性彻底取代。这样，我们每个人的第一天性就不复存在。

从这一点可以看出，越自然的口味越简单，因为想要改变这种口味最容易。可是，如果我们总是拿奇怪的味道去刺激这种口味，等它定型之后，就很难改变了。如果一个人还没有适应一个地方的饮食习惯，那他可以轻易地适应其他地方的口味。可是一旦他养成了某个地方的饮食习惯，就很难再适应其他地方的饮食习惯。

我认为这一点就感觉来说是正确的，尤其是从味觉上来说。我们的第一种食物是奶，虽然我们一开始并不喜欢它们，但是慢慢地，我们也适应了这种味道强烈的食物。那些水果、蔬菜和草，以及没有放调味品和盐的烤肉，都是原始人眼中的美味佳肴。一个野蛮人在第一次喝酒的时候，一定会眉头紧皱，迅速把它吐出来。就算是我们这些人，如果长到 20 岁的时候还没有喝过发酵的饮料，也许就不会养成喝酒的习惯。因此，如果不是我们在幼年时喝过别人拿过来的酒，也许一生都不会喝酒。越是简单的口味越有人喜欢，而那些五味俱全的食物反而会招人讨厌。有谁会不喜欢水和面包呢？这是自然造就的现象，也是我们的规律。要让孩子尽量保持原始的口味，给他吃最简单和最常见的食物，让他的嘴经常接触一些清淡的味道，不要让他喜欢浓重的口味。

不过我在这里并不准备讨论这种生活方式是否对健康更有好处，这不是我研究的角度。我只想证明这种方式最为自然，也最容易和其他方式相适应，所以是最可取的。有些人认为，应该让孩子养成吃他们长大后要吃的食物的习惯，但是我觉得这样做毫无道理。在不同的时期，孩子的生活方式是不同的，因此也没有必要吃相同的食物。大人的工作很消耗精力和脑力，因此就需要吃种类丰盛的食物来为大脑补充能量。可是孩子们不一样，他们正在长身体，所以需要营养丰富的食物，因为这些食物可以产生大量乳糜。另外，成年人已经有了固定的社会地位、职业和家庭，而谁都不知道小孩子以后的命运如何，因此我们不能让他在任何事情上变得十分刻板，免得将来费很大的力气才能让他改变。要避免让他养成不随身带着一个法国厨子就活不了的习惯，不要让他将来告诉别人，只有法国人做的食物最好吃。当然，我这种夸张的说法只是在说笑。事实上，我认为只有法国人最不懂得吃。因为他们要把食物用特殊的方式进行处理，才能满足他们的胃口。

我们有很多种感觉，其中对我们产生影响最大的是味觉。也因此，相比我们周边的环境，我们更加关心哪些食物对我们的身体有好处。我们并不把摸到、看到或者听到很多东西放在心上，而几乎没有哪一种东西在我们尝过之后仍然无动于衷。另外，因为味觉涉及的活动几乎都是肉体和物质的，所以它对想象的依赖是最小的，至少可以说，在我们的所有感觉中，味觉是最不需要想象发挥作用的。它跟模仿和想象都不一样，因为后两者往往使其感觉产生的印象中夹杂精神成分。通常来说，心肠柔软或者贪恋色情、性格急躁或者生性敏感的人虽然很容易会受到其他感觉的影响，但是味觉最不重要。乍看这一点似乎会觉得，味觉比不上其他感觉重要，贪图味觉享受的人最可耻。但是，我从这一点得出的结论完全不同。我认为，通过饮食来教育孩子是抚养孩子的最合适的办法。与其拥有虚荣心，倒不如拥有贪食心。因为贪吃的心理是自然的欲望，直接决定于感官；而虚荣心是风俗的产物，经常会受到轻浮行为和各种恶习的影响。贪吃的欲望只存在于儿童时期，根本无法跟其他的欲望相提并论，一旦和其他的欲望冲突，它就会消失。相信我吧，用不了多久，孩子就不会再在吃上花那么多心思。等他的心里装了很多事情，他就没有心思思考吃的问题。等他长大之后，其他的很多欲念就会取代贪吃的心理，让他产生虚荣心。因为虚荣心是唯一一种依靠于其他欲念滋长，并且最后能够将其他所有欲念吞没的欲念。我曾经深入研究过那些喜欢美食的人，发现他们每天一睁眼就要想今天吃什么。他们在描述自己吃过的一顿饭的时候，详细程度并不亚于波利毕①对一场战争的描述。我发现，这些所谓的成年人只是一些40岁的儿童，身体并不结实，体力也不充足，只是一种浪费大地资源的人。只有意志不坚决的人，才会养成贪吃的习惯。一个贪吃的人会把所有的心思放在自己的嘴上，只有在饭桌上才有一席之地，并且唯一能做的就是品评食物。既然这样，我们完全可以把品评食物的工作全权交给他，这样对他和我们都有好处，因为他是最合适的人。

只有见识浅薄的人，才会担心一个有出息的孩子沾染上贪吃的恶习。在我们小的时候，吃是我们心中唯一的念头，可是到了少年时期，这种情形就发生了变化，因为这时候我们觉得所有的食物都非常可口，而且还有很多事情在等着我们去做。不过贪吃只是一个非常低级的动机，我不希望大家不理智地利用它，也不希望大家用美味的食物来鼓励良好的行为。既

---

① 希腊历史学家。——译者注

然童年只是或者应该是玩耍和嬉戏的时期，那么纯粹地锻炼身体是有理由获得适当的物质补偿的。马略卡岛上的一个小孩看到树顶上挂着一个篮子，就用石弓把它打下来，所以他完全可以因此得到一些好处，完全可以用一顿美味的早餐来补偿自己拿到这个篮子所花的力气。一个斯巴达人悄悄溜进厨房，偷了一只活的小狐狸，如果被发现，他可能会被抽打 100鞭。在他把狐狸藏到衣服里，从厨房里带出来的时候，狐狸不停地抓他，挠他，让他鲜血淋漓。可是这个年轻人不想被家人抓到，所以一声不吭，神色如常。最后，他就开始享受自己掳获的东西。他在被狐狸咬了之后把它吃掉，也是理所应当的。不过，不要把一顿美食当成一种报酬，有时候也可以把他当成一个人为了这顿美食而花费的心思的结果。爱弥儿从来不会把我放在石头上的点心当成跑得快的人的奖品，他知道，只有比别人先跑到那块石头旁才能得到那块点心。

这跟我刚才讲的菜肴要简单的话并不矛盾，因为要想让孩子有好胃口，关键不在于怎么刺激他的食欲，而是怎么满足他的食欲。只要我们没有让孩子养成挑食的习惯，就算是最普通的食物也可以满足他的食欲。随着身体的成长，他会胃口大开，这完全可以作为一种调料，有了这种调料，其他的各种调料就不那么重要了。如果要带孩子出去，只要带上水果和乳制品，比面包更好一些的糕点，特别是能够好好制作这些食物的配方，那么无论把他们带到多远的地方，他们都不会喜欢上吃口味浓重的食物，或者味觉变得迟钝。

人并非生来就喜欢吃肉。有一个例子可以说明这一点：孩子们并不太喜欢肉食，而是喜欢蔬菜类的食物，比如乳制品和水果。所以，千万不要改变他们的原始口味，让他们变得爱吃肉。这样做不但不会损害他们的健康，还会让他们获得良好的性情。因为吃肉的人比其他人更为凶残，这一情况适用于任何地方、任何时候。众所周知，英国人十分野蛮①，而高卢人②十分温和。所有的野蛮人都非常残酷，但这并不是因为他有这样的性情，而是他们的食物造成的。他们把打猎看成打仗，把人看成熊。在英国，屠夫和外科大夫不能充当证人③。一些歹徒的心之所以十分冷酷，就是因为他们不但杀人，还要喝人血。荷马④笔下的食肉的独眼巨人非常恐怖，而食用忘忧树的果子的人却非常可爱。每个人接触到后者之后，都会忘掉自己的家乡，只想跟他们生活在一起。

普鲁塔克⑤说："你问我毕达哥拉斯⑥为何不吃兽类的肉，那我反而要问问你，第一个将打死的兽类的肉拿到嘴边，用牙齿咬碎那奄奄一息的动物的骨头，当着已死的动物的面吃那些尸体，还把刚才还活生生地蹦跳和吼叫的动物的肢体吞下去的人，需要多么大的勇气？他用手往一只有感觉的动物的心脏插入一块铁器，他眼睁睁看着一场杀戮发生，看着一只可怜的动物流血、毛皮被剥落、尸体被瓜分，他看着那颤抖的肉，怎么能忍心？闻到那气味，怎么会不恶心？当他清除伤口上的污秽，洗涤伤口上的污血时，也会感到讨厌和害怕。

"剥下的肉在地上跳跃着，

火上烧烤的肉在悲鸣，

---

① 我知道英国人在尽力夸耀他们的善良和民族的良好天性，他们说他们的脾气很温顺，可是，他们只是自顾自地叫喊，却没有得到任何人的赞同。——原注

② 巴尼亚人不吃肉类，这一点甚至超过高卢人，他们这两种人基本上都很温和，可是，因为巴尼亚人的道德有污点，他们所推崇的东西也有点不合情理，因此，他们并没有那么诚实。——原注

③ 本书的英译者之一把我在这里所说的一番瞧不起人的话都删了，两位译者对这一点进行了修正。屠夫和外科大夫都可以做证，可是，在对刑事案件进行审理的时候，陪审员不能是屠夫，可是外科大夫却可以。——原注

④ 古希腊盲诗人。——译者注

⑤ 罗马帝国时代的希腊作家，历史学家，哲学家。——译者注

⑥ 古希腊哲学家，数学家。——译者注

吃肉的人不寒而栗，

肉在它们腹中哭泣。

"当他第一次违背自然，做这么一顿可怕的食物时，他的心中一定会出现这种感想。当他第一次因看到一只活畜而感到饥肠辘辘，当他想要吃掉那些还在吃草的动物，当他让别人杀死那只正在舔他的手的羊羔并且切成块烹煮的时候，他的心中一定会出现这种感受。我们真正害怕的，不是那些拒绝享用这种残酷食物的人，而是那些最先享用的人。不过最先享用的人的野蛮还情有可原，而我们却比他们野蛮得多。

"吃这种食物的野蛮人对我们说：深受神喜爱的人啊，比较一下我们当时的情形和你们现在的情景，就能看出你们是多么幸福，我们是多么悲惨。季节还无法号令新形成的土地和雾沉沉的空气；河水没有确定的流向，冲毁堤坝；地面上四分之三的土地是池沼、湖泊和深渊大泽，而另外的四分之一是贫瘠的树木和丛林。土地上长不出可口的果实，我们缺乏耕作的工具，也不知道该怎么耕作，不播种的人自然没有收获，所以我们经常要饿肚子。苔藓和树皮是我们冬天吃得最多的食物。在找到榉子、胡桃和橡子的时候，大家会无比兴奋，绕着橡树或榉树跳舞，唱一些粗野的歌曲，把大地尊称为我们的母亲。在我们的一生中，除了这唯一的欢乐时刻，其余时间都在悲伤、痛苦和饥饿中度过。

当我们无法从荒芜不毛的土地上获得任何东西，我们只能违背自然，用我们可怜的同伴填饱肚子，否则我们就得跟他们一起死。可是你们这些残忍的人，没有人逼着你们去伤害别人的性命吧？看，你们身边有那么丰富的资源，大地给你们产出了无数的果实，田野和葡萄园给你们带来了大量的财富，有无数的牛羊用自己的奶滋养你们，用自己的毛来给你们做衣服，你们还有什么不满足的？当你们坐拥着无数资源吃喝不愁，为什么还要去杀人呢？你为什么要责备我们的大地母亲，说她不给你们东西吃？你们为什么要对创立神圣法则的塞利斯①，对安慰人类的豪爽的巴考士②大肆侮辱？他们给了你们丰厚的礼物，难道还不足以用来保存人类吗？你们为什么要把他们甘甜可口的果实和那些骨头一起放到自己的餐桌上？为什么在喝奶的同时又要喝掉产这些奶的牲畜的血？那些被你们称为猛兽的狮子和豹子，只是凭借自己的力量和本能来伤害其他动物，以便活下去。可你们呢，却比他们更加凶猛，你们不是为了满足自己的需要而违反本能，而是为了享受。那些被你们吃掉的动物并不吃别的动物，可你们不但不吃食肉动物的肉，反而学它们的样子。你们吃掉的是那些温顺的动物，它们没有任何罪过，从来不会伤害别人，只会默默陪伴在你身边，为你们工作，可结果呢，就是被你们吃到肚子里。

"啊，违逆自然的刽子手。如果你认定大自然造就你是为了让你吃掉你的同类，吃掉跟你一样有血有肉的鲜活的生命，那你完全可以丢掉大自然给你的对这些可怕食物的恐惧，亲自去了结那些动物的性命。我并不是说让你去用刀斧杀掉那些动物，而是像狮子和熊一样，用指甲撕下它们的皮，用牙齿把一头牛咬成碎片，把手指插进它们的皮毛。生吞活剥一只羊羔，在它的肉还冒着热气的时候就把它吞进肚里，连同它的灵魂和血液。可是你不停地颤抖，不敢下口去咬那些还冒着热气的颤动的肉。你这个可鄙的人，让一只动物死了两次：先把它杀掉，再把它吃下去。可是你觉得这样做还不够，因为你厌恶死肉，你的肠胃也接受不了，所以必须放在火上烹煮和煎烤，还要加上药材，改变它的样子和形象。你还要求屠夫、厨工和烤肉的师傅帮你消除你杀害它们留下的恐怖痕迹，并为你烹饪那死掉的躯体，好让烹饪技术消灭味觉对那些奇特的味道的厌恶。然后，你就从容地享用那可怜的尸体。"

---

① 希腊神话中的德美特女神，司五谷。——译者注
② 希腊神话中的酒神。——译者注

虽然这段文章跟我论述的问题无关，但我还是要把它抄录下来，我想，应该不会有读者对此表示反对。

　　不管你让孩子采取哪种摄取食物的方法，只要你已经让孩子习惯了吃最普通和最简单的事物，就可以让他们随自己心意决定吃多少，想怎么玩耍就怎么玩耍，完全不用担心他们吃得太多，也不用担心他们消化不良。可是如果你让他们有一半时间都在饿肚子，而且他们还想办法逃离你的看管，那他们就会想尽办法弥补自己的损失，一直吃到吐，吃到肚皮撑破。我们之所以会暴食，完全是因为我们没有让食欲遵循自然的法则；我们经常会增加或者减少自己的食物，并通过手来完成这项工作，而增加或减少的量并不是依据我们的胃，而是依据我们的想象。通常我举的例子都是我看到的。比如农民经常不关闭自己的菜柜和果箱，可是并没有哪个大人或小孩会出现消化问题。

　　如果有一个孩子非常贪吃（我觉得如果采取我这种办法的话，这种情况并不会出现），只要让他玩一些爱玩的游戏，就能分散他贪吃的思想，而在这个过程中，他的营养不良的问题也会不知不觉地消除。可是，几乎没有一个教师能想到这个简单又可靠的方法。希罗多德①曾经写过，吕底亚人在极度缺乏食物的时候，发明了很多游戏和娱乐来缓解自己的饥饿感，甚至一整天都没有吃饭的想法。也许你们这些学识渊博的教师已经多次读了希罗多德的这段记载，却想不起要把它用到孩子身上。也许你们中的某些人会跟我说，没有一个孩子会主动离开餐桌，去学习功课。教师们，我承认你们说得对，但是我说的并不是他们的功课，而是游戏。

　　和视觉先于触觉一样，嗅觉也先于味觉。嗅觉会告诉味觉，某种东西会对自己产生影响，好让我们按照预先的印象去寻找或者避开那种东西。有人说，原始人的嗅觉感受不同于我

　　①　古希腊作家，历史学家。——译者注

们的，他们对好坏气味的判断也跟我们的不同。我对这种说法深信不疑。其实，气味本身只能给人非常轻微的感觉，与其说它触动的是人的感官，倒不如说是人的想象力。它让人闻到的味道，远不如它让人尝到的味道产生的影响大。如果这种说法正确，一个人因为生活方式的原因而跟别人拥有不同的味觉，对味道的判断自然也不同。一个鞑靼人闻到一匹死马身上的一块臭肉的愉悦之情，和猎人闻到一只腐烂了一半的松鸡是一样的。

那些行色匆匆无心漫步的人和虽然工作不多没有闲暇时间的人，并不会在意那些有细微花香的东西。同样，那些经常挨饿的人，也不会在意那些和食物无关的香味。

嗅觉是想象出来的一种感觉。它可以对神经产生强烈的刺激，所以可以让大脑处于兴奋状态。也因此，它们会在一开始让我们觉得十分兴奋，之后这种兴奋会逐渐消失。在我们的各种爱好中，嗅觉起着极大的作用。和人们想象的不同，化妆室里的香味其实很浓郁。如果一个聪明却感觉迟钝的人对他的情人胸前所戴的花的香味无动于衷，那真不知道是该对他表示赞美还是惋惜。

在童年时期，想象力还没有受到欲念的刺激，所以不容易被情绪所影响，因此，嗅觉在童年时期不应该活动得太过分。另外，在这一时期，我们还没有足够的经验来凭一种感官的印象预料另一种感官的印象。这个事实是充分研究得出的，也得到了证实，大部分孩子的嗅觉都十分迟钝，甚至近乎没有。不过，原因并不是孩子不如大人的嗅觉灵敏，而是因为他们的思想没有跟嗅到的味道相关联。而我们的嗅觉很容易就能被快乐或痛苦所影响，并相应地产生快乐或痛苦。我觉得，根本用不着解剖两性的身体进行比较，只要研究我们自己的身体，就能知道为什么女子感受气味的能力比男子强。

有人认为：从青年时期开始，加拿大的原始人就开始将自己的嗅觉锻炼得十分敏锐，这样他们打猎的时候，就算有猎狗也可以不用，因为他们自己就有猎狗那样的嗅觉。因此我认为，我们可以让孩子像猎狗分辨猎物一样辨别自己的食物，也可以让他们的嗅觉变得像猎狗一样灵敏。不过，如果不是为了让他们明白嗅觉和味觉的关系，这样做就多此一举了，因为大自然已经认识到应该让我们了解这些关系。它让嗅觉器官和味觉器官紧挨着，所以二者的活动几乎都是相互联系的。为了让我们在尝到味道的同时也闻到气味，它在口腔中安置了嗅觉器官和味觉器官的通道。我希望，对于这种自然的关系，大家不要为了哄骗一个孩子而改变，比如，想用香甜的东西来掩盖药物的苦涩是不会成功的，因为这两种感觉非常不协调。强烈的感觉会消除另外一种感觉，因此药的难吃程度并没有减轻，而且，这种难吃的味道会传遍所有的器官，每当他稍微接触到这种味道，就会想到其他的感觉，因此可口的味道也会变得难吃。我们那些不周全的办法，会导致愉快的感觉被削弱，不愉快的感觉得到增长。

在后文中我会谈到第六感的培养，我将这种感觉称为"共通的感觉"。这样命名的原因，并不是因为每个人都有这种感觉，而是因为它诞生于其他感觉的完美配合，以及能够通过综合事物的外表来让我们知道事物的性质。所以，第六感只存在于人的大脑中，并没有一个单独的器官。它是一种内在的感觉，我们可以称之为"知觉"或"观念"，它是衡量我们知识广度的标准，它的缜密和清晰与否，决定了人的思想是否正确。我们说人的智力，就是通过这种观念的比较得出的。因此，我们说一个人太过感性，或者孩子气，就是说他是在以一种简单的观念组合集中感觉。反之，我们就会说他比较理性，或者像一个大人。

我们可以假设，我的方法是一种自然的方法，而且在应用过程中没有错误，那么，现在我们已经带着学生跃出了各种感觉的领域，来到了理性的阶段。自从进入这一阶段，我们走出的每一步都是成人的步伐。可是在进入这个新的阶段之前，不妨对刚刚走过的地方进行简单地回顾。不同的年龄段，都有与之适应的完善程度，也就是特定的成熟时期。我们总是听到"成人"这个词，现在我们来讨论一下"成熟的孩子"，虽然这个词让我们觉得比较新颖，但是还不会让我们觉得厌烦。

生命是这样的虚无和短暂，所以我们并不感动于它当前的情景。我们总是在真实的事物上加上一些幻想，因为如果不用想象力给触动我们感官的那些东西增光添彩，我们从中得到的乐趣就毫无价值，只能算是感官上的享受，我们的心灵仍然一片冰凉。秋天，大地上装饰着各种宝物，让我们的眼睛可以欣赏到美丽的景色，可是我们并不会觉得感动，因为欣赏来自人的思想，与人的感情无关。春天，田野里空无一物，树木没有投下影子，草也是刚刚冒头，我们却被此感动。看到大地恢复生机，我们的生命似乎也复苏了。我们为身边的一切感到欢乐，我们的眼角含着泪水，其中掺杂着欢乐和温柔。可是，虽然收葡萄的情景非常欢乐和热闹，我们却不会为之流泪。

我们的心情之所以会有这些不同，是因为每当看到春天的景色，我们就会想象到这些景色背后的季节；每当我们看到那娇嫩的新芽，我们就会联想到花、果实和绿荫，甚至还会联想到绿荫之下的神秘景象。我们的想象会瞬间将这所有的情景连在一起，于是我们看到的就是期望的样子，而不是事物的本来面目，因为我们的想象力完全可以自由选择这些景象。但是在秋天，我们只会看到真实的景象，因为如果想到春天，就会被横亘在前面的冬天挡住，冰天雪地也会扼杀我们那不活跃的想象力。

童年的美具有这种迷人的魅力，也因此，它才会比成年的圆融更能引发我们的思考。我们只有在回忆一个成年人的行为，并追溯他的一生的时候，才是真正怀着愉悦的心情观察他，因为此时，我们才会回忆他年少时的情景。如果按照他现在的样子或者老去后的样子观察他，那所有的喜悦心情都会消失。没有人会觉得看着一个人走向坟墓是一件开心的事，因为死亡让所有的东西都变得丑陋。

　　但是，在我想到一个 10 到 12 岁、身体强壮、发育得很适合他的年龄的孩子的时候，不管是现在还是将来，都不会觉得不开心。我看到他生机勃勃，不用焦虑，也不用担忧未来，只是过好现在的生活，充分享受自己充盈的生命，会感到十分喜悦。当我想象他逐渐长大，能够运用他的感觉；随着他的思想的成熟，随着他的体力的增加，不管我把他当成孩子还是大人，我都会十分高兴。我从他那沸腾的血液里获得了温度，我想，他可以恢复我的生命，他那活泼的样子让我重返青春。

　　可是这时候钟声响起，对他来说，这是一个巨变。他的眼睛失去了光辉，他的脸上失去了欢乐，他再也不会游戏，再也不会蹦跳着玩耍。一个怒气冲冲的人抓住他的手，郑重地说："走吧，孩子"，就带着他离开了。我依稀看到，他们进入的那个房间里有很多书。对于他这种年龄的人来说，书只是个累赘。这个可怜的孩子只能任由那个人拉着自己，恋恋不舍地看了看自己周围的东西，就默默地走了。他眼含泪水，却不敢流出来；他心中充满怨气，却不敢发泄出来。

　　你是这样的无所畏惧，你的生命中从来没有感受过烦恼，你是一个一直开心快乐的人。我聪明可爱的学生，快到我们这里来吧，远离那个满腹忧郁的人，到我们这里，给我们带来安慰，快点来吧……终于，他来了，在他靠近我的那一刻，我觉得十分愉快，同时他也觉得很愉快。在这里等待他的不是别人，而是他的朋友和玩伴。在看到我的时候，他坚信自己很快就会迎来快乐。我们相互依赖，相处得十分和谐。我们之间的友爱，超过了跟其他任何人之间产生的情谊。

　　从他的面貌、神情和举止不难看出，他非常自信，充满快乐；他精神焕发，身康体健；他步伐沉稳，精力充沛；他的皮肤光滑细腻，毫不松弛，上面还布满了空气和阳光留下的男人的专属印记；他的肌肉十分丰满，说明他在不断地成长。他的眼睛虽然没有激情的火焰，却不缺少天真的明静，就算经历了长时间的忧伤，也充满了光芒。他的脸上从来不会出现泪痕。他有着和年龄相称的活泼、绝对的自信和多种历练带来的经验，这些从他矫健而稳重的动作中都能看出来。他性情开朗，落落大方，既不倨傲，也不虚荣。他从来不会低垂着头，因为我们从来没有让他去埋头啃课本。我们用不着让他抬起头，他自己也不会低下头，因为他没有做过让自己害羞或者恐惧的事情。

现在我们让他来到众人面前，欢迎你们来考他，你们可以毫不顾忌地问他问题，不需要担心他强迫你们做什么事情，或者提出什么不合理的问题，或者说一些乱七八糟的话。不用担心他会纠缠着你们，也不用担心他想让你们所有人为他一个人服务，导致你们不知道如何应对。但是他也不会对你们说一些好听的话，或者把我教给他的话告诉你们，他能说出的只是一些实话，没有经过加工和更改的朴实的话语。他会坦白地把自己做的好事、坏事或者想做的坏事都告诉你，也不会顾及这些话会对你造成什么影响，他想怎么说就怎么说。

有些人喜欢预测孩子的未来。但他们难过的时候最多，因为总是听到孩子说一些不太高明的话，于是，他以前通过和孩子的愉快交谈所产生的希望就会破灭。不过我的孩子从来不会说废话，也不会硬要说一些别人不听的话。因此，他就算不能满足别人的这些希望，也不会让对方觉得难过。他没有太多的思想，但是这些思想都非常清晰。他记住的东西很少，可是从经验中学到了很多东西。虽然他读书的成绩比不上别的孩子，却比别的孩子对自然这本书更加理解。他的聪明只存在他的大脑里，而不表现在口头上。他的判断力比记忆力强。他只说自己理解的语言，也许比说话，他不如别人，可是他做事要比别人高明。

他并没有规矩和习惯的概念，也不会让今天做的事受到昨天做的事情的影响。他做事不会墨守成规，也不会畏惧权威和已经存在的先例，只会随心所欲地去做，想怎么做就怎么做。所以他不会说别人教他的话，也不会做从书上学来的举止，他只会遵从自己的思想来说话，按照自己的心意来做事。

也许你可以从他的观念中找到一些和他目前的状况相关的道德观念，却找不到关于他成年之后的道德观念。对于一个还不是社会中一员的小孩来说，这些观念对他们毫无用处。如果你要跟他说什么是自由、财产和契约，他也能明白。他能理解的范围就是：为什么他的东西是他的，为什么不是他的东西不是他的，超出这个范围之后他就无法明白。如果你跟他说义务和服从，他根本听不懂；你命令他去做事，他也不会听从。可是如果你跟他说："如果你能把这件事做得让我满意，那将来我也可以把事情做得让你满意。"他立刻就会想办法把事情做得让你满意。因为他觉得这是一件好事，可以在不破坏保证的前提下扩大自己的活动范围。他也会让你加入，把你当成一个不可忽略的角色，让你充当一员。可是如果出现这种情况，就说明他已经脱离了自然，受到了虚荣心的影响。

如果他需要帮助，就会向碰到的第一个人求助，不管对方是一个国王还是仆人，因为他觉得人人平等。从他请求的态度你不难看出，他不会认为你帮他是理所应当的。他知道想要得到你的帮助，必须得到你的同意。他说话非常简单，不管别人是答应还是拒绝他的要求，他都会十分平静，这一点从他的声音、目光和态度就能看出来。这种态度不是奴隶一样的害怕和服从，也不是主人一样的咄咄逼人，这是对朋友的信赖。这是一个不受约束、充满智慧但是体力柔弱的人在寻求另外一个亲切而强壮的人的帮助时应有的高尚而平和的态度。就算你答应了他的请求，他也不会对你表示感谢，只是觉得自己欠了一笔债；如果你拒绝了他，他也不会埋怨你，更不会坚持，因为他知道这样做毫无用处。所以他不会说"我被人拒绝了"，而是"这根本不可能"。就像我说的，只要他看出这是一件必然的事，绝对不会强求。

让他一个人待着，然后你默默地看着他，看他要做什么以及怎么做。他不会为了显示自己可以凭借自己的力量去做某件事，就鲁莽地去做一件事，因为他知道自己是自己的主人。他非常机敏，容光焕发。他在活动中始终洋溢着他这个年纪应有的活力，而且都很有目的性。他虽然可以按照自己的心意去做事，但是他绝对不会做自己能力之外的事。因为他曾经试验过自己的力量有多大，所以可以做出很好的估计。他总是能够把自己的方法和意图相结合，只做有把握的事情。他的眼睛密切注视着一切，所以他看到什么都会先观察，而不是愚蠢地去问别人。他要先知道自己想知道什么，才会提出问题。就算遭遇什么意外的困难，他也不像别人那么烦恼；就算遇到危险，他也不会觉得害怕。他的想象力还没有开始活动，而且我们也没有让他活动起来，所以他只能看到现实的景象，只能根据实际的危险程度去估计危险，因此他的头脑总是保持冷静。他无法违背自己承担的自然的需要，他一生下来就受到需求的束缚，现在他已经习惯了这些情况，不管什么时候都充满信心。

在他眼中，工作和游戏是一样的。游戏就是工作，二者毫无差别。他做所有的事情都充满激情，并且动作充满张力，让每个看到的人都会开心。从他做的事情不难看出他的心理状态和知识范围。当一个眼睛灵活、面带笑容、态度冷静的漂亮小孩，在你面前高兴地做着重要的事，或者专心地玩耍，你一定会十分高兴。

现在你可以把他和别的孩子进行对比，让他和其他孩子在一起，随着自己的想法去做，这样你立刻就能发现，他们谁成长得更好，谁有着接近他们那个年纪应该有的完善程度。你会发现，和城里的孩子相比，他的动作最敏捷，身体最强壮；而和乡下孩子相比，他的气力并不逊色，而手脚要比他们更灵活。对于孩子们能够理解的所有事情，他比他们更善于决定、思考和推测。如果让他去运动、蹦蹦跳跳、摇晃和搬运东西，预测距离、发明游戏和赢得比赛，他会比谁都厉害，因为他知道怎么用意志来控制一切事物，连大自然都要听他的命令。他受的教育就是带领和管理同伴，他的才能和经验完全可以取代权力和威望。不管你给他穿什么衣服，也不管给他取什么名字，这些都不重要，因为不管在什么地方他都超凡脱俗，可以领导他人。所有人都觉得他非常优秀，因此就算他不发出命令，也是所有人的首领；这些人并不觉得自己在服从他，但确实是在服从他。

他长成为一个成熟的儿童。可是，他没有牺牲欢乐的时间，而是完整地过完了自己的童年生活，才走到了这一步。他不但收获了这个年纪该有的理智，也收获了自己的体质允许他享有的快乐和自由。就算我们在他身上播洒的爱和希望被致命的错误所消灭，我们也不会因为他的死亡而哭泣，也不会因为曾经让他受到痛苦而难过。我们可以告诉自己："至少他享受了童年，我们没有剥夺大自然赋予他的东西。"

这样的儿童教育在实行的过程中会有很多困难，因为只有那些目光长远的人才能理解这种教育的意义，而普通人会觉得，花这么多精力培养起来的只是一个顽劣之徒。就算是一个教师，主要考虑的也是自己的利益，而会将学生的利益放在后面。他在意的是证明自己没有浪费时间，自己有资格拿这份薪水。他教给孩子容易表现的本领，好让他能够随时拿出来炫耀。这些本领有没有用并不重要，只要能当着别人的面炫耀就可以。他让学生不加选择地记住一大团乱麻一样的东西，并在考试的时候让孩子拿出来进行表现，让大家都觉得很好，然后他就收拾好东西离开了。相比之下，我的学生就没有这么富裕。除了他自己，他没有什么可以表现的东西。没有人能一眼看穿一个大人或者小孩，所以几乎找不到一个能够一眼看穿别人的独特之处的人，这种人确实存在，但是为数不多，在上万个父亲中也许都找不出一个。

每个被问了过多问题的人都会觉得厌烦，小孩子更是如此。如果一个小孩被问了太多问题，很快就会分散注意力，无心听你那些反复问的问题，只会随口敷衍你几句。这样的考试方法十分迂腐。相比让他发表一篇长篇大论，有时候他无意中说出的一句话也许更能体现他们的想法和感受。但是你要注意，分清楚这句话是别人教他的，还是他自己偶然说出来的。你要想评价孩子的判断能力，首先自己要有很强的判断力。

已故的海德爵士曾经跟我说，他有一个朋友在意大利住了三年，回来之后，想考察一下他那 10 岁左右的孩子的学习情况。一天傍晚，他带着教师和孩子去了一个空旷的地方散步，当时有很多小学生在那里放风筝。父亲一边散步一边问儿子："风筝的影子在这里，那风筝在哪儿呢？"孩子连头都不抬，飞快地说："在大路上空。"海德爵士说："很好，我们和太阳的中间就是大路。"父亲听了这句话，就亲吻了儿子。测试完之后，父亲没再说什么，就离开了。第二天，他给了教师一张支票，其中不但包括他的薪水，还有一笔年金。

显然，这位父亲非常开明，他的儿子①也很优秀。以他的儿子的年龄来说，这个问题是非常合适的，虽然这个孩子回答得非常简单，但是你能看出，他判断得非常准确。亚里士多德的学生②之所以能够驯服那匹任何骑师都无法驾驭的名驹，靠的也是准确的判断。

---

① 伯利耳元帅的独生子吉索伯爵。——译者注
② 马其顿王亚历山大。——译者注

虽然一个人在长成少年之前都处于一个非常柔弱的时期，但是在这个时期，他的体力增长超过了他的需求，所以，虽然从绝对的意义上说，这个正在成长的人还十分柔弱，可是从相对意义上说，他已经变强了。他现在的体力完全能够满足他的需求，甚至还有富余，因为他的需要还没有充分发展。作为成人他很柔弱，可是作为孩子，他已经非常强壮了。

　　体力和欲念的不平衡，导致人显得柔弱。我们之所以变得这样柔弱，就是因为我们的欲念。我们为了满足欲念而消耗的体力，远超过大自然赋予我们的体力。因此我们可以说，减少我们的欲念，就是在增加我们的体力。体力多于欲望的人之所以非常强壮，就是因为体力有富余。现在是儿童的第三个阶段，也是我即将阐述的阶段。可我找不到合适的词来描述，所以依然称其为童年。这个阶段已经接近少年，但还没有到青春期。

　　孩子到了十二三岁，体力的增长远超他自己的需求。现在他还没有觉得自己有很多很强烈的需求，他的器官还没有发育成熟，似乎在等着意志来让他脱离这个状态。他并不在意空气和气候的伤害。对他来说，体温就是衣服，食欲就是作料。凡是能够提供营养的东西，他都觉得好吃。他要是感觉困了，能够倒在地上就睡着。他发现到处都是自己需要的东西，而且他也没有什么幻想出来的需求，因此不会觉得烦恼。他不会在意别人说些什么。他的欲望都在他的能力范围之内，他有能力满足自己的欲望，而且满足之后还有多余的体力。在他的一生中，只有这个时期才存在这种情况。

我想，一定会有人对此表示反对。他们会说，孩子并不具备我说的那种体力，而不说孩子的需求超过我说的。可是他们忘了，我说的并不是一个拿着厚纸做的玩具，在各个房间穿梭的活动玩偶，而是我的学生。也许有人会说，一个人只有到了年富力强的时候才能有旺盛的精力，人只有充满生命的元气，才能有一身结实又有弹性的肌肉，从而产生真正的力量。他们这么说只是靠空想，而我的说法来自经验。我在乡下看到一些孩子，个头很高，他们跟自己的父亲一样，不但可以锄地耕田，还能搬酒桶和赶大车。要不是他们说话的声音是小孩子，你可能会把他们当成大人。就算在城里，也有一些跟他们师傅差不多健壮的年轻工人、铁匠、刀匠和马掌匠，要是辅以训练，他们的熟练程度绝不逊色于他们的师傅。如果非要说差别（我承认确实存在差别），我要再说一遍，要小于大人的各种强烈欲望和小孩之间有限度的欲望之间的差别。而且，这里说的既包括体力，也包括补偿或者运用体力的精神能力。

处于这一阶段的人，其体力要超过欲望的需求，因此，就像我在前面说过的，这一时期就算不是他的绝对体力最大时期，也是相对体力最大时期。这是一生中仅有一次的宝贵时期，而且非常短暂，如果一个人还没有意识到充分利用这段时间对自己十分重要，那就更显短暂了。

对于这些在目前看来过多，但是长大后就不会太多的天资和体力，他应该怎么利用呢？他应该在必要的时候，尽量将其用到对他自己有好处的事情上。这种做法可以说是在将生命的盈余部分用到将来，就像是强壮的孩子给虚弱的成人准备粮食。但他只会把自己的东西放在自己的手里和头脑里，放在自己的身体中，而不会把它放在可能被别人偷走的箱子或者不属于他自己的仓房里，这样才能保证他真正占有所取得的东西。所以到了这个时候，他就该工作、教育和学习了。但是你们要注意，这些并不是我随意选择的，而是大自然要求他做的。

人的智慧是有限的。且不说他无法了解所有的事物，就连别人已知的那有限的事情，他都无法完全知道。每一个错误的命题都有一个与之相对的真理，既然错误的数目是无限的，那真理的数目也是无限的。因此，我们必须对施教的内容和适当的学习时间加以选择。真正让我们能够获得幸福的知识是很少的，但这种知识才是值得让一个智慧的人去追求的，也是值得孩子去寻找的，因为我们的目的就是要把他培养成一个智慧的人。所以，问题的关键并不是他学到什么样的知识，而是学到的知识是否有用。

但就是这很少的知识，也要有一部分被清除出去，不能教给孩子。这些部分包括：让孩子无法理解的，以及虽然本身真实，但会让一个缺乏经验的孩子对其他问题产生错误想法的。这样一来，你就需要把教给孩子的知识限制在一个很小的范围，即只和当下的事物有关。但是就孩子的思想水平来说，这个范围仍然十分广阔。没有谁敢去揭开覆盖在人类理性这一深渊表面的面纱。我已经看到，那些浮华的各种学科在我们的孩子周围设下了很多陷阱。所以，作为引导孩子在这条危险的小路上行走以及为他揭开蒙住他眼睛的神圣帷幕的人，千万不要慌张。你要保证你和他的头脑都十分清醒，不让你或他或者你们俩感到晕眩。要时刻警惕谎言的奇特魔力以及骄傲这一充满诱惑力的烟雾，要时刻谨记，一个人的无知无伤大雅，可是谬误的害处却很大。要知道，一个人之所以误入歧途，都是因为自以为是，而不是因为无知。

　　要想知道他的智力发展的程度，可以把他在几何学上的进步当成一个残酷标准。但是，如果他已经学会分辨事物是有用还是无用，再想发展他的智力，就需要很好的安排和方法，才能引导他思考。

　　例如，如果你想让他找出两条线的比例中项，就要想办法让他觉得需要找一个和一定的矩形相等的正方形；如果想让他找到两个比例中项，就要先把立方体的二倍问题讲给他听。类似的例子还有很多。因此，要让他能够分辨道德观念的好坏，就要让他循序渐进。当前，我们知道的只是需要的法则，现在我们要谈的是该怎么用这些法则，很快我们就要谈到怎么才能用得恰当和正确。

　　人的不同官能可以被同一种本能刺激。如果一个人拥有发达的身体活力，那他的精神活力也会受到影响。一开始，孩子只是好动，之后就会变得好奇。如果能够妥善地引导，这种好奇心就能成为一种动力，就是我们现在说的这个年龄的孩子对知识的追求。但是，我们还要进行分辨，哪些倾向是自然产生的，哪些倾向是偏见产生的。有的人的求知心来源于想让别人尊重他是一个学者，还有一些人的求知心来源于对现在或者将来跟自己有关的事情的好奇。自从他呱呱坠地，就有了对幸福的渴望，可是他的欲望又无法得到充分满足，因此，他只能孜孜不倦地遵照满足这些欲望的新方法。这就是好奇心的最初源头，这个源头自然地产生于人的内心，而它的法则跟我们的欲望和知识成正比。

　　如果有这样一个科学家，他带着自己的图书和仪器来到一个荒岛隐居，并且想独自在这里度过余生。那几乎可以肯定，他才不会费力去研究天体学、引力法则和微积分，可能连书都不会看。不过他很可能想把全岛都浏览一遍，走遍岛上的每一个角落，不管这个荒岛有多么大。因此，我们在幼年时期学习的时候，一定要果断舍弃那些不符合我们天然兴趣的东西，去学我们的本能要求我们学的东西。

对于人类而言，地球就是这样的一个岛，而最能引发关注的就是太阳。放眼望去，我们最先能看到的就是这个岛和那个太阳。几乎所有的原始人都曾经考虑过地球到底有多大，太阳到底有多神秘。

人们可能会说："变化得太快了。"刚刚我们说的还是跟我们直接接触的和一直围绕在我们身边的东西，现在突然就说到了环游地球。可是，这种变化出现的原因是我们的体力和思想的发展。在我们的身体比较柔弱，体力也相对缺乏的时候，我们关注的是怎么保全性命；可是等我们变得身体强壮体力充沛，我们生命的欲望就会跳出上面的范围，还会尽量往远方拓展。可是由于我们对知识的世界还一无所知，因此我们的思想也只能局限在我们的眼睛看到的范围内，我们的理解能力也无法跳出这个范围。

我们应该先将感觉转化为观念，但是切莫求快，要先经过感觉的对象，再到达思想的对象。感觉是最初的思想活动的唯一指导者。要把世界作为唯一的书本，把事实作为唯一的教训。孩子在读书，并不代表他在运用思想，可能他只知道读书。这样的话，他并不是在接受教育，而是在死读书。

让你的孩子去观察大自然的各种现象吧，很快他就会充满好奇心。但是，千万不要急着去满足他的好奇心，否则就无法培养他的好奇心了。你可以提出一些他明白的问题，让他自己去找答案。你要保证他知道的东西来自自己的了解，而不是由你告诉他。要让他自己去发现，而不能直接教给他。如果你用权威取代了他的思维，他就永远不会自己思考，只会听别人的思想的支配。

你想让孩子学习物理，就弄来了地球仪、天象仪和地图，这些东西自然非常完备，但是我无法理解，你为什么要用这些东西来代替实物？你应该先让他看到原物，让他明白你在讲什么，这是最低要求。

在一个美丽的黄昏，我们一起去散步，来到了一个僻静的地方。站在那里，可以经由开阔的地平线看到日落的全景。为了记住那个地方，我们仔细观察了日落之处的景物。第二天太阳还没有出来，我们又去了那里，以便呼吸新鲜空气。那时候太阳还没有升起，我们就从远处看到了它发出的红光。红光越来越耀眼，好像让整个东方都燃烧起来。看到光亮之后，我们等了很长时间还是没有看到太阳。每一次我们都以为它要升起了，可是直到最后它才出现。我们面前出现了一个闪电一样的光点，看起来非常绚烂，瞬间充满了整个天空，黑暗也迅速衰退。人们又看到了自己居住的地方，发现它们似乎变得更美丽了。草地在夜晚获得了新的生命力，在曙光的沐浴下，它们全身被初升的太阳披上了一层金黄的外衣。露珠还给它织了一个亮晶晶的网罩，让人们能够看到它的光彩和颜色。鸟儿齐声歌唱，迎接那一切生命的父亲。这一刻，几乎所有鸟儿都在唱歌，虽然它们的歌声并不是十分嘹亮，却是一天当中最柔和的，其中有一种刚从睡梦中醒来的倦意。这些情景融合在一起，让我们有了一种沁入心灵的清新之感。所有的人都沉迷在这半个小时中，面对这么壮观和美丽的景色，几乎没有人不会受到触动。

　　教师为了让孩子体会到这种感受，自己也变得充满激情。他觉得，让孩子注意到那些触动他的情感的地方，就可以让孩子获得同样的感动。可是我想说，这种想法十分愚蠢。自然的景色只能亲身体会，因为它的生命存在于人的心中。只有对它有所感受，才能了解它。虽然孩子能看到各种景物，却看不出景物之间的联系，也无法理解它们的美妙和谐。不获得一种他从来没有获得过的经验和没有感受过的情感，他是无法感受所有这些感觉综合起来的印象的。如果他没有在干燥的旷野中奔跑过，没有跑过那滚烫的沙砾，没有感受过被太阳照射的岩石反射出的沉闷的热气，是无法感受早上清新的空气的。有了这样的经历，他才会因为花儿的芳香、叶子的美丽、露珠的湿润、在绵软的草地上行走而感到愉快。如果他没有品尝过美妙的爱情和享乐，根本不会陶醉于鸟儿的歌唱。如果他的想象力无法为他描绘出一天的快乐，他是不可能高兴地去等待美丽的一天的到来的。最后，只有他知道是谁的手给自然加上了这种美丽的装饰，他才能欣赏自然景物的美丽。

不要对一个孩子说一些他无法明白的话。不要添油加醋，不要滔滔不绝，不要咬文嚼字，不要引经据典。现在还不到讲情感和风趣的时候。说话要简单明了，沉着冷静，现在采用另一种语言还为时尚早。

在培养孩子的时候，如果按照我们的准则的精神，让他习惯于制造自己所需的所有工具，在确实力量不足的时候才会去向别人求助，那么每当他看到一件新的事物，就会默默地仔细观察。他会喜欢思考，而不是喜欢怀疑。所以在恰当的时机，你可以让他看到一些事物，等他的好奇心已经被勾起来，就问他几个简单的问题，让他自己去寻找那些觉得奇怪的地方的答案。

以上面的事情为例。你们一起观赏完日出之后，你可以让他观察一下那个方向的山脉和附近的景物，并让他随意说一说日出之后的景致。然后你就做出思考的样子，沉默一会儿，然后对他说："我明明记得昨天晚上太阳是从那里落下去的，可是今天早上却从这里升了起来，这是为什么呢？"你只说这么多就可以了。如果他问你问题，你也不要告诉他答案，而是转换话题。这样可以让他自己去思考，自己去寻找答案。

让他花几天时间去弄清楚一个真理非常有必要，因为这样才能让他养成留心每一件事的习惯，才能让他把这个真理刻在心上。如果他这么做之后，他还是想不出上面说的日出的问题的答案，我们也有一个让他更加容易理解的办法，就是把这个问题倒过来问他。虽然他不明白太阳从落下到升起的过程，但他起码知道太阳从升起到落下的过程，因为他只需要用眼睛就能看出这一点。所以，你可以用后面的问题去解释前面的问题。只要你的学生不是笨到无药可救，就一定能轻易得出这个推论，这样他就上了宇宙学的第一课。

从一个可以感受的观念过渡到另一个可以感受的观念，过程总是十分缓慢，而熟悉一个观念后再熟悉另一个也很缓慢，再加上我们不会强迫学生去用功，所以，学完这第一课后，还要经过很长时间才能讲到太阳的运行和地球的形状。可是，因为天体所有的运动现象都遵从同样的原理，因此在完成第一次观察之后，就可以引导他进行其他观察。虽然跟讲清白天和黑夜的道理相比，从地球的自转讲到日食和月食的计算所花的时间要更多，但是所花的力气要少。

众所周知，太阳围绕地球旋转，轨迹是一个圆圈。而每一个圆圈都会有一个中心，不过这个中心位于地心，因此不可见。但是我们也有办法来找到地球和太阳每天运行的轴心：在地面上画两个和地心相应的对立点，然后将三者连成一条线，并将两端分别延长成叉形。天在轴上转，就像圆陀螺在它的陀螺尖上旋转，那陀螺的两端就相当于它的两极。如果这样给孩子讲，他就会十分高兴，因为他可以找到其中的一极。于是我可以告诉他，小熊星的尾巴的那一极。毫无疑问，在晚上这样观察天象是非常好玩的，于是我们慢慢就熟悉了那些星星，并对观察各个行星和星座产生了浓厚的兴趣。

在仲夏的时候，我们去看过日出，有时候在圣诞节或冬天某个晴朗的早晨还会去。众所周知，我们并不懒惰，也把感受寒冷当成一种乐趣。我把我们进行第二次观察的地方选在了第一次观察的地方，这是我特意挑选的。只要能够巧妙地做好观察准备，他一定会惊讶地大叫："啊，太有趣了！太阳居然不是从那里升起来的！我们原来的记号在这里，现在它却从那里升了起来。由此可见，冬天的东方跟夏天的东方并不一样。"年轻的教师，你现在终于找到了教导的方法。你用地球解释地球，用太阳解释太阳，完全能把天体讲解得非常明白。

通常情况下，当你无法给孩子看一个东西的时候，才能去用符号代替那个东西，让符号来吸引孩子的注意力，以便让他忘记那个被代表的东西。

我不喜欢浑天仪这个仪器，觉得它的构造并不好，各部分的大小不成比例。它上面有一些乱七八糟的圆圈，还有一些图形，这些都让它看起来像是一本巫师的巫书，每个孩子看到它都会觉得害怕。它所表示的地球太小，圆圈又太大太多，像分至圈之类的圆圈更是毫无用处。每个圆圈都大过地球，而且做这些圆圈的纸板太厚，看起来非常坚硬，让人觉得它们是确实存在的一些东西。如果你告诉孩子这些圆圈并不存在，他就不知道自己到底看到了什么，有什么用处。

我们在教育孩子的时候，从来没有换位思考，揣摩过他们的心思，我们对他们的思想一无所知，只把自己的思想当成他们的思想。而且我们在教育他们的时候，始终按照自己的理解进行，所以在我们告诉他们一些真理的时候，也向他们灌输了很多错误的思想。

在研究学问时，到底应该选用分析法还是综合法？人们对此尚无定论，当然，并不是只能从二者中择其一。我们在进行某个课题研究的时候，既可以用分析法，也可以用综合法。因此，如果孩子觉得应该用分析法，那你就可以用综合法来对他进行指导，这样可以让两个方法相互验证。当他发现从两个对立的地点出发，经过不同的路线，最后居然能够走到一起，必然会惊讶不已，这样的惊讶无疑是十分令人愉悦的。比如说，我在讲地理的时候会先讲两极，然后讲地球的旋转，再从我们居住的地方开始，对地球的各个部分进行测量。而当孩子开始研究天体，心神正在天空遨游的时候，你再把他带回来研究地球的划分，并先给他讲述自己居住的地方。

在给他上地理课时，首先给他讲的两个方面，应该是他居住的城市和他父亲的乡间别墅，然后是这两个地点之间的村镇和邻近的河流，最后再讲太阳的样子以及如何定位。至此，一切就联系起来了。让他把刚才讲的所有的东西画成一个非常简单的地图，一开始可以只画两个地方。等他对其他地方的距离和位置有了一个估计之后，再把那些东西加到图上，现在你可以看出，这是在教他用自己的眼睛进行定位，而且这个方法对他来说非常有用。

不过，你还是要给予他少量的指导，少到什么程度呢？让他看不出来。如果他搞错了，就随他去，不要急着为他纠错；你要做的就是安静地等待，让他自己发现错误并进行改正；或者在必要的时候画上几笔，好让他发现错误。如果他从来都没有犯过错误，反而不会学得很好。另外，让他把那个地方的地形画得很好并不是目的，让他掌握画地形的方法才是。他能不能记住一些地图并不重要，只要他可以知道它们代表的是什么，并对图画艺术有一个清晰的认识就可以了。从这里你应该可以看出，你的学生拥有的知识跟我的学生的无知有什么不同，你的学生能够看地图，而我的学生能够画地图，这样他的房间又会有新的装饰了。

你要铭记，我实行的教育并不是要教给孩子很多东西，而是要让他能够获得正确和清晰的观念。只要他不受到欺骗，就算他什么都不知道也无所谓。我之所以把真理教给他，是为了让他不产生谬误。理智和判断力的发展过程非常迟缓，偏见产生的速度却很快。因此，防止各种偏见是非常有必要的。如果学习知识只是为了做学问，你就像进入了一个处处都是暗礁、深不见底的无边海洋，而且永远也无法游出来。如果有一个人热爱知识，沉湎知识之美无法自拔，学完一门知识之后马不停蹄地又去学另外一门，片刻不停。我就会觉得，这个人就像在海滩上捡贝壳的孩子，一开始他捡了一些贝壳，可是当他看到其他贝壳时还想去捡，只好丢掉一些再去捡新的，最后他捡了一大堆贝壳，却不知道哪个更好，只好全部扔掉，空手而归。

幼年时期非常漫长。为了避免把时间用错，我们可以尽量少花些时间，而现在的情况恰好相反，我们用来做有益的事情的时间还不够用。你要知道，欲望即将造访，当它敲门的时候，就会吸引你的学生的全部心思。充满智慧和平和的岁月非常短暂，而且过得很快。因此想把一个孩子在这段时间内变得有学问，简直是痴心妄想，何况这段时间还有一些不可避免的用途。所以，关键不是让他学会各种学问，而是让他养成爱好学问的兴趣，等到这种兴趣充分发展起来的时候，再教他进行研究的方法。诚然，这是所有好的教育的基本准则。

利用这段时间，他正好可以养成学会持久地关注同一个事物的习惯。但是，我们不能勉强他去产生这种注意力，而是要他自己有这种兴趣或者欲望。同时还要注意，不能因此加重他的负担，以免让他产生厌恶之心。我们要谨记，在他即将感到疲倦的时候，要让他停止一切工作。因为重要的不是让他学到多少东西，而是避免让他做任何违背他的意志的事情。

如果他向你提出一些问题，你可以回答，但是你回答时要考虑的是怎么引发他的好奇心，而不是如何满足他的好奇心。尤其要注意，当他随便提出一些没头没脑的问题，而不是为了获得知识而问你的时候，你要立刻停止回答。因为这时候他脑海里想的并不是你们在讨论的事情，而是怎么用很多问题来难住你。因此重要的并不是他说什么，而是他说话的动机。我不会强迫你们听取我的这句忠告，可是等到孩子能够运用自己的理智的时候，你就能看出这句话的意义了，我也只能请你们接受。

哲学家的方法，是普遍真理中的一条纽带，可以把所有的学科跟共同的原理联系起来。不过，我们在这里采用的是一种截然不同的方法，这个方法能够把每一个特殊的事物和另一个特殊事物相联系，并指出这些事物背后的东西。这个次序能够激发人的好奇心，让人关注每个事物，因此，不光大人要遵守这个观察事物顺序的方法，小孩更要遵守。在画地图的时候，如果我们已经确定了方向，就要画出子午线。对于一个13岁的天文学家来说，可以把早晨、晚上的投影之间的交叉点作为子午线。不过，我们不得不花一些时间把这条子午线画出来，而且要在同一个地方，因为它终究会消失。这种工作不但劳神费力，而且很麻烦，他一定会感到厌烦。不过我们已经预见到了这一点，并做好了准备。

接下来，我准备详细阐述另一件事情。各位读者，我似乎已经听到了你们的轻声抱怨，但是我对此并不害怕。因为我要讲的是这本书中最有用的部分，绝对不能因为你们的不耐烦而略过不谈。你们完全可以自主决定要不要听我的长篇大论，不过我是不会顾及你们的牢骚，一定要继续说的。

我和我的学生很早就发现，琥珀、玻璃和蜡烛等物体在经过摩擦之后，可以吸附干草，可其他物体并不具备这种能力。有一次，我们偶然发现了一种物质，它具有一种不同寻常的特性，不用经过摩擦就能把隔得很远的铁屑和铁片吸附过来。我们花了很长的时间来研究这种物体的性质，但是并没有什么收获。后来我们还发现，这种性质居然可以传到铁上，让铁在某个方向上被磁化。一天我们俩去集市①，看到了一个变戏法的人，他把一只用蜡制成的鸭子放进水盆中，自己拿着一块面包逗弄它。我们两人惊奇不已，但是并没有对此进行讨论。我们也没有说他是一个巫师，因为我们从未听说过这样的人。我们继续观察着这种不知道原委的现象，并且感到惊奇，不过我们并不急于弄清楚自己的困惑，只想有机会的时候再弄清楚。

回家之后，我们又谈起了集市上的那只鸭子，并想仿制一只。我们拿来一根完全磁化的针，用白蜡包裹住。然后，我们用白蜡尽量做成一只鸭子的模样，再把这根针穿过鸭身，针尖做鸭子的嘴。然后我们把鸭子放在水上，用一个钥匙环去靠近

① 当我看见福尔梅先生对这段小故事提出的尖刻的评论时，我禁不住笑了起来。"这个玩戏法的，"福尔梅先生说道，"竟以同一个孩子竞争为荣，而且还板着面孔教训他的老师，这样的人，正是爱弥儿这样的孩子的世界中的一个人物。"这位精明的福尔梅先生不可能想到这一幕小小的戏是事先安排的，那个玩戏法的人是我们叫他担任这个角色的；这一点我是不能讲出来的。但是，我曾经再三地说过，我这本书不是为那些事事都要我加以说明的人而写的。——原注

它的嘴巴。此时你们不难想象我们有多么快乐，因为就跟我们在集市上看到的跟着面包游泳的鸭子一样，我们的鸭子也在跟着钥匙游动。我们还记住了鸭子停在水面上不动的时候是朝着什么方向，以便下次继续做。现在我们一门心思研究这件事情，根本不想做别的。

我们把一块特制的面包放在口袋里，于当天傍晚又来到了集市。等到那个变戏法的人表演完毕，我们这个小博士就按捺不住了，他对那个变戏法的人说："这个戏法非常简单，我也会演。"然后他就从口袋里拿出了那块藏有铁块的面包，怀着激动的心情走向桌子。他的心在怦怦直跳，手也因为兴奋而不停地颤抖。他刚把面包拿过去，鸭子就游了过来，按照他的指引到处游动。这时候，孩子高兴地大喊大叫，观众们也为他鼓掌喝彩，这让他激动不已。虽然那个变戏法的人觉得很难堪，却还是走到他的身边，给了他一个拥抱，并向他表示祝贺，还请他第二天一起来参加表演，说这样做可以获得更多观众的赞誉。这位骄傲的小科学家刚想说话，就被我堵住了嘴，然后我就带着满身荣耀的他离开了。

这个孩子掐算着时间，在一种可笑的不安中迎来了第二天。为了让全人类都能够见证自己的荣耀，他把他遇到的所有人都邀请到了现场。人像潮水一样涌来，大厅里已经座无虚席，所以他决定要提前开始表演。在走进大厅的那一刻，他那颗小心脏几乎要跳出来了。在他开始表演之前，还有一些魔术表演。那个变戏法的人使出浑身解数，表演了一些精彩的节目，可是这个孩子根本没有心思看这些节目，他只是非常着急，浑身冒汗，连呼吸都感到困难。他把手放进口袋里，不停地把玩着那块面包，另一只手急得发抖。终于轮到他表演了，那个魔术师郑重地把他的节目介绍给观众，然后他羞涩地走过去，从口袋里拿出了面包。可是世事真是变化无常，昨天那只还非常听话的鸭子，今天却一点都不听话。它不但不把嘴伸过来，反而掉头就跑。昨天它是那么迫切地游向面包，今天却一心只想躲开面包和那只拿着面包的手。他做了无数次试验，可每次都以失败告终，观众们也发出了嘘声。这时候孩子开始抱怨，说大家在骗他，那只鸭子被人换掉了。最后他告诉那个变戏法的，让他也用这只鸭子来表演。

那个变戏法的人二话没说，拿着一块面包就凑到鸭子嘴边，那只鸭子立刻跟着面包来到了那只拿着面包的手前面。孩子又拿着自己的面包去逗弄鸭子，可还是以失败告终，而且那只鸭子还开始愚弄他，不停地绕着盆子打转。没办法，他只好羞愧地离开，再也不敢听观众的嘘声。

这时候，变戏法的人拿过了我们这个孩子的面包。又进行了一次表演，依然非常成功。他当着大家的面取出了面包里的磁铁，引发了大家对我们的嘲笑。他就用这块空心的面包，让鸭子继续在水里游。然后他还请一个第三者过来，把面包交给他掰开，然后用这块面包再次表演。随后，他又用了他的手套和手指头来表演，都取得了成功。最后他来到大厅中央，以他那个行业惯有的声调高声对大家说："我不但可以用手势来指挥鸭子，也可以用声音来指挥，它能够听从我的命令，我让它向右它就向右，让它回来它就回来，让它转弯它就转弯。总之，不管我说什么，它都会立刻服从命令。"我们听着观众的鼓掌欢呼，觉得这是一种羞辱。于是我们神不知鬼不觉地溜走了，回去之后，我们把自己关在屋子里，并没有按原计划去讨论我们的成功。

第二天，我们听到有人敲门。我开门一看，原来是那个变戏法的。他表达了对我们的做法的不满，但是语气十分平和。他说不知道我们为什么要拆穿他的戏法，剥夺他赖以生存的技能。在让鸭子游水这件事上，我们没有必要为了一点荣誉就去剥夺一个诚实人的生活。"先生们，说实话，如果我有其他谋生的技能，又怎么会愿意以懂得这点事情为荣呢？要知道，我一生都在玩这个小把戏，当然比你们这些只花了一点时间来研究的人更懂得这个戏法。我之所以没有一开始就拿出看家本领，是因为没有人会傻到把自己知道的东西全部展现出来。我一开始没有表演我的看家本领，是为了留下来应急。除了这个戏法，我还有很多的戏法来防止那些莽撞的人来拆穿我们。先生们，我这次过来是出于好心，想要把这个让你们十分狼狈的戏法的秘密告诉你们，但是我恳请你们，不要随便玩这个戏法，以免损害我的利益。而且我希望，以后不管在什么场合，你们做事都要小心谨慎。"

说完，他就向我们展示了自己变戏法的用具，令我们大吃一惊的是，他用的居然是上好的磁石！而且他还在桌子下面藏了一个小孩，让小孩把磁石拿在手里活动，所以观众根本看不出来。

那个人收起了他的用具。我们先向他道了谢，并表达了歉意。我们想要送给他一件礼物，可是他不接受。"不，先生们，要是我收下你们的礼物，就得向你们表示感谢，可我不愿意这么做。我更想让你们来感谢我，虽然你们不愿意这么做。但这是我唯一能做的报复，要知道，无论哪个行业的人都有慷慨的一面。我靠表演戏法挣钱，而不是教戏法挣钱。"

他在离开房间的时候，把责任完全归咎于我，他说："孩子犯错误是因为不懂事，我可以原谅他。可是你呢，先生，你明明知道他做得不对，却要听之任之。你们两个生活在一起，那你作为一个长辈，就应该照顾他，给他好的建议。你可以用你的经验来教育他，给自己树立威信。当他长大后，回忆起自己年轻时犯下的错误，一定会感到悔恨，当然他会怪罪你。"

他离开之后，我们两个人都觉得非常窘迫。我开始责备自己，因为我管得太松懈了。我向孩子做出保证，如果再有下次，我一定会把他的利益放在第一位，在他犯错误之前就告诉他哪些事情不应该做。因为很快我们的关系就会改变，那时候，我对他就不是同伴式的照顾，而是教师的严格。但是这种改变需要循序渐进，而且事先做好充分的准备。

第二天，我们又来到了集市上，去看那个我们已经知道了秘密的戏法。我们带着深深的敬意走到那位苏格拉底①式的魔术家身边，几乎没有勇气正视他的脸。他客气地接待了我们，还让我们坐在了一个非常显眼的地方。可是，这个地方让我们感觉更加窘迫。他还像以前一样表演了戏法，可是表演到鸭子游水的时候，他的情绪更加热烈，演出的时间也更长，还屡次三番用骄傲的神情看着我们。我们当然知道这是为什么，可是一声都不敢吭。当然，我的学生也不会蠢到在这个时候说话。

你们一定无法想象这个例子中的每个细节有多么重大的意义，仅在这一个例子中就包含了这么多教训。这只是我们首次表现虚荣心，就带来了这么多的恶果。各位年轻的教师，我希望你们可以仔细研究这一次冲动。如果你能够利用它，让它使你被人羞辱一番或者遭遇一番不幸，那我可以断言，你在很长时间内都不会再次遇到这种丢脸的事情。也许你会说："你这是在小题大做。"我承认你说得对，但是我们也同时认为，相对于用指南针代替子午线，这个例子跟它的作用是一样的。

得知磁石可以穿过物体产生作用之后，我们马上做了一个跟我们看到的道具完全一样的道具：一张空心桌子，一个装有一些水的平底盆，另外，我们还细心地做了一些鸭子，又做了一些别的东西。我们经常到盆子附近认真观察，发现鸭子在静止不动的时候，几乎都指向同一个方向。随后，我们据此对这个方向展开了研究，发现鸭子总是指向南北。这个发现满足了我们的需要，因为我们找到了我们的指南针，或者等同于指南针的东西。接下来，我们要开始研究物理。

地球上的地带有好几种，地带不同，温度也不同。越是靠近极地的地方，季候的变化越明显。所有的物体都具有热胀冷缩的特性，在液体中，这种特征比较明显，在酒精中则更加明显，温度计就是根据这一原理设计出来的。我们可以感受到风从我们的脸上吹过，因此我们可以说它是一种物体，或者一种

---

① 古希腊教育家，思想家，哲学家。——译者注

流体；虽然我们看不到它，但是能感觉到它。把一个玻璃杯倒插进水里，如果不把里面的空气放出去，水就进不去，这就表明空气有阻力。用力把杯子压一压，水就能进入空气中间，但是并不能把那个空间完全填满，由此可见，空气可以被适度压缩。往一个皮球里打气，它能弹跳得很高，说明空气有一定的弹性。此外，空气也有重量。洗澡的时候，如果你平躺着身体，将胳膊平直地伸出水面，就能感觉到胳膊上受了很大的重量。如果你让空气和其他的流体保持平衡，就能计算出空气的重量。气压表、虹吸管、气枪和气筒就是根据这些原理制造的。所有的静力学法则和流体静力学法则都是建立在一些简单的经验上的。不过我们走进物理实验室的目的，并不是制造上面提到的这些仪器，因为我对这些仪表和设备都没什么兴趣。科学会因为科学的气氛而走向灭亡。因为孩子和仪器之间的关系是要么孩子害怕仪器，要么是仪器分散孩子对效果的注意力。

我希望我们所需要的所有仪器都可以自己制造出来。但是我不想在还没有经验的时候就开始制造，而是等我在无意中获得一个经验之后再慢慢地去发明一个仪器进行证明。虽然我们的仪器不是非常的精确，也不是很完美，但是只要我们能够理解它们大概的样子和用法就可以了。在我的第一节静力学课上，我不会用到天平，而是把一根棍子和椅子的背交叉靠放着，测出两端的距离，同时往两端加重量。所加的重量有时相等，有时不等，因此要酌情将棍子往后拉或者往前推一些。最后我得出的结论是，要想获得平衡，重量要和杠杆的长度成反比。如此一来，这位小物理学家虽然还没有见到天平，却已经学会了怎样校正天平。

一个人亲自获得的知识当然比从别人那里学来的更清晰。他不但不会迷信权威，还能够自己发现事物的关系。同时，他还可以把自己的思想融会贯通，制造仪器，不会盲目相信别人，更不会因为不思考而让自己变得思维迟钝。如果一个人的思维总处于停滞状态，就像一个人每天都有仆人帮他穿好衣服和鞋子，出门就有马骑，那他的手和脚就会失去原有的力量和作用。布瓦洛①曾经自夸，他在教拉辛②作诗的时候十分尽心。对我们来说，在科学研究中多下苦功才是我们加速科学研究的好方法中最迫切的。

如果一个人进行这样缓慢而耗费精力的研究，最明显的益处是，他在为研究投入精力的同时，身体也能继续活动。他的四肢变得更加柔韧，双手始终得到劳动，那么长大以后，他就能够熟练地运用自己的四肢。感官的锻炼已经不那么重要了，因为我们发明了很多仪器来帮助我们进行实验，而且让我们的感官更加精确。原本我们可以自己估测角度的大小，现在却用经纬仪；原本我们用眼睛测量距离就非常准确，现在却用测链来测量；原本我们可以用手来估计重量，现在却用上了提秤。随着我们的仪器的精密程度不断增加，我们的感官也越来越迟钝。因为我们身边有一大堆机器，所以我们不再把自己当成机器使用。

原本我们是用技巧来代替机器，但现在用技巧来制造机器；原本我们做事依靠的是眼明手快的才能，而现在我们把这种才能用在了制造机器上。对于我们来说，这样做有益无害。因为我们不但让自然增加了一门技艺，也让我们增加了本领，而且我们操作的熟练程度也没有下降。如果不把孩子关起来读书，而是让他去工地做事，那他的心灵会因为手而发展，虽然他觉得他只是一名工人，但实际上他是一名哲学家。另外，我在后文还会谈到这种锻炼的其他好处。你们将会看到我如何用哲学游戏让孩子拥有成人才具备的机能。

我在前面已经说过，纯理论的知识不太适合孩子，即便他们已经快长成少年了。没有必要让他深入钻研理论物理学，而

---

① 法国文学评论家，诗人。──译者注
② 法国剧作家。──译者注

是应该让他用某种演绎的方法，将自己所有的经验贯穿到一起。然后他就可以凭借这种联系，把那些经验牢牢记住，在需要的时候也能回忆起来。因为如果没有回忆作为引导，我们是无法把一些独立的事实和论据铭记在心的。

我们在引导学生探索自然法则时，一定要让他从最常见和特征最明显的现象开始。另外你还要告诉学生，不要把现象当成起因，而是当成事实。我拿起一块石头，假装要把它放在空中，然后我松开手，石头就落到了地上。我看到爱弥儿非常关注我的举动，就问他："这块石头为什么会掉下去？"

我想应该没有哪个孩子在听到这个问题之后会目瞪口呆，回答不出来。爱弥儿也是如此，如果我不是想方设法让他不知道该怎么回答，他应该也能回答上来。大家都会说，石头是因为重才会往下掉的。那什么是重呢？它为什么要因为重而往下掉？难道石头是因为往下掉才往下掉的吗？现在这个小物理学家就被难住了。如此一来，他的第一课理论物理就完成了。不管他能否从这堂课受益，这总是一个应该了解的常识。

随着孩子的智力水平越来越高，我们不得不加大对他所学的知识的选择力度。这是一些重要问题提出的要求。当他开始已经思考怎样才能让自己获得幸福，当他已经对一些重大的关系有所了解，从而判断哪些东西是否适合自己，他就能够分辨工作和游戏有什么不同了，这时候他会将游戏看作工作的一种消遣。于是你就可以拿一些真正有价值的东西给他研究，并要求他在研究的过程中要像玩游戏时那样用心，还要有恒心。从古到今，需要人遵守的法则从来没有缺少过。它早就教育人要做自己不喜欢的事，以免遇到对自己造成巨大伤害的坏事。这就是远见的用处，如果一个人能够合理运用这种远见，就能变得十分明智，否则他就会遭受各种苦难。

每个人都渴求幸福，但是获得幸福的前提是，知道什么是幸福。自然人的幸福非常简单，就像他那简单的生活一样。对他来说，幸福就是不受痛苦。也就是说，幸福是由健康、自由和生活的必需条件组成的。道德人的幸福并不是这样，但是我们在这里不做阐述。我曾经反复说过，能够引发孩子兴趣的，只有有形的物质的东西，对那些没有受到我们的虚荣和偏见侵害的孩子来说更是如此。

一旦他们在感受到自己的需求之前预见到了它们，他们的智慧就向前迈出了一大步，也开始知道时间的价值。这时候对他们来说，把时间花在有用的事物上最重要。不过这里的有用的事物，是指以他们的年龄和智慧理解起来有用的事物。应该避免让他们知道跟道德秩序和社会习惯有关的东西，因为他们还不具备理解这些东西的能力。可笑的是，我们经常强迫他们把精力倾注在大家告诉他们的对他们有益的幸福事物上，可是他们并不知道那种幸福的样子。人们还告诉他们，长大后他们就可以从那些事物中受益，目前尽管他们对这种他们无法理解的所谓好处并不感兴趣。

另外，还要防止孩子按照别人的话去做。只有他自己觉得对他有好处的事，才是对他有好处的，其他事情都是对他有害无益的。你觉得让他做以他的智力还无法理解的事情是有备无患，但实际上你并不理解有备无患的意思。常识是人类的万能工具，你却不让他使用，而用一些他也许永远派不上用场的、虚有其表的工具。你让他习惯于听别人的命令，落入别人的掌控。你希望他小时候做一个乖孩子，就相当于让他长大以后变成一个容易被骗的老实人。你总是跟他说："我之所以让你做这一切都是为了你好，可是你却不理解。你愿不愿意按照我说的做，跟我毫无关系，你做这些事情，只有利于你一个人。"你觉得跟他说这些好听的话，就能让他获得智慧。可实际上，你是在为那些空谈家、骗子、恶棍和各种狂妄分子提供便利。有一天，这些人也会用这种话来让他落入圈套，或者让他跟他们同流合污。

对于孩子不知道用途的各种事物，大人应该要有深深的了解。那么，小孩是否需要了解和能够了解大人应该了解的事物呢？这个问题非常重要。你尽量教孩子学习适用于他那个年龄段的事物，你就会发现他的时间并没有被浪费。一个本来等到适合他的那个年龄才学习的东西，你非要他以牺牲今天的学习为代价，让他现在就学。也许你会说："等他需要用的时候就来不及学了。"我并不知道到时候是否真的来不及学，但是我知道提前学习是不可能的，因为经验和感觉才是我们真正的老师。一个人想知道哪些东西适合自己，只有根据自己所处的关系才能明白。小孩知道自己终有一天会长成大人，那么，为什么要对他进行教育呢？就是要让他对成人状态的可能有多种认识。可是，绝对不能让他知道他对这种状况的不解之处。这个教育原理也是我在这本书中不断试图证明的主旨。

我们一定要找机会让学生知道"有用的"这个词的意思，这样我们就多了一种管束他的方法。原因就是，只要他认为这个词在他当前的年龄段对他有意义，只要他能清楚地认识到这个词和他当前的利益的关系，他就会深刻地认识这个词。而你的学生可能对这个词没什么印象，因为他无法按照自己的理解对这个词产生概念。因为别人经常会主动为他提供对他有用的东西，他用不着思考，因此不知道"有用"为何物。

从此以后，"这有什么用处？"这句话就有了神圣的含义，它确定了我跟我的学生的所有行为。每当他问我问题，我就拿这个问题来他。如果他不是为了获得答案，而是为了使唤身边的人，而以一些没头没脑的问题来问身边的人，就可以用这个问题搪塞他，阻止他继续问。如果我们非常注重一个孩子的教育，只教给他有用的东西，那他就会像苏格拉底一样问问题。他总会先想清楚自己为什么问问题，才会去问你，因为他知道，你一定会让他先说出问那个问题的理由，再回答他的问题。

看吧，我已经教给了你一个约束学生的好工具。不管什么时候，你都可以用这个工具让他服服帖帖。而你却可以利用自己的知识和经验，把他拥有的事物的作用告诉他。你要知道，你问他这个问题，就相当于让他反过来问你这个问题。你要料到，以后你安排他做什么事情的时候，他也会问你："这有什么用处？"

对教师来说，这个难题很难应对。如果你只想敷衍孩子，想一个他理解不了的理由来应付他，就会造成他不会再相信你的话，因为他知道你是按照自己的想法来给他解释，而不是按照他的想法。你跟他说的话，只适合你这个年龄，而不适合他那个年龄。这样一来，所有的努力都会白费。毫无疑问，没有教师会愿意承认自己犯了错。几乎每个教师都不会承认自己犯了错，但我不会这样，我会定下一个规矩。就算我没有犯什么错误，但是，如果我无法让他明白我讲的理由，我就会说我错了。这样他会觉得我的行为非常坦诚，所以不会对我产生怀疑。相比掩饰自己的错误，承认错误更能让我保持威信。

你要记住一点：虽然你知道他该学些什么，但是应该让他自己来决定要学什么和研究什么。你要做的就是让他了解那些东西，让他产生学习的兴趣，并告诉他如何实现愿望。因此，你不能问他太多问题，而且每个问题都应该经过审慎地选择。因为他问你的问题比你问他的问题多，所以你很少会被他难住，更多时候是你在问他："这有什么用处？"

实际上，他学什么并不重要，重要的是他能够理解所学的东西，并能够加以利用。如果你无法很好地回答他的问题，就可以不回答，你可以跟他说："这个问题我还没有弄清楚，没法很好地回答你，先搁置一旁吧。"如果你教给他的东西实在没什么用，那你完全可以把它先丢弃；如果你教他的东西确实有用，就找一个合适的机会让他受益。

滔滔不绝地进行口头解释，是我很不喜欢的一种方法，因为年轻人根本不会用心听这些解释，也不会放在心上。我要反复强调，用实际的事物，用实际的事物。我们在琐碎的说教上花费了太多的精力，这种啰唆的教育一定会培养出一些啰唆的人。

假设我正在和我的学生研究太阳的运行和如何对它进行定位，他突然打断我并问我："研究这些有什么用处呢？"这时候，我可以像一个迂腐的教书先生一样，发表一篇动人的演讲。我可以在给他回答问题时，给他讲很多东西，特别是如果有人在听我们讲话，那我更是应该向他大讲特讲。我会给他讲旅行的好处，商业的利益，各地的特产，不同民族的风土人情，历法的作用，农业季节的推算，航海的艺术，以及如果在海上无法确定方位时如何寻找方向并按照正确的方向前进。我还会讲到政治学、博物学、天文学、人的道德和权利，好让我的学生对这些方面的知识有一个大体的了解，并产生学习的欲望。我讲完这一切，也许展现了自己的学问，可是他可能连一个概念都没有听懂。如果放在以前，他可能会问我定方位有什么用处，可现在他怕我发脾气，所以不敢问。他觉得，最好还是假装听懂了。这就是华而不实的教育产生的原因。

如果我也这么做，爱弥儿根本不会顺从，因为他是用一种非常质朴的方式培养起来的。我们前期投入的那些精力，让他养成了合理的思考习惯。如果他第一句话就听不懂，他就会在房间里到处玩，扔下我一个人在那里夸夸其谈。我需要找一个更简单的答案来告诉他，因为这么深奥的学问根本不适合他。

我们在观察蒙莫朗镇以北森林的位置时，他突然问我："这有什么用？"我跟他说："这个问题很不错，等我们有时间的时候再想一下，如果觉得这件事情没什么用，就把它放弃，因为我们还有很多别的事情可干。"然后我们就开始做别的事情，当天都没有再谈论地理。

第二天早上，我提出让他在吃午饭前跟我出去散步，他非常高兴。孩子们总是喜欢出去走走，何况这个孩子的腿还非常有力。进入森林之后，我们跑遍了林间的每个角落，后来迷失了方向，不知道自己在哪里。等我们想起要回去的时候，却找不到路了。时间一分一秒地过去，气温逐渐升高，我们的肚子也开始咕咕叫。我们加快了脚步，从这边跑到那边，可是目光所及之处都是树林和旷野，根本无法找到认路的标志。我们又累又热，而且饥肠辘辘，越跑越不知道自己在哪里，最后我们只好坐下来休息一会儿，并趁机研究一番。如果爱弥儿受到的教育跟其他孩子一样，他不会研究而是开始哭泣，他并不知道我们现在所处的位置就在蒙莫朗镇的镇口，只是他被一个小小的树丛挡住了。对他来说，这个树丛就是森林，以他那样的身材，就算是一片低矮的丛林也能把他埋住。

我们沉默了一会儿，然后我有些不安地对他说："亲爱的爱弥儿，我们要怎么才能走出这里？"

爱弥儿（大汗淋漓，眼泪直流）："我不知道，我现在很累，而且又渴又饿，跑不动了。"

让·雅克："我也没比你好到哪儿去。我之所以没有哭，是因为眼泪不能当面包吃。不过现在还不是哭的时候，得赶紧找到路才行。你看看表，现在几点了？"

爱弥儿："12点，我还没吃东西呢。"

让·雅克："是是，已经12点了，我也没有吃东西。"

爱弥儿："那你一定饿坏了吧！"

让·雅克："不幸的是，没有人能够给我们送午餐过来。现在是12点，昨天我们就是在这个时间从蒙莫朗镇观察这个森林的。这样的话，我们能不能从这个森林找一下蒙莫朗镇的位置呢？"

爱弥儿："当然可以。但是我们昨天能看到森林，可是从这里却看不到蒙莫朗镇。"

让·雅克："这就是最糟糕的地方。要是我们看不见它也能找到它的位置，该有多好啊。"

爱弥儿："我的朋友。"

让·雅克："我们曾经说过，森林在……"

爱弥儿："在蒙莫朗镇的北边。"

让·雅克："那也就是说，蒙莫朗镇应该在……"

爱弥儿："森林的南边。"

让·雅克："我们知道该怎么在中午找到北方。"

爱弥儿："是的，看阴影的方向。"

让·雅克："那怎么找到南方呢？"

爱弥儿："怎么找？"

让·雅克："南方和北方是相反的。"

爱弥儿："没错。要找到南方，只要找到阴影的相反方向就可以，这边是南，这边是南！蒙莫朗镇一定在这边，我们就沿这个方向去找就行了。"

让·雅克："也许你说得对。现在我们就沿着这条小路穿过树丛吧。"

爱弥儿（拍手欢呼）："我看到了蒙莫朗镇！它就在我们前面，我看得非常清楚！太好了，可以回家吃午饭了！现在看来，天文学也不是没有用的。"

你要知道，就算他没有把最后这句话说出来，也会在心里告诉自己。这并不重要，只要我不说这句话就可以了。你要相信，他会把这个教训铭记在心，终生难忘。相反，如果我只是把这些东西在房间里讲给他听，那到了第二天，他就会把我的话忘得一干二净。所以我们一定要牢记，只说自己可以做到的事情，做不到的事情就不要说。

不要觉得我是因为觉得他能力低下，才会每教一门功课都给他示范。无论教什么东西，我都会按照学生的能力来给他举例子，这也是我特别要向教师强调的。因为我要重申一点，可怕的并不是他不懂，而是他以为自己懂了。

我记得我想让一个孩子喜欢上化学，就拿了几种金属的沉淀给他看，然后给他讲解了墨水的制作过程。我告诉他，墨水的黑色来源于矾类物质。矾类中一些很细的铁粉被分离出来，再经过碱性的溶液就能得到沉淀。我正在进行深奥的解释时，这个小家伙突然问了那个我教给他的问题，把我难住了，让我十分狼狈。

我想了一会儿就想出了办法。首先，我派一个人去了主人的地窖，拿了一些酒回来，然后又派人去了一家酒铺，买回来八分钱的酒。之后，我拿了一个小长颈瓶，把一些不挥发的碱溶液倒进去。最后，我拿过两个装有不同酒的玻璃杯对他说：

"有人为了让食品变得更加美观，会采取掺假的办法，虽然这种办法可以蒙骗过你的眼睛和舌头，可是非常不健康。而且掺完假之后的食品虽然外观变得好看了，但是质量却比以前更差。

饮料很容易掺假，特别是酒，因为这种欺诈行为更难被发现，对于欺诈者来说也更有利可图。

酸酒之所以呈现绿色，是因为加入了氧化铅，而氧化铅的一种成分是铅。铅和酸相遇之后，就会化合成一种有甜味的盐，这种盐能够改变酒的酸味，却对饮酒的人有害。所以，如果你要喝酒，一定要先弄清楚里面是不是掺有氧化铅。现在，我会讲一讲怎么发现掺假。

酒不仅含有易燃的酒精，还含有酸类，这跟你见过的酒精做的白干酒是一样的。这一点，你去观察酒制的醋和酒石酸就能发现。

酸类天然对金属有一种亲和力，把金属和酸放在一起就能产生盐。例如铁锈就是空气或水中的酸溶解铁产生的，铜绿就是铜被醋酸溶解产生的。

但是比起金属，酸类更容易亲近碱类。所以，如果在我刚才讲的合成盐中放入碱性的东西，酸一定会游离出化合的金属，以便更好地和碱结合。

脱离溶化自己的酸类之后，金属就会沉淀，酒就会变得不透明。

因此，如果向这两种酒里的一种加入氧化铅，酒中的酸就可以溶解氧化铅。这时候，如果再往酒里倒一些碱性溶液，酒中的酸就会被迫释放出氧化铅，以便和碱化合；铅一脱离了酸的溶解，就会把酒变得十分浑浊，最后沉淀在杯子底部。

如果酒里没有铅①，也没有别的金属，那碱性物质就会缓慢地②跟酸化合，溶解在酒里，不会产生任何沉淀。"

然后，我把碱性溶液倒进了两个杯子。这样自己家里的酒依然清澈透明，而买来的酒就变得浑浊。一个小时后，酒杯底沉淀下来的铅块清晰可见。

我说："那一杯是纯正的酒，可以饮用，而这一杯是掺假的毒酒。你刚才不是问我讲墨水的知识有什么用吗？现在我告诉你，你可以利用这些知识，发现哪杯酒是纯正的，哪杯酒是有毒的。如果你能制造墨水，就能分辨出酒有没有掺假。"

我自己觉得这个例子非常不错，可是我发现，那个孩子对此毫无兴趣。我思考了很长一段时间，才发现自己做了一件蠢事。首先，一个 12 岁的孩子根本不懂我的解释，也不会记住这个实验的用处。他分别尝了这两种酒，觉得味道都不错，所以就算我已经把"掺假"这个词解释得非常清楚，可他还是不明白。另外，他觉得"不卫生的""有毒的"之类的词并没有什么意思。他当时的情况跟那个学习菲力普斯医生的故事的孩子一样，跟所有的孩子都一样。

对我们来说，所有我们不知道联系的因果关系，所有我们没有认识的善恶，和我们从来没有感受的需要，都是不存在的，我们也没有兴趣去研究它们。我们在 15 岁时对充满智慧和能力的人的幸福的看法，和 30 岁的时候对天国的崇敬的看法并无不同。如果一个人想象不出这两种东西是什么样子，或者他能想象出却不想要，那他就不会想去拥有他们，尤其是后

---

① 巴黎酒商零售的酒，尽管不是所有的都掺有氧化铅，但也不可避免含有铅，因为酒商的柜台是用这种金属包的，而酒装在量器中时也会经过铅，而且还要持续一段时间，因此多多少少会溶解一部分。让人纳闷的是，警察也不干预这种明显和危险的坏处。可是，有钱人其实几乎是不会喝这种酒的，因此也不会被它毒害。——原注

② 植物酸所发挥的作用一点都不强烈。假如这是一种矿物酸，就是因为它太稀薄了，所以在化合的时候是一定会产生气泡的。——原注

者。强迫一个小孩去相信你教他的东西都有用，这一点并不难。可是如果你无法让他发自内心地相信，就无法强迫他相信。平淡地讲出一番道理，就算可以让我们赞同或者反对一件事情，也无法让我们采取行动。只有欲念才能让我们产生行动，没有人会对自己不感兴趣的东西产生欲念。

绝对不要把孩子无法理解的事物告诉他。当他还没有人情的概念时，你要教育他，言行举止都应该像个孩子，因为我们不把他当成成人来培养。同时你也只能告诉他目前对他有用的东西，而不是将来可能对他有用的东西。当他开始懂得道理，你不能让他跟别的孩子比。就算他在赛跑，也不能让他把别人当成对手或者竞争者。我宁愿他什么都学不到，也不想让他因为嫉妒或虚荣而学到很多东西。我会记录他每年的进步，以便和下一年取得的进步进行比较。我会跟他说："看看你去年跳过的沟和搬过的重物吧，现在你长高了很多。看看这里，你去年的时候可以把一块石头扔得那么远，你一口气就可以跑那么长的路。再看现在，你的本领增加了不少呢。"我这样鼓励他，是为了不让他嫉妒别人。他完全可以超越去年的成绩，我觉得，他想要超过自己并没有什么坏处。

我对书并没有什么好感，因为它只能教我们谈论一些我们并不了解的事物。有人说荷米斯①为了不让科学的原理被洪水冲掉，就把它刻在了石柱上。如果他能够让人牢记这些知识，就可以让它们代代流传。经过训练的大脑，是印刻人类知识最安全的石碑。

有没有办法可以实现如下目标：将分散在众多书籍中的知识联系起来，让它们激发人的学习兴趣，让学习变得容易，同时还能鼓励孩子学习？想要初步训练孩子的想象力，也许可以通过为孩子创造一种能体现人的一切自然需要的环境，并巧妙地展示出满足这些需要的方法来实现。这种环境的天然

---

① 希腊神话中的神，司学艺、贸易和发明。——译者注

景象，能够帮助我们达到目的。

　　我看到，很多乐于助人的想象家已经开始发挥自己的想象力。但是我想说，不要浪费力气了，因为这种环境已经被发现，已经有人向我们描述过这种环境，而且说实话，描述得比你的更好，至少要更加逼真、更加朴实。既然我们一定要读书，那么我认为有一本书对自然教育有着精彩的论述。这本书是我的爱弥儿读的第一本书，并且在很长一段时间里，这也是他的图书馆中唯一的一本书，重要性非常突出。对我们来说，这本书就是学习的课本，而我们对自然科学的所有讨论都是对它的一个注释。它可以对我们的判断力是否有进步作出评判，只要我们的趣味还正常，那我们就会一直喜爱它。这本好书是什么呢？是不是亚里士多德的名著？是不是普林尼①的书？是不是布封②的书？不，都不是，是《鲁滨孙漂流记》。

　　鲁滨孙孤独地待在岛上，身边没有同伴，也没有能够干活的工具。可是他不但能够获得食物，维持自己的生命，还能过得十分舒适，这一点不管对谁来说都非常有意义。我们也可以通过各种办法，让孩子们对这个问题产生兴趣。我以前曾用荒岛打过比方，现在它变成了现实。也许有人会说："这种环境并不是社会人的环境，跟爱弥儿所处的环境也不一样。"我对此表示认同，但是我们起码应该根据这种环境来对其他的环境进行探讨。要让我们自己置身世界之外，并且像鲁滨孙一样，按照事物的本来用途对它们进行判断，这样我们才能消除偏见，按照事物的真正关系作出自己的判断。

　　除了书中那些杂乱的描述，这本小说其实是以鲁滨孙在荒岛附近遭遇船难开头，以他乘坐着来到岛上的一艘船离开荒岛结尾。所以，在爱弥儿还处于我们谈的这个时期时，可以让他读这本书作为消遣，或者把它作为教育读物。因为他正在

----

①　古罗马博物学家。——译者注
②　十八世纪法国作家，博物学家。——译者注

爱弥儿：全2册

212

筹建一间和鲁滨孙的房屋类似的房屋，我希望他可以非常忙碌，尽心尽力地管理自己的楼阁、羊群和种植的作物。如果他遇到了和鲁滨孙相同的情况，我希望他可以和鲁滨孙一样，身穿兽皮，头戴一顶大帽子，佩戴一把大刀，总之，就是把各种奇怪的东西都带在身上，包括那把他用不着的太阳伞；我希望如果他发现自己缺少什么，可以积极主动地想出解决办法；我希望他能研究一下鲁滨孙的做法，看看他有没有什么疏漏，有哪些地方可以改进；我希望他可以留心自己犯下的错误，以免在遇到同样的情况时犯下同样的错误。对于处于他这个年龄的快乐的人来说，这样的一间房子就是一个空中楼阁。以他当前的年龄来说，他理解的幸福就是有必需的物品和自由。

如果一个足智多谋的人为了利用这种想象，能够想办法让孩子也产生同样的想象，他就可以获得更多教育孩子的方法。对于一个孩子来说，在一个地方放上各种东西，当成自己的荒岛，是非常有诱惑力的。所以，他在这种情况下是迫切想要学习的，比教师教他还要迫切。他只想知道一切对自己有用的东西，所以根本不需要你的指导，你要做的就是防止他作乱。如果他觉得自己在这个岛上非常舒服，就让他赶紧在那里定居。因为很快这样的时期就要到来：他不愿意一个人待在岛上。而且，在那个时候，就算有现在他还没有提到的"星期五"陪伴着他，他也不会觉得满足。

自然技术的操作，一个人就可以应付，不过，随着自然技术的应用，工业技术就会应运而生，而后者需要许多人合作才能完成。前一种技术，就算是单独一个人或者原始人都可以操作，而后一种只能产生于社会。而且，正是工业技术的运用，才让社会变得不可或缺。在人们只有身体需求的概念时，每个人都可以满足自己的需求；可是有了多余的产物后，就必然要进行产物的分配和劳动的分工。因为如果一个人干活，获得的东西只能满足一个人的需要，而一百个人同心协力，获得的东西就能满足两百个人的需求。因此，如果一些人好吃懒做，就需要其他干活的人合作，才能弥补他们的消耗。

　　你要注意，不要让你的学生接触到跟社会关系有关的任何概念，因为以他当前的智力，他还无法理解。不过，如果因为知识的联系性，你必须给他讲到人类的相互依赖，你也不要从道德方面进行诠释，而是让他关注对产生联系的两个人都有用的工业和机械技术。在你带着他从一个工作场地走到另外一个工作场地的时候，至少要让他对看到的东西有所了解。就算你无法让他去尝试那些工作，也不能让他走出工作场地后，对里面的情形一点都不明白。因此，为了给他做示范，你就要亲手去工作。为了让他当师傅，你就要处处以徒弟自居。你要知道，他工作一小时所学到的东西，比听你讲一天学到的还多。

　　大部分人对各种技术的评价是和其真正用途成反比的。有些技术之所以被大家看好，是因为它根本没有用处，这种情况并不奇怪。最有用的技术通常报酬最少，公众需求度越高的产品，生产它的工人通常越少。既然这些工艺品是人人都需要的，那就只能按照穷人能付的价格来定它们的价值。而那些狂妄自大的人（人们更愿意称其为艺术家），他们做出的产品主要供给懒汉和富翁。因此，对于他们那些外表美丽而没什么实用价值的艺术品，他们可以任意定价。这种华而不实的工艺品，其价格本身也是一部分价值，因为这部分价值其实是臆想出来的，因此它们的价格越高，人们就觉得它们的价值越大。富人之所以这样看待这些东西，并不是因为它们有用，而是因为穷人买不起它们。"所有人都会对我的财物艳羡不已。"

　　如果你的学生因为你而产生了这种愚蠢的偏见，或者你自己也有这种偏见，当他们看到你走进一家珠宝商人的店铺比走进一家锁匠的店铺更有礼貌，他们会成为什么样的人呢？当他们发现随便增加的价格跟产品的实际用途并不匹配，当他们发现一件越没有价值的东西越值钱，他们会怎样看待技术的真正价值和东西的真正价格呢？毫无疑问，一旦你让他们接触了这种观念，就不用再教育他们了。因为不管你怎么努力，他都会变成普通人，你之前 14 年的努力全部白费。

爱弥儿很有主见，因为他想在岛上有几件可以使用的家具。鲁滨孙过去对刀工作坊的重视程度，远超过萨伊德对制造小玩具的重视。他认为萨伊德只是一个招摇撞骗的人，而刀匠却非常值得尊敬。

"我的儿子出生之后就要生活在世界上。和他生活在一起的不是智者，而是愚人。因此，他必须懂得他们的愚钝，并按照他们的愚钝做事。也许认真研究事物是有用的，但更有用的是研究人类和他的判断能力。因为人本身就是自己使用的最大的工具，最聪明的人通常最善于利用这个工具。用一种想象的事物的顺序来教育孩子，而他们将来又会发现这种秩序跟他们必须要遵守的秩序完全是背道而驰，那又有什么用呢？首先你要告诉他们怎样变得聪明。再教他们其他人到底愚蠢在哪里。"

这番话看似很有道理，但实际上毫无道理。如果一个父亲考虑不全面，用这种方法去教育自己的孩子，就只会让孩子变成偏见的俘虏。他们的初衷是让孩子把愚人当成达到目的的工具，没想到却反过来让孩子被愚人所利用。一个人在不了解很多事物之前，不应该让他去认识人。一个聪明人的做法是最后才去研究人，可是你呢，却让孩子首先去研究人。我们在用自己的看法去教育孩子之前，要让他大概了解我们的看法。一个人可以了解大家的愚蠢，但是不能把大家的愚蠢当成自己的理智。要想变得智慧，就要知道哪些人不智慧。如果你的孩子无法判断一个人的思想，也不能看出他的谬误，怎么能去认识他呢？更糟糕的是，他还没有弄清楚别人所说的事物之前，就先去按这些事物做事。因此，我们要先告诉他事物的真相，再把我们对事物的看法告诉他，这时候他才会去比较大众的看法和实际的情况，才能培养出独立思想。因为一个人如果相信偏见，就无法看出偏见。如果你和大众没有差别，就无法指导大众。如果你还没有告诉他怎样判断人就向他灌输人们的看法，我敢断言，尽管你非常努力，他还是会把别人的看法当成自己的看法，并且很难改掉。因此我的观点是：要让一个年轻人变得智慧，不应该强迫他接受我们的看法，而是要让他培养自己的看法。

我想你已经发现，我到现在都还没有跟我的学生谈到人。只要他不是太过聪明，就应该无法了解我在这方面讲的东西。他对自己和周围人的关系并没有一个清晰的感受，因此没有办法去判断别人。他自己是他能够唯一理解的人，甚至他对自己的理解也不是非常全面。不过，虽然他没有完全认识自己，但他的认识至少是正确的。虽然他不知道别人的地位，却对自己的地位有着清晰的认知，并且坚守在这个地位上。我们并不是在用他无法理解的社会法律来约束他，而是他的需求。现在他的身份还是自然人，我们就会继续以这种身份看待他。

对自己是否有用，是否和自己的安全、生存和舒适感有关，是他判断所有自然的物体和人造的东西的依据。所以，他觉得铁比黄金值钱，玻璃比钻石值钱。同样，他对鞋匠和泥水匠的尊敬程度，要超过对郎培勒尔、勒布郎和所有欧洲的珠宝匠的尊敬。尤其是面包师，在他的心中更是占据举足轻重的地位。为了龙巴德大街的一个最小的糕点师，他宁愿拿整个法兰西学院去换。在他看来，金匠、银匠、雕刻匠和花边匠都是些非常懒惰的人，他们搞的东西毫无用处；他甚至不太尊重钟表匠。如果一个孩子很快乐，就代表他享受了时间，而没有做时间的奴隶。虽然他没有认识到时间的价值，但他也没有虚度时光。他的欲望非常平静，让他能够平静地度过每一天，因此他可以凭这一点来计算时间。如果我培养出的爱弥儿需要一个时表，或者会因为我们而哭泣，就表明他非常平庸。也许这对我有好处，可以让别人更了解我，但是我想培养的是一个与众不同的爱弥儿，别人就算想学也学不会。

我们还有一个不但符合自然，而且更加公平的次序，根据这个次序，我们对于各种顺序的联系，是按它们的相互联系来看待的，因此，排在前面的是最能独立操作的技术，而排在后面的则是需要其他很多行业的帮助才能操作的技术。不过在大家看来，这个顺序跟上文的评价顺序一样，是倒过来的，虽然它让人们在总的社会秩序方面联想到几个重要的问题，这导致人们看不起生产原料的技术，因此从事这一技术的人也赚不到什么钱，而越是加工原料和制造成品的人，挣钱越多，也越受到人们的尊敬。至于是不是因为精巧的技术将原料制成成品，就比提供原料的技术更重要，更应该得到高报酬，我不准备继续研究。但是我要指出，不管是什么东西，最应该得到尊重的应该是用途最广和最重要的技术。对于一种不依赖于其他技术帮助的技术，我们对它的评价自然比那些依赖性最高的技术高得多，因为它的自由度最高，最容易进行自由独立操作。只有这种评价标准最适合技术和劳动力，其他的所有评价都带有偏见。

在所有技术中，农业是最值得尊敬的，其次是炼铁，然后是木工，以此类推。一个没有被低俗的偏见侵蚀的孩子，也会按照同样的顺序来评价这些技术。爱弥儿也会从鲁滨孙身上想到很多问题。他发现，有些技术只能有精细的分工，只能不断增加各种工具才能日趋完善。他一定会想："虽然那些人非常灵巧，但是他们的灵巧中也夹杂着一些愚蠢。他们之所以要发明一些工具来代替自己的胳膊和手指，就是担心自己做不了什么。他们只为了操作一门技术，就要受到许多其他技术的牵制，每一个工人都要依靠整座城市。而我的同伴和我不会这么做，我们只会将我们的天才用来增加我们的技巧。我们唯一制造的，就是能够随身携带的工具。那些人在巴黎大肆夸耀自己的本事有多么厉害，可是到了我们的岛上，也许他们就什么都做不了，只能做我们的徒弟。"

各位读者，在看我们的学生锻炼身体和训练手艺之余，你们也要思考一下，我们是朝着哪个方向发展他们还没有成熟的好奇心的。考虑一下他所获得的常识、所培养的发明精神和远见卓识，我们准备让他拥有什么样的思想。不管他看到什么或者想做什么，都想把它弄个一清二楚。在他用一种工具时，会想到另一种工具，直到想到自己用的第一个工具。他从来不凭想象行事。如果他不了解某样东西，他就不去学。看到别人做弹簧，他就想知道钢铁是如何从矿石中提炼出来的；看到别人用木板钉箱子，他就想知道树木是怎么被砍伐的。在他工作时，每当用到一样工具，他都会说："要是我没有这种工具，我怎么才能做出一个类似的工具，或者怎么才能不用这种工具？"

不过，教师总会有一种错误的想法，就是自己喜欢做什么，就认为孩子也喜欢做什么。所以在你兴致勃勃地工作时，一定要看看孩子有没有厌烦的情绪，他是不是有这种情绪却不敢表现出来。孩子要把全部精力集中在自己做的事情上，而你要把全部精力集中在他身上。你要默默地观察他，但是不能让他发觉。同时为了避免他出现错误的认识，你要预先知道他的想法。你不但要让他觉得自己能做这件事，还要让人知道自己做的这件事有什么用处，从而喜欢上做这件事。

供应的交换决定了技术的结合，物品的交换决定了商业的结合，票据和银钱的交换决定了银行的结合，这些观念都相互联系，已经具备了基本的轮廓。在园主罗培尔的帮助下，爱弥儿在很小的时候就知道了这些观念的真谛。现在我们要做的，就是将以上观念综合起来，并用这些观念来证明更多的事例，这样他才能知道通商贸易，与各地特产有关的博物学，以及航海方面的技术和科学。另外，为了让他对商业有深刻的了解，我还会给他讲述地域的远近，陆地、海洋和江河等的位置对交通造成的或大或小的困难。

有了交换，社会才能存在；有了共同的尺度，交换才能存在；有了平等，共同的尺度才能存在。因此，让人和人或物和物之间有某种协定，才是整个社会的首要法则。

人和人之间的平等跟自然的平等并不一样。有了成文法，也就是政府和法律，才能实现这种平等。一个孩子对政治的概念应该尽量简单，因为他已经对产权有一些了解，所以必须在和产权有联系的时候，才能让他对政府有一个大概的了解。

货币的发明，是因为物和物之间存在约定的平等，所以货币只是用来比较各种物品之间价值的一个额度。从这个角度出发，完全可以说货币是社会的真正纽带，不过几乎任何物品都可以作为货币。牲畜就曾经做过货币，有的民族至今还用贝壳做货币，斯巴达人用铁做货币，瑞典人曾经用皮革做货币，而如今我们用金银做货币。

由于金属方便携带，通常被用作各种交换的中介。后来，它们被铸造成了钱，以免每次交换时都要衡量金属的重量。金银铸成钱之后，每一块都刻上了标记，不同的标记代表着不同重量的金属。国王是唯一拥有铸造货币的权利的人，因为只有他才能让全体人民都承认他的权威。

不管多么愚蠢的人，都能理解这个对发明的解释。直接比较性质不同的物品很有难度，比如说，要想比较布匹和麦子就很困难。但是在一种情况下，织布的人和种麦子的人很容易就能说出他们希望交换的物品的价值，这种情况就是拥有一种类似货币这样的共同尺度。如果你一定数量的布和一定钱的数目等值，而一定数量的麦子也和这个钱的数目等值，那么用布来交换麦子就做了一项公平的交易。所以，各种物品只有通过货币才能用一个单位的尺度来衡量，才能进行比较。

你讲到这里就可以了，千万不要涉及这个制度对人类的道德产生的影响。不管你讲什么都要先讲它的用途，再讲它的弊端，这是最重要的。如果你向孩子解释符号是如何让人们忘了符号所代表的东西，解释金钱是怎么让人产生各种欲望的，解释出产大量白银的国家是如何变得贫穷的，那你不但是把孩子看成了哲学家甚至圣人，还是在让孩子们了解连哲学家都无法了解的东西。

我们可以利用很多有趣的东西来激发学生的好奇心，而且在这样做的时候，我们可以始终围绕他理解的实际物质关系，并不让他在心中产生任何一个他不理解的观念。教师的职责就是不要让学生关注那些无关紧要的事情，而是让他不断接受他将来必须了解的重大关系，这样他才能够正确判断人类社会中的善恶。你在和学生交流的时候，必须具备一种能力，就是善于启发你灌输给他的思想。也许别的孩子不会在意这个问题，可是爱弥儿曾经花了半年的时间对这个问题进行思考。

　　我们一起去一个富人家吃饭，到那之后，我们发现，这个宴会十分隆重，准备得也很妥当，有很多客人和仆人，佳肴也很多，还有一套非常精致的餐具。不常看到这种又好看又有气派的餐具的人，一定会觉得十分惊艳。我首先想到的就是这些对我的学生的影响。宴会进行过程中，当菜不断被端上来，满桌的人都在说话的时候，我凑到他耳边问他："你猜在桌上看到的这些东西在被端上桌之前，有多少人经手过？"他刚才的悠闲自得马上就消失了，这是合情合理的，因为这句话虽然很短，却让他产生了很多想法。他开始沉思，开始计算，还有些忐忑。在这个孩子用哲学的态度进行思考的时候，那些哲学家却被美酒或者身边的女人弄得神魂颠倒，像小孩一样胡说八道。他问我答案，可是我没有回答，跟他说改天再说。可是他十分着急，连吃喝都忘记了，恨不得离开桌子，痛痛快快地问我。因为他的好奇心很强，迫切地想要知道答案。对他来说，这些话用来教育也是很好听的。他具有非常理性的、任何力量都无法破坏的判断力，那自然不难想见，当他知道自己身上穿的这一件衣服只在中午穿一会儿，晚上就放进衣橱，而世界上的每个角落都要为这件衣服分担费用，这种分担可能是两千万人的不间断地劳动，甚至有上千人为此丧命，他对奢侈会有什么看法？

　　你要仔细观察一下，他在思考了这些问题后，心中会得出什么结论。如果你不像我那样加以预防，也许他会产生别的想法，也许当他看到那么多人忙着为他准备午餐的时候，他会觉得自己在这个世界上非常重要。如果你预先知道他会产生这种想法，就可以很容易地防止他萌生这种想法，至少也可以让他产生的想法立刻消失。

现在的他占有某样东西是出于得到物质的享受的目的，因此他只能靠感知来判断一件东西是否适合自己。一个人在运动之后就会感到饥饿，这时候对他来说，自由自在地吃一顿乡村风味的饭，就会感到十分畅快，这样一来，跟那种盛大而让人拘束的宴会相比，他会觉得这样一顿饭才给他带来了真正的好处。他离开农家的桌子和离开金融家的桌子时候，除了吃饱了，并没有得到什么属于他自己的东西。

我们可以设想一下，教师在这样的情况下会怎么说："好好回想一下这两顿饭，你更喜欢哪一顿？哪一顿让你吃得最舒服？哪一顿让你笑得最开心？哪一顿吃的时间长却不感到乏味，也不需要再换一套餐具？不过你要看一看二者的差别。那可口的黑面包，是用农民收获的麦子做的；那解渴又对身体有好处的黑色的酒，是他用自己园中的葡萄酿造的；他用的餐布，是他的妻子、女儿和女仆在寒冷的冬天，以他种植的大麻为原料制成的；桌子上的菜都出自他家人之手，他几乎从来不会去附近的磨坊和集市。可在另一张桌子上，虽然有那么多远方出产的东西，也经过那么多的人的手来制作，可你并没有真正享受到什么。如果那么多东西都没有让你吃一顿像样的饭，那东西再多也没什么用处。桌上没有哪一样东西是专门为你做的。"教师还可以跟他说："如果你是这家的主人，你更会感到奇怪，你原本是想在别人面前展示一下自己享受的豪华，却根本没有达到目的；你为此耗费了很多精力，可他们才是获得快乐的人。"

这番话也许很动听，可是对爱弥儿来说却毫无价值。因为他根本对这些一无所知，也不将别人的观点拿过来当成自己的。因此，有必要对他讲得简单一些。在吃过这两次饭之后，有一天早上，我跟他说："今天我们去谁家吃午饭？如果去这一家的话，你会看到：银器占满了桌子的四分之三；在吃饭后用甜点的时候，纸花装满了光亮如镜的盘子；那些傲慢的女人会把你当成好玩的小孩，对你说一些奇怪的话。如果我们到距离这里两英里远的乡村，那里的人会高兴地用上好的奶酪来招待我们。"毫无疑问，爱弥儿会选择后一家，因为他并不喜欢说废话，也不讲求排场；他不喜欢受到拘束，也不喜欢那些美味佳肴；可是只要一说去乡下，他总要立刻行动。他十分喜欢新鲜的水果、蔬菜、奶酪和好客的人①。我们走在路上的时候，他很自然地就说起了自己的看法。他说："我觉得那些花了很大力气举办大规模宴会的人，要么是觉得精力太多需要浪费一些，要么就是无法理解我们这种乐趣。"

对一个学生来说，我举的这些例子也许还不错，可是对于其他学生来说也许并不适合。如果你已经领会了其中的精神，就可以按照自己的需要来改变他，要充分地研究一个人特有的天资，才能选择适合他的例子，而要做好最终研究，你就需要让他有表现自己天资的机会。这是不是说在我所说的这三四年时间里，就可以让一个天资优秀的孩子都能够了解所有的自然技术和科学，好让他有一天能够独立学习呢？当然不是。不过，如果我们可以让他逐步经历所有需要认识的事物，就可以让他发展自己的爱好和才能，让他迈向跟他的天资相

---

① 要问我为什么知道我的学生喜欢乡村，其实是因为他所受的教育要自然地产生这样的结果。与此同时，因为他没有那种衣服华丽的公子哥的样子更易赢得妇女们的好感，因此，从某方面来说，他当然不如其他孩子受欢迎，可是从另一方面来说，他对她们也没有什么好感，不想和她们待在一起，而且，哪怕和她们共处，他也对她们的风韵毫无感觉。我甚至不愿意让他去亲吻她们的手，不愿意告诉他如何奉承她们几句，不想告诉他他要比尊敬男人更尊敬她们，很明显，他要更尊敬她们才行。我制定了这样一条必须遵守的规则，那就是：绝不让他做他的智力根本无法理解的事情，更何况我们还不能说服自己，告诉孩子对于不同性别的人所采取的态度也应该不同。——原注

契合的目标。在这一过程中，我们还应该指出从什么地方帮助他发展天性。

这些知识虽然数量有限，却非常正确，而且，我们可以通过知识之间的联系和关系去教他，让他知道它们在自己心中应该处于什么地位，以免他跟我们中的大多数人一样，只重视某些才能而忽视其他才能的培养。如果一个人能够很好地了解整体，就能了解每一部分该处于什么位置；而能够彻底研究每个部分的人，就可以成为博学的人。如果他同时还想成为一个具有远见卓识的人，就要彻底研究整体。不过要记住一点，我们想获得的并不是知识，而是判断力。

不过，我这些方法并不是只从我举的例子中得来的，还考虑了人在不同年龄段的不同能力，以及不同能力的不同学习内容。我并不怀疑你能找到另外一个更好的方法，可是，如果你的方法不适合他的个性、年龄和性别，将很难取得同样的成功。

在第二个时期开始的时候，我们利用自己多余的精力，来到了离我们居住的地方很远的地方，遨游天空，丈量大地，探寻自然的法则。总之，我们在整个岛上跑了一遍，现在又回到了这个世界，并在无意间回到了自己的居住地。在我们回去之后，如果发现我们的居住地没有被那些想强占它的人占据，就会感到十分高兴。

查看过周围的情况之后，我们会充分利用能够拿到的所有东西，并调动自己的好奇心，让自己更加幸福。现在我们已经制作出了很多工具，却不知道哪一种能够派得上用场，也许有的工具对我们自己没用，却对别人有用；也许我们需要用到别人的工具。这样一来，我们会发现交换对我们有好处，但是要想进行交换，需先要了解彼此的需求。每个人都要知道别人使用的是什么工具，以及可以拿出什么工具来交换。现在我们假设有 10 个人，每个人分别有 10 种需要，那么这 10 个人想要满足自己的需求，就需要做 10 种不同的工作。但是存在这样一种情况：由于天资和能力存在差别，每个人的工作成就并不一样，这个人做的不如另一个人好，而另一个人又做得不如另一个人。虽然每个人都有自己的长处，可是在做同一件的事情上效果并不理想。在这种情况下，如果将这 10 个人分成一组，让每个人都为自己和其他 9 个人做自己最适合的工作，这样每个人都能够从其他 9 个人的工作才能中获得好处，就像他一个人具备了 9 种才能一样。因为一个人在重复做一项工作，所以熟练程度越来越高，因此这 10 个人的要求都能够得到满足，甚至还可以剩余一些东西留给别人。一个显而易见的制度的原理就在这里得到了体现。在这里我不打算研究这个原理会产生的结果，因为我在另一本书①中已经介绍过了。

根据这个原理，如果一个人想要与世隔绝，靠自己满足自己的需要，那结果并不理想，他甚至无法生存，为什么呢？因为当他发现整个土地都被我们占有，他什么都得不到的时候，他根本找不到自己需要的东西。当我们褪去自然状态时，也强制别人一起褪去这个状态，一个人是无法做到在不理会其他人怎么做的情况下继续保持这种状态的。如果已经无法在这种状态中生活却强行为之，才是真正脱离了这个状态，因为让自己的生命得以保全是自然的首要法则。

在孩子还没有真正成为社会某个活动中的一员之前，我们可以通过这种方法让他逐渐认识社会关系。爱弥儿发现，自己和别人都需要使用工具，所以他就能用自己的工具去换自己需要而别人又可以提供的工具。我毫不费力地就让他了解了进行这些交换有什么必要，因此他可以通过交换来满足自己的需求。

有一个讽刺文学家生活潦倒。一位大臣责备他："你从事这个职业有失身份。"他说："可是大人，我得生活。"那个权贵冷酷地说："我不觉得有这个必要。"一个官员来说这番话，

① 《论人类不平等的起源和基础》。——译者注

自然十分得体，可如果是其他人说这番话，就会显得十分粗鲁和做作。每个人都要生活。每个人随着对人情世故的经验的积累，都会对这个论点产生一些认同感，不过我认为，任何人说这句话都无可辩驳。因为对死亡的厌恶是大自然赋予我们的所有厌恶感中最为强烈的一种，如果一个人已经没法生活下去，出于对死亡的厌恶，他也会想尽一切办法活下去。不过，这一原则和因为节操而轻视生命或以身殉职依据的原则是不一样的。有些民族的人就算不努力修养自己，也可以十分善良，而且，最幸福的民族就是没有道德规范也可以工作的民族。如果世界上真有这样一种恶劣的境况，让处于其中的人只能为恶才能存活下去，让他们为了生活而不得不欺骗别人，那么，应该下地狱的不是做坏事的人，而是促使他们去干坏事的人。

等到爱弥儿有了生命的概念，我会首先教他怎么保护自己的生命。到现在为止，我还没有讲过职业、等级和财富，以后也不会去讲，因为不同身份的人并无区别。有钱人的胃就比穷人的胃更大，更能消化食物吗？主人的胳膊就比仆人的胳膊更长，更有力量吗？一个伟大的人就比一个普通人长得更高吗？并不是。每个人对自然的需求都是一样的，满足需求的方法也是一样的。一个人受到的教育，其出发点是为了和这个人相适应，而不是和他之外的东西相适应。由于你的培养，他只能适应一种社会地位，而无法适应其他的社会地位。如果命运之神捉弄你，那你能让他得到的唯一结果就是变成一个可怜的人，这一点你还没有明白吗？一个大贵族家道中落，变成乞丐，可是在穷困不堪的时候，他还在夸耀自己的身世，难道不可笑吗？一个破了产的富翁，最可悲的就在于他在想到大家对穷人的轻视时，就觉得自己变成了最卑微的人。前一种人的结局就是去做流氓或者骗子，而后一种人就会做点头哈腰的奴才，见到别人就只会说一句动听的话："我要生活。"

你想依赖现有的社会秩序，却不知道这种秩序终将会被改变，你也没有办法预料或者阻止你的孩子受到这种改变的影响。你无法摆脱命运的打击：大人物要变成小人物，有钱人要变成穷人，贵族要变成老百姓。一个充满危机和革命的时代已经到来，谁都不知道你以后会变成什么人。人能够摧毁人制造的所有东西，只有大自然的作品才不能被摧毁，可是国王、贵族和富翁并不是大自然制造出来的。你只教这位官员追逐富贵，可是万一他将来沦落到社会底层，他该怎么做？这个税吏只知道靠黄金生活，等他将来一无所有的时候，又该怎么做呢？这个蠢人没有一技之长，只靠他人养活，等到将来穷困潦倒又该怎么做？一个人要想称得上幸福，就该在自己的地位发生变化时，决绝地把它抛弃，不受命运的捉弄，坚持做自己。虽然王权已经衰落，国王却还拼死挣扎，不管你们怎么推崇他，我是不会尊重他的，我觉得他只是在靠他的皇冠生活，要是他没有国王的地位，就什么都不是。可是如果他失去王位后，能够靠自己的能力生活，那他的格调要远超于国王。他已经能从国王的地位（无论是恶棍、疯子还是懦夫都能取得的地位）升到了只有少数人才能拥有的地位，这时候他已经掌握了命运。在他眼里，命运已经无足轻重，他可以完全靠自己，这样在他只有自己能成为炫耀的资本时，就可以说自己还有几分用处，不是废物。因此，与其让我拥有一个可恶的塔克文①，我倒宁愿要 100 个任教于科林斯学校的锡拉丘兹，或者 100 个在罗马做录事的马其顿王。因为塔克文一门心思要做国王，想要做三个王国的继承人，每个人都嘲笑他，对他的潦倒十分鄙薄。他在各个宫廷之间奔走，以期得到别人的帮助，却到处受人嘲笑。他没有任何本事，也没有任何能力来从事一门职业。

　　不管是做什么事情，一个人或一个公民能够投入社会的只有他自己。如果一个人变得富裕，也许他不会自己享受，而

　　① 传说中古罗马的一个暴君。——译者注

是将财富让给公众。前一种情况是因为他的东西是从别人那里窃来的，后一种情况也不能说他对大家做了贡献，因为就算他奉献出自己的全部财富，也没有偿还社会的债务。有这样一种说法："我的父亲在为自己争取财富的那一刻，就对社会做了贡献。"也许这句话有一些道理，但是别忘了，他偿还了他的债务，并不代表他偿还了你的债务。你从出生开始就过着优越的生活，因此你欠了满身的债务，这时候的你欠下的债务，比你出生在没有财产的环境下欠下的要多。把一个人的贡献用来解除另一个人对社会的债务，是非常不公平的，每个人的债务都是自己欠下的，也应该由自己来偿还，没有一个父亲有权让自己的儿子成为一个对同胞没有价值的人。也许你会说，他就是出于这样的动机，才把自己的财产给儿子，他的财产就是劳动的证明和代价。如果一个人在那里什么都不干，只吃不是他本人挣来的东西，他就是一个小偷。我觉得，如果一个人什么都不做，只靠政府的钱财生活，那他就是一个强盗。一个与世隔绝的人不欠任何人债务，所以他可以随自己的意愿生活；可是身处社会之中，他就要依赖别人的力量，因此就应该付出劳动来偿还自己的生活成本，每个人都不能例外。所以，劳动是身处社会的人不可推卸的责任。生活在社会中的人，只要不干活就是流氓，不管他是贫是富，是强大还是弱小。

人类有很多可以谋生的职业，手工劳动是其中最让人接近自然状态的。在所有人当中，手工业者是受别人和命运影响最小的人，因为手工业者靠的是自己的手艺，不会受到那么多的束缚。手工业者非常自由，而相比之下，农民却被土地束缚，而且土地产物的所有权都归别人。农民的处境非常恶劣，敌人、贵族、有势力的邻居或一场诉讼，都可能随时夺走他的土地，人们随时可以用各种方法利用他的土地来刁难他；可是手工业者不一样，不管在哪里，只要有人想刁难他，他可以随时卷起铺盖离开。

可是农业是最高尚的职业，它不但历史最久远，也最诚实，而且对人类最有益。我没有建议爱弥儿去学农活，因为他知道怎么干农活，而且对所有的农活都很拿手。他一开始学的就是农活，而且一直没有中断过。所以我要告诉他："现在你耕种的土地是你的祖辈留下来。可是一旦你失去了继承权，或者根本没有继承权，你就要想办法应对，因此你需要学一门手艺。"

"老师，你是不是想让我的儿子学一门手艺，让他去做一个工匠？""夫人，在这方面，我比你考虑得更全面。你想把他培养成一个王公贵族，可是你考虑过没有，也许他将来会一无所有。我要给他的是一个无法被撼动的地位，能够时刻给他带来荣耀的地位，我要把他教育成一个人。我想你应该无法否认，相比你能给他的地位，他更可能获得这种地位。"

虽然从字面上看，这些话很讨人厌，但它的精神足以激励人。问题不是在于为了掌握一门技艺而学一门技艺，而是要防止对这种技艺出现偏见。也许你不会遇到不劳动就活不下去的日子，但这对你并没什么好处，不过这都无关紧要；就算你不是为了生活而劳动，也可以为了荣耀而劳动。你愿意做一个匠人的话，你的身份会比之前更高。你想真正利用命运和事物，就应该学会从一开始就不依靠它们，首先你要控制舆论，才能用它来进行统治。

你要记住，我让你掌握的不是一种才能，而是一门手艺。真正的手艺是纯粹的机械的技术，做的时候要多动手少动脑。虽然这种手艺无法让你发财，可是你掌握它之后，你就可以不需要财富。在一些根本就不用担心挨饿的家里，我曾经见到过几位目光长远的父亲，他们在认真教育自己的孩子的同时，还教给了他们一些遭遇意外时用来求生的知识。这些父亲看起来非常有远见，也做了很多事情，可实际上他们什么都没做，因为他的初衷是让孩子摆脱对命运的依赖，可是替孩子想的办法却还是要让他们依靠命运。一个有本领的人要是没有遇到发挥本领的环境，也会跟没有本领的人一样穷困而死。

在你极端贫困的时候，你想用手腕和权谋来让自己恢复原来的地位，如果这样做的话，还不如用它们让你过上富裕的生活。如果你想学那些只有获得艺术家的名声才能有成就的技艺，如果你让自己只能胜任那些需要别人的宠爱才能获得的职位，那么当你因为正义而厌恶世俗，轻视那些让你成功的手段时，这一切对你就毫无作用了。你对政治和王公贵族的爱好进行研究，这固然很不错；可是如果你无法接近大臣、宫廷贵妇和长官，如果你无法讨他们欢心，而且他们也觉得你不适合做他们的仆人，那你研究的东西根本没有用处。你是一个建筑家或画家，可是，你想要施展自己的本领，首先要让人知道你的才能。你觉得可以把一个作品直接放在沙龙里陈列吗？不，不可以，你得是法兰西学院的一员。如果你没有别人的庇护，在墙角边找一个阴暗的角落来陈列都是奢望。所以，扔掉尺子和画笔吧，乘坐一辆马车去挨家拜访，才能让你声名远扬。你要知道，那些达官显贵都有门房和仆役，他们理解事情都是靠手势，他们的手就是他们的耳朵。如果你想给别人传授知识，想要教数学、地理、语文、音乐、画图，首先要找到愿意跟你学的人，还要找一批给你宣传的人。你要知道，吹牛比本领熟练重要，如果你只懂得那门技艺，别人只会觉得你无知。

因此，你这些谋生的方法都不保险。你要知道很多其他的方法，才能把它们派上用场，而且，你在这污浊的环境中，会变成一个什么样的人呢？你不但不会因为逆境而有所长进，反而变得更加不堪。一旦你成为别人嘲笑的对象，你怎么能够战胜你命运的主宰——偏见呢？你会轻视你的谋生手段，虽然它算不上高尚。以前你只知道靠财富生存，现在还要靠有钱人；你日渐堕落，和奴隶无二，并在这种生活中遭遇各种痛苦。现在你不但一文不名，而且没有自由，是一个堕落分子。

其实那些奥妙的知识是用来滋养心灵，而不是培养身体的，如果你不依靠这些知识，而是在必要的时候依靠你的双手和你用手做出来的东西，那你不会遭遇任何困难，所有的权谋也都会失去用武之地，你总可以在需要的时候找到谋生的办法，你的生活也不会受到正直和荣誉的影响。遇到有身份的人，你不需要畏畏缩缩地说谎话；遇到坏人，你也不用低眉顺眼地听从摆布；更不需要去迎合某个人（如果你在一点钱都没有的时候去借钱，就是一个强盗），这样你就不会被别人的议论所左右，你不用去阿谀奉承，也不用去讨好谁，不用去巴结门丁，也不用去巴结某个得宠的妇人，对她溜须拍马。虽然有许多坏蛋掌权，但这跟你无关，你依然可以默默地做一个诚实的人，赚到自己赖以生存的面包。你走进你首次学技能的那个工场，说："师傅，我想找个工作。""你就在这里干吧。"还没到午饭的时间，你就能把午饭钱挣回来，如果你踏实肯干，那用不了一个星期你就能够挣到下个星期的生活费。这样一来，你会过上自由的生活，变得健康、诚实、勤劳、正直。这样去谋求生活，根本没有浪费你的时间。

我十分赞成爱弥儿学一门职业。你说："既然要学，就要学一门诚实的职业。"那么"诚实"这个词的含义是什么呢？只要对大众有用的职业不都是诚实的吗？除了绣花匠、金匠、漆匠，洛克所说的那种斯文人，音乐家、喜剧演员或者著作家①，以及其他和这些职业类似的职业，他想学什么职业都可以，我不会进行干涉。与其让他做一个诗人，我更愿意让他做鞋匠；与其让他在瓷器上绘画，我更愿意让他去修马路。也许你会说："可是警卫、暗探和刽子手也有用呀。"如果没有政府，这些人根本毫无用处。等等，好吧，我说错了。一个职业光有用还是不够的，它还不能让从事的人变得邪恶。总之，就

---

① 也许有人向我说："你，你就是著作家呀。"我承认，我是由于我的不幸而成为著作家的；我的过错，我想，我已经是尽量地改正了，所以别人不能拿它们来说明想成为我这样的著作家的理由。我之所以著书，其目的并不是要替我的错误辩解，而是防止我的读者学我的榜样。——原注

像本段第一句说的那样，我们要"学一门诚实的职业"，但是我们要记住，如果一门职业没有什么实际用处，也就谈不上诚实。

本世纪有一个知名的作家①，虽然他的著作内容宏大，但是他的观点却十分狭隘。像他那个教会中的很多教士一样，他也发誓不娶妻子，可是因为别人怀疑他的性取向，他就决定雇佣一些漂亮的女仆，他觉得这种做法可以弥补人类因为他草率的决定而受到的损失。他认为，每个公民都有义务给祖国生儿育女，这样就可以为国家作贡献，增加手工业者的人数。等到这些孩子长大之后，他会让他们学一门自己喜欢的职业，却禁止他们学那些没有实际用处或者容易被风俗所影响的职业，比如做假发，因为这种职业根本没有必要，只要大自然让我们长头发，这个行业的价值就会日渐降低。

在对爱弥儿从事的职业进行选择的时候，我们也应该按照以上的标准，或者更准确地说，让他自己按照以上的精神来选择，而不是让我们代为选择。因为他会按照自己遵循的标准，自然地轻视没有作用的东西。他绝对不会把自己的时间浪费在没有价值的工作上，他会根据事物的真正用途，对它们的价值加以了解。他所掌握的手艺，就算鲁滨孙在荒岛上也能派上用场。

当我们让孩子观看自然的产品和艺术的产品，当我们激发了孩子的好奇心，并且知道他们的好奇心朝哪个方向发展的时候，我们就可以顺利地研究孩子的爱好、倾向和性格，并发现他的天赋，如果他真的有什么天赋的话。但是，大部分人都会将机会的影响说成才能的爆发，并且把人和猴子都具有的模仿心理当成某种意识倾向，而你要避免犯这个错误。实际上，人和猴子之所以会模仿某种动作，只是因为模仿心理，其实他并不知道这个动作的用处。世界上有很多手工匠人并没

---

① 圣皮埃尔神父。——译者注

有从事这一职业的才华，许多艺术家更是如此；他们之所以从事某种艺术，是因为幼年或者其他因素的原因，或者是因为一时的冲动，而在这种一时的冲动产生的时候，如果他们看到别人在搞别的艺术，完全有可能也跟着去从事那门艺术。如果他们当时听到了鼓声，也许他们会当将军；如果他们看到别人修房子，也许他们会当艺术家。每当看到别人从事一门他觉得受人尊敬的职业，他就可能产生从事这一职业的想法。

　　我认识一个仆人，他看到主人作画，就萌生了要当画家的念头。自从下定决心，他就拿起铅笔开始画。只要是不用画笔的时候，他就一直把铅笔握在手里，或许他会一辈子都握着手中的铅笔。他没有学习过绘画的技能，也不懂绘画的法则，只是把自己看到的所有东西都画下来。整整三年时间，除了替主人办事，其他时间他都在这么胡乱画着，虽然他资质平平，进步缓慢，但是他从来不灰心。有一年夏天，酷热持续了6个月，而他就坐在一个朝南的小房间里，就算我们从那里路过一下都会被热得窒息，可是他却坐在椅子上，或者说他已经成了椅子上的一部分，对着面前的一个地球仪不停地画着。他画了一幅又一幅，直到他把球体画得非常好，让自己觉得满意。最后，他得到了主人的帮助和一个艺术家的指导，就不再做仆人，开始用画笔谋生。不过，虽然他用坚强的毅力来弥补自己的不足，可终究是有限的，他已经达到了弥补的顶峰，以后再也无法超过这个顶峰。说到坚持和进取心，这个忠实的仆人自然值得称赞。因为他的刻苦和坚持，他会受到人们的尊重，可是终其一生，他都只能画一些不太完美的画。每个人都有过这样的经历，就是把自己的热情当成一种才华。一个人喜欢做一项工作，并不意味着他适合做那项工作，二者的区别很大。不对一个孩子进行细致地观察，就无法看出他真正的爱好和才能。这样的话，我们很有可能只凭他的热情就轻率地对他作出判断，从而放弃研究他的天资。关于如何观察孩子这个问题，我希望一个睿智的人可以给我们写一篇论文进行详细描述。

这个方法不能被忽视，可是直到现在，很多父亲和教师甚至不知道这个方法的基本要点。

也许我们把如何选择一门职业看得太重了。对于爱弥儿来说，做出这种选择并不难，因为那只不过是选择一门手艺。通过我们对他进行的各种锻炼，他学徒的期限已经过了一大半，他几乎会干所有的活，他已经会使铲子和铁锹，会使车床、锤子、刨子和锉刀，也能熟练地使用各种手艺的工具。他唯一面临的问题就是如何更加熟练地操作这些工具中的一种，以便赶上那些善于使用这种工具的工人。在这方面他有一个得天独厚的条件，就是他身板轻灵、四肢灵活，能够轻易做出各种姿势，也能长时间做一个动作。另外，他的器官都很健全，还得到过充分锻炼，他对各种技术的机械原理也了如指掌。现在他欠缺的只是经验，但是这需要时间；现在我们面临的问题就是让他选择哪一种职业，然后投入所有的精力去做。

每个人都应该有一个符合自己性别的职业，而年轻人也该有符合自己年龄的职业。如果一份工作只是待在房间里做，会对身体有害，所以年轻人不会喜欢这种工作，也不适合做。没有哪个年轻人会心甘情愿去做裁缝，因为这是一种偏女性化的职业，男子需要掌握一些巧妙的方法才能胜任，因为从他出生的那一刻，他就不适合做这种工作①。会用针的手就很难用剑，同样，会用剑的手也很难用针。如果我是国王，我会只允许妇女和瘸腿的男子来从事针线活，我要让瘸腿的男子和妇女一样，学会使用针线。东方人居然专门让一些人变成宦官，认为这种人是不可或缺的，我感觉他们真是疯了。为什么他们不让那些丧失了天性、泯灭良知的人去担任宦官呢？这种人的数量很多。那些胆小怯懦的男子适合过安静的生活，他们适合过妇女的生活，妇女也适合跟他们一起工作，所以要让他

---

① 在古代人当中是没有裁缝师的，男子的衣服都是妇女们在自己家里做的。——译者注

尽早选择一门适合的职业。倘若确实需要宦官，不如让那些选择了不适合自己的职业而丧失了男性尊严的人去做。既然他们会选择那种职业，就说明大自然做出了错误的安排，如果你把这种错误纠正过来，只会有益无害。

我反对我的学生从事不卫生的职业，可是，如果他去从事艰苦的职业，或者充满危险的职业，我却不会反对，因为这些职业不适合女子，只适合男子，能够锻炼人的身体和勇气，因此如果男人夺去了妇女的职业，应该感到羞愧。

女人很少参与打仗的事情，

女人也不会去吃勇士的那份食物，

可是你呢，你却去织毛衣……

我们从来没有在意大利的商店里见过妇女。可想而知，当一个见惯了法国和英国街道的人看到这个国家的街道，会觉得多么的凄凉！每当我看到杂货铺的男人们向妇女推销花边、丝球、发网和绒线，我就像看到了非常滑稽的一幕：那些原本应该打造铁器的粗壮的手，却拿着一些小的装饰品。我忍不住想：这个国家的妇女应该用开设一些刀剑和枪炮店来报复男人。我希望，每个人制造或者出售的武器，都能适合他或她的性别。要想了解这些武器，就必须使用它们。

年轻人，我希望你们可以在自己的工作上打上男人的烙印。你们要掌握如下技能：用强劲的胳膊使用斧头和锯；学会做大梁；学会爬到房顶上安装横梁；学会用支柱和系梁将横梁安得十分牢固。然后让你的姐姐来帮忙，就像她让你去帮她结花边一样。

我已经深刻地体会到，我在这个问题上已经跟可敬的同行说了太多。不过我要说明，有时候我论述这些后果的影响，实在是迫不得已。如果一个人羞于在众人面前拿着斧头、围着围裙干活，我会认为他是舆论的俘虏，听到别人讥讽，对自己做过的有价值的事也感到羞涩。如果父亲有偏见，只要这种偏见不会对孩子造成损害，我们就可以给这种偏见让步。不过我们并不需要拥有这种偏见，只要对它抱着不屑的态度就可以了，因为我们要尊重所有有用于人的职业。当我们有选择的权利，又不受某种约束的时候，我们完全可以想一想，自己的兴趣和爱好是什么，适合做哪种职业？诚然，打造金属器具的工作非常有用，甚至可以说是最有用的，但是，如果没有特殊的理由，我不会让你的孩子去做马掌匠、锁匠或铁匠，我不想看到他们在铁炉旁边做出一副凶神恶煞的样子。泥水匠和鞋匠也是我不愿意他们去做的，特别是后者。每个行业都要有人去做。可是拥有选择权利的人就要考虑，自己要从事的职业是不是很清洁，这并不是我们的偏见，而是因为我们的考虑取决于我们的感觉。最后，我对那些毫无趣味的职业也不喜欢，因为其中的工人并不追求上进，而是跟一台机器一样，一双手只会织布、织袜子和磨石头。让一个聪明的人来做这些职业，根本毫无益处，从事这种职业的人就相当于使用另外一台机器的机器。

经过一番考量，我认为木工是我最喜欢，也是最适合我学生兴趣的职业。这种工作的好处非常明显：干净，用处大，还能在室内做。它让从事的人可以得到充分的活动，让工人在拥有技术的同时，还能勤劳肯干，而且做出的产品既实用又典雅美观。

如果你的学生适合做科学研究，那我也不会反对你选择一门适合他爱好的职业，比如让他去制作教学用具、眼镜和望远镜之类。

同时我还希望，在爱弥儿去学自己的职业时，我能跟他一起学，因为我坚信我们两个一起，他才能学得更好。我们两个都可以当学徒，我不希望别人把我们当成绅士，而要当成真正的学徒。我们并不是为了好玩而去做学徒的，而是真的为了做学徒。沙皇彼得曾经在工厂里做过木匠，也在自己的军队里做过鼓手。我想，你应该不会觉得他的出身或功绩还不如你吧？你要知道，我这番话不是讲给爱弥儿听的，而是讲给你听的，不管你是什么身份，我都会对你这么说。

　　可我们无法把所有的时间都花在工场里，这不免有些遗憾。我们在学习做工人的同时，也要学习做人，相比之下，后者经历的苦楚更多，学习的时间也更长。可是我们不会像你跟随舞蹈老师学习那样，每天跟随刨木板的师傅学一个小时，因为我们并不是学徒，而是弟子。我们的目的也不是学会木匠的技能，而是能够获得木匠的身份。所以我认为，每个星期应该去师傅家里学上完整的一两天，跟他同时起床，在他的面前工作，留在他的家中吃饭，按照他的吩咐做事，工作一天之后，我们再荣幸地跟他的家人共进晚餐。随后如果我们愿意，就回家去睡自己的硬床。如果我们想同时学会几种职业，并且在不放松其他方面的学习的同时学会手工活，就要采取这种做法。

　　我们在做正当的事情的时候，要保持一颗淳朴的心，不能一方面跟虚荣抗争，一方面产生了新的虚荣。如果我们在战胜偏见的同时变得傲慢，就相当于对偏见投降。有人认为，根据奥托曼人的习俗，皇帝也要亲手劳动。而众所周知，出自国王之手的东西，一定会被当成杰作，因此，他会坦然地将自己的杰作分给朝中的大臣，这些东西的价值取决于制造东西的人的身份。有人觉得这是一种糟糕的政治，但是认为这也算是一件好事。因为既然苏丹分享到了大官从人们那里抢劫到的东西，就会相应地减少对人民的掠夺。这是专制制度的一个必然缓和，否则这个可怕的政府根本无法存在。

　　让人认为那个可怜的人有很大的价值，是这个习惯真正的坏处。其实他就像米达斯王①一样，虽然能看到自己摸过的东西都变成了黄金，却无法预料到后果如何。为了避免爱弥儿

---

① 希腊神话中的一个国王，向狄奥尼苏斯请求了点石成金的能力，却因为连手里的食物都能变成金子而差点饿死，最后请求狄奥尼苏斯让他恢复了正常。——译者注

面临同样的命运，应该拒绝让他具有这样一种发财的本领，他做出的东西，其价值应该取决于东西的好坏，而不是制造它的人，在人们对他的作品进行评判的时候，只能把有着更高明技艺的师傅做的东西作为比较对象。人们尊重他的作品是因为作品本身，而不是因为作品出自他之手。当你看见一件好东西的时候，你会夸赞这件东西做得好，却不会问制造者是谁。当他骄傲地告诉你："这个东西是我做的。"你可以冷漠地回答他说："是你还是别人做的并不重要，只要这些东西很好就可以了。"

贤良的母亲，你要小心别人对你说谎话。就算你的儿子博学多闻，你也不要轻信他知道的那些东西。如果他在巴黎长大，而且有很多钱，那么很不幸，他不会有什么好的前途。当他身边有娴熟的艺术家时，也许他能够学到艺术家的本领；可是一旦离开艺术家，他还能学到什么呢？巴黎的富人知道一切，而穷人什么都不知道。在这个都市里，爱好艺术的男人，特别是爱好艺术的女人，几乎随处可见。这些人制作作品，就像纪尧姆先生调配颜色一样容易。在艺术界，我知道有三个男子值得尊敬，当然我不否认还有更多，可是我还没听说过值得尊敬的女子，我怀疑是否真的有这样的人存在。总体来说，在艺术界和在法学界成名是一样的，一个人成了法学博士，就可以做官；一个人成了艺术家，就可以做艺术批评家。

因此，一旦你的孩子意识到一门职业的好处，就算他没有学过，也会懂得这门职业，因为他知道，学会这门职业可以让他成为一个师傅，就像苏黎世市的议员一样。不要奉承爱弥儿，要让他真的具备被奉承的资格。我们要让他去默默地学习，而不是对大家说："他学会了。"要让他去做自己最擅长的东西，但是不要称赞他已经成了做那种东西的大师；要让他从作品上体现自己是一个工人，而不是停留在口头上。

如果我现在已经让你们明白了我的意思，那你们应该可以想象出来我是如何让学生在身体得到锻炼的同时，养成了从事手工劳动和热爱思考的习惯，这就避免了他因为轻视别人的话和自己平静的情绪而变得漫不经心。他要像农民那样劳动，像哲学家那样思考，才不会像一个愚蠢的人一样，终日无所事事。让身体锻炼和思想锻炼相互调剂，才是教育的第一要诀。

　　但我们还要注意一点，就是不要给学生灌输他们目前不成熟的心灵还无法理解的东西。爱弥儿一开始对社会上的不平等只是有一点了解，等他做了工人之后，还会接触到这种不平等。我教给爱弥儿的都是一些他能够理解的准则，所以他以后可以按照这些准则来对我进行检验。他只接受了我一个人的教育，也对穷人的遭遇有了清楚的认识，所以他一定会想知道我为什么不像穷人，也许他还会突然问我一些尖锐的问题："你曾经跟我说过你是一个有钱人，我也看出了这一点。有钱人也是人，因此也有为社会工作的义务，那么你给社会做了些什么工作呢？"我不知道一个好教师应该怎么回答这个问题。也许这位老师会给出一个愚蠢的回答，把自己给予对方的教育讲述一遍。而我呢，我会利用我们的工作场地给他一个满意的答案："亲爱的爱弥儿，你这个问题很不错。如果你可以找到一个令你自己满意的答案，我也可以解答这个问题。我会尽量将自己多余的力量贡献给你和穷人，每个星期我会做一张桌子或者凳子，以免变成一个对别人毫无用处的人。"

　　这样一来，我们又谈回了自己。当我们的孩子意识到他自己之后，就快不再是孩子了。相比之前，现在他已经感觉自己对各种事物更加依赖。之前我们已经锻炼了他的身体和感觉，现在我们就可以让他将四肢的运用和智力的运用结合起来。我们培养了一个行动和思想兼备的人，可是为了让这个人变得更好，我们还要让他变得和蔼可亲，通情达理，也就是说用情感来完善他的理性，如此一来，我们就进入了一个新的阶段，但是在此之前，我们要对刚刚过完的阶段进行回顾，并且认清自己已经达到了什么境地。

　　一开始我的学生只是有感觉，可现在他已经具备了观念；一开始他只能用感官去感知，可现在他已经可以进行判断了。原因是在比较连续发生的或是同时发生的集中感觉的过程中，以及在判断这些感觉的过程中，他产生了一种我称为观念的混合感觉。

　　这种观念形成的方式让人的心灵具备了特点。如果一种心灵能够按照真正的关系形成观念，那它就是健全的；如果一种心灵只满足表面的关系，那它就是浅薄的；如果一个人能看出关系的真相，那他的心灵就是有逻辑的；如果一个人无法正确地判断关系，那他的心灵就是无序的；如果一个人虚构出一些既不符合实际也不符合表面的关系，那他就是疯子；如果一个人不对各种关系进行比较，那他就是愚蠢的。人们智商的高低，取决于比较观念和发现关系的能力的强弱。

　　简单的观念只产生于感觉的相互对比，判断就蕴含于简单的感觉和复合的感觉（我将其命名为简单的观念）。产生于感觉的判断完全是被动的，它唯一的功能就是判断我们通过感知的事物获得的感觉；产生于知觉或观念的判断是主动的，它需要进行综合比较，并判断感官无法断定的关系。这就是所有的差别，但是这个差别很大。大自然有没有欺骗过我们？当然没有，自始至终都是我们自己在欺骗自己。

　　有一次吃饭的时候，我看到一个人给了一个 8 岁的男孩一块冻过的奶酪。男孩并不知道这是什么，当他把勺子放到嘴里的时候，突然被冷得一激灵，大叫道："哎呀，太烫了!"在他的观念里，火是最猛烈的，因此他在体会到一种猛烈的感觉时，就以为自己被烫伤了，但实际上他搞错了。因为，虽然他冷得一激灵，但这两种感觉是不一样的，任何一个体会过这两种感觉的人都不会把它们搞混，所以并不是感觉让他发生了错误，而是他对感觉的判断出现了错误。

　　同样的错误也会出现在下面这些人身上：首次看到镜子或光学仪器的人；在寒冷的冬天或炎热的夏天走进地窖的人；

把一只很冷或者很热的手放进温水里的人；用两个指头交叉旋转一个小圆球的人。如果这个人只是根据自己看到或者感觉到的一种情况作出判断，那这种判断就是被动作出的，所以不会出现错误；可是，如果他是根据事物的外表来判断，那这种判断就是主动的。他会进行一番比较，并推理出自己没有看到过的东西，如此一来，他就会或者可能会出现错误。这样的话，他就需要有经验才能纠正或者避免犯错。

如果你让学生在夜里观察他和月亮之间飘过的云，他会得出这样的结论：云是静止的，月亮正在朝着相反的方向移动。当然，他是因为一种仓促的推论才会得出这样的看法。因为在日常生活中，他看到的是小物体动得多，大物体动得少，而且因为他不知道月亮距离自己更远，所以他会认为云比月亮大。如果他坐在一只正在航行的船里看对岸，就会得出一个恰好相反的错误结论：他会觉得自己静止不动，而陆地在移动，因此，他会认为船、海、河以及所有地平线上的东西都是一个静止不动的整体，而自己是移动的海岸或者河岸的一部分。

孩子在第一次看到一根有一半浸在水里的棍子时，会以为自己看到了一根折断的棍子，这种感觉是真实的。如果不了解这种现象的原理，大人也会产生同样的感觉，所以如果你问他看到了什么，他会回答一根折断的棍子。他说得没错，因为他看到的确实是一根折断的棍子。可是当他判断错误，说自己看到的是一根折断的棍子后，再进一步观察，依然说自己看到的是一根折断的棍子，那就说明他的认识是错误的，因为此时他已经变被动为主动，他判断的依据不再是他的观察，而是他的推理，他说的已经不是他的感觉，换言之，他从这一种感官得到的判断已经得到了另一种感官的检验。

既然我们的判断是所有错误产生的根源，那也就是说，如果我们不需要判断事物，就根本不需要进行学习，这样我们永远不会自欺，相比我们掌握了各种知识，我们一无所知反而会更加快乐。在学者们掌握的学识中，谁都无法否认，其中有很多真实的事物是一些愚蠢的人终其一生也不会知道的，可是，是不是就可以说有学问的人更加接近真理呢？事实恰恰相反。因为自负膨胀的速度远超过知识增长的速度，因此他们越是前进，就离真理越远，他们在掌握真理的同时，会产生更多的错误的判断。我们完全可以说欧洲的各种学术团体都是一些谈论虚妄知识的公开场所，还可以肯定地说，法兰西学院中产生的错误，远超过在休伦族中产生的错误。

既然人们知道得越多，出错的概率就越大，那就可以说想要避免错误，唯一的办法就是一无所知。只要不做判断就不会犯错，这是自然和真理告诉我们的。如果不看事物和我们之间少得可怜的、非常明显的直接关系，可以说我们对任何事物都毫不在意。一个原始人会想去看那些精巧的机器的运转和电流的奇异景象吗？当然不会。无知的人总会说："这跟我有什么关系？"这句话对智者也同样适用。

可惜的是，这句话并不适用于我们。我们依赖所有的事物，因此所有的事物跟我们都有联系。而且随着我们的需求不断发展，我们的好奇心也在增强。我之所以会说哲学家很好奇，而原始人却一点都不好奇，原因就在这里。哲学家需要所有的人，特别是恭维他的人，而原始人却什么都不需要。

也许你会觉得我说的东西超过了自然的范围，但是我不这么觉得。我认为大自然对工具和标准的选择依据的是人的需求，而不是人的偏见。可是随着环境的变化，人的需求也会发生变化。生活在自然环境中的自然人跟生活在社会环境中的自然人有着巨大的差别。爱弥儿是一个要生活在城里的原始人，而不是一个在荒野里奔跑追逐的人。他要懂得如何在城里满足自己的需要，如何利用城里的居民，虽然他不需要像城里的居民那样生活，但是要知道怎么跟他们相处。

既然不管他愿意与否，他都要根据各种关系进行判断，那么我们不妨就教他怎样正确判断。

要想学习正确地判断，最好的办法是尽量简化我们的感觉过程，而且让我们不运用感觉也能作出正确判断。从这一点可以看出，虽然我们早就知道两种感官获得的印象可以相互印证，但我们还得学会让每一种感官都不需要其他感官的帮助，自己验证获得的印象。这样，我们的每一种感觉都能变成一种符合实际情况的观念，这就是我想在人生的第三个阶段得到的收获。

我们必须做到谨慎和耐心，才能把这个方法运用好，不过很多教师都做不到这一点。可是，如果学生也无法做到谨慎和耐心，那他永远都无法学会正确地进行判断。比如，当他根据表面现象，误以为棍子被折断了，而你为了让他认识到自己的错误，就匆忙地把棍子从水里拿出来，这样做确实可以让他改变错误的看法，可是你让他学到了什么呢？什么都没学到，因为他自己也能明白你指出的这些东西。由此可见，我们不能采取这样的办法。问题的关键并不是告诉他一个真理，而是教他如何发现真理。为了更好地教育他，我们不能急于纠正他的错误。现在我拿爱弥儿和我来举个例子。

对于那些按照一般的方法教育出来的孩子，如果我们根据说过的耐心和谨慎中的谨慎来看，他会十分肯定地说："不错，是一根折断的棍子。"但是我觉得爱弥儿不会这样回答我。如果没有得到确切的证明，他不会匆忙得出结论，因为他不知道做一个有学问的人或者假装一个有学问的人会有什么好处。而在这种事情上，想要找到相应的证明简直是轻而易举。他知道，只根据表面现象作出判断，就很容易受到错误的影响，因此他一定会小心。

另外，经验告诉他，我在问他每一个细小的问题时，其中一定蕴含着起先看不出来的目的，因此，他不会含混地回答我。在回答之前，他一定会先怀疑，然后仔细观察，并认真研究。如果一个答案连他自己都不满意，他肯定不会告诉我，可是找到一个让他满意的答案并不容易。总之，我们谁都不会因为自己知道事情的真相而感到骄傲，而是以不出错为骄傲。相比我们不知道任何道理，我们知道的道理不正确更加尴尬。对于我们来说，我们都适合说一句"我不知道"。我们也确实经常会说这句话，而且说完之后也不会对我们有任何不好的影响。因此，不管他随口说一个答案，还是用"我不知道"这种最实用的话来避免回答，我都会紧跟上一句："我们仔细观察一下吧。"

这根棍子是垂直着固定放置的，有一半插入水中。从表面上看，它是折断的，所以，我们要经过很多步骤，才把它从水里拿出来，或者把手伸进水里摸一摸，确定它是不是真的断了。

（1）我们先绕着棍子转圈，发现折断的棍子在跟我们同时移动，由此可见，是我们的眼睛觉得它在动，可是众所周知，视觉无法移动物体。

（2）我们从露在水外的那一节棍子的末端笔直地往下看，发现棍子不再是弯的，靠近我们眼睛的那一端正好跟水里的那一端①重合，这是不是说明我们的眼睛把棍子变直了？

（3）我们搅动水面，发现棍子被折成了几段，随着水纹一起成"之"字形摇动。那是不是说，随着我们搅动水，这根棍子也跟着折断、弄软和融化了？

（4）我们把水放掉，能够发现随着水位的下降，棍子在慢慢变直。至此，这件事情和光的折射就解释得十分清楚了。既然我们可以仅凭视觉纠正我们认为是视觉造成的错误，那我们就不能说视觉欺骗了我们。

如果一个孩子非常愚蠢，无法理解实验的结果，就需要靠

---

① 后来我经过更加精密的实验得到了与之完全相反的结果。曲折之处似乎一直在原地打转，在水中的那一部分棍子看起来远远大于水外的那一部分，可是这一点并不会对我的论断产生影响，不能因此说得出的结论就是错的。——原注

触觉帮忙了。这时候我们要做的不是把棍子拿出来，而是让它留在原来的位置，让孩子从棍子的一端摸到另一端，当他摸不到弯曲的地方，就知道棍子没有断。也许你会说："这件事情不但和判断有关，也和形式推理有关。"我承认你说得对，可是你要知道，思想形成了观念，一个判断就是一个推理。当你意识到一种感觉，就得出了一个命题，形成了一个判断，所以，只要我们把一种感觉和另一种感觉进行比较，就是在进行推理。判断的艺术和推理的艺术是一码事。

　　如果爱弥儿没有绕着这根棍子学习一番，也许他永远都不会知道屈光学。他也许不知道如何解剖昆虫，如何计算太阳上的黑斑，也不知道什么是显微镜和望远镜。你那些学富五车的学生也许会因此嘲笑他的无知，他们这么做是有理由的。因为我的目的是让他在使用这些仪器之前，先去发明它们，而你们怀疑这一点无法很快做到。

　　我在这一阶段实行的整个方法的要义就在这里。当孩子用两个指头交叉旋转一个小圆球，而觉得有两个圆球时，那我在他没有弄清楚只有一个圆球之前，会避免让他用眼睛去看。

　　我想，这些解释已经能够清楚地说明我学生的心智现在已经发展到了什么水平，以及在达到这个水平之前，他经历了怎样的历程。也许你会担心我让他关注的事情太多，害怕我教给他的东西过多会对他的大脑造成损伤。但实际上恰好相反，我的目的并不是要他学会各种事物，而是让他对事物保持无知。我给他指出的是迈向科学的道路，只要他沿着这条路继续前行，就可以获得真理，只不过这个过程是非常缓慢而漫长的。我已经让他走了几步，好让他知道怎么入门，但是并没有让他深入。

　　他使用的都是自己的智慧，因为他只能自己学习。这么做的理由是，一个人只有不屈服于权威，才不会听信别人的偏见。我们所有错误的看法都来自别人，而不是我们自身。就像工作和劳累能让身体产生活力一样，这样不断地练习也能给他带来活力。而且，他的心智和体力的发展是成比例的。和肉体一样，心灵也只能做和自己的能力相符的事情。他只有充分理解各种事物，才能把它们记住，之后，他从记忆里翻出来的才是自己的东西。反之，如果他胡乱地把一些东西塞进大脑，不经过任何思考，那结果只能是他记住的东西没有一样属于自己。

爱弥儿掌握的知识很少，但所有的知识都是他自己的，而且没有半知半解的。在这些他充分了解的事物中，最有价值的一项是：有许多事情他现在不知道，但有一天可能会知道；还有许多事情其他人知道，但他永远不会知道；还有无数的事情永远不会有人知道；他心胸开阔，原因是他有获得知识的能力，而非他拥有知识。他视野开阔，头脑灵活，善于随机应变。就像蒙田所说的，虽然他并不是一个博学多闻的人，但起码是一个有学习能力的人。只要他能够知道自己做的事情有什么用处，能够明白为什么要相信自己相信的各种事物，我就心满意足了。我要重复一遍，我的目标不是教给他确切的知识，而是让他学会在需要的时候获得知识，能够准确地估量知识的价值，并且热爱真理。虽然采用这个办法进步会非常缓慢，但是我们绝对不会走冤枉路，绝对不会在无法前行的时候再折返回来，重新开始学。

爱弥儿只具备自然的知识，而且全都是物理的知识。他根本不了解历史，连这个名词都不知道，更不知道什么是形而上学和道德。他明白人和事物之间的主要关系，对于人和人之间的道德关系却没什么概念。他概括观念的能力不强，也不太擅长做抽象的思考。他能看出一些物体共有的特性，但并不擅长对这些性质进行研究。对抽象空间的认识，他借助的是几何图形；而对于抽象的数量的认识，他借助的是代数符号。这些图形和符号是进行抽象思维必不可少的，所以他的感官离不开它们。他不试图去了解事物的本质，而是事物对他的影响。他根据自己和外界物体的关系来评估这个物体，而且这种评估非常准确，也没有掺杂任何的臆想和成见。他看一样事物，主要看它对自己有没有用处。由于他始终以这个方法去认识事物，所以永远不会受到别人的偏见的影响。

爱弥儿非常热爱劳动，性格温和；他十分勇敢，坚定又有耐心。此时他的想象力还不够活跃，所以对危险没有夸大的想法。他现在不知道如何跟命运抗争，因此他并不看重疾病，能够顽强地忍受所有的痛苦。他现在根本不知道死亡为何物，但是在无法回避死亡的时候，他会从容不迫，既不呻吟也不挣扎，因为他已经习惯于温顺地服从需要的法则。大自然允许我们在这样一个不招任何人喜欢的时刻采取这种处理方式。对待死亡的最好办法就是自由地生活，不挂念世间的所有事物。

总之，爱弥儿拥有一切与他自己有关的美德。只要再往前迈一步，知道要求人们遵循这种道德的是哪些关系，他就具备了社会道德，很快他就能获得在这方面不足的知识。

他不为别人着想，而是为自己着想，所以，他也希望别人不要在他身上浪费心思。他对别人无所求，也不觉得自己该对别人尽什么义务。在人类社会中，他独自生活，不靠任何人。他比别人依靠自己的需求更为迫切，因为他已经达到了同龄人所能达到的圆满境地。除了那些人人都无法避免的错误，他没有犯过任何错误；除了那些人人都无法避免的恶习，他没有任何恶习。他身体健壮，四肢灵活，思维准确，没有偏见，思想健全，心灵自由。至于在所有欲念中排名第一而且也是最自然的欲念——自私，在他心里还没有产生。他不会打扰别人的安宁，在大自然许可的范围内，他能尽己所能地生活得快乐、自由和满足。如果一个孩子这么长到 15 岁，你怎么能说他浪费了时间呢？

Chapter 04

在这个世界上，我们每个人的时间都过得飞快。在我们还不懂得怎么利用生命的第一个四分之一的时候，它就过去了；而在我们无法享受生命的时候，最后的四分之一才姗姗来迟。一开始我们不知道该怎么生活，可是很快我们就失去了生活的能力。生命的这两个端点都是虚空地度过的，而剩下的时间里，睡眠、工作、伤心、抑郁和各种痛苦，又占去了其中的四分之三。我们之所以说人生短暂，不是因为时间少，而是因为我们几乎无暇去领略这很少的时间。虽然出生和死亡之间有着很远的距离，可是如果你不认真度过其中的时间，人生只能十分短暂。

我们每个人都可以说经过了两次出生：第一次是为了存在，第二次是为了生活；第一次是为了做人，第二次是为了做一个男子。有些人觉得女子就是不完全的男子，这种看法当然不对。但是他们有一种看法是对的，即就男女外表而进行的推论。在成年之前，男孩和女孩的外表上的差别并不是太大，就连面孔、肤色和声音都完全一样，此时的男孩和女孩都是孩子，他们是如此相像，以至可以用同一个名词来称呼。如果男子的外部发育被阻断，那他一生都会保持这个样子，也就是说他始终是一个大孩子；而妇女因为样子几乎没有变化，所以从很多方面看起来就好像都是不变的。

男子通常不会一直停留在儿童状态，到了大自然规定的时刻，他就会脱离这种状态。这一个时刻虽然十分短暂，却至关重要，而且影响深远。

暴风雨来临之前，通常会出现海啸。而与此类似，这种猛烈的巨变到来之前，也会有一些日益增长的欲念来作前奏，以此来宣告一种寂静无声的骚动即将到来。此时的孩子会出现性情上的变化，越来越容易愤怒，心灵也越来越容易激动，变得不再守规矩。以前他对我都是俯首帖耳，如今却不再听话；他不再信任他的向导，不想接受别人的管束，成了一头发狂的狮子。

除了性情变化的精神征兆，他的外表也有极大的变化。此时他的相貌已经棱角分明，看起来很有性格；他的下腮上那稀疏的软绒毛，也变得更黑更僵硬。他的声音变得浑厚，或者更准确地说，他失去了声音：现在他已经不是小孩，但也没有长成大人，所以他无法发出这两种人的声音。他的眼睛这一心灵器官此前毫无表情，如今也能体现出他的语言和感情，因为逐渐炽热的情火，它们变得充满神采。他那灵活的目光虽然依然保留圣洁的纯真，可是当初的那种茫然无知却不复存在。他已经知道双眼可以表达一切，包括愤怒和忧郁。在感触到某件东西之前，他已经产生了感觉。他会觉得焦躁，却不知道原因是什么。这一切可能是逐步发生的，所以你有充分的时间观察它，可是，聪明的尤利西斯，当他出现以下情况的时候，你就要十分小心了：活泼的性格变得过于急躁，热情变成了一种疯狂，激动和忧伤成了家常便饭，经常无故流泪。当接近一个他觉得有危险的东西，就会脉搏加速，眼睛变红；当一个女人把手放在他的手上，他就战栗不已；当他靠近她身边，就会感到羞涩或者惶恐。出现这种情况，就像你那认真系牢的皮囊现在又打开了，狂风重新开始肆虐，你一定要掌握好舵柄，否则一切都完蛋了。

这个时候就是我所说的第二次生命。这时候人才算真正开始生活，才能对世间的所有事物都淡然处之。在此之前我们只关心孩子的游戏，到现在才算是真正地关心照料他。至此，一般人实行的教育已经结束，而我们所实行的教育才刚刚开始。我们还要重复一下前面讲过的事情，以便把这个新的计划阐释清楚。

欲念是我们保持生存的主要原因，所以我们无法消灭自己的欲念。消灭欲念是十分可笑的行为，就相当于控制自然或者改变上帝的杰作。如果上帝想要彻底消除人们的欲念，就是自相矛盾：又希望人生存，又不想人生存。上帝从来没有发出过这样糊涂的命令，在人类的心路历程中也没有出现过这样的事情。如果上帝希望人做什么事情，他不会让别人去告知，而是会亲自去告知，让这个人把要做的事情铭刻在心里。

因此我认为，那些想要阻止欲念产生的人和想要将欲念连根拔起的人，其愚蠢程度不相上下。如果有人认为我之前采用的方法就是想要达到这样的目的，那简直是对我极大的误解。

那么既然人的天性是人的欲念产生的原因，我们是否可以得出这样的结论：我们在自己身上感觉到的和从别人身上看到的欲念都是自然的？没错。这两者的本源都是自然，可是由于无数条外来的小溪流，这个河流的源头变得十分庞大，因此我们找不到最初的几滴水。我们的自然的欲念并不是无穷的，正是因为它的存在，我们才能获得自由，才能维持生存。我们身上存在的那些胁迫和毁灭我们的欲念都来自别的地方，它们并不是大自然赋予我们的欲念，只是我们违背大自然的意愿，擅自把它们当成了自己的欲念。

自爱是伴随着人的出生而产生，而且会终生存在的唯一欲念。它也是我们种种欲念的源泉，跟其他所有的欲念相比，它是原始而内在的，也是最先出现的。从某种意义上我们可以说，其他的所有欲念都是由它演变而来的。因此你也可以说，所有的欲念都是自然的，但是大部分欲念的产生都是外因引发的。这种演变对我们没有任何好处，反而会带来坏处，它会改变最初的目的，违反最真正的原理，让人改变初衷，和自己相违背。

自爱始终没有坏处，也契合自然的秩序。我们的首要责任就是保全自己的生命，因为我们每个人最重要的职责就是保全自己。如果一个人对生命没什么兴趣，是很难去关心它的。

所以，我们要爱自己，才能保全自己的生命。我们对自己的爱要胜过对其他所有事物的爱，拥有这种情感之后，我们就会对保护我们生存之人产生爱护之心。每个孩子都爱自己的乳母，罗穆路斯①对那只用乳汁哺育过他的狼也有很深的情感。一开始，这种爱并没有意识。我们会喜欢那些给我们带来幸福的人，讨厌那些给我们带来损害的人，这时候是本能在主导。当我们感受到对方对我们的生存有益或者有害，就会产生一种意图，这种意图可以将本能转化为情感，将依恋转化为爱，将厌恶转化为憎恨。有一些人感情迟钝，只有在受到我们的刺激之后才会有所行动，所以我们不会喜欢或者厌恶他们；而另外一些人可能会给我们带来好或坏的影响，所以会让我们产生之前说过的那些感觉。这种影响之所以产生，是由于他们内心的好恶和他们的思想，所以当我们看到他们不遗余力地帮助我们或者损害我们时，就会产生那些感觉。因此我们会去寻找那些帮助我们的人，爱那些喜欢帮助我们的人，逃避那些损害我们的人，憎恨那些想要损害我们的人。

小孩产生的第一种情感就是爱护自己，从这种情感中又产生了第二种情感——爱那些亲近他的人。第二种情感之所以产生，是因为小孩现在还非常弱小，只靠别人给自己的帮助

---

① 传说中罗马的创建者。——译者注

和关心来认识人。他对乳母和保姆表现出的依恋之情，一开始只是种习惯。孩子会去寻找她们，是因为需要她们，知道找到她们能有好处。这算不上一种深厚的情谊，只能算是常识。要经过很长一段时间之后，他才会知道自己需要她们，她们也喜欢帮助自己，这时候他才会开始爱她们。

　　小孩很容易就会觉得一个靠近自己的人是要来帮助自己的，自然会对对方十分亲热，这种看法也让他习惯了爱上自己的同类。但是当他因为自己的利弊和需求，主动或者被动依靠别人的时间越来越多，他开始意识到自己跟别人的关系，这时候的孩子会变得自大和嫉妒，喜欢撒谎，开始报复别人。如果我们强迫他去做一件事，而他又不知道做这件事有什么好处，他就会觉得我们是在故意刁难他，所以他会奋起反抗。如果我们事事迁就他，那么一旦有什么事情不合他的心意，他就会觉得我们是在跟他作对。他会因为我们不服从他的话而大发雷霆，拍桌子打板凳。当我们真正的需求得到满足，我们也会十分满意，因为自爱只关乎我们自己。可是自私心却从来不会满意，而且也永远不会满意，因为它会让我们跟别人进行比较，不可能让我们只顾自己不顾别人之后，还让别人先关心我们再关心自己，因此，自爱能够产生敦厚的性格，而自私会让人变得偏执和嫉妒。所以，要想让一个人变得真正善良，就要减少他的需求，而且让他不要总跟别人进行比较。如果一个人需求太多而且相信偏见，那他就是一个坏人。根据这一原则，我们就能看出将孩子和大人引向善或恶的方法。但是他们不可能总是单独生活，所以让他们一直保持善良是非常困难的。随着他们的利害关系增加，这种困难也会相应增加，再加上社会的毒害，于是我们在这方面就面临着一个必须解决的问题：采取必要的手段和方法，防止人的心灵因为新需求的产生而不断堕落。

　　人应该研究的是自己和周围的关系。当他认识自己的唯一途径是肉体的存在时，他就应该根据自己和事物的关系来研究自己。在做这种研究的时候，他要把自己的童年利用起来。当他已经意识到自己的精神的存在时，就应该根据他和别人的关系来进行研究了，这样的研究应该持续一生。现在，我们已经开始进行这种研究了。

如果一个人意识到自己需要一个伴侣，他就不能再称为一个孤独的人，他的心也不再是一颗孤独的心。随着他和这个伴侣发生关系，他跟别人的各种关系，以及他心中的所有爱都会一同产生。不久之后，他的其他欲念就会因为这个欲念而骚动起来。

至于这个本能的发展趋向，是非常难以确定的。不同性别的人会互相吸引，这是由我们的天性决定的。人的知识、偏见和习惯产生了选择、偏爱和对别人的爱。只有懂得了很多知识，并经过很长时间之后，我们才能够懂得爱。想要拥有偏爱的能力，我们需要经过判断；而想要拥有选择的能力，我们需要进行比较。诚然，这种判断的形成是无意识的，但是我们也不能因此就说它们是不真实的。虽然我们会因为爱的魔力而误入歧途，虽然爱不能让我们认为爱人之心完全没有丑恶，甚至自身也可能具有丑恶的特性，但是无论如何，真正的爱都应该受到尊重。如果没有这种尊重，我们就无法感受到爱。我们觉得一些选择违背理性，可实际上它们恰好来自理性。因为爱的眼睛比我们的眼睛好，能看到我们看不到的关系，所以我们才会说爱是盲目的。一个没有任何道德观和审美观的男人，觉得所有的妇女都非常完美，他遇到的第一个女人就是最可爱的。爱并非源于自然，反而会限制自然欲念的发展。正是因为爱的存在，人才会只关注自己爱的对象，而不在意其他的异性。

我们总是想要得到自己喜欢的东西，可是爱不一样，它应该是相互的。我们只有让自己变得可爱，才能得到别人的爱；只有让自己变得更加可爱，才能让别人对我们的爱更深。因此，一个人首先要关注和自己类似的人，跟对方进行比较和竞争，并嫉妒对方。他感情丰富，喜欢向别人倾诉自己的心声；这时候他需要一个情人，很快又觉得需要一个朋友。当一个人感受到被爱的甜蜜，就希望所有人都能爱自己；人之所以会有所偏爱，是因为有很多地方不满意。在爱情和友情产生的同时，矛盾、敌意和仇恨也就跟着产生了。偏见就是各种欲念中的一种，它的地位似乎不可动摇，愚蠢的人会完全受到它的控制，按照别人的意愿去生活。

对这些观念进行扩充，你就会发现我们的自尊心似乎是天生的。而且，你还能发现一个问题的答案——为什么自爱不能成为一种绝对的情感？它会在伟人心中变成骄傲，在小人心中变成虚荣，让每个人都变得自私自利。孩子们心中一开始就没有骄傲和欲念，因此这些东西不可能无故出现在他们心中。他们之所以会产生这些欲念，都是我们的错。我们给他们带去了这些欲念，还让它们扎根下来。不过，青年人的情况就有所不同，不管我们付出多大的努力，都无法阻止欲念在他们心中萌发。因此，现在必须改变方法。

我们先阐述几个重要的问题，再开始论述这个重要的阶段。从童年到青春期，并不会按照自然的安排度过，不同气质的人会不同，不同民族会因为风俗不同而不同。众所周知，炎热的地区和寒冷的地区在这一点上有着极大的差别。相比之下，性格急躁的人会早熟一些，至于其中的原因呢，很多人会搞错。比如，很多当代的哲学家经常把精神的原因归结为物质的原因。和人实行的教育相比，自然实行的教育时间较晚，进展较慢；前者是用想象去唤起感官，而后者是用感官去唤起想象。受到人实行的教育的影响，还没有成熟的感官就要开始活动，这会让人的元气受损，身体虚弱，持续时间长的话，它还会削弱一个民族。有人认为，出现这种情况是风土的缘故，但是更多人支持另外一种更加普遍和肯定的想法：和粗野无知的人相比，受过教育的文明人发情期更早，性能力成熟也会更早①。孩子们有一种独特的灵敏，可以透过端庄的外表，发现其背后隐藏的所有不良习俗。人们教他们一本正经地说话，教他们老实做人，或者给他制造各种迷雾，反而会激发他们的好奇心。你们的初衷是不让他知道某件事情，结果却是让他知道这件事情。这是你们给他们的所有教育中其唯一能够融会贯通的一种。

根据经验，你不难得知，这种愚蠢的做法只会加速自然的作用，对人的气质造成损坏。也正因此，城市的人口才会减少。年轻人早早地把自己的精力耗得干干净净，所以才会身材矮小，身体柔弱，发育不健全。他们不是在成长，而是在变老。你们在春天让葡萄结出果实，又在秋天让它枯萎而死，也是这样一个过程。

必须在质朴的人们中间生活过，才能知道孩子们快活无知的生活能够天真多久。毫无疑问，看到俊俏的男孩女孩们自在地做那些儿童游戏，看到他们愉快地亲热，真是一件令人心旷神怡的事情。最后，当这些令人喜爱的年轻人喜结连理，向对方奉献自己的精华，他们的爱意更笃；当他们生育下一群身强体壮的孩子，他们的这种结合就是任何力量都无法打破的，

---

① "在城市里，"毕丰说，"有钱人家的孩子时常以营养丰富的食品为食，所以可以更早地抵达这个阶段。在乡间，贫穷人家的孩子要晚一些达到这个阶段，原因是他们吃得太少了，而且吃得也不好。他们要达到这个阶段，要多用两三年的时间。"（《博物学》第4卷，12开本，第238页。）我承认他说得没错，可是对于他所说的理由，我却并不认同。乡村的农民们吃得不仅很多，而且还很好，像在瓦累，甚至像在意大利的某些山区（像弗里乌尔），相比城市里的孩子们，不管是男孩还是女孩，发情期都要晚一些。在城市里，在虚荣心的驱使下，人们通常吃得很少，而且城市中的大部分人和俗话所说的并无二致："穿着阔绰，吃得蹩脚"。让人吃惊的是，我们在这些山区中发现一些长得很壮实的男孩子说话的声音却依然那么尖刻，而且下巴上也没有胡须长出来，而袅袅婷婷的大姑娘好像还对女性的月经一无所知。我觉得这种差别的存在，只是因为在那种朴实的风俗中，他们的想象力会保持较长的平静时间，因此他们的血液才会晚一些沸腾，让他们的气质不会那么早熟。——原注

这是他们青年时期美好德行的奖励。

既然受教育和受自然的作用不同，人获得性知识的年龄也有所不同，那也就是说，我们可以通过对孩子的培养，让这个年龄来得更早或更晚。既然我们延缓或者加快这个进度，能够决定青年人的身体强壮与否，那我们就可以通过延迟这个进度，来让年轻人的身体更加强壮。现在我谈的只是这一切对体格的影响，很快你就能发现，这些影响还能带来其他的后果。

这样一来，人们经常争论的这个问题就找到了答案：对于孩子感到好奇的事情，是要早点给他讲明白，还是拿其他的小事搪塞过去？我的看法是，这两种方法都不合适。首先，我们要尽量少让孩子产生好奇心，只要不给他机会，他就不会好奇。其次，如果你遇到的不是非要回答不可的问题，那你可以禁止他问，也比撒谎骗他要好。如果你已经让他在一些小事上服从了这个法则，那你此时采取这个法则，他也不会觉得奇怪。最后，当你决定了回答他的问题，那不管他问什么，你都要尽量回答得言简意赅，不可以模棱两可，含糊其词，更不能发笑。相比引起孩子的好奇心，满足他的好奇心的危险要小得多。

你在回答的时候一定要审慎，言简意赅。另外，你的回答还要真实，这一点已经不需要我强调。成年人要想让孩子知道对大人撒谎的危害，首先要意识到对孩子撒谎有什么危害。如果教师对学生撒谎，只要被学生发现一次，他之前的教育成果就全部白费了。

对于孩子不该知道的事情，最好永远都不让他知道。可是如果有些事情他们早晚会知道，就要尽早告诉他们。可行的做法有两种：不让他们产生好奇心，或者满足他们的好奇心，以免他们长到一定的年纪后，被自己的好奇心伤害。你如何应对学生，主要取决于他的特殊情况、周围的人以及他可能会遇到的环境。这个时候，不管是什么事情，都不能按照偶然的情绪处理。你可以保证他 16 岁之前都不知道两性的区别吗？如果不能的话，倒不如让他在 10 岁之前就知道这种区别。

有些人喜欢假模假样地跟孩子义正词严地说话，也有些人喜欢对孩子避重就轻地说话。我不喜欢这种做法，因为这会让孩子发现你是在胡说八道。在回到这些问题，首先要做到的就是朴实。不过，他那沾染了恶习的想象力已经将理解力变得十分敏锐，会反复琢磨你说的话，因此，你完全可以把话说得粗鲁一些，但是要注意避免夹杂色情的观念。

诚然，行为端正是人的天性，不过孩子们并不知道这一点。他们只有在意识到有罪恶的时候，才知道应该行为端正，因此，在孩子们还没有并且也不应该对罪恶有所了解的时候，是无法从这种知识中认识到要行为端正的。平白无故地告诉他们要行为端正和诚实，就等同于在告诉他们有些事情是羞耻和不诚实的，这样就会侧面促进他们了解这些事情。这些事情他们终究会知道，只是时间问题。一旦他们的想象力被激发，感官就会加速活动。一个会脸红的人就具备了犯罪的能力；真正天真的人，不管对什么事情都不会感到害羞。

孩子们自然还不具备成年人拥有的欲望，可是他们和成年人一样，也很容易染上那些对感官有害的猥亵行为，所以，让他们接受那些针对这种行为实行的良好教育也是可行的。自然已经给我们做好了安排，将隐秘的快乐的器官和令人讨厌的排泄器官安排在同一个地方，从而以这种或者另一种观念教导我们，不管处于什么年龄段，都要同样谨慎，它让成年人学会节制，让小孩子学会干净。

在我看来，唯一能够保持孩子们的天真的好办法，就是让他们身边的人来尊重和爱护他们的天真。如若不然，我们为了控制他们而采取的任何办法都只能适得其反。我们的一个微笑，或者一个眨眼，或者不经意间的一个手势，都能让他们觉得我们在隐瞒什么。意识到这一点之后，他就会非常渴望知道那件事。文雅的人跟孩子们谈话总是过分文雅，这只会让孩子们觉得，其中有些事是不该让自己知道的，所以跟孩子讲话千万不要咬文嚼字。如果我们能够真正尊重他们的天真，就能找到一些适合的语句跟他们谈话。有一些天真的话语很适合说给单纯的孩子听，而且他们也很喜欢听这些话。在孩子产生了危险的好奇心时，这种不加修饰的语言恰好可以转移他们的好奇心。推心置腹地跟他说话，就不会让他觉得你有事情瞒着他。一个人把粗话和他的意思相结合之后，他的想象力就会被扼杀。不过我们没有必要去禁止他说那些话和获得那些观念，但是要让他在不经意间想起它们的时候，就感到十分厌恶。如果人们只说应该说的话，并且随心所欲地说话，那这种纯真的说话方式可以给自己省去很多麻烦。

"小孩子是怎么来的？"孩子们总是会很自然地问出这个难以回答的问题，这个问题如果回答得不够慎重，可能会影响他们一生的品行和健康。如果母亲不想回答这个难题，又不想跟儿子撒谎，最省心的办法就是直接禁止他问这个问题。如果孩子以前问一些无关紧要的问题时，我们总是这样回答；如果孩子不会怀疑这种回答中包含什么神秘的成分，这个方法也许可以奏效。可是，母亲通常不会这样回答问题。也许她会说："这是结了婚的人的秘密，小孩子的好奇心不要这么强。"这样做固然可以让母亲摆脱难题，但是问题是，孩子被母亲的嘲弄刺激，就会迫切地想知道结了婚的人会有怎样的秘密，而且很快他就能得到答案。

我曾经听过一个与此截然不同的回答，至今记忆犹新。我的印象之所以这么深刻，是因为它是一个言行举止都十分谨慎的妇女给出的回答。这个妇女认识到，为了孩子的利益和德行，不应该怕别人的指责，也不能说那些好笑的废话。事情的经过是：不久之前，她的小儿子在小便的时候尿出了一个很小的硬东西，这个东西还划破了他的尿道。对于这件已经过去的事情，他早就忘到了脑后。一个偶然的机会，这个小笨蛋问妈妈："小孩子是怎么来的？"他的妈妈直截了当地说："我的儿子，小孩子是从女人的肚子里拉出来的，拉的时候简直痛得要命。"疯子们，你们可以尽情嘲笑；傻子们，你们可以感到害羞。不过聪明的人，你能找到一个比这个更加合情合理，更加能够达到目的的答案吗？

首先，这个孩子具有一种因为自然的需求而具有的观念，这种观念让他无法想到另外一种神秘的作用。痛苦和死亡这两种相互关联的观念，用一层不太起眼的纱布挡住了他对神秘作用的观念，抑制了他的想象力，也让他不会产生好奇心。如此一来，他想到的就不是生孩子的原因，而是生孩子的结果。这位母亲的回答很容易让人联想到一些恶心的事情，如果孩子继续追问，就会涉及人类天性的不足、令人厌恶的事物和痛苦的模样。在这样的谈话中，他再也不会急切地想知道生孩子的原因，也就是说，这样不但不会歪曲事实，也不用指责孩子，反而会让孩子得到教育。

要让孩子读书，通过读书，他们能获得不读书就学不到的知识。如果他愿意进行钻研，就可以在安静的书房中激发想象力，并且想象力越来越活跃。当他们进入社会，就会听到一些粗鄙的话，看到一些难以忘记的行为。你反复告诉他，他已经长大了，所以当他看到大人做事的时候，就会追问自己什么时候才能做这些事。既然他们一定要听别人的话，那自然也可以做别人做的事。家中的仆人归他们所有，所以仆人会昧着良心和道德去迎合和取悦他们，会在他们4岁的时候，说一些最厚颜无耻的女人在他们15岁时都不敢对他们说的话。也许很快他们就会忘记说过什么，可是他们却把自己听到的事情记在了心里。于是，轻佻的言语为将来的放荡行为埋下了伏笔，因为仆人行为不端，孩子也会变得放荡。

如果按照年龄对孩子进行培养，那他会十分孤独。他做什么事都按照自己的习惯，像爱他的表一样爱他的姐妹，像爱他的狗一样爱他的朋友。他不知道自己的性别，也不知道自己的种族，在他看来，男人和女人一样奇怪。他不知道他们做的事和说的话跟自己有什么关系。对他们做的事和说的话，他根本毫无兴趣，或者说他从来都没有注意过，他对他们说的话不感兴趣，对他们做的事也同样不感兴趣，这些都与他无关。毫无疑问，这是一个人的过错，它并不是因为我们采取了这种做法而产生的，而是因为大自然的疏忽。现在正是大自然对它的学生进行启蒙的时刻，也是唯一一个可以让学生稳妥地从它的教育中得到益处的时刻。其实这一切也是一个原则，但是我不准备在这里详细阐述，因为这在我的论述范围之外。我针对其他事情提出的那些方法，同样适用于这件事情。

如果你想让日益增长的欲念变得有次序，有规律性，就要尽量延长它们的发展过程，让它们在发展的时候变得十分从容。只有自然才能让它们有条不紊，因此你完全可以交给自然去安排。如果你的学生只是一个人，那你什么都不用做。不过，他周围的事情会让他的想象力变得十分活跃。此时的他已经受制于偏见，想要避免这一点，就要让他朝着相反的方向前进，也就是用情感去束缚想象力，用理智去战胜偏见。人的感性是所有欲念的源泉，而它的发展方向取决于想象力。如果一个人可以感受到这些关系，那么一旦这些关系发生变化，或者当他觉得其他关系更适合他的天性，他的内心就会发生波动。那些心胸狭隘的人，他们的欲念之所以变得邪恶，就是因为想象的错误。天使的欲念如果想错了，也会变得邪恶。因为只有认识到所有人的天性之后，他们才知道最适合自己的天性。

现在我们来明智地归纳一下欲念的要点：（1）要同时从人类和个体两方面来认识人的真正关系。（2）要让心灵的一切感情受到这些关系的节制。

可是，人能否自主地用各种关系来约束自己的感情呢？答案是肯定的。不过唯一的情况就是他能够自主地把自己所有的想象力倾注在某个目标上，或者能够自主地养成某个习惯。但是现在问题的关键并不是一个人怎么教育自己，而是我们怎么通过给学生选择的环境去教育他。如果我们能够说明用什么方法可以让他遵守自然的秩序，就能说明怎么让他脱离那个秩序。

只要他的感觉力还受他个人的限制，那他的行为就无所谓道德的意义；只有他的感觉力摆脱了他的限制，他才会先产生情感，后有善恶的观念。这样他才能真正成为一个大人，成为一个构成人类的必要部分，所以我们要先说明这一点。

在说明过程中有一个困难，就是我们一方面要把看到的事物排除在外，另一方面又要寻找那些顺着自然秩序发展的例子。

如果一个孩子受到一定的方式和文化的影响，具备了一定能力之后，他就会将自己受到的过早的教育付诸实践。对于这种能力什么时候会到来，这个孩子心知肚明。他不但不会等待这一时刻的到来，反而会让它早一些到来，在他的血液还没有成熟的时候，他就开始让它沸腾，他还没有开始体验自己有哪些欲望，就早已知晓这些欲望要实现的目的。不过，大自然并没有让他以这种方式做成年人，所以这不是大自然在刺激他，而是他在强迫大自然。虽然他还没有长成一个成年人，可他已经具备了成年人的思想。

自然的真正进程是一个缓慢的、逐步发展的过程：血液慢慢变得沸腾，心思慢慢变得细腻，性情慢慢养成。一个管理工厂的工人，如果他足够聪明，就会先把自己的所有工具变得十分精良，再用工具制造东西。人的最初的欲望产生之前，要经过一个漫长的不安的过程。在这一时期，长期的蒙昧无知蒙蔽了他的欲望的心，虽然他有欲望，却又不知道自己想要什么。他的血液沸腾着，有多余的精力需要释放；他目光灼灼，总是看别人；他开始对周围的人产生兴趣，觉得自己并不是生来就独自生活的。这时候他已经知道了什么是爱，懂得了爱别人。

被精心培养起来的年轻人，他产生的第一种情感不是爱情，而是友情。随着他的想象力日益增长，他首先想到的是有一些同类，相比于性的影响，人类对他的影响更早。因此，延长无知的时期还有另外一个好处，就是借助不断成长的感性，在这个年轻人心中种下博爱的种子。这个好处有着重大意义，因为在他的一生中，只有这个时候的关心和教育是最有效的。

　　我发现，那些很早就开始堕落，行为放荡的青年，性格总是十分残暴。暴烈的性情让他们变成了心浮气躁、睚眦必报和冲动易怒的人，为了达到目的，可以不择手段，根本不知道什么是仁慈和怜悯，为了片刻的欢愉，他们可以把父母和整个世界作为代价。而那些在单纯而朴素的生活中成长起来的青年则截然不同，他们在自然的作用下，养成了敦厚和重感情的性格。当看到有人在痛苦中挣扎，他那颗热诚的心会十分感动；当看到同伴，他会十分高兴；他的双手可以温柔地拥抱别人，他的眼睛可以掬一把同情之泪；他在惹别人不高兴时，会羞愧难当；他在冒犯别人时，会自责不已。就算他因为热血而变得焦躁和狂怒，他也很快就会觉得愧疚，你能从中发现他纯良的本性。当他对别人造成了伤害，他会哭泣和发抖；当他让别人流了血，他愿意用自己的血来弥补。当他意识到自己犯了错，他的怒气就会烟消云散，他的骄傲也会变成谦卑；当别人冒犯了他，只要在他狂怒的时候道个歉，向他说一句话，就能消弭他的怒气；他能够真诚地弥补自己的过失，也能够真诚地原谅他人的过失。在青春期不适合怨恨别人，而是应该慷慨和仁慈地对待别人。我是这么说的，也不害怕你用实际经验来验证我的话。如果一个孩子在 20 岁之前一直保持着天真善良，那他在青春期时一定是最善良和最慷慨的人。他不但最爱别人，也最值得别人爱。我坚信，从来没有人跟你说过这样的话，那些在学院的腐败环境中成长起来的哲学家，是不想知道这些的。

　　人为什么合群？因为人的身体柔弱。我们为什么心系人类？因为我们面临着共同的苦难。如果我们不是人，就不用对人有任何责任了。人之所以会产生对别人的依赖，都是因为力量的不足。如果我们所有人都不需要别人的帮助，那谁都不会想和别人合作。所以，我们自身存在的弱点反而给我们带来了

微小的幸福。一个真正幸福的人一定是孤独的，因此，上帝才
是绝对幸福的人。可是，我们又有谁知道什么是幸福呢？如果
一个人力量不足，就算他可以满足自己的需求，也没什么快乐
可言，也许他会成为一个孤独而忧郁的人。我觉得，如果一个
人没有任何需要，他就不会喜欢任何东西。我真的很难想象，
如果一个人什么都不喜欢，又怎么会幸福？

　　因此，与其说我们是感受到了同类的快乐才爱他们，倒不
如说是感受到了他们的痛苦才爱他们。要知道，只有在痛苦
中，我们才能看出我们天性的一致，看出他们爱我们的保证。
通过利益，我们共同的需求能够将我们联系在一起；而通过感
情，我们共同的苦难也能够将我们联系在一起。人们只会忌妒
一个拥有幸福的面孔的人，而不会爱慕他。我们会说："他能
过得这么舒服，是因为窃取了他不该享受的权利。"而出于自
私的心理，我们会更加难过，因为我们会觉得他不再需要我
们。可是，每个看到别人遭受苦难的人，都会心生同情，都会
想帮对方脱离苦难。我们的心会感同身受，觉得自己就是那个
受苦的人，而不会把自己想象成那个幸福的人。我们觉得，和
幸福的人相比，痛苦的人更能打动我们。怜悯心会让人觉得幸
福，因为当我们设身处地地给别人考虑时，会不由自主地庆
幸：幸好我没有遭受这样的苦难。嫉妒心会让人觉得痛苦，因
为当我们看到一个人幸福的面孔时，并不会对他的幸福表示
羡慕，反而为自己无法成为那样幸福的人而感到悲伤。在我看
来，怜悯心可以让我们避免遭受那个人遭受的痛苦，而嫉妒心
会从我们身上剥夺另一个人享受的那种幸福。

　　所以，如果你想在一个年轻人心中培养那种不断成长的
开始冲动的感情，想让他长成一个善良的人，就不能用虚假的
人们的幸福为他将来的骄傲、虚荣和忌妒埋下种子，不能让他
体验宫廷的奢靡和富贵的排场，不能带他去交际场所，让他流
连于衣着华丽的人之间。什么时候才能让他看到上流社会的
外表呢？就是他具备了从上流社会本身去了解他的能力的时

候。如果他对人们还没有清楚的认识，你就让他流连于社会场合，那就是在败坏他，而不是在培养他；是在欺骗他，而不是在教育他。

人生来就能做帝王、贵族、显宦或富翁吗？并不是，每个人在降临到这个世界上的时候都是一无所有的，每个人都要遭受人生的苦难、疾病、忧虑、贫穷以及各种痛苦，而且每个人最后都免不了一死。这就是做人的真正意义，谁都避免不了这些。因此，我们在开始研究的时候，要从和人的天性不可分割、组成人性的东西入手。

一个少年长到 16 岁，就知道痛苦为何物了，因为他自己经历过痛苦，可是对于别人也同样遭受痛苦这一点，他却不太明白。另外，如果他只看到别人痛苦，自己却没有痛苦的感觉，就无法理解别人的痛苦。而且我也说过很多次，在孩子还无法想象别人的感觉时，只能体会到自己的痛苦。但是，在他的感官开始发育，想象力开始活跃时，他就会对别人的感觉感同身受。他们烦恼时，他会不安；他们痛苦时，他会悲伤。这时候，他的心灵会因为苦难的人类的悲惨情景而产生一种前所未有的同情。

如果你无法从孩子身上看到这个时刻，只能归咎于你自己。你早早地让他们学会了玩弄感情，让他们说话带情感，结果就是，他们总是用那种腔调说话，用从你那里学来的东西对付你，于是你无法判断他们什么时候说真话，什么时候说假话。但是你看我的爱弥儿，完全不是这样。我把他抚养到这么大，他从来没有动过感情，也没有说过假话。在他还不知道什么是爱的时候，他从来不会对别人说爱。在父母或者生病的教师的房间里该怎么做，在他不忧愁的时候该怎么装得忧虑不已，我都没有教过他。他不知道死为何物，所以就算看到人死了，他也不会假模假式地哭一场。他的心里没有感受，就不会做出某种表情。他只关注他自己，和别的孩子一样，他不会关心任何人。不同之处在于，他不会像别的孩子那样假装关心别人。

爱弥儿几乎不会思考有感觉的生物到底有哪些感觉，所以他过了很久，才知道痛苦和死亡为何物。可是他现在已经开始呻吟和哭泣，他的眼睛因为流血的样子而被迫张开。如果他不知道一只濒死的动物为什么会全身痉挛，那当他看到肌肉颤动的时候，一定会十分痛苦。如果他还是那么粗野，那么懵懂无知，他就不会产生这些感觉。等他接受了更多的教育，就能知道这些感觉来自何处。但是，因为他已经比较了自己的观念，所以要说他一点感觉都没有也是不准确的。不过，这并不代表他已经能够想象出自己感觉的情景。

按照自然秩序首先触动人心的相对情感——怜悯，就是这样产生的。想要让孩子变得有感情，有恻隐心，就要让他知道，他遭受的那些痛苦，承受过的那些悲哀，有一些跟他相同的人也经历过，而且这些人还经历了其他的痛苦和悲哀，因为他现在已经能够体会到这些感受。我们只有忘记自己的形体，觉得自己和那个遭受痛苦的人一样，能够站在它的立场上思考，才会产生怜悯之心。只有我们确定它真的在承受痛苦，才会感到痛苦，而且我们痛苦的也不是自己，而是那个动物。所以，只有想象力被激发的人，才可能忘掉自己，才能变得有感情。

对于这样一种与日俱增的感情，我们想要在一个青年人身上激发和培养它，并按照它的自然发展轨迹对它进行引导和认识，只能采取以下办法：让他把心中日益增长的力量用于扩充自己的胸襟，让他关心别人，而忘记自己的事。我们要小心地清除那些让他心胸狭窄、时刻以自我为中心的事物，也就是说，我们要让他变得善良、博爱、悲悯、慈悲，让他产生所有自然让人觉得快乐的温柔动人的情感，防止他产生妒忌、贪婪、仇恨以及所有不但无法让他产生情感，反而会起到相反的作用，对他进行折磨的有害欲念。

我认为，我在上面阐述的各种观点，可以归纳为三个简明的原理。

原理一

人可以设身处地想到的，是那些比自己更值得同情的人，而不是比自己幸福的人。

如果你发现有和这个原理不符的例外情况，那也只是表面上的不符。不管是谁都不会设身处地地为他喜欢的有钱人或显贵着想，即便他似乎真的喜欢对方，也只是想从对方那里获得一些好处。这些有钱人或显贵如果运气不好，反而会得到别人的同情。可是，如果他们财源广进，或者青云直上，那除了那些不为飞黄腾达的外表所迷惑、仍然对他们采取同情而不采取妒忌的态度的人，他们就没有一个真正的朋友。

有些人的幸福生活会让我们十分感动，比如农民的田园生活。每当我们看到那些诚实快乐的人，我们会为之倾倒，这种感觉里没有任何嫉妒怨恨，而是真正的喜欢。之所以会出现这种情况，是因为我们可以降低身份，去过这种平和简单的生活，享受他们的幸福。只要把愿望付诸实践，这就算是一个让人心情愉快的方法。当我们看到自己财富的源泉，当我们想到自己的财产，就算我们不去享受，内心也会快乐无比。

因此，为了让一个年轻人变得博爱，就不能让他嫉妒别人的好命，而是要告诉他，这种命运也有不好的地方，好让他心生畏惧。通过这种方式，他就不会追随别人的脚步，而是会开辟另一条通往幸福的道路。

原理二

对于他人的痛苦，我们会产生同情的，

只有我们也可能遭受的部分。

我经历过苦难的生活，

才会帮助那些不幸的人。

——《伊尼依特》第 1 卷，第 634 节

这首诗是这么优美、深刻、动人和真切，我还没有听谁说过能与之媲美的话。

为什么皇帝对他们的臣民没有怜悯之心？那是因为他们认为自己永远不会变成普通人。为什么富人对穷人如此苛刻？那是因为他们不担心陷入贫困。贵族为什么如此藐视平民百姓？那是因为贵族永远不会是平民。为什么土耳其人通常比我们更善良？因为他们的政府是如此专制，个人的荣华富贵总是不稳定的，他们不会觉得自己没有陷入卑微和贫困的那一天，也许他第二天就会同他今天帮助的人一样。这种观念在东方人的小说中不断出现，它对读者的吸引力比我们苍白的道德观强很多倍。

不要让你的学生因为他的浮夸而经常蔑视不幸的人的痛苦和穷人的劳动，如果他认为这些人和他无关，你也不要试图教他同情穷人的苦难。要让他知道，任何时候都有许多不可预见和不可避免的事件，当他沦落到这些穷人的境地，那些穷人的命运也可能是他的命运，那些穷人遭遇的痛苦也可能降临到他身上。要让他知道，他的出身、健康和财产并不是他幸福生活的保障；要让他知道，命运充满了跌宕起伏；要给他举一些常见的例子，让他知道，有些地位比他高的人，在失败之后还不如那些穷人。至于他们的失败是否是由于他们的过错，这不是现在要解决的问题，因为他现在并不知道什么是过错。你要在他的知识范围内，用他能够理解的东西来启迪他。这样就算他储备的知识不多，也能知道就算一个人做事小心谨慎，也无法确定一个小时后自己是死是活，也不知道肾病的痛苦是否会让他在天黑前咬紧牙关，一个月后是他贫穷还是富有，一年后他是不是会被送到阿尔及尔，被别人抽打着划船。最重要的是，不要用刻板的问答方式来告诉他这件事，他必须看到并感受到所有这些人类的灾难。你要让他震惊，让他知道自己身边充满了危险，要让他在听这些的时候，紧紧依偎在你身边，以免陷入危险。你可能认为这样做会使他变成一个胆小的人，他到底会不会变得胆小，我们以后就能明白。就目前而言，我们要先把他变成一个和蔼的人，这是我们现在必须做的第一件事。

原理三

我们对别人有多么同情，不取决于痛苦的数量，而是取决于我们为那个遭受痛苦的人进行的联想。

我们多么可怜一个不幸的人，就多么同情他。我们感受到的痛苦比我们想象的要少；因为记忆让我们感觉到我们的痛苦还在继续，而想象又可以将它延伸到未来，因此，我们才有真正的同情。虽然共同的感觉应该让我们平等地对待动物，但我们关心动物的痛苦少于关心人的痛苦，我想这就是原因之一。一个人不会同情他拉车的马，因为他不揣测它吃草时是否会想到受到的鞭打和未来的疲劳。虽然我们知道在牧场上吃草的羊很快就会被吃掉，但我们会同情它吗？不会，因为我们知道它不会料到自己的命运。由此看来，我们对人类的命运也是如此的残酷。富人给穷人造成各种各样的痛苦，但是因为他们认为穷人愚蠢到不知道自己为什么会痛苦，所以心安理得。一般来说，我判断一个人为同伴的利益做的各种事情的标准，就是他是如何看待他们的。一个人当然不会关心那些他所鄙视的人的幸福，因此，当你看到政客们在谈论人民表现得如此轻蔑时，当你看到大多数哲学家坚持说人类非常坏时，也不用感到惊讶。

人类是由人民构成的，不属于人民的人就毫无价值，所以不要把他们算在内。如果我们承认所有等级的人都是一样的，那么数量最多的等级就最值得我们尊重。在有思想的人眼里，所有的社会差别都不存在，他认为小人物和大人物有同样的欲望和感情，区别只在于他们的语言和或多或少装出的样子；如果说他们之间有什么极大的不同，那就是伪装者特别虚伪。人民不受欢迎，是因为他们表里如一。上流社会的人必须戴上面具，如果他们以真面目示人，后果不堪设想。

我们那些博学的人还说，不同等级的人的幸福和痛苦有着同样的分量。这个说法非但有害，而且站不住脚。因为，如果我们都一样幸福，我为什么要为了别人自讨苦吃呢？愿每个人都保持自己现在的样子：受到虐待的奴隶继续受虐待，生病的人继续痛苦，贫穷的人想死就让他死，因为改变他们的地位毫无好处。学者们把富人的苦难一一数清，指出他外在的幸福是空虚的，这简直是一种诡辩！富人的痛苦不是来自他在社会中的地位，而是来自他自己，来自他对社会地位的滥用。即使他比穷人更痛苦，也不值得怜悯，因为他的痛苦都是自己一手造成的，他完全可以让自己过得更幸福。而穷人不同，他的苦难是由于环境和降临在他身上的残酷命运造成的，他的身体无法免于疲劳和饥饿，因为他无法避免贫困，他的智慧也不能使他免于他所处的地位带来的痛苦。爱比克泰德①预料到主人会打断自己的腿，可是预料到了又有什么用呢？他还是要被主人打断腿，他的先见之明只增加了他的痛苦。就算人们不像我们想的那么愚蠢，而是非常聪明，他们也无法过上别的生活，他们只能做现在做的事。如果你研究这个等级的人，就会发现虽然他们说话的方式和你不同，但是和你一样聪明，而且比你有更多的常识。因此，你必须尊重你周围的人，并且意识到他们中的大多数都是人民。如果你把所有的国王和哲学家都除掉，人民的数目会减少吗？并不会，种种事物也不会变得比之前糟糕。总之，教导你的学生去爱所有的人，包括那些鄙视人民的人，要让他和全体人民在一起，不从属于任何一个阶级。当你和他谈到人类时，口吻一定要亲切，甚至还要带有同情，决不能说任何蔑视人类的话。人，永远不要说人类的坏话。

　　正是通过这些与他人的方法截然相反的方法，才能深入青年人，以唤起他最初的自然感受，让他敞开心扉容纳同胞。还有一点应该注意，就是尽量不要在他的自然情感中混淆个人利益，尤其是虚荣、竞争、荣誉以及那些我们一定会和别人比较的情感。因为当我们比较的时候，一定会对那些与我们竞

---

　　① 罗马哲学家。——译者注

争的人怀恨在心，并假设我们应该领先，这样我们就会盲目行动，或者会满怀怒气，要么会变成坏人，要么会变成傻瓜。对于这种必然会出现一种的情况，我们一定要避免。你可能会说："这种有害的欲望迟早会出现，是我们的意志决定不了的。"我不否认一切都会在正确的时间和正确的地点发生，我只是说我们不应该帮助它们发生。

这就是我们应该采取的做法的精神。然而要指出一点，这里给出的例子和描述的细节并无实际用处，因为人的性格从这时起已经有了许多区别，而且适合我给出的例子的人少之又少。正是在这个年龄，一个有能力的教师开始扮演学者和哲学家的角色，以独特的方式探索学生的心灵，从而实现培养他们的目的。当一个年轻人对如何掩饰自己的情绪还一无所知的时候，我们给他一样东西，就可以从他的态度、眼睛和姿势中看出他对那个东西的印象，从他的面部表情，就能看出他心里的想法，之后，我们就可以预测这种活动，并加以指导。

一般来说，每个人碰到流血、创伤、哭泣、呻吟、痛苦的外科手术以及其他任何引起感官疼痛的事情，心脏都会紧张起来。相反，当他看到毁灭的景象时，反而比较镇定。人要在很久之后，才会对死亡有所感触，因为谁都没有死过，他必须看到一些尸体，才能知道死前的痛苦。但是一旦我们牢牢记住这种形象，那在我们的头脑中就没有什么比死亡更可怕的了。因为在这个时候，这个形象或者通过感官给了我们彻底毁灭的想法，或者由于我们知道每个人都逃不过这个时刻，而对这种逃避不了的景象更加恐惧。

这些印象因人而异，程度不同，但它们是每个人都有的，对所有人都是不可避免的。有些印象是慢慢形成的，而且只有敏感的人才有，因为它们是精神痛苦、内心悲伤、情感痛苦、烦恼和悲伤的结果。有些人只有听到哭泣的声音，内心才会被触动。如果看到一颗非常悲伤的心在那里偷偷地抽泣，他们甚至连一丝叹息都不会有；如果看到一张沮丧、苍白的脸，一双没有神采而且流不出眼泪的眼睛，他们也不会流下一滴眼泪。在他们看来，心灵遭受的折磨无关紧要，把它们放在心上一衡量，并没有什么感觉，他们只知道对人残忍、恶毒和残酷。他们也许诚实正直，但绝不会仁慈、宽恕和同情。我说他们能够正直的前提条件是，如果一个居心叵测的人也能变得正直的话。

　　但是你不要急着用这种标准来评判年轻人，尤其是那些受过良好教育、从未遭受过精神上的痛苦的年轻人。原因我可以重申一遍：他们唯一能够同情的就是他们能体会到的痛苦；他们之所以表现出这种漠不关心的外在表象，是因为他们仍然处于无知的阶段，然而，当他们开始意识到人生中有成千上万种他们不知道的痛苦的时候，这种冷漠和麻木很快就会变成同情。如果爱弥儿在童年时代就这么单纯善良，我相信他到了青年时代一定是心地善良、宽厚待人的，因为情感的真切在很大程度上取决于观念的正确。

　　为什么又在这里提到他？毫无疑问，有不少读者会指责我忘记了初衷，忘记了承诺——给我的学生永恒的幸福。有人可能会说："总是谈论穷人和垂死的人，谈论痛苦和悲惨的情景！这并不能使一个即将踏入社会的年轻人知道什么是幸福和快乐！他那个可怜的教师说会给他一个良好的教育，但就目前的情况来看，只是让他遭受痛苦。"这和我有什么关系？我说会让他幸福，但是我没有说让他表面上看起来幸福。如果你如此痴迷于外表，把表面当成现实，你能怪我吗？

　　现在做一个假设：有两个受过初等教育的年轻人，他们要从截然相反的门进入社会。其中一个人立刻登上了奥林匹斯山①，活跃在最受风光的上流社会中；他被人带着出入宫廷，出没于显贵、富人和名人的家中。我可以假设他在任何地方都

---

　　① 希腊最高的山，在爱琴海塞尔迈湾北岸。——译者注

很受欢迎，但是我并不觉得这种欢迎对他的理智有什么好处；我还假设他的理智会拒绝这种欢迎，他会遇到很多快乐的事情，每天都会有新的东西使他高兴。他对所有事情都有兴趣，以至你的兴趣也被激发出来。你看到他如此专注、着迷、好奇；你会牢牢记住他赞美的第一件事；你以为他很满足，但是看看他的精神状态吧！你以为他在享受快乐，可我却觉得他在受苦。

他睁开眼睛看到的第一件东西是什么？各种他迄今没有见过的所谓的财产，但其中大多数他只能暂时摸一下，而且，在他看来，这些东西的出现只是为了使他因为无法拥有它们而难过。当他在宫廷散步时，神情充满了忧虑和好奇，你能看出，他在纳闷为什么他父母的家不是这样的。他的每一个问题都告诉你，他经常把自己和房子的主人进行比较，比较得越多，他越感到羞耻和厌恶，这滋长了他的虚荣心。如果他遇到一个穿着比他好的年轻人，我会发现他偷偷抱怨自己的父母太吝啬。就算他穿得比那个人好，他还是很痛苦，因为他觉得自己的出身和智慧不如那个人，所以他身上的锦缎都比不上一件普通的布衣服。如果他是人群中唯一看起来最漂亮的人，并伸长脖子让人看见，这时候，每个人都想打击一下这个纨绔子弟的虚荣和自负。每个人都会不约而同地动起来：严肃的人不安地看着他，爱嘲讽的人说一些辛辣的话，就算只有一个人看不起他，但是一个人的轻蔑态度也会立刻让别人的喝彩带上轻视的痕迹。

我们会给他他想要的，让他尽可能地快乐；我们会尽可能地赞美他，让他衣冠楚楚，精力充沛，招人喜欢。也许会有一些女人来找他，但是，如果她们的到来不是因为被他喜欢，而是她们自己的追求，结果会是他变成一个疯子，而不是一个情人：他可能是幸运的，但是他不能充满激情地享受它。他的欲望很快就得到了满足，可他却不快乐。我们原本打算让他获得能够过上幸福生活的女人，却在他还不知道幸福是什么之前就使他厌烦了，让他觉得没有意义。如果他继续追求，也只是出于虚荣；等到他知道其中的真意而有所钟情的时候，他可能不再是独一无二的可爱美少年，他可能永远不会在他的情人中找到真爱。

我还没有谈到与生活密不可分的纷争、欺骗、黑暗和悔恨。众所周知，我们处世的经历会使我们厌恶它们，所以我在这里只谈由第一个妄念带来的烦恼。

到目前为止，这个年轻人一直生活在亲朋好友的怀抱里，知道自己是他们唯一的爱护对象，现在却进入了另一种环境，在这种环境中，他什么也不是；他在原来的世界里，都是作为一个中心存在，而现在似乎进入了一个陌生的世界。看看现在，再对比之前，他会产生一种巨大的反差。他在朋友和亲戚中变得十分自大，如果他在和陌生人相处时依然如此，一定会遭受许多侮辱和羞辱！当他还是个孩子的时候，大家都让着他，把他照顾得无微不至；等他长成青年之后，他就得让着大家，如果他还保持原来的样子，免不了会得到残酷的教训。以前他总是想要什么就能得到什么，所以他养成了想要更多的习惯，总是觉得自己缺少这样或那样的东西，总是被所有让他高兴的东西所诱惑，总是想拥有别人拥有的所有东西。他什么都想要，他嫉妒每一个人，他处处想要高人一等；他的虚荣心已经滋长，不可抑制的欲望的火焰点燃了他那颗充满朝气的心；伴随欲望而来的，是嫉妒和仇恨。在他心里，所有对人有害的欲望同时爆发出来，因为这些欲望，他在嘈杂的世界里变得十分焦虑，他每晚回到家的时候都十分不安，对自己不满，也对别人不满；他在睡梦中也辗转反侧，不停地盘算，被各种奇怪的想法搅得心神不宁，在梦中，他那傲慢的心向他描述了他的生命如此渴望却无法得到的虚幻的财富。上面说的是你的学生，现在再来看看我的学生。

如果给他留下深刻印象的第一件事是悲伤的，那他一想到自己的过去就会有一种幸福的感觉。当他看到自己逃避了那么多灾难时，他会很高兴自己没有成为那个人。他懂得分担同伴的痛苦，这种分担完全是出于自愿和善意。他对他们的痛苦十分同情，但同时又很高兴，因为他没有遭受他们所遭受的痛苦。在这种情况下，他觉得他有一种力量，使我们能够超越自己，除了让自己获得幸福，还能将我们多余的精力用在他人身上。当然，你必须知道他人的痛苦是什么样的，才能同情他人的痛苦，但你不必亲自去感受。当一个人受过苦或害怕受苦时，他会同情那些受苦的人；但当他自己受苦时，他只同情他自己。因此，如果我们所有人都受制于生活的弊病，只把我们自己实际上并不需要的感情赐予别人，那么可以看出，当他们同情别人的时候，他们自己的心也很高兴，因为这表明我们是充满感情的；而一个铁石心肠的人因为没有多余的情感去同情别人，所以总是痛苦的。

我们太容易根据外表来判断幸福，所以我们认为幸福的地方，通常是最不幸福的地方；因为快乐往往只是幸福的一个虚假表征。快乐的人常常是不幸的，他拼命地欺骗别人，欺骗自己。那些在交际场合十分快乐的人，在家里通常都是郁郁寡欢，一肚子苦水，这时候，他们的仆人就要忍受他们为了取悦朋友而受到的委屈。真正满足的人是不会这么玩乐的。这种感觉十分甜蜜，深得我们的爱护，所以，我们享受的时候会想起它，享受它的滋味，唯恐它消失不见。忧郁和寻欢作乐携手并行，同情和眼泪伴随着甜蜜的愉悦，极端的愉悦会让人哭泣，而不是欢笑。

乍一看，娱乐活动越多，花的钱越多，似乎越让人觉得更幸福，而单调乏味的生活会让人感到厌倦。但仔细想想，情况恰恰相反。我们发现适度享乐才让人舒畅，才不会无缘无故地引起欲望和烦恼。欲望一动，必然会使我们好奇而浮躁，无聊的狂欢会给我们带来麻烦。人若不知道有更美好的环境，就不觉得现在是可憎的。野蛮人是世界上所有的人类中最不好奇的，也是最不烦恼的；他们似乎对一切都漠不关心，他们享受的不是各种各样的事情，而是他们自身；他们一辈子都无所事事，所以压根不会觉得烦恼。

世故的人总是戴着面具，他们几乎从来不会以本来面目示人，甚至连自己都不认识自己。当他们不得不露出真面目的时候，就会感到非常不安。对他们来说，重要的不是他们的真正面目，而是他们看起来像什么。

看到我之前提到的那个年轻人的脸，我就会忍不住产生这样的看法：他是多么的无礼、狡猾、矫揉造作，世人都憎恶他；而看到我的学生的脸，我就会想到一个简单而可爱的表情，它显示了他内心的喜悦和安静，人们都尊重他，信任他，只要你站在他身边，他就会向你倾诉自己的友情。有人持有这种看法：一个人的外貌仅仅是大自然所描绘的特征的简单发展。我对此表示认同，但同时也认为，除了这种发展，一个人的面部特征，也会在心灵的某种感觉的习惯性影响下不知不觉地形成。这些流露于面部的表情是最真实的，它们流露的时间长了，就会在脸上留下持久的印记。我之所以说相貌可以显示一个人的性格，之所以说我们不必去听别人用我们不懂的知识进行神秘的解释，也能看出彼此的性情，就是这个原因。

一个孩子只有两种情绪：快乐和痛苦。他高兴的时候会笑，痛苦的时候会哭；他没有介于这两者之间的任何情绪，就这样不停地笑和哭。这样的哭笑不会在他的脸上留下永久的印记，也不会给他一个特定的外貌。但是，当他到了一定的年龄，变得比以往任何时候都更加敏感的时候，情感就能对他造成更加强烈和持久的影响，并留下深刻和不可磨灭的痕迹；随着时间的推移，产生于习惯性的心理状态的特征就会变得不可磨灭。然而，我们也看到许多人的面孔会随着年龄的变化而变化。我在许多人身上看到了这一点；我经常发现，我遇到的这些人连脾气都改变了。我认为，对这种情况进行充分研究具有重大意义，在以阐述根据外部征象去判断内心活动为重点的诸多教育论文中，这个研究结果一定能占有一席之地。

我所教导的那个年轻人，是否会因为他不知道模仿通俗的做法，假装他实际上没有的情感而变得不那么可爱呢？我并不打算在这里研究这一点，我只知道他会比别人更有感情。一个只爱自己的人，为了取悦别人，可以假装像别人一样，通过爱别人给自己一种新的幸福感吗？我并不相信这一点。对于一个深思熟虑的读者来说，他完全可以根据我在这方面的阐述理解这种感觉，另外，这些阐述也能证明我的话并不自相矛盾。

现在，再重新谈一谈我使用的方法。在我看来，当年轻人接近懂事的年龄，我们只能向他们展示一些能够克制而不刺激他们的欲望的场景，我们给他们看的东西不仅不刺激他们的感官，还要抑制他们的想象力，以便从那些容易刺激他们的欲望的东西上转移他日益增长的想象力。必须让他们远离大城市，因为在那里，女人们的衣着和不端的行为会加速他们在大自然中受教育的进程。他们会把大城市里的一切视为享乐主义，然而，他们知道这种乐趣的实际，应该在拥有选择的权力时。带他们回最初居住的地方，在那里，简朴的乡村生活会阻止他们那个年龄的欲望如此迅速地发展；如果他们对艺术的热爱让他们必须留在城市里，我们必须防止他们因为这个爱好而变得极其懒惰。对他们交往的人加以筛选，并挑选他们的日常活动和爱好。展示给他们的图画必须是动人而优雅的，以便在不引诱他们的欲望的情况下感动他们的心灵，在不刺激他们的感官的情况下培养他们的情感。同样重要的是要注意到，我们需要防范随处可见的一些放荡的行为，不受约束的欲望注定会给我们带来不可避免的伤害。之所以强迫你的学生成为一个看护或慈善机构的成员，或者强迫他忍受那些让他无尽悲伤的事情，强迫他看望各个病人，奔走于一家又一家医院，去刑场和监狱，不是为了让他心如磐石，而是为了让他感动。当我们多次看到同样的景象时，就会对它们感到漠不关心，习以为常；当我们一直看到某样东西时，我们不会在脑海中想象它，但是正是我们的想象力让我们感受到别人的痛苦。因此，牧师和医生的心之所以变得如此坚硬，就是因为看惯了死人和病人。因此，你要让你的学生看到人的命运和他周围人的痛苦，但不要太频繁。只要选好一件事，告诉他在适当的时间去看，用不了一个月，他就会充满恻隐之心。他能够判断自己看到的事情，不是因为他看到了太多，而是因为他在思考他看到了什么；他能对一件事有一个持久的印象，不是因为这件事本身，而是因为我们让他从一个特定的角度来思考它。因此，如果他知道的例子、教训和图像太多，随着时间的推移，他的感官的敏锐性会降低，同时还会让他偏离大自然指示的轨道。

随着他掌握的知识越来越多，你应该有选择地以一定的观念来武装这些知识；由于他的欲望变得越来越强，你应该有选择地让他看到一些能够克制他的欲念的情景。一个有勇有谋的老兵告诉我，他年轻的时候，他的父亲（一个明智但极其虔诚的人）看到他终日沉迷酒色，就想方设法要约束他。但是他的父亲发现，不管自己想出什么办法，他总是能找到一种方法来逃避控制。最后，父亲在没有跟他协商的情况下，带他去了一家医院，走进一间病房。这间病房里住的都是花柳病患者，他们做了一些有伤风化的事情，不得不来这里做一个可怕的手术。看到眼前这令人作呕的景象，年轻人感到很难过。"你去看看，"他父亲严厉地说，"如果你这个放荡的人再走那条让人堕落的邪恶道路，很快就会来到这间屋子，丢人现眼，蒙受耻辱。你在这里因为一场可耻的疾病中丧生，我作为父亲却要为你的死感谢上帝。"

这简短的几句话，再加上眼前那可怕的一幕，给这个年轻人留下了刻骨铭心的印象。因为职业原因，他在军营中度过了青年时期。在此期间，他无视伙伴们的嘲笑，从来不会去加入他们的放荡行为中去。他告诉我："现在我已经是成年人了，也有很多不足之处。可是，直到现在，我见到妓女还会感到害怕。"教师们，你们要谨记：少说多做，选择合适的时间、地点和人物，用实际例子对学生进行教育，一定可以收到成效。

童年是如何度过的这个问题并不重要，而且在这段时间产生的恶习并非无法改正，而在这一时期形成的美德可能在一段时间后才能发挥作用。但是，一个人开始真正生活的最初几年却不是这样，因为它不够长，不足以做我们应该做的事情，因此我们要十分珍惜它。也因此，我才会试图延长这段时间。想让作物长势良好，就要尽量延迟作物的生长，这样作物的生长虽然缓慢，却十分可靠。当一个青少年没有多余的力量成为一个成年人的时候，要阻止他成为一个成年人。随着身体的成长，精神也在成长，它赋予血液精华，赋予肌肉力量。如果此时此刻，他的精神转向别处，把本应该只供一个人健康成长的东西用来培养另一个人，结果就是两个人都十分虚弱，自然的工作也无法完成。精神的力量也受这种变化影响，由于心灵和身体同样虚弱，所以也只能起到十分微弱的效果。强壮的肢体并不能使一个人变得勇敢或成为天才。我相信，如果沟通的心灵和肉体的器官失调，身体的力量就不能产生心灵的力量。就算心灵和肉体发育均衡，但缺乏能够作为动力的血液，缺乏让整个机器的弹簧都富有弹力的物质，它就只能无力地运作。一般来说，相比那些一有精力就开始放荡的人，那些年轻时就善于保养的人更富有精神活力，因为他们善于保养。也正是因此，有美德的人通常比没有美德的人更为善良和勇敢。缺乏德行的人之所以表现抢眼，就是靠的自己的小聪明，他们将其称为机智、伶俐和精明，我却不知道该如何命名。只有在一个具备良好德行的人身上，我们才能看到智慧和理性发挥着伟大而崇高的作用，使他因为良好的品行、美德和崇高的事业而超凡脱俗，受人尊敬。

教师抱怨这个年龄的年轻人脾气不好，不守规矩，我想这是真的。但这难道不是教师自己的错吗？当他们让青年人的感官点燃这团火时，难道不知道已不能再让它不燃吗？一个迂腐的教师的长篇大论，能从他的学生的脑海中抹去那些快乐的画面吗？能从他心里消除那些折磨他的欲望吗？能让他抑制自己那种已知用途的热情吗？如此一来，他就会对这些妨碍自己获得幸福的困难感到愤怒。如果在他明白任何纪律的意义之前，你就强迫他服从，他就只会认为这是专断和可恨的行为，是有意折磨他的行为，这样他再反抗和仇恨你，自然能够理解了。

我确实认为，当一个人让自己变得有亲和力时，他更有可能被尊敬，并保持一种表面的权威。然而，对你的学生来说，我不太明白你保持这种权威有什么用，因为保持这种权威会助长他的坏习惯，而这些坏习惯，原本应该通过使用教师的权威来克服。你的这种做法，就相当于一个骑手为了制伏一匹马而让它跳下悬崖。

他的青春之火不但没有妨碍他受教育，反而使他的教育进行得很有力度，很圆满，这样，当一个年轻人像你这样强壮的时候，你还可以控制他的心。他最初的情感就像缰绳，你可以用它来指导他的一切活动；他原本是自由的，现在却被缰绳束缚着。只要他没有什么可以爱的，他的从属对象就是他自己和他的自然需要；只要他有爱的东西，他的从属对象就是他的所爱。这形成了他与人类结合的纽带。当你向他日益增长的感情灌输人类的概念的时候，不要以为"人"这个词是指所有的人，因为他并不理解这个词的意思。不，最初这种感觉局限于跟他类似的人。而他觉得，跟他类似的人并不是陌生人，而是那些与他有关的人，是他非常亲爱、不可或缺的人，是他觉得跟他有着同样的想法和感受，分享他的喜怒哀乐的人。总之，那些人跟他有着同样的本性，所以他对他们产生了爱意。只有在他以各种不同的方式培养了自己的天性之后，只有在他反复地研究过自己的情感和他人的感受之后，他才会把个人归入人类这个抽象的概念，并且在个人的爱之外再产生他和整个人类结合在一起的爱。

当他有能力去爱的时候，他就会意识到别人对他的爱，他就会留意这种爱的迹象。你看出你对他有了新的控制方法吗？在他意识到这一点之前，你已经在他的心上拴了多少条锁链！当他睁开眼睛看着自己，就能看到你对他采取的各种方法；当他把自己和同龄人比较，把你和其他教师比较，他会有什么感觉呢？我的意思是，不能由你告诉他这件事，而是让他自己去发现，如果你告诉他，他就再也不会发现了。如果你觉得你照顾了他，就强迫他服从你，他就会认为你在先发制人。他会觉得：虽然你表面上是在无偿帮助他，但实际上你是在试图让他欠你一个人情，用一份他根本不认同的契约来约束他。虽然你跟他说你做一切都是为了他，那也无济于事，因为不管你说什么，你都是在强迫他，而且是基于你未经他同意而做的事去强迫他。当一个穷人接受了别人假装给他的金钱，发现不管自己愿意与否，他的名字都会出现在征兵名单上，当你发现这一点，你自然会给穷人叫屈；可是现在，你在做的也是同样不公平的事情——让你的学生为他根本不接受的关心付出代价。

如果我们都少做给予一点小恩小惠就想要丰厚回报的事情，就会少一些忘恩负义的人。我们爱那些为我们做好事的人，这种情感非常自然。忘恩负义的行为违背良心，但有趣的是，忘恩负义的人并不像施恩图报的人那样多。如果你要卖给我一样东西，我会和你讨价还价；但是，如果你先假装把东西送给我，再开出价钱卖给我，就是一种欺骗：免费的东西变成了无价之宝。每个人的心都只服从于他自己，你想束缚它，只会让它变得肆无忌惮；相反，如果你让它自由，你就把它紧紧地束缚住了。

当钓鱼的人把鱼饵放入水中时，鱼就来了，并且大胆地待在鱼饵的周围。但是，当它吞下藏着鱼钩的鱼饵，看到有人在拉鱼线，就想逃跑。这时候你可以说渔夫是一个广布恩德的人吗？你能说鱼忘恩负义吗？施恩人虽然忘记了受恩人，可是受恩人却不会忘记施恩人。相反，他喜欢提及那位施恩人，并十分思念他。当他有机会报恩，有机会表明自己没有忘记他的恩惠时，他会非常高兴。他想："现在我终于可以报恩了！"这种声音来自天性；真正的恩惠永远不会被忘记。

所以，如果感恩是一种自然的情感，如果你不因为自己的错误而摧毁它的影响力，那么当你的学生看到你爱护他的价值有多大，而且你之前没有说价值有多大，他就会感到有多大价值，这样，你就会在他心中享受至高无上的威望。但是，在你这种威望还不够牢固之前，不要向他夸耀，否则你将永远无法获得这种威望。你夸耀你所做的事，就是叫他讨厌你所做的事；如果你对此绝口不提，他反而能记住。在他被当作成年人对待之前，你都不能说他是在依赖你，而是应该说他依赖他自己。为了让他服从你，你必须给他充分的自由；你悄悄地溜走，这样他就会来找你；如果你总是只谈他的利益，就会在他的脑海中培养一种高尚的感激之情。我不希望看到你在他理解之前就告诉他你所做的一切都是为了他好；如果你这样告诉他，他只会觉得你从属于他，只会把你当作他的仆人。现在他开始明白什么是爱，也明白亲密的关系可以把一个人和他所爱的人联系在一起，因此，对你为他夜以继日地工作的那种热忱，他不会再理解为奴隶的依附，而是朋友的爱。经过深刻认识的友谊的声音对人类的良知产生的影响最大，因为它表达的一切都是我们的利益。有时候我们会觉得一个朋友的做法不正确，却不会认为他在试图欺骗我们；我们可能不会总是采纳他的建议，但是一定会重视。

我们终于进入了道德的领域：我们刚刚以成人的身份迈出了第二步。如果时机合适，我想给出两个问题的答案：真正的良心是如何从心灵的最初活动中产生的，以及善与恶的观念是如何从爱与恨的感觉中产生的。我将说明，"正义"和"仁慈"既不是两个抽象的词，也不是理智想象出来的单纯的道德概念，而是由理智激发出来的真正的爱，是我们原始情感的逐步发展；我将明确指出，如果我们只服从理性，而不诉诸良心，那我们是无法遵守任何自然法则的；如果自然权利不是基于人类心灵的自然需要，它就是一种胡言乱语①。然而，我认为不需要在这里进行任何形而上学或伦理学的讨论，也不需要在这里进行任何形式上的讨论，对我来说，依据我们的天性指出我们的感情和知识形成的顺序和过程就足够了。我在这里只提出问题，留给别人去阐述。

到目前为止，我的爱弥儿只对他自己负责，因此，他第一眼看到那些和他类似的人，就会把自己和他们相比较，这种比较会激发他的好胜心。这是将自爱转化为自私的关键，也是从自私中产生的情感开始浮现的地方。但是，为了判断他性格中占优势的这些情绪是博爱善良还是残忍阴险，是仁慈宽容还是嫉妒贪婪，需要他知道自己在人类中处于什么地位，以及他需要克服什么困难才能达到他所希望的地位。

为了在这方面指导他，应该在通过一些共同的人类遭遇向他表达人是什么样的，再通过人与人之间的差异把人类的状况告诉他。所以现在我们必须对自然和社会的不平等进行衡量，并描绘出整个社会秩序的图景。

---

① "别人对你的态度，其实就是你对别人的态度所决定的。"这句格言原本建立的根基是感情和良心，要不然，还可以找到什么合适的理由来说明：既然我是我，在做事的时候，我为什么要把自己当作另一个人，特别是在我非常确定我不会有同样的遭遇时，为什么还要把自己当作另一个人呢？当我严格地履行这句格言的时候，谁可以保证别人对我时也会严格按照这句格言来呢？坏人之所以可以占便宜，就是因为好人太耿直了，而坏人太不诚实了，他希望世界上就他一个坏人，其他人都是好人。无论如何，这一条都是不太有利于好人。可是，当宽阔的心胸让我觉得和我类似的人都是一样的时候，当我可以把自己当作他时，我希望他幸福，也正是为了让我自己幸福。正是为了让他爱我，我才爱他，因此这句格言的理由是天性本身的存在，正是在它的驱使下，无论我在哪里，我都想要过幸福的生活。所以，我觉得不能说自然的法则完全是有理论依据的，它们有一个更坚实的基础。人类的正义就源于由自爱而产生的对他人的爱。用这一条法则可以总结《福音书》中找到的所有道德。——原注

　　既要用人来研究社会，也要用社会来研究人，这才是正确的。试图把政治和道德分开来研究的人，最后只能是两者都不能理解。我们从关注原始的关系开始，就能发现人们是如何受到这些关系的影响，就能发现哪些欲望产生于这些关系。我们发现，这些关系之所以变得越来越复杂，越来越紧密，正是因为这些欲望的发展。人之所以能够获得自由，不是靠手臂的力量，而是靠心灵的节制。欲望越少，对他人的依赖就越少。有些人常常混淆我们的错觉和我们身体的需要，认为人类社会建立在我们的身体需求的基础上，结果就是，他们的理论越讲越糊涂。

　　有一种不可消灭的真正的平等存在于自然状态中，因为人与人之间的差别不足以使一个人依赖于另一个人。人类社会中并不存在真正的权利平等，因为维护权利平等的手段本身就在破坏权利平等。另外，公众的力量帮助强者压迫弱者，从而使得自然界在他们之间建立的平衡被打破①。从这第一个矛盾中，产生了我们在社会等级制度中看到的与现实的明显矛盾。大多数人总是成了少数人的牺牲品，公众总是成为个人利益的牺牲品；正义和从属虽然听起来很好听，却往往沦为实施暴力的工具和不法行为的武器。因此，声称为他人服务的上层阶级实际上是在损人利己；因此，我们必须从公正和正义的角度来判断我们对他们的尊重是否恰当。为了了解每个人对自己的命运的看法，我们需要知道他们得到的地位是否最有利于那些占据这个地位的人的幸福。这是我们现在要研究的问题，但是为了做好研究工作，我们必须从了解人心开始。

　　如果按人的假面具向青年人讲述人就是问题的关键，那就不必由我们来讲述了，因为他们经常能看到这种面具。但是，由于面具不是人，我们决不能让它的表面光鲜诱惑年轻

---

　　①　所有一切国家的法律的普遍精神，都是偏袒强者欺负弱者，偏袒富人欺负穷人。这个缺点是一定会暴露出来的，是没有特殊性可言的。——原注

人，那么，当我们向他们描述人时，必须描绘他们真实的样子。这样做的原因不是让年轻人憎恨他们，而是让年轻人可怜他们，从而不想向他们学习。在我看来，这似乎符合一个人对人类最真实的感情。

根据这种观点，我们应该采取和过去完全相反的方式来教育年轻人，应该更多地利用他人的经验而不是他自己的经验。人欺哄他，他就恨他们；人尊敬他，他看见他们彼此欺哄，就怜悯他们。"世界的景象，"毕达哥拉斯说，"就像奥运会一样：有些人在那里开店是为了赚钱；有些人是为了荣誉而拼命；有些人只是去看比赛，但是去看比赛的人并不是坏人。"

我希望人们以这种方式帮助青年选择社交界：他认为和他生活在一起的人都是好人。同时我希望：他能学会仔细地观察世界，把世界上的一切都看成是坏的；我希望他知道人性本善，并以这一点去评判他的邻居；但我也希望他明白社会是如何腐化人们，让人们堕落的；我希望他发现人们的偏见是他们的罪恶的根源，希望他全心全意地尊重个人，轻视大众；他知道几乎所有的人都有一副伪装，但我也希望他知道有些面孔比这些伪装更美丽。

必须承认，这种方法有其缺点，而且不容易实施；因为，如果他太早成为一个观察者，如果你让他过于仔细地观察别人的行为，那么，他就有可能养成喜欢议论、讽刺和武断地评判别人的习惯；幸灾乐祸地说一切都是坏的，甚至好的事情也是坏的。正如你们看见穷人不会产生怜悯之情一样，他看到坏人也不会觉得害怕。不久以后，他就不会把人类的各种罪行看成教训，而是当成借口；他会这样想，因为所有的人都是这样，我不应该与众不同。

如果你想以一番大道理教育他，让他不但了解人类心灵的本质，同时还要了解使我们的倾向变成恶习的外在原因的影响；如果你立即把他从用感官感知事物上升到用理智思考事物，就要采取一种他完全不能理解的片面、静止、孤立的方法，就要重新遇到你一直小心翼翼地避免的麻烦，就要给他一些老生常谈的劝诫，就要用教师的经验和权威来取代他自己的经验和智力发展。

我要向他指出那些离我们很远的人，并让他看其他时间或地点的人，以便让他能看到这个场合，但永远不能进去。这样才能同时消除这两个障碍，才能让他在不损害自己的心的同时理解别人的心。因此，现在该讲述历史了，只要能够了解历史，他就算不学哲学也可以深刻了解人的心灵。通过历史，他可以成为一个普通的旁观者，在进行判断的时候，他不是以同谋或控诉人的身份，而是以裁判的身份。

想要认识一个人，你必须通过他们的行为来了解认识。在社会中，我们只能听到他们说话，却看不到他们的行为；而在历史中，他们的行为就会暴露无遗，我们将根据他们的所作所为来评判他们。他们说的话会有助于我们评价他们，因为通过比较他们所说的和所做的，我们可以同时看到他们真实的样子和他们伪装出的样子。他们伪得越多，我们对他们的了解就越多。

不过这种方法有风险，也有一些缺点。从一种观点公正地评价别人是很困难的。从人不好的一面描写人的时候多，从好的方面描写人的时候少，这是历史最大的弊病之一。历史只对革命和巨大的动荡感兴趣，所以只要人们生活在太平盛世，生活安定，它的记载就少得可怜。当一个国家的人民无法满足自己的需求，开始干涉邻国人民的事务，或被邻国的人民干涉事务，它才开始记录他们的活动，换言之，只有在他们走向衰落的时候，它才开始记录。我们所有的历史都是在它应该结束的时候开始写的。关于那些灭亡的民族，我们已经掌握了足够多的历史；我们缺少的是那些繁荣昌盛的民族的历史，他们是那样的幸福美好，以至历史对它们都无话可说。事实上，即使在今天，人们也不会去谈那些把国家管理得很好的政府。大家都只谈论坏事，几乎不谈论好事。大家都只记得坏人，好人不是被遗忘就是被嘲笑。由此看来，在诋毁人类这方面，历史和哲学并无不同。

此外，历史上记载的事件并没有完全按照它们的本来面目来描述，它们在历史学家的头脑中发生了变化。历史学家按照自己的兴趣来进行，所以其中带有他们的偏见。没有任何一个历史学家能够准确地把读者置于事件发生的地点，让他看到事件真实发生的样子。无知和偏爱改变了事情的本来面目。如果与这一事实有关的环境被夸大或缩小，就算没有扭曲历史，也会改变它的本来面貌。同样的事情从不同的角度来看，样子会有所不同，可事实上，改变的只有观看者的眼睛。如果你告诉我一件真实的事情，却不让我看到它的本来面目，这可以说是尊重事实吗？很多时候，因为多了一棵树或少了一棵树，因为左边或右边有一块石头，因为一阵狂风吹来一股沙尘，就决定了战斗的结果，可是谁都说不清这里面的原因。这是否妨碍了历史学家作为见证人告诉你们到底发生了什么？此外，当我不知道这些事实的意义时，它们对我意味着什么？如果我不知道一件事情的真正原因，又怎么能从中汲取教训？历史学家可以告诉我一个原因，可那都是他捏造出来的；至于评论，虽然说得花里胡哨，可它本身只是一种推测的方法，只能从几个谎言中选择一个最接近事实的。

我不知道你有没有看过描写克丽奥佩托拉①或者卡珊德拉②的书。写书的人选择了一件众所周知的事情，按自己的意愿进行加工，并且用臆想出来的情节和人物来修饰它，讲述一个又一个的故事，使他的作品在读者看来非常趣味十足。在我看来，这样的传说与你读过的历史没有多大区别，非要说有什么区别，那就是小说家只写自己的想象，而历史学家盲从他人

①　古埃及女王，容貌十分美丽。——译者注
②　希腊神话中的女预言家。——译者注

的想象；此外，你想听的话，我还可以补充一点区别：小说家至少还有道德目的，而历史学家对此毫不在乎。

有人可能会说，真实的风俗和人物比真实的历史记载有趣，只要人心得到了很好的描述，历史事件是否被忠实地叙述并不重要；因为两千年前发生的事情对我们并无用处。如果这些形象都是按照本来面目描写的，那么这些人说的就是正确的；但是，如果他们中的大多数被描述为历史学家想象的那样，那么你就会陷入你想要避免的麻烦中，这会把你身为教师的威望拱手送给历史学家。如果我的学生可以看一些虚构的图形，那我只会让他看我画出来的，而不是看别人画的，因为这样至少他会更了解它们。

对于一个青年人来说，没有什么比一个同时叙事和评论的历史学家更糟糕的了。真相！真相！要让青年人自己判断真相，否则他就无法了解人类。如果他总是以作者的判断为指导，就只能通过别人的眼睛看，失去了别人的眼睛，他什么也看不见。

我不主张学生学习现代史，一方面是因为它没有特色，而且我们都是相似的；另一方面是我们的历史学家都想大出风头，试图描绘一些浓墨重彩的形象，最后却描绘得什么都不像①。古代历史学家通常很少刻画人物，他们在对历史事实的评价中缺乏灵感，更多的是靠常识。但即便如此，也应该对他们加以选择。一开始不要选那些最有才气的历史学家的作品，而要选最朴实的历史学家的著作。我不喜欢给年轻人看波里比②或萨鲁斯特③的书，而塔西佗④的书适合老年人阅读，年

---

① 请看达维拉、吉西阿丹、斯特腊达、索利斯和马基雅弗利等人的著作，有时候再看看德图本人的书。韦尔托特基本上是仅有的一个知道如何对史事进行描述而不对人物加以塑造的历史学家。——原注

② 罗马法学家。——译者注

③ 罗马历史学家。——译者注

④ 罗马历史学家。——译者注

轻人无法理解。在深入探查人心之前，必须先从人的行为中了解人心的本来面目；在研究原理之前，必须先把事实搞清楚。教条主义哲学只适用于有经验的人。青年人不应该大量研究普通的东西，而是应该研究个别的特殊事例。

在众多的历史学家中，我认为修昔底德①是一个真正的楷模。他叙述事实而不发表意见，但也没有省略任何一个可以帮助我们评判历史的情景。他把所有的事实呈现给读者，不仅没有位于历史和读者之间，还完全避开；这样一来，我们根本不会觉得自己在阅读史书，而是对那些事情如同亲见。不幸的是，他只谈论战争，在他的故事中，我们只看到世界上最没有教育意义的部分，那就是战争。《万人撤退记》和《凯撒评传》这两部作品，优点和缺点大致相仿。忠实的希罗多德文笔天真流畅，他既不刻画人物，也不讲教条，书中的情节非常有趣，让人很喜欢阅读，要不是他的情节像儿童故事一样简单，对年轻人培养兴趣并无裨益，也许他就是最好的历史学家了。要读他的书，必须要懂得鉴赏。我还没有谈到李维②，不过之后会提到他。这个人是政治家，也是修辞学家，因此不适合对这个年龄的青年人谈论他的作品。

一般来说，历史有其缺点，因为它只能记录那些性质、地点和时间确定的重大的著名事件，却不会用同样的方法记载造成这些事件的缓慢演变，因此总体来说是有些不足的。人们往往是在胜利或失败中寻找革命的原因，事实上，革命在这场战争之前已经无可避免。战争只会使已经由道德原因决定的显而易见的事件显现出来，而很少有历史学家能够察觉到这一点。

哲学精神使我们这个时代的许多历史学家的思想转向这个方向，但我怀疑真理能否通过他们的著作得到阐明。他们不

---

① 古希腊历史学家。——译者注
② 罗马历史学家。——译者注

是试图描述事物的本来面目，而是试图使事物符合他们自己的观点。

除此之外，我想补充的是，历史描述的不是人，而是动作，因为历史只能描述他们在某些特定时刻的样子，当他们穿着得体的时候抓住他们的样子来描写；历史只能展现经过安排出现在大家面前的人，历史不能跟着他回到家，到他的房间，到他的朋友和亲戚那里去看他，历史只能描述他扮演的角色，他的衣着，而不是他本人。

只有先看看一个人的生活，才能开始研究他的心，这样他才会无所遁形。历史学家时刻关注他的行踪，不给他喘息之机，不让他躲在任何角落里躲避观众锐利的眼睛；只有当他认为自己隐藏得很好时，历史学家才能清楚地看到他。蒙田说："如果传记作家多加关注主人公的思想和内心，少关注他们的偶然事件和其他事物，我就会喜欢看他们写的传记。也因此，我才会喜欢读普鲁塔克的著作。"

是的，一群人或一个民族的倾向，与个人的性格有很大的不同，如果我们不研究群体中的人，那我们对人心的理解就是非常不完整的；但是，我的观点也有立足点，我认为，为了理解人类，我们必须从研究个人开始。可以充分理解每个人的倾向的人，才能预见一个民族的整体影响。

在这里，我们必须向古人学习。其中一个原因就是我前面提到的，另外一个原因则是，因为在现在流行的文体中，所有虽然普通但十分真实和典型的情节都被略过了，所以出现在个人生活和社会舞台上的人都经过了一番打扮。由于各种道德的约束，历史学家在写书时一定要严肃认真，有些事情可以公开做，但历史学家不能公开说。而且，因为他们只能在描写人物时把他当成角色处理，所以我们只能在舞台上认出他们，到了书中，我们就认不出他们来了。历史学家一遍又一遍地为国王写传记，却是徒劳无功，像苏埃东尼那样的历史学家是再也找不到了。

普鲁塔克之所以伟大，是因为他敢于写我们不敢写的细节。他以无与伦比的优美文笔来描述伟人身上发生的小事，他是如此善于选择事例，以至他经常用一句话、一个微笑或一个手势，就能表现出主人公的特殊性格。只用了一句笑话，汉尼拔就鼓舞了他战败的军队的士气，让他们愉快地奔赴征服意大利的战场；阿捷西拉跨坐在一根棍子上，让我喜欢上了这个打败了国王的人；在经过一个偏远的村庄，与他的朋友交谈时，凯撒无意中暴露出自己是一个图谋不轨的奸雄，而之前他只说自己想跟庞培平起平坐；亚历山大二话不说就吞下了药丸，这个瞬间成了他一生中最美好的时刻；阿里斯泰提①在贝壳上写下了自己的名字，表明他配得上这个别名；菲洛皮门②一到别人家就脱下斗篷，走进厨房为主人收拾柴火。这才是真正描写人物的方法，是用细微的事情来展示人物天生的性情，而不是用粗糙的笔触来描写人物面貌，不是用豪迈的行为来描写人物性格。众所周知的事情要么太平淡无奇，要么太矫揉造作，然而今天的写作风格几乎让我们的作家只能写这些东西。

德·图伦无疑是上个世纪最伟大的人物之一。有人在给他写传记的时候，用他那些广为人知的琐事让传记趣味十足，却不得不删掉了一些可以让他更加出名、更受欢迎的细节。现在我只举其中一个例子，这件事情，我相信是真的。如果是普鲁塔克，他一定会写上去；而如果是拉姆塞，是绝对不敢写的。

一个炎热的夏日，图伦伯爵穿着白色的裤子，戴着一顶小帽子站在客厅的窗前。之后，一个仆人走进了客厅，看到这身衣服，就误以为图伦是他熟悉的厨师助手。他从后面轻轻地走过去，狠狠地拍了伯爵的屁股一下。那个被打的人立刻转过

---

① 古希腊战略家，政治活动家。——译者注
② 古希腊亚加亚同盟将领。——译者注

身来。仆人看见是自己的主人，吓得浑身战栗。他困惑地跪下来说："大人，我以为是若尔日……"图伦一边揉着屁股一边喊道："就算是若尔日，你也不应该打得这么狠。"可怜的人们，我想你们就不敢这样说话。好吧，你就永远做那没有天性、没有心肝的人，让你丑陋严肃的话语使你的铁石心肠越来越硬，让你庄严的表情使你受到人们的轻视。但是你，可爱的年轻人，当你读到这件轶事，感到那猛烈的冲动所表现出来的温柔怜悯时，也看看这位大人物在涉及地位和名誉时看起来是多么渺小。你要知道，就是这个图伦，每次都故意让着他的侄子，好让人们知道这孩子是一个显贵宅邸的主人。对比这些情况，你就能够喜爱天性而轻视成见，彻底了解这个人了。

很少有人能够估计出，如此细心指导的阅读，会对一个年轻人纯洁的心灵产生什么样的影响。我们从小就把头埋在书本里，已经习惯于只学习不思考，对读过的东西不会有什么深刻印象。我们的身上出现了弥漫在历史和人类生活中的欲望和偏见，所以我们会觉得他们做的一切都非常自然。这是因为，我们已经违背了自然，用自己的方式去评判他人。不过，对于我按照自己的主张培养长大的，对于我十八年来竭尽全力让他保持完全判断力的、健康的爱弥儿，请你想象一下，当他拉开帷幕，第一次看到这个世界的舞台，或者更加确切地说，当他站在舞台后面看着演员化妆，看到舞台后面有那么多绳子和滑车在用虚假的景象蒙蔽观众的眼睛时，他会是什么感觉。一开始他非常震惊，随后他会对他们表示鄙视，并讽刺他们一番。看到整个人类都在欺骗自己，甘心去做那些不成熟的事情，他会非常恼火。看到他的兄弟们为了一个不可能实现的梦互相争斗，宁愿做野兽也不做人，他会痛苦万分。

毫无疑问，只要学生有天赋，即使教师没有仔细挑选他读过的书，即使老师没有让他在读完书后思考书中的内容，他所学到的东西也可以转化为实用的哲学，这比你们用来把学校里的年轻人的头脑搞得一团糟的模糊理论要实用得多。听了皮鲁斯①的空泛的计划，西雷厄斯②问他："为了征服世界，今后一定要经历许多苦难和痛苦，那么征服世界有什么真正的好处？"我们认为，西雷厄斯的问题只是一句随便的玩笑话，但是爱弥儿从中发现了一个非常有见地的想法，这个想法他一开始就有过，而且永远不会从他的思想中消失，因为他的思想中没有任何一个与之相悖的偏见阻止这种偏见。他以后读皮鲁斯的传记时会发现，这个疯子的一切伟大计划，不过是让自己死在一个妇人手里而已。因此，爱弥儿会觉得这位伟大的政治家是为了寻找那块不祥的砖瓦，才会去建立奇功和施展权谋，才会以这么可耻的下场结束他的一生和计划。

征服者并非都是被杀的，篡位者在自己的冒险事业中也并非总是失败。在思维受制于俗见的人看来，他们中的一些人似乎足够幸运；但是，如果一个人透过表面看下去，以他们的心境来判断他们是否幸运，就会发现那些人即便成功了也非常悲惨。他会发现，他们的欲望和悲伤因他们的好运而倍增；他会发现，尽管他们气喘吁吁地奋力前进，却无法到达终点；他会发现，就像初次登上阿尔卑斯山的没有经验的旅行者一样，每次他们登上小山丘时，他们都以为自己过了山丘就翻过了整个山脉，登上了山顶才沮丧地发现，前面还有更高的山峰。

在征服了他的臣民并打败了他的对手之后，奥古斯都③统治了帝国长达40年。可是即便他手握重权，在他要求瓦鲁士重振他那溃败的军队的时候，还是只能用头撞墙，大声叫喊，声音甚至传遍了宫廷的每个角落。就算他已经征服了所有的

---

① 埃皮鲁斯国王。——译者注
② 皮鲁斯的一个谋士。——译者注
③ 罗马皇帝屋大维。——译者注

敌人，可是如果在他的朋友要加害他时，在他的亲族被羞辱和杀死时，他除了哭泣别无他法，这虚幻的胜利对他来说又有什么用呢？这个不幸的人渴望统治世界，却不知道如何经营他的家！因为他疏于治家，他的侄子、养子和女婿都英年早逝；他的孙子为了让自己的悲惨生活再延长几个小时而吃掉了自己床上的垫子；他的女儿和孙女做了许多可耻的事，让他蒙羞，最后一个在荒岛上饿死，另一个在监狱里被弓箭手杀死。而他自己，则是他可怜的家庭中最后一个幸存者，受到妻子逼迫，他只好让一个怪物成为他的继承人。这个统治世界的人曾经拥有荣耀和财富，命运却是这样。在那些崇拜荣誉和财富的人中，有没有人愿意为这种东西付出同样的代价？

我之前用的是人的野心的例子，但是对于那些想要通过研究历史，通过死者的命运，来了解自己并使自己变得明智的人来说，所有人类欲念的冲动都可以提供同样的教训。就教育年轻人而言，在不久的将来，读安东尼①的传记要比读奥古斯都的好。最近爱弥儿在他读过的书里看到了许多奇怪的事物，这使他感到困惑，但是他知道，在欲念产生之前，就要先让自己摆脱欲念的幻想的掌控。同时，因为他知道一个人有了欲望之后就会变得愚蠢，所以他不会事先采取一种会让欲念（如果他真的会产生欲念）迷惑他的生活方式②。我知道这些教训不太适合他，也许在他需要的时候，它们无法及时出现，或者无法派上用场。但是你要知道，这和我从阅读历史中得到的教训并不一样。我是抱着另外一个目的阅读历史的，如果这个目的没有完全实现，那就是教师的错了。

重要的是要知道，私心一旦发展，相对的"我"就会活

---

① 凯撒的副手。——译者注

② 一直以来，在我们的心中让欲念强盛的是偏见。假如一个人只对现有的东西非常关注，只对他真的很有把握的东西非常注重，他的欲念怎么可能冲动起来呢？错误的看法就会带来强烈的欲望。——原注

动频繁，年轻人看到别人时就不会不考虑自己，也不会不与别人比较。因此，看到别人后，他会想知道自己在他们中间处于什么地位。从你教年轻人历史的方式来看，我认为你是想让他们成为书中的那个人，一会儿想成为西塞罗，一会儿想成为图拉真①，一会儿想成为亚历山大；这是让他们在头脑清醒的第一时刻感到挫败，让他后悔自己不过是这样一个人。当然，我承认这种方法有某些优点；但是对于爱弥儿来说，如果他把自己和其他人相比，并且更喜欢成为别人那样的人，而不是成为他自己这样的人，即使他想成为一个苏格拉底或者卡托那样的人，我觉得我对他的教育也是失败的。一旦一个人开始把自己想象成另一个人，很快就会完全忘记自己。

哲学家不是最了解人类的人，因为他们只是通过哲学上的先入之见来观察人类，我从未见过像哲学家这样带有如此多偏见的人。一个野蛮人比一个哲学家对我们的评判更加客观。一方面，哲学家知道自己的缺点；另一方面，他鄙视我们的缺点。所以他说："我们都是坏人，"而那些野蛮人会毫无感情地看着我们，说："你们都是疯子。"他说得有道理，因为没有人会为了做坏事而做坏事。我的学生就是个野蛮人，除了有这样一些不同：他喜欢思考，喜欢比较各种观念，仔细观察我们的缺点，以免他自己犯下同样的错误，而且，只有当他确切知道某件事情时，他才会去评判它。

因为我们有欲望，才会痛恨别人有欲望；我们痛恨坏人，因为我们想保全我们的利益；如果他们不伤害我们，我们可能不但不会痛恨他们，反而会可怜他们。坏人给我们带来的痛苦让我们忘记了他们给自己带来的痛苦。如果我们知道他们的心如何惩罚他们的罪过，我们也许会更容易原谅他们。虽然我们能看到他们对我们的侵害，却看不到他们自己得到的惩罚。他们得到的好处是表面的，遭受的痛苦却是内在的。当一个人

① 罗马皇帝。——译者注

享受到他罪恶行为的果实时，和他恶行失败时所承受的痛苦
差不多，虽然目标不同，但是他们心中的不安是一样的。他们
大肆夸耀自己的运气，隐藏自己的心，可是无论他们怎样隐
藏，他们的行为都会暴露出他们的内心。不过，我们完全可以
看出他们的用心，不需要具备一颗同样的心。

我们共同的欲念使我们误入歧途，因为具备与我们的兴
趣相悖的欲念，我们才会反感。因为这些欲念在我们身上发生
了冲突，我们才会责怪别人做了某些事情，事实上，我们也想
做同样的事情。当别人犯下我们在他们的地位上也可能犯下
的罪行，而我们又不得不容忍时，我们既会产生怨恨，同时又
会产生一些不切实际的想法。

要正确地研究人，需要满足如下条件：怀着极大的兴趣去
研究，以极大的公正性去评判，以一颗非常敏感的心去想象人
类的欲望，而且这颗心还要冷静分析，不受欲念影响。如果一
生中有这样一个时刻最适合进行这种研究，那就是我为爱弥
儿选择的时刻：过早了，他还不太了解世人；过晚了，他可能
会像他们一样。他已经看到了人类成见的影响力，但是他还没
有受到它的影响；他已经看到了欲念的影响，但是还能坚守本
心。他孤身一人，却关心兄弟；他为人正直，却要评判同辈。
如果他对他们的看法是正确的，他就不想成为他们中的任何
一个；因为他们遭受的痛苦完全是因为他们根据自己的偏见
设定的目的，但他没有他们的偏见，因为他觉得那些目的都是
无望的。至于他，他想要的一切都在他力所能及的范围内。当
他能够满足自己的需要而不受他人偏见的影响时，他为什么
还要依赖别人呢？他有两条胳膊，也有健康的身体，懂得节
制，需求不多，而且有办法满足自己的需求。他成长于绝对
自由的环境，所以在他看来，最大的罪恶就是奴役。他觉得
那些不幸的国王非常可怜，就像奴隶一样，因为他们必须服
从他们的臣民；他同情那些受虚荣所累的假智者；他同情那
些愚蠢的富人，认为他们是虚荣心的牺牲品；他同情那些看

似狂欢作乐的人，他们为了让别人觉得他们很幸福，一生都在茫然中度过。甚至那些对他做坏事的敌人，他也会满怀同情，因为他从他们的坏行为中，看出他们也有痛苦。他会对自己说："这个人把他的命运与我的联系在一起，所以才会损害我。"

再往前一步，我们就能实现目的。自私心这种东西虽然是一件有用的工具，但也是一件危险的工具。我们在使用它的时候，经常会伤害到自己的手，而且它总是起坏的作用，很少起好的作用。爱弥儿认识到自己在人群中的地位，发现自己是因为走运才拥有所处的位置，就会把你的智慧的成就想象成自己的智慧的成就，把他的幸福地位的效果归功于自己。他对自己说："我是有智慧的，别人都是傻瓜。"当他对别人表示同情，同时也会对对方表示轻蔑；当他为自己感到庆幸，也会把自己看得高人一等；当他意识到自己比别人更快乐时，他可能会认为自己比别人更值得拥有这种快乐。这种错误是最难根除的，因此也最可怕。如果他坚持这个想法，他就不会从我们的关心中获得很大的好处；如果我必须作出选择，我宁愿让他受偏见的影响，也不想让他受骄傲的诱惑。

伟人从不滥用他们的优点，他们能认识到自己优秀于别人的地方，但能够保持谦虚。他们越是出类拔萃，就越能意识到自己的缺点。与其说他们为自己优秀于我们的地方感到骄傲，不如说他们为自己的弱点感到羞愧；他们从来不会愚蠢到在享受自己独特优势的同时夸耀自己不具备的才能。一个心地善良的人可能会为自己拥有的美德而自豪，但是一个只有才华的人有什么值得骄傲的呢？当拉辛认为自己不如普拉东①时，他的态度如何？布瓦洛对自己不如科坦②有何感想？

可我们却面临着不同的情况，我们一直都在按一般的水

① 法国诗人。——译者注
② 法国神父。——译者注

平做事。我认为我的学生既不是天才也不是呆子。我把他从普通人中挑选出来，是为了证明教育能在多大程度上影响人。至于那些罕见的情况，就不能按一般的方法来办。因此，如果经过我的培养，爱弥儿选择了他现在的生活方式、观点和理解方法，而不是别人的这一切，那么他就是对的；但是，如果他因此认为自己比别人更有天赋，比别人更高贵，那么他就错了，他是在自欺欺人；他必须被唤醒，或者必须被阻止，以免时间太长无法改正。

只要一个人不是疯子，那他除了虚荣心之外的所有不切实际的想法都能被根除。至于虚荣心，如果有什么东西可以治愈它，那就是经验；就算无法治愈，我们起码也可以在它产生的时候阻止它的发展。因此，为了向年轻人展示他们和其他人没什么不同，他们和其他人一样有弱点，没有必要给他们什么入耳的道理。你要么让他自己发现这点，要么瞒着他。就我自己的教育方法而言，这也是一种特殊情况。在这种情况下，我宁愿让我的学生经历一些意外的事情，好让他知道他并不比我们聪明。比如之前提到的变戏法的事情，我可以用不同的方式反复实验。我会让谄媚者占他的便宜。如果有哪些胡作非为的人带着他去做坏事，我会让他吃亏；如果有骗子让他去赌博，我会让他上当①；我会让他们讨好他，欺骗他，抢劫他；

①　幸运的是，我的学生是不会受这样的骗的，因为他身边有太多有意思的事情，他怎么可能会觉得他的生活很枯燥呢？而且他现在还不太明白金钱有什么意义。利益和虚荣是你教导孩子的两个动力源泉，以后，淫荡的妇女和流氓会取代这两个动力，成为诱惑他们上套的新源泉。当你看到孩子只要看到奖品和赏金就两眼放光，当你看到他小小年纪就因为做了某件对公众有利的事而得到夸奖，你就可以预见到当他二十岁时，他会在赌场上被别人把钱包骗走，会在风月场所堕落。我们可以非常肯定地说，他班上机灵的孩子将来一定会成为最大的赌鬼和淫荡之徒。如果童年时没有用过这样的手段，到了青年时期，同样的毛病就不会出现。可是，我们要记住的一条原则就是，要时刻把最坏的情形考虑在内。我首先要坚决对恶习说不，之后我假设它们已经出现了，以便纠正它们。——原注

当他们从他的口袋里骗走所有的钱，拿他取乐时，我甚至会在他面前感谢他们让他受到了教训。我会小心翼翼地防止他掉进去的是那些淫荡的女人设下的陷阱。我唯一能做的就是和他一起承担我让他遭受的风险，和他一起忍受我让他遭到的羞辱。我会默默地忍受这一切，没有怨言，没有抱怨，也不会对他提起；我相信，只要我一直这么谨慎，他就会看到我为他所受的苦难，留下印象的深刻程度超过他自己遭受的苦难给他留下的。

在这里，我不得不揭露教师们的虚伪面孔，他们之所以愚蠢地约束自己的学生，之所以假装总是把学生当孩子对待，之所以在要求学生做某件事时，总是表现得好像他们会比学生做得更好，都是因为要显示自己的聪明。这样挫伤青年人的勇气是不合适的，应该想尽一切办法增强他们的信心，让他们可以和你的能力不相上下，以便他们可以成为你的对手；如果他们现在还无法达到你的水平，你就应该不怕羞耻，下降到他们那样的水平，不要有任何犹豫。要知道，你的颜面不在于你自己，而在于你的学生；要改正他们的错误，你必须分担他们的错误；要洗刷他们的耻辱，你必须承担他们的耻辱。要向勇敢的罗马人看齐，当他看到自己的军队溃不成军，纷纷逃窜时，就会在士兵的前面带头跑，一边跑一边喊："他们是在逃跑吗？并不是，他们是在追随他们的统帅。"这是他的耻辱吗？并不是，他是在以牺牲名誉为代价获得更大的荣誉。而我们也只能赞美他们，因为我们愚蠢的偏见，一定会被责任的力量和道德的美打破。如果我在为爱弥儿尽职责的时候被人扇了一巴掌，我不但不会报复，反而会把这件事宣扬得人尽皆知。在这个世界上，我不相信有谁①会坏到因此不尊重我。

学生不应该认为教师的知识和他自己的一样有限，也不

---

① 我说错了，我发现有福尔梅先生这样一个人。——原注

应该认为教师和他自己一样容易上当受骗。如果一个不具备观察或比较能力的孩子，认为每个人的水平都和自己一样，只相信那些和自己水平相当的人的话，那还情有可原。但是，像爱弥儿这么年轻、这么聪明的人，如果愚蠢到有这样一个错误的想法，就不是一个好的年轻人了。他对教师的信任，是对理性的判断，渊博的知识，以及教师能够理解并且有益于他的长处的信任。经过长期的观察，他深信教他的这个人是爱他的，是一个有智慧和知识的人，知道如何为他寻找幸福；他应该知道，为了保证自己的利益，最好还是听这个人的话。然而，如果一个教师像他的学生一样被愚弄了那么多次，他就没有权利坚持要求他的学生尊重他，也无权教他的学生。做学生的也要遵守这样的准则：既不能认为教师是故意让他掉进陷阱，也不能见教师头脑简单就给他设置很多陷阱。怎样才能避免这两种不好的想法呢？最好也是最自然的做法，就是像他一样天真单纯，告诉他即将面临的危险，向他清楚地指出这些危险，但是不要夸大，不要急躁，不要假装神秘。特别要注意，在这样做的时候不能以命令的形式。如果你已经这样做了，他还是像往常一样固执己见，那该怎么办？那就什么都不要说，随便他怎么做。然后他做什么，你也做什么，在做的时候还要保持快乐的心情和坦率的态度。如果后果太糟糕，而你始终在场，就可以随时制止。如此一来，年轻人会看到你的远见和良好的意图，就会对你心怀感激，对你的远见表示钦佩。你可以把他的缺点变成制约他的工具，在需要的时候约束他。这是老师应该掌握的最伟大的艺术之一：针对情况进行劝勉，预测在什么情况下这个年轻人会听他的话，在什么情况下他还会像以前一样顽固，这样，经验就可以随时教他，而不会使他处于太大的危险之中。

在他做错事之前，告诉他他的不好之处，不要在他做错事之后责备他，因为这只会激怒他，让他为了维护自尊而反抗你。教训他的时候，激起他的反感是没有好处的。我认为最不恰当的做法就是对他说："我早就告诉过你。"让他回忆起你说的话的最好方式就是假装你已经忘记了你说过的话，当他因为没有听你的话而羞愧不已时，你应该用温和的话语和亲切的态度来掩盖他的羞愧。当他看到你为他而忘记自己，看到你不但不让他尴尬，还反过来安慰他，就会对你心怀感激。相反，如果你在他伤心的时候责备他，他就会恨你，为了表明他并不重视你的意见，他会发誓不再听你的话。

你对他的安慰，代表着你已经教训了他，如果他不怀疑你的安慰，这种教育就会更有效。我认为，当你告诉他这样的错误很多人都犯过时，这番话有些出乎他的预料，所以你用表面的同情就纠正了他的错误。因为，一个认为自己比别人优秀的人以别人有这样的例子为借口来自我安慰是可耻的，他会明白，他以后最多只能说他不比别人差。

犯错误的时候，就是讲寓言的好时机。如果我们可以用寓言这种奇特的方式来批评一个罪犯，就能在不冒犯他的情况下，对他进行教育；他用寓言中的真理来看自己，才明白寓言说的是真实的。对于一个从来没有因为被人奉承而栽跟头的孩子来说，是很难理解我以前解释过的那个寓言的；但是对于刚刚因为被人奉承而吃苦头的傻孩子来说，很容易就能看出这只乌鸦确实是一个傻瓜。这样，他就能吃一堑长一智，也许他很快就会忘记一件事的经验，可是通过语言，他就能把它牢牢记住。所有寓言的教训都可以从别人或者他自己的经验中汲取。凡是需要历经危险才能获取的经验，千万不要让他自己去尝试，而是应该让他从历史中学到。如果在尝试的过程中遇到的危险可以接受，就可以让他去冒险。对于他不知道的事例，我们还可以用寓言的形式写成警句。

然而，不要误解我的意思，我并不是说你应该诠释格言的含义，更不是说要把格言写成某种格式。大多数的寓言以最空洞和被误解的寓意结尾，好像寓意不能或不应该被弄清楚，才用这种办法来让读者理解。在结尾加上这样一个寓意，剥夺读者使用自己大脑的乐趣，实在是不应该。让学生喜欢你教的东西，就是教育的真谛。为了让他对你教给他的东西感兴趣，就不该用话去束缚他的思想，不该让他除了听你的话就无事可做。作为一个教师，你应该有自尊，但也应该给学生一个机会来表现他的自尊。你应该让他说："让我考虑一下。我明白这意味着什么。我已经学会了。"意大利喜剧中的丑角为什么非常讨厌？原因之一是他硬要费尽心思向观众解释他们已经理解的台词。我既不喜欢教师做这样的丑角，也不喜欢他做寓言作家。重要的是要让你的学生理解你在说什么，但是你不能把所有的话说出来，因为这样做不但无法讲好想说的东西，反而会招人厌恶。在《鼓气的青蛙》那则寓言里，拉·封丹加了一首四行诗，但是我觉得这样做并无必要。他是害怕别人不懂这则寓言吗？这位伟大的画家需要写下他所画的东西的名字吗？这样他不但不能使他的寓言广泛适用于一般情况，反而使它仅适用于特定情况；他让这则寓言局限于他所举的例子，而不允许它适用于其他例子。在你把这个伟大的作家写的寓言故事讲给一个年轻人听之前，我希望你先删掉其中的结语，因为他已经费了这么大的劲儿来解释这则寓言故事，讲得非常清楚，也非常有趣。如果你的学生没有这样的解释就不能理解这则寓言，那我相信即使有这样的解释，他也理解不了。

还必须指出，阅读这些寓言的顺序应该完全符合教育学原则以及青年人的智力和情感发展。你仔细想想，不顾及需求和环境，死板地阅读这本书难道不是不合理的吗？先是蝉，然后是乌鸦，然后是青蛙，然后是两头骡子，等等。关于两头骡子的寓言故事，我并没有什么好感，因为我记得看到一个孩子正在学习理财，因为别人怕他将来要做的工作把他弄得稀里糊涂，就让他去读这篇寓言。他把这则寓言读了成百上千遍，也没有从中读出有助于他从事这个职业的道理。我不仅从未见过孩子们真正运用他们所学到的寓言，也从未见过有人费心去教他们运用这些寓言。人们口口声声说寓言是道德教育的一种形式，但是一个母亲和孩子想的却是邀请一群人来听寓言，这样当他们长大后需要应用而非背诵时，就忘得一干二净了。我重复一遍，成年人才应该从寓言中汲取教训；现在爱弥儿就准备开始学习寓言了。

　　既然我在说话的时候有所保留，所以我会远远地指出，按照哪些方法会偏离正确的路径，好让他加以避免。我相信，只要你的学生按照我说的道路前行，就能以最低的代价获得关于人类和他自己的知识，你就可以让他以正确的眼光来观察命运的变化，而不对命运的宠儿的运气心生嫉妒；他可以一方面肯定自己，一方面又不认为自己比别人聪明。你这样做是让他做一个观众，但同时他也成了一个演员。这一工作是必不可少的，因为从包厢中只能看到事物的表面，只有在戏台上才能看到真相。只有坐在合适的位置上，才能看到全部景象；只有到事物身边，才能把事物看得清清楚楚。但是问题是，一个年轻人该以什么样的名义去参与世界上的事情呢？他有什么权利去过问那些见不得光的神秘事物呢？他这个年纪的人还只知道玩耍，无法安排自己的生活，也就是说他无法处理任何事情，人是所有商品中最低贱的商品，在我们所有重大的财产权中，人身的财产权最不值一提。

　　看到年轻人在他们充满活力的年岁里只学习纯粹的理论，还没有任何实践经验就进入社会面对事情，我认为这是反理性和反自然的。所以，如果只有极少数人知道如何待人接物，我一点也不觉得奇怪。如果能不能做事并不重要，为什么要建议我们学习这么多无用的东西呢？事实上，就我们受教育的方式而言，似乎我们每个人一辈子都只能在书房中独自思考，或者用余生与你甚至都不认识的人讨论毫无根据的问题。你认为通过教你的孩子做一些活动筋骨的体操和说一些毫无意义的陈词滥调，就是在教他如何生活。但我在教导我的爱弥儿如何生活时，采取的是不同的做法。我教导他依靠自己的力量生活，教导他如何获得食物，教导他如何对待别人，如何使用支配人的工具，以便在这个世界上生活。另外，我还要教导他估计个人利益在文明社会中的作用和反作用，怎么正确地预见重要的事情，防止自己在职业生涯中被欺骗，用恰当的方法获得成功。法律不允许青年人单独处理自己的事务和财产，但是，如果他们到了法定年龄依然没有任何经验，那这些保护措施就没有任何用处。等到他们到了那个年龄再做自己的决定是没有好处的，这样做的话，就算他们长到了 25 岁，也会和15 岁时一样无知。诚然，我们应该防止一个年轻人因为无知或者欲望的蒙蔽而损害自己的利益，可是要教育他平和地对待别人，要在一个有远见卓识的人的指导下，保护那些需要我们帮助的穷人。

乳母和母亲在孩子身上投注了全部精力，所以对孩子百般疼爱；社会道德的实践把人类的爱带进了人们的心中。我十分肯定，正是因为做了好事，人才成为好人。你要让你的学生做一切他能理解的高尚事情；让他把穷人的利益当作自己的利益；不但要用钱财资助穷人，还要关心他们；让他为穷人服务，保护穷人，牺牲他的个人利益和时间为穷人服务；把自己当成为穷人处理事情的人：终其一生，他都要担任这个高尚的职务。在这个世界上，受压迫而申诉无门的人不计其数，现在他可以为他们伸张正义，因为，从道德的实践中，他已经培养出了勇敢和坚定的性格，这样他就能够坚持不懈地为他们鸣不平，为他们出入权贵的家庭，如果必要的话，他可以直接进入王宫，为那些害怕坏人的报复而不敢吐露心事的人发声。

我不知道要不要把爱弥儿培养成一个侠客，一个行侠仗义的义士。我不知道他是否要参与公众事务，是否要以一个智者和法律的保护者的身份游走于王公贵族的府邸，是否要为别人向法官求情，在法庭上担任别人的律师。荒诞的名称丝毫不能改变事物的本质。他会做任何他认为有价值和好的事情。

他知道任何不适合他这个年龄的人做的事情对他都没有用处，也没有好处，所以他不会做任何多余的事情。他知道他必须首先对自己尽责；他知道年轻人应该相信自己，但不能过分；他知道做什么都应该谨慎；他知道要尊重老年人；他知道要少做无聊的事情，而是要敢于做有意义的事情，敢于说真话。这就是留名青史的罗马人的做法，他们在还不能担当重任的青年时期，就致力于惩治邪恶和保护无辜，目的就是教育自己行使正义和保护良好的礼仪。

爱弥儿既不喜欢喧闹也不喜欢争吵。他不仅不喜欢和人吵架①，也不喜欢动物之间的打架。他从来没有挑起过两只狗之间的争斗，从来没有叫狗去追猫。这种追求和平的精神，是他受到的教育的一个结果，这种教育绝不会让他产生任何自私和自负的感觉，因此他不会通过支配别人和给别人带来痛

---

① 假如有人非要和他过去不去，他该如何是好呢？我的回答是：他不可能因为什么事情和人吵架，他绝对不会让自己和人家发生争吵。"可是，"有人可能会说，"谁能保证自己不会背后被一个粗人、一个酒鬼或一个大胆的流氓攻击一下呢？因为他们打定主意要让一个人走上邪路，总会先毁坏那个人的名誉。"这跟这完全不是一回事。公民的名誉和生命绝对不能受到一个粗人、一个酒鬼或一个胆大的流氓的主导，而且，一个人也不能言之凿凿地说，房上掉下来的瓦不会刚好砸到他自己头上。被别人稍微攻击一下，当然会产生一定的社会影响，可是不管是多么聪明的人，都没办法提前预知这一点从而加以预防。不管哪个法庭也没办法惩治这样的行为。因为法律本身所存在的问题，在这种问题上，他必须有自己的主见，仰仗自己，所以，在侮辱他的人和他自己之间，他必须做裁判者、做法官。他必须做那个唯一的践行自然法的人，他必须给自己讨回公道，而且，也只有他做出的裁决才是公平的、合理的。在这世界上，不会存在某个糊涂政府因为他在这种情况下这样做而对他施以处罚。我并不是说让他去和别人打架，打架这种行为太粗暴了，我是说他一定要给自己讨回公道，做正义的唯一的责任人。假如我是国王，我不需要颁布很多只停留在形式上的不允许斗殴的法令，就可以让我的国家不再出现恶意攻击他人的行为，我只采用非常简单的办法就可以了，而且还不需要由法庭来审判。无论如何，在这种情况下，爱弥儿知道如何为自己主持公道，知道如何保护正直人士的安全。他不需要仰仗有势力的人，从而保障自己的名誉不受损，他仰仗自己去预防别人反复说胆敢羞辱他。——原注

苦获得乐趣。他产生的是一种自然的情感，他看到别人的痛苦，自己也感同身受。一个年轻人如果能够忍受或者乐意看到一个有知觉的生命受苦，唯一的原因就是他认为他可以凭借自己的智慧和优越的地位避免这种痛苦。任何一个能够保证自己不被这种观念影响的人，都不会遭受陷入这种观念带来的不良后果。所以爱弥儿很爱和平。他一看到快乐的面孔就高兴，当他能设法使别人微笑时，他自己也就高兴起来。当他看到那些可怜的人们，他不会只是冷漠地表示同情，或者对用自己的同情心就能治愈的痛苦表示叹息。用不了多少时间，他积极的慈善行为就能使他获得许多知识，而如果他有一颗铁石心肠，他是不可能或者要很晚才能获得这些知识的。如果他看到同伴之间的争吵，他会尽力调解；如果他看到人们不高兴，他会询问他们有什么烦心事；如果他看到两个人互相仇恨，就会问问他们为什么会敌视对方；如果他看到一个穷人因为富人和权贵的压迫而不堪重负，他会设法减轻他的痛苦；他关心所有不幸的人，所以也关心可以减轻他们痛苦的一切手段。我们怎样才能使这些倾向以适合他这个年龄的方式发挥作用呢？我们应该对他的思想和学习进行引导，用他的热情来提高他的思想和学习能力。

我将不厌其烦地重申这一点：教育年轻人应该通过行动而不是言语，他们无法从书本上学到他们要从经验中学到的东西。当他们无话可说时，却强迫他们练习口才；当他们没有东西能说服别人时，却强迫他们坐在教室的长椅上，感受豪言壮语的力量和说服的力量，真是荒谬至极！在一个不懂文字用法的人看来，所有的修辞都不过是文字游戏。对于一个小学生来说，不知道汉尼拔是如何用话语来增强他的士兵们翻越阿尔卑斯山的决心，那又有什么关系呢？另外，如果你不给他讲那些精彩的话，而是教他如何说服校长给他放一天假，我相信他一定会全神贯注地听你讲措辞。

如果我要教一个产生了各种欲望的年轻人学修辞，我会不停地告诉他一些能激发他欲望的东西，然后和他一起讨论应该用什么样的说话方式来说服别人满足他的欲望。但是对于我的爱弥儿来说，因为他所处的境地，即使他是一个雄辩家也没有什么用处；因为他所有的需求几乎都是身体上的，所以他对别人的依赖比别人对他的依赖要少，而且，因为他对别人无所求，所以就算他产生了说服他们的需求，也不会过于心急。因此整体来说，他的语言是朴实的。他说话正常而恰当，唯一的要求就是别人能听明白。他几乎不说什么精练的话，因为他还没有学会如何概括自己的思想；而且，由于他很少冲动，在讲话中他很少使用比喻。

　　但这并不是因为他太过刻板。他的年龄、脾气和兴趣，决定了他不会变得刻板。他活跃而稳重的精神，包裹在青春的热情中，浸透在他的血液中，给他天真无邪的心带来了火热的力量，这种热量散发的光芒在他的眼睛里闪闪发光，我们甚至能从他的话语中感受到，从他的行动中看到这种热量。他说话的语气已经变得抑扬顿挫有时甚至变得很激烈。高尚的情操激发了他的灵感，给了他力量和高贵的心灵。他的心中充满了对人类的爱，所以他的语言也揭示了这种精神活动。相比别人的花言巧语，他那直率的话更好听，或者更确切地说，他才是一个真正能言善辩的人，因为他只需如实地说出自己的感受，就能让听他说话的人动感情。

　　我越想越觉得，任何一种有用的知识都可以灌输到一个年轻人的心中，只要我们把慈善之心这样去实践，只要我们在做得好或不好的地方找到原因；这样做不但可以让他在学校获得真正的知识，更重要的是还能让他把获得的知识应用到他的生活中。他是如此关心他的同伴，因此，他能在短时间内学会如何衡量和区分他们的行为、爱好和兴趣。相比那些对什么都漠不关心，对别人什么都不做的人，他更能判断哪些事情对人的幸福有益，哪些事情对人的幸福有害。那些自私的人太情绪化，所以不能理性地判断事情。这些人除了他们自己什么都不知道，他们的行为是由他们的善恶观念决定的，因此他们充满了许多荒谬的偏见，一旦触及他们的利益，他们马上就会认为末日到了。

只要把自爱的心延伸到去爱别人，我们就能把自爱变成一种美德，不管是谁，都能在心中找到这种美德的根源。我们关心的对象跟我们的关系越远，我们就越不害怕被个人利益所欺骗；我们越是让更多人享受这种个人利益，它就越公正；因此，就我们而言，爱人类就是爱正义。因此，要让爱弥儿热爱真理并能够了解真理，我们必须尽一切努力让他在思考时远离自己的利益。他对别人的幸福越关心，他的心就越开朗、越聪明，他对善恶的误解就越少；但是我们不能允许他因为自己的观点或错误的偏见而产生盲目的偏爱。他为什么要伤害一个人来为另一个人服务呢？对他来说，只要他能给所有人带来最大的幸福，那谁都可以从中获得好处。智者首先关心的是大家的利益，然后是个人的利益；因为每一项利益都属于全人类，而不属于单单一个人。

必须对整个人类有普遍的怜悯，才能防止同情心转变为懦弱，并保证我们在同情一个对象前可以先同情正义，因为正义是所有美德中最有利于人类共同利益的。理智和自爱使我们对人类比对邻居更有同情心，使我们知道同情坏人就是对他人残忍。

此外，我们必须牢记，正是因为这些方法直接关系到我们的学生，我们才能够采取这些方法使他忘记自己，因为这么做不仅带给他内心快乐，也让他在帮助别人的时候教育了自己。

我已经提出了这些方法，现在我要谈谈它们的效果。我似乎已经看到，在他的脑海中慢慢地展现出来一个多么壮观的景象！他心中那高尚的情操扼杀了他心中小小欲望的萌芽。因为他的倾向是高尚的，因为他已经从经验中得知，如何在一个严格的可能性范围内集中一个伟大灵魂的欲望，如何使一个优秀的人在无法把别人提高到和自己相同水平的情况下，就降低自己的水平，以便和他们持平。他牢记真正正义的原则，牢记真正美的典范，牢记人与人之间的所有道德关系、秩序和观念；他知道每一件事物的正确地位，以及它们脱离那个地位的原因；他知道什么对人有用，什么对人无用。虽然他没有经历过人间的烦心事，但他看到了它们的外在体现和作用。

事物的力量引导我走什么道路，我都会坚定地走下去，不管读者们的看法如何。在很长一段时间内，他们都认为我是梦境中的流浪者，但我认为他们永远处于偏见之地。我在如此坚决地拒绝普通人的庸俗观点的同时，还会经常在心里想到它们：我分析和深入思考它们的原因，不是为了接受它们或远离它们，而是为了用理性的天平来衡量它们。每当我必须和普通人的庸俗观点划清界限时，我的经验就会告诉我，读者不会模仿我。我知道，因为他们必须亲眼看到，才能相信我所说的有可能实现。对于我描述的那个年轻人，他们会认为是想象出来的虚构人物，因为他们把他和其他年轻人相比，发现二者非常不同；当然，他们没有意识到，他和他们非常不同，因为二者接受的教育和被影响的感情完全不同。如果他长成我想象的样子，并不令人惊讶；相反，如果他看起来和他们一样，那就很奇怪了。他不是人培养出来的，而是大自然培养出来的。也因此，他们才会觉得他很奇怪。

当我开始写这本书的时候，我认为我谈的事情没什么可避讳的，因为我开始谈论的起点是人类的诞生，而这是我们大家共有的起点；但是随着论述的进行，我们的分歧会越来越大，因为我提倡培养天性，而你在败坏天性。由于你还来不及损害他们的本来面目，所以在我的学生六岁的时候，和你的学生没有什么不同；但是现在他们没有任何共同点，他们学到的知识量可能是相等的，但就内容而言，完全不一样。你会惊讶地发现我的学生有着高尚的情操，而你的学生连产生这种情操的迹象都没有；但是你有没有想过，在你的学生成为哲学家和神学家的时候，爱弥儿还不懂哲学，甚至没有听说过上帝。

如果有人对我说："你说的那种人根本不存在，青年人不该是那个样子，他们有各种欲望，想做各种事情。"这种说法，就相当于有人看到花园里所有的梨树都很矮小，就认为梨树无法长成大树。

乐于谴责他人的批评家们！我希望你们可以意识到：我和你们一样清楚这种情况，也许我想得比你们还要多，同时，由于我没有坚持要求你们接受我的意见，我有权要求你们至少在找我的碴之前考虑一下。我希望你们好好研究人体，详细观察人的心灵在各种环境中的最初发展，以便理解一个人因为受到的教育而与另一个人可能有多大的不同；然后，通过比较我实行的教育和它对他的影响，你才能说我的理论错在哪里。如果以这种方式批评我，我可能会哑口无言。

我为什么说得这么肯定，并认为自己说得这样肯定是可以原谅的？因为我不仅没有固守一套公式，而且尽可能不照搬一个理论，并遵循我实际观察到的情况。我不是基于我的想象，而是基于我所看到的。事实上，我从来不单单从一个城市或一个阶级的人们的生活中汲取我的经验；当我试图比较我过去生活中所见到的不同社会阶级的人们，就有了一个认识：只是某个民族或者某种职业的人专有的东西，都是人为的，都应该抛弃；只有那些对所有人，所有年龄、所有社会地位和所有民族的人都无可争议地普遍存在的东西，才有研究价值。

如果你以这种方式，从一个年轻人的童年开始教育他，并且在教育的过程中让他不受任何偏见的影响，尽可能不受权威和其他人的意见的影响，那么你觉得他看起来像我的学生还是你的学生？为了证明我到底有没有弄清楚，我想我需要做的第一件事就是回答这个问题。

对于一个人来说，开始思考并不容易，但是一旦他开始思考，就不会停止。任何一个运用过思想的人，都会一直思考问题。人的头脑一旦开始思考一件事情，就无法恢复静止状态。有些人可能会认为我在这个领域做的工作太多或太少，认为开启人的心智并不是那么容易的；虽然我给了他从未有过的优势，却让他在早就应该超越的思想领域停留了太长时间。

　　但是你必须首先想到的是，虽然我想使他成为一个自然的人，却不想把他赶到森林里去，让他成为一个野蛮人。我的目标是，只要他处于激荡的社会之中，能够不被人们的欲望或偏见诱惑；在做事情的时候，能够用自己的眼睛去看，用自己的心去思考，而且，除了他自己的理性，任何权威都不能控制他，这就足够了。在这种情况下，他能够获得在其他情况下无法获得或者要很晚才能获得的观念。因为在那个时候，他能够遇到很多吸引他的事物，遇到许多让他动情的感受，以及各种可以满足他的需求的手段。这样一来，他的心智会加速发展，而不会变得迟缓。一个人在森林里可能十分无知，但到了城市里，就算是只作为一个普通的看客，他也会变得非常理性和聪明。保持头脑清醒的最好办法是看到狂妄的事情而不参与其中；但是一个人就算参与狂妄的事情，也可以从中学到东西，只要他不被狂妄所欺骗，不犯那些行为乖张的人的错误。

　　还应该记住，理解哲学的抽象概念和纯粹的精神概念，对我们来说是很有难度的，因为我们的官能只能感知可感知的东西。如果想要领会那些东西，我们只能采用如下三个方法：摆脱我们依附的身体；从一件事情慢慢地、逐渐地到另一件事情；直接大步越过这个距离。但是对于孩子们来说，第三个办法是难以做到的，就算是成年人，也需要别人给予一些特殊的帮助。第一个抽象的观念就是其中一个帮助；然而，我不太明白你打算如何构建它。

　　那神奇的上帝拥抱万物，控制大地的活动，创造所有的生物，可我们的眼睛看不见他，我们的手也摸不到他；他存在于我们的感官之外，就好比把创作的东西放在我们面前，自己却隐藏起来。意识到他的存在并不容易，当我们最终意识到他时，当我们问自己"他是谁？他在哪里"时，我们的心灵会感到恐慌和困惑，不知道该怎么想才正确。

洛克希望我们从研究精神开始，然后转向研究身体。我要说，这种做法非常迷信，充满了偏见，总之是错误的。它不是理性的方法，甚至不是有序的、自然的方法；它与蒙着眼睛学看东西是一样的。只有在对身体进行了长时间的研究之后，我们才能对精神产生一个真正的概念，才能对它的存在做出假设。如果你颠倒顺序，那唯一的选择就是承认唯物主义。

众所周知，我们获取知识的第一个工具是我们的感官，所以我们能直接理解的就是有形和可感知的对象。对于没有接受过哲学训练的人来说，"精神"一词毫无意义。精神这一事物，在普通人和孩子的眼中也是一种物体。他们说："精神也会呼喊、说话、嬉闹吗？"所以你必须承认，精神和身体一样，有手臂和舌头。这就是为什么世界各地的人们，包括犹太人，都要制造有躯体的神。甚至我们也有"圣灵""三位一体"和"上帝的三位"这样的词汇，这表明我们大多数人都是神人同形同性论者。有人说，上帝无处不在，我承认这一点，但是我们也相信空气是无处不在的，至少在大气层中是这样。归根结底，"精神"这个词的意思就是"气"和"风"的意思。一旦你让人们养成了说一些不明所以的词的习惯，让他们说你想让他们说的话就很容易了。

当我们对其他物体采取行为时，我们首先感觉到，如果这些物体也对我们采取行为，那它们对我们的影响将与我们对它们的影响相同。因此，从一开始，人类就相信所有对他产生影响的事物是有生命的。因为他自己觉得不如这些东西强大，又因为他对它们的力量没有清楚的认识，所以认为它们的力量是无限的。当他把它们想象成有躯体的东西时，它们在他的印象中就变成了神。在古代，人类害怕一切，认为自然界中所有东西都是活的。物质本身的概念并不具体，所以它在他们的心中形成的速度和精神概念一样慢。他们认为，可感知的神在宇宙中无处不在。星星，风，山脉，河流，树木，城镇，甚至房屋，都有灵魂、神灵和生命。拉班的家神、印第安人的"曼尼托"、黑种人的物神以及一切自然的和人造的东西，都曾做过人类最初的神。多神论是人类最早的宗教，而偶像是人类最初的崇拜对象。只有当他们能够逐渐了解观念，并因此能够探寻到一个造物主，以一个单独的观念来定义一切，并认识到"实体"这个最抽象的词时，才能理解只有一个独一无二的神。因此，任何一个相信上帝的孩子一定是一个偶像崇拜者，或者至少是一个神人同形同性论者——只要他在想象中以为见到了上帝，哪怕只有一次，他以后就不会太去思考上帝的样子了。洛克的错误就在于在研究身体之前先研究精神。

一旦一个实体的抽象概念出现（我不知道是如何出现的），就会产生这样一种认识：要接受一个独特的实体，就必须假定它具有一些相互排斥和不兼容的性质，例如思想和外延。从本质上说，思想可以分割，而外延一点儿都不能分割。此外，思想，或者换句话说，感觉，是一种原始的性质，与它所属的实体不可分割；外延与实体的关系也是如此。因此，如果一个生物失去了其中一种特质，它就失去了它赖以生存的实体，因此，死亡只是实体的一种分离，当二者结合到一起，两种性质从属的实体就会创造出生命。

现在我们来寻找两个问题的答案：两种实体和神性的概念之间有多远的距离，以及灵魂对我们身体的作用的神奇概念和上帝对所有生物的影响的概念之间有多远的距离。有一些观念是非常清晰的，比如创造，毁灭，无处不在，永生，全能和神性，只有少数人对此感到困惑和模糊，而一般人压根不认为存在这些观念，所以不会觉得有什么不清楚的地方。可是，为什么那些只有初步的感官活动，只有碰到什么才会想到什么的年轻人理解起这些观念却这么困难，似乎根本不明白呢？在我们身边挖很多深不见底的深渊是徒劳的，因为小孩子根本不怕它们，而且他们也无法看出它们的深度。在年幼的孩子眼中，一切都是无限的，他们不知道哪些东西是有限的，这并非因为它们的长度特别长，而是因为他们的智力有限。我还发现，他们认为无限大比他们所知的空间小而不是大。他们在估计一个广阔的空间时，用的不是眼睛，而是他们的脚。他们觉得，这个空间并不比他们能看到的大，但比他们能走到的范围大。如果你告诉他们上帝的力量有多大，他们可能会认为不过跟他们的父亲的力量差不多。他们用自己的知识来衡量一切事情可能的大小，所以会觉得你告诉他们的东西总是小于他们知道的东西。这就是无知者和低能者拥有的自然判断力。阿贾克斯①不敢挑战阿喀琉斯②，但敢于挑战丘比特③，就是因为他认识阿喀琉斯，而不是库比特。如果你对一个自以为是世界首富的瑞士农民说国王是什么样的人，他会骄傲地问你："国王在山上放牧的牛有一百头吗？"

很多读者都知道我从我的学生的童年时期开始就跟他形影不离，却不告诉他任何关于宗教的事情。他到 15 岁的时候，都不知道自己有灵魂，也许到他 18 岁时，我还认为不适合把这件事告诉他。一件事情，如果在他还不该知道的年龄提前让他知道，只会让他永远无法真正理解这件事。

如果你们让我描述一件让我愤怒的蠢事，我会说一个迂腐的人用问答的方式给孩子们上课的情形；如果我要把一个孩子逼疯，我会请他向我解释他所说的那些教条是什么意思。

---

① 特洛伊战争中的勇士。——译者注
② 希腊勇士。——译者注
③ 爱神。——译者注

也许你会表示反对，说大多数基督教的教条都是深奥的。如果要等一个孩子理解的时候再教，那就得等到这个孩子长大，甚至等他死了才能教。关于这一点，我首先要说的是，有一些十分玄妙的意义不仅让人无法理解，而且不可信赖；我认为，如果一个孩子从小就不撒谎，就没有必要用教条来教他。此外，要承认玄妙，首先要知道它在哪里，但是孩子可能无法理解这个概念。当一个人处于认为一切都很玄妙的年龄时，就无所谓玄妙了。

"只有相信上帝，才能得救。"这是一个被误解的教条，它让人们为了消灭对手不择手段，并养成了空谈的习惯，从而去学一些虚无的东西，让人的心智受到严重伤害。毫无疑问，要想得到永远的拯救，就要珍惜时间；但是，如果一个人可以通过重复几句话而得到永远的拯救，那就像让孩子上天堂一样，我们也能让喜鹊和鹦鹉上天堂。

信仰也包含履行。如果一种哲学没有信仰，那它就是错误的，因为它误用了自己培养出来的理智，并且抛弃了它所能理解的真理。但是，一个自称是基督徒的孩子，他能相信的只有自己明白的东西；他对你教给他的东西知之甚少，就算你教给他相反的道理，他也会立即接受。儿童和许多成年人的信仰，可以说只是一个地理问题。他们在罗马出生，和在麦加出生，天资会有差别吗？你告诉这个人穆罕默德是真主的代言人，他就会说穆罕默德是真主的代言人；你告诉那个人穆罕默德是个恶棍，他就会说穆罕默德是个恶棍。如果你调换这两个人的位置，这个人就会相信另一个人相信的说法。因此，我们可以把两个具有相似禀赋的人，一个送到天堂，一个送到地狱吗？当一个孩子说他相信上帝时，他其实并不相信上帝，而是相信张三或者李四，因为他们告诉他有一种东西叫作上帝，所以他对上帝的信仰就像幼里皮底斯①说的：

① 古希腊三大悲剧诗人之一。——译者注

啊，丘比特！对于你，我只听说过你的大名，而未见过你本尊。

如果一个孩子还没长到懂事的年龄就夭折了，就会有永恒的幸福相伴。因为天主教的教徒认为，只要孩子受过洗礼，那就算他没有听说过上帝，也能获得永恒的幸福。因此，在某些情况下，不相信上帝也有可能被拯救。儿童时期或者疯癫时期，都属于这种情况，这时候，人的精神不能完成认识上帝所必需的活动。在这个问题上，我认为你我之间的差别在于：在你看来，孩子们在 7 岁的时候就能认识上帝；而我却认为，他们长到 15 岁都无法认识上帝。要验证我的观点正确与否，不能以一个信条来判断，必须去看看自然的历史。

从上述原理不难看出。这种人就算到了垂暮之年，仍然没有信过上帝，只要他不是刻意不信，就不能因为他没有信过上帝，就一并剥夺他来生去见上帝的权利。他是自愿不相信上帝的吗？我不这么觉得。就疯子而言，你也承认疾病让他们丧失了精神能力，却没有剥夺他做人的权利，因此，不能剥夺他们得到上帝的恩惠的权利。那么为什么那些从小就与世隔绝、过着极端野蛮生活的人，你只因为他们没有获得只有和人交往才能获得的知识，就反对他们享受上帝的恩惠呢？你可能会辩解说："因为这样的野蛮人是无法把自己的思想境界提高到能够认识上帝的。"可是只要运用理智，我们就能知道，必须是在一个人故意犯错的时候，我们才能惩罚他，我们不能将一个人无法改变的愚昧视为他的罪过。因此，面对永恒的正义，所有愿意相信上帝的人——如果他有一些必要的智慧——都算相信上帝；一个人如果不相信上帝，但不是故意不接受真理，就不该受到惩罚。

向那些不能理解真理的人宣讲真理，简直没有任何必要，因为这样做就相当于在传播错误观点。与其让他们对上帝有粗俗、荒谬、侮辱和不尊重的想法，还不如让他们一开始就对上帝一无所知，因为不了解上帝总好过亵渎上帝。实诚的普鲁塔克说："与其让人们说，普鲁塔克是不公正的，是嫉妒的，他是如此专横，强迫人们做他们不能做的事情，我倒宁愿人们认为世界上根本没有我的存在。"

在孩子们的心目中以一种怪诞的形式来描绘上帝，最大的弊端在于，这种形式会在他们的余生一直存在于他们的脑海中，即使是长大成人之后，他们也认为上帝只不过是孩提时代别人告诉他们的那个样子。我曾经在瑞士见过一个家庭，他们对这个原理深信不疑，以至那位慈祥虔诚的母亲在儿子小时候没有教他信仰宗教，因为她害怕儿子在懂事的时候会满足于这些小小的基本知识，抛弃更好的知识。这个孩子在听到别人谈到上帝时，总是充满敬畏，而当他试图自己谈论上帝的时候，总会被制止，好像这件事太过深奥，不适合一个像他这样的人来谈论似的。这些禁忌激起了他的好奇心，再加上出于自尊，他急于弄清这个人人都不想让他知道的秘密。大家越是不跟他讲上帝，越是不允许他谈论上帝，他就越想了解上帝。这个孩子认为他在任何地方都能看到上帝。我担心的是，这种神秘的气氛会激发一个年轻人的想象力，使他的头脑变得模糊，使他不再是上帝的信徒，而是上帝的狂热信徒。

至于爱弥儿，我并不担心他会变成这个样子，因为他对自己无法理解的一切都漠不关心，听到自己听不懂的东西时总是心不在焉。他觉得很多事情都与他无关，就算再多一件，他也不会为此烦恼。他开始思考这些重要的问题，是因为他的智力的自然发展促使他这样做，而不是因为他听到别人提出这些问题。

关于一个接受过文化教育的人的思想是如何进入这些神秘境界的，我们已经进行过观察；我愿意承认，即使在社会上，也需要等到年龄大一些才能自然地进入这些境界。然而，由于社会上有许多不可避免的原因，人类欲望的发展速度大大增加，因此我们需要调节欲望的智慧，让它也迅速发展，以免脱离自然秩序，打破平衡。当我们不能控制一种事物，让其发展过快时，我们必须让所有与之相关的事物以同样的速度发展，才能不扰乱秩序，才能让与它齐头并进的东西跟上它的步伐，才能让人的一生不留下任何遗憾，才能让人不因为能力发展过快而出现异常。

在这里，我发现了很大的困难。困难正变得越来越大，原因有二：一是由于困难不是因为事物本身引起的，二是那些面对这个困难的人懦弱无能，不敢解决。不过，为了解决这个困难，我们至少应该敢于提出它。一个孩子受到父亲的宗教的熏陶长大，人们经常会向他论证，这种宗教是一种独一无二的宗教，而其他所有宗教都是荒谬的。在这个问题上，这种说法是否具有说服力完全取决于它是由哪个国家的人说的。如果一个土耳其人说君士坦丁堡的基督教是荒谬的，那就让他来巴黎问问我们对伊斯兰教的看法！涉及宗教问题时，人类的偏见是压倒性的。我们没有必要让爱弥儿信仰任何宗教，因为我们早就决定不会让他受任何事情的束缚，不让他屈服于权威，不会教导他在其他地方学不懂的东西。我们应该把这个自然人带入哪个教派？我认为，这个问题的答案很简单：我们不要求他加入这个派系或那个派别，而是让他用自己的思想作出正确的选择。

在余烬掩盖的火上，
我昂首挺胸地向前。

这不重要！到目前为止，我的热情和自信依然存在，这可以弥补我的思虑不周。在适当的时机，我希望它们可以保证我不犯错。我的读者们，我十分热爱真理，因此不用担心我太过保守。我会秉持我的方针，但我会永远怀疑我的判断是否正确。我要告诉你们的，不是我心里的想法，而是一个身份高于我的人的想法。我向你们保证，这些事实是真实的，它们是我所抄录的文章的作者的真实经验，我无法保证你们可以从我们正在谈论的这个问题的文章中得出任何有用的意见，因为决定权在你们手里。我劝你不要以别人或我的感受来判断，我把它抄在这里，只是为了供你们学习。

三十年前，在意大利的一个城市里，有一个年轻人被迫离开家乡，而且生活极其贫困。他原本信奉加尔文教，可是他觉得自己在一片陌生的土地上无法谋生，为了维持生计，他一时糊涂，就改信了别的宗教。在那个城市有一间专门收容改信宗教者的公寓，里面的人收留了他。人们告诉了他一些宗教争论的问题，这使他产生了一种前未有过的怀疑；他意识到了他从来不知道的罪恶，听到了奇怪的教理，看到了奇怪的习俗；他经历了这一切，差点儿成了它们的牺牲品。他企图逃跑，却被人们关了起来；他试图抱怨，却遭到了人们的惩罚。残暴的人们随意摆布他，他发现，因为自己不想犯罪，反而被人当作罪人对待。只有亲身经历过的人，才知道一个没有经验的年轻人在第一次遭遇荒蛮和不公时有多么愤怒。他流下了愤怒的泪水，心中充满了愤怒。他向上苍和所有人倾诉自己的愤怒，把真相告诉每一个人，可是根本没有人听得进去。他遇到的每一个人，都是专门干让他羞耻的罪行的歹徒或帮凶；他们嘲笑他没有加入他们，鼓励他模仿他们。要不是一个诚实的牧师有事来到这所公寓，也许他就毁在这里了。其实，那个牧师非常贫穷，也需要别人的帮助，但是看到这个比自己更需要帮助的压迫者，他就冒着被残酷的敌人报复的危险，果断地帮助他逃跑了。

这个年轻人前脚逃离灾难，后脚又陷入贫困，他与命运抗争，却一无所获。曾经有一段时间，他以为自己已经战胜了它，在命运刚有一点起色的时候，他就将自己的痛苦和恩人忘得一干二净。他的这种忘恩负义很快就让他受到了惩罚；他所有的希望都成了一场空；他的青春白白虚度；他的想入非非使他堕落。一方面，他没有足够的天赋和手段去创造一条平坦的道路，既无力克制自己，又做不了一个坏人；

但另一方面，他想得到的东西却求而不得。他又一次陷入贫困，没有食物和住所，当他快要饿死的时候，他又想起了他的恩人。

他回到恩人那里，找到了恩人，恩人也很好地接待了他。牧师一见到他，就想起自己曾经做过的一件好事，并从这件事中获得了极大的欣慰。这位牧师天生和蔼可亲，富有同情心，他能够通过自己的痛苦去感受别人的痛苦，虽然他已经过上了富足的生活，却没有变得铁石心肠，相反，因为知识的熏陶和德行的宽宏大量，他变得更加善良。他欢迎了这个年轻人，给他找了个住的地方，将自己的生活必需品和他分享，勉强够他们两个人生活。不仅如此，牧师还开导他，安慰他，教导他如何忍受苦难，在逆境中保持忍耐。你们这些持有偏见的人，有没有想过这样的事情会发生在一个牧师身上，发生在意大利？

这个诚实的基督徒是什么身份呢？他是萨瓦地方一个贫穷的牧师，年轻时因为一时冲动，与主教发生了争吵，于是，他翻过阿尔卑斯山，去寻找一种在他的故乡找不到的谋生方式。他具备智慧和文化，而且相貌英俊，所以被很多人照顾，最后在一个官员的家里落脚，负责教育他的儿子。不过他宁愿贫穷，也不愿寄人篱下。他不善于与有钱人打交道，所以并没有在那个官员的房子里待多久，但是在他离开的时候并没有失去别人对他的尊重；因为他为人高贵，受人爱戴，所以他决心有尊严地回到主教身边，并请求主教安排自己到山区做牧师，这样他就可以在那里度过一生，这就是他的终极愿望。

他很自然地对这个漂泊他乡的年轻人产生了兴趣，并仔细研究了他。他得出的结论是：不幸的命运使这个年轻人灰心丧气，羞耻和轻蔑将这个年轻人的勇气消磨殆尽，他原本的骄傲已经变成了对世界的仇恨，在他看来，人类的不仁慈是由于他们本性的邪恶和虚伪造成的。他把宗教看作自私的遮羞布，原本神圣的崇拜也变成了伪善的盾牌。他认为，天堂和地狱已经在无聊的争论中变成了咬文嚼字，而对上帝的庄严朴素的观念已经被狂野的想象所扭曲；当他相信要信仰上帝就要将上帝赋予的理性抛弃的时候，就会鄙视我们荒谬的冥想，就像鄙视我们冥想的目的一样。因为他不知道事物的真相，不知道它们发生的原因，所以陷入了一种无知的状态，对那些认为自己比他更有知识的人饱含蔑视。

完全忘记宗教会导致忘记作为一个人的义务。这个过程，这个浪子已经完成了一半。虽然他不是生来就是个坏孩子，但是怀疑和贫穷逐渐消磨了他的天性，并很快把他带上了毁灭的道路，他已经接受了坏人的行为和无神论的道德观念。

这种几乎不可避免的罪恶还没有到不可挽回的地步。这个年轻人并不是没有任何知识，并不是完全没有受过教育。他正值壮年，沸腾的热血开始使他的头脑从狂烈的感官的束缚中恢复活力。他的心仍然纯洁无瑕。就像你束缚你的学生一样，他那天生的羞耻心和害羞的个性也在束缚着他的心。他所目睹的完全的堕落和不体面的事情并没有激起他的想象，反而抑制了他的想象。在很长一段时间中，他之所以能够保持天真纯洁并不是因为他自己的美德，而是因为他对事物的憎恨；天真纯洁的心只是被醉人的诱惑腐蚀了。

牧师看到了这种危险，面对困难，他没有退缩，而是想出了一个解决办法。他很高兴他能够完成这项工作，他已经下定决心，要恢复他从邪恶中拯救出来的这个人的美德。为了实现计划，他欲擒故纵。高尚的动机激起了他的勇气，于是，他想出了一个方法来配合他的热情。无论结果如何，他都坚信自己的时间不会被浪费。当一个人全心全意地做好事时，他最终一定会成功。

他做的第一件事，就是得到这个新皈依者的信任。他采取的做法是：不向他夸耀自己的恩惠，也不强迫他做什么事，更不会不停地说教；他总是让自己能够被对方了解，并放低姿态，让自己的地位和对方平等。当我们看到一个中规中矩的人愿意去做一个淘气的人的朋友，当我们看到一个有道德的人为了完全战胜一个放纵的人，就顺着对方的步调去做，我觉得，我们一定会为之感动。当这个年轻人走到他面前，胡乱说一些乱七八糟的事情的时候，他会聚精会神地听着；他会兴致勃勃地听对方说所有的事，除了不认同不好的事情；他从来不会随意指责他，以免打断他的话头，让他伤心。当这个年轻人发现牧师在认真聆听自己的话，就想把自己的心里话和盘托出。这样，他就把所有的事情都说得十分清楚，而他还以为自己什么都没有说呢。

在仔细研究了这个年轻人的感情和性格之后，牧师得出的结论是：虽然从年龄上看，不能说他无知，可是他已经把自己应该知道的一切忘得一干二净，而他残酷的命运所带来的耻辱已经扼杀了他对善与恶的真实看法。一个人就算只经历了某个阶段的堕落，这个阶段也能完全腐化他的灵魂。一个整天为衣食而忧心的人，是无法听到内心的声音的。对于这个道德濒于死亡的年轻人，牧师采取的做法是，先唤醒他的自尊和自爱。他向这个年轻人指出，如果他善用自己的才能，就可以获得一个美好的未来，他利用别人的善行来唤起他内心真诚的热情；因为他使这个年轻人钦佩这些好人，并产生了向他们学习的欲望。为了让他逐步摆脱这种无所事事的生活，牧师在他身上培养了一种高贵的感激之情——做法是挑选书中的要点让年轻人抄写，并假装自己需要读这些要点。牧师间接地用这些书来教育他，让他获得充分的自信，不再把自己看成一个无用之人。

通过这件小事不难看出，虽然这个仁慈的人表面上没有进行教育，却如此巧妙地把他的学生从堕落中拉了出来。大家都知道这个牧师很廉洁、很谨慎，所以有些人宁愿把他们要捐的东西捐给他，也不愿意交给城里那些有钱的牧师。有一天，有人给了牧师一些钱，让他分发给穷人。年轻人竟厚着脸皮说自己很穷，要他给自己一些钱。"不，"牧师说，"我们已经成为兄弟了，你是我家的一员，我不应该把这些钱留给自己使用。"然后他从自己的口袋里掏出钱来，按照年轻人想要的数目给了他。对于那个没有被彻底腐化的年轻人来说，这个教训足够让他牢记在心。

我对用第三人称来讲已经很不耐烦，这样的小心谨慎完全是多此一举；因为，我亲爱的朋友们，我想你们已经察觉到，这个流落异乡的可怜人就是我自己。我认为我再也不会像我年轻时那样荒唐，所以我有勇气承认我确实做了；为了赞扬那个把我从堕落中拯救出来的人，我有理由让自己再受一些羞辱。

德行崇高而不虚伪，心地善良而不温柔，说话坦率，言行始终如一，是这位可敬的教师的个人生活给我留下的最深刻的印象。至于他帮助的那些人有没有在晚上做祷告，有没有经常进行忏悔，有没有在指定的日子里严守大斋小斋，我是从来没有见他追问过的。而且，他也从来没有强迫他们同意这样的条件，但是有一点可以确定：如果不履行这些条件，那他就算饿死，也得不到其他信徒的帮助。

他的行为使我受到极大的鼓舞，因此，我不但没有向他表现出一个新皈依不久的人所表现出的那种假装的热情，还把自己的想法都告诉了他，也从来没有因此受到他的责备。我有时会对自己说："他不问我为什么不关心我皈依的教派，是因为他发现我也不关心幼年时就信奉的宗教，所以他认为我的漠不关心不是宗派问题。"但是，当我偶尔听到他对一种与天主教教义相反的教义表示赞同，当我看到他似乎对一切形式的教义都不屑一顾时，我想到了什么呢？如果我曾经看到他在一个在他看来毫不重要的仪式上随意应付，我可能会认为他是一个虚伪的基督徒；但是我不知道如何判断这些矛盾的现象，因为我清楚地知道，即使没有人在场，他也会像在公共场合一样履行他的牧师职责。对我来说，他的生活完全可以作为我们的榜样，他的行为无可挑剔，他的话语十分真诚合理。唯一的一点是，他曾经有过一个有失体面却又无法弥补的过失。我和他是如此亲近，于是我对他的尊敬日益加深。他对别人处处关怀，这让我产生了一个想法：探究他在这种奇特的生活中始终坚持的是什么原则。

在等待了很长时间之后，这个机会终于来了。他在把一切都告诉我之前，先做了一项工作：将理性和善意的种子播撒在门徒的心中。对我来说，最难克服的是一种目空一切的骄傲，一种对世界上富人和幸运儿的仇恨，好像他们的财富都是以牺牲我为代价换来的，他们的幸福都是从我这里夺过去的。我年轻时自负的虚荣心碰到的障碍，让我十分易怒；我的老师努力恢复我的自尊心，这反过来又使我骄傲，认为这个世界上的人比以往任何时候都更加邪恶，我不仅鄙视他们，而且憎恨他们。

他并没有直接对付我的骄傲，以免我的骄傲让我变得铁石心肠；他任由我尊重自己，只是避免我因为自尊而鄙视别人。因为他经常拨开事物虚假的表面，并向我指出其下真正的痛苦，所以我开始为同伴的罪行感到难过，同情他们的苦难，毫不嫉妒他们。因为他非常了解自己的缺点，所以他非常同情别人的缺点，认为所有的人都是自己和他人罪恶的受害者；他看到穷人在富人的束缚下呻吟，富人在偏见的束缚下呻吟。"相信我，"他说，"我们的幻想非但不会掩盖，反而会增加我们的痛苦，因为它们让一些原本毫无价值的东西变得珍贵，让我们感觉缺少各种东西，但事实上，没有它们，我们就不会感受到那种欲望。内心的平静在于无视一切干扰它的事物。把生活放在第一位的人最不可能享受生活；忙于寻找幸福的人常常会遭遇不幸。"

"啊！"我沉痛地叫了起来，"你把事情描绘得多么凄凉啊！如果我们必须抛弃一切，那我们为什么要出生在这个世界上？如果对幸福的生活没有任何向往，谁又会过得幸福？"

"我，"一天，牧师用一种让我吃惊的语气回答道。"你也很幸福！你那么不幸，那么贫穷，背井离乡，受到迫害！你是多么幸福呀！你做了什么才拥有这样的幸福？我的孩子，"他继续说，"我愿意告诉你我的事情。"

　　然后我明白了，他在听了我的心声之后，也想告诉我他的心声。"我要坦诚地告诉你真相，"他拥抱着我对我说，"即将呈现在你面前的，即使不是真正的我，至少也是我眼中的我。当你听到我对信仰的全部自白，当你对我的心灵境界有了详细的了解，你就会知道为什么我会觉得自己很幸福，如果你也有我这种的想法，你就会知道你必须做什么才能幸福。但是这些话一时半会儿也说不完，还需要一些时间来告诉你我是如何看待人类的命运和生命的真正价值的。让我们找一个合适的时间和地点，安静地谈一谈。"

　　我流露出一种渴望：想要知道他的心情。所以，我们约定，他最迟不能迟于明天早上，就要把自己的心情告诉我。那时正好是夏天，我们黎明就起床了。他带着我来到城外，登上一座小山。在山脚下，波河的河水蜿蜒冲刷着肥沃的河岸，田野的远处，是阿尔卑斯山的山脉。阳光洒满了田野，在地面上投下树木、山丘和房屋的长长的阴影。这幅用我们人类肉眼所能看到的最美丽的图片，被它用千万道光辉装点着。可以说，大自然的全部辉煌，就是以这样一种方式呈现在我们面前，以成为我们的主题。默默欣赏了一会儿这样的景色后，这个平和的人开口了。

爱弥儿

下册

[法]让-雅克·卢梭 —— 著

文霈 —— 译

中国华侨出版社

北京

信仰的自白——一个来自萨瓦省的牧师的自述

我的孩子，不要指望我对你说任何广博的学问或深刻的真理。我不是一个大哲学家，我也没有成为一个大哲学家的想法。但是我具备一些常识，也一直对真理充满热爱。我不想和你争论，也不想说服你，我只想把我内心的简单朴素的思想告诉你。我对你唯一的要求就是：在听我说的同时，也要扪心自问。如果我错了，我只希望你不要因此觉得我犯了罪，就可以了；如果你诚实，即使你错了，造成的伤害也不会太大。如果你认为我的想法是正确的，那是因为我们拥有共同的理性，而且我们也渴望倾听理性的声音。我希望你也像我这么想。

我出生在一个贫穷的农民家庭，这种出身决定我不得不做农活；但是人们认为我做牧师可能更能养家糊口，所以想办法让我去学做一个牧师。当然，无论是我的父母还是我自己，这么做都不是为了寻求好的、真实的、有用的学问；我们所想的只是一个人需要具备什么知识才能获得神父的职位。于是，我学会了别人让我学的东西，说别人让我说的话，做别人让我做的事，就此成为一名牧师。但我很快就意识到，在承诺自己不流于俗的同时，我也许下了一个无法兑现的承诺。

我们被告知，良心是偏见的产物，但我从经验知道，良心总是服从自然秩序，不以人为的法则而转移。禁止我们这样或那样做是徒劳的；只要我们所做的是有秩序的，尤其是符合有秩序的自然安排，我们就不会受到良心的谴责。哦，我的好孩子，你现在还处于一种幸福的状态，因为大自然还没有启发你的官能，而在这种状态下，自然的呼声就是纯真的声音。你必须记住，在它教导你们之前去做，远比抵制它的教导更违背它的意志；因此，你必须首先学会抵制邪恶，才能在屈服于邪恶的时候不犯罪。

婚姻，在我少年的时候，就被我看作第一个最神圣的自然制度。我放弃了结婚的权利，因为我决定不亵渎婚姻的圣洁；因为，不管我接受了什么样的教育，读了什么样的书，我的生活一直都非常简单，非常有规律，所以我心中保持着原始智慧的光辉；世俗的话语没有掩盖它们，我贫穷的生活使我无法去进行万恶的诡辩。

正是这种决心毁了我，我对婚姻的尊重，让我的缺点暴露在大众面前，我为自己的罪行受到了惩罚：我先是被关禁闭，然后被革除了职务。我之所以遭受这种灾难，并不是因为我缺乏自制能力，而是因为我犹豫不决。鉴于人们对我可耻行为的谴责，我得出一个结论：罪行越大，越能免受惩罚。

对于一个有理智的人来说，一点点这样的经验就可以让他产生大量的思想。我每天都要抛弃一些我已经接受的想法，因为我对正义、诚实和做人的种种义务的观念，已经被各种悲观的看法冲击得支离破碎。渐渐地，我开始对那些显而易见的原则感到有点模糊，最后我不知道该想些什么，结果沦落到了你这种境地。不过我和你的不同在于：我的怀疑是年龄增长的结果，它是在经历各种苦难之后产生的，因此也是最不容易打破的。

我的心性是游移的，带着笛卡儿①认为追求真理所必需的怀疑。这种状态无法持续很久，因为让人感到痛苦和不安，只要一个人没有有罪的倾向和懒惰的心灵，就不愿意这样继续下去。我的心还没有堕落到能在这种状态下保持幸福的地步；一个爱自己胜过爱财富的人可以保持他的思想习惯。

① 法国数学家，物理学家，哲学家。——译者注

　　我在心里想着人类悲惨的命运，看到这样一幅景象：它们漂浮在偏见的海洋上，缺乏舵和指南针，只能被当事人像暴风雨一样的欲望激荡得四处飘荡。可悲的是，他们唯一的领航员缺乏经验，不知道路线，甚至不知道从哪里来，要到哪里去。我对自己说："我热爱真理，寻求真理，却遍寻无果。请你告诉我它在哪儿，我会紧跟着它。它为什么要躲避崇拜它的热切的心呢？"

　　虽然我经常经历巨大的痛苦，但在这段混乱和不确定的时期，我首次经历了这样的不快乐。在这段时间里，我怀疑一切。经过长时间地沉思，我得到的只是一些模糊的、不确定的东西以及对我为什么存在与我如何尽职的矛盾的看法。

　　我不知道如何成为一个既固执又诚实的怀疑论者。我认为，这样的哲学家也许从来没有出现过，如果真的有，也是最不幸的人。如果对我们应该坚信的事物产生怀疑，就会损害我们的心灵。但是长时间忍受这种损害是不可能的，他会不断地做出一个或另一个决定；他宁愿被欺骗也不愿什么都不相信。

　　我被一个过于武断而不允许任何怀疑的教会抚养长大，这让我倍感为难，因此哪怕是一点点否认都会导致我否认其他一切，而且因为我无法接受这么多荒谬的决断，所以我扔掉了所有的决断，包括那些不荒谬的。当人们要我完全相信的时候，我却反而什么也不相信，以致我不知道该怎么办。

　　我咨询过很多哲学家，我读过他们的著作，研究过他们的观点，结果发现他们都是骄傲、武断、狂妄自大的，甚至在他们所谓的怀疑论中，他们也说自己知道一切，说他们不想追根究底，说他们会相互嘲笑。特别是最后这一点，是所有的哲学家都具有的，所以我认为这是他们唯一说得正确的地方。他们以攻击别人为荣，却没有自卫的能力。如果你衡量他们所说的真理，就会发现它们其实是有害的；如果你问他们同意哪个人的观点，每个人都会说他同意他自己的观点；他们聚在一起是为了争论，所以我不可能通过他们说的话解除疑惑。

我认为，人的看法之所以各不相同，第一个原因是缺乏智慧，第二个原因是骄傲。人的智慧是一台巨大的机器，我们既无法衡量这台伟大的机器，也无法计算它的功能；对它最重要的规律和它的最终目的也一无所知；此外，我们也不知道我们自己，对我们的天性和能动的动力来源也不清楚；我们不知道人是一个简单的存在还是一个复合的存在；我们被神秘莫测的事物包围着，它们超出了我们的感知范围，我们认为我们有智慧去了解它们，但我们所拥有的只是想象力。每个人，当他经过这个想象的世界时，都会开辟一条他认为的平坦的道路，但是没有人知道他的道路能否引导他到达他的目标。我们想知道一切，探寻一个究竟。我们唯一不想做的一件事，就是承认我们对我们不知道的事情一无所知。我们宁愿冒险相信不真实的事情，也不愿意承认我们没有人能够理解什么是真实的。我们只是造物主让我们争论的巨大整体中的一个小分子，所以试图确定它是什么以及我们与它的关系完全是异想天开。

　　就算哲学家有能力发现真理，可他们中的哪一个曾经对真理感兴趣？每个人都知道他的观点并不比其他人的更正确，但是每个人都坚持自己的观点是正确的，因为这是他自己的观点。他们中没有一个人在看到了真理之后，会放弃自己荒谬的论点，接受别人所说的真理。哪里能找到一个不为自己的荣誉而欺骗人类的哲学家呢？我们从哪里可以找到一个在内心深处并不想成名的哲学家呢？只要能够飞黄腾达，只要能凌驾于那些与他争论的人之上，他才不会在乎是不是真理。最重要的是要有和别人不同的观点。在宗教人士中，他是一个无神论者；在无神论者中，他是一个宗教人士。

　　这样思考之后，我得出的第一个结论是：我应该把自己探讨的对象限制在与我直接相关的事情上，其他事情都不关心，除了我必须要知道的事情，就算怀疑一些事情，也应该不闻不问。

　　我得到的另外一个结论是，哲学家非但没有消除我多余的疑虑，反而成倍地增加了困扰我的疑虑，而且没有一个疑虑得到了解决。所以我不得不找到另一个导师，我对自己说："问问我内心的智慧之光，它可能不会像哲学家那样，让我走那么多的弯路，或者，我至少只犯我自己的错误，而且，按照我自己的幻想行事，我可能不会堕落到像听从他们的胡言乱语要堕落到的那种程度。"

然后，我反思了自我出生以来一个接一个影响我的各种观点，并发现，虽然它们没有一个是那么确定以至于直接令人信服，但它们或多或少是可能的，这就是为什么我们的心会对它们表示不同程度的赞同或不赞成。在此基础上，我对所有不同的想法进行了公正的比较，我发现，第一个最为共通的想法是最简单、最合理的，如果把它列在最后，我们可以让每个人都同意。我们先做一个假设：对于力量、偶然、命运、必然、原子、有生命的世界、有生命的物质以及各种各样的唯物主义，所有古代和现代哲学家都进行了彻底和最初的研究。之后，著名的克拉克①做了一件让世界豁然开朗的事情：揭示了生命的控制者和万物的施予者。这套全新的说法是如此伟大，如此令人欣慰，如此崇高，如此适合培养心灵和奠定道德基础，与此同时，它是如此感人，如此辉煌，如此简单，因此才会受到每个人的钦佩和赞赏。我承认，它也包含了人类心灵无法理解的事物，但它不像其他各种说法那样包含那么多荒谬的事物。我告诉自己："它们都有同样的无法解决的困难，因为人类心灵不够广阔，无法解决所有的问题，所以我们用这些困难来证明我们对这个或那个说法的否定并不合适；但这些问题所依据的直接证据却截然不同！"既然这个说法能够解释一切，而且存在的困难也比其他观点存在的困难少，因此，我们是可以选择它的。

因为我已经把我对真理的热爱作为我的全部哲学，因为我已经采用了一种既简单又容易的法则——这种法则使我能够摆脱空洞的论证——作为唯一的方法，所以我根据这个法则检验

---

① 英国哲学家。——译者注

了我所知道的知识，我决定，以显而易见的眼光来看待我只能坦诚接受的各种知识，并认为那些与它们紧密相连的知识是真实的；至于其余的知识，我持怀疑态度，既不否认也不接受，因为它们没有什么实际价值，所以我不必把我的心思放在研究它们上面。

但是就我的身份而言，我有什么权利去评判事物？我做出这样或那样的判断的依据是什么？如果是由于我得到的印象而让我必须以那种方式来评判它们，那么我进行这场讨论就是在白白浪费我的精力；这样的话就只有两个选择：要么彻底地讨论，要么不去管它们，让它们自己得出结论。因此，为了理解我将要使用的工具，以及我使用它的把握，我要先认识我自己。

我存在着，我有感官，通过我的感官去感觉。这是触动我心弦的第一个真理，我无法拒绝接受。我是否对我的存在有一种特殊的感觉，或者我只是通过我的感觉来感受我的存在？这是我直到现在还没有找到答案的一个疑问。我是直接或者通过记忆不断受到感觉的影响，我怎么知道我的感觉是独立于它们的，还是受它们的影响？

我的感觉是在我身体内进行的，因为它使我能够感知我的存在；但它们的产生和我的身体无关，因为不管我是否接受它们，它们都会对我产生影响，而且，它们的创造或破坏都不是我的责任。这样我就清楚地认识到，我身体里的感觉和它们产生的原因（也就是我身外的世界）是不同的东西。

因此，我存在着，其他实体，即我感觉的对象也存在着，它们不是我。即使它们只是一些概念，但并不就是"我"的概念。

对于我能感觉到的，在我身外对我的感官起作用的事物，我都称之为"物质"；在我看来，所有的物质分子最终都会结合成单个的实体，所以我把物质分子称为"物体"。这样，我认为所有唯心主义论者和唯物主义论者之间的争论都是没有价值的，他们所说物体的表象和实际之间的差别，完全是想象出来的。

现在我相信宇宙的存在，就像我相信我自己的存在一样。

接着，我进一步思考了我的感觉对象；当我发现我能够比较它们时，我意识到我拥有一种我以前不知道的活的力量。

知觉就是感觉，比较就是判断，判断和感觉是两码事。通过感觉，我得到的认识是：物体是各自孤立和分散呈现在我面前的，其情形就和它们在大自然中一样；通过比较，我稍微移动了它们的位置，为了说明它们的相似和不同之处，同时也说明它们之间的一般关系，我逐个把它们叠了起来。在我看来，有主动意识的生物或有智慧的生物的辨别能力可以赋予"存在"这个词以意义。我没有在只有感觉的生物身上发现这种比较和判断的智慧，也没有在它们的天性中发现这种智慧。这种被动的生物可以感知每一个物体，甚至可以感知由两个物体合成的整体，但它无法比较这两个物体，也无法判断它们，因为它没有能力把它们逐个叠起来。

同时看到两个物体，就代表着发现它们之间的关系或差异了吗？看到几个独立的事物，就能算清它们的数目吗？当我看到我的手，用不着经过计算，也能知道有多少根手指，同样，当我看到几根棍子，也能在同一时刻拥有长短的概念。"更长和更短"这种比较的观念和"一、二等等"的数目的观念，只能在有感觉的时候才能产生。

也许有人会说，有感觉的生物可以通过感官之间的差异来区分它们，这种说法有必要进行解释一番。当它们体现的感觉互不相同时，有感觉的生物能够凭借这种不同将它们区分开来；当他们体现的感觉非常相似时，有感觉的生物是因为察觉到它们相互独立而将它们区分开来的。

有情众生在感到彼此不同时，可以通过差异来区分它们；有情众生在彼此相似时，可以通过差异来区分它们，因为有情众生认为它们是独立的。否则，它如何在同时发生的一种感觉中区分两个相同的事物？当它看到那两个事物，必然会把两者混为一谈，认为它们是同一个事物，特别是考虑到有人声称空间的表象感觉没有外延，这一点表现就更为突出。

当我们发现两种需要加以比较的感觉时，我们已经对它们有了印象——对每个客体的感觉，对两个客体的感觉——但这并不意味着我们已经感受到了它们之间的联系。如果这种关系的判断仅仅是一种来自客观对象的感觉，那么我们的判断是绝对可靠的，因为我感知到的就是我感觉到的，所以绝对没有错误的余地。

那么，我为什么会把这两根棍子的关系搞错，特别是弄不清它们是否相似？例如，当短棍的长度只有长棍的四分之一时，为什么我会认为短棍是长棍的三分之一？为什么形象（感觉）不符合标本（事物）？这是因为我是主动地作出判断，我在比较中出现了差错，在我判断关系时，我的理解力混淆了自身的错误和客观事物的真实表现。

此外，我认为，如果你曾经想过，一定会对一点感到惊讶：如果我们消极运用我们的感官，那么它们就不能相互交流，结果就是，我们在看到和触摸到一个物体时，无法认识到它是同一个东西。于是，我们要么感觉不到身外的任何东西，要么感觉到五种可以感知的实体，却无法判断它们是否是同一件东西。

我的心灵中具备的归纳和比较我的感觉的能力，始终存在于我身上，而不是别的事物身上，不管别人给它命名为什么，不管它是被称为"注意"还是"沉思"还是"反省"。同时，虽然只有在事物给我印象的时候，我才会产生这种能力，但是我是唯一能够产生它的人。我感觉到或者感觉不到，虽然并不取决于我，但是我或多或少可以自由地对我感觉到的东西进行判断。

所以我有两个身份：一个是消极被动的有感觉的生物，一个是主动的有智慧的生物。无论哲学家们怎么看待这一点，我都为能够思想而感到骄傲。我知道的是，真理存在于事物之中，而不是存在于我评判事物的思想之中，我知道在评判事物的思想中，"我"的成分越少，就越接近真理。因此，我采用了多依靠感觉少依靠理智的准则，因为理智本身告诉我，这个规则是正确的。

我现在对自己充满信心，所以我开始观察身外的事物。我惊恐地发现，我被抛弃在这个广袤的宇宙中，迷失了方向，就像被淹没在无数生物的海洋中，不知道它们长什么样，不知道它们和我有什么关系，我研究它们，观察它们；我认为我首先应该将它们与我自己进行比较。

我通过感官所发现的一切都是物质，由此我从可感知的性质中推断出物质的根本特性，因为我正是以这些特性为依据才发现了物质，而这些特性与物质是不可分割的。我发现它并不总是运动或静止，而是时而运动时而静止①；由此我得出结论，静止和运动对于物质来说都不是必不可少的；而运动作为一个动作，是静止状态的终结。因此，当没有任何东西作用于物质时，它就根本不运动；因此，运动或静止对于物质来说并非不可或缺，但另一方面，物质的自然状态是静止的。

我发现物体的运动有两种形式，一种是受其他物体影响而发生的运动，另一种是自发的或随意的运动；前者的动因存在于物体之外而后者的动因存在于物体之内。然而，我并不因此就认为这意味着像钟表这样的东西的运动是自发的，因为它想要启动机器和转动指针，就需要外部的东西使钟表上的弹簧工作。同样地，我也不认可液体的运动是自发引起的，更不同意引起液体流动的火是自发的运动的说法。②

你可能会问我，动物的运动是否是自发的？我的回答是我不知道，但是，用类比的方法看待，也可以说它是自发的。你可能还会问，我怎么知道一些运动是自发的；我告诉你，我是因为感觉到了这种运动才知道它的存在的。只要我愿意，我就可以移动

---

① 这种静止只能说是相对的，可是，既然我们多少是在静止的状态中看到的，因此我们可以马上把两个极端之一，也就是静止想象出来。它会在我们的脑海里形成再清楚不过的印象，所以我们竟然把相对的静止看成绝对的了。假如说可以假想物质是静止的，那么，就不能说物质的本质是运动了。——原注

② 在化学家看来，燃素或火的元素是静止的、分散的，在由它所组成的化合物中，它是保持静止的，直到有了外因出现，它才能被分散出来，并聚合在一起开始运动，变成火。——原注

我的手臂，在这个过程中，没有任何直接的原因，除了我的意愿。任何人都不可能给我任何理由，让我不相信自己的这种感觉，这种感觉比所有的证据都要明显；要不你就向我证明我不存在。

如果人类活动中没有自发性，如果世界上发生的事情中没有自发性，那么就很难想象它们的各种运动的首要原因。我个人的观点是：物质的自然状态是静止的，它身上不存在任何活力，当我看到一个运动的物体，我立即想到它要么是一个有生命的物体，要么是在其他东西的影响下才运动的。我一点也不承认无机物可以自己运动或者导致其他物体运动。

但是肉眼可见的这个宇宙是物质的，而且是分散和无生命的物质①。有生命的物体的各个部分是连接在一起的，有组织，也有共同的感觉，可宇宙并不是这样。例如，我们是这个整体的一部分，但是我们感觉不到自己处于这个整体之中。宇宙处于运动之中，在其有序的匀速运动中，它受到固定法则的约束，不具备我们在人和动物的自发运动中看到的那种自由。因此，世界并不是一个可以自发运动的巨型动物，在它的运动中一定有一些我还没有发现的外部原因；但是内心的信念使我认为原因是如此明显，我不禁想象太阳运动时受到一种力量的推动，我甚至觉得能够看到那只转动地球的手。

对于一些普遍的法则，如果我在还没有看出它们和物质的主要关系时就不得不接受，那我能学到什么呢？因为这些法则不是真实的存在或实体，它们一定有另一种我不知道的存在基础。我们通过经验和研究认识到了运动的法则。但是这些法则也有一定局限性：它们可以决定结果，却无法解释原因，也不足以解释世界上的各种现象和宇宙的运行。笛卡儿用几个骰子

---

① 我曾经费尽了心思，试着想象出一个活的分子的样子，可是想象不出来。如果说不存在感官的物质有感觉，我觉得这种概念是不可理喻的，也是相互冲突的。一定要先对它有所了解，才能判定对这种概念采取什么态度。我承认，这一点我还没有做到。——原注

组成了天堂和地球，却无法让骰子自发运动，只能借助旋转轴让它运转起来。牛顿发现了万有引力定律，但是只有万有引力，就会让宇宙立刻收缩成一个静止的事物，因此他为了解释天体运动形式的曲线，还要加上一个推理。让笛卡儿为我们解答它的涡轮旋转是什么物理定律导致的，让牛顿为我们解答是什么力量将行星抛到了它们轨道的切线上。

运动的首要原因并不存在于物质内部，物质接受和传送运动，然而它并不产生运动。越是观察自然界作用和反作用的相互作用，我就越觉得：我们必须通过一个个相互关联的结果去追溯到某种意志，以找到运动的首要原因；因为，如果假定有一系列的原因，那就等于假定没有原因。总之，任何一个不是由另一个运动引起的运动，产生的原因只能是自发的、自由的动作；无生命的物体也在运动，但不是在活动，真正活动的事物是有意志的。这是我的第一个原理。我相信，宇宙能够运动，自然具有生命，是因为一种意志的作用。这是我的第一个定理，或者说是我的第一个信条。

我不知道一种意志是如何产生物质和有形的活动的，但我可以确定，我能在我身上感受到它产生了这种运动。我可以凭自己的意愿做事，我想移动身体就可以移动它。可是要是说一个没有生命的静止物体，也能够自行运动或者活动，就有些难以理解了，而且也前所未见。我对意志的认识并不是通过意志的性质，而是通过意志的活动。我将这种意志视为运动的因素。但是，如果把物质想象为运动的产生者，就相当于想象没有原因的结果，从而让想象变得毫无价值。

我无法想象意志是怎样运动我的身体的，就像我无法想象我的感觉是如何影响我的心灵一样。我甚至不知道为什么这两个神秘的事物中的一个比另一个更容易解释。至于我，无论是被动的还是主动的，都认为两种实体的联合法是绝对不可理解的。然而，奇怪的是，人们之所以混合两种实体，就是因为它们无法理解。他们似乎认为对于这两种性质非常不同的运动，以一个单独的主体去解释，比以两个主体去解释更加容易。

　　我承认我给出的定理的确很模糊，但它至少说出了一个道理，而且没有任何与理性和经验相悖的东西。我们对于唯物论也能这么说吗？如果物质的本质是运动，那么运动和物质就是不可分割的，它在物质中的程度保持不变，在物质中的每个部分也都一样，它没有传导的能力，也不能增加或减少。另外，我们也不能设想有静止的物质，如果有人跟我说运动对于物质来说不是必需品，却是物质的必然产物，我会觉得这个人是想用换一个说法的方式来欺骗我，就算这种说法还有其他意义，想要驳倒它也不难。因为如果是物质本身产生的运动，那运动就是物质的本质；如果运动来自物质之外，那就只有在外因可以影响到物质的时候，物质才会运动。说到这里，我们又回到了第一个难题。

　　人们犯大错的根源是普遍的和抽象的观念。还从来没有人能够从形而上学的梦话中发现真理，那些话语只能让哲学充满谬论。只要去掉这些谬论光鲜的外表，我们很快就会发现它们非常不体面。告诉我，我的朋友，当别人向你谈论那种适用于整个自然的盲目力量时，你有没有从中获得什么真实的观念？他们以为可以用"宇宙力"和"必然运动"之类的模糊词语，就可以阐明某些东西，但是实际上，他们没有阐明任何东西。运动意味着从一个地方移动到另一个地方；所有的运动都是有方向的，因为单个物体不可能同时向各个方向移动。那么，物质必须向哪个方向运动呢？组成物体的物质的运动速度是否均匀，换句话说，是否每个原子都有自己的运动？如果是前一种情况，整个宇宙必然是一个不可分割的坚硬的东西；如果是后一种情况，宇宙就是一种稀薄而不凝固的流体，甚至无法让两个原子结合起来。整个物质的共同运动方向是什么？它是直线运动还是圆周运动？是上升还是下降？是向左还是向右？如果物质的每个分子都有自己特定的方向，那么为什么会有这些方向和差异？如果一个物质的每个原子或分子都只有一种运动形式——围绕自己的中心旋转，那么任何原子或分子都不能逃脱原来的位置，因此就不会有传导的运动，而且要进行这种圆周运动，没有一个固定的方向是无法实现的。只凭抽象的办法说物质在运动，这是毫无意义的说法，甚至可以说是废话；如果认定它的运动是固有的，需要对决定它的原因作出假设。引用的具体事例越多，我就越需要解释新的原因，以致我永远无法为它们的运动找出一个共有的原因。我不仅无法想象元素的偶然联合的秩序，也无法想象其中的斗争，因此，在我看来，宇宙的混乱比宇宙的和谐更难想象。我知道，人类还不具备理解这个世界的结构的能力，但是如果一个人想要解释它，就需要说出一些人们可以理解的东西。

我的第二个信条是：如果运动的物质证明有一种意志存在，那么按照一定的法则运动的物质就证明有一种智慧存在。活动、比较和选择是一个能动的和有思想的存在着的实体的行动。也许你会问我："你说它存在，那你在哪里看到过它？"我告诉你，它不仅存在于旋转的天空中，也存在于照耀着我们的太阳里；不仅在我自己身上，也在吃草的羊身上，飞翔的鸟身上，落下的石头上，被风吹走的叶子上。

虽然我不知道这个世界的目的，但我可以判断它的秩序，因为我所要做的就是比较它的各个部分，研究它们之间的配合和有怎样的关系，看看它的变化过程。虽然我不知道这个宇宙存在的原因，但是对于它的变化过程以及它所有的紧密联系，我一直都密切关注着，因为组成宇宙的各个实体就是通过这种联系互相帮助的。我就像一个第一次看到一只打开表壳的表的人，虽然我对这台机器的用途一无所知，也没有看到内部，却还是对它精巧的构造赞不绝口。我要说："我对它的用处一无所知，但是我发现每一个零件都做得和另外一个刚好匹配。我对工匠的手艺钦佩不已，我坚信，这些齿轮之所以这样有序转动，都是为了一个共同的目的，虽然我看不出这个目的是什么。"

让我们比较各种特殊的目的、方法和关系，然后倾听内心的情感要对我们说些什么。那么任何一个足够健康的心灵，都不会拒绝它提供的这些证据。没有偏见的眼睛很容易就能看出，宇宙显而易见的秩序表达了至高的智慧。再多的诡辩也不能蒙蔽人对万物和谐的认识，也不能蒙蔽人对各部分密切配合以保存其他部分的认识！你可以尽可能多地和我谈论化合和偶然，但如果你不能说服我，让我无话可说又有什么用呢？我无法控制的、自发的情感总是试图反驳你，你却无法消除我的这种情感。如果在取得固定的形状之前，生物体是以各种各样的方式偶然完成的，它先有一个胃但没有嘴，先有一只脚但没有头，先有一只手但没有手臂，先有各种各样的无法维持自身的不完备的器官。如果这种说法正确，那么为什么我们没有看到过这些残缺的东西？为什么大自然制定了它首先就不能遵守的法则？我能够理解"事情可以发生的时候就会发生"这种说法，我也同意困难的事情可以多做几次。但是，如果有人告诉我："就算我把铅字扔到一边，也能写出一部完整的《伊尼依特》①。"我觉得这个谎言根本没有验证的必要，就算轻而易举能够做到。有人可能会对我说，"你没有说任何关于它进行的次数的话，"但是，我们需要假设多少次这样的进行才能使化合成为事实呢？我认为只有一次，因此我才有勇气说再这样做无限次，也不会有一次偶然产生的结果。此外，化合和偶合只能产生与化合元素具有相同性质的产品，而组织和生命绝不能通过同一个原子的喷射来创造；化学家在制造化合物的时候，绝不能使这些化合物在坩埚中产生感觉或思想。②

---

① 古罗马诗人维吉尔仿照《荷马史诗》写成的诗作。——译者注

② 如果不是有真凭实据的话，没有人会相信人类竟会如此荒唐。阿马图斯·路西塔努斯非要说他看到朱利马斯·卡米路斯——传说他是第二个普罗米修斯——在一个玻璃杯子里用炼金术炼出了一个和指头一般长短的小人。在《物性论》一书中，帕腊塞耳斯还对这种小人的制作方法进行了描述，还说用化学方法把侏儒、半人半羊的牧畜神、半人半兽的森林神和半神半人的女神都制作出来过。我看，一定得说有机物可以和火的温度相对抗，在反射炉中，它的分子依然可以保持生命，才能对这些证实的可能性加以证实。——原注

　　读到纽文提特①的著作时，我既惊讶又愤怒。这个人怎么会认为写一本书就能阐明昭示造物主大智慧的自然界的奇特景象呢？他的书虽然厚如地球，但并不一定完全将其主题论述清楚了；如果描绘细节的话，就会遗漏最壮观的奇特景象——万物和谐。单单有机物质的问题，就是人的智慧无法弄清楚的。大自然的意图是显而易见的：为了不混淆不同物种，在不同物种之间设置了不可逾越的障碍。它不是只建立秩序，还要采取一定的方法，以便没有任何东西可以扰乱这种秩序。

　　在宇宙中，每一个存在都可以被视为所有其他存在的共同中心，区别只是在于从哪方面看。为了服务于彼此的目的和手段，它们彼此环绕。人类对于无数的关系感到茫然不知所措，但是令人不解的是，这些关系本身都十分清晰。要做出多么荒谬的假设，才能从偶然运动的物质的盲目结构中演绎出这样的和谐！关于这个巨大的整体，有些人否认它各部分表现的目的是一致的，但是尽管他们使用了抽象、对等、普遍法则和象征的词汇，都不能掩饰他们是在虚张声势；不管他们说什么，我都认为万物的系统之所以能够有这样的秩序，一定是受到了一种智慧的安排。所以，我不可能相信被动的和死的物质能产生活的和有感觉的生物，偶然的机会能产生有智慧的生物，没有思想的东西能产生有思想的生物。

　　所以，我认为有一种强大和智慧的意志在统治世界。我能看到它，或者说能感觉到它，而且我应该了解它。但是这个世界是从来就有的，还是由谁创造的呢？所有事物只有一个最初的根源，还是有两个或多个最初的根源？它们的特性是什么，跟我又有什么关系？我对此一无所知。因此，我只在对我有价值的时候才去寻找问题的答案；在此之前，我不愿意去想那些空洞的问题，因为它们会扰乱我的心境，对我做人没有帮助，而且超出了我的理解范围。

---

　　① 荷兰医学家。——译者注

你应该永远记住的是，我不是在推销我的想法，我只是在陈述它们。无论物质是从来就有的，还是被创造出来的，无论它的起源是消极的还是根本没有起源，物质都只有一个整体，并且显示出一种独特的智慧，因为我发现这个系统中的任何东西都是为了一个共同的目的安排的：在一个既定的秩序中保存整体。我把这个有思想和能力，能够自行运动，并能够推动宇宙和安排万物的存在称为上帝。我用这个词概括了我所有关于"智慧""能力"和"意志"的观念，还让它具有"仁慈"，因为前面说的几种观念一定会产生这个观念。但是，这就说明我非常理解以"上帝"称呼的这个存在了吗？并不是。它隐藏在我的感官和智力之外，我越想它，困惑程度就越深；我知道它的存在，也知道它是独立存在的。我知道我的存在依赖于它的存在，我所知道的一切也是如此。我看到上帝在他的创造中无处不在，我感觉到它在我的心里，我发现它存在于我的周围，但是当我想要从它本身来思考它的时候，当我想要找出它在哪里、它的本来面目和组成成分的时候，它就会躲避我，让我迷茫的心灵无法感觉它的存在。

　　因为我深知自己缺乏能力，所以我不会讨论上帝的性质，除非我感觉到上帝和我之间的关系，使我必须推断出上帝的性质。推断他的性质是一件大胆的事情：如果一个人足够聪明，必须极其谨慎，必须知道他没有能力深入研究这个问题，因为心中不去想上帝，并不会有损上帝的威严，把他想象错了才会。

　　在研究他的属性时，我发现我可以通过某种属性想象他的存在，当我发现这一点时，我又重新观察我自己，我想知道在由他治理并且我有能力研究的事物的秩序中，我占据的是什么位置。我发现，因为人类的身份，我无可争议地占据了第一的位置，因为，我有意志，也能够使用工具来实现我的意志，对周围的事物的影响力更大，我可以随心所欲地使用或避免它们的活动，而它们中没有谁有能力只凭身体的冲动就能够无视我的意愿而影响我，并且，凭借我的智慧，所以我是唯一一个可以考察一切的人。在这个世界上，只有人类能够认识其他一切生物，能够估计和预测它们的行动和结果，并且能够将共同存在的意识与他自己的生命的意识联系起来。如果我是唯一一个可以把所有事物都和我联系起来的人，我就可以认为一切都是为我而做的。

所以，完全可以说人控制着地球，因为他不仅能够驯服所有的动物，还能通过双手为自己创造一个适合生存的境界，而且他是地球上唯一知道如何创造这种境界的生物，只有他能够想办法到达一个他无法到达的星球。请告诉我，除了人，地球上还有哪些动物能够用火和观察太阳？但是，虽然我可以观察和认识所有的生物及其关系，我可以意识到秩序、美和道德是什么，我可以思考这个宇宙，触摸统治它的手，我可以爱善良和做善良的事，我仍然把自己看作野兽！地位低下的人啊，正是你糟糕的哲学使你变得像野兽一样，否则你不能腐化自己，因为你的天才会揭露你所说的原理的错误之处，你善良的心会暴露你所说的教条的虚伪，而且，即使你滥用你的才能，你也会在无意中看出自己的才能非常出众。

至于我，我不支持任何一个说法；我是一个简单的人，既不喜欢拉帮结派，也没有任何野心要成为任何派别的领袖，我对上帝给我安排的位置感到满意，除了上帝，我不认为还有什么比人更高级的物种；如果让我选择自己在所有生物中的位置，除了做人，我还有什么选择呢？

我不仅不为自己有了这个想法感到骄傲，反而为它深深感动；因为我没有选择这个地位，也不能把它归功于一个还没有在世上出生的人。当我看到我的地位如此之高，我怎么能不为自己拥有这个光荣的地位而感到高兴，怎么能不赞扬把我置于这个地位的那只手呢？自从我以这种方式回顾自己以来，我的心中一直对人类的创造者怀有感激和祝福的感觉，这使我对仁慈的上帝怀有最高的敬意。我钦佩他无与伦比的权力，我感激他的恩典。我的这种钦佩来自天性，不需要别人的教导。既然我爱我自己，对那些保护我们的人表示尊敬，对那些使我们受益的人表示爱戴难道不正常吗？

但是，当我研究了人类的不同等级，以及那些占据这些等级的人，以便了解我在人类中的地位时，我又感到困惑。多么奇怪的景象啊。我以前见过的秩序已经找不到了。在我眼里，大自然是如此的和谐，如此的匀称，而人类是如此的混乱，毫无秩序可言。所有的事物都是这样，彼此步调一致，而人类却混乱不堪，没有平静的时候！所有的动物都是快乐的，只有他们的君王是如此悲惨！这让人忍不住感叹：智慧的规律是什么样的？上帝啊，这就是你统治世界的方式吗？亲爱的上帝，你的能力体现在哪里？我发现这个世界充满了罪恶。

我亲爱的朋友，你是否相信，正是因为这些悲观的看法和明显的矛盾，我的心灵中才形成了一个我从来没有寻求过的关于灵魂的崇高理念？在我对人的天性进行思考的时候，我发现人的天性中有两个最初的源头，它们截然不同。其中一个源头导致了对永恒真理的研究，对正义与美德的热爱，进入了智者满足于思考的知识领域；而另一个源头则使人因循守旧，受制于他自己的感官和欲念。人之所以无法顺利接受第一个最初的源头对自己的各种启示，正是因为欲念对感官的指使。当我感到自己被两个相互矛盾的运动所牵制和冲击时，我对自己说："人的感受是多方面的，我拥有意志，但我也可以不实践它；我被奴役着，又觉得自己非常自由；我非常清楚善为何物，也很喜欢它，可我又在做恶事；当我受到理智的支配时，我就能积极主动，有所作为；当我受到欲望的支配时，我就会消极被动；当我屈服时，我最痛苦的是我知道我能够抗拒，却不抗拒。"

年轻人，你要用心听我说，因为我的态度非常诚恳。如果良心来自偏见，那我说的当然不正确，公认的对和错也不复存在。但是，如果满足以下条件，还有人说人是一个简单的生物，那我希望他可以对存在于那些条件中的矛盾进行解释。这个条件就是：最基本的正义感是与生俱来的，爱自己胜过爱别人是一种倾向。

你应该注意到，我通常用术语"实体"来指一个被赋予了某种原始性质的存在，这种存在不包括任何特殊的和第二性的变异。因此，如果我们所了解的所有原始的性质都可以组合成一个存在，我们就应该承认只有一个实体；但是，如果某些性质是互斥的，那么互斥的性质有多少种，不同的实体就有多少种。你可以就这一点展开思考。至于我，只要我认识到物质是可延伸的和可分割的，我就可以相信物质没有思考能力，而不管洛克说得多么天花乱坠；如果一个哲学家来到我面前告诉我，树木和岩石也有感觉和思想①，不管他的论点多么巧妙，他都不能欺骗我。我不得不把他看作一个居心叵测的诡辩家，因为他宁愿说石头有感觉，也不愿说人有灵魂。

我们不妨这样假设：有一个聋子，他的耳朵没有听到过任

---

① 我觉得当代的哲学家尽管没有说石头有思想，可是他们却反其道而行之，说人没有思想。在他们看来，大自然中的事物都是有感觉的，而一个人和一块石头仅仅只有这样的区别，那就是，一个人是存在感觉的，是有感觉活动的；而石头虽然有感觉，可是却没有感觉活动。可是，假如所有的物质都有感觉，那么，有感觉的单位或独立的自我又要去哪里寻找呢？它是存在于物质的每个分子中还是存在于分子的聚合体中？我是不是同样要将这个单位归到液体和固体，归到混合物和元素中？可能你会说，大自然的组成单位是个体。可是，这些个体是什么呢？这块石头是一个个体，还是个体的组合体？它是一个独立的有感觉的存在，还是它里面有多少粒沙，它就有多少个有感觉的存在？假如说每个基本的原子都是一个有感觉的存在，那么，对于两个存在之间相互感觉，进而让两个"我"合为一体的内在联系，我又要如何理解呢？引力可能是大自然的一个法则，我们还不知道这个法则究竟有什么奥秘，可是我们最起码可以想象得出，引力在以质量的多少为依据产生作用时，和物质的可延伸性和可分性一点都不冲突。你觉得感觉是不是也是如此呢？可感觉的部分是具有可延展性的，可是有感觉的存在则是一个统一的整体，它是不可以被分割的，它必须是一个统一的整体，要不然就谈不上存在。因此，有感觉的存在不是一个物质的东西。我不知道我们的唯物主义者是如何对它加以理解的，可是，在我看来，既然有些难题让它们对思想予以了否定，那么，这些难题也会让他们对感觉加以否定。我疑惑的是，他们既然走了第一步，为什么不接着走第二步，走一步又要付出多大代价呢？既然他们相信它们是不存在思想的，那他们又凭什么肯定它们就存在感觉呢？——原注

何声音，所以他认为声音并不存在。我把一个弦乐器放在他的眼前，然后悄悄地用另一个乐器使它发出谐音声，这时那个聋子看到琴弦在震动，我对他说："琴弦震动是声音引起的。""不，"他回答，"弦颤动的原因就在于它本身，这种颤动的特性是所有物体都具有的。"我说："好吧，请让其他物体以同样的方式震动，或者至少向我解释一下为什么这根弦在颤动。"聋子回答说："这我做不到，因为我无法想象弦是如何震动的，既然我对它一无所知，为什么我必须用你所谓的声音来解释它呢？这就好像要求我用一种更为模糊的原因来解释一个模糊不清的事实。要想让我承认它的存在，你得让我感觉到你所说的声音。"

我对思想和人的心灵的性质思考得越多，就越觉得唯物主义者的理论和这个聋子的理论相差无几。事实上，他们听不到那种坚定的内在的声音："机器根本不会思想，任何运动或外表都不能产生思想；你身上有某种东西正在寻求逃离束缚它的纽带。空间无法测量你，宇宙也无法容纳你；让你产生感情、欲望和焦虑的，是另一个本原，它独立地存在于你被束缚的狭小的身躯里。"

任何一种物质的存在都谈不上本身的能动，但我却是能动的。人们在这一点上与我争论是徒劳的，因为这就是我的感觉，这种感觉对我的影响超过了与之斗争的理性对我的影响。我有一个身体，它和其他物体相互作用，这一点毋庸置疑。我的意志不受制于我的感官，不管是赞成还是反对，屈服还是战胜，我都可以自由决定。我心里知道什么时候我在做我想做的事情，什么时候我完全受到我的欲望的支配。我一直拥有意志力，但并不总是能够贯彻意志。当我被诱惑迷惑的时候，我会遵从外界对我的刺激做事。当我谴责自己这个弱点时，我服从的是自己的意志；我因为自己的罪孽而成为奴隶，我因为自己的良心而获得自由；这种自由的感觉会一直存在，除非我自甘堕落，让灵魂的声音无法战胜肉体本能的倾向。

　　我了解意志的唯一途径就是通过自己的意志，至于智力，我不是很了解。如果你问我决定我的意志的是什么，我会更进一步，问我的判断是由什么决定的，因为这两个原因显然是同一个；如果你已经知道人在进行判断时是主动的，知道构成他智力的是比较和判断的能力，那么你就可以理解为什么我们说他是自由的，也就是说，具有从智力中演化而来的能力。如果他的判断是正确的，就说明他选择了善；如果他是错误的，就说明他选择了恶。那么，是什么决定了他的意志呢？是他的判断。又是什么决定了他的判断？是他的智力，即他的判断能力；他作出决定的原因在于他自己。我知道的就只有这么多。

　　当然，虽然我是自由的，但没有自由到不希望自己幸福，也没有自由到希望被伤害；但即使我这样做，我的自由也是有一定限度的：我希望得到适合自己的东西，或者在不受他人影响的情况下估计某样东西适合自己。我不自由，因为我只能做我自己，这种说法正确吗？

　　先有意志的自由的存在，才能产生所有的行动。"自由"并不是一个没有意义的词语，"必然"才是。假设某个行为，某个结果，不是由具有主动性的最初的本源产生的，就是假设无因的结果，这是一个恶性循环。无论是根本没有原动力，还是所有原动力都没有前因，总之，没有自由就不会有真正的意志。于是我的第三个信条就出现了：人在自己的行动中是自由的，并且在自由行动中受到一种无形的实体的影响。你可以很容易地从这三个信条中推断出其余的部分，所以我不再赘述。

　　因为人是主动和自由的，那他就可以按照自己的意志行事；他的自由行为都是自己决定的，没有一个是由上帝系统安排的，所以上帝不能对他负责。上帝不愿意看到人们滥用他给予他们的自由去做坏事，但他也不会阻止人们做坏事，原因要么是因为这样一个软弱的人所做的坏事无关紧要，要么是他无法在不干涉人的自由的情况下阻止，或者无法避免因为损害人的天性而让人干更大的坏事。上帝给了人自由，让他通过选择而弃恶从善。上帝通过让人正确使用他赋予人类的才能，使人类能够做出这样的选择；但是他对人类的力量施加了如此严格的限制，就算人无度地利用他赋予的自由，也不能扰乱总的秩序。人行恶，就要承受其后果，世上万物都不受其影响；人虽行恶，也不妨碍人类的存在。抱怨上帝没有禁止人们做坏事，就是抱怨上帝赋予人们善良的本性，赋予人们高尚的道德，赋予人们获得美德的权利。让自己感到满足是最大的快乐，我们之所以来到这个世界，能够拥有自由，受到欲望的诱惑和良心的约束，都是因为这种满足。我们还能对上帝的力量有什么要求呢？他会违背我们的本性，奖赏那些不能为恶转而行善的人吗？我们没有权利为了防止一个人变成一个坏人，就限制他根据自己的本能行事，那就相当于让他变成了一头牲畜。不，我的灵魂的神灵，我不会要求你按照你的形象创造我的灵魂，以使我可以和你一样自由、一样善良、一样快乐！

我们为什么会变得这么不幸和邪恶？因为我们滥用了自己的才能。我们的悲伤、忧虑和痛苦，都是我们一手造成的。精神上的痛苦毫无疑问是自己造成的，那身体上的痛苦呢？如果不是因为我们的邪恶让我们感到了身体上的痛苦，这种痛苦根本不算什么。难道大自然不是为了让我们生存下去，才让我们意识到自己的需要的吗？身体上的疼痛难道不是机器出了问题的信号，告诉我们要更加小心吗？死亡……坏人的所作所为，就是在戕害他们自己和我们的生命。谁想一直这样生活下去？死亡是我们所犯罪恶的解毒剂，大自然不希望我们一直这样受苦。那些生活在朴实和无知状态下的人们所遭遇的苦难是多么少啊！他们几乎没有受过任何疾病的折磨，没有欲望，没有预见到自己的死亡，也没有意识到；当他们意识到生命要走到尽头时，他们遭受的痛苦让他们希望自己能够死去，这样一来，他们就不会觉得死亡痛苦了。如果我们满足于现状，就没有什么可抱怨的；在追求乌托邦式的幸福的过程中，我们遭受了上千次真正的灾难。如果一个人不能忍受一点点痛苦，那么他肯定还要承受更多的痛苦。如果一个人因为生活放纵而搞坏了身体，希望通过药物恢复健康，就相当于遭受了两种痛苦：自己感受到的痛苦和因为害怕而产生的痛苦。如果我们害怕死亡，就会加速死亡的到来；我们越是试图逃离它，就越觉得它在我们身边。因此，我们的一生都在恐惧死亡，等到离世的那一天，还会将死亡归咎给大自然。

你问："是谁做的恶？"不要问了，是你做的，世间只有两种罪行，一种是你做的，一种是你受的，这两样恶都是由你而来的。我认为，万物都有一个稳定的秩序，只有这个秩序变得混乱时，普通灾祸才会发生；而特殊的灾祸，只有遭遇这件事的人才能感觉到。但是这种感觉不是大自然赋予的，而是人类自己造成的。一个人只要不总是想到痛苦，不犹豫不决，就不会感到什么痛苦。只要我们不让我们的罪恶滋长，只要我们不做坏事，我们的境况就会好起来。

一切都太平的地方，就没有不公正。正义和善是不可分割的，换言之，善是一种自爱之心的必然结果，这种自爱之心是一种源源不断的力量，存在于所有的感觉中。能够将自己的存在和万物的存在结合起来的人，是无所不能的。能力的任务就是创造和保存，这个任务永远没有尽头；但它无法影响到目前不存在的事物。上帝只是已经死去的人的上帝吗？并不是，他毁灭和伤害别人，也会让自己受到伤害。无所不能的人唯一的愿望就是与人为善。① 因此，一个凭借其巨大力量变得非常善良的人必然是一个正义的人，否则他会自相矛盾，因为我们口中的"善"是通过爱秩序来创造秩序的行为，我们口中的"正义"是通过爱秩序来保护秩序的行为。

他们说上帝对他的创造物没有任何亏欠。我认为他在给予

---

① 至高的神被古代的人叫作"至善的至大"，这种叫法是没错的。可是，更准确的叫法应该是"至大的至善"。原因是，既然他的善是从他的力来的，那么就是因为他很伟大，所以他才能够为善。——原注。

他们生命时所承诺的一切都是他欠他们的。让他们具有善的观念，使他们感觉到有善良的必要，就相当于给了他们一个承诺：我会把善给你们。我越是反思，就越明白这句在我灵魂深处写下的话："做正义的事，你就会得到福气。"但我看现在所发生的事，并不像这句话说的那样：坏人通常好命，正义的人常受欺压。你看，我们等了这么久，等到希望破灭了，我们是多么生气啊！良心终于起来反抗，向上帝抱怨，悲痛地说："你骗了我！"

"我骗了你？这样说是非常粗鲁的！谁教你这么说的？你的灵魂不存在了吗？你不存在了吗？布鲁图斯①！我的儿子！在你高贵的生命进入尾声时，不要让它受到玷污；不要让你的荣耀和希望随着你的身体一起埋葬在菲利普斯的战场。当你即将因自己的美德而得到报酬时，为什么还要说'美德是无价值的'呢？你以为你要死了，不，你会活下去，我就在这个时候履行我对你的所有承诺。"

也许，根据那些没有耐心的人的抱怨，人们会说："上帝应该在我们把事情完成之前就把报酬给我们，这是他因为我们美德的价值预付给我们的。啊！我们必须善良，才能得福。我们不可以在获得胜利之前提前索取报酬，也不能在工作之前硬讨工资。"普鲁塔克说："那些在神圣比赛中获胜的人不是刚进入体育场就获胜的。在戴上王冠之前，他们必须一路狂奔。"

如果灵魂是无形的，那么它可以在肉体死亡后存活；如果它比肉体存活得更久，就说明上帝确实存在。在没有任何其他证据的情况下，我也可以深深地相信灵魂是无形的，仅仅通过观察这个世界——在这个世界里，恶人得意而好人受压迫。看到宇宙和谐的景象中有这样一种明显的不协调，我努力想寻找一个答案。我告诉自己："就我们而言，并不是生命结束，其他的一切也会随之结束，当我们死去时，一切又回到从前的秩序。"也许我应该问自己这样一个问题："当一个人所有可感知

---

① 罗马共和党首领，密谋暗杀凯撒。——译者注

的遗骸都消失时，他去了哪里？"当我了解到有两种实体时，这对我来说似乎不是问题。答案很简单：只要我的身体还活着，我就只能通过我的感官来了解事物，任何无法为感官所知的事物都无法引起我的注意。我认为，当肉体和灵魂的结合被破坏，肉体就会消失，但灵魂不会。也许你会问："为什么肉体的消失不会导致灵魂的消失？"我的回答是："恰好相反，由于它们的性质非常不同，它们的结合会产生激烈的冲突；但是当结合结束时，它们都会回到自己的自然状态。它有这样一个过程：有活力和主动性的实体将他以往用来推动无生命的被动实体的力量收了回去。我从我犯下的罪恶中知道，一个人在一生中所过的时间，只有自己生命的一半，在他的肉体死亡之后，他的灵魂生活才会开始。

但是问题来了：灵魂的生活是什么样的呢？灵魂是不朽的吗？我不知道。我有限的智力无法想象无限；我无法想象所有的无限。我是该否认还是肯定它们？我怎样才能理解那些我甚至无法想象的事情？我相信在肉体死后，灵魂可以活到足够长的时间来维持秩序，但谁知道它是否会永远持续下去呢？我可以理解肉体因为各部分的分离而毁灭，但我无法想象思想的存在也会经历同样的毁灭过程；因为我无法想象它是如何死去的，所以我只能假定它是不死的。我可以接受这个假设，因为它能给我安慰，而且没有任何不合理的地方。

我意识到了自己的灵魂，是通过我的感觉和思想意识到的。我不知道它的本质，但我知道它一定存在。对于我现在还没有产生的概念，我无法进行推论。我只知道我只能通过记忆来延长"我"。为了确保这个"我"和真实的我是一样的，我必须记住我曾经是怎样存在的。如果我无法记住自己的感受，记住自己的所作所为，我将无法在死去的时候回忆我的一生。我坚信，这样的回忆终有一天会使好人庆幸，使坏人痛苦。在这个世界上，人内心的情感被成千上万种强烈的欲念所淹没，良心的谴责也会被这些欲念掩盖。道德的实践给人们带来了痛苦和屈辱，使人们无法感受到道德的美。但是，一旦我们从肉体和感官带给我们的幻觉中解脱出来，从而能够满怀喜悦地看到神圣的存在和以这一存在为源泉的永恒的真理，一旦秩序之美触动了我们的整个灵魂，我们就可以认真地将我们所做的事情与应该做的事情进行比较，然后良心的呼声就会再次发挥它的力量和权威；这时，每个人为自己预先安排的命运，将会因为我们感到满足而产生纯粹的喜悦，以及因为沦落而产生痛苦和懊悔，并通过我们难以遏制的情感而展现出来。我的朋友，不要问我是否还有其他的快乐和痛苦的源泉，我不知道；我想象的那个源泉足以安慰我今生，并给我来世的希望。我并不是说善有善报，因为对于一个好人而言，按照自然生活就是他能获得的最好报酬。但是我认为他们一定是快乐的，因为他们的上帝，一切正义的神，既然赋予了他们感觉，目的就不是让他们感受痛苦，而且，因为他们在这个世界上的时候并没有滥用自己的自由，就不会因为过失而弄错归宿。虽然他们这辈子遭受了苦难，但下辈子一定会得到补偿。我的这个观点不是基于人的功绩，而是基于善的观念，在我看来，这种观念和神的本质密不可分。我必须指出，所有的事物都遵守固有的秩序，而且上帝总是忠实于他自己。

不要问我恶人的苦难是否无穷无尽，他们是否因上帝的仁慈而受到永恒的折磨，我不知道，我也没有好奇心去理解这些没有价值的问题。坏人的下场和我有什么关系？我并不关心他们的命运。我不相信一个坏人被判处的痛苦是无穷无尽的。如果至高无上的正义之神想要复仇，他会在今生就执行。世上的万民啊，你们和你们的错误都是他的使者，他利用你的灾难来对那些造成灾难的人进行惩罚。在你们表面上十分风光的时候，邪恶的欲望已经对你们的罪行进行了惩罚，证据就是你们的心灵受到嫉妒、贪婪和野心的腐蚀。用不着去来生寻找地狱，它就存在于这个世界上的坏人的心中。

当我们瞬间的需求消失，当我们疯狂的欲望停止，我们的欲望和罪恶也就终结了。一颗纯洁的心不会沾染上邪恶，如果他们什么都不需要，又怎么会变坏呢？只要他们不让自己的感官变得粗俗，就会把自己的快乐寄托在对生活的沉思中，一心向善。一个人只要不继续做坏人，他在哪里会永远处于痛苦之中呢？这些是我的初步想法，但我还没有花时间得出结论。仁慈的上帝啊，无论你的目的是什么，我都尊重你。如果你要对坏人实施永久的惩罚，我会在你作出公正的裁判之前，抛弃我这不充分的道理；但是，如果随着时间的推移，这些不幸的人可以清除他们的悔恨，如果他们的罪行终止，如果有一天我们都能同样获得平安，那么我会为此赞美你。那些坏人同样是我的兄弟，有多少次我被诱惑去模仿他们！只要他们从痛苦中解脱出来，他们就不会故意记住痛苦。愿他们和我一样快乐；我不但不会因为他们的快乐而嫉妒他们，反而会更加快乐。

就是这样，我根据上帝的成就来默想他，并且通过我应该知道的属性来研究他，所以我最终逐渐扩展和发展了我对这个无限存在的所有不完整和有限的观念。但是，这个观念越崇高，它就越不符合人类的理性。当我在精神上接近永恒的光明时，它的光辉使我眼花缭乱，迷惑不解，迫使我放弃那些帮助我去想象它的世俗观念。上帝不再可见和可感知，统治世界的至高智慧不再是世界本身。我浪费了我的精力去想象他那不可想象的本质。我会经常想象是上帝把生命和活力赋予了有主动性活动的实体，去统率有生命的形体，当我听到人们说我的灵魂属于神灵，上帝就是一个神灵时，我会对这种亵渎神的本质的说法深恶痛绝，因为这种说法似乎认为上帝和我的灵魂是同一个性质，似乎认为上帝不是唯一的绝对存在，不是唯一能够真正运动、感觉、思考和行使其意志的存在，好像不是他创造了我们的思想、感觉、活力、自由和生命。我们正是因为他们希望我们自由才获得自由的；他无法解释的实体对于我们的灵魂就像我们的灵魂对于我们的身体一样。我不知道他是否创造了物质、身体、灵魂和世界，对我来说，创造的概念非常模糊，超出了我的理解能力；但是既然我具备想象他的能力，我就可以相信他：我知道他创造了宇宙和所有存在的一切，我知道他做了一切，安排了一切。毫无疑问，上帝是永恒的，但我的心能理解永恒的概念吗？为什么我会拿一些自己不知道什么意思的词来迷惑自己？我想象的是最先产生了上帝，然后有了万物，它存在的时间和万物存在的时间是一样的，即使有一天万物都被摧毁，他也可以继续存在。我认为这种说法非常笼统，而且难以理解：有一个我无法想象的存在在赋予其他存在生命。还有一种说法说"存在"和"虚无"是一体的，这显然是矛盾的，甚至是荒谬的。

上帝是聪明的，但他有多聪明呢？人类的智慧在推理的时候达到了最高值，但最高智慧不需要推理；它不需要前提、结论，甚至命题；它纯粹是一种直觉，它既能够认识已经存在的事物，也能够认识可能存在的事物。正如所有的地方对它来说都是一个点，所有的时间对它来说都是一个瞬间一样，所有的真理对它来说都是一个概念。人要想让工具发挥作用，就要借助力量，而神可以自由发挥作用。上帝是无所不能的，因为他具有运用意志的能力，他的意志就是他的力量。上帝是善良的，这是显而易见的：人的善良表现在爱自己的兄弟姐妹，而上帝的善良表现在爱秩序，因为正是通过秩序，他维系着所有的存在，联系着每一个部分和整体。我毫不怀疑上帝是公正的，这是他的善良的结果；人类的不公正是人的行为，而不是他的行为；在哲学家眼中，道德的混乱是上帝不存在的证据，但对我来说，这反而表明存在着上帝。人通过给每一个人应得的东西来实现他的公正，而上帝通过要求每个人为他给予的东西付出代价来实现他的公正。

我不会用任何绝对的观点来看待这些属性，而我能够陆续发现它们也是出于必然，因为我很好地运用了自己的理智。不过虽然我承认这些属性的存在，但我对它们并不了解，因此也可以说我实际上没有承认任何东西。就算我告诉自己："上帝就是这个样子，我感觉到他和体验到他，也没什么用，因为我不能很好地理解上帝是这样的原因。"

总之，我越思考上帝无限的本质，就越无法理解他。但这并不重要，我知道他的确存在就可以了，因为我越是不理解他，就越会崇敬他。我谦卑地对他说："造物主，因为有你的存在，我才能存在；我是为了明白自己的根本，才会不断地对你进行思考的。让我的理性听从你的旨意，是恰当地利用我的理性的最好办法。就是因为感受到了你的伟大，我的心灵才会这样愉悦，我柔弱的体质才会这么可爱。"

可以感知的客观事物能够给我印象，内在的感觉能够给我指引，于是我可以按照上天赋予我的智慧去对事物的原因进行推断。在我从这些印象和这些感觉中推导出我必须知道的伟大真理之后，我必须对它们进行分析，找出哪些规则可以用来指导我的行为，以及为了按照把我带到这个世界上来的上帝的意愿，完成我在这个世界上的使命，我需要遵守哪些规则。因为我一直遵循自己的方法，所以这些法则并非来自深奥的哲学，而是来自我的内心深处，因为大自然在那里用不可磨灭的笔迹书写了它们。我想做什么，只需要确定自己是不是想做，我感觉是好的东西就是好的，我感觉是坏的东西就是坏的。良心是最善于解决我们的疑虑的，因此，我们不需要进行这种诡辩，只要不是故意和良心过不去。我们应该先关心自己；但是内心的声音一次又一次地告诉我们，损人利己的做法并不正确。我们认为这样做是遵照大自然的意愿，但实际上是在违背自然。一方面我们遵循它对我们感官的引导，但另一方面我们又蔑视它对我们良心的引导；这就像它一方面服从于主动的存在，另一方面又受到被动的存在的指挥。良心是灵魂的声音，欲念是肉体的声音。这两种声音经常相互抵触，这难道不奇怪吗？我们究竟应该听从哪个声音？理性在很多时候都在欺骗我们，我们完全有权利去怀疑它；良心永远不会欺骗我们，它是人类真正的指导者；它对于灵魂就像本能对于身体一样①；跟随良心，就像服从自然，所以你不必害怕找不到方向。就在这时，我的恩人看见我有要打断他说话的意图，马上又谈到这个问题的重要性，请我让他进一步解释。

使我们的行为合乎道德的是我们的判断能力。如果善就是善，那么它应该在我们的心中被视为善，就像它在我们的行为中一样。如果道德上的善契合我们人类的本性，那么一个人要想身心健康，必须为人善良。如果二者不一致，如果人一出生就是坏人，那么他就不能停止做坏事，除非他败坏自己的本性，这样他所拥有的善将变成一种违背本性的疾病。如果人生来就是为了毁灭他的同类，就像狼吃掉动物一样，那么一个善待人类的人的本性就是堕落的，就像狼对人类发慈悲就失去了狼的本性，因此，我们一定会因为做了一些符合道德的事情而悔恨。

年轻的朋友，现在我们再聊聊自己，先将个人利弊放置一

---

① 如今的哲学只对它可以解释清楚的东西加以解释，因此对于这种被叫作"本能"的奥秘的能力，他们闭口不谈，这种能力不需要任何经验，好像就能引导动物实现某种目标。当代最渊博的一个哲学家认为本能只是一种不存在思想内容的习惯，可是这种习惯是经过深思熟虑以后才有的。如果按照他这样解释习惯得到的过程的话，我们就可以得出这样的结论：小孩子比成年人的思考时间要多。这种说法真是太奇怪了，因此没有研究的必要。这里，先把这个问题放到一边，我先请问一下："虽然我的狗不吃鼹鼠，可是却总想和鼹鼠打架，应该如何命名它这种迫切的心情呢？有时候，它会守候一只鼹鼠长达几个小时，又该如何命名它这种恒心呢？尽管我从来没有训练过它捕捉鼹鼠，也从来没有跟它说过哪里有鼹鼠，可是它却可以巧妙地把鼹鼠抓住，又该如何命名它这种巧妙的办法呢？"我还有一个更重要的问题要问："当我第一次恐吓这只狗，为什么它要躺在地上，把四只脚蜷起来，做出那么可怜兮兮的样子引发我的恻隐之心？而且，假如我不动心，还要动手揍它的话，它为什么可以保持原样呢？难道我的这条狗还这么小，才刚刚出生没多长时间，就已经有了道德观念了吗？它也知道善良和宽容是什么意思吗？它这种知识是从哪里学来的，知道这样听凭我摆布？所有人都可以实地去考证。那些总是瞧不起人的哲学家，可不可以只用感觉的作用和以感觉为媒介所得到的经验来对这个事实加以解释，可不可以用所有明理的人都觉得满意的方式来对此加以解释呢？假如可以的话，那我就闭口不谈了，至于什么本能，我就再也不说了。——原注

边，看看我们的倾向会把我们带向何方。我们可以问问自己，是别人的痛苦还是别人的快乐最能引起我们的共鸣？会让我们感到最幸福，并在事后给我们留下最好的印象的，是与人为善还是与人为恶？当你看一部戏剧时，你最关心的是什么样的人？你喜欢看为非作歹的事情吗？当你看到有罪的人受到惩罚时，你会为之流泪吗？人们说："除了我们的利益，我们与任何事情都无关。"然而，实际情况却截然相反，在我们痛苦的时候，正是友谊和善良的感情安慰着我们；而且，即使我们很快乐，如果没有人与我们分享，我们也会感到孤独和沮丧。如果一个人的心中没有道德，那么他就不会崇拜英雄的事迹和伟大的人物，这种道德的热情与我们的个人兴趣有怎样的关系呢？为什么我们更愿意成为自杀的卡托而不是胜利的凯撒？剥夺我们对美的热爱就是剥夺我们人生的乐趣。如果一个人的邪恶欲望扼杀了他狭隘的心灵中的美好感觉，如果一个人爱自己仅仅是因为他只想着自己，那他就再也感觉不到任何快乐，他冰冷的心不再被任何快乐的事情所感动，他的眼睛已经没有能力流下热情的泪水，他不喜欢任何东西；这个可怜的人什么也感觉不到，也没有生气，他已经死了。

但是，不管世界上有多少坏人，只有极少数像这样除了自己的个人兴趣，对所有正义和善良的事情都熟视无睹的人。人们喜欢做不公正的事情，因为这样有利于他们，此外，每个人都希望无辜的人得到保障。当我们在街上看到暴力和不公正的事情时，我们会立刻产生一种愤怒想保护被压迫者；但是我们受到强制的义务的约束，法律不允许我们去保护被压迫者。当我们看到慷慨和仁慈的行为时，我们会感到多么钦佩啊，并在心里想："我也要这样做。"当然，两千年前的某个人是好是坏与我们无关，但我们仍然如此关注古代历史，仿佛它们发生在我们自己的时代。我和卡提利纳①毫无关系，却认为他与我是同

① 罗马贵族。曾经发动政变，试图推翻罗马共和国，以失败告终。——译者注

时代的人，并对他十分恐惧，是害怕成为他的受害者吗？我们憎恨坏人，不仅仅是因为他们让我们受到了损害，还因为他们是坏人。我们不仅想要自己幸福，也想要别人幸福；当别人的幸福不会和我们的幸福起冲突时，就会增加我们的幸福。所以，不管一个人是愿意还是不愿意，他都会同情那些不幸的人；当我们看到他们的苦难时，我们也会觉得痛苦。即使是最坏的人也会有这种倾向，因此他们通常会自相矛盾。劫掠过路人的强盗会给赤身裸体的穷人穿上衣服，最残忍的杀人犯会把晕倒的人扶起来。

我们说，悔恨的声音在暗中惩罚没有显现在表面的罪行，并将很快揭露其真相。哦！我们都知道这种声音是令人不快的。我们之所以这么说，完全是根据经验，我们想杀死那些使我们如此痛苦的痛苦的感觉。只要我们服从自然，完全可以意识到它对我们是多么温柔；只要我们听从它的声音，完全可以发现见证我们自己的行为是多么愉快。邪恶的人总是如坐针毡，当他快乐的时候，就会得意忘形；他焦急地环顾四周，寻找一个他取乐的目标；当他不讽刺或取笑别人的时候，他就会觉得很压抑，他唯一的乐趣就是嘲笑别人。相反，一个好人的内心是非常宁静的，他的微笑也是快乐的，没有丝毫恶意，因为他自己就是产生快乐的地方；不管是独自一人还是和其他人在一起，他都同样快乐；他不是从他周围的人那里得到快乐，而是把自己的快乐传递给他们。

看看世界各地的人们，看看过去和现在的历史，在许多不自然和怪诞的崇拜形式中，在无数的习俗和习惯中，你可以发现同样的正义和诚实的概念，同样的道德原则，同样的善恶观念。古代的邪教中存在着一些神，他们可以被当成罪大恶极的人来惩罚，而这些神所描述的最大幸福就是罪恶和欲念。但是邪恶，即使它有神圣的力量，来到人间也是徒劳的，因为道德的本能会阻止它进入人类的内心。虽然丘比特因为他的放荡而受到钦佩，但是芝诺克拉底的克制却受到了更大的钦佩；圣洁的卢克莱修①崇拜无耻的维纳斯②，勇敢的罗马人崇拜恐惧之神，他们祈求杀死自己父亲的神来保护自己，最后却悄无声息地死在自己父亲的手中。一个最伟大的人，居然去崇拜最无耻的人！只有神圣而自然的声音压倒了神的声音，才会在世界上受到尊重，就像把所有罪恶和恶人都赶到了天上。

因此，在我们的灵魂深处有与生俱来的正义和道德的原则；我称这个原则为良心，尽管我们有自己的原则，但还是会根据这个原则来判断我们和其他人的行为是好是坏。

我到处都听到一些所谓的智者在闹哄哄地议论这句话，他们也一致认为，这是一个低级的错误，来自教育的偏见！人类的心灵中除了从经验中获得的东西之外，什么都没有，我们完全根据我们持有的观念来判断其他的一切。他们的做法有些过分，居然敢于否认所有民族普遍承认的东西；为了驳斥这种人类的一致看法，他们偷偷地去寻找一些特殊情况，这些情况不但很难理解，而且只有他们才知道；仿佛所有的自然倾向都被一个民族的腐败所抹杀，仿佛所有人类都因最坏的人的出现而不复存在。我对多疑的蒙田的做法充满了疑惑：他辛苦地去世界上的每个角落发现一种违背正义观念的习惯，有什么价值呢？他为什么宁愿相信没有含金量的旅行家，也不愿相信著名的作家呢？世界各族人民虽然在其他方面有所不同，但在这一点上却有着共同的结论。因此，仅仅因为一些我们无法理解的地区原因而形成的一些奇怪的习惯，我们就要彻底推翻这一观点吗？蒙田，你说自己为人坦诚，所说的话都是真理，但如果一个哲学家可以坦率地讲真话，就请你告诉我，在这个世界上，哪里的人会把罪恶看作做人的善良和大方？哪里的人会鄙视好人而尊重背信弃义的人？

有人说："每个人都是为了自己的利益才会为公众的福利做出贡献。"那么，为什么好人要牺牲自己而帮助别人呢？牺牲自

---

① 古罗马诗人。——译者注
② 爱神，美神。——译者注

己的生命也符合您的利益吗？每个人都只会为自己的利益而行动，这一点毋庸置疑，但如果不考虑道德问题，就可以用私利来解释坏人的行为，这样别人就不继续追问。这种哲学非常可怕，因为它会使人们害怕做好事，会使人们用居心不良来解释好事，让人诽谤苏格拉底和雷居鲁斯①。就算有人产生了这种看法，它也无法长久存在，因为自然的声音和理性的声音会不断地反驳它，而且永远不会给持有它的任何一个人相信它的借口。

我无意在这里对形而上学进行讨论，因为它超出了我和你们的理解能力，所以讨论得再多也不会取得什么成效。我已经告诉过你们，我无意对你们讲哲学，而是想帮助你们倾听内心的声音。对我来说，就算世界上所有的哲学家都说我错了，只要你认为我是对的就可以了。

所以，我只需要能让你们分辨出我们从外界获得的观念和我们自然的情感之间的差别就可以了，因为我们必须在认识它们之前就感觉到它们；因为我们的趋善避恶并非来自后天的学习，而是大自然的赋予，所以我们的好恶之心是与生俱来的，就像我们的自爱一样。良心的作用不是去判断，而是感觉。诚然，我们的所有观念都来自外界，但是对这些观念进行衡量的情感却存在于我们的内心，只有通过它们，我们才能知道我们应该追求或避免的事物之间有哪些好处和坏处。

对我们来说，存在就是感觉，比起我们智力的发展，我们的感觉力发展得要更早一些，而观念又出现在感觉之后②。无论我们存在的原因是什么，但存在本身之所以让我们拥有和天性

---

① 古罗马将领。——译者注

② 观念在某种程度上就是感觉，感觉在某种程度上就是观念。在我们所说的所有知觉上，这两个词都是适用的，不仅适用于知觉的客体，而且对于受到客体影响的我们本身，也是适用的。可是，只有先弄清楚我们先受的是哪种影响，才能决定更适合用哪个词。当我们先想到的是客体，之后才想到我们的时候，就适合用观念，相反，当我们先想到的是我们得到的印象，之后才想到是哪种客体造成这种印象的时候，就适合用感觉。——原注

契合的情感，就是为了保护我们；起码这些情感是与生俱来的，没有人能否认这一点。在我看来，对自己的爱，对痛苦的忧虑，对死亡的畏惧，对幸福的渴望，都属于这种情感。但是，如果我们可以绝对肯定地说，人天生是合群的，或者至少能够变得合群，那么，我们就可以得出结论，人之所以变得合群，一定是通过跟他的同类相关的固有的情感来实现的，因为，如果只有物质的需要，这种需要会让人相互分散，而不会聚集。良心之所以具备激励的力量，正是因为有了这样一种根据自己对同类的双重关系而出现的一些道德。知道善并不意味着热爱它；一个人并不是生来就知道它，但是一旦他的理智使他意识到它，他的良心就会使他热爱它；因为我们生来就有这种情感。

因此，我的朋友，我认为可以以天性的结果来解释良心直接的本原，因为它跟理智无关。如果不能用这种方式来解释，那么更有可能的是，它不需要用这种方式来解释，因为有些人可以不承认这个人类公认的本原，却无法证明它不存在，只能强词夺理地说不存在这个本原。而我们之所以认定它存在，是因为有着确凿的证据，还有内心的证据做证，也有良心的呼声为自己辩护。如果受到判断的影响，我们想看的东西模糊不清，那就等到我们微弱的视力恢复正常之后再看；然后，我们就可以在自身理智的帮助下，立刻看到大自然最初把这些东西摆在我们面前时是什么样子；或者，更准确地说，我们必须保持我们的天真，少玩概念游戏；我们必须拥有的情感应该仅限于我们心中最初体验到的东西，因为只要专心一些，不误入歧途，就能重新拥有这些情感。

良心！良心！你是神圣的本能，是经久不息的天堂的声音。一个无知而又聪明、自由的人，正是在你的引导之下，才能准确地判断善恶，让自己形同上帝。是你们使人性本善，行为有道德。没有你，我觉得自己就是一个禽兽；没有你，我将不得不用我杂乱无章的观点和没有判断标准的理智做一件又一件错事。

多亏上苍的帮助，我们才摆脱了这个可怕的哲学的空洞，我们没有深奥的知识可以做人，也不必浪费一生的时间去研究伦理，因为对于这座巨大的偏见迷宫，我们已经用最低的成本找到了一个可靠的引导者。然而我们还要知道，仅仅有这样一个引导者是不够的；我们需要全面认识它，并一直跟随它。那么，既然它把自己的想法告诉了所有人，为什么能够听到它的人这么少？这是因为它对我们说的是自然的语言，而我们所经历的一切都已经让我们把这种语言忘得一干二净。良心是羞涩的，它喜欢安静，人们一吵闹它就会觉得害怕。它被认为是偏见的产物，但实际上偏见是它最大的敌人；当它遇到偏见时，就避之唯恐不及，或者一言不发；人们之所以无法听到良心的声音，是因为偏见的喧嚣压倒了它的声音。于是偏执的思想才敢于冒称良心，以良心的名义让人犯罪。它因为被误解而感到沮丧，于是不再呼唤我们，也不再回应我们；由于我们长期以来对它的蔑视，于是，要花费和当时把它赶走时同样的力气才能把它找回来。

有多少次，当我探索的时候，已经因为内心的冷漠而倦怠；有多少次，悲伤和烦恼将它们的毒汁倒入了我最初的沉思，让我觉得我思考的东西没有任何依据。我可怜的心灵对真理的热爱也是毫无激情的。我对自己说："我为什么要费这么大劲去找一些不存在的东西呢？道德上的善是虚无的，感官上的享受才是最快乐的。"一旦我们丧失了使灵魂快乐的欣赏能力，想要恢复是多么的困难！如果我们从来没有过这种能力，那就更难拥有了。如果一个人说："我从来没有做过一件事情让自己感到满意，让自己觉得这一生没有白活。"那我只能说这个人没有能力认识自己；而且，因为他没有意识到什么样的美德最适合他的天性，他必须一直做一个坏人，永远处于痛苦之中。但是你真的相信在这个世界上有可能找到一个人，他已经堕落至极，从来没有想过为善吗？这种为善的想法是如此自然和愉快，是一定会产生的，只不过是时间早晚的问题。而且，只要它给我们留下一个快乐的回忆，就足以让我们一直想要为善。不幸的是，这种愿望一开始很难满足，因为一个人可以找到各种理由来违背自己内心的倾向；一种不必要的谨慎把他困在"自我"的范围内，需要很大的勇气才能摆脱这种束缚。为善的快乐就是对善行的回报。一个人必须值得奖励，才能得到奖励。道德是最可爱的东西，但是为了找到它的可爱之处，我们必须实践它。当我们想拥抱它的时候，它就会变幻出很多可怕的形象，就像神话中变幻莫测的海神一样，只有把它紧紧地抱住，才能最终看到它的本来面目。

如果没有新的光明照亮我的心，如果真理只能让我确定我的主张，却无法保证我的行为，让我表里如一，那么，我就会受到偏向公众的利益的自然情感和只为自己的利益的想法的影响，在选择两者之一的道路上徘徊，始终做违背自己内心的事情，喜欢善，却偏要作恶。一些人只想要通过理性来建立道德，这只能是妄想，因为这样做没有坚实的基础。他们认为道德是对秩序的热爱。但是我能，或者我应该，把这份爱置于我对自己的幸福的爱之上吗？我希望他们能给我一个明确和实质性的理由，说明人为什么宁愿这样做。事实上，他们所说的原则只不过是一种文字游戏；因为，我可以说，罪恶也是一种对秩序的热爱，只不过这种秩序的意义不同。情感和智慧出现的地方，就会出现某种道德秩序，区别在于好人先考虑别人，再考虑自己；而坏人先考虑自己，再考虑别人。坏人把自己当作一切事物的中心，而好人则测量他所处地域的半径，守卫他的圆周。因此，他将根据共同的圆心（即上帝）来确定自己的地位，根据所有的同心圆（即上帝创造的人）来确定自身的地位。如果没有上帝，那么只有坏人才知道道理；好人只不过是傻瓜。

啊，我的孩子！如果有一天你认识到了人类思想的虚无，品尝到欲念的苦涩，当你最终发现光明的道路和一生辛劳的代价，当你发现你以为毫无可能的幸福的源泉近在咫尺，那时候你会感到你放下了多么沉重的负担！人类不公正的行为将按自然的法则应尽的所有义务都从我的心中抹去了，现在永恒的正义在我的心中重新雕刻了它们，它把这些任务强加于我，看着我一个接一个地去做。我意识到我是至高的上帝创造的，是他的工具，他想要并且愿意去做幸福的事情，他将通过我的意志与他的意志的结合，以及对我对自由的正确使用为我创造幸福。我遵循着他建立的秩序，深信有一天我会爱上它，并在其中找到我的幸福；因为，没有什么能比感觉到我在一个尽善尽美的体系中能占有一席之地更快乐。我被痛苦折磨着，但我耐心地忍受着，因为我知道它会在一瞬间消失，它是我的身外之物。如果我在没有见证者的情况下做了一件好事，我相信一定会有人看到，我在做的，是把今生的行为当成来生的保证。当一些不公平的事情发生在我身上时，我告诉自己，管理万物的公正的上帝将会弥补我所遭受的损失；我的身体的需要和生活的贫困让我觉得我可以忍受死亡的到来。这样的话，我在临死的时候，就不需要挣脱那么多的束缚了。

我不知道为什么我的灵魂会被我的感官所束缚，被我的身体奴役和折磨。我不敢冒昧地说我听从了上帝的劝告，只能谨慎地猜测。我告诉自己，如果人类的精神一直保持自由和纯洁，那么当他发现这个秩序早已建立，即便它被扰乱了也不会影响他时，他就会表现出他对这个秩序的爱和服从，这有什么值得称赞的呢？当然，他可以拥有幸福，但是他的幸福还没有达到最高点，而且他缺乏道德的光辉和自我的公平的见证；他充其量就像一个天使，但是和天使相比，一个有道德的人肯定更好一些。由于他的灵魂被一些强大而奇怪的锁链束缚在一个凡人的身体上，对身体的保护注定会使他的灵魂时时刻刻地想着自己，使他的利益与他的灵魂能够感知的和喜爱的总的秩序相冲突。如果他能在此时正确运用自己的自由，才能算他的功劳和报酬；如果他的自由能够抵制红尘的欲念，遵循他的原始意志，才能为他无限的幸福作好准备。

虽然我们今生所处的境况低贱，但我们向往的也是正直；

既然我们的罪恶都是自己造成的，又有什么理由埋怨它们折磨我们呢？这样的话，我们就无权因为我们造成的痛苦和我们武装的敌人来责怪上帝。啊！只要我们不纵容人，他就不难做一个好人，他就可以快乐地生活，也不会觉得良心不安。那些说他们被迫犯罪的人不仅做了坏事，而且还撒谎。他们应该明白，他们叹息的弱点是他们自己造成的，他们的堕落都是因为他们自己的意志，正是因为他们愿意被诱惑，最终才会无法抵抗诱惑。毫无疑问，这时候他们只能做坏人或者意志薄弱的人，可是一开始，他们是可以选择不做这种人的。如果在我们的习惯形成之前，在我们的精神刚刚开始活跃起来的时候，就让我们的习惯了解它应该知道什么，以便它能够辨别出它不应该知道什么；如果为了让我们根据我们的天性变得聪明和善良，并且在履行我们的职责时感到快乐而诚恳地希望接受教育，而不是为了炫耀，那即便是现在，我们也可以轻而易举地控制自己和我们的欲望。因为我们在接受这种教育之前已经被罪恶腐化，被欲念奴役，所以我们会觉得这种教育非常讨厌，非常辛苦。在我们知道善与恶之间的区别之前，就设定了一个判断和评估的标准，并用这个错误的尺度衡量一切，所以我们无法正确地评价任何一个事物。

在人生中有这样一个阶段：虽然心灵是自由的，但是它渴望得到它尚不了解的幸福，并带着一种好奇心去寻求这样的幸福；它被感官欺骗，就让人把目光投向它的幻象，让人觉得自己找到了幸福，但实际上那里并没有他寻求的幸福。根据我的经验，这些幻象会持续很长时间。当我分辨出它们的时候，已经为时已晚，来不及彻底摧毁它们了；只要产生它们的肉体不消失，它们就会一直存在下去。但是我已经看出了它们的本来面目，所以它们不再能够诱惑我，也不能够摧毁我；虽然我追随它们，但我鄙视它们；我不仅没有把它们看作幸福，反而把它们看作通往幸福的障碍。我渴望有一天从肉体的束缚中解放出来，成为一个没有冲突和分裂的"我"；我只靠自己就能获得幸福；不久之后，我就能成为这样一个人，觉得所有的痛苦都不算什么，这个生命与我的存在几乎毫无关系，我只有靠自己才能取得真正的幸福。

我十分庄严地沉思，以此来锻炼自己，好让自己尽快成为一个幸福、坚强和自由的人。我冥想着宇宙的秩序，只是为了持续赞美它，崇拜它的聪明的创造者，而不是为了用虚假的学说来阐释它。我之所以这么做，是因为他让人们感觉到他无处不在。我对他说话，我用他神圣的精华来熏陶我所有的才能，我接受他的恩典，我感谢他和他的恩赐，但我对他并无所求。我还能对他要求什么呢？请求他为我改变事情的进程，请求他为我创造奇迹？我，一个应该热爱他用智慧和力量建立和维系的秩序的人，应该指望他为了我而把它弄得一团糟吗？不，这种轻率的恳求应该受到惩罚，而不是应该得到准许。当我不再向他要求善的能力时，就不该向他索取他已经给予我的东西。难道他没有给我良心去爱善，给我理智去认识善，给我自由去选择善吗？如果我做了什么坏事，那就是我自找的；我只能说我是因为愿意做坏事才做坏事的。如果我要求他扭转我的意志，那就是要求他做他要求我做的事，那就是要求他为我工作，却让我领取报酬；对我的命运不满意就等于不想成为人类，就等于只要其他东西而不要自己，就等于渴望混乱和灾难降临。仁爱的上帝啊，你是正义与真理的源泉！因为我信任你，我心里最想要的就是你的意志得到实现。当我把我的意志和你的意志结合起来时，我就会具备这样的能力：做你所做的事情，接受你的仁慈；我相信我已经预先得到了最大的幸福——善行的奖励。

身处怀疑之中的我对他唯一的要求，或者更确切地说，唯一等他作出裁决的事，就是如果我偏离了正确方向，犯了一个对我不利的错误，请求他让我改正自己的错误。既然我要做一个诚恳的人，就一定会犯错误；当我认为我的观点是最正确的时候，也许它们恰好错得很离谱，因为虽然每个人都坚持自己的看法是正确的，但没有人能够事事准确。虽然幻象是我自身产生的，但它不能把我困在错误中，因为我只靠上帝就能消除它。我已经尽我所能去获得真理，但是真理的源头太高了，如果我没有足够的力量前进，也不是我的过错。在这时候，它应该来到我的身边。

善良的牧师热情洋溢地结束了他的这番话，他很兴奋，我也很兴奋。我似乎听到了智慧的奥菲士①唱着他最美丽的赞美诗，教导人们崇拜神灵。虽然我觉得我能向他提出许多相反的意见，但我没有提。我不提的原因不是因为这些意见不合理，而是因为这些意见令人困惑，而且我内心倾向于同意他的意见。他在说这番话的时候是本着良心，而我的良心也在要求我相信他告诉我的话。

我对他说："你刚才向我阐述的观点似乎很新奇。但我认为，不是因为它们说明了你认为你相信的东西才显得新奇，而是因为它们表达了你承认你不知道的东西。我认为它们谈论的是一神论，也就是自然的宗教；基督徒试图把这种宗教和无神论（即不相信宗教）等同起来，而事实上两者的宗教观点截然不同。然而，以我目前的信仰程度，我必须提高而不是降低自己的宗教信仰，才能接受你的观点；而且我发现，除非我和你一样聪明，否则很难达到你目前的程度。为了至少能像你一样真诚，我想咨询一下我自己的心。你的例子告诉我，我应该用我内心的情感来指导我的行动；而你自己告诉我，让它保持长时间的沉默之后，很难让它再回来。我会牢记你所说的话并加以深思。如果经过深思，我还像你这样坚信，那你将成为一个最后向我传布宗教的使者，此生我将会成为你忠实的门徒。所以，请继续对我进行教导，你只讲了一半我应该知道的东西。再告诉我一遍神的启示，《圣经》，还有那些深奥的教义，这些教义从我还是个孩子的时候起就一直困扰着我；因为它们是我无法理解也不能相信的，我不知道是该接受它们还是拒绝它们。"

---

① 希腊神话中的音乐家，诗人。——译者注

"很好，我的孩子，"他拥抱着我说，"我把我所想的一切都告诉你，不会只对你讲一半心里话。但是，如果你想让我对你不加隐瞒，你就得向我证明你愿意听我的。到目前为止，我告诉你的都是我认为对你有用的东西，都是我深信不疑的东西。我以后要讲的东西完全不同；我觉得它简直令人困惑，也非常神秘，我不得不对它表示怀疑和轻蔑。我只能惊惧地决定，给你讲述一番。我所告诉你的是我的看法，不过说是我的怀疑更为恰当。如果你自己有更为坚定的看法，我倒要考虑一下，要不要把我的看法告诉你。但是，以你现在的情况来看，你最好像我一样思考。而且，你要用理智来判断我讲的这些话，因为我不知道我是不是一定正确。对一个人来说，在他的言论中总是采取一种断然的语气是很有难度的；但是请记住，我在这里说的断然的话完全是我怀疑的理由。你自己去寻找真相吧。我只能说，我对你是完全真诚的。

"你以为我说的只是对自然宗教的信仰，但其实我们还需要另外的信仰，这一点很奇怪。我是如何看出这种需要的呢？我按照上帝给我的心灵的光明和他在我身上所激发的情感来奉承上帝的时候，为什么我会犯错误，这些问题都需要解决。如果有实证的教义，也许我可以从中推导出一些纯洁的道德，以及对人有用、让上帝更荣耀的教义。没有这个教义，只从正确运用我的能力中推断，什么都推断不出来。告诉我，为了上帝的荣耀，为了社会的福祉，为了我自己的利益，除了履行自然法则的天职，还有什么其他的天职；告诉我，你从这个不是我的信奉的宗教中产生的新信仰中得到了什么道德？我们对上帝的深刻观念完全来自理性。看看自然景色，聆听内心的声音。上帝已经让我们看到了一切，把一切都告诉了我们的良心，都交给我们去判断了吗？我们还需要被人告知什么？人的启示必定贬低上帝，因为他们将人的欲望说成是上帝的欲望。在我看来，狭隘的教义不仅无法阐明存在的伟大观念，反而使它们变得黯淡；不仅没有赋予它们崇高的地位，反而摧毁了它们；不仅给上帝披上了很多神秘的外衣，还创造了无数荒谬的矛盾，使人们目中无人、偏执和残忍；不仅没有在世界上建立和平，反而在人们中间造成烧杀抢掠。我问自己这一切都是为了什么，但我没有得到答案。我从中看到的只是人类的罪恶和人类的苦难。

"有人告诉我，需要一种教导人们用上帝喜欢的方式敬拜上帝的启示，他们已经通过他们所设计的一切奇怪的敬拜形式证明了这一点，但他们不明白，正是启示的荒谬使敬拜形式如此奇怪。只要人们愿意用上帝来说话，那么每个国家的人们都可以请求上帝用他们自己的方式来说他们想说的话。如果我们都只听从上帝对人心所说的话，那么从今以后世界上就只有一种宗教了。

"我同意敬拜的形式应该是统一的，但是这些观点真的重要到需要依靠神所有的一切权力和能力来规定吗？我们不能把宗教仪式和宗教本身混为一谈。上帝所要求的是人在心中敬拜自己。只要敬拜是诚心诚意的，形式并不重要。想象上帝对牧师穿的衣服，他说的话，他在祭坛上做的手势，以及他跪拜的各种方式都有极大的兴趣，简直是疯狂的。哦！你，我的朋友，就算你高大挺拔，在你笔直地站立时，你也非常接近地面。上帝想要的是在精神上得到真正的敬仰，这是所有宗教、所有国家和所有民族应尽的义务。至于形式，根本不需要启示，就算必须为了一致而要求有秩序，也纯粹是一个规则问题。

"我一开始并没有从这些问题着手思考。当时我十分迷惑，无法让我微弱的思想达到那至高无上的存在，这种迷惑来自教育的偏见，以及让人想要超出本分的危险的自私心理。我试图缩短他与我的天性之间那无限的距离。我希望与他有更直接的心灵交流，并且以更特别的方式接受教导；我希望有一些超自然的光，因为我不希望为了在我的同胞中获得特别的恩典而把上帝想象成一个人；我希望有一个独特的信仰，并且希望上帝告诉我他没有对别人说的一切，换句话说，我希望自己能够听到别人听不到的声音。

"由于我认为我提出的论点是上帝的所有信徒为了有一个更

明确的信仰而共同拥有的出发点，所以我在自然宗教的教义中发现的只是整个宗教的教义。我想到了世界上的各种教派，他们彼此攻讦，说对方是在胡说八道。我问道：'哪一个教派更好？'每个教派都回答说：'我的派别是好的，只有我的派别和我是对的，其他派别是错的。''你怎么确定你的派别是好的？''因为上帝是这么说的。''谁告诉你上帝是这样说的？''我的牧师，他知道得很清楚。他教导我要这样信仰，所以我就这样信仰了。他向我保证每个跟他说法不一致的人都是在撒谎，所以你不能听他们的。'

"我对自己说：'真理不是只有一个吗？难道在我看来是真的的东西，在你看来居然是假的？如果那些走正确道路的人和那些误入歧途的人使用同样的方法，那么哪一个更值得称赞，哪一个是错误的呢？他们的选择是偶然的，把错误归咎到他们身上是不公平的。这样做相当于把一个人出生的国家作为奖励或者惩罚他的标准。说神这样裁判我们，就是侮辱他的公正。'

"要么所有的宗教在上帝眼中都是好的，都是他喜欢的。如果不是这样，他会事先为人类选择一种宗教，如果人类不相信这个宗教会受到惩罚。为了使人们能够辨别出它是唯一真正的宗教，上帝会给这种宗教一些鲜明而真切的标记。因此，这些标记在任何时间或任何地点，无论是年轻的还是年老的，智者还是愚人，欧洲人还是印第安人，非洲人还是野蛮人，都可以看到。如果世界上有一种宗教，它会给那些不相信它的人带来难以言喻的痛苦；如果世界上有一个诚心诚意的人不认可这种宗教的证据，这种宗教就是不公正的，也是残酷的。

"因此，我们必须真诚地寻求真理。我们决不能让一个人因为出身而赋予他什么特权，也不能让父亲或牧师拥有某种权威，应该让良心和理智来考验他们从小教给我们的一切。他们徒劳地向我呼喊：'抛弃你的理性！'随便那些想要骗我的人说什么吧，要是不说出理由，就别想让我抛弃我的理性。

"我通过观察宇宙和正确使用我的能力所学到的一切神学知

识，都在我对你讲的这番话里了。如果你想知道更多，就必须
诉诸特殊的方法。不过这些方法不可能是人类的权威，因为每
个人都和我一样是人，我能够知道一个人生来就应该知道的一
切，而且其他人也和我一样容易犯错误；如果我相信他的话，
不是因为那些话是他说的，而是因为他证明了那些话是对的。
因此，归根结底，人的见证只能是对自己的理性见证，只能是
上帝为了让我认识真理而赋予我的自然的手段。

"真理的使徒，请你告诉我："有哪些事物是我自己无法判
断，而需要你告诉我的？"上帝确实亲口说过，让你聆听他的启
示。这是另一回事。可是'上帝确实亲口说过'这句话的意思
确实很模糊。他跟谁说的？是跟世人说的吗？为什么我什么都
没听到？他已经委托别人把他的话传达给你了。我明白了：是
人来为我传达上帝的话。但是我想从他自己的口中听到这些，这
样不但他可以节省力气，我也不会受到诱惑。你说，他会保证我
不被别人诱惑，因为他已经让使者明白了自己的使命。是怎么表
明的呢？是用奇迹表明的。奇迹在哪里？在书里。这本书是谁写
的？是人。谁见过这些奇迹？奇迹的见证者。什么！又是人在做
证！又是人来向我传达上帝的话！上帝和我之间为什么隔着这么
多人！还不如让我们随时观察、比较和验证。啊！如果上帝没有
让我遭受这些麻烦，我侍奉他的心怎么会如此不敬呢？

"我的朋友，你看我说到这里的时候，已经涉及了多么可怕
的问题。我必须具备无比渊博的学识，才能追溯那遥远的古代，
才能对一切预言、启示、事实和在世界各地传播的不朽著作进
行考察和验证，对其时间、地点、作者和经过加以确定。我必
须具备非常正确的鉴别能力，才能分辨真实和假冒的文献，比
较反驳和答辩的言辞以及译文和原文，判断证人是否公正，是
否具有良知和智慧，明白其中是否有增删、调换、更改和伪造，
指出其中的矛盾之处，确定我们在向对方提出板上钉钉的事实
时，他们会如何缄默；确定他们是否知道我们的这些看法；确
定他们是否足够重视我们的看法，是否愿意回答；确定书籍是

否已经十分普遍，让我们的书也能被他们看到；确定我们是否好心地让我们的人阅读他们的书，让他们尖锐的反对意见能够保全下来。

"只要承认这些不朽的著作都是真实的，那下一步的工作就是证实它们的作者是否负有上帝的使命。必须知道因果的法则和偶然的可能，才能判断哪些预言需要有奇迹才能出现；必须知道原话体现的是什么精神，才能分辨出其中哪些是预言，哪些是辞令；必须知道哪些事实和自然的秩序相符，哪些事实和自然的秩序违背，才能知道一个狡猾的人能把一个忠厚的人迷惑到何种程度，把一个聪明人惊吓到何种地步；必须对一个奇迹的特征和可靠的程度进行证明，才能让人相信它，并证明怀疑它的人会受到惩罚；必须比较真的奇迹和假的奇迹的证据，找出其中的可靠规律，才能区分它们。同时还必须说明，上帝为什么非要挑选一些本身都不太可靠的方法来验证他说的话，好像他故意不用真正地说服谁似的。

"即使威严的上帝非常谦卑，愿意使一个人成为他神圣意志的代理人，那在全人类都知道谁值得成为代理人之前，就期望人们服从他，这样合适吗？他在少数几个无所事事的人面前展示了一些非同寻常的奇迹，而更多的人并没有亲眼看到这些奇迹，只是有所耳闻时，就用这些奇迹证明他是值得相信的，这样做对吗？在世界上任何一个国家，如果某个教派相信本国的普通人和头脑简单的人说亲眼所见的奇迹，那么这就是个好教派。那么奇迹的数量就会远多于自然发生的事情，而且最大的奇迹可能是：在那个国家，尽管有受迫害的狂热信徒，却从来没有奇迹。只有大自然固有的秩序才能向人类指出掌握自然的智慧之手；我无法想象有很多奇迹的情形。就我而言，我对上帝坚信不疑，所以我不会相信那些和他不匹配的奇迹。

"假如有一个人对我们说：'世俗的人们，现在我把至高的上帝的旨意告诉你们，你们要听从我，就像听从派我来的上帝的话一样；我要命令太阳改变运行轨迹，命令群星重新安排位置，命令山峦平整，命令江河升起，命令地球改变。'看到这些奇迹，每个人都会把它视为自然的主宰。大自然不听从骗子的命令，他们那些所谓的奇迹，都来自十字路口、偏僻地区和密室里，只有在那里他们才可以让一些轻信的观众上当。谁能告诉我要看过多少证据才能让人相信一个奇迹？为了证明你的教义，你才弄出了奇迹，但是如果它们自己需要被证明，就毫无用处，还不如不创造奇迹。

"宣讲的教义也需要严格考察。有人说，魔鬼有时也会模仿上帝在这个世界上创造的奇迹，那么就算我们见到了被很好地验证过的奇迹，也不会比以前更有领悟。既然法老①的巫师有胆量在摩西②面前做摩西按照上帝的命令做的事情，那在摩西不在的时候，他们就更有可能以同样的名义说自己拥有同样的权威。所以为了避免把魔鬼的奇迹当成上帝的奇迹，就要在用奇迹证明了教义之后，反过来用教义证明奇迹。你觉得这种两端论的方法是否正确呢？

"这个教义既然是上帝创造的，就应该具备上帝的神圣特征；它不仅应该澄清人们的争论留在我们头脑中的混乱思想，而且还应该为我们建立一种崇拜的仪式，为我们树立一种道德，为我们订立一种符合上帝属性的行为准则，因为我们对他本质的想象只能通过这些属性去完成的。我会告诉那个教派的人：'你们的上帝不是我的上帝。'如果一个上帝只能挑选一个民族，而将其他的人拒之门外，就不能算人类共同的父亲；如果他让大部分人遭受永恒的痛苦，就算不上是我的理性告诉我的仁慈和善良的神。

"理性告诉我，教义应该非常清楚明了，以自身的真实打动人。如果说自然宗教有什么缺陷的话，那就是它用深奥的语言告诉我们伟大的真理。当它用启示告诉我们真理的时候，它应

---

① 古代埃及的国王。——译者注
② 《圣经》中以色列人的先知。——译者注

该以一种人类心灵能够理解的方式，它应该让真理为人所知，它应该让人们思考真理并深信真理。因为只有通过理解，信仰才能站稳脚跟；最好的宗教必须是最容易明白的宗教。如果那些向我传道的人给了它一丝矛盾和神秘的色彩，我就会对这种宗教产生怀疑。我所崇拜的上帝并不是一个黑暗的上帝。他给了我理解的能力，就不会让我用不上这种能力；因此，要我放弃我的理智的人就是在侮辱创造理智的神。真理的传播者绝对不会压制我的理智，反而会启发它。

"我们已经放弃了所有人的权威，如果谁想将不合理的教义传播给别人，却又没有权威，就无法让对方信服。姑且让这两个人吵一会儿，听听他们用双方都习以为常的粗暴语言说些什么。

"通神意的人：'理性告诉你整体大于部分，但是我代表上帝告诉你，部分大于整体。'

"推理的人：'你是谁，凭什么告诉我上帝是自相矛盾的？那通过理智教导我永恒真理的上帝，和奉他之名对我说谎话的你，哪一个更好呢？'

"通神意的人：'相信我，因为我得到的启示更为可靠；我拿出可靠的证据，向你证明是他派我来的。'

"推理的人：'怎么！是上帝派你来推翻他自己的？你有什么证据能让我相信，上帝是借你之口，而不是通过他赋予我的理解力向我讲话的？'

"通神意的人：'他给你的理解力？渺小而目空一切的人呀！你好像是一个非常不虔诚的人，已经被罪恶所败坏的理智带上了歧途！'

"推理的人：'上帝派来的使者呀，你也不过是一个大坏蛋，把自己的傲慢当成使命的证据。'

"通神意的人：'怎么！哲学家会骂人？'

"推理的人：'有时候也会骂，因为圣人已经准备骂人了。'

"通神意的人：'啊！我，我有骂人的权利，因为我是代表上帝在说话的。'

"推理的人：'在利用你的特权以前，你最好先拿出你有特权的证据。'

"通神意的人：'我的凭证都是货真价实的，天地都可以为我做证。现在，请你好好听着，我要说我的论证了。'

"推理的人：'我不相信你的论证！你的话并没有经过思考，你说我的理性欺骗了我，就相当于否定他能帮你说话。如果一个人不愿意服从理性，就没有资格用理性来说服他人。因为，就算你通过论证说服了我，我也无法确定自己是否因为那个被罪恶腐化的理性的影响，才会接受你说的话。而且你列出的那些证据，你产生的那些道理，没有哪一个比它们企图加以驳斥的确实的道理更清楚。要是部分大于整体这个说法是正确的，那么，我们就可以认为精确的三段论是一个谎言了。'

"通神意的人：'那不是一码事！我的证据确凿无疑；它们是超自然的。'

"推理的人：'超自然！我不知道是什么意思。'

"通神意的人：'就是自然的秩序中的变化、预言、奇迹和各种各样的奇事。'

"推理的人：'我从未见过这些。'

"通神意的人：'没关系，其他的人替你看见过了，证人也有很多，各国人民都能做证。'

"推理的人：'各国人民的见证也是超自然的吗?'

"通神意的人：'不是。不过既然大家都这么说，应该是确凿无疑的。'

"推理的人：'唯一不可争辩的东西，就是理性的原理，在人们所做的见证上，不可以有任何模糊的地方。我再说一遍，我们要亲眼看到超自然的证据，因为人类的见证并非是超自然的。'

"通神意的人：'你这么狠心，一定不会得到圣恩的启示。'

"推理的人：'这不能怪我，因为你说过，一个人要在获得圣恩之后，才能要求圣恩。既然我现在没有得到圣恩，你就给我讲讲吧。'

"通神意的人：'我现在不是在讲吗？可是你不听啊。你是如何看待预言的？'

　　"推理的人：'我认为，首先，我没有听到过什么预言，就像我没有看到过什么奇迹一样。其次，我不会相信任何预言。'

　　"通神意的人：'魔鬼的使者！为什么你不相信预言？'

　　"推理的人：'只有在它满足三个条件的情况下，我才会相信，而且这三个条件不能混合在一起。这三个条件分别是：我能够亲自听到预言，我能够亲眼看到事情的经过，为我证明这件事符合预言并不是出于偶然。因为就算预言比几何学的定理还要精确和明白，随便举出的一个语言也有可能会实现。况且严格说来，就算它实现了，也不能证明那件事就是做预言的人所预言的。'

　　"所以你现在应该已经明白，你那些超自然的证据、奇迹和预言到底是怎么回事了。你是因为别人相信那些东西，才跟着相信的，这完全是让人的权威凌驾于启发我理性的上帝的权威。在我心中扎根的永恒的真理是不容许任何损坏的，否则我将不再相信任何东西，我不会相信你是代表上帝跟我说话，我甚至不敢相信是不是真的有上帝存在。

　　"你看，我的孩子，困难已经够多了，而且这还只是一部分。在许多互相取代和互相排斥的宗教中，如果其中真的有正确的宗教，那也只有一种。要想找到正确的宗教，只研究其中一种是不够的，必须把所有的宗教都进行研究；而且，无论问题是什么，我们都不应该在没有弄清楚的情况下说别人是错误的。我们必须比较相反的意见和证据，必须知道一方对另一方进行了什么攻击，以及他们如何回应这些攻击。我们越觉得一个说法是正确的，就越应该调查为什么这么多人没有发现它是正确的。认为只要听取一方的学者的意见，就能理解另一方的论点，这种想法过于简单化。没有一位神学家敢说自己是诚实的，每个人都会以削弱对手为手段来给自己辩驳。每个人在自己一派人当中都是优秀的，虽然这个人在自己一派中滔滔不绝，风光无限，但是如果他把同样的话说给对方，一定会非常丢脸。你需要具备广博的知识，学会多种语言，翻阅许多典籍，阅读许多书，才能从书本上去了解。在一个国家，很难从那个国家里找到好书，更难从各个派别中找到好书，而且，就算你找到了，也会有人立刻跟你说，这些书没有阅读价值。不用心的人总是会犯错，所以你在讲述坏道理的时候自信一些，就可以轻而易举地抹掉好的道理。此外，没有什么比书更具欺骗性，也没有什么比它们更会歪曲作者的情感。如果你想从博胥埃①的著作中了解天主教的精神，在你和我们一起生活了一段时间之后，你会发现你的这种想法错得离谱。你可以看到，他用来反驳新教徒的教义，与他向一般人所讲的教义完全不同；他所写的书，与他在讲坛上所讲的道理完全不同。要想正确地判断一个宗教，我们不应该研究那个宗教的教徒的著作，而应该去他们中间实地了解它。实地了解和在书本上研究相差悬殊。任何一种宗教都有自己的传统、意识、习惯和偏见，这些都是其信仰的精神，为了判断这种宗教，必须将它们联系在一起。

　　"有多少伟大的民族既没有印刷也没有阅读我们的书籍，那他们自然无法判断我们的看法，而我们也无法判断他们的看法。我们看不起他们，他们也同样看不起我们。如果我们的旅行者嘲笑他们，他们的旅行者只要来我们这里一趟，也会嘲笑我们。以传布宗教为目的，试图理解宗教的聪明的人、忠厚的人和真理的朋友，在哪一个国家都有。然而，每个人都根据自己的信仰去认识宗教，并且相信其他国家的宗教是荒谬的。可是，外国的宗教并不像我们想象得那么怪异，也就是说，我们在我们的宗教中听到的真理也不是十分可靠。

　　"在欧洲，我们有三大宗教，它们各不相同：其中一种宗教只承认一种启示，而另一种则承认两种，还有一种承认三种。每一种宗教对于另外两种宗教的态度就是憎恶和诅咒，说它们

---

　　① 法国神学作家。——译者注

偏执、恶毒和虚伪。任何一个公正的人在没有首先权衡他们的证据和听取他们的理由的情况下，都不敢轻易审判它们。只承认一个启示的宗教的年代是最悠久的，而且似乎是最可靠的；承认三种启示的宗教是最新的，而且似乎一直没有变过；承认两种启示而否认第三种启示的宗教也许是最好的，但是它很容易就能被看出是前后矛盾的，因为它有很多否定自身的偏见。

"这三种启示的所有经书，都是用信教的人不认识的文字写成的。犹太人不懂希伯来语，基督徒对希伯来语和希腊语一窍不通，土耳其人和波斯人不懂阿拉伯语，今天的阿拉伯人也不会说穆罕默德说的语言。用一种所有人都不懂的语言来教人，这是一种愚蠢的教法！有人可能反驳说，这些书已经被翻译过了。多好的回答！但是谁能保证这些书的翻译忠实于原著呢？如果上帝愿意对世人说话，为什么他需要有人为他翻译呢？

"我不相信书上有着一个人必须知道的一切，我也不相信一个没有能力阅读经书或找不到懂得经书的人，会因为自己无心的无知而受到惩罚。你看，我总是在说书，都快变成书痴了！真是个藏书家！我经常谈论经书，因为它们在欧洲无处不在，而且在欧洲人认为圣经是不可或缺的时候，却没有意识到世界上有3/4的土地上的人根本就没有看过经书。难道不是所有的书都必须由人来写吗？如果一个人必须在读过经书之后才能知道自己的天职，那在经书出现之前，大家是怎么知道自己的天职的？所以，要么让他自己去领悟他的天职，要么不让他知道。

"我们的天主教徒经常谈论他们教会的权威，但是，正如其他教派必须拿出尽可能多的证据来直接证明他们的教义一样，天主教徒必须拿出证据来证明他们的权威，那么这样的喧嚣简直毫无用处。教会声称它有权作出决定，就形成了一种牢不可破的权威！谈得再深入一点，你就会明白我们一直在谈论的一切。

"你知道吗，许多基督徒花了很大的力气去仔细研究犹太教针对他们的东西，如果有人知道任何关于谴责犹太教的事情，那也是来自基督徒的著作。真是了解彼此观点的好方法啊！于是我们开始采取行动，如果有人胆敢出版公开为犹太教鸣不平的书籍，我们将惩罚这些书籍的作者、出版人和出售的书店。要始终认为自己正确，就必须采取这种简单可靠的方法。反驳一个不敢说话的人简直太容易了。

"我们中间那些和犹太人交谈过的人，了解得也不是很多。可怜的犹太人已经认识到，他们的命运掌握在我们手中；他们在我们强加的暴政下变得畏畏缩缩；他们知道基督教虽然追求善良，却依然会做出不公正和残忍的行为；他们害怕被指控亵渎神明，所以不敢发声。贪婪带给我们激情，他们却因为没有过错而很富有。最有学问和知识的人总是谨慎的。你可以让一个穷人背弃他的宗教，用钱让他诋毁宗教；你可以叫来几个拾荒人，让他们为了取悦你而向你屈服；你可以利用他们的无知和懦弱来征服他们，而他们的学者也会暗中嘲笑你的无能。但是在他们感到安全的地方，你要对付他们就没这么容易了。在巴黎神学院，只要谈到救世主的启示，所指的对象就一定是耶稣基督。但是，阿姆斯特丹的犹太法学博士提到的救世主的启示，就与耶稣无关。我相信，要想正确理解犹太人的论点，需要满足如下条件：犹太人拥有一个自由的国家，拥有经院和学校，在那里他们可以毫无畏惧地辩论。只有这样，我们才能知道他们要说什么。

"在君士坦丁堡，土耳其人可以说出自己的观点，但我们不敢；现在轮到我们屈居人下了。如果土耳其人以我们为榜样，强迫我们效仿我们根本不相信的穆罕默德，就像我们强迫犹太人信奉他们不相信的耶稣基督一样，我们能说土耳其人的做法不对吗？我们能说我们做得对吗？我们应该运用什么样的公平原则来解决这个问题？

"2/3 的人类既不是犹太教徒，也不是伊斯兰教徒或基督徒；数百万人从未听说过摩西、耶稣或穆罕默德！有些人并不承认这一事实，他们说："我们的传教士走遍了世界各地。"这个说法很不错。但是，传教士是否深入了我们还不是很了解、欧洲人也没有涉足过的非洲腹地？远离海岸的鞑靼游牧民族到现在都没有接触过外国人，他们不仅没有听说过教皇，就连大喇嘛是什么都不知道，我们的传教士有没有骑着马去找过他们？传教士们也肯定没有走遍广阔的美洲大陆，在那里，有好几个民族的人们都不知道来自另一个世界的人们已经来到了他们的世界。在日本，我们的传教士因为他们的行为而被永远驱逐，他们的前辈被几代人当作想篡夺这个帝国的阴谋家。我们的传教士有没有进入亚洲各国国王的王宫，向成千上万的奴隶传播福音？那个地区的妇女为什么从来没有听过一个传教士对她们讲道？她们会因为与世隔绝而下地狱吗？

"就算福音真的传遍全世界，也未必会有好处。在第一个传教士到达一个国家的前夕，肯定会有人还没有听到他讲福音就死去。请告诉我，我们该拿这个人怎么办？如果世界上有一个人没有被传道者传讲耶稣，那么这个人所造成的缺陷就如同没有向1/4的人类传道所造成的缺陷一样严重。

"当传教士向遥远的民族传讲基督福音时，他们能说些什么话，使这些人不需要确凿的证据，只凭他们的一面之词就能够接受他们的话？你告诉我，两千年前，在世界上一个偏远的地方，一个神在一个我不知道名字的城镇诞生和死去；你告诉我，任何不相信这个神秘事件的人都将受到惩罚。这些事情是如此奇怪，以致我不可能凭一个我不认识的人的权威立刻相信它们！如果你的上帝想让我知道这些事情，就不可能让它们发生在一个离我很远的地方。如果一个人不知道自己所在的地方发生了什么，就是一种犯罪吗？让我相信另一个半球有一个希伯来民族和耶路撒冷城，就像强迫我去了解月球上发生了什么。你说你来告诉我，但我不明白，你为什么不告诉我父亲？他是一个善良的老人，你为什么因为他不知道这些事情就指责他有罪？他是如此诚实，如此善良，如此忠于真理，他应该因为你懒于告诉他而受到永远的惩罚吗？我不应该只凭你的见证就相信你说的那些不足为信的事情，也不该相信许多不公正的事情都是符合你向我所传讲的公正的上帝的旨意的。如果你公正地为我考虑一番，就能明白这一点。让我去看看那遥远的国度，那里有许多闻所未闻的奇迹。请你容我去了解耶路撒冷的居民为什么把上帝当作强盗。你可能会说，他们不知道他是上帝。那么，如果我只从你那里听说过上帝，又该怎么办呢？你也许会继续说，他们受到了惩罚，被驱散到了各个地方，受到压迫和奴役，再也没有回到那个城里。当然，他们这是自作自受，但今天的耶路撒冷人民对他们的祖先钉死耶稣有何感想？他们否认这一点，也不认为上帝是上帝。他们和以前居民的后代是一样的。

"上帝死在那个城里，但是那个城里以前和现在的居民都不认识他，而你们却要我，一个在两千年后，在 2000 英里以外的地方出生的人，去认识上帝！你不会不知道，你认为这本书是神圣的，但是我对它一无所知，所以在我表明我对它的信仰之前，我应该向别人，而不是向你，了解它是什么时候和谁一起完成的，它是如何流传下来的，它是如何到你手中的；我应该弄清楚为什么那个地方的人虽然也非常了解你给我讲的这番道理，却对这本书不屑一顾。我必须亲自去欧洲、亚洲和巴勒斯坦看看，除非我疯了，否则我不会相信你说的话。

"我认为这些话非常合理，而且我认为在这种情况下，所有明智的人都应该这样说，如果他们急于在证明自己的证据之前教导他并给他洗礼，那么他们就应该驱逐传教士。我不认为有什么启示不能像这些或类似的原则反驳基督教教义那样有力。因此，如果只有一个真正的宗教，如果所有人都应该信奉它，否则要遭受苦难，那么大家就需要用一生的时间来彻底地研究和比较所有的宗教，并将信奉各种宗教的国家都走一遭。每个人都要履行自己的首要职责，每个人都没有权利依赖别人的判断。因此，不管是工匠和手工艺人，不识字的农民，害羞和娇弱的女孩，还是那些几乎不能起床的病人，都应该进行学习、思考、辩论和环游世界，这样的话，没有人可以在一个地方安居乐业。世界各地都可以找到朝圣者，他们花费重金，长途跋涉，亲自比较和检查各个地方的宗教。因此，不再有任何人从事各种手工、艺术、人文和社会职业；唯一能够研究的就是宗教；就算一个身体强壮，非常珍惜时间，善于运用理性，并且能够活到最高年龄的人，到了暮年也很难知道自己到底该信奉哪种宗教；如果在他死之前能知道应该信奉什么样的宗教，就算很有收获了。

"如果你过于谨慎地使用这种方法，就很可能受到人的权威的侵入，很快就会听命于它。如果一个基督徒的儿子在没有经过公正和彻底地审查的情况下接受他父亲信奉的宗教是正确的，那一个土耳其人的儿子接受他的父亲信奉的宗教也是正确的。我敢断言，任何一个不能容忍其他教派的人，都无法就这个问题给出一个让通情达理的人感到满意的答案。

"有些人虽然在被问到这些问题时无话可说，却宁愿让上帝成为一个不公正的上帝，让无辜的人为他们父亲的罪受到惩罚，也要坚持自己粗暴的教义。另一种人采取的方法是：派遣一位天使去教导那些极度无知却拥有良好道德生活的人。能想出这样一个天使，真是个好主意！对他们来说，仅仅用他们的臆想来愚弄我们是不够的，还要让上帝也觉得自己需要使用他们发明的东西。

"所以，我的孩子，这样你就能看出来了，当每个人都认为他是对的，而其他人都是错的时候，骄傲和偏执导致了多么荒谬的事情。我以我崇拜的和向你宣扬和平的上帝保证，我以最真诚的态度对待我的探究，当我发现我永远不会取得任何成就时，当我跌入无尽的海洋时，我会立刻回头，按照我最初的想法保持我的信仰。我拒绝相信，如果我不能成为一个博学的人，上帝会判我下地狱。所以我会合上所有的书，只留下一本——打开在大家面前的自然之书。正是通过阅读这部伟大的著作，我学会了如何崇拜它的作者。没有人能找到任何借口不读这本书，因为它讲的是一种众所周知的语言。如果我出生在一个荒岛上，如果我没有看见除了我自己之外的任何人，如果我根本不知道在古代世界上的一个角落里发生了什么，我同样可以学会怎样认识上帝，怎样爱上他和他创造的事物，怎样追求他希望的善，怎样履行我的天职，才能让我感到快乐，只要我可以培养自己的理性并加以运用，好好利用上帝赋予我的自然本能。它对我的作用比大家的学问对我的作用更大。

"如果我是一个好的推理者或博学的人，我可能会知道启示的真理，知道它对那些有幸能够理解它的人有什么用处；但是，虽然我看到了一些我无可置疑的肯定它的证据，但另一方面，我也看到了一些否定它的问题。在论证和否定两个方面，都有很多很好的理由，我不知所措，所以我决定既不接受也不否认启示。我唯一要否认的是有人说有义务相信启示，因为这种所谓的义务与上帝的公正相违背，它不但没有消除阻碍我们得救的障碍，反而增加了障碍，使绝大多数人无法克服这些障碍。在这个问题上，我将始终保持一种尊重和怀疑的态度。我不敢认为自己是绝对正确的，所以就让别人相信我不相信的东西吧；我推演这些东西是为了我自己，而不是为了他们；我不责备他们，也不模仿他们：他们的判断可能比我的更正确，但如果我的判断与他们的不一致，这也不是我的错。

"我要坦率地告诉你们，我对《圣经》的庄严感到惊讶，为《福音书》的神圣感到叹服。哲学家的书尽管宏伟壮观，但与这本书相比还是逊色很多。人真的能写出这样庄严而又朴实的书吗？书中的故事所讲述的人，完全不是普通人。这本书的语气像是一个狂热分子，还像一个野心勃勃的在意宗教派别的人的语气。他的心是多么温柔纯洁啊！他给我们上了多么有说服力的一课啊！他的行为准则是多么高尚啊！他的话多么深奥！他的回答是多么迅速、多么机警、多么中肯！他多么能克制自己的欲望啊！在做事、经受挫折和死亡的时候，没有哪一个圣人像书中的那个人那样毫不怯懦、毫不骄傲。当柏拉图描述一个虽然遭受过各种罪恶和灾难，但最后应该得到美德的奖赏的人时，他所描述的人和耶稣完全一样，这些相似之处是如此明显，以至所有的神父都不可能弄错。一个人要拿索弗罗尼斯科①的儿子和玛丽②的儿子相比，该有多么固执，多么愚蠢呀！他们是多么的不同！苏格拉底死得毫无痛苦，也没有蒙受羞辱，因此他的人品很容易保持到最后。如果不是因为他死得如此从容而受到人们的尊敬，我们可能会认为，尽管苏格拉底智慧过人，但他毕竟是一位诡辩家。有人说他创立了道德，但是其他人在他之前就已经实践过了；他只是描述了其他人所做的事情，并以他们为榜样教导人们。在苏格拉底阐明什么是'公正'之前，亚里斯泰提就是一个公正的人；在苏格拉底说爱国是人的天职之前，勒奥尼达斯③已经为他的国家牺牲了自己；在苏格拉底赞扬斯巴达人做事严谨之前，斯巴达人做事已经很严谨了；在苏格拉底定义'道德'之前，希腊已经有许多有道德的人。但是，在他的同时代的人中，耶稣找不到只有他教导过和以身作则实行过的如此高尚和纯洁的道德。我们在最疯狂的行为中听到了最明智的声音，人类中地位最低的一部分人，也因为英雄般的道德行为获得了荣耀。苏格拉底死时还能安详地与他的朋友们谈论哲学，所以他的死亡方式是非常轻松的；至于耶稣，他的死是最可怕的，因为他临死的时候还在刑罚下呻吟，被一个国家侮辱、嘲笑和诅咒。苏格拉底在拿起那杯毒酒的时候，还在为那个流着泪递给他酒杯的人祝福；耶稣就算经受着巨大的痛苦，也在为杀害他的那个残忍的刽子手祈祷。是的，如果苏格拉底的一生是圣人的一生，他的死亡是圣人的死亡，那么耶稣的一生就是神的一生，他的死亡就是神的死亡。我们可以说《福音书》中的故事是为了糊弄读者而编造的吗？我的朋友，并不是这样的。苏格拉底的故事虽然人尽皆知，但耶稣的事迹其实更可信。说这本书是几个人合著的，还不如说这本书是围绕

---

① 古希腊哲学家苏格拉底的父亲。——译者注
② 耶稣的母亲。——译者注
③ 斯巴达国王，率领三百勇士抵抗波斯军队，最后战死。——译者注

一个人的诗句来写的更可信。犹太作家从来没有使用过这样的语气和寓意，而《福音书》中的真实人物是如此伟大，如此充满魅力，如此无法被模仿，以至他们的作者甚至比书中的主人公更加耀眼。然而，《福音书》中有许多事情是不可信的，还有许多违背理性的事情，是所有明智的人无法想象也无法接受的。面对这样的矛盾，你会怎么做？我的孩子，你要永远保持谦虚；要尊重你无法理解也无法否认的事，对知道真理的伟大上帝要谦卑。

　　"我并不是故意持有这些怀疑的，但它们并不使我感到苦恼，一方面是因为它们无关乎实践中的重要问题，另一方面是因为我非常忠于我的天职。我将问心无愧地侍奉上帝，我将在行动中寻求我必须知道的东西。至于那些教义，既然它们不影响人的行为和道德，反而会让很多人受折磨，我就不予理会了。我认为所有的宗教都是有益的制度，它们在每个国家都发展了公众共同的崇拜方式，并且在当地条件、政治、人民的天赋或其他因时间地点不同使人们喜欢一种宗教而不喜欢另一种宗教的地方原因中找到了它们存在的理由。只要人们在这些宗教中正确地敬拜上帝，我就认为它们都是好的宗教。真正的崇拜是内心里的崇拜。只要敬拜是真诚的，不管形式如何，上帝都不会拒绝。当我信奉的宗教要求我为教会服务时，我会尽我所能准确地履行我的职责，如果我故意以任何方式不履行我的职责，我的良心就会谴责我。你应该已经知道，我的教职曾被停止了很长一段时间，多亏了德·默拉勒德先生的努力，我才重新获得了教会的许可，成为一名牧师，并维持我自己的生活。过去，我做弥撒的时候很草率，因为，即使是最严肃的事情，做久了也会懈怠。然而，自从我理解了这些新的原理，我再做弥撒的时候就非常恭敬：我深刻地思索了至高无上的上帝的威严，思索了他的存在，人类灵魂的软弱，以及对造物主的无知。当我想到是在向他传达人们的祈祷时，我会认真地做弥撒，并且非常专注地背诵经文；我的注意力高度集中，不会放过一句话或一个仪式；当我接近圣体时，我会全身心地投入教会和庄的严圣礼所要求的步骤中；面对至高无上的智慧，我会努力去除我的理性；我会对自己说：'你是谁，居然妄想衡量无限的力量？'我尊敬地阅读圣礼的颂词，真诚地相信，如果我是真诚的，它们将产生它们的效果。无论这个奇迹般的奥秘的结果是什么，我都不怕因为在心里亵渎了它而在最后的审判时受到惩罚。

"虽然我的职位最低，但我不会做或说任何会使我丧失这一崇高职责的事情，因为我以这一圣职为荣耀。我会向世界灌输道德，我会一直鼓励他们做好人，如果可能的话，我会尽力以身作则。我不能决定他们是否会觉得宗教可爱，他们是否会坚定地相信一个真正有用而且每个人都必须相信的教义。但是，为了取悦上帝，我绝不会向他们宣扬残酷的不宽容的教义，我绝不会让他们憎恨他们的邻居，或者对别人说：'你将受到惩罚'；我不会教导他们说：'如果你不入教会，你将永远得不到拯救！如果我的职位再高一点，我不这样做就会有麻烦；但是我的地位太低了，所以没有什么可怕的，我的职位永远不会比现在更低。无论发生什么事，我都不会侮辱公正的上帝，也不会诽谤圣灵。

"我一直渴望管理一个教区，现在依然如此，但我没有希望得到这种职位。我的朋友，我想不出还有什么比当牧师更美好的事情了。就像一个好的官员是一个正义的使者一样，一个好的牧师也是一个爱的使者。一个教区牧师不会做什么坏事，如果他自己不能亲自做好事，也可以请别人代劳，如果他知道如何赢得别人的尊敬，就能经常达到他的目的。哦！如果我能在我们这个山区里掌管一个贫穷的教区，为善良的人们服务，我会很高兴，因为我觉得我可以让我的教区的人们幸福。我不会让他们每个人都富有，但是我会和他们一起生活在贫穷中，我会让他们摆脱比贫穷更难以忍受的屈辱和轻蔑。我要使他们喜爱和平与平等，因为有了这两样东西，就可以驱灾避祸，就可以在灾难降临时有承受的能力。一旦他们发现我并不比他们富有，而我很满足于自己的生活，他们就会知道如何安慰自己，像我一样对生活感到满足。我传道的时候会少谈论教会的精神，多谈《福音书》的精神，因为《福音书》里的内容不但简单，有着高尚的寓意，而且更多的是关于慈善行为而不是宗教行为。在我教导他们应当怎样做之前，我要尽我的能力反复做这件事，好叫他们知道我心里怎么想的就会怎么对他们说。如果有新教徒在周围或者我的教区内，在基督徒的慈善事业方面，我会用跟对待本教区的教徒同样的态度来对待他们。我将教导他们平等相爱，视彼此为兄弟，尊重所有宗教，在各自的宗教中和平相处。我认为，诱使一个人背离他本来的宗教，就是诱使他做错事，从而诱使我做错事。我们在期盼美好未来的同时维护公共秩序；不管在哪个国家，我们都必须尊重法律，不得干扰它所规定的崇拜形式；我们决不能让那个国家的公民违背本国的法律，因为我们并不知道他们放弃自己的意见，采纳别人的意见是否对他们有好处，而且我们知道，违背法律是一件非常坏的行为。

"我年轻的朋友，我刚刚告诉了你上帝在我心中观察到的信仰自由。你是第一个听到我这么说的人，也许会是最后一个人。只要人还有一点诚实的信仰，就不该去打扰那些安静的灵魂。不要用困难的问题来动摇头脑简单的人，因为他们无法解决这些问题，还会因为这些问题感到不安和惊恐，并且无法从这些问题中得到启发。但是，如果一切都发生了动摇，我们必须牺牲树枝来保护树干。所有像你们的良心这种处于怀疑和灭绝边缘的良心，都必须唤醒，让它们重新焕发活力。为了使人类的良心建立在永恒的真理的基础上，必须拔掉他们迄今为止认为可以依赖的所有支柱。

"在你这个年龄，正处于最关键的时期，因为这是你的心灵最容易接受真理的时候，你的心灵正在形成某种形态和个性，可以决定你今后向善还是向恶。之后，你的心灵就会固化，无法再接受新的东西。年轻人，要趁着你的心灵还非常柔弱的时候，让它习惯于接受真理。如果我对自己的意见更有把握的话，我就会采用断然的语气跟你说话；但是很可惜，我是一个无知的、容易犯错的人。我毫无保留地向你敞开心扉，告诉你我所相信的一切：我心里有疑惑的时候，就告诉你我的疑惑；我有看法的时候，就告诉你我的看法；在我怀疑和相信的时候，我也会把理由告诉你。现在该你判断了，为了谨慎行事，你已经花了很多时间，我认为这种做法非常明智，也对你持肯定的态度。首先，你必须让你的良心愿意接受启发。你必须对自己完全诚实。在我看来，你接受你所相信的，然后把剩下的扔掉。你还没有堕落到要选择邪恶的程度。我建议我们进行一次讨论，但是当我们这样做的时候，我们倾向于变得情绪化，会在讨论中加入夸张和固执的成分，无法坦诚相见。我们不要争论了，我的朋友，因为我们不能用争论来让我们自己和他人得到启发。就我而言，经过多年的深思熟虑，我才有了这些看法。所以我的良心十分安宁，我的内心也很满足。如果我重新审视我的观点，我也不会对真理产生更纯洁的爱；我的心灵不再像过去那样活跃，不再像过去那样认识真理。在未来，我必须保持现在的样子，以免对沉思的热爱变成一种没有作用的思考欲望，从而使自己无法履行职责，也能避免我再次陷入绝对的怀疑中而无力挣脱。我的一生已经过去了一半，我必须充分利用我的余生，用我的德行来弥补我所犯的错误。如果我错了，也不是故意的。那些看透我内心的人知道，我不喜欢自己这么愚钝。既然我不能用我自己的智慧消除这种愚钝，就只能过一种诚实的生活；如果上帝能让一块石头生出亚伯拉罕①的后代，那么一个配得上光明的人就有权利去盼望它。

"如果我的想法能让你像我一样思考，如果我的情感能成为你的情感，如果我们都能表达同样的信念，那么我给你一个忠告：不要让贫穷和失望的情绪打败你，不要让你的生活屈服于外人，从今以后不要吃别人施舍给你的那令人作呕的面包。回到你的故乡，在那里虔诚地信奉你祖先信奉的宗教，永远不要离开它，因为它是非常朴实和神圣的；我相信在世界上所有的

① 原名亚伯兰，是犹太教、基督教等的先知。——译者注

宗教中，只有它的道德是最纯洁的，它的教义是最周全的。不用担心路费问题，我会付给你的。不要害怕这样不体面地回去会很丢脸，当然，如果你做错了事情，会感到丢脸，但是如果你做了补偿，也没有什么丢脸的。在你这个年纪，任何错误都是可以原谅的，但是你不能再这样鲁莽地犯罪了。只要你愿意倾听你的良心的声音，即使有成千上万的障碍，你也可以听到它的声音。你会觉得，我们这种宁愿信奉其他宗教也不信奉生来就隶属的宗教的行为，是非常冒失的，是不能被原谅的，是一种虚假的行为。我们嘴上说信奉那种宗教，而实际上并不忠实地遵守它。如果你允许自己堕落，就无法在最高审判面前被宽恕。难道你不知道他可以原谅我们误入歧途，却不能原谅我们故意选择了错误的道路吗？

"我的孩子，你必须让你的灵魂时刻期盼有一个上帝，而且一点也不要怀疑他。此外，无论你最后的决定是什么，你都要牢记，一个真正的宗教的天职并不受人类制度的影响，神灵就存在于真正的心当中。不管你在哪个国家，隶属哪个教派，都要遵守爱上帝胜过爱一切，爱别人胜过爱自己的标准。每个宗教都要以道德为天职，也只有道德的天职能够作为真正的旨意；这些天职中最首要的就是内心的崇拜；没有信念就没有真正的美德。

"你必须远离那些以解释自然为借口，传播其腐败人心的学说的人，他们虽然装出怀疑的样子，事实上，他们比他们的对方更加武断，虽然他们说话的语气十分肯定。他们傲慢地说，只有他们见识广博，内心真诚，因此，我们有责任听取他们那些刻薄的话，把他们的空想和难以理解的理论当作事物的真正原理。此外，通过摧毁和践踏人类所尊重的一切，他们剥夺了被压迫者在痛苦中的最后的安慰，剥夺了有权有势的人抑制自己欲望的唯一办法；他们不仅不在内心悔恨自己的罪行，不再希望可以拥有德行，而且还吹嘘自己是人类的救星。他们说，真理对人类绝对无害。我和他们一样相信这一点，我认为这是一个相当大的证据，证明他们所说的不是真的。

"可爱的年轻人，你必须真诚，而不是骄傲，你要知道如何保持你厚实的纯真，这样你就不会欺骗自己或他人。如果你的才学使你能够向别人表达你的意见，你应该总是根据你的良心去说，不管你是否会得到对方的赞扬。滥用知识会引起怀疑。有学问的人看不起庸俗的思想，他们各持己见。骄傲的哲学会导致傲慢，正如盲目的信仰会导致宗教狂热。为了避免这样的极端，就要坚持真理，也就是说，你纯真的心认为什么是真理，你就要坚持它，不要让虚荣和软弱把你从这条路上带走。一个哲学家要敢于承认上帝，要敢于在和自己意见不同的人当中宣扬人道。也许你会被孤立，但在你自己的心中有一个见证，有了它，你就不需要以人作为证明。无论他们喜欢你还是讨厌你，无论他们是研究你的著作还是轻视你的著作，都不重要。你要说真话，做应该做的事。履行自己在地上的天职，是一个人最重要的事情。只有当他忘记自己的时候，他才会为自己做最多的事情。我的孩子，我们被自身利益所迷惑，只有正义的希望才能指引我们。"

我在这里引用这篇文章的原因不是要用它作为衡量我们应该如何看待宗教问题的尺度，而是作为一个例子，解释我们在向学生解释时应该采取的态度，以免偏离我试图采取的方法。只要我们不屈服于人类的权威，或者我们出生的国家的偏见，在自然状态下，理性的光辉就可以把我们限制在自然宗教的范围之内；我将教导我的爱弥儿在自然宗教的范围之内。如果他想信仰另一种宗教，我就没有权利指导他，那样的话，只能让他自己选择。

我们与自然配合着工作，当它培育一个人的体格时，我们致力于培育他的精神；但是我们的工作进度并不相同，当身体非常强壮时，灵魂还非常柔弱，就算人的方法再好，体质的发展总是在理性之前。到目前为止，我们一直在遏制后者和刺激前者，好让这个人尽可能保持一致。我们在发展他的天性时，必须放慢他的感情的成长，采取的措施是让它受制于理性。理性的对象冲淡了感觉的对象的印象。在追寻事物原理的过程中，我们应该把他从感官的支配中解放出来，这样他就可以很容易地从研究自然转向寻找自然的创造者。

只有达到了这种境界，我们才会找到新的方法来控制我们的学生，并让他们对这种方法心服口服。只有这样，他才能在没有他人监督和法律强制的情况下，真诚地行善，才能在上帝和他自己的眼中是公正的，并且即使以生命为代价也要履行他的天职，谨记美德。他这样做不仅仅是出于对秩序的热爱，也是出于他对造物主的爱。每个人生来都是爱自己的，也就是所谓的自爱，这种爱加上自爱，将使他在享受了今生的幸福之后，获得一种许可：因为良心的平静和对最高存在的思索，使他来生能够享受永恒的幸福。否则，我会认为这个世界充斥着不公正、虚伪和傲慢的行为，因为，竞争的结果必然会导致个人的利益高于一切，使每个人都以美德来看待罪恶。让别人为我牺牲他们的幸福，让一切都属于我，为了让我免遭痛苦和饥饿，甚至有必要让全人类在贫穷和苦难中饿死——这是所有不相信上帝的理性的人的想法。是的，在我的一生中，我一直坚持认为，如果一个人在心里说没有上帝，却在口头上说有上帝，那他不是骗子就是疯子。

读者们，也许我所有这些努力都是徒劳的；我觉得你们不会和我用同样的眼光来看待爱弥儿。你们觉得他就像你们的学生、愚蠢、轻浮、冲动，整天吃喝玩乐，对任何事情都没有毅力。看到我把一个正处于大好年华的充满激情和力量的年轻人，变成一个沉思的人，变成一个哲学家和一个真正的神学家，你会觉得很可笑。你们可能会说："这位梦想家一直都在那里异想天开，他用自己的方式教育他的学生，所以他不仅在培养学生，而且在创造学生，在他的头脑中创造一个学生；他总是认为自己在用自然的方式教学，但是他教得越多，他就越不自然。"但是，当我把我的学生和你们的学生比较时，我发现他们之间几乎没有什么共同点。如果他们在某种程度上是相似的，那就是奇迹了，因为培养的方法是如此不同。爱弥儿的童年是在自由中度过的，而你的学生到了青年时期才能享受到这种自由。爱弥儿到了青年时期，才开始遵守你的学生在童年时代就要遵守的规矩；这些规矩已经成为你的学生的枷锁，他们憎恨它们，并认为正是因为这些规矩，他们的老师才会如此残酷；他们认为只有当他们从这种束缚中解放出来，才能不再是儿童；他们会努力弥补他们在你的不断控制下所遭受的损失，就像一个囚犯在被释放后伸展他的四肢一样。与你的学生不同的是，爱弥儿为自己成为一个成年人，并且服从不断成长的理智的约束而感到骄傲；他不再需要那么多的运动，也能够自己控制自己了。此时，他的心灵已经处于一种半成熟状态，试图寻求快速发展。因此，在你的学生看来，有理智的年龄正好可以挥霍青春，而在爱弥儿看来，有理智的年龄就应该让理智发挥作用。

如果你们想知道，在这方面，是你们的学生还是我的学生更符合自然的秩序，就要去研究那些离自然秩序较远的人和那些离自然秩序较近的人之间的区别。看看农村的年轻人，看看他们是否和你们的年轻人一样脾气暴躁。"我们发现野蛮人在童年时期非常活跃，整天玩各种各样的运动身体的游戏，但是一到青少年时期，他们就变得非常安静，喜欢幻想，玩游戏时，他们会做非常激烈的或者一些危险的游戏。"勒博先生①说。爱弥儿在农村儿童和野蛮人享有的那种自由环境中长大，随着他的成长，也会具备他们那样的变化和举止。不同之处在于，他的活动不仅仅是为了娱乐或生活，他还学会了在工作和娱乐的过程中运用自己的思想。现在只要他愿意，可以随时走上我指定给他的那条道路，因为他已经通过我的方法达到了这个阶段。我让他思考的那些问题能够激起他的好奇心，是因为这些问题本身就很有趣，对他来说充满新鲜感，也是他可以理解的。另外，你们的孩子已经厌倦了单调乏味的作业，冗长的演讲，没完没了的问答，变得非常沮丧，在这种情况下，他们自然会拒

① 高等法院律师。——译者注

绝用他们的思想去思考你给他们灌输的一堆教条，自然会拒绝用他们的思想去思考他们的创造者，况且他们的创造者还被你说成了他们快乐的敌人。一想到这件事，他们就感到厌恶和烦恼，这种强制的做法使他们非常沮丧，这必然会导致他们以后难以安排自己的生活。他们不再想听你们对儿童讲的那种语言。我的学生也是如此：当他长大成人时，我会像对成年人那样对他说话，而且会说些新鲜的东西；你的学生讨厌的那些东西，他认为正合他的口味。

为了理性的利益而延迟天性的发展，可以让他获得双倍的时间。但是我真的延缓了天性的发展吗？并没有。我只是不让它因为想象力而发展得更快。对于年轻人在其他地方接受的过早的教育，我用另一种教育来平衡。当我们的风俗把他卷走的时候，我用另一种方法把他往相反的方向拉，这样我不仅没有把他从他的位置上移开，而且还把他留在那里。

自然的真正时刻终将到来，毕竟，它必须到来。既然人总有一死，必须繁衍后代，这样人类才能继续生存，世界的秩序才能得以维持。你已经通过我的陈述，预料到这一关键时刻即将到来，这时你要立刻放弃过去的口吻。他仍然是你的学生，但他不再是小学生了。他是你的朋友，他是个成年人，从现在开始你就应该这样看他。

也许你会说："什么！你要我在最需要权威的时候放弃它？在成年人对怎么做人怀有疑问和可能犯最严重错误的时候，我应该让他们自己处理自己的事吗？当我最需要行使我对他的权利时，让我放弃我的权利？"没有人让你放弃你的权利，只是因为他刚刚承认你的权利，才会出现上述情况。到目前为止，你们的权利都是通过暴力或诡计获得的；他对权威和义务的法则一无所知，因此你必须强迫或欺骗他服从你。但是，你让他的心受到多重束缚，他的理智、友谊、感激和深深的爱以他无法理解的声音向他诉说。恶习并没有使他堕落到对这些声音充耳不闻的地步，因为他现在还能感到自然的欲念。第一个自然的欲念——自爱，使他把自己交托给你管束，他的习惯鼓励他服从你。如果他因为一时的迷恋而脱离了你，那么悔恨的心很快就会把他带回到你身边；他对你的依恋是唯一持久的感情，而所有其他的欲念都是短暂的，都是相互抵消的。你们若不容他作恶，他就必然顺从你们；只有在他开始堕落的时候，才开始抵抗。

我敢肯定，如果你直接干预他日益增长的欲望，草率地把他现在感受到的新需求视为一种罪恶，那么他就不可能永远听从你；只要你不遵照我的办法，我就不能向你保证会发生什么。你要永远把自己看作自然的使者，而不是自然的敌人。

那么，我们应该做些什么？在我看来，要么允许他的倾向发展下去，要么压制他的倾向；要么继续采取专制的做法，要么不加制止。这两种做法都会产生极其危险的后果，因此一定要十分谨慎。

解决这个难题的第一个办法是尽快让他结婚，这当然是最可靠和最自然的方法，但我怀疑这是否是最好的、最有用的方法。至于理由，我会在后面阐述。在这一点上，我同意年轻人应该在他们到了年龄的时候结婚。但是他们总是过早地结婚，因为我们让他们过早地成熟，我们应该让他们结婚的年龄和发育成熟的年龄同步。

如果需要解决的问题只是随着他们的倾向发展，那还好办，不过在自然的权利和社会的法律之间存在着诸多矛盾，要想调和它们，就必须不断地躲开和绕过矛盾。必须采用很多巧妙的方法，才能防止一个在社会中生活的人变得十分虚伪。

基于上述原因，我相信，如果使用我所说的方法和其他类似的方法，我们至少可以防止年轻人在 20 岁之前结婚的想法，从而保持他们身体的纯洁。事实上，在日耳曼人中，一个 20 岁以前就失去童贞的年轻男子是会被人羞辱的。因此，著作家有理由相信，日耳曼人正是因为在年轻时懂得节育，才会身体强壮，有很多孩子。

我们甚至可以延长这个时期，这在几个世纪前的法国也很普遍。这方面的案例有很多，我们在这里以蒙田的父亲为例来进行说明：他是一个严格和诚实的人，他的身体也强壮有力；在意大利战争中长期服兵役后，他发誓在 33 岁的时候以童贞的身份结婚。我们可以从他儿子的作品中看出，他 60 多岁时依然精力旺盛，活得很快乐。当然，我的反对者可能会坚持认为这是由于我们的习俗和成见，而不是普通人的经验。

现在，让我暂且把我们年轻时的经验放在一边，因为对那些没有经历过的人来说，这种经验无法说明任何问题。既然大自然没有设定一个不能提前或延迟的严格的时间限制，我就可以在自然法则允许的范围内，假设爱弥儿由于我的教育，直到青年时期都保持着最初的那份纯真，但我发现这段快乐的时期不日即将结束。由于他每天都被越来越危险的陷阱包围着，所以不管我怎么努力，他一有机会就会逃离我，这样的机会很快就会到来；他会根据自己的感官漫无目的地按照本能行动，而他幸免于难的机会只有千分之一。我对人类道德的思考如此深刻，以至于我不能不看到，这开始的片刻将对他的生活造成永远不会消失的影响。如果我假装没有看见，他就会乘虚而入；他会认为他成功地瞒过了我，从而轻视我，而我就成了他堕落的一个帮凶。如果我想救他，那就为时已晚；他不会再听我的了；他会把我当成讨厌鬼，急于把我赶走。这时候我唯一能做的，就是让他对自己的行为负责，同时保护他不在毫无知觉的情况下犯错误，让他清楚地意识到他周围的危险。以前，我用他的无知来约束他，但是现在，我用他的智慧来约束他。

所有这些新的教育内容都十分重要，所以我们有必要重新谈论一番。现在是时候向他解释我的工作了。我应该向他解释他的时间和我的时间是如何度过的，向他解释他和我分别是什么人，我做了什么，他做了什么，我们相互之间的义务，他所有的伦理关系，他所做的所有承诺，他跟别人订立的约定，他的官能发展到了什么程度，他要怎么做，在这个过程中将遇到的困难，克服困难的方法，我能做什么来帮助他，今后他需要独自解决什么。最后还要向他解释，他现在在一个关键的时刻，他已经暴露在许多新的危险中；在他被他日益增长的欲望所支配之前，他为什么要保持对自己的警惕。

你看，当你教育一个成年人的时候，你必须采取和你教育孩子完全相反的方法。你必须把你已经小心翼翼地向他隐瞒了这么久的危险的神秘事情告诉他。既然他最终必须知道这些事情，他就不能从别人那里知道，也不能自行知道，而只能从你这里知道。既然他以后必须进行斗争，就要让他对敌人有所了解，以免在遭到突袭时不知所措。

我们发现有许多年轻人非常了解这些事情，但我们不知道他们是怎么知道这么多的。可以肯定的一点是，他们一定是经历了很多困难之后才知道这些事情的。愚蠢的教育方法没有任何好的作用，还会腐蚀那些接受教育的人的想象力，使他们容易受到那些实行这些教育的人的恶习的影响。此外，家中的仆人还会在这方面迎合孩子，并取得他的信任，这样他就会把他的老师看作一个忧郁的讨厌鬼；当他们私下谈话时，他们还会说他的坏话，把他当成谈资。当学生到了这个地步，教师可以退休了，因为他根本无计可施。

但是为什么一个孩子会选择一个他们特别信任的人呢？原因通常是管束他的人对他采取了强制手段。如果他没什么好隐瞒的，他为什么要躲避管束他的人呢？如果他没有什么可抱怨的，为什么还要抱怨呢？在他看来，他们是他的第一批知己。我们可以从他和他们交谈的热情中看出，直到他把自己的想法告诉他们的那一刻，他还认为自己对这些事情知之甚少。有一件事是肯定的：如果孩子没有后顾之忧，不害怕你的责备和教训，他会告诉你他所有的想法。没有人敢要求他向你隐瞒，因为每个人都知道他会把所有的事情都告诉你。

我对我的教育方法很有信心，因为只要我尽可能严格地按照这个方法来做，我就不会遇到任何会给我的学生的生活留下不愉快印象的事情。甚至当他生气和愤怒的时候，甚至当他反抗这只抓住他的手，试图摆脱我的控制时，我从他激动和愤怒的样子中看到他仍然保持着他原来的纯真；他的心和他的身体一样纯洁，他没有恶习的概念，也不知道什么是虚伪；他不害怕别人的责难和讽刺，从不胆怯或逃避。他有一颗纯洁无瑕的坦诚之心，他天真无邪，甚至不知道骗人的好处。他的心灵始终是活跃的，这一点从他的眼里和嘴上就能看出，而且我常常能在他自己意识到之前，就在他身上看出他有什么情感。

只要他继续对我敞开心扉，愿意告诉我他心里想什么，我就没有什么好担心的，他也不会遇到什么危险；但是，如果他变得比平时更害羞、更保守，如果我在跟他谈话时，首次看到他的害羞和慌乱，就说明他的本能已经形成，而且里面有邪恶的成分。这时我不能再拖延，必须尽快告诉他，否则他就会不顾我的管束，自己想办法弄清楚。

一些读者虽然认同我的观点，却也认为在这种情况下，和这个年轻人随便谈谈就能解决所有的问题。啊！你用这种方法是无法控制一个人的心的。如果你不选择合适的时间谈话，只能白费唇舌。道德的种子很难生长，必须经过很长时间的准备才能生根发芽。说教之所以没有作用，其中一个原因是它面对的对象是所有人，没有任何区别和选择性。我们怎么能认为同样的说教适合于在禀赋、思想、性格、年龄、性别、职业和观点上如此不同的听众呢？也许，你对每个人说的话都无法同时适合两个人；我们所有的情感都是多变的，不管是谁，在他的一生中，他都不可能找到两个时刻，对他所听到的同样的布道产生同样的印象。当热情的感官扰乱你的理智，禁锢你的意志时，你可以体味一下，你是否用心去聆听严肃的智慧的教训。所以，即使年轻人已经到了理智的年龄，如果你还没有让他明白事理，也不应该和他谈论理智。大多数的教训都是白费唇舌，但这都是教师的错误，而不是学生的过错。迂腐的人和教师说的是一样的话；然而，前者说话没有目的，而后者只是在有一定成功的把握时才说。

就像梦游者一样，当他头晕目眩地徘徊在深渊的边缘时，如果突然惊醒他，他将坠入深渊；我的爱弥儿也是如此，让他在纯真的梦中沉睡，反而可以让他逃离他看不见的危险。如果我突然叫醒他，他就会陷入危险之中。我们必须先让他远离深渊，然后再叫醒他，最后远远地为他指出那个深渊。

读书、孤僻、无所事事、久坐不动的生活、与女人和年轻人的交往，所有这些都是他在这个年龄可能陷入的危险，它们不断地把他带到危险的边缘。我采取的做法是：用其他的东西来分散他感官的注意，为他的思想另外设计一条路线，以免它再次走上刚才的道路。为了抑制使他误入歧途的想象活动，让他去从事艰苦的体力劳动。当他的手臂紧张地工作时，他就无法进行联想；当他的身体非常疲惫时，他的心就会波澜不惊。最简单直接的方法就是让他远离危险的地方。我先把他带出了城市，远离那些能引诱他的东西。但这还不够；什么样的沙漠和荒野才能让他远离追逐他的形象呢？如果我不能同时抹去他对危险事物的记忆，那就等于没有让他和危险的事物脱离开来；如果我不能让他逃离这一切，如果我不能让他转移注意力，那就等于让他留在原来的地方。

爱弥儿懂得一门手艺，但是这个时候，还不能利用这门手艺；他热爱农业，也会干农活，但是这还不够，因为他已经熟练地掌握了这项工作，每天做同样的工作，就相当于什么都没做；而且他的脑子里还有别的事情，他的思想和行动并不一致。有必要为他找一份新工作，一份能让他感兴趣的新工作，让他忙碌起来，让他开心，让他热爱这份工作，并把所有的精力都投入这种工作中。我认为在当前阶段，只有打猎才能同时达到这所有的目的。如果打猎是一项适合成年人的无害的娱乐活动，那么我们现在就应该利用它。爱弥儿强壮、灵巧、耐心和不知疲倦，具备从事打猎的所有条件。毫无疑问，他会对这项运动感兴趣，并在这项运动上投入自己这个年龄的所有精力；至少在一段时间内，他会失去因为生活舒适而产生的危险的倾向。

打猎能让他的内心和他的身体一样强壮，也能让他习惯血腥和残酷的景象。人们说戴安娜（狩猎女神）是爱情的敌人，这个比喻非常贴切：爱情的缠绵完全来自安逸平静的生活，如果正在进行激烈的运动，那所有温柔的情感都无法产生。情人和猎人在森林里和田野中的感受是如此不同，以致他们对同样的事物有着截然不同的印象。在前者看来是一片荫凉，是一片灌木林，是一个约会地点，在后者看来是一片牧场，其中可能藏有野生动物；在这些地方，前者听到笛声和黄莺的叫声，后者听到号角声和狗吠声；前者认为他看到了森林女神，而后者认为他看到了一个猎人、一只猎犬和一匹马。如果你陪这两个人一起散步，听听他们各自说的话，立刻就会明白这个世界对他们来说是完全不同的，他们的思想就像他们的爱好一样不同。

至于如何将这两种兴趣结合起来，以及如何才有时间来欣赏它们，我当然知道方法。但是，一个年轻人的热情不能以这样一种方式区分。如果只让他做自己喜欢的事，那他很快就会把别的一切忘得一干二净。不同的欲望源于不同的知识，只有我们最初的偏好才能成为我们的长期目标。我不希望爱弥儿把他的青春用于对野生动物的屠杀，我也不希望他沉溺于如此残忍的行为。我的目的只有一个：用这个行动去延缓另一个更加危险的欲念的到来，这样当我跟他谈起这个欲念时，他就会保持冷静，从容地听我说完而不产生冲动。

人的一生中有一些时期是永远不会忘记的。爱弥儿现在正在接受我所描述的那种教育，他会把这段时期铭记在心，并且余生都会受其影响。因此，我们必须把它深深地印在他的心里，使它永远不会消失。过度使用冷静的理智，好像人类除了理智就没有什么可用的了，这是我们这个时代的错误之一。因为我们对影响想象力表象的语言视而不见，所以失去了最有力的语言。言语的印象总是无关紧要的。我们可以通过眼睛而不是耳朵来打动一个人。我们只知道讲大道理，但这样的做法让我们的教训变成空谈，无法投入实践。只靠理性不能发挥作用，它有时可以约束一个人，但几乎无法鼓励人，也无法培养任何伟大的心灵。心胸狭窄的人都有一个特点，就是事事都要讲一番大道理；心胸广阔的人有着另外一种语言，他可以用这种语言说服别人，并采取行动。

近几个世纪以来，我发现除了通过暴力和利害关系，人们没有其他方式来控制彼此，而在古代，人们主要在彼此之间使用劝说和心灵感应，原因是他们知道如何使用表象的语言。所有的契约都是庄严地订立的，这样就不会有人以任何方式违反契约。在暴力产生之前，神是人类的主宰；人类在神面前订立条约，结成联盟，并宣布他们共同遵守的信条；这些事情都被地球的表面记录了下来。因为经历了这些行为，岩石、树木和成堆的石头都变成了神圣的事物，受到野蛮人的崇敬。它们就是地球表面进行记录的篇页，时刻展现在人们的眼前。宣誓用的、活的和看得见人的井，老橡树，承载着见证的石堆，所有这些，虽然只是些微不足道的纪念物，却都是契约的神圣性的庄严象征，没有人敢用罪犯的手法侵犯它们。毫无疑问，这些沉默的见证者比今天严酷而空洞的法律更能坚定人的信念。

在政府统治下，人民受到王权威仪的压制。在他们眼中，王座、王笏、紫袍、皇冠、纹章等都是尊贵的标记，都是神物。如果一个人用这些标记装扮起来，就会受到他们的尊重。只要这个人一开口，人们就会服从，根本用不着军队和威胁的手段。那么，当人们想要取消这些标记①，让王室的威严消失时，唯一的结果就是，国王只能通过使用军队来命令人民服从；他的臣民纯粹出

---

① 罗马的天主教士把这些标记很巧妙地保存了下来，有几个共和国，像威尼斯，也在效仿他们。虽然国家已经没落，在华丽的古物的装扮下，威尼斯政府依然受到人民的拥戴。除了戴三重王冠的教皇，可能世界上就只有威尼斯的执政才会在没有权势的情况下，却因为隆重的礼制而神气十足，在公爵似的冠冕之下留着妇女的发式而得到尊敬，其他任何国王，任何一个显贵的人物或平民都做不到这一点。在基督升天节那天所举行的和大海结婚的仪式尽管被愚人们笑个不停，可是威尼斯的老百姓宁愿付出血的代价也要保持这个专制的政府。——原注

于对惩罚的恐惧而尊敬他。国王不再需要戴王冠，贵族也不再需要佩戴任何显示自己尊贵的标志；但是他们想让自己的命令得到执行，就需要一支十万人的军队。对他们来说，这似乎更好，但是我们可以一眼看出，从长远来看，这将对他们不利。

古代人能够依靠他们的口才来达到他们的目的，这是令人惊奇的；但是这种口才不仅表现在他们措辞的优美上，而且还表现在这样一个事实上：说话的人说得越少，他取得的效果就越好。说话之所以显得生动，不是因为言辞，而在于使用什么符号来表达。换言之，说话生动不是因为说得生动，而是演得生动。向一个人展示一件东西，可以激发他的想象力，引起他的好奇心，使他只想听你会说什么。单是这一个例子，就可以说明这所有问题。思腊西布路斯和塔昆尼乌斯①割掉罂粟的果实，亚历山大在他最宠爱的人的嘴唇上刻上印记，戴奥吉尼斯②走在芝诺③前面。他们这样做，比发表长篇演说更能说明他们的意图吗？如果是说话，肯定需要费很多唇舌才能把这些观念说清楚。当大流士与西塞人交战时，他收到了西塞王送来的一只鸟、一只青蛙、一只老鼠和五支箭。放下礼物后，使者什么都没说就回去了。如果是在今天，这个人会被认为是疯子。大流士明白了西塞王的可怕的打算，迅速撤军回国。如果用一封信来代替这些东西，它说得越激烈，就越不可怕，大流士一定是把它当作虚张声势，根本不会放在心上。

罗马人对表象的语言是多么谨慎啊！他们穿的衣服因年龄和身份的不同而不同；在他们那个年代，礼袍、长褂、锦衣、小金结子、缘饰、宝座、棍杖、权标、斧子、金冠、叶冠、花冠、小凯旋、大凯旋都十分讲究，代表着某种意义和礼仪，在公民的心目中都有某种印象。国家关注的是人民是否应该集中

---

① 第五代罗马王。——译者注
② 著名犬儒派人士。——译者注
③ 古希腊哲学家，数学家。——译者注

在一个地方而不是另一个地方，他们是否瞻仰过圣殿，是否倾向于元老院，是否选择了一个讨论政事的日子。被告穿的衣服是不一样的，候选人也要穿与众不同的衣服。士兵们不会炫耀他们的功绩，只是露出他们的伤口。如果我做这样一种假设：在凯撒死的时候，当时的一个演说家为了感动人民，会用尽所有的陈词滥调，认为这将是一个关于凯撒的伤，关于凯撒的血液和身体的感人的叙述，但是安东尼，尽管他能言善辩，却没有提到这些，只是让人搬来凯撒的尸体，这样做无疑是最美妙的修辞方法。

看吧，我又跑题了。我已经有很多次不知不觉就跑题了，如果再跑题，只怕读者会失去耐心，我现在就回到正题上来。

你不能枯燥地跟年轻人讲大道理。如果你想让他明白你讲的道理，你必须做些标记。只要让他的心接受了思想的语言，他才能有所了解。我重复一遍：缺乏温度的理论可以影响我们的观点，但不能决定我们的行动；它可以让我们相信它，但它不能让我们按照它行动，它揭示了我们应该想什么，而不是我们应该做什么。如果这一点适用于成年人，那么它对青年人就更加适用，因为他们现在被自己的感官蒙蔽了双眼，他们怎样想就会有怎样的印象。

虽然我已经做好了一切准备工作，可是也不会悄无声息地到爱弥儿的房间里去，非常严肃地告诉他，我准备对他进行一番教育。我要做的第一件事，就是让他的想象力发挥出来，我会精心对时间、地点和对象进行选择。如果可以，我想让大自然做我和他交谈的见证者。我要让永不会消逝的存在者——自然的创造者，成为我所讲的话的证明者，而且当我和爱弥儿的审判者。我会在我们谈话的地方做上标记，让四周的景物都成为对他和我之间的承诺进行记载的石碑。我会通过我的眼睛、音调和姿势把我想要焕发他的那些热情表现出来。直到这时，我才会开始讲话，而他也才会听我说。我心潮澎湃，而他也深受感动。由于我意识到自己具有非常神圣的责任，所以我也要让他明白，尊重自己的责任有多么重要。我会通过种种形象来展现我的论点，以期让它更站得住脚，可是我不会口若悬河，也不会胡乱讲一通大道理，而会将最丰富的情感表现出来。虽然我讲话的时候很严肃，可是却依然没办法把我心中想到的事情都说完。我终于跟他说了我究竟为他做过什么，我会让他知道，我之所以做这些事情，好像都是为了我自己，而他也会看出来我做这些事情的目的究竟是什么，毕竟我们之间有这么深厚的友情。当我突然话锋一转，他就会非常惊讶。假如我自始至终对他的利益绝口不提，他的心就会受到触动，而在那以后，我将只会说到我自己的利益，可是这却能让他的心更受触动。我已经在他年轻的心里种下友谊、感恩的种子，看着它们一天天茁壮成长，会让人的内心充满愉悦。如今，我要让他的心去受到这些种子的影响了。我把他紧紧抱住，并把热情的眼泪流到他的身上，还告诉他："我的孩子，我的财富和事业就是你。我的幸福一定是以你的幸福为前提。假如你让我的希望落空，那么你就毁了我二十年的生命，我将抑郁而终。"要想让一个青年人一直把你的话牢牢记在心上，你一定要这样做才行。

我曾经举过一些有关教师遇到困难以后要如何对学生进行训导的例子。原本这次我也是准备这样做的，可是在几次试验过后，我就彻底把这个想法摒弃了，因为我觉得法语太精细、太考究了，不太适合在一本书中就某些事情实行的初步教育的那种单纯的做法进行描述。

大家普遍觉得法语这种语言太难驯了，可我却觉得这种语言太不洁净了。在我看来，一种语言难驯与否，主要取决于能不能对某些词汇避而不谈，而不在于可不可以不让那些粗鄙的词汇出现。而现实情况却是，你越是对它们竭力避免，就越是要考虑它们。更何况，和其他语言相比，可以说，法语是最难把各种意思表达清楚的一种。虽然当读者读到作者所写的东西时，会惊讶于可以轻易就发现轻浮的说法，可是却很难让作者不说这些话。既然受到玷污的耳朵接收了某句话，就不可避免会被脏的东西所玷污。相反也是如此。假如一个民族民风淳朴，那么不管表达什么事情，都可以用合适的、正当的方法，因为它们原本的用途就非常正经。可以说，《圣经》上的语言是最纯朴的，原因是它说出来的神态是极其单纯的。只需要做一件事，就可以让《圣经》上所讲的东西变得戏谑，那就是用法语把它翻译出来。我跟爱弥儿所讲的话肯定少不了以下特点：他听上去会觉得非常严肃。假如读者们读起来也想有同样的体会，那么就必须和他一样心地纯洁。

当这件事情和道德有关，我甚至还会这样想：需要对我们所讲的话是不是够讲究，是不是在对罪恶玩概念的游戏进行考虑。这样做的原因是，当他已经会把朴实的语言派上用场，而且也会把严肃的语言派上用场时，就应该让他对这两种语言的相同点和不同点进行分辨。我总是有这样的看法，无论是什么样的情况，我们都不应该太早向年轻人灌输一些僵化的教条，这样等他到了应该将这些教条派上用场的时候，他们反而会看不起它们。我们应该安静地等待，直到他可以听懂我们的话。到那一天，我们再跟他说自然的法则，同时告诉他，如果不遵守这些法则，就要遭受肉体和精神的双重痛苦，而这就是它们在惩罚人。当我们跟他说这个让人惊讶不已的生殖之谜时，不但要让他明白这种行为之所以有快感，都是因为这种自然的创造者，而且还要让他知道，这种行为之所以变得那么奇妙，就是因为专属的爱情的缘故。同时我们还要告诉他，这种行为当中还包含了很多和贞节相关的责任。当这种行为实现自己的目的时，它们就可以得到双重的快乐。在我的笔下，婚姻不但是所有结合中最为甜蜜的一种，也是所有契约中最神圣的一种。因此，接下来我会重点解答这些问题：为什么这种结合如此神圣，以至于所有人都要尊重它？为什么胆敢玷污它纯洁的人，就会被世人所鄙弃？我会跟他说，在这条看不见的路上，稍有疏忽就会引发各种罪恶，进而让走在上面的人跌入万丈深渊。我会拿出充分的证明材料，然后告诉他："只要保持贞洁，就可以得到健康、精力、勇气、美德、爱情以及人类所真正拥有的财富。"当我们告诉他，我们希望他保持贞洁，并教给他保持贞洁的方法时，我觉得，他一定会听得很认真。因为，只要一个人还保有贞洁，他就会对它加倍珍惜，轻视它的人往往是那些已经失去贞洁的人。

所以，有些说法是不正确的，就好像说作恶这种倾向是无法逆转的一样，我们不但不能控制它，而且还要臣服于它，奥尼列斯·维克多讲过这样一件事：为了能和克利奥帕特拉共度良宵，有几个极其喜爱女色的人愿意以自己的生命为代价。得了色情狂病的人，的确会作出这样的牺牲，这一点都不奇怪。可是如果有一个特别疯狂、没办法对自己的感官进行控制的人，当他看到别人在准备刑具，并且知道接下来这些刑具就会让自己饱受痛苦，然后悲惨地死去，那么他一定会明确对这种诱惑说不，而且还会觉得很轻松就可以打败那种诱惑。原因是，随之而来的恐怖印象会摧毁他接受诱惑的想法，这样一来，这种想法就会从他的脑海中消失了。因为我们一直不够坚强，所以才会有这个不足。其实，我们完全有能力实现我们一直想要实现的愿望。只要持之以恒就可以克服困难，毫无疑问，我们对自己的身体非常爱惜，并用和这种爱相匹配的恨去对待罪恶，那么，我们就可以很轻松地抵制吃那有毒的美味菜肴，不犯那只能得到片刻欢愉的错误。

在这件事情上，为什么你对一个年轻人所实行的教育都毫无意义呢？那是因为对于那个年纪的人来说，你实行的那些教育还太深奥了，更何况，你在讲那些道理时，一定要采取特定的形式，才能让不同年龄的人喜欢。假如有需要的话，你干脆非常严肃地讲出来好了，可是要注意一点，让你的话具备一种力量，使得他不得不听。对于我们来说，万万不可只是非常单调地说一些话来让他的欲望消失。我们也不能引领他展开想象的翅膀，而应该用遏制的办法，以免让他的想象所产生的后果太恐怖。你应该要告诉他爱是什么意思，告诉他妇女又是什么意思，跟他说快乐的事情。在你和他交谈的时候，要让他可以从中感受到令人愉悦的事物。与此同时，因为你想做他名副其实的老师，所以你就必须竭尽全力让他相信你，因为只有在他对你非常坦诚的时候，这一点才能实现。所以，不必要担心他讨厌你的话，相比你要想说的话，他要求你告诉他的话要多得多。

我可以非常肯定地说，假如我依据这些原理来做一些准备，在爱弥儿的年龄达到这个非常紧急的时候跟他说这些话的话，他一定会迫切地要我来保护他。当他发现自己周围全部是危险时，他将以他那个年龄特有的热情跟我说："我的朋友，我的看护人以及老师，过去你曾经想离我而去，现在我请你再次行使这一权力，因为现在我非常需要你的管教。以前，你只在我能力不够的时候管教我，可是现在我要求你行使这一权力，而我将会对它更加尊重。请保护我吧！保护我不要受到伤害，尤其是不要让我自己伤害自己。为了让你自己的事业更匹配你的名字，请你把关注的目光放到你自己的事业上。我非常乐意遵守你的规矩，也愿意一直遵守下去。只要不是出于无奈，我都会对你言听计从。所以，请让我不要再被情欲所折磨，让我再次获得自由。你要让我不要被那些情欲所掌控，让我可以做自己的主人，让我不要成为自己感官的奴隶，而只信奉自己的理性。"

可是，如果你的学生已经做到了这一点，你还要注意的是：为了不让他在他觉得你管束他太严格的时候，埋怨你忽然控制他，从而觉得自己有权利离你远远的，你也不要对他的话太信以为真。这时你应该对你所说的每一句话都仔细地考量，因为他是第一次看到你以这种态度对待他，你的话无疑会对他产生非常大的影响。

你跟他说："年轻人，你因为一时冲动，做了一些自己无法做到的承诺。事实上，你应该先把情况搞清楚再做承诺，因为情欲曾经毫不留情地把人推入以快乐作为表象的罪恶的深渊。我知道你的心灵是高贵的，可我同时也知道，虽然你会遵守自己的承诺，可是却不止一次后悔你曾经作出那样的承诺。你会不停地谩骂那个爱你的人，只是因为他为了让你不要在将来受苦，不得已让你受了点委屈。当尤利西斯的心弦被希琳①的歌声所触动，尤利西斯便让开船的人解下自己身上的束缚。同样你也会在快乐的表象里迷失，想挣脱自己身上的锁链。你会对我怨声载道，而且次数会越来越多，当我关心你，你反而会抱怨我强制性地控制你。我甘愿把所有精力都放在你身上，只希望你能够幸福，可是你却视我为仇人。我的爱弥儿，假如在你眼里我是一个坏人，我将会非常难过，哪怕我是为了让你过得幸福才变成现在这样，我也难以接受我所付出的代价。可爱的年轻人，你应该知道，因为你已经答应遵从我，我才悉心地教导你，热心地帮助你，忍受你的各种埋怨，让我来对抗你的各种欲望。我承受的东西远比你承受的多得多。所以，在我准备担当此重任时，应该要对自己的力量进行一下仔细地考量，我们各自都要好好地考虑一下。我们确定，我们越慢履行承诺，就越能更好地遵守我们的承诺，你应该清楚这一点。"

同时，你还要意识到，你越是觉得承诺很艰难，越能遵守你的承诺。你必须让你的学生知道，你答应遵守的承诺比他答应遵守的承诺要多得多。当条件成熟时，也就是当他已经和你签署契约，你说话时就要换一种语调。之前你说话是一本正经的，尽可能严肃的，现在就应该尽量让你的语气平和一点。你可以这样告诉他："因为你经验不足，所以我一定要让你理性一点。现在只要你能够保持理性，你就可以知道我的动机是什么，因为你已经有了这样的能力。一开始，你应该听从我的号令，然后才能知道我为什么要让你那样做。当你已经可以理解我的时候，不管什么时候，我都可以跟你讲其中的道理，而不需要担心由你来对你和我之间的东西进行评判。你答应让我管教你，并愿意听从我的管教，而我也答应你，你的这项承诺我只会派上一个用场，那就是让你成为最幸福的人。那么我的承诺可不可靠呢？要想对这一点进行证实，你只需要拿你以前的生活来

---

① 希腊神话中的海上女妖，会用歌声引诱人，让人投海自尽。——译者注

与之对比就可以了。但凡你能够找到一个年纪和你差不多却同样生活得很幸福的人，我马上闭口不说了，并把之前的任何承诺都抛到一边。"

当我已经有了威信，我马上就会想到怎样才能不将这种威信派上用场。为了让自己更快成为他正苦心寻找的知己和作决策的人，我将竭尽所能，一步步让他相信我。对于他那个年纪的倾向的发展，我不会横加阻碍，不仅不会阻碍，为了对那种发展进行掌控，我还会主动去对它们发展的情况进行了解。我想要给他指引，就必须非常了解他的观点。我一定不会采取那种用牺牲当下的快乐而去追求某种遥远的幸福做法。我不想看到他只能拥有短暂的快乐，假如有可能，我希望他一直被快乐所包围。

为了不让年轻人深陷情欲的沼泽，一部分人就会对他严阵以待，以让他对爱情嗤之以鼻。只要有可能，他们非常愿意让他在那个年龄把爱情和犯罪画等号，就像只有老年人才应该和爱情有关系。这种做法是不正确的，同时也没有办法说服他人，而大家对此也非常了解。因为在一种可以信任的本能的驱使下，年轻人也许会表面上装作认可这种粗劣的教条，可是暗地里却会对它们嘲讽不已，只要有合适的机会，他就会舍弃它们。与此同时，这种教育的方法也是不符合自然规律的，而我采取的教育方法则是与之相反的，更有可能达到目的的。假如这让他的心中产生了自己一直渴望的爱情，我也不会慌乱，我在对爱情进行描绘时，会把它当作生活中最大的快乐，而爱情也确实是生活中最大的快乐。我之所以这样描写是为了让他严肃地对待爱情，我将会让他意识到，当两颗心合为一体，人就会在感官的快乐中迷失，这样一来，他就会对放荡的行为鄙视不已。我要让他成为一个情人，同时也成为一个好人！只有带有偏见的人才会觉得，年轻人持续上涨的欲望会阻碍理性教育。我觉得，这种欲望正好可以让他遵从理性教育。我们必须用欲念去掌控欲念。我们必须充分地利用好它们的力量，这样才能把它们的残暴挡在门外。我们应该从天性本身去寻找合适的工具，进而才能掌控它。

爱弥儿成为这个世界上的一员，并不是想一个人一直生活下去，作为社会的一员，他要完成社会所交付给他的责任。他必须融入集体生活，既然是这样，他就应该对他们加以了解。对于人类，他已经有了一个整体上的认知，可是他还有一个任务没有完成，那就是了解每个人。他已经很清楚人在世界上要做什么，可是他还要知道另外一点，那就是人在世界上应该怎样活。他已经知道这个广阔的舞台里面是什么样，如今应该跟他说说外面的情况了。这样一来，他就不会像一个冲动的年轻人一样，对它充满羡慕，而是用自己的价值观去分辨它。毫无疑问，情欲会让他饱受摧残，任由情欲控制自己，自然会受到它的惩罚。可是，他不可能被别人的情绪所欺骗，如果他看到了别人身上的情欲，他就会用非常理性的眼光去看他们，而不会效仿他们，也不会被他们的偏见所影响。

一个人在某个年龄区间是适合对社会习惯进行研究的，这就如同一个人有一段时间是适合用来做学问一样。一个人越是更早了解这个习惯，越不能好好地遵守。因此，虽然他一直很好地遵守那个习惯，秉承那个习惯做事，可是却一直不知道那些事有什么意义。反过来就不一样了，如果对于这种习惯，一个人不仅明白其中的道理，在遵守的时候也会加以辨别，那么才能够更好地遵守。你可以做这样一个实验，把一个纯净的 12 岁小孩交给我，三年以后我再还给你。到那时我可以肯定地说，和一个很小的时候就接受你教育的孩子相比，他所接收到的知识只会更多，只有一个不同，那就是你的孩子记的更多的是知识，而我的孩子是运用那些知识来进行判断。一样的道理，在教育一个已经有了社会阅历的 20 岁青年时也可以采用这个方法。只要我们采取合适的教育方法，只需要短短一年时间，相比一个很小的时候就开始在社会环境中生活的青年，他肯定更真诚、更受人待见。因为他已经有能力对情况加以分辨，已经能用符合社会习惯的方法来对待不同年龄、不同地位和不同性别的人。而另外一个青年整天却只会按部就班地做事，所以当没有可以遵照的什么方法时，他就会不知所措了。

　　法国的少女都是在教堂修道院接受教育的，这种情况一直持续到结婚为止。我们应该知道，她们其实很难理解这种奇特的教育方法。同时我们也要明白，我们不能觉得巴黎妇女就是因为从小脱离社会，所以才会如此窘迫，对社会习惯全然不了解。之所以会产生这种偏见，都要归咎于男人。他们所不了解的是，这只是一个再微小不过的原因。除了这个原因，还有更重要的原因，也正是因为如此，他们才有了一种错误的观点，觉得只有更早地进入社会，才能对社会有更好的了解。

　　当然也不能等太长时间。如果一个人的青年时期都是在一个不和社会产生任何交集的地方度过，那么当他以后踏入社会，就会始终表现得畏畏缩缩的，说话也不够得体，动作也很僵硬，即便他已经适应了社会生活，也始终没办法改变这些表现得不够完美的地方，反而会越改越糟。不管教导什么事情，都需要选择一个合适的时间点，同时要尽量避免它也许会产生的危险。可是我打算不让我的学生在没有做好任何准备的情况下去冒这种风险，更何况我们现在教导的这件事情的风险极高。

　　假如对于下面的条件，我的方法都达到了，那么，我就会觉得这个方法不错，而且觉得我可以将它更好地派上用场：可以把一个固定的任务完成；一方面可以避免某个困难出现，另一方面可以避免出现另一个困难。就拿现在这件事来说吧，按照我的方法，我是这样做的。假如我在面对我的学生时，采取的是非常严肃且冷酷的态度，那么他们就会对我的信任大打折扣，一段时间以后，他们就会对我敬而远之。可是，假如每件事我都听他的，或者任由他胡作非为，我就称不上他合格的保护人。只有在他蛮不讲理时，我才会使用自己的权威，我是用我的真心去换他的真心。假如我是为了教育他，才让他进入社会，那么他可以得到的教育就会远远超出我的预期；而假如我一直不让他和社会打交道，毫无疑问，他在我这里的收获将是零。也许他会学到各种书里的知识，可是却不知道怎么和他的同伴一起生活，而所有人都要学会后者。可是在这方面，我也不能过早对他进行教育，要不然他只会对我的话充耳不闻。要知道，不管在什么时候，他都只会对眼前的东西表示关注。我不会只是让他得到快乐，因为于他而言，那样是毫无益处的，只会让他一天天堕落下去，没办法接受任何教育。

我的宗旨在于做好各种准备以教育他，而不是要严格遵照上面的要求来。我会对这个年轻人说："你需要一个女伴。让我们共同努力，去寻找一个和你相匹配的伴侣吧！因为这个世界上优秀的人并不多，因此我们想要找到她，还是要费一番周折的。可是我们要迎难而上，而且要一直坚持下去。毫无疑问，这样一个真正优秀的人一定存在，我们总归会找到她的；退一万步说，也可以找到一个类似于她的人。"当我把这个充满希望的计划告诉他时，他就可以和我一起进入社会了。我不需要再继续讲下去了，我想你肯定已经发现了，我已经把一切都说得很清楚了。

当我跟他说他要找的情人是什么样子时，他当然会听我的话，也会觉得我讲的品质真的很好，也会知道自己应该追求的是什么样的情感，应该远离的又是什么样的情感。我并不是一个傻瓜，所以不可能也没办法让他提前知道想要找一个什么样的人。毫无疑问，我是通过想象来向他描述他所要找到的对象的。可是这不是重点，重点是让他可以对那些诱惑他的人说不，可以让他时刻不忘比较，进而让他甘愿要自己想象中的人，而对眼前的人嗤之以鼻。真正的爱情就是因为其是想象，所以才有价值。相比我们所追求的对象，存在于我们想象中的人总要更可爱一些。如果有一天，我们发现自己所爱的对象也不过如此，那么这个世界上就不存在爱情了。如果有一天我们不再爱了，哪怕我们所爱的人还是老样子，我们依然会觉得她不再可爱了。当庄严不复存在，爱神就不见了踪影。当我对我所想象的对象进行描绘的同时，我也会进行对比，并给出判断。这样一来，我就可以很轻松地让他不对真正的人物产生幻想。

请放心，我是绝对不会因为这样就向青年人描绘一个完全只存在于想象中的完美的美人的，我不可能用这个办法让他更亲近自己；可是，在给他的情人挑毛病时，我是会这样做的。我会让她的不足之处和他相匹配，并且深得他心，与此同时，用她的不足之处把他的缺点改正过来。我是不会骗他的，原本我给他描绘的就是一个想象中的人，我不会强行说她是存在的。可要指出来的是，假如他对我描绘的样子感兴趣，他就会迫切希望有这样一个真实的人出现在自己面前。事实上，希望和想象之间离得并不远，原因就是：只要你可以更加生动地进行描绘，凸显她的特点，就可以让他想象的人离真实更近。更进一步说，对于这个只在脑海中存在的人，我还会给它命名。我会跟他说："我们给你将来的情人取名叫'苏菲'。这个名字很吉利。假如你选择的对象并不叫苏菲，那么最起码她和苏菲这个名字要配得上。我们可以提前给她这么一个荣耀的名字。"当这些话讲完以后，假如我不表明任何态度，而是转移话题，那么就会让他对自己的怀疑坚信不疑。如此一来，他就会觉得我们是在有意跟他将来的妻子说，而且还觉得只要时间合适，她就会出现在他的面前。只要他有这样的想法，而且我们可以认真地筛选对他进行描绘的特点，其他一切都没事。哪怕我们让他一直在社交场合流连忘返，他也是很安全的。我们只需要保护他的感官，让他不要受到损害就好了，因为他的心一直是没有危险的。

哪怕他不把我向他描绘的这个可爱的美人想象成一个真实的人，只需要我清楚地对她进行描绘就可以了。这样做，他不仅不会少爱那些类似于它的人，也不会远离那些不像它的人，他觉得那个美人就等同于真人。这个方法用起来很方便，假如我们采用这个方法，就可以确保他的内心是安全的，而且可以通过他的想象去对他的感官进行控制，让他不要被那些女人所诱惑，哪怕他的身体正在经历危险。那些女人有着不好的企图，她们要他付出巨大的代价，才能学会这些知识，她们是在用他的诚实和礼貌做交换。而苏菲却是一个既普通又朴实的人。所以，你可以想象一下，当其他妇女靠近他时，他会以什么眼光看待她们呢？毫无疑问，他会非常不喜欢她们的那种神态，因为她们完全不是他想象中的人，所以他不可能受到她们不好的影响。

那些提议对孩子加以管束的人之所以会这样想，都要归咎于同样的偏见和教条。既然他们对孩子的观察不够深入，当然对孩子们的想法也不可能正确。为什么青年人会误入歧途呢？不是因为他们的体质和感官的发育有问题，而是因为其他人的偏见。假如这里有几个在学校住宿过接受过教育的男孩子，还有几个在修道院接受过教育的女孩子，我可以当面对这一点进行证实。我之所以有这样的勇气，原因是他们一开始学到的东西肯定是陋习，这也是他们能够学会的仅有的一样东西。他们的天性不会对他们造成损害，会伤害他们的是大家的做法。现在我们已经不用去理会那些学校和修道院寄宿的孩子们了，就让他们被不良风气所影响吧，因为他们已经无药可救了。我在这里只是对家庭教育略谈一二。如果有一个年轻人在离他父亲很远的另一个省的家里接受了良好的教育，那么，当他到巴黎以后，或者到社交场合以后，表现会如何呢？毫无疑问，他的脑海里只有正当的事情，不管是理智还是思想，都是非常健康的；他还会对罪恶的事情极其看不起，对于奢靡的生活极其害怕，只要有人跟他说娼妓，他就会不自觉地露出憎恶的表情。假如青年人已经知道了妓女们的目的和困境，他们是一定不会进入那些不幸之人的幽暗的房间的，这点我可以肯定。

半年以后，当你再来看这个青年，你会大吃一惊，你已经不再熟悉他了。只有从他告诉你他自己过去是多么按部就班，以及他惭愧于自己本来是一个很纯朴的人这两点上，你才能够看出他依然是个青年。当你看到他说出那么放荡不羁的话，还一副那么轻佻的样子，还会觉得这不是他本人。为什么在这么短的时间内，他就有了这么大的变化，而且这么突然，是因为什么呢？归咎于他体质的发育吗？可是在他父亲的家庭中，他也是这样发育的呀！我们可以非常肯定地说，他以前说话从来不会用这样的语调，也不会用这样的言辞。原因并不是他的感官已经沉浸在快乐中了。当他独乐乐时，心里是忐忑的、是惭愧的，他会离光亮和喧嚣的人声远远的。肉体上一开始的欢愉都是神秘兮兮的，而且因为那颗心是贞洁的，所以才会变得兴致盎然，而那颗贞洁的心也因此想把它们隐藏起来。在和第一个情人相遇时，他只会感到恐惧，而不会变得放荡。当这个年轻人看到这种新奇的场景，一时间会迷失自己；而他为了保持这种情景，总是会不动声色地享受。假如他把这些事情四处宣扬出去，那么就可以说明他哪怕不是一个色鬼，也不是一个用情专一的人；他越是大肆吹嘘，越是将他不懂爱情的乐趣表现出来了。

这种前后完全像变了一个人的情况为什么会出现呢？原因就是思想方法有了变化，虽然他的心没变，但他的感情在慢慢发生变化，可是到了最后，由于思路的改变，恶意也必须有所变化。到此刻，他就完全堕落了。他才刚刚进入社交场合，就受到了一种完全不同于以往的教育。这就使得他对于之前特别重视的东西现在很是不屑一顾。在别人的影响下，他觉得他的父母和老师的教导已经被淘汰了，觉得他们教育他应该遵守的那些义务只对小孩适用，而他现在既然已经长大了，当然可以对那些规矩视而不见。他会觉得，要想让自己变得得体，一定不能再像以前那样做了。哪怕他没有这样想，也会变得肆无忌惮，胆大妄为，假如他不这样，反倒觉得了无生趣。当他还完全不了解善良的习惯时，就已经很鄙视那些习惯了。他很得意他现在所过的奢靡的生活，可是他不了解的是，自己已经慢慢变得轻佻了。直到现在我都还记得一个瑞士卫队的军官曾跟我说过的一句非常真诚的话，他说他很不满于他的伙伴们的那种放浪形骸的生活，可是因为担心自己受到他们的嘲讽，又只能变得和他们一样。他跟我说："即使我对卷烟非常厌恶，也得学着和他们一样抽烟，和他们一起过着放荡不羁的生活。随着时间的流逝，就可以对个中滋味有所体会了。不管怎样，人总是要长大的。"

所以，对于一个刚刚踏入社会的青年而言，他会不会陷入色欲的泥潭，我们根本不用担心，我们需要担心的只是，虚荣会对他产生影响。原因是，当他成为社会的一员以后，别人的喜好就会影响到他，他就不会再坚持自己的喜好。他之所以变得如此放荡，是因为一种狂妄的心理在作祟，而不是爱情的缘故。

如果这一点没有问题的话，那么我的问题就来了：相比我的学生，在和所有也许会对他造成伤害的道德、情操和元气相对抗方面，谁的学生做好了更充分的准备，更能够和暴风雨的冲击相对抗？因为他可以抵抗任何诱惑，如果在欲念的推动下，他主动靠近妇女，可是他仍然没办法在她们当中把自己想要找的人找到。这又是什么原因呢？因为他已经心有所属，他不会离她们太近。即便他的感官已经让他沉醉，让他没办法控制自己，他也会尽量克制自己。当奸淫和嫖妓的严重后果浮现在他的脑海里，他就会马上远离娼妓和已婚女子。因为他很清楚，青年人之所以会过纸醉金迷的生活，往往是因为这两种女子的引诱。假如一个女子是未婚状态，她就绝对不会厚脸皮，哪怕她的举止很轻浮。哪怕有一个青年男子认为她是自己理想中的妻子，她也不会主动贴上去，更何况她还有监护人。爱弥儿就是这样一个男子，他不会让自己深陷情欲的沼泽。他和她至少是害怕的、害羞的，因为这种心理和最初的欲念是相伴而生的。他们俩不可能一下子变得那么亲热，甚至也不可能慢慢变得亲热起来。假如情况并非如此，那么就表明他和他的玩伴已经没有区别了，已经和他们一样对自己的节制进行了嘲讽，强制性要求自己和他们一样。可是他非常不喜欢模仿别人，不仅没有偏见，也不会被他人的偏见所影响，这样的一个人是不可能一听到别人的嘲讽就改变自己的。我已经花了整整二十年时间，来对他抵抗别人嘲讽的能力进行培养，所以，在不长的时间内，他们是不可能让他受到蛊惑的。他觉得只有愚蠢的人才会嘲讽他人，他已经很清楚，只有毫不在意他们的偏见，才不会受到别人的嘲讽的影响。一定要给他讲道理，而不是采取嘲笑的方式，才能让他动心。只要是讲道理，我就不害怕轻浮的年轻人把他带偏，因为良心和真理就是坚强的后盾。即便很糟糕，他有了偏见，那么这二十年的感情还是可以起点作用的。不管是谁，都没办法让他觉得他曾经因为受到我的一些毫无意义的教育而付出了极大的代价。一个忠诚的朋友的声音，会把二十个诱惑者的声嘶力竭的声音打败，他所仰仗的只是一颗真诚又正直的心。如今之事，只是为了让他清楚地知道，他们曾经骗过他，让他知道他们表面上把他看作一个成人，其实依然把他当孩子。所以，为了让他知道只有我才把他当成人看待，我在和他讲话时，语气就一定要严肃一点、真诚一点。我会这样跟他说："我之所以会跟你说这番话，是因为只有你快乐了，我才会快乐。我也只能这样说。可是那些年轻人只是为了想要引诱你，才来劝诫你的，而不是出于爱或关心，他们只是想陷害你，因为他们哪有你高尚呢？他们想让你破罐子破摔，直到变得和他们一样，卑微如蝼蚁。他们之所以责备你听我的管教，是因为他们想管教你。你可以扪心自问一下：'你觉得谁来管教你更好？他们是不是具备更高的能力？他们对你一天的感情，是不是比我对你这么久以来的感情还要浓烈？'他们必须拿出充分的证据，才能证明自己的嘲笑是站得住脚的；也必须拿出充分的证据，才能说自己的行为准则比我们的好。其实他们只是在对其他的纨绔子弟进行效仿。如今，他们又把目光放到了你的身上。为了让自己摆脱他们嘴里的父亲的偏见，他们就遵从他们的伙伴的偏见。我实在是无法发现，他们这种做法有什么意义。可是我可以肯定的是：他们将不会得到父母的爱和经验。大家都知道，父母通常会给予我们真诚的劝告，而我们也是通过经验来对自己所知道的事物进行判断的，父母都是从小孩走过来的，而父母的生活小孩却没有经历过。

"可是亲爱的爱弥儿，事实上，他们在做事时，也没有依据他们那些有违常规的说法，为了让你蒙在鼓里，他们其实也在自欺欺人，他们说的和做的并不一致，他们的心不断暴露出他们的虚伪。他们中有些人喜欢嘲笑老实人，可是假如谁在对待他的妻子时也是持这种态度，他就会发疯；他们中有些人是视道德于不顾的，严重一点的，也丝毫不顾及自己将来的妻子是否道德，或者对于已经成为自己伴侣的妻子的行为是否道德也不够关注。可是如果这和他们的母亲有关系，你可以问他们这样两个问题：一是为了把别人家直系继承者的财产偷盗过来，愿不愿意改变姓名，去做一个行为不检的女人的儿子？二是愿不愿意成为别人的私生子？对于他让别人家女儿所经历的厄运，他们中不会有人愿意让自己的女儿也经历一遍。假如你让他们自己把他们教给你的那些方法践行一遍，他们保证饶不了你！通过这一点，我们就可以发现，他们心里想的和嘴上说的并不一致，他们甚至都不相信自己说的话。我要讲的道理就是这些。假如你觉得他们也是有理的，那么，亲爱的爱弥儿，你可以先思考一下他们的道理，再来对比我的道理；假如我和他们没有区别，嘲讽他们，你会发现他们有更多的窘迫之处。我从来都不害怕什么严酷的考验，嘲讽别人的人不可能得到长久的胜利，真理也永远是真理，不会变成谬论。要不了多长时间，他们就再也笑不出来了。"

当爱弥儿20岁时，在你看来，他已经变得不像从前那样温顺了，而我的看法却刚好是反过来的。我认为他10岁时是最难管理的，因为10岁的他，我没有什么事物可以掌控他。我用了长达十五年的时间才成功地掌控了他。在这个过程中，我并没有教育过他，而是在给他接受教育打下基石。正是因为他受到了足够多的教育，他现在才变得这么温顺。他已经比较了解友情这个东西了，而且也懂得遵从理智了。如果不仔细看的话，我好像从来没有对他进行过管教，可事实却是完全反过来的，他被控制得很紧。因为他愿意让我管教他，因此他受到的管教其实是最严苛的。之前是因为我只能对他的身体进行控制，所以我才必须寸步不离地跟着他。现在有时候，我已经不再这样了，而是让他由着自己的心意去做事，当然是因为我一直都在控制他。当我和他说再见时，我和他紧紧拥抱在一起，并信心十足地对他说："爱弥儿，现在由我的朋友代为照看你，他有一颗非常真诚的心，他会负责你的一切。"

我们不可能仅凭非常短暂的时间，就可以损坏一直健康的感情，抹掉来源于理性深处的准则。在我不在的那段时间，假如情况有变，他也不可能什么都不告诉我，不可能在发生危险时让我什么迹象都无法发现，或者没办法第一时间进行弥补。因为我只是短暂离开，他也不可能忽然就学会了骗人的把戏，也不可能忽然就变得堕落不堪。如果真的存在那么一个人，完全不会使用欺骗的手法，那他一定是爱弥儿，因为他从来没有机会使用这种手法。

我可以肯定地说，当他接受了这些教育以后，奇特的事物和低劣的语言就一定不会玷污到他，因此，我甘愿让他去巴黎最丑恶的地方，也不愿意让他一个人待在自己的花园或房间里，忍受着属于他那个年纪的焦躁心情。也许所有有可能伤害青年的敌人都会对他发起进攻，可是他并不会受伤，只有一个敌人需要小心提防，那就是他自己。其实，这个敌人的力量之所以那么强大，就是因为我们所犯的错误。这点理解起来并不难，我已经不止一次说过，完全是因为我们想象的刺激，我们的感官才那么按捺不住。严格来说，肉欲并不是身体的一种需求，所以不能把它叫作真正的需求。如果我们的眼睛看不到污秽的事物，不会产生邪恶的想法，那么我们的感官是感觉不到这种所谓的需求的。这样一来，哪怕没有别人引诱他，自己也没有认真地修为，我们也依然可以保持贞节。至于青年人的血液中有那样躁动不安的东西是什么原因，人们是不知道的，他们甚至不知道他们满腹忧愁的原因是什么，无法看到这种躁动的心根本平静不下来，哪怕平静了以后也会重蹈覆辙。而我越是比较多地思考这个重要时刻以及它为什么会产生的原因，越是对一种看法坚定不移：假如一个在荒郊野外长大的人不看任何书，不接受任何教育，不接触任何女人，哪怕他活到一百岁，直到临死，他都还是贞洁的。

可是，这样一个原始人是不在我们谈论的话题范围以内的。我们好不容易找到这么一个人来培养，并不是为了让他生长在这样一种不清楚的环境之中。我们不能那样做，也不应该那样做。更何况在往知识的道路上前进时，即便情况变得再恶劣，也最多让这个人成为半吊子。当我们独处时，我们曾经看到过的事物的记忆以及我们得到的理念都会在我们的脑海里出现，这就让我们头脑里产生的印象比真实事物诱人得多。因此，有这样一些印象的人会因为独处而遭到损害，而习惯了孤单生活的人可以从独处中受益。"

因此，你要认真观察青年人的行为。尽管他可以不让别人伤害到自己，可是你有责任让他不要被自己所伤。不管是白天还是晚上，你都要寸步不离地跟着他，而且要睡在他的房间里。在他还比较精神的时候，你就要让他醒着，等到他睡醒了，你就要让他马上起床。如果你用来教育他的事物是他的本能根本达不到的，那么他就会质疑他的本能。要知道，虽然在他独处的时候，他的本能可以起到很好的作用，可是当他进入社会以后，他的本能就没有意义了。可是我们不能消灭他的本能，只能对它进行控制，相比消灭它的难度，控制它的难度更大。只要他遭受这样的危险，即便只有一次，他就会被摧毁殆尽，自那以后，他的身心就会时不时受损。可以说，这样一个习惯是一个青年人可以沾染的习惯中会产生最坏影响的那个，哪怕到他在这个世界上的最后一天，这个习惯依然不会离他而去。最完美的情况自然是……亲爱的爱弥儿，假如你奈何不了那激烈的情欲的话，那么在我看来，你就太不幸了。可是，为了不让大自然的目的最后什么也不剩下，我也会非常肯定地作出决策。假如只有一个粗暴的人才能制伏你，因为我想让你避免伤害，所以我甘愿由他来负责你。不管怎样，相比从你自己的手里拯救你，从女人的手中救你要容易多了。

他 20 岁以前的精力都会被消耗殆尽，因为他的身体一直在成长。因此克制情欲是这个时期自然法则的结果，反其道而行之自然会伤害身体。20 岁以后，克制情欲就有了另外一种性质，变成一种教育一个人要如何约束自己，如何对自己的欲望进行控制的道德行为了。可是道德行为也是会改变的，它也有可能出意外，也有自己的法则。假如因为人类的缺陷，我们必须在其中做一个选择，我们总会选择伤害最小的那一个。原因是我们甘愿把一件事做错，也不愿意沾染一种不好的习惯。我在这里说的不只是我自己的学生，也是在说你的学生。由于你的缘故，他的情欲高涨，这也让你完全没有能力约束他了，于是，你就干脆任由他去了，你觉得他会觉得无比自豪吗？不会的，他只会感到羞辱。这样一来，在他没有走上正道时，你就有权利指导他了；这样一来，至少还可以保全他一部分。不管学生做了什么，教师都应该把事情的来龙去脉讲清楚，并加以监管，哪怕是在干坏事。相比被学生欺骗和完全不知道学生做了坏事，教师更愿意答应学生做一件错事或者自己做一件错事。假如一个人想完全不理会某些事，没过多长时间，他就会发现，换成其他任何事情，他都只有撒手不管。假如他第一次做坏事时，你毫不理会，那么，他就再次犯错，这样循环下去，到最后，这个秩序就会被破坏，所有法规也就不会再被遵守。

还有一个做法也是不对的。我曾经对这个做法进行过攻击，可是胸襟狭窄的人总是犯同样的错误。这就是教师们时常把一副教师的威严装出来的样子，以期让学生觉得完美。其实这样做只会得到完全相反的结果。他们当然不会知道，正是因为他们想把自己的威信建立起来，所以才损坏了他们的威信。他们自然也不会知道，从一开始，他们在考虑问题时就应该站在一个听话人的角度，这样听话的人才会用心聆听。一定要让自己的行为合情合理，才能感动别人。完人怎么可能感动别人呢，更别谈让其他人听他的话了。大家往往都觉得，由于自己情欲缺失，因此也很容易去克制学生的情欲。可是假如你想弥补你的学生的不足，你就应该把你的不足也呈现在他的眼前，让他在你的身上感受到斗争的存在。这样一来，他就会和你一样对自己加以克制，而不是人云亦云："这个老家伙，因为自己不能过年轻人的生活，竟然把青年人也看作老年人；他自己没有情欲也就算了，竟然认为我们的情欲是在犯罪。"

蒙田曾经说过这样一件事，他曾经向德朗盖爵士打听过，当他们和日耳曼人坐在谈判桌上时，为了给国王提供帮助，有多少次是醉着的。我也要问某个青年的老师一个问题：由于他学生的缘故，他到那污秽的场所去了几次？其实我说几次都不正确，假如在第一次的时候，他的那个公子哥决定再去，假如他依然一意孤行，一点悔过的心都没有，而且也没有在他面前一把鼻涕一把泪，那么他就应该离那个人远远的。事实上，他已经和一般人不一样了：假如你执意不离开他，那你就是一个十足的笨蛋，因为你再也影响不了他。可是我们并不想把这些极端的方法派上用场，原因是这样的：这些方法不仅后果很严重，而且还极具危险性，在我们的这种教育中，是用不着这些的。

虽然一个青年人的天性很好，可是假如要让他和这个时代的不良风气所接触，在这之前，我们依然要做不少准备工作。这些工作做起来其实很累的，可是却是必须要做，假如这方面出现了失误，就会损坏一个青年。有些人正是因为年轻时候做了不道德的事，后来才开始堕落，之后才变成如今这个样子。因为没有了精气的身体早就腐化了，而剩下的精力已经不能把他们的精神激发出来了。在不道德的行为中，他们已经变得粗俗，而且心胸狭窄。他们一副丑陋扮相，而这恰好说明了他们的心不够坚强，他们从来都感受不到崇高的情感；他们已经不具备天真，也没有了生气，不管做什么事情，都非常卑微，而且不受人待见；他们只能去当无赖、欺世大盗，也没有足够的勇气。假如一个人在年轻的时候陷在色欲的泥潭中出不来，之后就会变得面目可憎。他们中如果有谁知道如何对自己的行为加以克制，哪怕和他们在一起疯闹，也可以让自己的内心不受到损害，保护自己的性情和德行。等他30岁以后，他就可以打败那些小人，他想要控制他们很容易，甚至超过自控。

假如爱弥儿想成为这样的人，做起来一点都不难，而不管他的出身如何、命运如何；可是他是很不愿意去使唤他们的，因为他太瞧不起他们了。因为他是为了认识这个社交场合，在其中找到一个和自己合适的伴侣，才进入社交场合的，而不是在里面吸引众人的目光。现在我们来看看，在他们中间，他会是一个什么样子。

他可以让自己一直质朴下去、低调下去，不管他的出生家庭是什么样的，不管他一开始进入的是什么样的社交场合。希望上苍保佑他，让他不要在社交场合中太显眼。那些一眼看上去就非常杰出的品质，他根本不具备，也不想要拥有那种品质。他不会受到别人的言语的影响，因为别人怎么说他根本不在意，假如别人还不太了解他，他就根本不会在意别人会不会尊重他。他在和其他人在一起时，总是谦恭有礼的、真诚的；他的词典里根本没有拘谨这个词，他也不会一副矫揉造作的样子。他可以保证自己不管是身处众人之中，还是独处都一样。可是他并不会因此变得蛮横、把什么都不放在眼里，不管是在他独处也好，还是在他和别人在一起时也好，他都会非常尊重他们。他是有意维持自己原有的面貌而不向他们学习的，在他看来，他们做得并没有超过自己。可是他也不会看不起他们，在他身上，根本不存在看不起这个特点。虽然你可以说他对表面的礼节根本不了解，可是他还是很懂得人与人之间的关系的。没错，当他看到其他人正身处不幸，他心里确实会很难受，可是他不会虚伪地拱手相让。可是，在某种情况下，出于好心，他又会把自己的位子让给别人，这就是当他看到一个人遭到别人的鄙视非常难过的时候，他就会把自己的位置让出去。这个很好理解，相比看着别人出于无奈站在那里，我的学生更愿意把自己的位置让出去。

从主要方面来说，爱弥儿不会对别人推崇备至，可是也不会看不起他们，个中原因是：他对他们充满了同情和关切。假如他没办法让他们体会到什么是真正的善，为了不让他们变得更加糟糕，他也会让他们所喜欢的表面上的善不会消失。因此，他完全可以做到以下几点：不和他们针锋相对，也不和他们辩驳；不讨好某人，也不谄媚某人；他在说自己的观点时，也不排斥别人说自己的观点。因为他爱自由，而真诚是自由最好的表现方式之一。

由于他不喜欢受到别人的关注，他说话的时候很少。这也就决定了他只要是说话，所说的事情必定是有价值的。爱弥儿是个很有教养的人，所以不会成为一个夸夸其谈的人。而我们为什么会一直不停地说呢？主要有这样两个原因：一是我们拥有得意扬扬的心理，这个我们后面会谈到；二是对一些毫不在意的事情斤斤计较，还误以为别人和我们一样，也对这些事情非常关注。假如一个人已经对事情的真相比较了解，进而可以对它们进行精确地估量，肯定不会一直不停地说。因为他可以同时下两个决策，一是确定别人会不会当他忠实的听众，二是别人是否会愿意听他讲话。总体来说，一个人越是缺乏知识，就越是喜欢滔滔不绝，反过来也是一样。道理再简单不过了，缺乏知识的人，总是觉得自己知道的是最重要的事情，应该见到人就说；而一个具有较高素养的人则不会这样做，他不会轻易展现自己的学识，虽然他可以讲的东西很多，可是因为知道在很多方面自己讲得还不够好，所以就会闭口不言。

如果别人对他很礼貌，爱弥儿肯定不会排斥，反之，还会像他们一样礼貌。他之所以会这样做，是因为他不敢引起别人的关注，以免让人发现他有多么杰出，而不是因为要把自己多么熟悉那些规矩展现出来，也不是为了假装自己是个多么绅士的人。因为只有在不被人关注时，他才会感到舒坦。

尽管他已经踏入了社会，可是他根本不知道应该如何做。可是哪怕是这样，他也不会觉得害怕。他之所以躲在别人后面，并不是因为有所约束，而只是因为不能让别人看到自己，以好好观察其他人。他不仅对其他人的目光视而不见，对别人的嘲讽也毫不畏惧，这使得他可以一直保持平静、理智，进而避免因为思虑过多而让自己一直处在焦虑不安的状态。他只是和以前一样，竭尽全力做任何事情，而不关心别人会不会发现他。对别人进行认真观察的同时，他还可以判断出他们为什么那样做。如果一直被困在平庸中，怎么可能做到后面那一点。我们可以试着这样做：正是因为他看不上他们的做法，才能快速明白他们为什么那样做。

我们不能对比他的风度和那些翩翩公子的风度。虽然他的表情波澜不惊，可是那并不是瞧不起人；虽然他的态度很淡定，可是并不是眼高手低。只有仆从才会表现得那么粗暴，独立的人才不会表现得一副矫揉造作的样子。一个心灵崇高的人通过语言表现出崇高，我还从来没见过这样的事情。只有心灵邪恶和内心寂寞的人才会表现出一副矫揉造作的样子，因为这种神态是他们仅有的一种可以表现的东西。我曾经在一本书中看到过这样一个故事：一天，一个外国人走到知名的舞蹈家马赛尔的客厅里。马赛尔问他："你来自哪个国家？""我来自英国。"马赛尔接着说："你来自英国，是来自那个公民有权参与国家大事，主权中包括公民的岛国吗①？可是先生，在我看来，你只是一个表面上有选民之称的奴隶，因为你的头是低着的，目光不能直视他人，非常害羞。"

这些话是不是说明他对于一个人的个性和外表之间真正的关系极为了解？我并不知道这个问题的答案。我的身份地位比不上舞蹈大师，可是我却有截然不同的看法，我会这样说："说

①　这似乎在说有些公民不是市民，以这样的资格参与主权是不合适的一样。可是，法国人觉得他们有资格把公民这样荣耀的称号盗取过来，而这个称号，之前是归高卢人的城市的市民所有的。法国人把这个称号盗取过来以后，就没有再沿用它之前的观念，使得我们再也不知道它是什么意思了。最近，有一个人写了很多荒谬的文章来对我的《新哀洛伊丝》加以指责，还在文章的署名上加了一个称号"潘伯夫的公民"，他以为这是在和我开一个特别幽默的玩笑。——原注

这个英国人是一位谄媚之人肯定是不对的，我还从来没有听说过谄媚之人的头是低着的，还非常害羞。一个在舞蹈家的客厅里表现得极其羞涩的人，并不意味着他在众议院也是如此。"我可以肯定的一点是，在这位马赛尔先生看来，他所在的国家的人都变成罗马人了。

当我们爱人时，当然也希望别人爱我们。爱弥儿是爱他的同伴的，同样他的同伴也爱他。此外，在他的年龄、品性和目的驱动下，他还想要妇女也喜欢他。为什么我会说到他的品性呢？原因是，他的品性在这方面会派上很大的用场。那些有个性的人才是真正对妇女表示尊重的人。他们不会效仿其他人，毫无表情地说一大堆拍马屁的话，他们从内到外都散发出一种真实的温度。假如一个青年妇女身边围着一个品行和自制力都良好的人以及一些沉醉在纸醉金迷生活中的人，哪怕后者人数众多，我也一眼就可以把他认出来。这样一来，我们就想象得出爱弥儿的表现会如何了，他的心那么热情，可同时又可以和欲望对抗。有时候，为了离她们近一点，我相信他一定会觉得羞愧，可是他却不会遭到她们的排斥。一个女人，只要心地是善良的，大部分情况下都会被夸可爱。不仅仅是这样，她还会千方百计让他更接近自己。此外，当对方身份不一样时，他所表现出的热情也会有变化。假如那个女子已经是别人的妻子了，他就会表现得非常得体、尊敬；假如那个女子是未婚，他就会表现得非常热情。不管什么时候，他都不会忘记自己的目标，他只会注意那些目标和他类似的人。

爱弥儿在得体地依照自然的秩序和良好的社会秩序尊重他人。在顺序上，他也是有说辞的，一直都是先以自然的秩序为依据，去尊重人，然后再以社会的秩序为依据去尊重人。作为参加社交活动的年轻人，他一直都保持着非常谦虚的态度。这只是因为他有一种建立在理性基础上的自然情感，而不是因为他想表现得非常谦逊。那些故作聪明的年轻人，都表现出一副无所不知的样子，为了讨好同伴，说话的声调似乎超过睿智又

有见地的人。在和老年人交谈时，往往会打断别人的谈话。在爱弥儿身上是绝对不会出现这种情况的。路易十五曾经向一个老年绅士打听过这样一个问题："你那个时代和现在这个时代，你更喜欢哪一个？"老年人回答道："陛下，我年轻时非常尊重老年人。如今作为老年人的我，必须非常尊重年轻人。"假如这番话被爱弥儿听到了，他并不会赞同这个老年绅士所说的话。

他可以把人的各方面都照顾到，可是一般的俗见却从来不会影响到他。他很愿意给别人带来快乐，可是又不关心别人是不是足够重视他。因此，毫无疑问，他是一个很讲究礼仪的人，一个非常真诚的人，不会显得自己高高在上，也不会装出一副矫揉造作的样子，相比跟他说很多奉承的话，你即便只对他表示过一次关心，他被感动的概率就更高，所以，他也非常在乎自己的仪表和言行举止；也许他还会对自己的衣着打扮也表示关注。这只是因为他想让自己看起来更美观，而不是想要装作一副非常优雅的样子，但是他不需要华服加身，他绝对不会允许让自己的风度被那样的衣服所伤。

可是这些都是来自他小时候所受到的教育，而不是来自我的教育。大家已经把社会风气弄得非常神秘，就如同一个人到了应该明白的年纪，也依然不能自然地明白，就如同一个忠诚的人压根就不了解风气的基本法则一样。仁慈地对待他人，才是真正的礼貌之举。一个人只要心地善良，就很容易表达自己对他人的礼貌；只有那些居心叵测之人才会在表面上装出一副绅士的样子。

"世俗的礼貌的最大问题就在于，让人们以世俗中的道德标准为依据去做事。当受到教育的我们，同时被启发了人道和善意，我们对人就会很礼貌，或者说我们不需要假装很绅士的样子。

"那种表现斯文的礼貌在我们身上并不存在，可是我们并不缺乏表现真诚和公民的礼貌的人，虚伪的东西我们是不必要弄的。

"我们不需要假装迎得别人的欢心，只要心地善良同样可以实现目的；也不需要用假话去搪塞别人以迎得别人的欢心，我们只要拥有博大的胸襟就可以做到这一点。只要我们如此对待一个人，便不会滋生这个人得意的情绪，也不会让他走上堕落之路。他会非常感恩我们的这种做法，进而变得更甚于从前的优秀。"

杜克罗先生所要求的礼貌就是上面这样的，假如有种教育可以衍生这种礼貌，那么我会一直力挺这种教育。

假如采取这种独特的方法，我觉得爱弥儿也会因此成为一个独特的人。愿上帝保佑，希望他不要成为一个和世人一样的人。尽管他有很多地方不同于其他人，其他人也不会对他满含恶意；尽管他的确有很多受人关注的点，这也并不会引起别人的不快。假如愿意，你可以站在一个外国人的角度来看待爱弥儿。一开始，大家是包容他不同于其他人的地方的，说："将来他是可以改变的。"当时间一天天流逝，大家发现他依然是老样子，而且已经习惯了他的做法，于是依然包容他，并说："他本来就是这样的人。"

和那些表现得体的人不一样，别人并不会夸赞他。可是大家还是喜欢他的，虽然不知道是什么原因。大家也没有对他的学富五车赞叹不已，可是假如看到学识高的人争论不休，大家却愿意请他来当裁判。他的学识并没有多么渊博，而且不够多样化，可是这并不意味着他的头脑不清晰，无法作出精准的判断。他从来不跟任何人说他有多么聪明，因为他不想让自己显得鹤立鸡群。在我的教育下，他已经知道人类一开始懂得的那些观念，才是会让人受益的健康观念。不论何时，它们都是社会仅有的一座传输桥梁。野心勃勃的人则不一样，他们只能对一些有害于人类的观念进行传播，以显得自己多么不一样。可是爱弥儿不会采取这种方式以得到别人的尊重，因为他知道如何才能让自己幸福，也知道如何才能把幸福带给别人。他的知识中从来都不存在不会带来益处的事物。毫无疑问，他正在走的这条路非常狭窄，可是这并不意味着那条道路是不分明的。

哪怕他和大家共处，也不会让自己太过于成为焦点或者找不到自己，因为他打算一直都沿着这条道路走下去。爱弥儿的身心非常健康，因为大家总是嘲讽他非常杰出；他根本不想成为一个杰出的人，他觉得杰出这个称号总归是荣耀的。

可是，他也并不是完全不重视别人的观点，因为他想让别人快乐。可是他在重视别人的意见时，只对关系到他的那一部分表示重视，至于那些完全站不住脚的说法，由于它们都在流行和成见的掌控下，所以他根本不在意。他有很强的自尊心，不管做什么事情，他都会全心投入，并希望自己做得超过别人。比赛跑步时，他希望自己能名列前茅；角斗时，他希望自己的体力要超过别人；工作时，他希望自己的技术过硬；即便是玩，他也希望自己能超过别人，比同伴们更熟练。除非他不想超过别人，要是他想的话，他就一定会让自己具有比别人明显得多的优势，让人一眼就可以看出来，而不需要别人来评判。这样的评判，可以对他是否更具有智慧进行评判，也可以对他的口才是不是更好，学问是不是更高进行评判，等等。假如他只是因为一些身外之物超过别人，像出身更尊贵、拥有更多财富、名气比别人更高、相貌比别人更美等，那是他更不乐意看到的。

因为知道自己并非不同于其他人，因此他对所有人都是充满爱意的。可是他更爱那些他觉得和自己很相像的人，因为他觉得自己心地很善良。在对别人是否和他一样进行判断时，他所依据的是那个人在道德行为的观点上是否和自己一致。因此，假如要将所有优良品格都派上用场才能做成某件事，而他把这件事做好了，这时别人夸赞他，他就极其受用。他不会对自己说："我很高兴人们都夸赞我。"可是他会这样对自己说："我很高兴人们都夸赞我做了一件好事，因为他们自己本身就应该受到表扬，所以他们夸赞我，我很是受用。他们对我表示关注，这当然很好，因为他们的判断是合情合理的。"

之前，他对历史进行研究，是以人的欲望为依据的。现在，他既然成了社会的一员，在对它们进行研究时，当然要以人的风气为依据了。他将会时常对人们或喜欢或不喜欢的风气进行研究。现在他要站在哲学的立场对人类审美的原理进行研究了，因为就现阶段来说，他是最适合进行这种研究的。

我们越是愈加深入地研究审美能力的定义，就越是被弄得晕头晕脑。所谓审美能力，是大多数人在对某种事物是不是喜欢进行判断的能力。假如不这样理解的话，你一直都无法弄明白审美究竟是怎么回事。可是能不能就因此说有很多人有审美能力呢？也不能，因为尽管很多人可以明智地判断某种事物，可是终归只有少数人才能对所有事物作出明智的判断。更何况，虽然良好的风尚综合了大部分人的爱好，可是却只有很少的人才懂得风尚，这就如同虽然美综合了共同特点，可是却只有少数人是美丽的。

可是这是不是意味着，因为某样东西对我们是有价值的，所以我们才去爱它；因为某样东西是对我们有害的，我们就要憎恨它呢？当然不是。我们的审美能力是在一些并没有多么重要的事物上使用的，最多只能在一些饶有兴味的事物上使用，而没有在生活的必需品上使用。生活必需品只需要保证我们吃得好就行了，而不需要我们的审美。而正是因为这样，我们才很难准确地进行审美，而且好像在有意捣乱。这是因为控制审美的是我们的本能，完全是因为本能他才作出那样的判断。与此同时，在精神领域中和在物质领域中，审美的规律是不一样的，我们也要注意这一点。在物质领域，我们好像根本找不到审美的原理，可是也要意识到，所有的模仿都把精神因素①包含进去了。有了这一点，就可以解释，为什么从表面上看美像是物质，可事实上却不是物质。同时我也要指出，审美的标准因为地域的不同而有所不同。很多事物到底是美还是不美取决于那个地方的风俗和政治制度。在某些时候，因为人的年龄、个

---

① 在《论语言的起源》这篇文章中，我已经描述过这一点，在我的书中，读者可以找到这篇文章。——原注

性和性别的不同，在判断一种事物美或不美时也会出现差异。在审美的原理方面，我们没有什么好争论的。

人天生就会审美，可是不同的人审美能力并不一定相同，发展程度也会有差异，甚至因为各种原因，每一个人的审美能力都不一样。一个人与生俱来的感受能力，会对他拥有多大的审美能力产生决定性作用；他生活的环境则对他审美能力的培养和形式产生决定性作用。我们必须不断地改变社会生活环境，才能进行更多的比较。因为我们发展事业所依据的并不是兴趣和利害关系，我们还需要有休息的地方。社交场合也是必不可少的，在这种场合中，不会出现多么显著的不平等现象，也不会有太大的偏见和压力。而且，在这种场合中的人，追求的是享受，而不是虚荣。相反，人们的爱好就会屈服于一时的流行，这就使得他们在对东西进行选择的时候，所关注的是那样东西会不会让自己成为众人的焦点，而不是自己对那样东西是不是真的喜欢。

假如是后面那种情况，说良好的风尚综合了大部分人的爱好就是不妥的，因为目的不一样了。因此，大部分人的观点并不是他们自己的观点，而只是在他们看来要比他们出色的人的观点。他们所说的话完全是照抄别人的，只是因为别人也在夸赞某样东西，他们也才会连连发出赞叹之声，而不是他自己认为那样东西很好。假如让所有人随时都能发表自己的观点，那么最好的东西就是受到大部分人夸赞的东西。

经由人手制造的东西表现出来的美，只是模仿的产物，真正的美只有在大自然中才能找到。我们越是违背这个教师的指引，越会做出糟糕的东西。我们制作的模型的选择范围应该是我们喜欢的事物。你想象的美之所以被认为美，只是因为人凭借一时冲动和权威的看法，所得出的结果，完全是因为对我们进行掌控的那些人对它有偏好。

那些艺术家、权贵和富人，是对我们进行掌控的人，而他们的利益和虚荣又掌控着他们。他们前赴后继地寻找如何花钱的奇特方法，只是为了显示自己拥有很多财富或者从中得到利益。之所以那么流行奢靡之风，之所以大家都很喜欢那些很难得到或者价格昂贵的东西，都是因为此。所以，普通人眼中的美并不符合自然，而是和自然背道而行。奢靡之风和不良的风气之所以总是如影随形，就是因为这个原因。某个地方只要盛行奢靡之风，就会污染那里的风气。

不管是好的方面还是坏的方面，在男女交往中都很容易表现出审美能力。这种交往所接触的对象，必然会影响审美能力的培养。之后，在某种情况下，审美能力也会衰退，这种情况就是，由于交往的各种便利条件，男女双方对对方的喜欢都没有那么浓烈了。我觉得，这个可以很好地证明，良好的风尚是由良好的道德来决定的。

在做有形的和需要以感官为依据进行判断的事情时，标准应该是妇女们的爱好；而在做与精神的和需要以智力为依据进行判断的事情时，标准就应该是男子们的爱好。当情况发生变化时，妇女们作出的判断也有正误之分。当她们的确在按照女性的样子做，就是只对她们有能力关心的事情表示关心，她们的判断就不会出现失误；相反，她们的判断就会产生失误。假如非要对文学挑刺，点评某本书的好处，或者把自己所有的精力都用到写书上面。一个作家，如果拿着自己的书稿去请教一个女学生，那么结果一定不会好；追求时尚的男子，假如让妇女们点评自己的着装，那么他的着装一定会非常滑稽。接下来我会谈到妇女们的真才实学如何培养，以及应该在哪些事情上听取她们的意见。

假如我和爱弥儿谈到了他现在所处的环境以及在他所从事的研究工作中需要注意什么时，我会把上述几个论点当作准则。因为这些事情和他息息相关。人们会喜欢什么样的东西或者讨厌什么样的东西呢？需要他人给自己伸出援手的人需要知道这一点，帮助别人的人也需要了解得更深入一些。你一定要先让他喜欢你，你才能帮助他。当你写作是为了把真理表述清楚的时候，讲究表达的方法其实是一件很有用的事情。

对于那些还没有形成审美观念的国家和审美观念已经遭到玷污的国家，假如由于我要对我的学生的审美能力进行培养，而必须作出抉择，我会先选择后者，然后选择前者，原因是：因为审美的过程太细致了，甚至于特地欣赏那些大部分的人都无法看到的地方，才会破坏审美观念。过于细致的话，争论就必不可少了，因为我们越是细致地区分事物，则需要区分的地方就越多，进而导致对美的看法因为过于细微，而无法满足众人的需求。这样一来，就会形成这样一种局面：有多少人就有多少审美观。对个人的爱好进行争论，就可以把思考的方法掌握住，因为它肯定会和哲学与人的知识相触碰。只有频繁出入各种社交场所的人才能细致地审美，因为一定要看过所有美的样子，才能发现细微的不同；而那些很少去人多的地方的人，他们在审美的时候，只能看到一个大体的轮廓。直到今天，虽然已经很难找到像巴黎这样普遍风气那么差的城市，可是良好风气却是起源于此。在欧洲受到人们关注的书籍的作者，基本上都在巴黎受过教育。假如有一个人觉得只需要查看一番巴黎出版的书就可以了，那么他就大错特错了。其实，相比我们从作者的书中所了解到的东西，我们和他们交谈一次则会收获更多。更何况，作家也不能算是最有益于我们的人，我们一定要依靠社会的精神，才能让一个有思想的人有更开阔的视野，进而看得更远。如果你具有非常高的天赋，你可以到巴黎去住一年，如此一来，你马上就可以让自己的天赋充分发挥出来；假如不是这样的话，就将一事无成。

对于我们来说，是可以在风气不好的地方运用思想的，可是却万万不可以同那些已经沾染了不良风气的人持有相同的看法，同时也必须承认，假如我们一直和那些人待在一起，是很难做到这一点的。我们要做的是把他们的思想利用起来，来改良我们判断时所使用的工具，同时不要采取像他们那样的使用方法。而为了不破坏爱弥儿的判断力，我将非常注重于培养他的判断力。假如他的目光已经很敏锐了，而且可以认识大家的各种爱好并进行对比，我将引领他在欣赏比较单纯的事物上集中自己的审美能力。

我会一步步来，以保证他的审美能力是健康的。在这个杂乱且放荡的人群中，我会找到一切机会和他进行有意义的谈话。我会确保自己只和他就他感兴趣的事情进行谈论，并且让自己的话既有意义又生动。现在应该是时候让他读生动的书籍，教他对语句进行分析，以及对口才和措辞的美进行欣赏了。为说话而说话是毫无意义的，大家觉得说话有很大作用，其实并非如此。可是，如果要你对说话的方法进行研究，就一定会自然而然地和另一项工作，即对一般的文法进行研究产生关联。要想学好法文，就必须学好拉丁文；而要想对说话艺术的规律进行更好的理解，就必须研究这两种语言，而且对它们的相同点和不同点进行对比。

还有一种朴实的说话方法可以感动人，只是这种方法只存在于古人的著作中而已，如今已经找不到了。爱弥儿发现古人辩论的话，诗歌和各种文学著作和他们的史书也一样，不仅具有多样化的内容，而且在下结论时也非常小心。而我们当代的作家却是完全反过来的，他们在写文章的时候长篇大论，可是却鲜少有真正的内容。在对我们自己作判断这个问题进行培养时，不能强迫我们像接受法律一样接受他们的论断。在所有纪念碑上，甚至在墓碑上都可以看到这两种截然不同的风格。我们的墓碑和古人的墓碑有明显的不同，前者大部分写的是溢美之词，而后者却只是对事实进行谈论。

路人啊，请你留步，来悼念一下这位英雄。

如果这个墓志铭我是在一个古代的墓碑上看到的，可能一开始我会认为他是当代人所写的，因为我们这个时代到处都是英雄，而古代英雄却少得可怜。古人们在写墓志铭的时候，不会说一个人是英雄，而只会说一个人是因为做了什么才成为一个英雄。我们可以看看，生性柔弱的撒得那佩鲁斯的墓碑，同时和上面那个英雄的墓碑对比一下。

我只用了一天时间，就把塔尔斯和昂其尔两座城池建起来了，如今我从这个世界离开了。

把这两个墓碑进行对比，你觉得哪个墓碑说的话更耐人寻味呢？没错，我们的碑文写了很多东西，可是只限于对小人进行吹捧上；而古人写的墓碑却能把他们的确是人这一点体现出来，因为他们在描述自己时，是按照人的本来样子来描述的。在对万人大撤退中被内奸出卖而付出生命的几个战士进行回忆时，色诺芬是这样夸赞他们的："尽管他们死了，可是他们却永远留在了战争和友爱中。"在这句极其简短的溢美之词中，假如一个人看不出来作者的感情是什么样的，看不出来这句话有多么完美，那他就太可怜了！

在塞默比勒的一个石碑上，有这样一句话镌刻在上面：

来来往往的路人，请你去跟斯巴达人说，我们是按照其神圣的法令而长眠于此的。

很显然，这句话并不是对碑文进行研究的学者自发创造出来的。

如果我的学生没有立刻发现这些不同点，如果不因为这些不同点而改变读物，尽管他对于采用怎样的措辞说法并不在意，也说明我的做法是不对的。假如在某一时刻，他非常痴迷于狄摩西尼的雄辩，那么他肯定会说："这个人是一个演说家。"而在另一个时刻，他在拜读西塞罗的著作时，又会说："这个人肯定是一个律师。"

因为古代的人更早出生，因此他们离自然更近，天赋也更加杰出，这就是为什么爱弥儿对古人的著作更为偏爱的原因，而且是仅有的一个原因，事实上，人类的理性依然停留在原地。虽然拉·默特和特拉松神父有三寸不烂之舌，也没办法改变这一点，因为有得必有失。任何人的心的出发点都是一样的，在学习别人的事情上，我们投入了时间和精力，就没有时间对我们的思想进行锤炼。这样一来，虽然我们学的东西不少，可是我们的智力却没得到多大的培养。于是，我们的头脑也变得和我们的四肢一样，做什么事情都要借助工具，而不是通过我们自身的力量。丰特奈尔说："所有古代人和现代人的辩论，用一句话来总结就是：相比现在的树木，以前的树木是不是要高大一些。"如果农耕这件事情有了变化，提出这个问题也是有一定的道理可言的。

我已经让爱弥儿弄懂了纯文学的来源，现在我要把另一个问题的答案告诉他：现代的编纂者保存知识的方法。同时，我要让他看一下报刊、翻译作品和字典，之后将他们丢到一边。我会让他去学院，去听那些学者们是怎么自吹自擂，以让他得到快乐。他会发现：假如每个人都在自己的领域里进行研究，作用要比大家在一起研究大得多。我会让他以上述几点为依据，给那些冠冕堂皇的机构得出一个结论。

我会带他去看戏，可是并不是为了对戏里的寓意进行研究，而只是为了对人们的喜好进行研究；因为戏场是一个最能真实地把大家的爱好展现在一个有思想的人面前的场所。我会跟他说："戏里的台词有什么寓意，你不要管，因为在这里，我们并不需要对它们进行学习。"演戏是为了娱乐，并不是为了表达真理；可以在一个地方那么完美地学会让人又高兴又感动人的方法，而这在学校是根本没法做到的。如果对戏剧进行了研究，接下来就会对诗歌进行研究，这两者的研究是差不多的。只要他稍微喜欢诗歌，他也会乐于去学习希腊文、拉丁文和意大利文等诗歌的语言。他将通过研究这些语言而得到快乐，并从中收获益处。总有一天，他也会长到这个年纪，也会处在这样的环境中，并且被所有让他心动的美丽篇章所吸引，到了那时，他将会觉得对这些语言进行研究是一件非常令人愉悦的事情。我的爱弥儿和一个在学校读书的儿童都在读《伊尼依特》第四卷，或者在读提布卢斯①的诗，或者是柏拉图的《会饮篇》，你可以想象一下，他们的感受会有多么不一样呢。在爱弥儿看来非常令人心动的某种事物，可是另外一个孩子却无动于衷。"请

---

① 古罗马诗人。——译者注

稍微等一等，可爱的年轻人！把你的书收起来，你太兴奋了！我只希望你从爱的语言中收获快乐，而不是沉湎其中无法自拔。对你而言，虽然做一个有感情的人很有必要，可是也要做一个智慧练达的人。你一定要同时做到这两种，才算是一个真正有本事的人。"他在对那些没有生命的语言以及对文学、诗歌进行研究的时候，我并不在乎他取得了多大的成就。哪怕他对于这些东西一窍不通，也并不觉得他有什么值得诟病的地方。因为我教他这些东西，并不是为了要让他对这些不重要的东西进行研究。

我在告诉他如何认识美、喜欢美时，也让他的爱好和兴趣被这种美所吸引，以免他自然的口味有所变化，将来在寻求幸福时，把自己的财富当作一种方式，这才是我的主要目的所在。因为他的身边就存在这样的方式。所谓审美，只是一种对细小事物进行欣赏的艺术，之前我就已经说过这一点，而事实也确实是这样。可是我们也需要在它们身上投入精力，因为人生的乐趣和很多琐碎的事物息息相关。通过它们，我们可以学习把我们可以利用的东西的真正之美利用起来，从而充实我们的生活。因为道德的美是由一个人的心灵的倾向是否良好来决定的，所以在这里我并不是讲道德的美，我讲的只是已经把偏见的感性去除掉了的美，也就是真正的感官享受的美。

因为爱弥儿的心是纯洁的、健康的，而这样的心是不能对他人进行衡量的，所以请允许我先把爱弥儿放到一边，你让我可以把自己的思想更好地表达出来；让我在自己心中找一个和读者的性情更加贴切的例子。

一些社会职业好像有能力改变人的天性，对于从事某种职业的人，它们可以重新把它变成好人或坏人。假如一个怯懦之人到了纳瓦尔兵团，他就会成为一个英勇无比的人。并不是只有在军队中，一个人才能拥有这样一种团队精神；团队精神也并不总是带给人好的影响。我曾经不止一次想过，如果今天我很不幸，在一个国家从事这一职业，到了明天，我一定会成为一个非常残暴的人，成为一个唯权至上、荼毒人民的人，或者是一个危害国王的人，或者是一个站在人类、正义和道德对立面的人。

　　而假如我非常有钱，我将会采取种种方式，让自己拥有更多财富，变成一个富翁。我所关注的只是自己的利益，不管是对于比自己地位高的人，还是对于比自己地位低的人，我都会变得非常计较，对所有人都非常冷漠，毫不关心下层社会的人的疾苦。当然，我是因为不想被别人知道我也一贫如洗，才把穷人叫作下层社会的人的。到最后，为了享受，我会对自己的财富挥霍一空，这样一来，我就变得和其他人一样了。

　　可是相比其他人，在享乐方面，我又有些许不同。对于虚荣，我并不追求，我所关注的只是享受；对于那些流于表面的东西，我并不会去大肆炫耀，而只是尽可能讲究舒适。甚至我还会不好意思向人家显示我有钱。我好像一直都听到那些财富不如我多的人一直在妒忌我，还轻声告诉他旁边的人："你看那个人，好像生怕别人不知道他有钱一样。"

　　我会在财富的大地中寻找我最喜欢、最可以拥有的东西。因此我的财富首先会用在购买闲暇和自由方面，然后会用来购买健康，假如健康可以购买的话。对于肉欲，我不能太贪得无厌了，因为对欲念加以节制，才能把健康买来，而生活的真正乐趣又是以健康为前提的。

　　为了让大自然馈赠给我的感官感觉舒适，我会尽量离自然更近一些。我可以肯定，只要让它的快乐和我的快乐合为一体，我才会感觉到更加真实的快乐。当我在选择模仿的对象时，我会一直参照自然这个标准。在自己所有爱好中，我独独青睐于它。假如我要进行审美，会首先看它提出了哪些要求；在选择蔬菜时，我会选择它已经把味道加上去，所以尽可能不需要人工烹制就可以吃的那些。我会享受美食带给我的快乐，而且避免在这方面受骗上当。哪怕我吃得很多，也不会让饭店老板把我的钱都赚走，他也不要想着把毒药当作仙药来蒙骗我。我的餐桌上绝对不会出现外表好看，可是却臭味熏天的食物，即便是从很远的地方来的腐肉也不会。为了满足自己肉体的快乐，不管面对什么困难，我都会耐心十足，因为这种困难自身就是一种快乐，它可以让我们预期的快乐变多。假如我想对遥远的某种食物进行品尝，我不会派人把那份食物给我送过来，而会像阿皮西乌斯①那样，自己跑到那个地方去吃。因为哪怕把最好吃的食物拿过来了，却少了某种作料，即那种食物原产地的地方风味，它是不能和食物一块被运过来的，而且也没有厨师具备这种调配的能力。

　　因为一样的原因，我也和有些人不一样。他们总是觉得相比我们现在所在的地方，其他地方要舒适一些，因为总是站在季候的对立面，把自然环境和季候的协调性搞坏。冬天到来时，他们想过夏天；等夏天到来时，他们又想过冬天。他们要到意大利去度过炎热的夏天，要到北方去寻找温暖。他们原以为离季候的残酷远远的了，却不知道如果到了那些地方，没有把有关准备工作做好，会更让人抓狂。而我采取的做法则和他们完全相反。我只会待在一个地方，安心地享受一个季节中所有令人赏心悦目的美，还有那个地方特有的精彩。我有很多不同的习惯，可是它们都是符合自然的。我会到那不勒斯去度过炎热的夏天，到彼得堡去度过寒冷的冬天。有时候，我会侧躺在塔兰特人迹罕至的石窟里呼吸新鲜空气；有时候，我跳舞跳累了会去看光彩照人的水晶宫。

　　在布置餐桌和房间时，我会把非常朴实的装饰品派上用场，以把季节的变化展现出来。我会用心享受每个季节独特的美，连一丝一毫都不会放过。我一定会把一个季节享受完了以后再去享受下一个季节，假如打乱了自然的秩序，只会产生麻烦，而没有任何快乐可言。假如在大自然不想给予我们东西时，我们强取豪夺，哪怕它给我们了，它也是充满怨言的、极其不乐意的。我们通过这种方式所获得的东西，不仅质量堪忧，而且也没有味道。在没到成熟季节就上市的水果是没有什么味道的，吃了不仅毫无营养价值，而且也难以下咽。巴黎的富人用人工

---

　　　① 美食家。——译者注

干预的方式培养出来的东西又怎么样呢？他们一年到头吃的蔬菜和水果都是非常差劲的。虽然在寒冷的冬天，我吃到了很多樱桃以及几个浅褐色的西瓜，可是我觉得根本不需要吃，我的口不仅不需要滋润，也不需要提味；在炎热的夏天吃炒栗子的感觉也不是多么美好，就如同我去吃刚炒出来的栗子，而不去吃大地无偿提供给我的草莓、鹅莓和各种新鲜水果。冬月时，把人工种植的绿色植物和昏暗、没有香味的花摆放在壁炉上，不仅没有把冬天装扮好，反倒把春天的美也夺走了，禁止了自己到森林里去寻找刚刚盛开的紫罗兰，禁止了自己去看胚芽的生长，禁止了自己兴奋地说："普罗众生啊，你们不要伤心难过，大自然依然活力十足！"

　　在前面，我已经说过，为了把我的生活照顾好，我只用了几个仆人。现在我可以再说一遍。虽然一位普通公民只用了一个仆人，可是相比一个公爵有十个人照顾，前者照顾得还要好一些。我在吃饭，杯子就放在我旁边，我想喝就可以喝；而假如我讲究排场，将会有二十个人按照顺序传呼"倒酒"，之后才能解决我口渴的问题。我曾经想过很多次这样的场面。假如你想让别人帮你做一件事，那么这件事情一定做得很不好。假如要买东西，我们就要亲自去买，而不要请别人帮忙。这就使得我的仆人不会和商家沆瀣一气，才会买到更好的东西，价钱也要便宜一些；同时，我也可以借买东西的时候出去走走，看看大千世界。如此一来，我不仅收获了快乐，还增长了见解。最后，我还可以趁机锻炼一下身体，反正这样做是好处多多的。我们之所以会感到厌倦，就是因为待着的时间太长了，如果时常活动活动，就不会感慨生活的枯燥无味了。一个看门人或跟班是没办法精准地表达你想要表达的意思的。我很不喜欢在我和他人之间，还有第三个人的存在，我也不喜欢总是坐在马车上，在街上晃悠悠地前进，生怕别人靠近自己一样。一个人的两条腿就是他的两匹马，他完全可以借助它们到外面去。他一定比别人更清楚，这两匹马累不累，有没有生病，而不需要担心车夫为了偷懒而有意说马生病了，进而让自己只能困在家里。这样一来，哪怕你在路上遇到很多路障，你也不用担心，也不会在匆忙的时候因为马不能前进而被迫停下来。当我们自己可以把事情做得更好，不需要别人代劳时，除非我们自己确实做不了，要不然就不要向别人求助，哪怕我们的权力大过亚历山大，财富远超柯拉苏斯。

　　我在修建自己的住所时，不会以一座宫殿为标准，因为即便有再多的房子，晚上也只需要那么一点入睡的地方。更何况，公家的房子也不能算在某一个人头上。就像我和我的邻居的房间也毫无关系一样，我和我的仆人的房间也毫无关系。虽然东方人喜欢奢华的生活，可是他们大多数却住在非常朴素的地方；他们觉得人生就像一场旅行，家就如同一个借宿的地方。那些想要一直活下去的富人，当然是不明白这个道理的。可是，由于另一个原因，我会采取和东方人一样的做法。如果在一个地方摆设的东西过多，就相当于让自己一直待在那个地方，被关在所谓的宫殿里面。这个世界原本就是一座真正的宫殿，假如一个奢靡的人非要注重享受，处处都可以是他享受的乐园。他应该把这样一句话牢记在心上："可以享福的地方就是家。"可以让金钱发挥最大效用的地方就是他的家，可以放他的保险箱的地方就是他的国家。这刚好对菲利普的那句话进行了验证："只要我满载着银子的骡子可以进去，不管哪里都是我的家。①"让自己被墙和门所覆盖，似乎要一直被困在这里一样，我们根本不需要那样。假如因为一场瘟疫、战争或暴动，我必须要重新找居住的地方，我将发现即便我还没有到达那个新地方，那里就已经给我准备好了旅舍。假如我走到哪里，有人把旅舍给我准备好了，我当然不需要自己再建一个旅舍。一个人如果整天和自己过不去，快乐就会消失。正是因为这个原因，恩珀多克

---

　　① 有一个打扮时尚的外邦人，当雅典人问他来自哪个国家时，他回答说："我是一个富可敌国的人。"我觉得这个答案相当好。——原注

利斯才会斥责阿格里仁托，说："我们一方面在保存享乐的东西，就像生命转瞬即逝一样；一方面又在大肆盖房子，就像我们会一直活着一样。"

更何况，对于我来说，光是房子大，住的人却很少，也没有太多要放的东西，那是毫无意义的。我的家具也像我的爱好一样，非常简单。哪怕我喜欢读书和看画，我也不需要什么书房和画房。我知道，收藏书画这件事是没有尽头的，相比一样都没有收集，没有收集完整才让人更伤心。这样一来，富裕会带给我更大的痛苦。我想所有收藏家都曾经有过这样的感受。假如你知道了这些，就不会再想去收藏东西了。假如你已经知道如何利用你的收藏，你就不会主动到人前去显示。

有钱人是不会坐到赌桌前的，只有那些成天没事干的人才会坐到赌桌前。我是没空去做这种坏事的，因为我的爱好有很多。如果我只是一个人，而且非常穷，那么我绝对不会去赌；最多也只是玩一盘棋，而哪怕是这样，我也觉得自己玩得过火了。如果我很有钱，那么我更不会去赌。哪怕有赌博这种情况，由于担心自己或他人输赢太明显而伤心，我下的赌注也只会很小。有钱时，人是没有赌博的想法的。因此，只有一种情况除外，那就是这个人的心灵已经堕落了，要不然他就不可能爱上赌博。哪怕赢了一点钱，富人也不会太放在心上；而假如输了钱，所有人都会感到不高兴，包括富人在内。其实，即便在一些小赌中，你赢了一些钱，早晚你是要还回去的，要知道赌博往往都是输多赢少。因此，假如他知道这个道理，就不会深陷在这种大部分情况下也许只会让人难过的活动中无法自拔。一部人迫切想要去碰一下运气，假如真是如此，还不如去更能激发人的热情的事物中去碰运气。不管是小赌还是大赌，都可以把命运的曲折体现出来。人爱上赌博只有两个原因，一是贪心不足，二是生活枯燥，而喜欢赌博的人也只是那些心灵没有寄托和头脑呆滞的人。只要我拥有崇高的品德，拥有丰富的学识，我觉得自己不可能通过赌博来打发时间。一个有思想的人，是绝对不会喜欢赌博的。因为假如爱上赌博，他就慢慢懈于使用头脑，或者在一些毫无意义的事情上运用自己的思想。而一个人假如专心做学问，就可以在某种程度上和这种贪婪的欲念相对抗。哪怕他去赌，也不是因为沉迷于赌博，而只是为了对赌博进行试验。我只会在赌博的人中和赌博对抗，看到他们输钱是最让我愉悦的事情，相比我赢钱，我更愿意看到他们输钱。

　　不管是独处也好，还是和他人交往也好，我都是一副面孔。我希望我所拥有的财富可以让我不仅过上舒适的生活，也可以不让人觉得我和他们的地位有差距。不管从哪个方面来看，眼花缭乱的装饰品都让人感觉不适。我只会穿人们觉得匹配我的地位，不会让自己太显眼的服饰，以便让自己可以尽量自由一点，所以我就不需要装门面，不仅可以在酒吧中和普通人待在一块，也可以在宫廷当中和权贵们待在一起，如此一来，我就可以更好地主导自己的行动，进而感受到不同地位的人的乐趣。假如说有这样一种女人，当看到对方穿的是普通衣服，于是就对人家极其怠慢；而看到人家穿的衣服很华美，就对人家笑脸相迎。假如这一说法是真的，那么我还不如去其他地方转转；可是假如她们确实长得很美，我也会身穿华服去那里，可是我最多只会在那里待一个晚上。

　　我在和别人交往时，只会秉承互相友爱、志趣相投的标准。在和他们打交道时，我只会站在一个成年人的立场，而不会站在一个有钱人的立场。我绝不允许在我和他们交往中的乐趣中掺杂利害关系。假如我因为自己的财富而变得有些博爱，那么我就会给别人提供服务，而不管别人的身份是什么样的。在我身边的人，我希望是一些同伴，而不是一些墙头草，是真正的朋友而不是一些酒肉朋友。而且我希望他们在看待我时，只把我当作一个热情的主人，而不觉得我是一个做慈善的人。因为我和他们的地位是平等的，是互不干涉的，因此我和他们的关系也是无比真诚的，这种关系中并没有掺杂利害关系，而它只需要遵守兴趣和友谊这一法则。

对于我们来说是不适合用钱把一个朋友或一个情人买过来的，用钱当然很容易就可以得到一个女人，可是用这种办法却没办法得到一个忠实的女人。爱情这个东西，不仅用金钱买不来，而且还会遭到金钱的扼杀。假如一个男人用金钱去谈爱，光凭这一点，他就不可能让这个女人忠诚于他。不管他长得有多么受人待见，他花了一段时间的钱，可是只需要经过短短的一段时间，他就会发现自己花钱所养的女人其实另有所属，说得更准确一些，就是他在替另一个男人花钱，可事实上她和这两个人之间都是没有爱情可言的，因为这种由金钱和淫乱所组成的关系中，哪有什么爱情啊，荣誉和快乐就更谈不上了。对于那个没有忠诚而且又令人同情的女人，那个给她花钱的流氓如何对待她，她就会采取同样的方式对待那个给她花钱的傻瓜。但凡和交易没关系，我们当然应该对我们的爱人大方一点，这当然是一件好事。

我觉得把你所有的财产都给她，然后让她来养你是满足女人的欲望，而且又不会产生伤害的仅有的一种好方法。可是要认识到的一点是，在运用这个办法时，一定要看对方的人品。"是我占有赖斯①，而不是赖斯占有我"，这样的话是毫无意义的。假如占有不是发生在两个人身上，那么不就相当于没有占有吗？在那种占有中，你最多只是占有了她的肉体而并没有占有她整个人。爱情是毫无道德可言的，既然是这样的话，当然就没必要大费周章地说占有或者不占有。寻找女人是一件很容易的事情，和你这个百万富翁相比，也许一个赶骡子的人要幸福得多！

可是假如一个人意识到了其中的利害关系，但他已经拥有了自己想要的某种东西，他就会发现自己的理想很完美而现实却让人叹息。我们不要那样迫切地抹杀一个人的天真，我们应该保护一个年轻人，假如他误入歧途，所面临的苦难将是无穷无尽的。这种苦难会让他一直受到一种他没法摆脱痛苦的折磨，

---

① 古希腊的一个妓女。——译者注

其痛苦的程度只是比死亡稍微好一点点。假如是这样的话，你就没有理由让他成为牺牲品。我们完全是因为人的兽性、虚荣、愚昧和错误的认识，才那样做的。一种这样的想法，原本和自然就是背道而驰的，其产生于人刚开始产生自暴自弃的想法时所有最令人瞧不起的偏见。假如一个人觉得自己是天底下最不幸的人，他就不敢和他人进行对比，为了让人对自己的感觉好一点，他做什么事情都想争第一。到这里，我们可以观察一下那些只注重眼前享乐的人，看看他们是不是值得爱，是不是看上去很固执，可是却能够被原谅？答案当然是否定的，有才华和品质的人，根本不担心自己的情人对于情场之道的熟悉，而只会对她说："你知道享受并不重要，通过我的心你会明白，你根本不知道乐趣是什么意思。"

一个女人只要知道了什么样的人可爱，不管这个女人是什么样的，都不会对一个沉醉于声色犬马中的老淫棍倾心。原因是，后者不仅不会讨人欢心、替他人着想，而且脸皮非常厚。而他自己也知道，自己必须抓紧时间打动一个天真烂漫的少女，以弥补自己的这些不足。他的最后一个撒手锏就是爱情这一神奇的事物，以得到对方的好感，他之所以采取这种荒诞的做法，其隐秘的动机正在于此。可是他的想法偏偏错了，相比可以把对方的自然情欲挑起来一样，对方自然也会畏惧于他。他没有发现的是，对方因为害怕，会大胆地行使保护自己的权利。哪怕一个少女把自己献出去，让别人占有自己，在做这个选择时，她也会先考察他一番，而他所畏惧的就是这种考察。因此，他用钱买来的快乐只是空中楼阁而已，而且还会让对方记恨自己。

虽然因为我的财富的缘故，在做人方面我会有所不同，可是有一点始终是不变的。哪怕我变成了一个龌龊的小人，最起码我还保有几分审美能力、几分良知及几分小心。如此一来，我就不会让自己成为别人的猎物，不把自己的财产用在追逐一个虚无缥缈的目标上，不会让自己全心全意教导孩子，最终却落得被他们嘲笑的结果。如果我还年轻，我就会去做青年人乐意去做的事情。如果肉体上的欢娱是必须享受的，那么就不太适合用富人的身份去追逐这种享乐。当然，有一种情况除外：我依然是现在这样。假如我一直都是现在这样，谨慎起见，我只会追求和我这个年龄相符的人的快乐。我会让自己明白如何欣赏，而丢掉所有会给我带来痛苦的爱好。我绝对不会倚老卖老，以被那些年轻姑娘的嘲笑，也不会用自己平淡的温情去让她们讨厌自己，让她们笑话自己。我难以想象她们像描绘老淫猴一样来说我，我也想淫虐她们。如果我没能把自己的习惯改过来，进而让之前的淫欲持续发展成一种需求，那么我也可能会去满足这种需求，可是我可以保证的是：我会因此觉得满面通红。我会一直致力于去除好色的部分，尽可能让自己成为一个出色的情人，而且对她专情的人。我将会尽可能不让自己的弱点持续发展下去，而且只让一个人知道我的这个不足，后者要重要得多。哪怕我们在爱情方面没办法得到乐趣，那么也可以在其他方面得到乐趣，因为人生活的其他方面也是有乐趣可言的。那些时常伴随着我们的快乐，因为我们不想去享一时之乐，反而离我们远远的了。当我们的年纪越来越大，我们的兴趣也会发生变化；这个过程就像我们不能违背季节的变换规律做事一样。当然，对于和自己的年龄不符的事情，我们也不能去做。不管在何时，我们都要学会对自己加以控制，不能违背自然，想办法去享乐，要不然，我们就会消耗掉自己的生命，进而没办法乐在其中。

普通人很少有机会沉闷，因为他们的生活一直都是匆忙的；虽然他们没有多少玩乐的方式，可是却极其有趣，他们感到最快乐的一件事情就是在工作了很久以后休息几天。在工作了很久以后，他们短暂地休息一段时间，进而让自己的工作趣味横生。毫无疑问，最让富人难受的事情就是生活太平淡了。虽然他们在玩乐上投入了不少钱财，而且也有很多人想方设法讨他们欢心，可是他们却依然觉得生活太平淡了。他们尽可能让自己不厌倦眼前的生活，可是依然高兴不起来，每时每刻都痛苦不堪。假如是妇女，情况就要更严重了，因为她们自己既不会生活，也不会享受，于是每天都生活在痛苦中。她们觉得生活的平淡已经成为一种恐怖的疾病，以至有些时候，她们会变得疯狂，最后还失去了性命。我觉得一个巴黎美妇人的遭遇是最恐怖的命运。其次就是爱恋他的美男子。缘何这样说呢？因为他也会变得和懒惰的女人一样，进而加倍失去自己作为男性的地位。当他觉得自己很幸运时，其实他所过的生活换作任何人都无法忍受，那真是太漫长、太难受了。

礼法、时尚和规矩为什么是我们加倍推崇的东西呢？就是因为对这些表面的、奢靡的东西的追逐，我们才会觉得生活枯燥无味。我们最初的想法是当我们出现在其他人面前时，他们会觉得我们很快乐，可是我们却得到了与之完全相反的结果，让别人和自己都觉得很无趣①。普通人担心别人嘲笑自己，而正是因为他的恐惧，别人反倒嘲笑得更厉害，他们也因此变得更加烦恼。一个人之所以会遭到别人的嘲笑，完全是因为他的做法太呆板了。如果一个人擅长改变环境和兴趣，那么到了今天，他就会忘掉昨天的事情。别人觉得他就像根本不存在一样，可是因为他可以一直遵循自己的心意做事，所以他是快乐的。我也会这样做，而且会一直这样做，当我身处某种环境中，我就会依照那种环境生活，而把其他环境都抛到一边。我每天都会按照当天的情况去做，就好像昨天就是昨天，和明天一点关系都没有。当我到了田间地头，我就会真的把自己当作一个农夫，去聊聊地里的那些事儿，而不是让种田的人把我当成笑柄。我不会到了乡村，却过城市的生活，也不会把其他省份的住宅前的大门建成和提勒里宫一样。我会找一个郁郁葱葱的小山坡，

---

①　有两个擅长交际的妇女，为了让别人觉得他们是快乐的，竟然规定必须等到清晨五点钟以后才能睡觉。在很寒冷的冬天，她们的仆人一直站在大街上等她们回来，可是直到深夜都没有等到，他们都快冻死了。一天晚上，或者更准确地说，一天早晨，有人来到这两个无论什么时候都非常快乐的人的房间里，发现她们两人就在房间里的沙发上睡得正香呢。——原注

然后把一间小小的农家房子建起来，墙是白色的，窗户是绿色的。虽然用茅草盖屋顶无论什么时候都会让我感觉舒适，可是我依然决定把屋顶弄得更好看一些；我会用瓦片盖，当然不是那种黑漆漆的薄石片，这样看起来要艳丽一些、干净一些。我之所以这样做，还有一个原因，那就是我家乡的房子用的都是瓦片，只要我看到瓦屋顶，童年时的快乐生活就会浮现在我的脑海里。我会把我的院子当成家禽饲养场；我不会建马厩，可是我会建一个牛棚，这样就可以得到我喜欢的牛奶了。我会把菜园建成一个花园，把果园建成公园，这个果园和我后面马上要说到的果园一模一样。树上结果子以后，过路人随时想吃都可以去摘。我的园丁不会去数结了多少个果，我也不会把它们采摘下来。我是绝对不会用一道漂亮的树墙把果园围起来的，这样一来，即便别人看了也不会去动它。这样的小奢侈不会花太多钱，更何况我住在很偏远的省份；偏远的省份是食物多而金钱少的，富人和穷人都过着一样的生活。

　　在那里，我也会交一些朋友，可是我是有选择性的，而不是只想多交朋友。这些朋友中不仅有想玩乐而且有会玩乐的，也有一些妇女。后者不但可以从房间走出去，到田野中去嬉戏，还可以放下自己织布的梭子和纸牌，去捕鸟、钓鱼、拾柴火、栽种葡萄。在那里，我们会把自己完完全全当作一个乡下人，把城市里的习惯统统忘掉。因为有太多好玩的事情，而且花样繁多，所以到了晚上，我们甚至会为明天玩什么而伤脑筋。因为我们过的是一种运动而快乐的生活，我们的食欲也大增，不管吃什么，都觉得很美味。我们觉得每一餐都成了一场宴席，我们喜欢的是丰富的食物，而不是鲜美的食物。可以这么说，美丽的心情、田间的劳动以及可爱的游戏就是世界上最好的厨师。在那些日出而作的人看来，我们吃东西还如比讲究真是太可笑了。在吃东西时，什么先后顺序，什么餐具是否精美，都不是我们考虑的问题。我们觉得处处是餐厅，花园上、小船上或绿荫下都可以。有时候甚至会离房屋远远的，就在流动的泉水边吃，在绿油油的草地上吃，在赤杨和榛树丛中吃。就这样，一起聚会的人会乐颠颠地把美食带上，一边走一边大声歌唱。只要我们吃得下去，我们就会把礼节都放到一边，想吃什么就吃什么。谁都可以无所顾忌地给自己先拿菜，而且也愿意看到别人也这样做，先给自己拿然后再给他拿。我们就这样友好地吃，完全不会觉得粗俗，也不矫揉造作，甚至还会疯抢着吃，相比客客气气地吃，这样吃的乐趣要多多了，而且也让大家的关系变得更好了。我们不管讲什么，都不会有令人生厌的仆人来偷听；我们不管怎么做，都不会有仆人来说长道短；也没有任何一个仆人虎视眈眈地看着我们吃了多少东西，或者有意让我们多等一会儿才给我们把酒拿过来，而且埋怨我们吃饭的时间太长。为了成为自己的主人，我们就做自己的仆人。不管是谁，都可以让大家服侍他，没有人理会过去了多长时间。为了避暑，进餐时就是在休息。假如有个刚干完农活的人从我们身边经过，我们就会给他说几句好听的话，让他信心十足，让他可以更愉悦地容忍当下的辛苦。而我的心情也是激动的、快乐的，我会暗暗地告诉自己："我也是一个人。"

如果当地的乡亲们在一起过节，我会把我的同伴叫上，第一个赶过去参加；如果我的邻居举办婚礼（相比城里人，当然，上帝更会祝福他们的婚礼），因为知道我乐于见到他人的快乐，所以他们也会邀请我去。我去的时候会带给他们几样礼物，这些礼物和他们一样纯朴，以让这些善良的人感到更加快乐；他们则会把一些无价的东西回馈给我，我的同辈们当然是无法理解这种无价的，这就是自由和真正的快乐。我坐在长桌子的一端，和他们一起愉悦地野餐。我将和他们一起不停地唱一首乡村的老歌；我在他们的院子里跳舞，高兴极了，甚至比我在歌剧院里跳舞还高兴。

写到这里，有人可能会向我发出这样的疑问："诚然，上面说得都不错，可是打猎时要怎么办呢？难道在乡村就把打猎这件事舍弃了吗？"这并不是个大问题，因为我只想拥有一块自己的小牧场。请允许我做一个错误的设想：我很富有，因为必须有一些快乐只供我一个人享受，我要以伤害动物为乐，而且我还需要很多其他东西，像土地、树林、看护庄园的园丁、地租和绅士的头衔，尤其是别人的讨好。

这太好了，可是因为我们周边的邻居不仅要保护自己的权利不受损，而且希望可以把别人的权利侵占过来，我们的园丁就会发生冲突，或者主人也会发生冲突，于是，大家互不相让，争执不休，难免会生出仇恨。严重一点的，还有可能引发一场诉讼。这些事情都会引起人的不快。如果我的兔子正在啃食租我地的人所种的麦子，我的猪正在糟蹋他们的蚕豆，他们肯定老大不高兴。看到自己的庄稼惨遭毒手，可是又不敢把它们打死，只能把它们从自己的田地里赶出去。白天，他们要下地干活，到了晚上，还要守在田间地头。他们让狗来看守，还敲鼓、吹号角、摇铃铛。因为这些声音杂乱不堪，我根本睡不着。我会不由自主地想到："这些可怜人真是值得同情，而我又让他们遭受了多大的苦难。"假如我是贵族出身，我就会假装看不到这一切；遗憾的是，我只是一个刚刚变得有钱的人，心里所想的和大家差不多。

而野物只要多了，必定会招来很多猎人。我会严厉惩罚那些偷偷打猎的人。我会准备几间禁闭室和看守禁闭室的人，以便看管他们，对他们加以处罚。我认为这样做很残忍。因为这样一来，这些人的妻子就会在我的大门外聚集、哭闹不止，让我一刻都不得安宁；而我，不是把她们赶走，就是用粗鲁的方法对待她们。有些穷人并没有偷偷来找我打猎，可是他们肯定会来找我诉苦，因为我树林中的野物损坏了他们的作物。因为前面那种人偷偷打猎，所以他们受到了惩罚；而后面那种人因为没有偷偷打猎，又蒙受了很大的损失。如此一来，不管是来偷猎的人，还是没有来偷猎的人，命运都好不到哪去。我周围尽是一些萧条的景物，我所听到的都是呻吟声，是不是离和谐太远了？是不是愈加让人没办法快乐地猎取松鸡和野兔了呢？

假如你希望自己的快乐是完全甜蜜的，那么你就不能只顾着自己享受，而要和他人一起分享。你越是和大家分享你的快乐，你的快乐就会越甜蜜。因此，我坚决不会像上面那样去做。我不仅要保持自己的爱好，又要规避在找寻乐趣的过程中所产生的困扰。我会把乡下的住房建在一个偏远的、任何人都可以自由打猎的地方。在那里，我可以毫无顾忌地玩耍，而不用担心遇到什么烦心事。也许那里没有太多可供猎取的野物，所以在寻找目标时，我就要讲究一点技巧。这样一来，当人抓到猎物时，快乐的程度就会更高。我记得当父亲在看到第一只松鸡飞起来时心里的愉悦，当他看到那只他一整天都在追寻的野兔时，他高兴得都快要晕过去了。曾经在一个傍晚时分，他一个人牵着狗、扛着枪，背上猎袋、一堆各种各样的东西以及一只小小的猎物，带着一身的伤回到家。那时，我想相比那些不是很擅长打猎的人，他的心情要高兴多了。为什么这样说？因为前者尽管骑在高头大马上，而且后面还跟着二十多个人拿着装好了弹药的猎枪，可是在打猎的时候，只能把一支猎枪用完以后再换下一支，而且只能等到猎物靠近时，才把枪举起来射击。这样做不仅毫无技术可言，而且脸上也没有光彩，甚至连运动都不是。因此，当我们不需要看管土地、不需要处罚偷猎的人、不需要折磨穷人时，我们的乐趣依然和原本一样，甚至之前的麻烦都消失了。也正是因为如此，我才更想要这样生活。假如你总是和他人过不去，无论你怎么做，都会遇到一些麻烦。大家时常在背后说你的不是，终有一天，野味到了你的嘴边，你也会觉得不是滋味。

　　一个人独享乐趣，反倒没有乐趣可言了。真正称得上快乐的，只有和他人共享的快乐。如果只是一个人快乐，是很难快乐起来的。假如我在花园周边砌一堵墙，让它荒芜，成为一块禁地，那么我虽然投了很多钱进去，可是自己反倒无法享受散步的快乐了，只能到很远的地方去散步。财富这个东西的破坏力很强，不管什么东西和它相触碰，最后都会被它破坏。一个富人不管走到哪儿都想做主人，可是等到他真的变成了一个主人以后，他反倒快乐不起来了，在任何时候都只能躲得远远的了。可是我不一样，哪怕我成了一个有钱人，我也会保持贫穷时的做法。现在刚好到了我也可以享用别人的财产的时候了，当我这样做以后，相比我只享用自己的财富，现在的我要富有得多。假如我觉得旁边的那块地方好，我就把它抢夺过来；任何一个征服者都不能和我这种做事的果决性相提并论，我甚至还会把王室的土地都侵占过来。不管是哪块空地，只要被我看上了，我都会把它抢过来，而不管有没有什么地方不合适。拿过来以后，我就给它命名了。我会随便把哪块地拿过来作为花园，或者草坪。如此一来，它们就属于我了。之后，我就可以大摇大摆地在中间走了，想怎么走都随我意。为了让我的所有权不会遭到破坏，我会时常去走走、看看。对于我路过的所有地方，我都会用起来。当一个人告诉我说："你抢夺过来的这块土地的正式主人把它出产的作物卖了出去，所以他从这块土地所取得的收益远大于你。"我觉得这种说法不对。为了不让我靠近，即便他们挖壕沟、筑篱笆，也不会伤害到我，我可以悄无声息把自己的花园扛起来离开，把它放到其他地方去；我附近有很多地方，我必须在相当长一段时间内进行抢夺，才能让我的邻居忍受我。

以上文字是我试着指出在快乐的空闲时光时，如何选择真正有意思的娱乐方式。假如我们想玩，我们就按照这种精神去玩，其他的所有玩法都只能被称作是愚蠢的、毫无意义的事情。不管是谁，只要没有遵照这些准则，即便他再有钱，再大方，都无法深刻领悟生活的意义。

当然，大家也会提出反对意见："所有人都会这样娱乐。假如按照这些办法来娱乐，就和钱没有关系了。"这就是我要下的结论。只要你想得到快乐，你就可以得到快乐。完全是因为世俗的成见，人们才会觉得事情都很难，才会赶走身边的快乐；想得到真正的快乐比假装快乐要容易多了。假如一个人擅长欣赏，而且知道安逸享乐是怎么一回事，只要他是自由的，而且可以给自己做主，金钱对于他来说根本就不是必需品。只要把幻想的财富放到一边，任何一个身体健康、不用担心没饭吃的人都称得上是一个有钱人。贺拉斯①口中的"适度最好"就是这个意思。我想跟那些富甲一方的人说，你们应该想其他办法来运用你们的财富了，因为在追寻快乐的过程中，金钱是根本派不上用场的。在这方面，爱弥儿的观点要远远高于我，因为他尽管没有我知道的东西多，可是他的心要健康多了、纯洁多了，世界上所有人都无法质疑他的各种观点。

通过这样消磨时间的过程，我们一直在寻找苏菲，可是她却一点消息都没有。正是因为她不应该很快就找到，所以我们才到早就知道她不在那里的地方去找她。

时间已经不等人了，现在是时候要马上找到她了，要不然的话，爱弥儿就会觉得另外一个女人是她了，到那时，如果爱弥儿认错了人，后悔就来不及了。巴黎再见，你是这样的名声在外，如此喧闹，这里的妇女是如此轻佻，男子是如此轻浮。现在，我要去寻找爱情、真诚了，所以我最好离你远远的。

① 罗马诗人。——译者注

Chapter 05

现在我们的展示和叙述已经到了青年时期的最后一幕，但还没到成功的时候。

一个成年人独自生活是不好的。现在爱弥儿已经是成年人了，我们曾经承诺要给他一个伴侣，现在是时候兑现承诺，把她交给他了。这个伴侣就是苏菲。现在的问题是，她躲在哪里？我们在哪儿能找到她？你必须认识她，才能找到她。在我们更好地了解她住在哪里之前，我们需要先知道她是什么样的人；即使我们找到了她，事情也还没有结束。洛克说："既然我们这位年轻的先生要结婚了，就把他交给他的情人吧。"洛克的著作写到这里就画上了句号。至于我，我没有这个资格去培养一个绅士，所以在这方面我永远不会采取洛克那样的方法。

苏菲或女人

毫无疑问，苏菲应该是一个成年女人，就像爱弥儿是一个成年男人一样。换言之，她应该具备她的性别的所有特征，这些特征使她能够在身体和精神方面扮演她的角色。现在，让我们来看看男人和女人之间的相似点和不同点。

如果不看和性有关的东西，女人和男人是完全相同的：相同的器官和作用，相同的需求，相同的能力；相同的身体结构，相同的身体部分及其功能，面貌也是相似的；女人和男人之间的差别，从各个方面来说，只是大小的不同。

然而，在涉及性的问题上，男人和女人是不同的，二者互为补充。从男女的体格来说，很难确定哪些东西属于性，哪些东西不属于性。就算不通过比较解剖学，只从肉眼，我们也可以看到，二者之间的一般差异似乎不在于性，但是不可否认，它们与性有关，只是我们没有看到它们与性是怎么发生关系的；也不知道这种差异的范围有多广泛。我们唯一可以肯定的是，男人和女人都有共同的人类特征，但是他们在性方面不同。从这个角度出发来看，我们发现他们之间有如此多的共同之处，也有如此多的不同之处，以至我们可以说，大自然造就了一个奇迹：它可以让两种生物如此相似，同时又如此不同。

所有这些相似和不同都会对人的道德产生影响，而且影响非常明显，是大家能够亲身经历的，因此我们没有必要去争论男人和女人孰优孰劣，或者争论两种性别的人是否平等。在我们当中，不管是男人还是女人，现在在达到大自然赋予的目的的问题上，都十分到位。如果这两种性别再相像一些，反而不如现在完美。在共同点上，二者是平等的；而在不同点上，二者根本无法比较。我们说一个成熟的女人和一个成熟的男人是一样的，就是说他们有着相同的外表，而有着不同的精神；要求完全相同是无法做到的，因为大小上并不一样。

在两性的结合中，不同性别的人为一个共同的目标做出同样的贡献，但方式不同。由于方式的不同，两性的精神上就存在着明显的差异。一个是积极的、主动的、身强体壮的，而另一个是被动的、消极的、身体柔弱的；前者必须有意志和力量，而后者只需要一点抵抗的能力。

如果这个原理成立，我们就可以说女人是为了男人的快乐而造的。另外，如果男人也应该让女人开心，这只是一个不那么直接的需要，因为他的长处就是他的体力，如果他足够强大，就可以让她欢喜。有人说："这种欢喜不是爱的法则在发挥作用，而是比爱的法则更古老的自然法则的作用。"我赞同这种说法。

如果一个女人生来就是为了取悦男人，从属于男人，那她应该让男人在看到自己的时候觉得可爱，而不是不快；她的力量在于她的魅力，她应该通过这种魅力迫使他发现并使用自己的力量。激发这种力量最稳妥的方法就是抵抗他，这样他就不得不使用他的力量。当自尊和欲望结合在一起，在对方的胜利中，任何一方都可以获得成功。所以，一方进攻，另一方守护；雄性勇敢，雌性胆怯，到了最后，她会拿出大自然赋予弱者的武器——娇媚和害羞——来制伏强者。

没有人敢说大自然希望两性的欲望是一样的激荡，最先被唤醒性欲的一方必须首先向对方表明满足欲望的意愿，因为这种说法非常可怕。既然性行为对两性的影响如此不同，那伴侣双方都同样大胆地参与进来，无疑是违背自然的道理的。如果双方在共同行为中的负担是如此不平等，如果一个人没有羞耻心的约束，而另一个人也不受自然的约束，那么两者很快就会同归于尽，人类也会被原本用来保护自己的手段所毁灭，这是非常明显的。由于女人往往会刺激男人的感官，点燃他们心中快要熄灭的欲火，所以在世界上某个倒霉的地方，特别是女人多于男人的热带地区，这种信仰特别盛行，那只能出现这么一种情况：男子无法抵御女人们的淫欲的摧残，只能被她们牺牲，被她们夺去性命。

如果没有这种羞耻心，雌性动物又会如何？它们会不会像女人一样，为了摆脱这种制约色欲的因素的控制，而变得荒淫无度？这种情况并不会出现，因为雌性动物的性欲只产生在有需求的时候，一旦需求得到满足，性欲也会消失。它们不会对雄性动物欲拒还迎①，而是非常干脆利落地拒绝。这种做法，跟奥古斯都女人的做法截然不同。一旦船只到达了装载货物的上限，它们就会拒绝再接纳乘客。就算它们被性欲控制的时候，也只有非常短的时间会甘愿进行性行为，很快就会过去；它们既被本能推动，也被本能制约。如果你让妇女们远离这种羞耻心，她们没有任何能够代替这种消极的本能的东西。在这种情况下，如果你还希望女人不想男人，就等于希望每个男人都变成废物。

上帝拥有至高的权威，他希望人类在所有事情上都有荣誉心。为了让人类能够在拥有自由的时候又能自制，他不但赐予了人类无限的欲望，同时也赐给了人类调节欲望的法则。他让男人在具有旺盛的性欲的同时，又具备了克制性欲的理智；他让女人在拥有无限情欲的同时，又具备了控制情欲的羞耻心。另外，在人类恰当运用性能力的时候，他还给了人类一种立刻就能享受到的赏赐：如果人类按照他的法则行事，就会获得乐趣。我认为，这些也能起到和动物本能同样的作用。

不管女人是否像男人那样产生了性欲，也不管她是否愿意满足对方的欲望，她都会表示拒绝和进行防御，但是这种拒绝和防御在程度上会有所不同，而且并不是一直很坚决，并能够取得同样的成功的。进攻的一方想要获得胜利，被进攻的一方就要同意或者指挥他进攻。想要刺激进攻者拼命进攻，方法有很多，可是最自由和最温柔的动作，是不允许真正的暴力存在的，因为不管是大自然还是人的理性，都反对使用暴力。大自然反对暴力的表现，在于使较弱的一方具有足够的能量，可以随着自己的意愿进行抵抗；而理性反对暴力的表现，在于真正的暴力被认为是最粗鲁的兽行，而且与性行为的目的背道而驰。

①　我曾经说过，几乎所有女性都会做这种欲迎还拒的样子，甚至在她们已经非常乐意时，雌性的动物也会这样做作一番。只有那些从来没有看到过她们这种样子的人才会对这一点表示反对。——原注

如果男人采取暴力，就相当于在向他的伴侣宣战，而对方为了保护自己的人生和自由，就有权剥夺侵害者的生命。对于妇女来说，只有她自己拥有判断自身处境的能力，如果随便一个男人都可以窃取做父亲的权利，那孩子就无法判断出谁是自己的父亲。

由此，根据两性体质差异的不同，我们能得出第三个结论：虽然从表面上看，较强的一方处于主动地位，但他实际上受到较弱一方的支配。造成这种现象的原因，是一种恒久不变的自然法则，而不是因为男子习惯向女子献殷勤，也不是因为他以保护人的身份自居，从而表现得十分宽容。这种法则的存在，让妇女可以轻而易举地将男人的性欲刺激起来，可相对来说，男人要满足这种性欲要困难一些，他要依着对方的兴趣而改变，并竭尽全力取悦对方，才能让对方承认他是强者。男人感到最甜蜜的时候，就是他取得胜利之时，不知道是弱者屈服于他的强力，还是心甘情愿地臣服于他。而在这方面，妇女非常狡猾，她会故意让男人和自己之间存在着这种疑团。妇女的心思和她们的体质在这一点上是完全一致的，她们并不觉得自己的柔弱是一件可耻的事情，反而以此为荣；她们娇柔的肌肉毫无抵抗力，就连最轻便的东西也负担不起来；如果她们长得十分健壮，也许反而会感到害羞。之所以出现这种情况，一方面是显得好看，另一方面是更好地进行防卫；为了在必要的时候获得弱者的胜利，她们要先找个借口才行。

从自己的罪恶行为中，我们逐步获得了许多知识，于是我们对这个问题的旧看法也大大改变。如今我们对强奸的行为已经少有耳闻，因为这种行为已经几乎没有了存在的必要，而且大家也不相信居然会有这种行为存在①。可是，由于这种行为和

---

① 只有在年龄和体力上都不相称，才能用强奸来定义。可是，在这里，我是根据自然的秩序来对两性的相对的地位进行论述的，因此在对论述男女两性时，把他们都放在组成这种地位的共同的关系中。——原注

朴实的自然生活十分相符，因此它们在古代的希腊人和犹太人中间时常发生。而后来，大家之所以对这种事情不再提起，是因为我们日趋放荡；现在人们之所以不再提起强奸这件事，只是因为人们不像以前那么相信，而不是因为男子们比以前更能克制自己。以前把强奸的事情告诉别人，是容易得到心地淳朴的人的相信的；而现在把这种事情告诉别人，只会被嘲笑，因此，人们选择了对此闭口不谈。《申命记》①中有这样一条法律规定："如果奸淫的事情发生在城里，那被奸的女子和诱奸她的人都要被惩罚；而如果此时发生在乡村或者人迹罕至的地方，那受到惩罚的只有男子。"对此，该法律的解释是："因为乡村的女子虽然喊叫了，却无人听见。"这种解释非常宽容，我们也可以从中学到：女子要尽量少去人多的地方，以免遭遇不测。

既然大家的看法有了改观，那风俗自然也有了极大的变化。其中的一个变化，就是如今的男子几乎都会向妇女献殷勤。男子们已经意识到：只有女性出自自愿，他们才能获得快乐，而且对女性自愿的需求远超他们的想象。为了满足自己的愿望，他们必须体贴对方。

由此，我们是如何在不知不觉中从肉欲达到道德观，从粗俗的两性结合中逐渐产生温柔的爱情法则的，就一目了然了。女子能够驾驭男人，并不是因为男子愿意，而是因为大自然的要求：在她们表面上制伏男子以前，就已经开始了对男子的驾驭。赫拉克勒斯②想羞辱萨斯比斯的五十个女儿，最后却只能在奥姆法尔③的脚边纺纱；参孙④虽然力大无穷，比起戴丽拉却稍逊一筹。妇女们具有这种力量，而且谁都无法剥夺。就算她们随意使用这种力量，我们也对她们没办法；如果她们有失去这

---

① 《圣经》旧约中的一卷书。——译者注
② 希腊神话中最伟大的英雄。——译者注
③ 吕底亚女王。赫拉克勒律斯误杀自己的好友后，为了赎罪，心甘情愿去她那里被奴役。——译者注
④ 具有天生神力的人。——译者注

种威力的可能，早就失去了。

而性行为对两性的影响，是完全不对等的。男性只有在某些时候，才会发挥他具备的男性作用的效力，而女性的女性作用会一直持续，至少在她的整个青年时期是这样。她可能会因为任何一件事情而想到自己的性别，并需要一套适合自己性别的方法，便于发挥自己的作用。在怀孕期间，她需要照顾；在生产之后，她需要休息；在哺乳期间，她需要过安静的生活，尽量少活动。她应该性情温柔，富有耐心，她的热情和爱应该不被任何事情所影响，以便抚养孩子。她在父亲和孩子之间扮演着纽带的角色，只有她才能让父亲爱孩子，让父亲相信孩子确实是他的。她必须安排细致，才能让全家人亲密相处。妇女们这么做，并不是因为这些事情是一种美德，而是因为其中包含乐趣，若是没有这种乐趣，很快人类就会消亡。

两性之间相互的义务并不相等，也不可能绝对相等。在这个问题上，如果妇女抱怨男子做得不公平，是不合理的，因为这种不平等并不是人为的，至少也不是人的偏见造成的。这其实是非常合理的，在两性当中，既然大自然安排了女性繁衍后代的责任，那女性就应该负责为对方抚养孩子。诚然，不管是谁都不该违背承诺，如果一个妻子在尽到了女性的艰巨责任之后，她那不忠诚的丈夫却剥夺她应该享有的唯一的报酬，那就可以说这个丈夫是个不正直的野蛮人。反过来说，如果妻子不忠诚，后果会更加糟糕，她会让一个家庭变得支离破碎，打破自然的一切联系；因为她给丈夫养的是一些私生子，因此可以说她在出卖了丈夫的同时也出卖了孩子，她不但不忠实，也算不上贞洁。我发现，每一次乱伦和犯罪的事情，都会有一个不忠诚的女人牵涉其中。可以说，一个倒霉的父亲的处境是非常可怕的：他不敢相信自己的妻子，也不敢尽情释放自己内心的温柔；当他拥抱孩子的时候，他会担心这个孩子是不是别人的，是不是他的耻辱，是不是会成为一个窃取他真正子女的财产的盗贼。虽然那个犯罪的女人让家中的人做出相亲相爱的样子，实际上却让大家互相仇恨，所以他们根本算不上是一家人。

所以，问题不仅在于妻子本人应该忠诚，也在于她在她的丈夫、邻居和所有人眼中都是忠诚的。她应该态度谦逊，举止谨慎，略带一丝羞涩；不管是在别人的眼中，还是在她自己的良心中，她都应该是一个有品德的人。如果说父亲有爱子女的义务，那他也有必要尊敬他们的母亲。这一切决定了妇女们不但有很多应尽的义务，还要像保持贞操一样维持自己的好名声。由此，我们不但找到了男性和女性的品德存在差别的答案，也得出了一个推论：在妇女们的天职和习俗方面，有一种全新的动力在影响着她们的行为和态度，让她们谨言慎行。如果不针对上面的问题，只是笼统地说两性平等，说他们会有同样的义务，我认为只是空谈。

对于一些有真实依据的普遍法则，你举出一些例外的情况予以反驳，这算不上一种实事求是的推理方法。也许你会说，妇女们并不经常生孩子。我承认，她们是并不经常生孩子，但她们本来的目的是要生孩子。只是因为在世界上的许多大城市中，妇女们的生活淫荡不堪，所以生的子女很少，你就要因此认为妇女们的天职是少生子女吗？在一些不太富裕的地方，妇女们过着朴实和贞洁的生活，好在有她们来弥补城市里的太太们生育少的弊病，否则真是难以想象，城市会变成什么模样。在一些省份，一个妇女要是只生四五个孩子，也许会被认为是生育能力不强①。某个女人少生几个孩子，其实并不要紧，不能因此断定妇女们的天职不是做母亲。大自然和人类的伦理并不会因此而不通过普遍的法则将这种天职赋予她们。

无论两次怀孕之间相隔多长，都不足以让一个妇女毫无风

---

① 如果不是如此的话，人类一定会走向毁灭。为了把人类保存下来，弥补这种缺口，每个妇女基本上都要生四个孩子。因为在出生的孩子中，几乎有一半在他们具备生育能力以前就已经死了，因此一定要有两个人留下来接过父母手中的棒子。所以，请你设想一下，我们能否依靠城市来让这样一个人口数字保持下去。——原注

险和困难地换成另外一种生活方式。我们要想到：她能否在乳母和战士的角色之间自由切换？能否像变色的蜥蜴一样，随意改变自己的气质和爱好？能否一下干完家务，去野外顶风冒雨地做体力活，不惧生死地打仗？能否时而勇敢，时而胆小①；时而娇弱，时而强壮呢？如果成长于巴黎的年轻人，都能感到军人的生活十分艰苦，那么从没有晒过太阳，走路都颇费力气的女人，在度过五十年的悠闲生活后去当兵，能够吃得消吗？以她们的年龄（这个年龄的男子都应该退伍了），能否从事这种艰苦的职业呢？

我知道，有些国家的女人在生孩子时几乎不用遭受痛苦，抚养孩子也不用那么劳神费力。同样是在这些国家里，男人在一年四季都能将半个身体裸露出来，还可以跟猛兽格斗；他们可以像扛背包一样，在肩膀上扛一只独木舟；为了打猎能够步行七八十里路，睡在露天，能够忍受难以想象的疲劳，就算几天不吃不喝，也能生活下去。在女人强壮的时候，男人通常会更强壮；反之，如果男人的身体变得衰弱，女人身体衰弱的程度要更严重一些。这就像一道减法，在被减数和减数都相应改变时，差的数值保持不变。

我知道，柏拉图在《理想国》中主张，对于男子做的那些运动，女子也要做。他从自己主张的政治制度中取消了家庭，却又不知道该将妇女安置在何处，不得不把她们全部改造成男人。这个天才详细论述了各个方面，并表达了自己对所有问题的看法，只是有一些难题是别人没有向他提出过的。不过对于别人提出过的一些难题，他解答得并不好。现在我没有谈论所谓的妇女团体的打算，像一般男人那样一再地在这个问题上批评他，只能意味着批评他的人没有很好地解读他的著作。我准备论述的，是社会上男女混杂的情形。由于男女混杂，所以男

① 妇女们胆小，这也是一种自然的本能，这样她们在怀孕期间，就可以对双重的危险加以防备。——原注

人和女人会担当同样的职务，做同样的事情，结果会是什么？产生一些不可忽视的恶果。我认为，最温柔和最自然的情感的消亡，都要归咎于一种必须依靠它们才能存在的错误情感。没有自然的影响，就没有习俗的联系。我们对祖国的爱植根于对家庭成员的爱。我们如此热爱我们伟大的祖国，是因为我们有一个小家；一个国家首先要有好儿子、好丈夫和好父亲，然后才能有好公民。

我们得出的结论是男人和女人在体质和性情上不一样，也不应该是一样的，由此可以得出另一个结论：他们受到的教育也应该不同。虽然他们应该服从自然的教导，在行动中也应该相互合作，但他们不应该做同样的事情。因为工作的目的是相同的，但内容不同，工作的乐趣也不同。我们为了把一个人变成一个天性自然的人，颇费了一番努力。现在是讨论如何培养妇女的时候了，培养的目的是既要使她们适应这样的男人，又要使我们的工作做得更好。你必须永远跟随自然的指导，才能永远走在正确的道路上。所有性别的特征都应该被尊重为自然的安排。你多次强调自己的骄傲的看法："女人有各种各样的缺点，但我们没有。"如果你有这种看法，就大错特错，你嘴里的缺点，其实是她们的优点；如果她们没有这些优点，情况会比现在更糟糕。你可以防止这些所谓的缺点变成恶习，但是要消除它们却是不可能的。

如果我们这样做，女人们就会发牢骚："你们把我们培养成马屁精和阿谀奉承者；为了更好地控制我们，你们总是用小玩意儿来讨我们开心。我们的这些缺点都是你们造成的。"这种说法简直是无稽之谈，男人们从来没有干涉过子女的教育，也没有干涉过母亲按照自己的意愿去教育子女。"不幸的是，他们没有学校可上！"我希望上帝也不要让男孩子去上学，这样他们才能成为一个更有感情的人，一个诚实的人！可以肯定的是，没有人强迫一个女孩在琐事上浪费时间；没有人强迫她像你一样花那么多时间梳妆打扮；也没有人阻止你按照自己的心意教她们或者请人教她们。如果我们心悦于她们的美貌，如果我们被她们的笑容诱惑，如果我们陶醉于她们从你们那里学到的巧妙的行为，陶醉于她们美丽的衣着，陶醉于她们使用让我们甘拜下风的武器的技巧，那么责怪我们做得不对是不正常的。你也可以像培养男人一样培养她们，这正是男人想要的，因为她们越想学男人，对男人的吸引力就越小。结果会是什么？他们成为她们的主人！

男人和女人拥有相同的能力，并不意味着他们拥有相同程度的能力。总的来说，双方的能力是相辅相成的。女人以女人的身份做事，可以做得更好；但如果她以男人的身份做这些事，结果就不那么令人满意了。不管在什么地方，只要她们能妥善利用自己的权利，就可以占据优势；但是，如果她们要窃取我们的权利，那唯一的结局就是不如我们。这是一个颠扑不破的真理，如果我们用一些例外的情形反驳它，就不比那些喜欢偏袒女人的花花公子好多少。

对于女人来说，如果不培养她们应有的品质，而只是培养她们男人的品质，那明显是在害她们。聪明的女人不会被这个做法愚弄，因为她们把这一点看得十分透彻。当她们想要窃取我们的权利时，也不会放弃她们的权利，一点儿都不会；然而，这种做法不但没有给她们带来好的结果，反而让她们同时失去了这两样权利。这样，她们非但无法达到我们的地位，就连自己原本应该达到的地位都达不到了，从而失去了一半的价值。啊，贤明的母亲们，请相信我的话，不要违背自然，把你们的女儿培养成一个好男人；你应该把她培养成一个好女人，这样不管是对她自己，还是对我们大家，都会有更大的好处。

当然，我们不能因此得出这样的结论：她们应该一门心思做家务，对一切一无所知；男人应该把他们的伴侣当成奴仆，禁止她们社交；为了更好地使唤她，他应该让她没有任何思想和知识。大自然会不会让他把她变成一个机器人？不会的，因为它赋予了女人智慧和可爱的心灵。相反，它希望她们有思想和意愿，有爱心，也有知识，像培养身体一样培养自己的心灵。它给了她们这些武器，以便弥补她们体力的不足，并增加支配男人的体力。她们需要学习的东西并不少，但只能学习适合她们的东西。

无论我考虑女性的特殊天职，还是观察她的倾向或义务，都能了解什么样的教育是适合她的。女人和男人都是为了对方的利益而生的，不同之处在于相互依赖的程度不同。男人依赖女人是因为自己的欲望，而女人不一样，她们依赖男人不仅是因为她们的欲望，也是因为她们的需要。男人就算没了女人，也能生存；可女人要是没了男人，就很难生存。女人想要拥有生活的必需品，想要维持自己的地位，就需要我们为她们提供这些生活必需品，需要我们认为她们应该得到这些东西。没有我们的情感，没有我们对她们功绩的评价，没有我们对她们品貌的尊重，她们很难生存。由于自然法则，女人需要听凭男人的评价，包括她们自己和她们的孩子。她们不但值得尊重，还需要有人尊重。她们有责任美丽，也有责任被人喜欢；她们有责任生得聪明，也有责任被人认为聪明；她们的荣誉既取决于她们的行为，也取决于她们的声誉。我的观点是，一个被认为是荡妇的女人不会表现得诚实。男人只要行为端正，就不用担心别人的评价，而按照自己的意愿做事；但是女人不一样，她就算行为端正，也只是完成了一半的工作，她不仅要让别人对她有好的看法，还要行为端正。由此可以看出，她们应该接受与我们所受教育完全相反的教育。世人的议论可以葬送一个男人的美德，却可以成就一个有着好名声的女人的权威。

要想孩子健康，母亲必须健康；男子想要受到幼年时期的教育，必须有一个关心他的女人，这个女人决定了他将来的脾气、欲念、爱好以及是否幸福。因此，妇女们受到的教育和男子的教育密不可分。妇女的天职就是让男人快乐，帮助他们，给他们爱和尊重。另外，妇女要在男人的幼年时期抚养他们，在他们的壮年时期照顾他们，给他们忠告和安慰，让他们的生活充满快乐。我们应该在她们小时候就教育她们，否则我们将无法完成我们的使命；我们教育她们的各种道理对她们和我们的幸福都没什么帮助。

　　当然，所有的女人都想让男人开心，而且她们也应该如此。但是，让那些有才德、真正可爱的人快乐，和让那些到处模仿女人、有辱男人尊严的花花公子快乐，采取的做法截然不同。无论是出于本性还是出于理性，都不可能让一个女人爱一个男人身上跟她相同的地方，同时，她不应该为了得到一个男人的爱而学男人的样子。

　　因此，如果女人为了模仿那些愚蠢的男人的样子，放弃自己的端庄贤淑，那就完全违背了她们的天职，剥夺了自己应该享有的权利。她们会说："这是让男人喜欢我们的唯一方法。"这种说法实在愚蠢透顶。只有愚蠢的女人，才会喜欢轻浮的男人。如果世界上没有轻浮的男人，那些愚蠢的女人恨不得自己制造几个出来。相比男人让女人产生的轻薄行为，女人让男人产生的轻薄行为更多。如果一个女人真的爱一个男人，并想取悦他，只会采取与她的目标一致的措施。女人因为自己的身份，总是十分风骚；但是，她们表现自己的方式和目的也会受到她们观点变化的影响。如果我们能够让她们的观点符合大自然的观点，就能让妇女受到适合她们的教育。

　　小女孩们也会喜欢装饰品。对她们来说，长得美丽是不够的，还要让其他人能够发现这一点。在她们娇小的脸上，她们的心思体现得淋漓尽致。当她们长大了，能够理解我们在说什么的时候，如果我们想让她们听从管束，只需告诉她们别人再怎么谈论她们即可。然而，如果你稀里糊涂地对男孩做同样的事情，就不会得到这种效果。只要他们可以自由玩耍，并不在意别人怎么说他们。要让他们受到这个法则的约束，必须花费大量的时间和精力。

　　女孩子的这种初步教育，无论来自哪里，都算是良好的教育。由于身体发育先于精神发育，我们可以得出一个结论：男人和女人都应该首先培养自己的身体。但是，双方培养的目的并不相同：男人是为了变得强壮有力，而女人是为了变得灵活。那么，这是否意味着男人只能有男人的品质，女人只能有女人的品质呢？不，它只是说当人们拥有这些品质时，无论男女都应该分清主次。体力是女人能够轻松做事的先决条件；另外，男人也需要足够的灵活性来做事情。

如果女人的体质过于娇弱，会产生很坏的影响——让男人的身体也变得娇弱。女人不一定要像男人一样强壮，但是为了有健康的孩子，她们必须拥有和男人相适应的强壮。在女修道院里培养一个女人比在家里培养要好得多，因为在女修道院里，虽然女人吃的是普通饮食，但大部分空闲时间都花在户外和花园里；而在家里，她要么被溺爱，要么被斥责，因为她时而被大人表扬，时而被大人斥责，整天在一个封闭的房间里，坐在母亲面前，她不敢站起来走路，不敢说话，也不敢制造任何噪声。有片刻的自由玩耍时间，按照她当时年龄活泼的天性去做，都是她不敢奢望的。为什么年轻人的身心会受到伤害？这就是原因。

斯巴达女孩也会像斯巴达男孩一样做军操，这样做是为了将来生下能够忍受战争的艰难的儿子，而不是为了去打仗。我不同意这样的观点：为了国家培养士兵，母亲们就要背着步枪学习普鲁士士兵一样操练；但在我看来，总体来说希腊的教育方法在这一点上是有意义的。在希腊，年轻女性经常在公共场合抛头露面，但她们只是和女孩在一起，并不跟男人在一起。在所有的节日、集会和祭祀仪式上，都能看到一队一队的优秀公民的女孩子，她们戴着花冠，拿着花篮、花瓶或者贡品，又唱又跳，这让希腊人迟钝的感官看到了动人的情景，他们笨拙的体操动作所带来的不良影响也因此被抵消。且不说这样的风俗对男子会产生什么影响，但是对于女子来说，这样活泼轻松的运动能够让女子在年轻时拥有良好的体质，通过一种令人愉快的殷切的希望培养她们的兴趣，而不损害她们的性情。

这些年轻的姑娘结婚之后，就不会再出现在公共场合，而是待在家中，全身心地投入家务劳动中。大自然和理性为女性安排的生活方式就是如此。只有这样的母亲生育的儿子，才是世界上最健美的男人。不可否认，有几个岛上的人确实名声不好，可是在全世界，甚至在包括罗马人在内的所有民族眼中，只有古希腊的妇女才是既聪明又可爱，既贤淑又长得漂亮的。

众所周知，希腊人，无论男人还是女人，都像雕像一样匀称优雅，因为他们的衣服很宽大，一点也不束缚身体。直到今天，我们甚至还在艺术上模仿他们的雕像，因为我们的自然体态已经完全被破坏，匀称的形象已经成为历史。哥特式紧身胸衣，或者紧紧束缚着我们的四肢的花边袋，都是古希腊人从未见过的。他们的女性也从来没有穿过鲸骨裙，而我们如今的妇女却穿着，所以现在妇女们的身材完全走形，以至人们看不到她们的真实身材。这种不好的服饰在英国风靡一时，甚至到了一种让人害怕的程度。因此，我只能假设他们的民族会因此而败坏。在我看来，他们会喜欢这种服装，是因为不良的风尚。我不觉得把一个女人像黄蜂一样切成两半有什么好看的，不仅有碍观瞻，还会让人感到沮丧。和其他事情一样，身材的苗条并不是没有止境的，它有一定的比例和限度，一旦超过这个限度，就会成为一种缺点；脱掉衣服后，这种缺陷是如此明显，以致用一件衣服遮住它也不好看。

为什么女人要把自己束得像穿了盔甲一样？我没有勇气研究这个问题。我承认，一个二十多岁、胸部下垂、腰部肥大的女人看起来很难看，但三十多岁的时候长成这个样子，就不算难看了。在任何年龄，我们都应该按照自然的规律成长，这一点不应该被人的意志所改变。人类的眼睛也可以把这一点看得很清楚。所以不管一个女人年纪多大，一旦有了这个缺陷，可能看起来不完美，但是她看起来比那些愚蠢地打扮成 14 岁女孩的样子的人要好。

不良风气是一切阻碍和制约天性的因素。就身体的装饰和心灵的修养来说，这就是事实。生命、健康、理性和舒适应该是最主要的，不舒服的东西并不美丽。苗条和瘦之间不能画出一个等号，一副不健康的样子，自然无法得到别人的爱。当你生病的时候，人们会同情你；但是，如果你想被人喜欢，就必须活泼健康。

男孩和女孩有很多共同的游戏，这是非常应该的，因为他们长大之后也要一起玩。另外，他们也有适合自己的爱好。男孩们最爱运动、噪声、击鼓、旋转陀螺和推车，而女孩们最爱那些好看和用来化妆的东西，如镜子、珠子和花边，特别是布娃娃，这表明她们的爱好符合她们的任务。如何使用化妆品可以说是打扮的关键，这也是孩子们可以学会的艺术。

你应该记得，一个女孩整天拿着一个娃娃，给它装饰，给它穿脱衣服，总是给它带来一些新的装饰，也不管自己会不会挑选。诚然，她的手指有点笨拙，也没有培养出一个爱好，但是她的倾向已经一目了然。她没完没了地玩她的洋娃娃，忘记了时间的流逝，甚至忘记吃东西。对她来说，她迫切需要的不是食物，而是化妆品。你可能会说："她只是在给她的洋娃娃打扮，不是她自己。"是的，她确实只关注洋娃娃，没有注意到自己。她还没有能力为自己做事，她还没有长大，没有天赋和力量，什么都不懂，这时，她全心全意地爱着她的洋娃娃，把自己的所有可爱之处都放在了洋娃娃身上。但她不会永远保持这种情况，她在等待，等待着变成洋娃娃的那一刻。

这是一个注定会到来的过程，你只需要做一件事：注意它的发展，并提供适当的指导。当然，如何给洋娃娃打扮，如何给它系蝴蝶结和围巾，如何给它系上花边，只是小女孩的心思，但在做这件事的时候，她还是需要帮助的，这让她觉得，如果她能做到这一切，那就太好了；也因此，大家必须首先教她这些东西。人们并没有说她非要做这些工作不可，而是出于好心才让她和它们一起玩耍。几乎没有一个女孩喜欢读书或写字，但是，如果她手里拿着针线，她就会玩得很开心。她们把自己看成成年人，所以想象着有一天会用这些本领来打扮自己。

打开这第一条道路之后，接下来的路会十分顺畅。随后，她们会学习做琐碎的化妆品，学习绣花和打花边。不过，对于挂什么窗帘或者用什么家具，她们是不管的。因为她们觉得这些事情和自己无关，别人可以随自己的意愿安排。只有成年女性才会关心的窗帘、墙纸之类的东西，年轻姑娘对此根本提不起兴趣。

因为绘画这门艺术跟装扮之间有着极大的联系，因此像这种对这些东西的自愿学习，会很容易促使她们学习绘画。但是我不想看到他们学习画风景画或者人物，尤其是后者。我觉得她们能够学会画花草、果木和各种图案就可以了，因为这些可以让她们的衣服更漂亮，并让她们在找不到合适的图案时，可以自己创造图案来刺绣。如果男人只研究对自己有用的学问的话，那妇女就应该只研究对自己有用的东西。因为，虽然妇女的生活不如男人那么劳累，却比男人更加勤奋，而且还要经常交叉做许多其他事情，因此她们无法按照自己的才能去自由选择，也就无法尽本分。

不管愤世嫉俗者怎么说，都无法改变男人和女人都有同样的良知这一事实。女孩通常比男孩更温顺，而且，正如我后面要说的，我们可以对她们更严格一点；但是，这并不意味着我们可以强迫她们做她们不理解的事情；做母亲的要善于向她们指出我们要求她们做的事情有什么用，这一点并不难做到，因为女孩的智力比男孩更早成熟。根据这一原则，女孩和男孩不仅不应该学习无益枯燥的、让那些从事研究的人感到乏味的科目，甚至不应该学习那些他们在这个年龄还不理解、必须再等一段时间才能理解它们的用途的科目。如果我不想强迫一个男孩去读书，就更不该强迫女孩在她们明白书的用处之前去读书；此外，当我们向她们解释读书的用处时，也是根据我们自己的想法而不是根据她们的想法来解释的。总而言之，为什么一个女孩要在这么小的年纪就学会读书写字呢？她们中很难找到不滥用读书和写字这种有害的学习方法的人，而且，如果她们对读书和写字有兴趣，只要有空闲时间和机会，她们就会学习。也许她们首先应该学习算术，因为算术是最有用的，需要练习的时间最多，而且最容易出错。如果一个女孩为了得到一颗樱桃不得不做一道数学题，我相信她很快就会学会计算数字。

我认识一个小女孩，她首先学会了写字，然后学会了阅读，而且她先是用针写字，然后用笔。在所有的字母中，她一开始只喜欢写"o"。她不停地写大"o"和小"o"，写粗笔画"o"又写细笔画"o"，在一个"o"字中间再写一个"o"，还总是反着笔顺写。有一天，当她正在做这个有意义的练习时，在一面玻璃镜子里看到了自己的样子，觉得这个别扭的姿势非常难看，就像弥涅尔瓦①一样扔掉了笔，不再写"o"。她的弟弟和她一样，也放弃了写字，但是是因为不同的原因：他并不是学姐姐的样子，而是因为他觉得写字是在受罪。大家想了另外一个办法，才让她重新开始练字。这个小女孩原本十分娇气，不喜欢让妹妹穿自己的衣服。以前家里人会把她的衣服做上记号，可现在不帮她做记号了，她只好自己学着做。至于她以后的进步情况，大家应该不难想象。

你需要向女孩们解释你要求她们做的事情的意义，也要让她们把事情做好。女孩有两个最危险的缺点：懒惰和叛逆。一旦她们有了这两个缺点，以后就很难改正了。她们不但应该热爱劳动，做事细心，也应该从小被管束。如果她们觉得这是一种痛苦，也是因为她们的性别；而且如果她们不经历这种痛苦，将来会遭受更大的痛苦。她们的生活总是受到各种各样的限制，有各种各样的礼数和规矩如影随形。如果她们不想受到这种限制的痛苦，就必须习惯于这种限制；如果她们想方便地顺从他人的意志，必须习惯于控制自己的乱七八糟的想法。如果她们想整天干活，我们就应该强迫她们在某段时间里什么都不做。

———————————

① 古希腊神话中的雅典娜。——译者注

如果她们一开始就有坏习惯，喜欢无休止地做事，就很容易变得反复无常，举止轻浮。只有教会了她们自制，才能避免这种缺点的产生。既然我们现在生活在一个冷漠的社会中，那可以说一个诚实的女人的一生就是和她自己不断斗争的一生；让女人分担她们给我们带来的痛苦，可以说十分公平。

要防止女孩讨厌工作，一门心思吃喝玩乐。采用一般的教育方法，很容易让她们身上出现贪玩而不愿意干活的缺点。至于原因，就像费讷隆①所说，这种教育方法会让女孩子厌恶不已，只贪图享乐。如果人们遵循之前讲到的准则，那只有在她们不喜欢身边的人时，才会出现这两个缺点中的第一个。如果一个小女孩迷恋她的妈妈和朋友，她会喜欢整天和她们一起工作。只要和她们谈一谈，她心里的束缚就可以消除。但是，如果她把管理她的人视为眼中钉，那只要和那个人在一起，她不管做什么都不会快乐。当一个女孩认为和别人在一起比和妈妈在一起更快乐时，她很难成为一个好女孩。然而，因为她们善于用甜言蜜语来隐藏自己的想法，所以如果你想判断她们的真实感受，不要只听她们说的，还要对她们的情感进行研究。但是我们也不能强迫她们热爱自己的母亲，因为我们不能因为女孩子有服从母亲的义务，就让她们必须爱母亲。只要母亲不让女儿恨自己，那她平日里对女儿的爱护、关照和习惯，都能让女儿爱她。如果做母亲的采用合适的方法来管束女儿，不但不会减少，反而会增加女儿对她的爱。因为，既然女人生来就处于隶属别人的地位，自然懂得要服从别人。

女孩子经常过度使用他人允许她们享有的那部分自由，因为她们只能享有很少的自由。她们在所有事情中都表现得非常极端，就连做游戏都比男孩更为起劲，这也是我刚才谈到的第二个缺点。这种缺点会引发妇女的几种特殊的恶习，因此一定要制止。这类缺点中包括任性和入迷，如果一个女人身上出现

　　① 法国作家。——译者注

了这些恶习，她就无法始终如一地喜欢某样东西。好恶无常对她们来说伤害是巨大的，正如做事过分一样，而且造成这两种缺点的原因是一样的。我们不应该阻止她们快乐而自由地玩游戏，但是有必要阻止她们因为要玩另外一个游戏而厌恶这个游戏——要让她明白，她必须始终受到约束。要让她们养成这样的习惯：玩得开心的时候能够立刻停下来，然后去做别的事情，并且没有任何怨言。只要可以形成一个习惯，做到这一点是轻而易举的，因为习惯可以成为人的第二天性。

如果一个女人养成了被约束的习惯，就会成为一个终身温顺的人。为什么她一定要有这种品质？因为在她的一生中，她永远要听从一个男人或许多个男人的判断，又无法不受他们的判断的影响。既然女人生来就要服从一个有许多恶习和缺点的男人，那她应该在很小的时候就知道她应该毫无怨言地承受她丈夫的不公正的行为和错误，因此可以说，温柔是一个女人应该具备的第一个重要品质。如果一个妻子固执而易怒，那她的结果只有一个：她会遭受更多的痛苦，而她的丈夫会犯更多的错误。如果她想征服他们，就要放弃这种武器。造物主并不是为了让她们吵吵闹闹才赐予她们一副伶牙俐齿的，不是为了让她们傲慢无礼、肆意妄为才让她们长得那样柔弱的，也不是为了让她们骂街才给她们一个好嗓子的，更不是为了让她们大发雷霆才让她们拥有娇美的面孔。如果她们生气，就会失去自己的本真；就算她们有理由发牢骚，可如果她们骂人，也是不对的。男人和女人都应该保持与各自的性别相适应的态度。如果丈夫十分懦弱，他的妻子就会非常好斗；如果男人不是异类，一定会在女人的温柔天性的攻击下，变得服服帖帖。

我希望所有的女孩都很听话，但母亲也不能总是这么不通人情。我们不应该折磨一个小女孩来使她听话，或者粗暴地对待她来使她有礼貌；相反，即使她偶尔玩弄一下狡猾的手段，我们也不会生气，只要她不是为了免受我们的惩罚和控制而狡猾就可以。没有必要强迫她可怜地依赖别人，只要她意识到她需要依赖别人即可。狡猾是女人的天性，在我看来，所有的自然倾向本身都是完全合理的。我认为我们应该像给她们培养其他天性一样，在她们身上培养这种天性，而这样做的关键是如何防止她们滥用这种天性。

我希望所有善良的人都可以仔细研究我的这个观点。不过，我不希望大家在成年女性身上研究，因为她们由于我们的教条而变得非常狡猾。我想让你们研究女孩，她们是新生命。我希望能够把她们和同龄的男孩子比较，如果他们比她们不更笨拙、更迟钝，那么我的观点就是错的。现在，让我从孩子们天真无邪的行为方式中举一个例子来讨论。

在用餐时间不允许孩子要求任何东西是一个常见的规则，因为人们认为要教好他们，就需要让他们遵守没有价值的规则。因此，如果一个不幸的孩子想要什么东西，他只能表现得拼命想要得到①。众所周知，如果餐桌上没有人跟他说话，一个懂得这条规则的男孩会做一件非常明智的事情：让一个成年人给他一些盐或其他东西。

如果他表面上想要的是盐，但真正想要的是肉，我不认为任何人会认为他是错误的。无疑，大家都无视他，这种做法是残忍的，所以我不认为他打破这个规则，宣布自己饿了，就会被大家惩罚。我曾经见过一个 6 岁的小女孩这样做，而且是在一种非常艰难的处境下做的。为什么说是艰难的处境呢？因为她的家人总是禁止她直接或间接地要东西，并要求她听大人们的话。在那次吃饭的过程中，她几乎吃掉了所有的菜肴，除了一个大家都忘记给她的菜肴，而这正是她非常想吃的。

她用手指着所有的盘子——这样大人们就会忘记给她夹过什么菜，也不会认为她不听话——大声说："我吃过这道菜了，我吃过那道菜了。"当她的手指指到她没有吃过的那盘菜上时，

---

① 当一个孩子发现反复硬性要求就可以实现自己的目标时，他就会不停地纠缠；可是，假如你说不给他就一定不给他，他就不会再找你要了。——原注

她静静地把手指挪了过去，并确保每个人都能看到这个细节。于是他们问她："你没有吃过这道菜吗？"这个贪吃的小家伙低下了头，用低沉的声音回答说："没有。"我不打算多说什么了，你可以把小女孩的聪明的方式和小男孩的聪明的方式进行比较。

自然界中存在的东西没有什么是坏的，普遍的法则没有对人有害的。为了弥补女人在体力方面的不足，造物主让她长得非常机灵。如果一个女人缺乏这样的机灵，她就不是男人的伴侣，而是他的奴隶。正是靠着自己的智慧，女人才能够保持自己的位置，才能表面上服从他而实际上管理他。女人有很多不利的地方，比如男人的缺点，她自身的羞怯和软弱；而对她有利的，只是她的才能和外表。因此，对于女人来说，培养自己的才能，装饰自己的外表，实在是再正常不过。然而，并不是每个女人都能拥有一张美丽的脸。它可能由于某种意外而受到损害；由于年龄和习俗而有不同程度的减损。因此，唯一能成为女性真正资本的就是机智；但是，这种机智并不是指在社交场合受到称赞的那种无助于幸福生活的机智，而是一种适应自己地位的机智，是一种利用自己的地位，凭借自己的优点来驾驭自己的艺术。普通人并不知道女人的机智能给我们带来多少好处，能让两性的交际变得多么有吸引力，能在多大程度上遏制孩子们的乖张和粗鲁的丈夫，能在多大程度上维持家庭秩序。很难想象没有它的家庭会有多混乱。这种机智会被狡猾的女人滥用，我对此心知肚明，但是什么东西不会被滥用呢？我们不能仅仅因为它们有时对我们有害，就破坏这种创造幸福生活的手段。

一个女人只需要化妆就可以被注意到，但是通常她的个性才能决定她是否受欢迎。我们的穿戴和我们本身是不一样的，太过注重穿戴，反而经常更加难看。人们通常因为别人不太重视的东西而受到关注，在这方面，人们正在给予女孩的教育是错误的。为了让她们喜欢华丽的衣服，他们会用装饰品来对她们进行奖励。当她们打扮起来的时候，人们会对她们说："真漂亮!"事实上，我们应该让她知道只需要用化妆品掩饰自己的缺点，神采奕奕本身就是一种真正的美。追求时髦不是一个好习惯，因为它不会改变她的容貌。不管她多么热爱时髦，她的面貌总不会变化，因此只要一种化妆品曾经有一段时间让她很好看，就可以一直用下去。

如果我碰巧看到一个年轻女人用华丽的衣服来打扮自己，我会为她那奇怪的样子感到忧虑，害怕她会被轻蔑地看待。那时我会对她说："你不觉得戴这么多饰品是累赘吗？你完全可以少穿戴一点，而且你不穿戴它们也会很好看。"这样的话，她可能会要求人们摘下她的装饰品，再来评价她是否美丽。如果她能做到这一点，真是值得大肆庆祝。只有在她穿着简单的时候，我才会对她表示赞美。当她有了一些认识的时候，她非但不会为自己的外表感到骄傲，反而会感到尴尬；当她打扮得比平时更娇艳的时候，每当人们称赞她的美丽时她就会面红耳赤。也就是说，她开始意识到化妆的目的仅仅是为了弥补自己外表的缺陷，而化妆就等于承认你必须化妆才能被人喜欢。

虽然有些人确实需要一些装饰，但是说某个人必须穿漂亮的衣服是不对的。女人的穿着完全取决于别人的意愿，因此她们的过度打扮，要归咎于上流社会的浮华风气，而不是她们自身爱慕虚荣。有时候，一个女人想要变得真正美丽需要花费很多心思，但是奢侈品并不是一个好的选择。朱诺①实际上比维纳斯更美丽。"因为你无法把她画得很漂亮，"阿贝利斯曾经对一个技术不熟练的画家说，"所以把她画成了一个穿着华服的人。"这位画家在海伦②身上画了许多穿戴的东西。我早就说过，如果一个女人不得不佩戴明亮耀眼的装饰，只能表明她非常丑陋，用这些东西来打扮一个人是愚蠢至极的举动。如果一个年轻的女孩有审美能力和

---

① 丘比特的妻子。——译者注
② 希腊神话中的绝世美女。——译者注

一颗远离时尚的心，就算你不给她珠宝、缎带和花边①，只给她一些丝带、罗纱、细布和绣花，她也能做出比拉杜沙所有的绫罗绸缎做的衣服还要好看得多的衣服。

知道自己穿什么好看的女人总是会选择好看的衣服，而且一旦选择了就不会改变。因为好看的衣服总是好看的，而且尽量穿好看的衣服也合情合理。她们还比那些不知道穿什么的女性在衣服上花的时间更少，因为她们不必每天换衣服的款式。对她们来说，一点点的修饰就足以让她们看起来很好。按理说，年轻女孩没有什么可以打扮的，因为她们应该把所有心思放在工作和学习上。可事实上，大多数女孩除了不抹胭脂水粉，在打扮方面，并不逊色于已婚的妇女，而且她们比已婚妇女更热衷于打扮。妇女爱好打扮的原因，并不像人们说的是受到虚荣心的驱使，而是因为觉得生活无聊。一个在更衣室待了六个小时的女人，完全能够意识到她不会比一个在更衣室待半个小时的女人看起来更好，但是她还是这样做了，因为她可以打发很多无聊的时间。用这个办法来消遣，总好过无所事事。如果不把时间用来梳妆打扮，那该怎么打发从中午到晚上9点的时间？当然，还有一种别的办法可以消遣：让她们去做一些麻烦的事。这是一个好办法，本来这个时候应该去见丈夫，现在可以以打扮为借口，避免和他见面。于是，卖旧货的商贩，英俊的年轻人，年轻的作家、诗人和歌手就可以一个接一个地去她那里。要是没有打扮这个借口，这些人怎么能聚在一起呢？据说她们这样做的唯一好处是，她们在梳妆打扮时比穿着礼服时更好看。但实际上，爱打扮的女人是无法得到她们说的好处的。你要果断地让女人受女人的教育，喜欢女性的工作，让她们谦虚节俭，为人果断，这样，她们自然不会打扮得花枝招展，而且在穿着上也会更加简洁典雅。

---

① 有些女人的皮肤原本就很白，所以不需要在衣服上装饰花边，可是，假如她们不用花边的话，别人还会在背后议论她们。某一种式样的服装基本上每次都是丑陋的女人开的先河，进而让那些原本就很美的妇女也傻乎乎地跟着她们学。——原注

对于成长中的女孩来说，这是她们需要学习的第一课：如果她们不漂亮，那么她们就算拥有漂亮的化妆品也于事无补。把自己打扮漂亮，或者让自己变得婀娜多姿，这些都不是她们能做到的。但她们也有可能风度优雅、轻声细语、脚步轻盈、端庄娴静，所有这些都显示出她们的优点。从那时起，她们不能仅可以做针线活，而且应该有一些新的技能，也很清楚这些新技能的好处。

我知道，一个严肃的教师是不会喜欢教女孩子唱歌、跳舞或者其他任何艺术的。我觉得这很好笑，他们不想让女孩子学，那打算让谁学？男孩子吗？如果你不把这些艺术教给女人，难道要教给男人吗？他们的回答非常直截了当："不教他们任何一个。唱粗俗的歌和犯罪没什么区别；跳舞是魔鬼想出的花招，一个年轻的女人只能用工作和祈祷作为消遣。"一个10岁的孩子怎么用工作和祈祷消遣？这真是荒谬至极！如果强迫这个小小的圣徒用她的童年时光向上帝祈祷，我担心她到了青年时期的时候会变成另一个人，她们结婚后，一定会想尽一切办法弥补早年失去的时光。在我看来，我们需要考虑什么适合她们的年龄，就像我们需要考虑什么适合她们的性别一样。对一个小女孩来说，像她的祖母一样生活是很难的；她最应该做的就是尽情地玩耍、唱歌、跳舞，尽情地玩一切与她的年龄相称的纯真的游戏，因为她们应当态度稳重和举止端庄的时候即将到来。

但是态度和方式一定要改变吗？这种变化难道不是由于我们的偏见导致的吗？因为我们坚持诚实的女人必须遵守一些规矩，结果就是婚姻生活中所有能让男人快乐的东西都不复存在。这样，他们就不想待在家里，因为他们觉得孤独，或者他们对这种无趣的情况一点也不感兴趣。基督教教义过分强调这些戒律的重要性，结果是它们变成了不切实际的空谈；妇女被禁止唱歌、跳舞、做各种有趣的事情，结果是她们在家里变成了忧郁、易怒、人见人怕的人。没有任何宗教对婚姻生活强加如此严格的戒律，也没有任何宗教如此蔑视这样圣洁的结合。大家的做法刚好相反：防止女人变得可爱，促进丈夫变成冷漠的男人。有些人说不会出现这种情况，我很清楚他们这么说的用意，但是我认为既然基督徒也是人，那么这种情况就无法避免。在我看来，一个英国女孩也应该学会许多优秀的技能来取悦她未来的丈夫，正如一个阿尔巴尼亚女孩为了成为伊斯法罕①的妃子而掌握许多技能一样。有些人说："丈夫认为他们的妻子没有这些技能会更好。"是的，我也是这么想的。如果女人不利用这些本领去讨好她们的丈夫，就会利用它们来引诱一些花花公子到她们的家里，来做一些龌龊的事。但是，想想看，如果一个聪明智慧、惹人喜欢的女人拥有这些才能，并用它们来取悦她的丈夫，不是可以给他的生活增添很多乐趣吗？难道这不会阻止他在工作室里头昏脑涨地度过一天之后，出去寻欢作乐吗？在许多这样多才多艺的妇女组成的幸福家庭中，每个人都可以为共同的快乐出一份力。我们都见过这样的家庭，不是吗？被这种共同的快乐包围，让家人彼此信任和亲密，体会到一种纯真的温情，难道不比在那些喧闹的公共场所消遣更好吗？

人们把各种各样的技艺弄得太正式、太笼统、太僵硬、太做作，以致让年轻人对这些原本十分有趣的游戏感到厌恶，在他们看来，游戏应该是非常生动的。我认为最可笑的事情是，一个年事已高的舞蹈老师或者歌唱老师悲伤地走向那些只知道嬉戏的年轻人，用一种比教书先生讲课还要正式的语气，把他所知道的一点肤浅的知识传授给他们。例如，唱歌必须要看乐谱吗？就算一个人一个音符都不认识，也能把声音唱得柔和准确，别有一番风味。同样的歌，并不是什么人都可以唱；同样的唱法，并不是什么人都适合。我怎么也不相信一个活泼的棕发小女孩和一个忧郁的金发女人可以表演同样的表情、步伐、动作、姿势和舞蹈。如果我看到一个教师教这两种人同样的课程，我会认为教授这些课程的人十分死板，而且对他所从事的艺术一无所知。

有人不知道女孩应该由男教师教还是由女教师教，对于这个问题，我也不知道答案，但我认为他们不需要一个男教师或女教

① 伊朗中部城市。——译者注

师；我希望他们能自由地学习他们喜欢的东西，我不希望在我们的城市看到那些打扮得花花绿绿的江湖艺人。对于女孩来说，就算这些人教的东西有用，也是弊大于利，因为和他们的接触会产生不良的后果——我担心他们的胡言乱语、态度和语气会让他们的学生从一开始就喜欢学习他们那些无聊的东西。他们大肆吹嘘那些无用的东西，只会让女孩们跟随他们，将这些东西当成独一无二的学习内容。

任何人或任何事都可以成为女孩们所有以娱乐为唯一目的的艺术的教师，她们的父亲母亲、兄弟姐妹、朋友、保姆、镜子，特别是她们自己的兴趣，可以成为她们的教师。你要记住，不要说你想让她们学这样或那样东西，而是应该等她们来请求你。你千万不要把一件有趣的事情突然变成一件苦差事，尤其是学习这些东西，只要她们产生了学好的愿望，就算取得了第一个成功。如果有必要正规地学习，对于聘请男教师或女教师的问题，我没有确定的看法。我不知道一个男舞蹈教师是否可以完成以下工作：握住一个女学生的白嫩的手；要求她撩起裙子，抬起双眼看着自己；要求她张开双臂，把自己怦怦跳动的胸脯贴近他的身体；但是我敢说，在这个世界上，没有什么能够诱惑我成为这样一个教师。

如果拥有热心和才能，就能培养出一种审美能力；有了审美能力，一个人的心灵就能在潜移默化中接受各种美的观念，最终将与美相联系的道德观念也一起接受。为什么女孩比男孩更早形成规矩和羞耻的观念呢？这也许就是原因之一。如果你认为这种早熟的观念是女教师的教育造成的，那么只能说明你根本不了解她们的教育方式和人类心灵的发展。语言艺术在所有令人愉快的艺术中居于第一位，只有通过它，因为习惯而变得迟钝的感官才能获得新的乐趣。大脑不仅使身体充满活力，还使身体恢复到一定程度的年轻状态；随着感情和观念的不断出现，我们的样貌也变得活泼起来，并发生变化；通过心灵的语言，人可以长时间持续关注同一个目标。女孩之所以能够很快地学会一些令人愉快的词语，并且在知道词语的意思之前就能有腔有调地说话；而且男人们之所以愿意倾听她们的话语，甚至在她们能够理解自己的感受之前，就看她们何时开始表露自己的情感。我想，原因就在这里。

女人的舌头是柔软的，也因此，她们开始说话的时间要早于男人，而且说起来更容易，也更动听。也许有些人会责备她们的话太多，这种责备或许有一定理由，但是我不仅不责备她们，反而会赞美她们。为什么呢？因为她们的嘴和眼睛做着同样的活动，而且出于同样的原因。男人说自己知道的话，女人说别人喜欢的话；前者说话需要拥有知识，而后者说话需要具备风趣；前者是为了讲有意义的事情才说话，而后者是为了讲有趣的事情才说话。二者除了有说话真实这个共同点，其他地方应该有所不同。

所以，当一个女孩唠叨不停的时候，如果你想让她闭嘴，绝对不能像对付男孩一样，说一句："你说这些有什么用？"而是应该问她："你有没有想过这句话会造成什么样的后果？"在她们还不能明辨是非和判断别人心意的幼年时期，她们需要把这个法则牢牢记在心间：在跟别人谈话时，只说对方想听的。实际上，这个法则实行起来很有难度，因为它必须建立在第一个首要的法则——不能撒谎——之上。

当然，我发现在这一点上还有许多其他的困难，但是直到她们长大以后才会遇到它们。现在她们唯一需要关注的就是，在说真话时不要显得鲁莽。她们天生也反对鲁莽的行为，但如果她们接受了教育，就很容易避免这种行为。总的来说，在人际沟通中，男人的礼貌体现在帮助别人上，而女人的礼貌体现在体贴别人上。造成这种区别的原因不是社会习惯，而是自然习惯。男人和女人给人的印象也不一样，前者好像处处想为你效劳，后者好像是处处想让你快乐。因此，我们可以得出这样的结论：无论我们对一个女人的性情有什么看法，她的礼貌总是比我们的礼貌更加真诚，这种礼貌源于她的原始本能。一个假装把我的利益看得比他的利益还重的男人，无论他如何巧言令色地掩饰，都逃不过我的眼睛。

所以，让女人变得有礼貌，教女孩子要有礼貌，实在用不着费多大力气。但是，是她们的天性首先教会她们礼貌，而我们只是顺从她们的天性，继续进行这种教育，然后让她们根据我们的习惯表现出对人的礼貌；但是在我们讨论的范围中，不包括女人对女人的礼貌。她们看起来都很冷淡，对彼此都有所保留，于是她们不掩饰这种尴尬，反而体现出一种真诚。但话又说回来，这并不意味着年轻的女孩们不能建立真正的友谊。在她们这个年龄，快乐的活泼性情和善良的天性有着同样的作用，她们喜欢自己，因此喜欢每个人。这一点是事实，这体现在：在男人面前的时候，她们相互的亲吻拥抱就非常热情和亲切。她们也知道这样的亲热会引起男人的嫉妒，却又为自己能这样引起男人的嫉妒而感到骄傲。

如果我们不让男孩子问一些乱七八糟的问题，也应该禁止女孩子问同样的问题。原因是无论我们是满足她们的好奇心，还是避开她们的好奇心，结果都会很糟糕，更何况，她们还很善于揣度我们隐藏的秘密，并发现这些秘密的真相。虽然我不喜欢她们问各种问题，但我仍然认为我们应该多问她们问题，尽力让她们多说话，让她们经常学习，这样她们就可以冷静地谈话，可以处理各种各样的问题。当然，这还可以让她们在这样一个不会发生不良后果的时候，使心灵和口才得到启发。但是在进行这样的谈话时，要记得保持谈话的轻松愉快。只要对对话的内容进行合理的安排和引导，就可以激起年轻女孩的兴趣，并把她们纯洁的心灵一生必须遵循的最基本、最有效的道德教育灌输到她们心中。从表面上看，这是和她们谈论一些有趣的琐事，但实际却是在告诉她们应该具备什么样的品质才能得到男人的尊重，应该怎样做才能让一个诚实的女人感到骄傲和快乐。

我想大家都心知肚明：如果男孩们都没有一个真正的宗教观念，那女孩们就更不能理解任何一个真正的宗教观念了；这就是为什么我主张尽早向他们灌输宗教思想。如果我们想把这些深刻的问题留到她们能够谈论的时候再告诉她们，那么那个时刻永远不会到来。女人的理性是一种实践理性，虽然她们可以巧妙地通过这种理性找到实现目的的途径，但无法以同样的方式找到目的。两性之间的社会关系是一个美妙的事情，能够产生一个道德的行为者。女人是这个道德的行为者的眼睛，而男人是它的手臂。但是，二者对对方的依赖程度都很深，所以女人必须向男人学习她应该看的事情，而男人必须向女人学习他应该做的事情。当女人像男人一样，对各种原理刻苦钻研，而男人像女人一样头脑细致的时候，他们对对方的依赖就会消失，他们的结合也就不复存在。当他们彼此和谐的时候，总会有着朝着共同的目的前进的态势，至于他们中谁出的力气更多，我们不得而知；我们只知道，他们都受到对方的驱使，两个人互相服从，互为主仆。

妇女的行为受到公众舆论的约束，她们的信仰完全取决于其他人，都是因为这个原因。每个女孩都应该信仰她的母亲信仰的宗教，每个妇女都应该信仰她的丈夫信仰的宗教，无一例外。所以，即使那种宗教是虚伪的，但因为母亲和女儿温顺的天性服从自然秩序，所以上帝并不会降罪于她们。因为她们自己没有判断的能力，所以将父亲和丈夫的话奉为宗教。

由于妇女没有自己推演信仰的法则的能力，就不能用验证和理性的法则来限制信仰；但是，由于她们受到无数的外部力量的影响，她们往往以这样或那样的方式和真理背道而驰。她们往往走向极端：要么根本不信仰宗教，要么非常虔诚；她们不知道如何既分辨真假又虔诚。这种弊端一方面是女性的性格造成的，另一方面还在于男性滥用自己的权威；宗教因为骄奢淫逸的风气而被轻视，又因为悔罪的恐惧而被人们视为暴君。这就是为什么人们对宗教的信仰要么太多，要么太少的原因。

由于妇女应该信仰什么宗教取决于其他人的权威，所以最好直接告诉她们应该信仰什么宗教，而不是给她们信仰宗教的理由；她们之所以盲目信仰某个宗教，信仰了模糊的观点就是因为其中一个理由。如果她们被迫信仰荒谬的宗教，结果要么是狂热，要么是怀疑。我不知道我们的问答教学是否最终会把她们变成异教徒还是狂热分子，但我相信，采用问答法讲授教义一定会使她们成为这二者之一。

首先，在你向女孩们讲解宗教的时候，不要让它在她们的脑海里变成一件阴郁和无聊的事情，不要告诉她们相信宗教是她们的职责或天职。所以，不要要求她们背诵任何关于宗教的书，甚至是祈祷文。你所要做的就是经常在她们面前祈祷，万万不可强迫她们和你一起做。为了与耶稣的教导保持一致，我们应该进行简短的祷告，念祷告词时要思想集中，态度庄严。你要知道，既然上帝会仔细聆听我们的祷告，那我们就该注意自己的祷告。

女孩是否从小就了解宗教并不重要，重要的是她们对宗教有正确的理解，以及热爱宗教，特别是后者。如果你让她们觉得信仰宗教是一个沉重的负担，如果你再三地告诉她们，上帝对她们恼火不已，如果你以宗教的名义强加给她们各种困难的义务，但她们发现你自己从来没有履行过这些义务，她们会有什么想法？难道她们不会认为学习教义和祈祷上帝是小女孩的事情吗？难道她们不希望尽快长大，好像你一样摆脱这种束缚吗？要以身作则，树立一个榜样！如果你不以身作则，就没法把孩子教好。

当你向她们讲解宗教信条时，应该直接教授，而不是进行问答式的教学。她们的回答应该来自她们自己的想法，而不是别人告诉她们的话。以问答形式教授教义的课本中的答案，只能起到相反的效果，只会让学生反过来教先生。而学生不明白教师在解释什么，却又勉强说自己相信那些根本不相信的东西，所以从孩子们的嘴里出来的答案就是一个完全的谎言。在所有聪明博学的成年人中，哪一个在讲述教义问答的时候没有说谎？

在我们的教义问答课文中，第一个问题是："谁创造了你，并把你带到这个世界上？"小女孩知道答案是她的母亲，却不假思索地说是上帝。她心里唯一知道的是，她已经用一个她也不明白的答案回答了一个她一点也不明白的问题。

　　我希望有一个真正了解孩子们心灵发展的人为他们写一本教义问答课本。如果这个愿望能实现，那这本书也许是我们所有作品中最有用的书。另外，我认为它会给它的作者带来极大的荣誉。可以肯定的一点是，如果要把这本书写好，它必须与我们现在的教义问答课本大不相同。

　　一本教义问答课本要想发挥好的作用，前提是孩子能够回答问题而不需要事先学习答案；当然，有时候孩子也可以提出他们想问的问题。我本来应该做一个样子，好让大家明白我的意思，但是我又觉得自己没有做这个样子的能力。为了给大家一个大致的概念，我暂且尝试一下吧。

　　对于我们的教义问答课本中第一个问题，如果想获得正确答案，我认为新的教义问答课本应该大致如下：

　　阿姨：你还记得你妈妈当女孩子时的样子吗？

　　小女孩：阿姨，我不记得了。

　　阿姨：怎么会不记得呢？你的记忆力明明很好啊。

　　小女孩：因为那时候我还没降生到这个世界上。

　　阿姨：也就是说，你当时还没有出生。

　　小女孩：是的。

　　阿姨：你会永远活下去吗？

　　小女孩：当然会。

　　阿姨：你现在是年轻还是年老？

　　小女孩：年轻。

　　阿姨：那你奶奶是年轻还是年老？

　　小女孩：她老了。

　　阿姨：她是不是有过你年轻的时候？

　　小女孩：是的。

　　阿姨：那她现在为什么不年轻了？

　　小女孩：因为她老了呀。

　　阿姨：你将来会和她一样吗？

小女孩：我不知道①。

阿姨：你去年穿的衣服现在在哪里？

小女孩：它们已经被拆掉了。

阿姨：为什么要拆掉它们？

小女孩：因为我穿着太小了。

阿姨：为什么你穿着会太小呢？

小女孩：因为我长大了。

阿姨：你还会继续往上长吗？

小女孩：当然会。

阿姨：女孩子长大之后，会变成怎样的人呢？

小女孩：会变成一个妈妈。

阿姨：成了妈妈之后呢？

小女孩：会衰老。

阿姨：你也会老吗？

小女孩：等我当了妈妈，会的。

阿姨：老了之后又会变成什么样呢？

小女孩：我不知道。

阿姨：你的爷爷是怎样的呢？

小女孩：他死了。

阿姨：他为什么会死呢？

小女孩：因为他上了年纪。

阿姨：年纪大的人最后是什么结果？

小女孩：都会死去。

阿姨：那当你老了之后……

小女孩（阻止阿姨继续往下说）：噢！我不愿意死，阿姨。

阿姨：孩子，没有人愿意死，可是人最后都是要死的。

---

　　① 尽管我用的是"我不知道"这几个字，其实那个小女孩说的是另外一层意思；应该好好考虑一下她的回话到底表达的是什么意思，并叫她认真解释一下。——原注

小女孩：那妈妈呢？她也要死吗？

阿姨：是的，她和大家是一样的。女人同男人一样，也会变老，之后就会死。

小女孩：那怎样才能活得更久呢？

阿姨：在年轻的时候脚踏实地地活。

小女孩：我以后一定要脚踏实地，阿姨。

阿姨：那太好了，可是，你是不是以为你能永远活下去呢？

小女孩：当我很老，很老的时候……

阿姨：然后呢？

小女孩：你跟我说，人老了之后就一定会死。

阿姨：你是不是只需要死一次？

小女孩：是的。

阿姨：你的前一辈人是谁？

小女孩：我的爸爸妈妈。

阿姨：他们的前一辈又是谁呢？

小女孩：他们的爸爸妈妈。

阿姨：你的后一辈又是谁？

小女孩：我的孩子。

阿姨：他们的后一辈呢？

小女孩：他们的孩子。

……

沿着这条线索，通过特定的归纳推理，我们可以找到人类的起源和终结，就像找到任何事物的起源和终结一样，也就是说，找到非父母所生的父母，以及不再生养孩子的孩子。只有在问完了一长串这样的问题之后，我们才有足够的准备来提出教义问答课本的第一个问题；只有到了这时候，我们才能提出这个问题，孩子才会理解这个问题。在这个问题和第二个关于神的定义的问题之间有多么漫长的距离啊！走完这段距离需要多长时间？这是一个必须面对的问题。上帝是一个精灵！"精灵"是什么意思？难道我会让一个孩子全身心地去探索这种连成年人都无法理解的深奥的形而上学吗？这些问题不能由一个小女孩回答，最多只能由她来问。所以我会简单地对她说："你问我上帝是什么，这个问题很难解释。上帝是我们听不见、看不见、摸不着的，我们想要知道他的存在，首先要知道他做了些什么事情。"

即使我们所有的教义都是同样真实的，也不意味着它们同样重要。是否在所有事物上都要看出上帝的荣耀，也不是很重要。对于人类社会和社会的每一个成员来说，重要的是所有的人都认识到，上帝的律法要求他对他的邻居和他自己尽各种义务，这就是我们时时刻刻应该教给对方的，尤其是父母应该教给孩子的。无论造物主的母亲是否为处女，她是否生了上帝，或是只生了一个男人，而神进入这个男人的身体，与他同在；圣灵是来自圣父还是来自圣子，还是二者兼而有之；圣父和圣子的本质是相同的，还是只是相似。虽然这些问题表面上看起来很重要，但是我认为对于人类来说，找到这些问题的答案并不比以下这些问题重要：是否知道哪一天庆祝复活节，是否知道祈祷和守大小斋，在教堂里说拉丁语还是法语，是否有必要在墙壁上挂圣人像，是否做弥撒或听弥撒，是否娶妻。一个人对这些问题的看法，跟别人毫无关系，而且我对这些问题也不感兴趣，对我和其他像我一样的人来说，重要的是每个人都应该知道，人类的命运掌握在一个主宰手中，我们都是这个主宰的儿子，他要求我们做人公正，彼此相爱，对人要善良和仁慈，要遵守和任何人的约定，包括和敌人的约定。我们此生的表面的幸福都是泡影，过完这一生，我们还有来生。至高的存在会在来生奖赏善人，惩罚恶人。我们应该利用这些和类似的教义来教育年轻人和劝诫公民。毫无疑问，任何一个违反这些教义的人都应该受到惩罚，因为这样做会扰乱整个秩序，处于社会的对立面。任何蔑视这些教义，坚持我们把他的个人观点当作我们自己的观点的人，都会得到同样的结果；他会扰乱和平，以便用自己的方式建立秩序；他自负，认为自己是上帝的代言人，把自己置于上帝的位置，以上帝的名义强迫人们顺从和尊重他。这样的人，就算我们不把他当成一个不容异说的人来处罚，也该把他当成一个亵渎上帝的人来处罚。

因此，你必须把那些神秘的教义弃置一旁，因为它们对我们来说只不过是空话；浪费精力去研究那些荒谬的教义，会导致研究者忽视道德修养，结果，他们不但没有变成好人，反而变成了疯子。你必须让孩子只学习那几条有关道德修养的教义，并且必须让他相信，只有那些教导我们行为端正的教义才对我们有好处，并且值得学习。你要尽力避免把你的女儿培养成神学家和诡辩家；关于上帝的事情，你只告诉她们那些对人类的智慧有益的事情即可；你必须让她们时刻意识到，上帝就在她们周围，见证她们的行为、思想、美德和快乐；要让她们能够因为上帝喜欢善而诚心为善；让她们为上帝对她们的痛苦所做的补偿而受苦；简言之，让她们一生都保持将来在上帝面前时的快乐心情。这才是真正的宗教，要想避免产生邪恶和傲慢的毛病，就要有这样的信仰。别人想去宣扬某种崇高的信仰，那就去好了，反正我只信仰上面说到的几点。

此外还要指出一点：只要女孩还无法运用她们的理智，只要她们日益增长的情感还没有激发她们的道德心，只要她们还没有达到这样的年龄，那她们是好是坏就取决于她们周围的人有没有这样做。只能吩咐她们做好事，严禁她们做坏事，她们对那些事不该有太多的了解。由此不难看出，选择她们周围的人和管教她们的人，要比选择男孩周围的人和管教他们的人重要得多。现在终于到了她们开始自己判断事物的时刻，所以，是时候改变她们的教育计划了。

也许到目前为止我在这方面说得太多了。如果我们不把普通人的偏见作为女性应该遵守的法律，就不会降低她们的地位。女人是我们的管理者，如果我们不损害她们，她们就会增加我们的荣耀，所以我们不应该如此贬低她们。放眼整个人类，在存在人类偏见之前，就已经存在一项法则，所有其他法则都应当朝着这项法则必须遵循的方向发展，因为它审判人类的偏见，而人类的观点只有与之相一致，才能得到我们的尊重。

这项法则就是内在的良知。我不会重复前文已经说过的话，我只会指出，如果在教育妇女时不从这两个方面双管齐下，那她们受到的教育将始终是不足的。要想让她们有一颗善良的心，凭自己的善行赢得世界的声誉，只靠有良知而不尊重别人的评论是不可能的。如果只尊重他人的评论而不听从自己的良知，其结果就是造就一些喜欢外表胜过美德的伪善和不体面的妇女。

因此，她们应该培养一种平衡两方面影响的天赋——理性，这样，她们既可以使自己的良知不致误入歧途，也能纠正偏见带来的错误。但是，一提到理性，又会有很多问题。女性有良好的推理能力吗？她们需要培养理性吗？她们能很好地培养理性吗？培养理性是否有助于她们完成自己肩负的任务，是否与她们的天真相符合？

由于研究和解决这些问题的方式并不一样，所以在这方面形成了两个相反的极端，一些人认为妇女只能敦促她们的女仆纺纱和缝纫，这样的话，她们就能变成男人的第一仆人；另一些人认为她们应该从我们手中夺取一部分权利，因为她们现有的权利还不够。让她们在所有适合妇女身份的事情上比我们处于优势，却让她们在其他方面和我们地位平等，难道这不是把大自然赋予丈夫的优势转交给了妇女吗？

虽然男人是因为有理性而意识到自己的天职，但他的理性并不十分健全；女人也是因为有理性而意识到自己的天职，而且她的理性更简单。她对丈夫的服从和忠诚，对孩子的爱和关心，从她的地位来看是如此自然和明显，只要她没有恶意，她就不会违背自己的良心，只要她的天性没有堕落，就能正确地理解自己的天职。

我不会因为一个女人只做她的女性工作而谴责她，也不会因为别人让她对女性工作以外的一切都一无所知而谴责她；想要做到一无所知也不容易，需要一个非常健康和朴实的习惯，或者一种很少与人接触的生活方式。在大城市里，一个女人很容易被周围这么多堕落的男人所诱惑；她保持贞操的能力往往取决于她的环境。在这个哲学的世纪里，她必须拥有经得起考验的美德；她必须事先知道人们可能对她说什么，以及应该如何看待人们的议论。

此外，她应该得到男人们的尊重，因为她的为人的评判权掌握在男人手中。最重要的是，她要得到丈夫的尊重；她除了要使他爱她这个人，还要让他赞成她的行为；她应该向公众证明她配得上他的选择，她应该以人们给予妇女的荣誉来为她的丈夫增光。想要做到以上几点，她就不能对我们的社会一无所知，也不能不懂我们的习惯和礼数，也不能不懂人们评判的依据，也不能不懂驱使他们做出这样或那样判断的情绪是什么。如果她要按照自己的良心和人们的舆论行事，她就应该知道如何比较和调和这两者，并明白只有当它们相互矛盾时，她才能按照自己的良心行事。她应该对别人的评判有所取舍，知道什么时候接受，什么时候拒绝，找出它们的原因，预见它们的后果，并使它们对自己有利；当她很好地履行职责时，就可以避免责难，因此，她应该小心，不要给人以责难的借口。如果她的心灵和理智不受到熏陶，就不可能把这些事情做好。

我经常在心中回想起我的第一个原理，它可以帮助我解决所有的困难。我研究了当前的情况，希望找到它们的原因，最后发现，当前的情况是非常好的。我去了一些男女主人都同样好客的人家做客，遇到过这样一户家庭。男女主人都受过同样的教育，待人同样很有礼貌、热情风趣，同样乐于款待客人，希望每一个来访的客人都能满意。男主人把一切都安排得井井有条：他不断地招待客人，对每一个细节都非常注意。女主人坐在她的座位上，尽管有些人在她周围围成一圈，好像不想让她看见其他人，但是在这个屋子里，没有什么是她不知道的；她和每个离开这个屋子的客人都交谈过，她没有错过任何一件使她的客人高兴的事情；她没有对任何人说过一句令人不愉快的话；她能够在维持尊卑次序的情况下，让最小的客人和最大的客人受到平等的款待。主人邀请客人就餐，大家都到座位坐下。主人知道谁最适合和谁坐在一起，就按照他所知道的情况安排客人的座位；女主人虽然不知道这些，却没有弄错；她从他们的脸上和举止上看出了该如何安排，这样每个人对自己的座位都十分满意。送菜的过程中，没有任何一个客人被遗漏。这一点并不奇怪，因为男主人是按照顺序给大家送菜的；而女主人看到客人们喜欢吃什么，就会把那样食物给他送过去；当她和周围的人说话时，她的视线也在桌子另一端的客人身上；她能清楚地看到哪些客人因为不饿而不吃东西，哪些客人笨手笨脚或者害羞而不敢自己拿食物或者向主人要东西。每个客人在离开餐桌时，都觉得自己受到了她的特殊照顾。每个人都认为她太忙了，什么都没吃，但事实上她比其他任何人吃得都多。

客人们走后，两位主人就谈论起这一天的情形。男主人谈到了客人对他说的话，谈到了和他聊天的人说了什么话，做了什么事。女主人在这方面不是很留意，但是她能猜到客人们在大厅另一头窃窃私语些什么，心里有什么想法，某一句话或某个手势有什么含义；客人一流露出某种神态，她就能读懂对方的心思，而且几乎每次都能猜个差不多。

如果一个社交界的女人具备了这种心灵智慧，就能在管理家庭和接待客人方面做得游刃有余。而如果是一个漂亮的女人拥有这种心灵智慧，就可以让每个向她求婚的人都感到欢喜。比起保持礼貌，卖弄风情更需要注意尺度。之所以这么说，是因为如果一个有礼貌的女人能够对所有人都彬彬有礼，那无论何时她都能够保证不出错；可是如果一个放荡的女子对每个人都卖弄风情，那她很快就会失去控制男人的能力。如果她想让所有的情人都开心，结果就是他们都会厌恶她。她在社交场合与男人交往的方式不允许她取悦每一个男人；只要她善待每一个人，没有人会在意她是不是偏袒某个人。可是爱情就是另一码事，对一个人的爱是专属的，如果对另外一个人更亲切，哪怕只有一次，也会伤害感情。一个敏感的男人宁愿独自被一个女人虐待，也不愿和别人一起被她爱。在他看来，最糟糕的是，在他的情人眼里，他和其他男人没有什么不同。因此，如果一个女人想要同时和几个情人交往，就必须让他们每个人都相信她对他特别好，而且，还要在众人面前让他相信这一点，也让众人觉得他是她唯一的情人。

如果你想知道一个人左右为难是什么样子，可以把他放在两个和他有秘密关系的女人之间，你就会知道他的傻样。同样地，把一个女人放在两个男人中间，会起到更好的效果，你会惊讶于她是如何巧妙地将他们两人玩弄于股掌之间，让他们互相嘲笑。如果那个女人不让他们受到蒙蔽，怎么能对他们表现出同样的信任，并且做出同样的亲热举动呢？如果你用同样的方式对待他们，就意味着他们对她也有同样的权利。啊！她不会傻到那么做的！她不会一视同仁地对待他们，而是假装厚此薄彼，她假装得太过到位，就会形成这样的局面：听到她的甜言蜜语的那个人会觉得她对自己温柔缱绻，而那个坐冷板凳的人认为她在用她那些话语挖苦他。所以，双方都很高兴，总以为她爱自己；其实她谁也不爱，她爱的是自己。

事实上，卖弄风情也需要采取与之相似的手段，才能让每个人都喜欢她；轻浮和任性，如果尺度把握得不好，将会令所有人心生厌恶；而她要是想更牢固地束缚她的奴隶，就要用巧妙的手法掩盖这种印象。

她用尽浑身解数，

去勾引新的情人，

她不是以一副面孔对待所有人，

而是会根据人和时间的不同变换面孔。

这样一种巧妙的手段有什么秘密呢？她要想时刻了解男人内心的思想，用一种力量来抑制或刺激她所发现的隐藏的动机，就要持续不断地、仔细地观察男人，这种巧妙的手段是不是人人都能学会的呢？答案是否定的，它专属于女人，每个女人都会。就算男人能够学会，也比她们的水平逊色许多，这是女性的一个显著特征。对于女人来说，机智、透彻和细致地观察是一门学问，她们是否能善于运用这些知识，决定了她们是否有才华。

事情的来龙去脉就是这样，我也已经解释了原因。有人说女人很虚伪。这种虚伪是后来才形成的。上帝赋予她们的是手段，而不是虚伪。从女人真正的倾向来说，即使她们真的说谎了，也不是故意对人虚伪。你根本没有必要严肃对待她们说的话，因为表达她们内心想法的并不是嘴。你只需要观察大自然要求她们向你表达的语言，就是她们的眼睛、脸、呼吸、害羞和半途而废的样子。她们总是说"不"，而且也只说"不"，但当她们说"不"的时候，语气并不总是一样的，这种语气是真实可靠的。女人和男人有着相同的需要，却不具有相同的权利。即使她们有着合情合理的愿望，如果她们没有其他办法来表达她们不敢说的话，她们就会面临悲惨的命运。要行为端正，不一定就要做出可怜的样子，难道她们不应该有一个聪明的方式，在不公开披露的前提下来表达她们的愿望吗？她们需要多少技巧才能让一个男人看到她们渴望倾吐的激情！如果她们既想打动男人的心，又表面上看起来不在乎他们，就要经过一番刻苦的学习。为了她的利益，迦拉特的苹果，以及她笨拙地逃跑的样子，已经替她说了一番非常动人心弦的话。她不必再补充什么。那个牧羊人穿过柳树追赶她。她是否应该告诉他，她是故意逃跑的，为的是引诱他去追她？我们可以说她非常虚伪，因为她没有告诉他她在勾引他。一个女人的做法越含蓄，就说明她的手段越高明，甚至对她的丈夫也是如此。是的，我认为能够把握尺度地卖弄风骚，是一种贤淑而真实的表现，符合法律的正当行为。

　　我的一个反对者说得好："道德是一个整体。"是的，我们不能把它一分为二，也不能只承认一部分而抛弃另一部分。如果你爱它，你必须彻底地爱它；如果可能的话，你必须把那些你不应该有的感情从你的头脑中驱逐出去，必须永远不谈论它们。道德的真理并不只是存在的事物，但是良好的事物；不好的东西不应该存在于这个世界上，更不应该被我们承认，特别是当我们承认它们，就会让它们得到不该有的效果时，我们更不应该承认它们。如果我无法抵御某样东西的诱惑而去偷窃，并且说出这个意图，从而诱惑另一个人成为我的同谋，那么，当我去诱惑他的时候，就意味着我首先屈服于诱惑。我不知道你为什么说女人的羞怯是虚伪的表现，难道一个不知羞耻的女人比一个害羞的女人更真诚吗？不，和其他女人相比，那样的女人虚伪一千倍。她们之所以如此堕落，是因为沾染了各种坏习惯，而且不知悔改，还做了一些卑鄙的事情，使坏习惯对人们越来越有害。另外，那些尚且有羞耻之心的女人，那些能够承认自己的缺点的女人，那些对爱她们的人隐藏自己的欲望的女人，那些男人不得不经历巨大困难才能得到她们的青睐的女人，那些对自己的信约最真诚和忠诚的女人，通常都是最值得信赖的。

据我所知，德·郎克罗小姐是唯一一个不符合以上情形的人，她被认为是一个非凡的人。据说她轻视女性的道德，做任何事都遵循男人的道德。她因为坦率、可靠于伴侣和忠实于朋友而受到人们的交口称赞；最后，为了保持她的光环，人们直接说她已经成为一个男人。这很好。但是，尽管她的声望那么高，就像我不愿意她做我的情人一样，我也不愿意我的朋友中有一个这样的"男人"。

上面所说的可能表面上看来与我们无关，但实际上与我们非常相关。我可以看出，当这种哲学嘲笑女性的羞耻心和所谓的虚伪时，它会产生什么结果；我发现，它肯定会剥夺我们这个时代的女性所拥有的微不足道的荣誉。

通过上面的论述，我认为对于女性适合什么样的教育，以及她们从青年时期应该思考什么的问题，我们已经大概有了看法。

我已经说过，女性要履行的义务似乎很容易就能完成，但实际上，要想很好地完成是很有难度的。她们首先应该认识到，这些义务对她们是有益的，这样她们就可以喜欢这些义务，这也是使她们更容易履行这些义务的唯一途径。每一个女人，不论地位高低，不论年龄大小，都有自己的义务。只要她愿意承担，她就能很快意识到她的义务是什么。不管你降生的时候，上帝给你安排的是什么身份，你都要对你的女人的地位予以尊重，你必须永远做一个善良女人，更重要的是按照大自然的安排生活。这样的话，女人很容易就会成为男人的最爱。

妇女不应该去抽象地和纯理论地探求真理，也不该探求科学的原理和定理，因为这些都需要当事人将概念进行综合归纳，但妇女们做不到这一点。她们应该研究的是实际的事物，并将男人发现的规律用于实践。她们应该用心观察，以便男人对这些原理进行论证。在对待一切跟妇女的天职没有直接关系的事物时，她们应该揣测男人的心理去看问题，同时只把目光放在和大家的爱好相关的事物上。为什么呢？因为她们没有理解需要用到思想的事物的能力，也没有研究严谨的科学所需的头脑和全神贯注的能力。有形的事物和自然法则关系，应该由比她们活跃、比她们见多识广、比她们体力更强而且更常运用体力的男性去判断。妇女们体力很弱，对外界的事情也所知甚少，于是她们只能对她们可以加以运用的动力——男人的欲念，来进行估计和判断。比起我们的做法，她们的做法更加优越，她们的所言所行更能够激动人心。凡是她自己想做又做不了，可是又必须做或者喜欢做的事情，她都需要用巧妙的方法来引诱我们去做；因此，她对男人的心理了解得十分透彻，这里的男人不是一般的抽象的男人，而是她周围的男人，因为法律或公众舆论必须约束她的男人。她应该学会通过他们的言语、行为、神态和手势来看出他们的感受。她应该通过自己的言语、动作、神态和手势让他们产生她所喜欢的情感，还要保证不能流露出她有使他们产生这种情感的意思。他们对人心的了解，比她们更加透彻，可是说到看出人心的内部的活动情景，她们要更胜一筹。可以说，妇女有责任发现"实验道德"，而男子则应系统地归纳她们发现的东西。男人的天资比女人好，但女人的心思比男人细腻。让女人进行观察，让男人进行推理，就能获得一种更加透彻的了解和更加完整的学问，而只靠男人的心灵是做不到这一点的。总之，这么做就可以获得我们可以掌握的、对我们自己和他人真正有用的知识。这就是为什么艺术能够不断改进大自然赐予我们的工具的原因。

妇女们身边的人，就是她们应该读的书；若不是她们自身有缺点，或者被某种欲望蒙蔽了双眼，是可以把这部书读好的。然而，为了完美地尽到母亲的职责，她们不仅不应该外出公开社交，而且应该像女修道院的修女一样过着隐居的生活。因此，对于那些未出阁的少女，我们应该像对待被送进修道院的女子一样对待她们。在她们还有玩乐的念头，并且应该享受娱乐的时候，要让她们看看娱乐的场面，以免将来她们的幻想打破她们心灵的平静，扰乱她们平静的生活。在法国，年轻女孩住在修道院里，而已婚妇女则经常来往于社交场合。这和古代的情况相反。我之前已经说过，年轻女孩有很多时间在公共场合玩耍和找乐子，而妇女通常待在家里。这是一种比较合理的习惯，更有利于维护良好的风俗习惯。未婚的少女偶尔可以撒一撒娇，她们的主要事情就是玩耍；已婚的妇女有她们的家务事，没有必要再出去找丈夫。这对已婚妇女来说是有好处的，然而，她们看不到这种好处，不幸的是，她们喜欢成为众人瞩目的焦点。母亲们，无论如何，要把你们的女儿当作你们的伴侣。你必须用清晰的头脑和诚实的心来装备她们，然后让她们看到纯洁的眼睛所能看到的一切。让她们去看一看舞蹈、集会、运动，甚至戏剧；用一个轻浮的年轻人的错误的眼光看会沉迷的东西，用健康的眼光来看是没什么危险的。你越早让她们看到这些嘈杂的东西，她们就越早对这些东西感到厌恶。

我知道，有些人一定会提出反对意见。每个女孩看到这个有害的例子都会受到影响。她们一看到社交场所，就会目眩神迷，不想离开。事情也许就是这样。但是你是否做了充足的准备，让她们在看到如此迷人的景象时不会动心呢？你有没有向她们解释过这是怎么回事？你有没有如实地描绘出那些事物的景象？你给了她们足够的武器来对抗虚荣的幻想吗？你是否让她们幼稚的心爱上了在喧嚣的场合中找不到的真正的快乐？你采取了什么预防措施来防止她们因为产生一些不适当的爱好而误入歧途？你不仅没有采取任何措施来保护她们的心不受普通人的偏见的伤害，而且还把这些偏见散布在她们的心中；你早已使她们爱上了她们所看到的所有无意义的东西；你让她们做那些事情，她们自然满心欢喜。在社交界里，有些女孩唯一的管束就是她们的母亲，可是她们的母亲往往比她们更疯狂，只教她们的女儿用她们自己的方式看待事物。母亲的榜样比理性更能影响孩子，因此她们会认为，学习母亲的榜样就是正确的。在女儿眼中，母亲很有权威，她们的话是无可争辩的。所以，如果我说一个母亲应该带她的女儿到社交场合去看一看，是基于这样一个假设：她想让她的女儿看到社交场合中的真实场景。

事实上，女孩子早在很早之前就变坏了。女修道院实际上是一所培养女孩子们风情的学校，但不是我所说的风情，而是女人们日渐堕落的风情，是女孩们放荡不羁的风情。当她们离开女修道院，被推进喧闹的社交场合时，就喜欢上了这种场合。这并不难理解，因为她们受过在社交场合交际的教育，所以她们自然对社交感兴趣。我有点担心，我在后面表达的观点是基于偏见，而不是基于研究；我认为，一般来说，在信奉新教的国家，能够比信奉天主教的国家找到更多充满爱心的家庭和贤惠的妇女。如果是这样，就可以断定，女修道院的教育是造成这种差异的部分原因。

为了能够喜欢温馨的家庭生活，我们必须了解它，必须从童年开始就体会到它的甜蜜。只有在父母的家里，才能学会爱自己的家庭；如果她们没有在这方面得到教育，将来就不愿教育自己的孩子。遗憾的是，在大城市里，已经没有人再对女孩进行家庭教育了。大城市的社交场合是如此之多，如此混乱，已经严重到人们再也找不到一个清闲的地方过安静的生活，即使是在自己的家里，也像在公共场合那样。因为她经常和其他人混在一起，有家和没有家没什么区别，她甚至连父母也几乎不认识。她把他们当作外人，家里那种温馨的气氛和那种使家庭生活变得有趣的亲密感情都消失了。因此，这个时代的所谓享乐和大家奉行的行为准则，女孩子们在吃奶的时候就从母乳中吸到了。

　　有些人试图让这些女孩表面上看起来十分拘束，目的是愚弄那些以貌取人的傻瓜，让他们娶她们为妻。但是，如果你研究一下这些女孩，你会发现在她们拘束的外表之下，有一种强烈的欲望正在吞噬着她们。你可以从她们的眼神中看出，她们一心想模仿她们的母亲。她们的意图并不是找到一个丈夫，而是得到一张结婚证书。既然她们有很多办法可以让自己在没有丈夫的情况下生活，为什么又需要一个丈夫呢？因为她们需要用他来作为自己采取那些方法时的掩护。她们表面上非常拘谨，但内心非常放荡，拘谨本身就是放荡的标志；她们假装正经，就是为了能更快摆脱这种正经的外表。巴黎和伦敦的妇女们，原谅我吧！在任何地方都可能有奇迹，但我从来没有见过任何奇迹。如果你们之间真的有心灵纯洁的人，哪怕只有一个，我也会承认，我对我们的社会一无所知。

　　如今的各种教育方法，都只能带来一个结果：年轻女孩对上流社会的玩乐产生兴趣，并且伴随着这种兴趣，享受这些兴趣的愿望将很快随之而来。在大城市里，一个女孩一旦开始生活，就会随之腐化；而在小城市里，腐化的时间则是她运用理性的时候。其他城市的女孩子由于学了别人的样子，瞧不起自己身上和蔼可亲的单纯，就迫不及待地来到巴黎，分享我们风气中的腐败味；学习那些挂着"才艺"美名的恶习，是她们来到巴黎的唯一目的。当她们发现自己不如巴黎的贵妇放荡时，还会自愧不如，渴望立刻成为当地人。在你看来，她们的沦落始于何时？是她们有这样的意图的时候，还是她们达成目标的时候？

　　这些场面对外省人非常有害，所以我不希望一个开明的母亲把她的女儿从外省带到巴黎来看这些场面。我想，如果她非来不可，也要满足如下条件：她的女儿受过不良的教育，或者当这些场面对她的女儿不再造成危害的时候。如果一个女孩具备良好的鉴别能力，头脑清醒，乐于做正当的事情，那她就算看到了巴黎有害的情景，也不会受到像其他人那样严重的迷惑。在巴黎，你可以看到一些轻浮的女孩急于在六个月内学会一套时尚的作风，以便被人终身责骂；但是，也有一些女孩因为不喜欢喧闹的场合，在比较了她们在外省的生活与其他人羡慕的巴黎生活之后，回到了她们原来的家中，有人见过这样的女孩吗？我见过许多年轻的妇女，被她们的善良的丈夫和教师带到首都后，又自动回到了原来的省份，而且回去的心情比来巴黎的心情还要迫切。她们在离开巴黎之前，温柔地对丈夫说："我们还是回自己的茅屋去住吧，住在那里比住在这里的皇宫还要舒服。"从来没有跪拜过偶像，并对这种崇拜表现得十分鄙视的好人，我不知道有多少。只有愚蠢的人才会四处去喧闹，聪明的妇女根本不会这么做。

我们无法避免的一个问题是：当一个不受外部力量影响的判断力受到适当的教育，或者准确一点说，当这种判断力没有糟糕的教育的玷污，我们如何保持或培养我们的自然情感？一些妇女始终保持着这种判断力，尽管普通人日益沦落，尽管人们普遍存在偏见，尽管对女孩子实行的教育不好。为了做到这一点，没有必要用长篇大论来让年轻的女孩子听了感到厌烦，也没有必要给她们讲枯燥的道德经文。向男孩和女孩解释道德，无异于在抹杀他们接受的良好教育的所有效果。这样冷酷无情的教育，只会让他们对说教的人和他们说的话心生反感。当你和年轻的女孩交谈时，一定要注意两点：既不要用她们应尽的天职吓唬她们，也不要大肆渲染大自然对她们的束缚。当你向她们解释她们的天职时，要简明扼要，态度诚恳，不要让她们认为履行职责是一件痛苦的事情，在说话的时候，你不能有任何的不高兴，也不可以居高临下。所有需要她们思考的问题，在我们说之前，我们也必须思考；如果要用一问一答的方式向她们解释道德，你必须保证涉及的内容像教义问答一样简单明了。你要注意一点：语气不可太过严肃。你要告诉她们，这些义务是她们快乐的源泉，而她们的权利依据也是这些义务。为了被爱，你必须去爱；为了快乐地生活，你必须让自己成为一个被喜欢的人；为了被服从，你必须让自己值得尊敬；为了得到别人的赞扬，你必须珍惜自己的尊严。做到这些并不容易，因此，妇女的权利可以说是非常光荣的，也非常值得尊重。当一个女人擅长行使这些权利时，男人也会十分关心这些权利！妇女一定要达到一定的年龄，或者已经衰老的时候，才能享有这些权利吗？并不是。只要她具备美德，就可以行使她的权利；等到她含苞待放的时候，她就可以凭借她温柔的性格梳理自己的权威，让男子在看到她娴静的外表时敬畏不已。如果一个16岁的女孩聪明可爱，平日里娴静寡言，善于领会别人的心意，态度温柔，语言诚恳，美丽的容貌显示她的女性青春，羞怯的模样令人喜悦，能够尊敬别人，也能得到别人的尊重。那就算一个粗鲁无礼的人见到她，也不敢在这样一个年轻的女孩面前行为不检。

虽然这一切都是一个女孩的外在表现，但不能被认为是无关紧要的；它们的魅力不仅要有感官的美作为基础，还要求我们在内心深处认为，女人是男人的良好行为的天然评判者。在这个世界上，有谁愿意被女人瞧不起？世界上没有人愿意被女人鄙视，哪怕他不喜欢女人。我这个告诉他们如此残酷事实的人，也会重视她们的评判。我对她们的话的重视程度，超过了对你们的话的重视。而你们，各位读者，往往比她们更娘娘腔。虽然我鄙视她们的脾气，但我仍然赞美她们的正义；如果我能强迫她们尊重我，即使她们恨我都可以。

如果我们可以妥善利用她们的积极性，一定可以取得很多丰功伟绩。但是现在，女性的强大影响力已经丧失，男性不再听从她们的话语，这是多么悲哀的时代啊！这是堕落的极致。所有有着纯良风俗的民族都非常尊重妇女，不相信的话，你可以看看斯巴达、日耳曼、罗马，如果世界上有一个地方曾经存在过荣耀和美德，那就是罗马。在罗马，妇女们颂扬伟大将军的功绩，为失去国家元老而哭泣；她们的赞美和呼吁都圣洁无比，代表着对共和国事业最庄严的判决。所有伟大的变革都是由女性发起的：罗马因为女性而获得自由，平民因为女性而成为统治者，十人联盟暴政因为女性而终结，正是女性把被围困的罗马从流放的叛逆分子手中解救出来的。风流的法国人，当你用嘲讽的目光看着一群路过的女人时，你会怎么想？你甚至可能跟着她们，嘲笑她们。

我们在看待同样的事情时，因为眼光不同，所以感觉也完全不同！也许我们每个人都有自己的理由。我认为漂亮的法国女人排成这样的队伍是不合适的；但是，如果换成罗马女人排成这样的队伍，你就需要用伏尔斯人的眼光去看她们，还要像科里奥兰努斯①那样在心里筹谋对策。

我需要补充一下，我相信美德可以巩固爱，原因和它可以巩固自然的权利一样。如果一个情人有良好的道德，她就可以行使作为妻子和母亲的权力。所有的真爱都是充满激情的，原因就是在想象中总有一个真实的或幻想的完美的对象。如果在情人看来，完美的对象毫无价值，仅仅是一种感官享受的工具，那么他的心中哪里会有一种燃烧的激情呢？如果他抱着这样的看法，那他的心就热不起来，他也不会追求这种令人迷恋和充满感情的高尚的快乐。我不否认爱情是虚幻的，也承认只有情感才是真实的，我们之所以去追求真正的美的情感，也是因为受到情感的驱使。有人说，这种美并不存在于我们爱的对象身上，而是产生于我们的错觉。啊！这重要吗？是否意味着我们可以用更少的热情将我们所有的世俗情感奉献给这个想象中的人？是否意味着我们可以不用真诚的心对待我们所爱的人？这是否意味着我们不用驱逐我们最低俗的欲望？如果一个男人不愿意为他的爱人牺牲自己的生命，就算不上一个真心的爱人。而一个愿意为爱情付出生命的人，还有什么粗俗的肉体欲望呢？我们对过去的骑士满含嘲讽，但他们是唯一真正懂得如何去爱的人。至于我们，我们只知道如何觊觎色情。我们之所以觉得传奇式的爱情观荒谬，不是因为我们有了理性，而是因为我们有了恶习。

自然界的关系在任何时代都没有改变，自然界的关系所产生的影响，无论是好是坏，也一直都是相同的，虽然人们用"理性"这个词语掩饰自己的偏见，但这只是表面上的名称变化。克制自己永远是一种非常高尚的行为，即使是通过倾听荒谬的说法来克

---

① 传说中的罗马将军。——译者注

制自己。对于一个有见识的女人来说，只要她有一种对荣誉的真正的爱，就会根据自己的地位来寻求一生的幸福。保持贞操对于一个有着高尚心灵的漂亮女人来说，是一种宝贵的美德。她看到整个世界都匍匐在她的脚下，她征服了包括自己在内的一切。她自己的心是所有人都要来崇拜的宝座；她不断地感受到她在某些时候所进行的斗争是光荣的，造成这种心理的原因有两种：一种是受到两性尊敬的温柔而专一的感情，世人的尊重和她的自尊。她所遭遇的困难是短暂的，但她从中获得的荣誉是永存的。当一个高贵的女人为自己良好的品德和美丽的容貌而自豪时，她是多么快乐啊！一个专情的女人比莱斯和克利奥帕特拉①更能享受肉体快乐的美，就算有一天她的容颜消失了，她的荣耀和喜悦之情也仍然会存在；只有她才是在回顾往事时能够感到幸福的女人。

我们需要肩负的天职越艰巨，我们要担负这些天职的理由就越鲜明。如果严肃地说这些重要的事情，年轻的女子根本听不进去，更不会真正被说服。因为这些话并不符合她们的思想状况，她们只会左耳进右耳出，根本不加注意，这样造成的结果是：她们批评自己的倾向发展，而无法从事情的本身中找出必须抵制自己倾向发展的原因。如果我们用良好的教育来教育一个女孩，她就可以获得抵抗各种诱惑的能力。但如果我们只是拿一些严肃的话去灌输在她们心里，或者更准确地说，让那些话在她们的耳朵里走一个来回，那当她遇到一个狡猾的引诱者时，就一定会沦陷。人们都说，一个年轻漂亮的女孩子绝对不能不重视自己的身体，她应该诚恳地忏悔她的美貌使男人犯下的大罪，她必须诚心诚意地向上帝忏悔她已经成为男人争相获得的对象，她必须相信她自己心中的那一腔柔情是魔鬼所为。上面这些理由并不足以让她们动心，所以我们要给她们一些实际的理由。更糟糕的，也是大家用得最多的一个方法是，让她在思想上产生矛盾，首先是说她的身体和美丽被罪恶的污点玷污了，让她觉得羞愧，然后要求她尊

---

① 女性名字，是希腊化时代一些著名女性常用的。——译者注

重她的身体，好像它是耶稣的圣殿。过高和过低的观念同样没有说服力，也不能让自身的观点站住脚。因此，有必要给出女性和她这个年龄的女孩都能理解的理由。在你解释了她为什么要履行那些天职之后，她才会重视自己的天职。

她没有犯错误，只是因为不被允许，但她终究会犯错误。

无疑，只有奥维德才能总结出这样一针见血的结论。

如果你想让年轻女性喜欢良好的品行，你不应该反复向她们强调："你应该守规矩。"而应该让她们意识到，如果她们行为规矩，就能获得巨大的好处。你要让她们意识到规矩的行为的全部价值，她们才会喜欢这么做。向她们指出在遥远的将来可以得到的好处是必要的，但是还不够，必须使她们从她们那样年龄的人的种种关系中，从她们的情人的性情中看到这种好处。你要告诉她们，有品德的男子是什么样子，如何才能识别出这样的男子，如何爱他，如何为了自己的利益而爱他。你还要向她们证明，能够把她们当成朋友、妻子和情人，给她们带来幸福的，只有这样的男人。你要通过理性来培养她们的美德。你要让她们认识到，女性要想建立威信，获得优越的地位，一方面取决于她的良好行为和性情，另一方面，男人的良好行为和性情也是决定因素。还要让她们明白，对于卑鄙的人，她们毫无办法，对道德不屑一顾的男人也不会尊重自己的情人。如果你把我们这个时代的风气告诉她们，必然会让她们打心眼里厌恶这种风气。这样的话，当你把一些时髦的人物指给她们看，她们会鄙视这些人，连带着鄙视他们的各种观点，以及他们表现出的各种情感和虚伪的殷勤。这样，她们心里会萌生一种高贵的愿望：赢得那些伟大而坚强的男子的尊重，成为斯巴达式的妇女，指挥男人。一个厚颜无耻、狡猾的女人，勾引情人的唯一手段就是撒娇耍赖，留住情人的唯一方式就是甜言蜜语。这样的话，她只能在一些小事上让情人顺从自己，一旦遇到重大的事情，就无法驾驭对方了。而一个长得聪慧可爱又诚实的女人，一个能赢得身边男人的尊重的女人，一个平时安静、有着端庄微笑的女人，一个能用一句话赢得男人尊重和爱戴的女人，只要动一动手指头，就能让男人心甘情愿地去往天涯海角，去她指定的地方战斗，去为荣誉而战，去献出自己宝贵的生命。在我看来，这样的权威是非常崇高的，是值得努力去获得的。

正是在这种精神的熏陶下，苏菲被小心翼翼地抚养长大，但我们并没有花太多力气。我们是顺着她的爱好去做的，而不是与之背道而驰。现在，让我们用我给爱弥儿所讲的形象，以及他自己想象出的能带给他幸福的妻子的形象，简单地对苏菲的人品进行描述。

我需要重申一遍，我不是在培养神童。不管是爱弥儿还是苏菲，都不是神童。爱弥儿现在是一个成年男人，苏菲也是一个成年女人，他们应该为此感到骄傲。在目前这种男女混杂不清的状态下，能够像样地做一个男人或一个女人，几乎是一个奇迹。

苏菲出生在一个良好的家庭，她天性善良，有一颗敏感的心。有时候，这颗非常敏感的心会让她产生难以平静的想象。她对事物的观察很正确，但略显肤浅；她的性情很悠闲，但是不平衡；她的外表很平常，但是能得到别人的喜欢，从她的相貌就能看出她是一个忠厚老实的人。刚和她接触的时候，你可能会觉得她只是一个普通人，但是你离开她的时候，一定会有所感触。也许她缺乏别人具备的一些优秀品质，而她自己的优秀品质可能在程度上比不上其他人；但是，她有一项过人的能力：把一些优秀品质融合起来，形成一种好的性格。她甚至知道如何利用自己的缺点；如果她是完美的，可能还不如现在这样讨人喜欢。

苏菲并不漂亮，但是男人一接近她，就会忘记那些长得比她更好看的女人；而美女接近她，就会觉得自己不够漂亮。第一眼看上去，她并不漂亮，但是你越看她，就会越觉得她漂亮。有些特征长在别人身上不好看，可长在她身上就很好看。而她长得好看的地方，可以说是十分完美，没有人能比得上她。也许她的眼睛不如别人好看，嘴巴不如别人乖巧，样子也不如别人吸引人，但是别人的身材不像她那么匀称，肤色不像她那么好看，手不像她那么白，脚不像她那么精致，眼神不像她那么柔和，长相不像她那么动人。她能让你在看到她的时候喜欢她，但是她不会让你着迷；她能让你一见倾心，又说不出为什么倾心。

苏菲喜欢打扮，也很擅长打扮；有了她，她母亲连收拾房间的仆人都不需要了。她品位很高，所以总是打扮得很好。但是她的衣服总是简单而优雅，她不喜欢那些华丽的衣服。她不喜欢那些色彩鲜艳的衣服，而是合身的衣服。她不知道什么颜色的衣服是时髦的，但她知道什么颜色的衣服适合自己。虽然她在装饰品上花了很多心思，表面上却似乎很不在意。她身上的装饰品没有一件是随便穿戴的，但每一件上面都没有她精心搭配的痕迹。虽然她的衣服看起来非常普通，但实际上很好看，非常引人注目。她并不炫耀她那迷人的美貌，而是把它掩盖了起来，但是她掩盖得越多，它就越是在人们的脑海里挥之不去。当她出现在你面前，你会说她是一个"朴实聪明的女孩"，可是跟她待久了，你的眼睛就老想去看她，你的心里就总想着她。在这个时候，你会觉得，她身上的服饰这样朴实，正是为了让你通过一件一件的衣服来想象穿戴它们的人。

苏菲有一些天赋，她对此十分清楚，并充分利用了这些天赋；但是，由于她还不知道如何培养这些天赋，因此，她只知道如何准确、和谐地用她清脆的声音唱歌，如何用她灵巧的双脚轻快地走路，如何在任何场合落落大方地行礼。她唯一的歌唱老师是她的父亲，她唯一的舞蹈老师是她的母亲；她曾经跟住在附近的风琴手学过几次演奏风琴，然后就一个人练习。起初，她只想多弹黑键，后来，她发现清脆的风琴声音可以使声调更加优美，才逐渐学习和声。长大之后，她开始欣赏音乐的美，并喜欢上了音乐。然而，对音乐的热爱只能说是一种爱好，不是一种天赋，她现在还不能只看曲谱就会唱歌。

苏菲最喜欢的是女性擅长的工作，这也是大家花了大力气教她学习的东西。她甚至喜欢大家原本不打算教她的剪裁和缝纫。她会做所有的针线活，也很乐意做，但最喜欢的是做花边。原因就是，做花边的时候姿势最好看，而且能使手指更加灵巧。她做所有的家务都非常细心和专心。她会做菜，也会做一切杂事。对于各种食物的价值和质量好坏，她都了如指掌。她还会计数算账，几乎能担任她母亲的管家。因为她自己注定要成为一个家庭主妇，所以她可以在打理父母的家的同时，学会如何打理自己的家；她还可以帮助家里的女佣做事，而且经常主动去帮助她们。你想指挥别人去做一件事，首先你自己要会做，也因此，她母亲才会要求她这样做家里的事情。就苏菲而言，她想不到这一点；她的首要职责是做一个好女儿，而她目前唯一的任务就是履行这一职责。她所能想到的就是如何侍奉她的母亲，以及如何尽力分担母亲的工作。因此，她对各种家务活的喜爱程度并不一样。例如，虽然她喜欢吃美味的食物，但她不喜欢在厨房做菜；在烹饪过程中，有一些事情她非常厌恶，而且觉得不干净。她在这方面非常讲究，这种过分讲究已经成为她的缺点之一：她宁愿把饭烧焦，也不愿弄脏衣袖。出于同样的原因，她也不想去达利花园。她认为泥土很脏，而且一看到肥料，她就感到有一种难闻的气味扑面而来。

这个缺点是由她母亲的教育造成的。她母亲认为，女人应该做的最重要的事情之一就是保持清洁。保持清洁是大自然要求女性必须做的最重要的事情之一。一个肮脏的女人是世界上最令人感到恶心的，如果她的丈夫因此讨厌她，也是有充分的理由的。从苏菲小时候开始，她的母亲就反复说到这一点。她非常严格地要求女儿保持个人清洁，让她把衣服、卧室、所做的东西和梳妆用具都保持干净；她已经养成了注意清洁的习惯，并把一天中的大部分时间花在这件事情上。在做其他事情之前，她会先完成清洁工作。在她看来，东西做得好不好并不重要，重要的是做得干净利落。

然而，这一切并没有使苏菲显得矫揉造作，也没有使她显得非常娇气。她在这方面的考究都没有任何成本，她房间里的水都是普通的水，她所知道的唯一的香味是花的味道。如果将来她的丈夫想闻到任何甜蜜的香气，就只能去闻他的呼吸。简言之，她对自己外表的关注并没有让她忘记她应该把自己的生命和时间奉献给更高尚的事情。她不会因为过分讲究身体的洁净而让自己的灵魂被玷污，也不愿意这么做。与其说她很清洁，倒不如说她很善良和纯洁。

就像我之前说的，苏菲很贪吃，生来食量就很大；但是她对饮食很节制，因为她已经养成了好的习惯。而且现在，因为她有了良好的道德修养，所以更加能够节制自己的饮食。我们可以利用男孩贪吃的习惯，对他们进行控制，可对女孩不能这样做。贪吃的习惯对女性有非常不好的影响，如果放任不管，是极其危险的。苏菲小时候，如果一个人走进妈妈的房间，从来没有空着手出来过。当她看到糖果和蛋糕时，就会口水直流，拿一些来吃。她的母亲一次又一次地抓住她，惩罚她，让她挨饿。最后，她的母亲总算让她明白了糖果对她的牙齿不好，吃太多会使她发胖。通过这种方式，苏菲改正了这个缺点，到她长大时，她有了其他的兴趣，就放弃了贪吃的恶习。女人和男人一样，只要他们的思想是活跃的，贪吃的恶习就无法支配他的行为。苏菲还保持着女人特有的爱好，对吃奶制品和糖果情有独钟，也爱吃发面食品和一碟一碟的小菜，但几乎不怎么吃肉。她从来没有喝过酒或其他烈性饮料；此外，她在吃东西方面非常节制。和男人相比，女人的工作量要小得多，所以她们不必吃那么多来弥补她们身体上的消耗。她喜欢任何好吃的东西，而且她很擅长品尝；即使食物的味道不好，她也能吃，而且吃得很自然。

苏菲的头脑是聪明的，但不是很敏锐；她的思想是健全的，但不是很深刻；大家并不品评她才华的优劣，因为每个人都认为和别人相比，她既不聪明也不愚蠢。她有足够的才情来逗那些和她说话的人开心，尽管她的措辞在我们对女性文化的理解中并不特别优美；她所说的并不是从书本上学来的，而是来自她对与父母的谈话的领悟，来自她自己的思考，来自她对接触到的少数人的观察。苏菲天生活泼，童年时有点淘气；但后来她的母亲一点一点地有意识地克制她轻浮的样子，以免她将来一定要改的时候，让她突然改过来太困难。因此，在她还没有到需要改变的地步之前，她已经变得相当沉稳；现在她已经长大了，她觉得保持这种沉稳的外表比不知道为什么的情况下去学习要容易得多。有时候，她还像小时候一样活泼，因为她还没有完全改变她的习惯，但是她接下来就紧闭着嘴，低着头，羞得满脸通红。看到她这个样子，真是太让人高兴了。她处于成年期和童年期之间，所以身上有这两种人的影子。

苏菲的心是如此敏感，以致她的脾气很难保持平衡；但是她是如此温柔，即使她发脾气也不会让别人感到尴尬；她只是自己难受一阵而已。如果你说的某句话伤害了她，她也不会生气，但她会非常激动，她会跑到另一个地方哭。就算她哭得很伤心，可是一听到父亲或母亲叫她的时候，她就擦干眼泪，哽咽着，笑着玩着跑向他们。

她并非没有任性的情绪，她脾气太急躁，总是抗议别人说的话，而且常常无法克制自己。但是，只要你让她一个人静一会儿，让她冷静下来，那她弥补自己过失的方式就是一种美德的象征。如果你惩罚她，她也会接受。你会看到，她不是因为受到惩罚而羞愧，而是因为做了错事。即使你一句话也不说，她也会自动对自己的错误进行弥补，而且这样做的时候，她的态度是如此的坦诚和开朗，以至你不可能对她怀有恶意。即使你当着仆人的面责备她，她也毫不尴尬地接受；当你表示原谅时，你可以从她喜悦的脸上看出她卸下了多少负担。简言之，她对别人的错误有耐心，并愿意改正自己的错误。女性的天性，如果没有被我们腐蚀，就是这么可爱。女人能够对男人表现出宽容，甚至能容忍他们不公平的行为。但是，如果你试图像约束女孩一样约束男孩，就起不到这样的效果；他们会反抗不公正，因为大自然并没有要求他们容忍不公正。

格雷文的
固执的儿子怒气冲天。

苏菲有信仰，但她的信仰是合理的和简单的；她的信仰没有教条，也很少祈祷；更准确地说，她只知道最重要的是实践道德。她会做所有善良的行为，以便在这个过程中向上帝奉献自己的整个生命。她的父母在这方面给她的所有教育，都是为了让她养成谦虚和谨慎的习惯；他们经常对她说："我的女儿，以你这样的年纪是不可能懂得宗教的，等到将来你能理解的时候，你的丈夫会告诉你什么是宗教。"他们从来没有反复向她灌输要对宗教虔诚。他们的方式是亲自给她树立一个榜样，让她铭记。

苏菲非常爱美德，这种爱成了一种力量，支配她的所有行为。她热爱美德，因为没有什么比美德更美丽；她热爱美德，因为它能让女人获得荣耀。她认为一个有着优良德行的女人是一个天使。她热爱美德，因为她认为美德是通往真正幸福的道路，因为她意识到一个不诚实的女人必定会忍受贫穷，必定会被抛弃，必定会忍受生活中的巨大痛苦，必定会做出可耻和不光彩的行为。最后，她热爱美德，是因为她那受人尊敬的父亲和温柔严肃的母亲对美德的热爱。虽然他们已经因为自己的美德获得了幸福，但他们并不满足，还想为了她的幸福而爱美德。而如果能够为他们创造幸福，就是她最大的幸福。正是因为她持有这些观点，她才会受到一种热情的激励，才会把自己所有的不良倾向都服从于这种崇高的愿望。苏菲一辈子都会是一个贞洁而诚实的女人，她发誓要这样做。而她之所以发下这个誓言，是因为她觉得它有遵守的价值。如果她追求感官的快乐，她可以打破誓言，但她最终发誓无论如何都要遵守。

幸运的是，苏菲还不是一个放荡不羁的法国女人。一个放荡的法国女人，生来就有冷酷的性格，因为爱慕虚荣而打扮得十分艳丽。她总是在盘算该如何让自己比别人更显眼，而不是如何让别人感到喜悦。她追求的目标是玩乐，而不是娱乐。如何去爱别人的想法一直萦绕在苏菲的脑海中，在许多欢乐的时刻，这个想法使她分心，甚至使她感到痛苦。她原本的那种活泼的模样已经远离了她，现在她不再像以前那样笑嘻嘻地玩了。一个人在独处时会觉得无聊，可是她并不害怕，还想尽办法要过这种孤独的生活。在这样的生活中，她想到了一个人，可以给她的孤独生活注入一丝甜蜜。她厌恶所有与她无关的人；她需要的不是讨好她的男人，而是一个情人；她想取悦一个诚实的男人，体会到永久的快乐。但她不想博取别人的赞扬，让人说她很时髦，因为这样的赞美只会给她一天的风光，第二天就会成为笑柄，受到别人的指责。

女人的判断力发展得比男人早。因为她们从小就处于戒备状态，因为她们有一个需要防守住的宝物。她很早就具备了分辨善恶的能力。苏菲是一个早熟的女孩，她的判断力比同龄女孩成长得更快，因为她的天性使她更早成熟。这一点也不奇怪，因为对于每个人来说，成熟的时间和程度都不一样。

苏菲一直被教导说，男人和女人都有哪些义务和权利。她知道男人的缺点和女人的缺点；她也知道男人和女人相应的品质和德行，所有这些她都熟记于心。她想象出的诚实的女人是最有道德的；她对一个女人应该有一个高尚的形象并不感到惊讶；在她的想象中，存在着一个诚实和有教养的男人，这让她觉得十分欣慰；她相信她出生的价值就是为了这个男人，她配得上他，她具备使他幸福的能力，并能够从他那里得到同样的幸福，她相信她一见到他就能认出他，因此，现在唯一的问题是如何找到他。

女人也是男人品行的评判者，正如男人是女人品行的评判者一样，这是他们相互的权利，对此，男人和女人都非常清楚。苏菲知道自己有这个权利，还知道如何行使。但是她知道自己年纪尚轻，缺乏经验，也很清楚自己的地位，因此在运用这种权利的时候，她总是很懂分寸。她只评判自己懂得的，并且只在自己能够就其说出某种意义的时候，才会进行评判。当一个人不在场的时候，她在谈论他时会非常谨慎，尤其是当那个人是女人的时候。她认为，女人们之所以会说一些奇怪的话，并相互讽刺，都是因为她们谈论的是女人的事情。但是只要她们只谈论男人，她们就会讲得很公平。所以苏菲只谈论男人。至于那些女人，只有当她知道她们做得很好，值得表扬时，她才会提起她们。她认为，为了尊重妇女，这样做是必要的；当她对某些妇女无话可说时，她就根本不谈论她们；如果她不谈论她们，那她对她们的看法就十分明显了。

　　苏菲没有任何世故的气息，她待人亲切，礼数周到，不管做什么事情都温和有礼。对她来说，她那快乐的天性在为别人做事方面比许多巧妙的手段更有用。她对人彬彬有礼，但她的礼貌既不流于形式，也不拘泥于时尚；她的礼貌既不随时尚而改变，也不遵循习俗的规则；她对人彬彬有礼，完全是出于让别人感到高兴和愉快的真诚愿望。她不会说一句无聊的奉承话，也不会说一句恭维话；她从来不会跟别人说"非常感谢你""你太高看我了""不要麻烦了"，更不喜欢拐弯抹角地说话。如果别人关心和尊敬她，她也会回以同样的关心和尊敬，或者只是简单地对他们说"谢谢"，但是当她说这句话的时候，态度十分真诚。她非常感谢别人真诚地给予她的帮助，并铭记在心，所以不会在口头上表示感谢。她从不固守法国人装腔作势的习惯——例如，在从一个房间到另一个房间的时候，伸出自己的手，让一个60岁以上的老人搀扶她，相反，她倒是很乐意去搀扶那个老人。如果是一个浪荡公子胆敢向她伸出手，她就会避开对方的手，去摸楼梯的扶手；与此同时，她会快速走进房间，告诉那个人她不是瘸子。虽然她不高，但她不想穿高跟鞋；她的脚很小，不需要高跟鞋。

　　在已婚妇女面前，她经常保持沉默，以示尊重，而且在已婚男子或比她年长许多的人面前也是如此；她从不坐在他们的上手。就算他们要求她这样做，她别无选择，只能坐下，可一旦情况允许，她就会回到她曾经坐过的那个座位；因为她知道，虽然妇女应该受到尊重，但老年人也应该受到尊重，因为老年人通常都是十分贤明的，他们应该比其他任何人都受到尊重。

　　至于那些和她年龄相仿的人，那就是另一回事了；她会采取另一种做法，使他们无法不尊重她；她知道如何既不失去适合她的谦逊，又保持威严。如果他们言行谨慎，她就会向他们展现年轻人的所有的亲热态度；他们纯真的谈话也许可笑，却是得体的。

如果他们说的是庄重的话，她认为这有一定的意义；然而，如果他们说的是轻浮的话，她会立刻制止他们，因为她讨厌这种无稽之谈，认为这是对妇女的侮辱。她知道她要找的人是不会说这种废话的，因为这个人的性格已经深深地印在她的脑海里，只要某些话不适合那个人说，她也不会允许别人说。因为她非常尊重妇女的权利，因为她纯洁的感情带给她自豪感，因为她的美德给了她力量，她觉得自己值得尊重，如果有人试图拍她马屁，她会气愤不已。然而，她的脸上并不会流露出生气的表情，只会对那个人说一句表面是恭维的话，其实是讽刺的话，或者突然用一句冷言冷语堵住他的嘴。如果一个像太阳神一样俊美的男人对她说："你十分贤惠，而且美丽又潇洒，如果能让你快乐，我也会觉得快乐。"这个男人说话的时候十分温文尔雅，而且风趣幽默。可这时她就会打断他："恐怕我对这些事情的了解比你多，先生，如果我们没有什么有趣的东西可谈，谈话就到此为止吧。"她一边说一边行礼，然后走开。在这种情况下，她采取的就是这样的做法。去问问那些放荡的小白脸，在一个不喜欢听这种谈话的人面前这样说话是否合适。

这并不是说她不喜欢别人的赞美，如果是恰到好处、真心诚意的赞美，她也喜欢听。为了表明你真的在称赞她的长处，你必须首先指出她的长处。她高尚的心喜欢听到真诚的赞美，奉承的赞美使她反感。苏菲生性如此，她是学不会那种小丑的本领的。

因为她已经具备了成熟的判断力，也因为她从各个方面看起来都像一个 20 岁的女孩，所以，苏菲的父母在她 15 岁时就不再把她当作孩子看待了。他们才刚刚开始从她身上看到青年人特有的焦躁，就为这种发展做好了准备。他们和她说话的时候语调柔和，内容也很有意义。他们的话极富情感和内容，适合她这个年龄和性格的人。如果她的性格像我想象的那样，她父亲一定会对她说：

"苏菲，你已经长成了大姑娘，很快就会长大成人。我们希望你将来能够幸福，这完全是为了我们自己，因为我们的幸福取决于你的幸福。一个好女孩的幸福是建立在一个好男人的幸福之上的，因此，我们必须考虑你的婚姻问题了。一个人的婚姻对他的命运有决定性影响，必须用足够的时间来考虑它。因此，这个问题要早点考虑才行。

"选择一个好男人是最困难的事情，如果说还有什么事情比这件事情更困难，那就是选择一个好女人。苏菲，你将成为一个这样珍贵的女人，你将成为我们生命中的荣耀，为我们的晚年带来幸福；无论你多么优秀，世界上总会有人比你更优秀。任何一个能够娶到你的人，都会感到骄傲，而且和你结婚之后让你感到荣耀的人也有很多。现在的问题是：如何在这些人中找到配得上你的人，如何认识他们，如何让他们认识你。

"婚姻中能否获得最大的幸福，在很多方面由男女双方是否相配决定，但试图在各个方面都相配则是愚蠢的做法。因此，我们只能首先注意双方在主要方面是否匹配，如果在其他方面也匹配当然更好，可是就算不匹配也没有关系。世界上不存在完美的幸福，但是我们本可以避免却没有避免了痛苦，是因为我们自己的过失造成的，这是最大的痛苦。

"说男女是否相配，在有些方面取决于自然的情况，有些方面取决于社会制度，还有一些方面则完全取决于社会舆论。是否符合后两种情况，父母就能作出判断，但是是否符合第一种情况，判断人只能是孩子自己。由父母决定的婚姻，决定其是否相配的标准是社会制度和舆论。在这种婚姻中，他们各自索取的东西，不是始终如一的人，而是可以改变的社会地位和财产。虽然一方非常有钱，可是只有两个人的关系才是婚姻是否幸福的决定性因素。

"你的母亲有着高贵的身份，我很富有；我们的父母就是为了这两点才让我们结婚的。可是最后，我的财产，她的地位，都一起失去了。她被她的家人忘到了脑后。如今，高贵的门第对她来说有什么用呢？在那段艰难的时光，我们唯一的安慰就是我们的心紧密相连；我们选择这种隐逸的生活，是因为我们有共同的爱好；我们非常贫穷，但我们过着幸福的生活，我们视彼此为我们的全部。苏菲是我和她共有的财产，我们感谢上帝，我们失去了的其他财产，却获得了她。你看，我的孩子，上帝为我们进行了怎样的安排：一开始，是因为门当户对才走到了一起，可现在我们的门第和财产都远离了我们。我们为什么能够这么幸福？因为我们靠的是大多数人根本不考虑的男女双方自然相配的地方。

"选择应该是丈夫和妻子两个人的事情。他们必须首先以一个共同的爱好建立第一个联系。他们应该首先听从眼睛和心灵的指导，为什么呢？因为他们婚后的首要义务是相爱，而且他们是否相爱不是由我们来决定的，所以要履行这个义务，必须有另外一个条件，那就是双方在结婚之前就相爱。这是一个任何力量都无法废除的自然法则。那为什么有些人想用许多法律来限制他呢？因为他们并不考虑婚姻的幸福和公民的道德，只考虑社会秩序。亲爱的苏菲，我们告诉你的并不是一些难以实行的品德。它只要求你做你自己的主人，要求我们让你自己来选择丈夫。

"在我们告诉了你享受完全自由的所有理由之后，也必须告诉你，为什么你必须理智地运用你的自由。我的女儿，你是一个非常善良和聪明的人，有一颗善良而虔诚的心，你有一个诚实女人的天赋，有一张漂亮的面孔，但是你很穷，因为虽然你有最珍贵的财产，可这种财产不是人们最重视的。因此，你希望得到的人，必须是你可能得到的，在决定你的崇高的心愿时，你不能按照你的意愿或我们的意愿去做，而必须按照公众舆论。如果双方有着相等的品德，那问题就可以解决了，我们也就没有理由限制你的愿望；但是你要谨记，不要让你的欲望超过你所拥有的财产能够承受的限度，也不要忘记你的财产并不多。虽然一个与你相配的男人不应该把财产的不平等视为和你结婚的障碍，但你应该考虑到他没有考虑到的事情；苏菲，你和你的母亲一样，只能嫁给一个以跟你结婚为荣的男人。当你出生时，我们已经陷入了贫困，所以你没有看到我们富裕时候的样子。和你在一起，我们觉得贫穷的生活也很幸福，你和我们一起渡过了艰难的日子，从来不叫苦。苏菲，相信我，千万不要去追求我们感谢上帝从我们这里拿走的财富。失去那些财富之日，就是我们领会到幸福的甜蜜之时。

"你这么招人喜欢，没有人不喜欢你；你虽然穷，但也不至于穷到连一个诚实的人都认为拥有你是个负担。有人会向你求婚，但他们不一定能配得上你。如果他们在你面前表现出真面目，那你完全能够清楚地看到他们的真实品德，时间长了，你也能发现他们的做法有多么浮夸。尽管你有良好的判断力，能够看出他们的性格，但是你缺乏经验，不知道人们是如何巧妙地伪装自己的。一个狡猾的恶棍可能会研究你的兴趣爱好，以便找到一种方法来引诱你，并在你面前吹嘘他所没有的各种美德。苏菲，也许在你意识到这一点之前，你已经被他摧毁了，当你意识到你的错误时，一切都为时已晚。对我们来说，最危险的陷阱就是我们的感官为我们制造的，也是我们的理性无法避免的。如果你不幸落入这个陷阱，你所看到的将是一种幻觉，你的眼睛将被迷惑，你的判断力将被削弱，你的意志将被损坏，你甚至会认为你的错误值得钦佩；然后，即使你知道它们是错误的，你也不愿意去纠正它们。我的女儿，我要你听从你的理智，我不要你任凭你的心意摆布。只要你有一个冷静的头脑，就可以判断你自己的行为；但是，如果你有了一个情人，努力争取你母亲的关心也是必要的。

"我现在向你提出一个条件，它既能表达我们对你的尊敬，又能证明我们之间的自然秩序。通常的做法是：父母为女儿选择丈夫，但是会走个过场，问女儿是否同意。但是我们会采取与之相反的做法，由你去选择与你相配的人。苏菲，你必须自由而明智地使用你自己的权利。你要自己去选择配偶，而不是由我们来选，但是我们应该判断你是否在选择配偶方面做出了错误的选择，以及你是否在不知不觉中按照自己的意愿做出了选择。我们没有必要考虑出身、财产、社会地位和大家的看法。你必须选择一个诚实的人，你喜欢他的品格，他的品格也适合你；我们愿意把我们的女儿嫁给这样一个人，不管他是谁。只要他有工作能力，只要他有良好的性格，爱他的家庭，他就可以被视为一个非常富有的人。如果他能以自己的德行使自己的职业受到人们的尊敬，那么他就会有非常光荣的社会地位。即使全世界都在责怪我们，我们也不在乎。我们考虑的不是别人的认可，而是你的幸福。"

读者们，我不知道那些按照你们的教育方法培养长大的女子在听了这番话后，会有什么反应。至于苏菲，她很难说出自己的想法，她的羞怯和温柔使她难以表达她的想法；但我完全相信，这将铭刻在她的头脑中；如果人类的决心是可信的，那么我们应该具有这样的决心：做一个值得她父母尊重的人。

就算她性格急躁，认为这样漫长的等待非常痛苦，我也会持乐观态度：她的理智，她的常识，她的兴趣，她的谨慎，特别是她童年时培养起来的感情，都能够抑制她的急躁，战胜她的感官。就算无法抑制，也能抵抗很长一段时间。她宁愿以烈女的身份死去，也不愿因嫁给一个不道德的男人，选择一个错误的配偶而遭受痛苦，使她的父母感到悲伤。正是因为她的父母给了她完全的自由，她才更加注意培养自己的心灵，在选择丈夫时也更加严苛。尽管她像意大利女人一样热情，也具备英国女人的敏感，但在情绪和感官的控制方面，她有着西班牙女人一样的自尊心，这也决定了她在寻找爱人时，很难找到她认为值得她爱的人。

并不是所有人都知道，对诚实事物的热爱能够给予心灵以巨大的力量，而认真和守规矩能够让一个人从他自己身上获得巨大的力量。有些人认为所有伟大和高贵的东西都是一种幻觉，他们为人卑鄙，头脑邪恶，他们永远不会意识到，人为什么能沉迷于道德，控制自己的欲望。对于这些人来说，教育他们的唯一方法就是使用实际的例子：如果他们否认我所说的是真的，他们的结果将会更糟。如果我告诉他们苏菲不是我想象出来的，我只是给她起了一个名字；她受到的教育，她的脾气，她的性格，甚至她的外表都是真实而有根据的，而且现在有一个忠厚的人，一想到她就会流泪。毫无疑问，如果我这样告诉他们，他们一定不会相信。但是，如果我在这里如实讲述一个像苏菲这样的女孩的故事，如果大家不觉得有什么奇怪，还把这个故事当成她的真实故事，这对我又有什么害处呢？你是否相信这个故事是真实的并不重要；如果你愿意，完全可以把我的故事想象成虚构的，但我的目的是说明我的方法，而且一定要达到我的目的。

我们就把这个少女叫苏菲吧，她是当之无愧的。因为她不仅具有我希望苏菲拥有的那种气质，而且在很多方面也像苏菲一样。所以，我就给她取这个名字。她的父母在跟她进行了我上面记述的那段谈话之后，觉得不会有求婚的人来到他们居住的这个小村庄，所以有一年冬天，他们把她送到了城里的一个姑妈家，并将苏菲为什么要去城里的秘密告诉了这个姑妈，因为苏菲骨子里是个骄傲的人，能够克制自己的情感。不管她对一个丈夫的需求有多么强烈，要是让她主动去找，她宁愿永远不结婚。

苏菲本人对社交场合和喧闹的场所并没有什么兴趣。可是为了满足她父母的愿望，她跟着姑妈去别人家串门，出入于社交场合和热闹的地方，去各种各样的人面前，或者更确切地说，让各种各样的人看她。姑妈发现，她并不回避那些英俊、彬彬有礼的年轻人。她那端庄的举止本身就能够吸引他们，并且能起到和撒娇类似的效果；但是和他们谈了两三次之后，她就不再理会他们了。很快，她改变了那种硬要别人尊敬的神气，换上了一种更谦逊的态度和一种更没有温度的礼貌。她总是时刻注意自己的行为，拒绝让他们找到任何一个为她服务的机会，这很好地说明了她不愿意嫁给他们当中任何一个人。

聪明人不喜欢喧闹和吃喝玩乐，只有那些没有思想的人才喜欢，并且认为糊里糊涂地过日子是快乐的。苏菲找不到她要找的人，并且失望地发现她所看到的人不过如此，于是开始讨厌城市。她深深地爱着她的父母，没有什么能使她从见不到他们的痛苦中解脱出来，没有什么能使她忘记他们。因此，还没到之前约好的回家时间，她就提前回家了。

当她回到她父母家里，做原来做过的那些事时，人们发现，虽然她没有改变原来的做法，可她的心情发生了改变。她显得心烦意乱，易怒，忧郁，心不在焉，经常一个人暗自落泪。起初人们以为她有了情人，为此感到难为情。可是人们问她的时候，她说不是这么回事。她说："我并没有遇到能让我动心的人。"苏菲这个人从不撒谎。

她开始显得憔悴，健康状况也开始恶化。看到她的这种变化，母亲忧心不已，决定找出原因。她叫来苏菲，用一种只有温柔的母亲特有的充满爱意和感人的语言说："我的女儿，你是我十月怀胎生下来的，我心里时刻都想着你，所以把你的秘密告诉我吧，有什么秘密是母亲无权知道的吗？只有你父亲和我才能同情你的痛苦，才能帮你分担和减轻。啊！我的孩子，你忍心让我为你终日担忧，忍心不让我知道你到底为什么而痛苦吗？"

年轻的苏菲如实说出了自己的忧虑和痛苦，她觉得，母亲能来安慰自己，做自己的知心人，实在是一件好事。但是她太害羞，没有勇气说出来，她找不到合适的词语来形容这种与她极不相称的情况；以至于尽管她努力控制自己，可依然十分激动。最后，她的母亲看出了这种害羞，并想办法让她说出了害羞的原因。她的母亲不仅没有无缘无故地责骂她，反而安慰和同情她，抱着她哭泣。她的母亲非常有智慧，不会认为她的痛苦是一种犯罪，因为正是她对道德的敬重使她如此悲伤。诚然，解除这种痛苦是非常容易的，也是合法的。那我们不禁要问，那她为什么还要承受这种没有必要承受的痛苦？为什么她不利用他们给她的自由，接受那些男子的求婚？她喜欢什么样的人？难道她不知道她的命运掌握在自己手中，不管她选择谁，她的父母都不会反对，况且她选择的人必定是诚实的人吗？她的父母把她送到城里，但她不想待在那里。有好几个人向她求婚，都被她拒绝了。她在等什么？她还想要什么？这是多么矛盾啊！

事实上，道理很简单。如果苏菲只想找一个年轻的朋友，那很快就能找到这么一个人；但她现在选择的是终身伴侣，就不是那么容易了，而且，这件事需要双方的选择，所以她必须等待，而且要浪费一些青春，才能找到这个终身伴侣。苏菲现在面临的情况就是这样：她需要一个情人，一个配得上做她丈夫的情人，但是这样的情人几乎是很难找到的。所有这些漂亮的年轻人只有年龄和她相配，其他方面都不行。因为他们轻浮、虚荣、胡说八道，而且行为不检点，互相模仿那种装模作样的样子，所以她并不喜欢他们。她在寻找一个人，但是她遇到的都是猴子；她在寻找一个高尚的灵魂，却一直求而不得。

她对母亲说："我是多么不幸啊！我想给自己的爱情找一个归宿，却找不到自己喜欢的人。那些人吸引了我的注意力，但我的心讨厌他们。到现在为止，我还没有遇到一个能够让我的希望持续燃烧的人，没有尊重的爱是不能持久的。哦！你的苏菲不想要这样的人，她喜欢的那个男人的形象已经深深地印在她的脑海里。她只爱他，只想让他幸福，她只有和他在一起才能快乐地生活。她宁愿白白浪费时间，不断地与自己的感情作斗争，痛苦而自由地死去，也不愿和一个她不喜欢的男人一起，这会让她灰心丧气，痛苦不堪；她宁愿死也不愿受苦。"

苏菲的母亲听到这些话感到很惊讶。她不禁怀疑其中一定有什么秘密，因为苏菲的想法太过奇怪。苏菲从来都不是一个可笑的装模作样的人。她怎么会产生这种过于挑剔的想法呢？因为为了使她能够适应将来与她生活在一起的人，并且将必须要做的事情变成好事，她从小就对她进行了各种教育。她被这个可爱的男人迷住了，一次又一次地谈起他，所以她母亲猜想，苏菲一定是出于某种原因，才会这么任性的，而且她还没有完全说完她的想法。那个可怜的女孩被秘密的痛苦包围着，希望能找个人倾诉。她母亲催促她，她犹豫了一会儿，最后默默地走了出去，过了一会儿又拿着一本书回来了，她说："可怜可怜你不幸的女儿吧。她的痛苦无药可治。她的眼泪永远不会停止。你不是想知道为什么吗？这就是为什么。"她一边说，一边把书扔到了桌子上。她的母亲打开这本书，发现是一本《太累马库斯奇遇记》①。起初，她的母亲并不理解这个谜团，但是经过询问之后，她从女儿含糊的回

---

① 费讷龙的一部小说。——译者注

答中惊讶地发现（这是一种很容易理解的惊讶），女儿居然想做欧夏丽①的情敌。

苏菲深深地爱着太累马库斯，没有什么可以阻止她对他的爱。父母在得知她这种充满激情的爱情时，忍不住笑了，并且完全相信他们可以说服她恢复理智。可是他们的想法大错特错，他们确实是能够讲一番理由，可是苏菲也有理由，并能够用这些理由去说服他们。有好几次，她都让他们无言以对，用他们自己的论点驳斥他们，向他们指出，他们才是这些痛苦的根源，因为他们教育她的目的并不是让她嫁给一个这个时代的人。她说，要么她必须采纳她丈夫的思维方式，要么她让他采纳她的思维方式。可是，她受到的教育决定了她不可能采纳她丈夫的思维方式，所以她丈夫必须按照她的想法去做。她说："如果有一个具有我这种想法的人，或者有一个经过我的改变可以具有我这种想法的人，我就会嫁给他；但是在找到这样一个人之前，你们为什么要责备我呢？你应该为我感到难过。我只是痛苦，不是疯了。难道心不会随着意志而转移吗？父亲就是这么说的。如果没有我爱的这种人，这能是我的错吗？我不是一个沉溺于幻想的人，我不想嫁给一个王子，也不想找太累马库斯，我知道太累马库斯只是虚构出来的，所以我找的只是一个跟他类似的人。既然世界上有我，而我觉得我的心和他的心是那么相似，那么，他怎么可能不存在呢？不，不应该这样轻视人类，也不要认为一个可爱而有道德的人只是幻想出来的。他活在这个世界上，也许他是在找我，在找一颗爱他的心。但他是谁呢？他在哪儿？我对此一无所知，在我所遇见的人中，没有一个像他这样的人，毫无疑问，他也不会在我将要遇见的人中间。啊，我的母亲！我不明白你为什么使我如此喜爱美德？如果我只爱美德，而不爱其他的东西，那也不是我的错，而是你的错。"

我会以悲惨的结局来结束这个伤心的故事吗？我是不是要说，

---

① 与太累马库斯相爱的一个女神。——译者注

在悲剧结束之前，曾发生过一系列的斗争？我是否会把这位母亲描述成一个缺乏耐心的人，说她一开始对女儿百般疼爱，之后却变得十分严峻？我是否可以说，父亲是如此愤怒，以至他忘记了自己最初的承诺，以看疯子的眼光来看待自己最有品德的女儿？最后，我会写这个可怜的女孩尽管因为爱一个虚构的人而受到父母的迫害，却更加爱那个虚构的人，所以她会慢慢死去，就在她应该被带到婚礼的祭坛上时，她葬送了性命？不，我没有必要这么写，我会抛弃所有这些凄惨的事情，因为我用不着用这么一个动人的事例来进行证明。尽管我们受这个时代的风俗的影响，产生了偏见，但是女人在对善良和美丽的热爱方面并不比男人差，而且她们能够在自然的培养下做我们能够做的所有事情。

也许有人看到这里会打断我，向我提出这样的疑问："大自然是否迫使我们花费如此多的努力去抑制我们无休止的欲望？"对此我的回答是："不，并不是大自然让我们有这么多无休止的欲望的。我已经无数次证明了这一点：任何不是大自然赐予我们的东西都是和自然相违背的。"

现在，我们该把苏菲还给爱弥儿了，让这个可爱的女孩重新恢复活力，这样她的想象力就不会那么狂野，而会有更加幸福的命运。我的目的是描述一个普通的女人，我是为了陶冶她的灵魂才扰乱她的心智的，连我自己都犯了错误。现在，我们要重返正途。在苏菲那颗普通的心中，只有一种优良的天性，而比起其他妇女，她受过良好的教育，所以更胜一筹。

为了让每个人都可以根据自己的理解，从我说的好事中进行选择，我会在这本书中阐释一切可以做的事情。我原本的打算是：从小就对爱弥儿的伴侣进行培养，为爱弥儿培养她，也为她培养爱弥儿，甚至打算将两个人放在一起培养。然而，经过深思熟虑，我发现过早地进行这样的安排是不好的。在我知道他们的结合是否符合自然规律之前，在我知道他们之间是否存在适合结合的条件之前，预先确定这两个孩子将来会相配是荒谬的。我们决不能把野蛮状态下的自然与文明状态下的自然混为一谈。在前一种情况下，任何女人都适合任何男人，因为男人和女人都只有原始和共同的性格；在后一种情况下，人的思想不仅受到当事人受的教育的影响，也受到天性和教育之间的配对是否正确的影响。所以男女双方进行选择的时候，就要将他们介绍给对方，让他们自己判断是否在各方面都适合对方，或者至少让他们做出对彼此最好的选择。

不幸的是，社会生活既让人的性格得到了发展，又让人出现了等级。由于性格的发展与等级划分并不同步。等级划分得越细，不同等级的人就越容易杂糅。这个世界上之所以出现许多不相配的婚姻和破坏秩序的事情，原因就在于此。很明显，人的不平等程度越高，自然的情感就越堕落；等级的差距越大，婚姻的稳固程度就越低；贫富越悬殊，父亲和丈夫就越没有恩情。不管是主人还是奴隶，都不再热爱自己的家，只看重自己的等级。

如果你想避免这些弊病，拥有幸福的婚姻，你必须抛弃你的偏见，你必须忘记所有人类的社会制度，只按照大自然的意愿行事。如果一个男人和一个女人的相配有前提条件，他们就不能结婚，一旦将来条件发生变化，他们就不再相配了。然而，如果两个人，不管他们身处的环境如何，不管他们生活在哪里，不管他们处于什么样的社会地位，他们都能相配，那么他们就能成为夫妻。当然，我这么说并不意味着婚姻问题和社会关系无关，我的意思是，自然关系比社会关系具有更大的影响力，甚至可以左右我们一生的命运，并且在品位、脾气、情感和性格方面对双方的相配提出了极为严格的要求。所以，一个明智的父亲（即使他是国王或君主）应该果断地为自己的儿子娶一个在这些方面值得娶的女人，即使她是一个不良家庭的后代，即使她是刽子手的女儿。是的，我认为这样一对相配的夫妇能够承受所有可能的灾难带来的影响，当他们一起生活时，就算生活贫困，其幸福程度也会超过一对虽然拥有全世界的财产，却离心离德的夫妻。

因此，在爱弥儿很小的时候，我没有为他选择妻子。我等着给他找一个和他相配的人。事实上，这根本不是我的观点，而是大自然的主张；我的任务只是发现大自然为他选择的伴侣。我为什么要说这是我的任务，而不是他父亲的任务呢？因为当他父亲把他交给我的时候，一并交给我的还有父亲的定位和权利，爱弥儿真正的父亲就是我。我把他抚养成人。如果我无法按照自然的选择为他主持婚事，也就是说，无法按照我自己的意愿为他主持婚事，我可能会拒绝承担抚养他的工作。我很高兴我使他成了一个幸福的人；我为了抚养他付出的很多努力，都可以从这种高兴中得到补偿。

但是不要以为我一直在给爱弥儿找配偶这件事上的态度是越晚越好；不要以为我慢到了他必须自己去找配偶的程度。我只是想让他通过寻找的机会来认识妇女，这样他就可以知道那个配得上他的女人的优点。其实苏菲早就显露过踪迹，爱弥儿也许已经看到她了，但是现在认识她的时机还不成熟。

虽然婚姻双方没有必要具有平等的社会地位，但如果双方具有平等的社会地位，而且在其他方面又是相配的，那么，平等的社会地位可以使其他相配因素增值；平等的社会地位不足以抵消任何一个相配因素，但如果双方在各个方面都是平等的，那么他们能否结婚，就取决于他们是否具有平等的社会地位。

即使一个男人是君主，他也不能将任何等级的女人都娶回家，因为，尽管他没有偏见，也不代表别人没有。因此，即使一个女人配得上他，他也会因为受到别人偏见的影响而拒绝娶她。所以，一个明智的父亲在为儿子选择配偶的时候，一定要万分谨慎，还要受到一定的约束。他决不能给儿子高攀一门亲事，因为这不是他能决定的。就算有这个可能，他也不应该这样做，因为名门望族对于一个年轻人，特别是对于我抚养长大的年轻人来说，只会起到腐化作用。如果这个年轻人真的高攀一门亲事，他将遭受无数的痛苦，一辈子都在痛苦之中度过。我要特别指出的是，他所遭受的损失，不可能用不同性质的东西来弥补，例如地位和金钱，因为这些东西给他的好处比他从这些东西中得到的好处要少；而且，即使你试图平衡这些好处和坏处，也是不可能的。况且，每个人都只会为自己着想；结果，两个家庭的和睦会受到损害，甚至两对夫妇将陷入冲突。

　　一个男人联姻的家庭比自己的家庭高贵还是低贱，对婚姻的幸福有很大的影响。娶一个等级比自己高的女人是毫无道理的；娶一个等级比自己低的女人较为合理。由于一个家庭只能通过父母和社会产生联系，因此，父母的社会地位决定了整个家庭的社会地位。当他娶了一个等级较低的女人，那他的等级就得到了保全，而他妻子的等级就得到了提升；而如果他娶了一个等级较高的女人，就降低了他妻子的等级，而他自己的等级根本没有提高。因此，一个男人娶一个等级比自己低的女人，只有好处没有坏处；而一个男人娶一个等级比自己高的女人，只有坏处没有好处。而且，按照自然秩序来看，女人也应该服从男人。因此，如果他娶了一个等级比他低的女人为妻，自然秩序和社会秩序就会吻合，就能诸事顺利。然而，如果他娶了一个等级比他高的女人，就会面临两种情况的抉择：损害权利或者损害恩情，不做忘恩负义的人就要做被别人轻视的人。在这种情况下，女人就会想取代男人的权威，会对男人颐指气使。这样一来，父母就变成了奴隶，成了人类中最可笑、最被轻视的人。那些娶了亚洲皇帝女儿的人，就是这副模样。他虽然有跟皇家联姻的荣光，也会因此受到各种折磨。据说他们要和妻子睡觉的时候，也只能从床脚那一边上床。

　　我想，许多读者会因为回想起我曾经说过女人天生就能驾驭男人，而对我大加指责："你又说一些自相矛盾的话。"他们完全误解了我。指挥和管束之间有很大的区别。女人管束男人用的是温情，用的是巧妙的手腕和殷勤的态度；她在命令男人做事的时候，采取的是命令的方式；她在吓唬男人的时候，采取的是哭泣的方式。在家中，她要像一位大臣一样，对男人进行管束，这样她才能命令男人去做她想让他做的事。在这一点上，我可以断言，只有那些治理得井井有条的家庭，才是女人最有权威的家庭。可是，如果一个女人不了解男人的想法，还想窃取他的权力，还对他下达命令，就会把家庭搞得一团糟，并且会引起很多痛苦和羞耻的事情。

因此，要做出选择，对象就只能局限在与自己等级相当的人和低于自己等级的人之间。我相信，选择后者的时候需要一些条件的限制，因为在下层社会中，想要找到一个能让一个诚实的男人幸福快乐的女人是很有难度的。这不是因为下层社会的女人比上层阶级的女人坏，而是因为她们善和美的观念非常淡薄，于是，因为上层社会的人做了许多不道德的事情，所以上层社会的女人就认为自己的恶习是正确的。

人类是后来才学会用头脑思考的，而且，就像其他所有的艺术一样，他只是后来才学会思考的。一开始，人类并不常用大脑思考。我认为世界上只有两种人：有思想的人和没有思想的人。这种差别几乎完全是由于教育造成的。一个有思想的男人不应该娶一个没有思想的女人，因为如果他要和这样一个女人结婚，就必须只能用他一个人的思想，因此被剥夺了共同生活中最大的一种乐趣。那些整天辛苦工作的人只想着他们的工作和利益，他们的精神似乎完全集中在他们的两只胳膊上。这种无知的状态并不会对他们的诚实和道德产生消极影响，反而会对他们的诚实和道德有所助力。对于我们的天职，我们总是想得太多，最终说得比我们实际做得多。在所有哲学家中，良心是最明智的一个。不是说你要把西塞罗的《论职分》一书进行研究之后，才能成为一个诚实的人；世界上最诚实的妇女，也许压根不知道诚实为何物。所以，只有跟有教养的人交往才有乐趣可言。毫无疑问，如果一个父亲只有在家里的时候才了解自己，就算他很喜欢自己的家，也是一件煞风景的事情。

此外，如果一个女人不喜欢思考，就无法培养她的孩子，也无法判断自己的孩子适合做什么事情。当她自己都不知道美德是什么的时候，又怎么能教她的孩子去热爱美德呢？她唯一能做的，就是溺爱或者吓唬她的孩子。经过她的手培养出来的孩子，要么专横跋扈，要么胆小怕事，要么成为只会模仿大人的猴子，要么变成一个冲动顽皮的孩子。她是不可能培养出一个可爱聪明的孩子的。

因此，如果一个男人受过教育，就不适合娶一个没受过教育的女人，他应该去受过教育的阶层中选择他的妻子。但是，和一个学富五车、才华横溢的女人相比，我更喜欢一个朴实的、受过少量教育的女子，因为我担心前者会把我的房子变成一个她主持文学讨论的论坛。有才华的女人是她的丈夫、孩子、朋友、仆人和所有其他人的灾难。因为她认为自己很有才华，所以对女人应尽的天职不屑一顾，坚持按一个男人的标准来改变自己，就像德拉克洛瓦小姐那样，她一走进社会，就会做很多荒唐的事情，就会受到别人的指责。因为，一方面，只要她不履行自己的职责，她就会变成一个可笑的人，受到别人的指责；另一方面，她又没有能力学会像一个男人。没有人会相信女人真的能够有才学。我们知道，当她们作画或写作时，实际上有另一个男画家或者男朋友在帮她们作画，还有一个藏在暗处的文学家给她们提示。一个诚实的女人是不屑于这种自夸和欺骗的把戏的。即使她有一些真正的天赋，她的自负也是有害的。她的尊严在于默默无闻，她的荣耀在于丈夫对她的尊重，她的幸福在于家庭的幸福。读者们，我将把这个问题留给你们去评判，请坦诚地告诉我：当你走进一个女人的房间时，会因为什么而对她进行高度评价？会因为什么而带着敬意来到她的身边？是你看到她在四周满是孩子的衣服的情况下忙着做针线活、忙着做家务，还是看到她在身边有各种小书和颜色各异的小纸片的情况下在梳妆台上写诗？如果地球上的每个男人都有一个清醒的头脑，这样一个博学的女人可能一辈子都是处女。

"嘉拉，你问我为什么不愿意娶你？原因是你说话太斯文了。"

谈完上述几点之后，是时候谈论女人的相貌了。诚然，我们最先关注的是外貌，但我们应该放在最后考虑的也应该是外貌。这是不是说相貌好坏并不重要？不是的。我觉得我不仅不应该追求，而且也应该克制自己不去追求一个美丽的女人做我的妻子。

当你拥有了一个女人，你很快就会发现她不再漂亮。六个星期后，你会觉得她的相貌非常普通。可是只要她存在，她就会把你置于很大的危险之中。如果一个美丽的女人是天使，那她的丈夫将是所有人中最悲惨的；即使她是一个天使，她的丈夫也会有很多的敌人。如果人们对丑陋的外表并不反感的话，我宁愿选择非常丑陋的女人，也不会选择非常漂亮的女人。因为丈夫很快就会觉得美丽还是丑陋并不重要，漂亮的女人会带来很多麻烦，而丑陋的女人会带来很多好处。可是如果一个人丑陋到令人厌恶的话，就会非常可悲。因为这种厌恶感不但不会消失，而且会持续增加，甚至可能会转变成怨恨，这样的婚姻是一种折磨，如果让人选择这样的婚姻，我倒宁愿去死。

凡事都要追求中庸，美也不例外。清秀秀丽的外表虽然不能唤起你的爱，却能赢得你的青睐，所以我们应该选择这种外表。拥有这种外表的女人不但不会损害丈夫的利益，还对双方都有好处。容貌很快就会消失，可是文雅的举止不会；它是有生命的，可以不断更新；就算已经结婚三十年，一个温柔的女人仍然可以取悦她的丈夫，就像他们结婚那天一样。

正是出于这些方面的考虑，我才选择了苏菲。她和爱弥儿一样，是大自然的学生；她比任何其他女人都配得上他；她是他未来的妻子。她在身世和一切优点上都和他相当，只是在财产方面不如他。第一眼看上去她并不漂亮，但是你看她的时间越长，你就越喜欢她。她的魅力的产生是一个循序渐进的过程，只有和她最亲密的人才能看得出来。她受的教育既不高深，也不粗浅，她有一些漫无目的的爱好，一些不熟练的才能，一定的判断力，但她的知识还不够丰富。就像一块精心耕耘的土地，只要你播下种子，就会有收获。她的学问也是一样，虽然她学问不多，但她受过研究学问的训练。她读过的书，只有巴勒姆的算术书和《太累马库斯奇遇记》，这些书都是她无意中得到的。但是一个对太累马库斯充满感情的女孩，心不会是冷酷的，头脑也不会是简单的。啊，可爱的天真的女孩！那些将来成为她的老师的人是多么幸福啊！她不是她丈夫的老师，而是他的学生，她不但不会坚持让他依照自己的兴趣去做事，还会愿意按照他的兴趣去做。如果她是一个女学士，她对他的用处就会比现在少；他将来也很乐意教她。他们终于见面的时候到了；我们快点让他们相见吧。

怀着郁闷和沉思的心情，我们离开了巴黎。这个喧闹无序的城市不是我们活动的主要场所。爱弥儿轻蔑地瞥了一眼这座伟大的城市，愤怒地说："我们在这里找了很长一段时间，却一无所获。我完美的妻子不会在这里。你知道这一切，我的朋友，但是为什么不珍惜我的时间？不在意我的痛苦？"我冷静地看着他说："爱弥儿，你想一想，你该这么说话吗？"他跳过来搂住我的脖子，看上去很伤心，一句话也没说。当他发现自己做错了什么时，他总是这样表白自己的心意。

我们像两个游侠一样穿过田野，但我们不像他们那样去闯天下、寻求冒险；相反，我们只是采取离开巴黎的方法来避免遇到那些奇怪的事情；但我们走得跟他们一样：四处游荡、飘忽不定、时快时慢。由于他是按我的方法培养的，所以他能够体会这件事的乐趣。我认为每个读者都会明白，我们两人不会在一辆舒适的门窗紧闭的马车上打瞌睡，完全不看任何东西。这样的话，从起点到终点的路程就会毫无价值，是在浪费我们想要节省的时间。

人们说："生命很短暂。"我认为这是他们自己造成的。因为他们不善于利用生命，就反过来抱怨时间过得太快；但是我的观点恰恰相反：对于他们这种生活来说，时间过得太慢了。他们心心念念的只有一个目标，他们常常悲伤地看到，他们和目标之间有一段距离，这个人在想要如何度过明天，这个人在想要度过下个月，还有人在想10年后要怎么生活，可就是没有人在那里思考如何度过今天，也没有人对当下这一个小时感到满足，所以每个人都认为一个小时过得太慢了。他们抱怨时间过得太快，这是无稽之谈；他们愿意花自己的钱来加速时间的流逝，他们愿意花自己的财产来消耗自己的生命；事实上，如果一个人能够自由地解除自己的烦恼，解除自己等待希望的时刻尽快到来的焦虑，也许每个人都愿意把自己的生命缩短到几个小时。奔波于凡尔赛和巴黎之间，奔走于城市和乡村之间，从一个地区到另一个地区，他就是这样度过他的半生的——如果他没有这种浪费时间的本事，他就会把他的事务搁置一边，然后忙着找事做，也许他还会为自己的时间发愁呢。他认为这样可以为他争取时间，否则他就不知道该怎么办了。可事实恰好相反，他是为了奔波而奔波，坐马车来的目的就是坐马车回去。可怜的人，你们是在坚持不断地诽谤大自然。如果生命不能以你的意志为转移，为什么还要抱怨它太短暂呢？如果你们中间有一个人懂得节制自己的欲望，不愿意时间过得很快，他就不会觉得生命太短暂；对他来说，生命和快乐是一回事；即使他年纪轻轻就死了，他也是在活过了天年之后才去世的。

　　我的方法只有这么多好处吗？并不是。可是即便如此，我也愿意为了这一点好处而只采用我的方法。我培养爱弥儿是为了让他享受现在，不是为了憧憬或等待未来。就算他的希望超过了现在，他也不会太过焦急，也不会抱怨时间过得太慢。他不仅要享受憧憬带来的快乐，还要享受追求自己憧憬的目标带来的快乐。他连现在的乐趣都享受不完，所以不会去展望什么未来，因为他的欲望很有节制。

　　因此，我们不会像车夫一样着急赶路，而是像旅行者一样，一边前进一边观赏。我们不仅在意起点和终点，更在意起点和终点之间的距离。旅行本身对我们来说就是一种乐趣。在路上，我们并没有像两个囚犯那样闷闷不乐地坐在一个小小的牢笼里。我们不像女人那样，时而走路时而停歇，舒适地走完全程。我们要顶风前行，要看看周围的风景，随着自己的心意欣赏任何东西。爱弥儿从来不到驿站上去坐下休息，而且如果不是为了赶路，他根本不坐车。爱弥儿会赶路只有一个原因，就是享受生活。此外我还可以补充一个原因：如果有可能的话，他会因为要做一些有意义的事情而赶路；是的，因为做一些有意义的事本身就是在享受生活。

　　唯一比骑马旅行更愉快的方式，据我所知，只有步行。在步行的时候，我可以随自己的心意走走停停，想走多少就走多少。我可以观察各地的风土人情，由自己决定想走向哪个方向。我可以去看自己觉得有趣的东西，遇到美丽的风景，我也可以停下来欣赏；碰到溪流的时候，我可以沿着河岸漫步；遇到茂密的森林的时候，我可以到树荫下面乘凉；遇到岩洞的时候，我可以进去看一看；遇到矿井的时候，我可以研究它含有什么矿物。我可以在自己喜欢的跑到的任何地方休息，休息过了，再继续前行。我不会依赖马匹和马夫，不是非得走大路，也不用选择平坦的小路，只要那条路能走，我就可以走。我可以看一切视线所及的东西，享受完全的自由。如果天气不好，不能步行，或者如果我走累了，就会骑马，如果疲惫至极……可是爱弥儿并不会觉得累，他一点都不着急，就算他停下脚步，也是因为他可以随时随地找到有趣的事情，所以不能说他感到厌烦了。比如，他可以到一个手工匠人的家里，帮他干活，借机锻炼自己的胳膊，也可以休息一会儿。

　　要徒步旅行，你必须像塞莱斯①、柏拉图和毕达哥拉斯那样。如果一个哲学家用另外一种方式去旅行，不研究摆在他面前和他脚下的各种东西，在我看来是十分难以想象的。每一个对农业感兴趣的人，都会想研究沿途的特产和耕作方法；每一个喜欢自然科学的人，都会想研究他看到的土地，看到一块石头就会敲打一番，来到崇山峻岭时一定会去采集植物，看到岩石时一定会去寻找化石。城里的博物学家在研究室里对自然科学进行研究，虽然他们收集了一些标本，也知道那些东西的名字，却不知道它们的性质。爱弥儿的实验室里的东西十分丰富，甚至超过了国王的研究室。他的实验室就是整个地球，那里的一切都安排得井井有条。管理这个研究室的自然科学家把一切都摆放得有条不紊，即使是多邦通②也做不到更好。

_____

① 古希腊哲学家、数学家。——译者注
② 法国博物学家。——译者注

以这样一种美丽的方式旅行真是太有趣了！此外，它可以改善人的健康，令人心情愉快。我发现，那些坐着舒适马车旅行的人，要么沉浸在梦想中，十分忧郁，要么满腹牢骚，简直就是在让自己活受罪；而那些徒步旅行的人却不一样，他们是轻松愉快的，并且对一切都十分满意。当我们走近我们将要过夜的地方时，快乐的心情不言而喻。一顿简单的晚餐是多么美味啊！吃东西的时候是多么高兴啊！睡在木床上是多么甜蜜啊！如果你的目的只是到达某个地方，你可以乘车，但是，如果你想游历，步行是最好的。

　　爱弥儿按照我说的这个办法去旅行，如果他在旅行了 50 英里之后还没有忘记苏菲，就只能说明我的做法不够巧妙，或者就是他没有好奇心。因为他已经有很多基础知识，所以他一定会想追求更多的知识。一个人受教育的程度越高，好奇心就越大。爱弥儿所受的教育恰恰达到了他希望学到更多东西的程度。

　　我们一边欣赏着这个地方，一边继续前进。这是我们的第一次旅行，我们将终点定得很远。想要找到把终点设在这么远的地方的理由，是很简单的：我们从巴黎来到这么远的地方，是为了寻找一个妻子。

　　有一天，我们比平时走得更远，走进了山谷，在那里我们根本分不清道路，所以迷失了方向。不过这没关系，只要能够到达终点，随便走哪条路都可以。但是我们饥肠辘辘，必须找个地方吃饭。之后，我们幸运地找到了一个农民，他带着我们进了他的茅屋，为我们准备了简单的晚餐，我们两人吃得别提多美了。当他发现我们又累又饿的时候，对我们说："如果上帝指引你们到山的另一边，你们可能会得到更好的招待……你们会遇到一个忠厚的人家……你们会遇到一个慷慨的人家……你们会遇到一个善良的人家。这并不是说他们比我更善良，而是说他们比我更富有。据说，他们以前比现在还要富有。感谢上帝，他们现在也算不上贫穷。他们那所剩无几的财产，给我们一乡的人都带来了好处。"

　　爱弥儿听说有善良的人，不由得心花怒放。他看着我说："我的朋友，让我们去那儿吧，这一家人给附近所有的人都带来了好处，我很想去拜访他们的一家之主，也许他们会很高兴见到我们。我相信他们会好好款待我们，如果他们把我们看作一家人，我们也会用同样的方式对待他们。"

在农夫为我们指明了那一家人的具体方位之后，我们就动身了。在树林里，我们蜿蜒前行。在路上，一场大雨突如其来，虽然它耽误了我们的时间，却没有阻挡我们的脚步。终于，我们走出了树林，在黄昏时分到达了那人的住处。它被一个小村庄环绕着，它的建筑虽然简单，但外观相当独特。我们走进屋子，请主人允许我们留宿。仆人带我们去当面告诉主人，他礼貌地问了我们一些问题。我们没有告诉他我们此行的目的，但告诉了他我们绕道而来的原因。他曾经富有过，所以能够轻易地从我们的风度上看出我们是什么样的人。有着丰富阅历的人，是不会弄错这一点的。看到我们的"护照"时，他就让我们留下了。

主人把我们安置在一间非常小但非常干净舒适的房间里，房间里生着火，里面还有主人给我们准备的换洗衣服和所有必需品。爱弥儿惊叹道："那个农民说得没错，他们确实对我们十分殷勤周到，而且非常真诚！他们对陌生人如此关心，我有一种生活在荷马时代的感觉。"我对爱弥儿说："如果一个外乡人去了很少有外乡人去的地方，总是受欢迎的。正是因为客人少，主人才如此好客；客人经常去的地方，主人就不会那么好客了。在荷马时代，人们很少去外地旅行，所以旅行者无论到哪里都是受欢迎的。也许，他们今年就只见过我们这两个过路人。"爱弥儿又说："没关系，虽然他们很少见到客人，但是客人来了之后能提供这么好的待遇，本身就是值得赞扬的。"

我们擦干了身体，换好了衣服，就去见了主人。他把我们介绍给他的妻子，她不仅对我们很有礼貌，也非常关心我们。她全神贯注地看着爱弥儿。这并不稀奇，一个母亲身处她目前的环境，看到这样一个年轻男子来到他家里，一定会感到十分激动，至少也是惊讶。

他们迅速为我们准备好了晚餐。进入餐厅后，映入眼帘的是5份餐具。我们依次就座，但是还有一个空座位。这时候，一个年轻的姑娘走了进来，向我们深深地行了一礼，就默默地端坐在那个座位上。爱弥儿向她还了一个礼，就忙着吃饭和回答主人的问题了。他根本没有想到他这次旅行的主要目的，因为我们距离终点还有一段距离。之后，话题转移到了我们迷路的问题上。"先生，"主人对爱弥儿说，"我想起了你们，你和你的老师，因为我认为你是一个聪明可爱的年轻人。你冒着雨来到这里，疲惫不堪，就像马库斯和穆特来到卡利普索的岛时一样。"爱弥儿答道："您说得对，我们在这里也受到了卡利普索的款待。"他话音刚落，他的穆特就补充道："还看到了欧夏丽的美妙的风姿。"只可惜，爱弥儿并不知道谁是欧夏丽，因为他只读过《奥德赛》，没有读过《太累马库斯奇遇记》。至于那个女孩，我看到她的脸涨得通红，把头埋在盘子里，大气都不敢出。她的母亲看到了她尴尬的表情，就给她父亲使了一个眼色，然后他转移了话题。在谈到他目前的隐居生活时，他不自觉地谈到了导致他走到这一步的原因，谈到了他生活中的痛苦，他妻子的忠贞，他们共同生活的安慰，隐居生活的轻松，却对这个年轻的姑娘只字未提。这不由得让人心生好奇，因为这一切构成了一个美丽而感人的故事。爱弥儿对这个故事如此着迷，以致停止了进食。最后，当这个最诚实的男人兴高采烈地谈到最端庄的女人的爱情时，这位年轻的旅行者忍不住伸出一只手抓住了男主人的手，同时用另一只手抓住了女主人的手，兴奋地亲吻着，哭泣着。年轻人天真的热情感动了所有人，可是那个姑娘却有自己的认识，她比任何人都更敏锐地感觉到他有一颗善良的心，所以她觉得，在她面前的男人不就是为菲洛克提提斯①的痛苦而感到悲哀的太累马库斯吗？她暗中观察他脸上的表情，发现把他比作太累马库斯是非常合适的。他有着聪明但不傲慢的态度，灵活但不笨拙的举止，他精神饱满，眼光柔和，

---

① 古希腊勇士。——译者注

外表讨人喜欢。年轻的姑娘看到他流泪，自己的泪水也几乎夺眶而出。她完全找到一个好的理由让自己流泪，可是因为害羞，她并没有这么做。她责备自己："眼泪为什么快要流出来了？"因为她知道，为自己家里的事情哭泣是不对的。

她的母亲从晚餐一开始就注视着她，看到她处于这种不安的状态，便以让她办事为借口把她支了出去，为她免去了这种尴尬。过了一会儿，女孩回到了餐厅，但她还是没有冷静下来，大家都能看出她很慌张。她的母亲温柔地对她说："苏菲，你坐下，你为什么一直为父母的不幸而哭泣？你是那个安慰父母的人，所以对那些痛苦，你不应该比你的父母更伤心。"

爱弥儿听到"苏菲"这个名字，感到惊讶。这是一个多么亲切的名字！他怔了一下，但是很快清醒过来，看向那个敢于叫这个名字的人。苏菲，啊，苏菲！你就是我要找的人？你就是我爱的人？他望着她，用一种害羞的、怀疑的目光仔细打量着她。他看到的那张脸和他想象的完全不一样，他说不出他看到的那个女孩比他想象的那个好还是坏。他仔细观察她的每一个特征，她的每一个动作和姿势，他觉得关于她的每一件事都有成千上万种不同的解释；只要她开口说一句话，他愿意为此献出一半的生命。他不安地看着我，他的眼神仿佛在问我，又仿佛在责备我。他的所有目光似乎都在说："在这关键的时刻，你必须引导我，万一我的心迷失了，误入歧途，我的一生就毁了。"

可以说，爱弥儿是这个世界上最不会弄虚作假的人。现在，他身边有四个人在仔细地看着他，其中一个人是这样的：虽然表面上并不在意他，实际上却很关注他。在他生命中最难堪的时刻，他该如何隐藏自己的感情呢？苏菲锐利的眼睛捕捉到了他的慌乱；他的目光向她说明，她就是他注视的对象。她觉得，这种局促并不是他爱她的表现，但这有什么关系呢？只要他专心地看着她就足够了；如果他漠不关心地看着她，那就太可悲了。

母亲和女儿的眼力大致一样，但是母亲的经验比女儿丰富。当我们意识到计划奏效时，苏菲的母亲笑了。她读懂了这两个年轻人的心思，觉得是时候让这个新的太累马库斯作出决定了，于是她想方设法让女儿开口说话。她的女儿天生温柔，用一种带着动人的羞怯的声音回答了她。听到这个声音，爱弥儿立刻缴械投降。他现在已经能够肯定，这个女孩就是苏菲。就算她说不是苏菲，现在也来不及了。

这时，这个颠倒众生的女人的魅力像一股激流一样冲进了他的心里，而他也开始大口吞下她用来使他陶醉的毒药。现在他一言不发，也不回答别人的问题。他的眼睛紧盯着苏菲，耳朵为苏菲竖起；她一开口说话，他就跟着说话；她一低下头，他就跟着低头；她一叹气，他就跟着叹了口气。苏菲的灵魂似乎已经控制了他的身体。在这么短的时间里，他的灵魂发生了翻天覆地的变化。现在战栗的是爱弥儿，而不是苏菲。他身上的自由、天真和坦率，都消失得无影无踪；他感到慌乱和尴尬，不敢看他周围的人，以免看到别人看他；他害怕他们会看穿他的内心，他希望大家都看不到他，这样他就可以仔细地看着她，而不被她看见。而苏菲的表现却截然相反，她对爱弥儿的惧怕已经消失；现在她已经取得了胜利，并享受着胜利带来的快感。

虽然她心里暗暗喜悦，但她并没有用言语表达出来。

她还保持着之前的神色，但是，尽管她看起来那么害羞，她温柔的心因为喜悦而怦怦直跳，它在告诉她："太累马库斯已经找到了。"

在此处，我所描述的他们纯真的爱情的故事的产生经过当然十分简单和平淡，但是，你们千万不要以为我描写的这些情节是茶余饭后的笑话。男女初次见面的情况对他们的生活产生的影响，人们总是缺乏了解。实际上，初次见面的印象和爱的印象以及驱使他谈论爱的印象一样深刻，它会产生深远的影响，甚至可以影响一个人的一生。有些人在他们关于教育的著作中，总是摆出一副学究的样子，喋喋不休地谈论所谓的儿童的莫名其妙的本分，但教育中最重要和最困难的部分——从童年到成人阶段——没有被触及。可以说，我在这本书中不怕别人过于挑剔，也不怕文字表达上的困难，决心对其他作者没有提到的这一重要部分进行详细的阐述，是为了让我的这本教育论述具有一定的价值。只要我能说出我该讲的话，讲清楚应该采取的做法，就算我把这本书写成了小说也无可厚非。谁都无法否认，描写人类天性的小说是一部具有重大意义的小说。如果你们只能在这本书里看到这样一部小说，那也不是我的问题。这本书可以说是我们人类的历史。只有那些让人类日渐堕落的人，才会认为我的书是一部小说。

还有另外一个原因使得这种初次体验特别强烈，这就是：我们在这里谈论的这个年轻人，他身上的胆小、贪婪、嫉妒和骄傲，并非从小就这么强烈，他也不具有一般的教师可以用来控制他的学生执行他的教育的欲念。这个年轻人的第一次爱情产生于这里，他的所有欲念中的第一个欲念也产生于这里，它可能是他一生中感觉最强烈的欲念，并决定他最终的性格会发展成什么样。他的思想方法、他的感情和他的爱好将被一种经久不息的欲念塑造成一种固定的模式。

爱弥儿在和我吃了那样一顿晚餐之后，一定不会一夜安眠，这一点你应该可以想到。什么！只是因为一个人的名字竟然和我们想象的一样，一个聪明人就会这么惊讶吗？除非这世界上只有一个苏菲，除非她们的灵魂和名字也完全相同，除非每个叫苏菲的女孩都是他的。否则，对一个从未交谈过的陌生人这样大动感情，一定是疯了。"等一下，年轻人，你要仔细观察和研究一番。你甚至不知道招待我们的主人是什么样的人。你这样说话，听到的人还以为你是在自己家里呢！"

现在不是教育他的时候，因为他根本听不进去。如果你告诉他应该这么做或那么做，只会让他对苏菲的兴趣更加浓烈，因为他现在迫不及待地想要证明自己的倾向是正确的。因为名字的符合，也因为他认为自己见到她是一种巧遇，也因为我采取了谨慎的态度，所以他更加激动。他觉得苏菲可爱至极，所以他坚信我也会喜欢她。

第二天早上，我猜爱弥儿虽然还会穿他的旧旅行服装，但会小心地打扮一下。事实正如我所料，但有趣的是，他迅速地把主人给我们准备的衣服也穿在了身上。我读懂了他的心思：他借衣服和还衣服是有目的的，这样就能和主人建立联系，当他把衣服还给主人时，还能再次见到他们。

我也希望苏菲能够打扮得更加漂亮，可她并没有这么做。只有想那些博取别人欢心的人才会去卖弄风情，做出这种庸俗的姿态。真正的爱情的魅力更加微妙，打扮的方法也截然不同，苏菲的穿着比昨天简单多了，甚至非常随意，当然，她的衣服依然十分清洁。可是从她这种随意的打扮中，我也看出了一些卖弄的成分，因为她的样子有些不自然。虽然她知道浓妆艳抹是一种求爱的方式，却不知道过分的随意也是一种求爱的方式，也就是说，她希望用自己的人品来求得对方的欢心，而不是用装扮的方法。其实，如果情人心里知道她在想他，那她穿什么样的衣服都不重要。苏菲知道她已经征服了他的心，所以她不仅会用她的娇媚来让爱弥儿目眩神迷，还会让他的心去想象她是多么美丽；她既想让他看出自己的美态，又想让他在心中想象自己的样子。实际上这么做并没有必要，因为他已经仔细观察了她，能够想象出她有什么其他的美。

有一点是确定无疑的：昨晚我和爱弥儿谈话的时候，苏菲和她的母亲也在讨论这件事，母亲探知了她的心事，还给她出谋划策。第二天我们见面的时候，大家都是有备而来。距离这两个年轻人见面已经过去了 12 个小时，虽然他们没有任何交谈，但是对彼此已经有了一些了解。他们在打招呼的时候，态度有些放不开：他有点不自然，有点害羞；他们两人一言不发，似乎想要躲避对方的视线。他们这种做法表明：虽然他们互相躲避，但是很有默契。他们已经感觉到，应该在把事情说出来之前保守秘密。我们在离开之前，向主人提出了一个请求：允许我们亲自来归还我们带走的东西。爱弥儿这番话是对着她的父母说的，可他焦急的目光却落在苏菲身上，想要迫使她同意。苏菲一言不发，也没有什么表情，似乎什么都没看见，什么都没听见；但是她脸上泛起了红晕，相比她的父母的回答，这种脸红更能说明问题。

他们没有继续挽留我们，却希望我们以后再来拜访，这样做非常得体。你可以留住那些找不到住处的旅行者，但是把情人留在情妇家里是不对的。

我们前脚刚走出这座可爱的房子，爱弥儿就决定在附近找个地方住下来。他甚至觉得最近的小屋都太远，打算睡在屋子外面的沟里。我满含同情地对他说："你这个笨蛋，你被欲望蒙蔽了双眼，把所有的规律和理智都忘得一干二净。你可真是个可怜的家伙！你认为你是在爱你的爱人，但事实上你正在损害她的名誉！如果人们知道那个从她家里出来的年轻人就睡在附近，他们会怎么说？你还说你爱她？你这不是在破坏她的名声吗？难道说她的父母在殷勤款待你之后，得到的就是这样的回报？你是不是想毁掉一个与你的幸福密切相关的女人的名声？"他激动地回答说："别人会说些什么废话，怀疑什么，又有什么关系呢？你不是教过我，要无视别人的评论吗？谁能比我更清楚我有多么尊重苏菲，我有多么想尊敬她？她不会因为我的爱而被羞辱，反而会获得荣耀。我完全配得上她。既然我的心和我的所作所为能够给她带来应得的尊重，又怎么会玷污她的名声？"我抱住他，对他说："亲爱的爱弥儿，可你在为自己着想的时候，也要为她着想。男人的荣誉不能与女人的荣誉相提并论，它们有着不同的依据，这些依据都是无比正确和合理的，因为它们都来自大自然。你可以不在意别人的流言蜚语，但是为了你的爱人，你必须认真对待它。你的荣誉只取决于你自己，而她的荣誉取决于别人的评价。如果你对此完全不在意，我敢保证，你自己的荣誉也会受到伤害。如果别人因为你而不尊敬她，那你也无法得到应有的尊敬。"

当我向他解释这一点的时候，我让他意识到，不在意别人的评论是非常错误的。他不知道她的性格是什么样的，也不知道她是否有中意的人，她的父母是否已经为她订婚。他对她一无所知，或者他和她根本就不具备构成幸福婚姻的条件，所以谁能保证他将来一定会和苏菲结婚？他应该知道，不光彩的事情会给一个女孩留下不可磨灭的污点。他应该知道，即使她嫁给了那个使她蒙羞的男人，这个污点也不会被抹去。一个想败坏他所爱的人的名声的人，绝对不是个聪明人。如果一个人想让一个赢得了他一时好感的可怜女孩永远为这件事哭泣，那他绝对不是个诚实的人。

当我向他指出这些后果时，这个年轻人震惊不已。他是一个爱走极端的人，他现在的想法是，必须远离苏菲的家，越远越好。他加快脚步匆匆离开，还环顾四周，看看是否有人在偷听我们的谈话。他愿意牺牲自己的幸福一千次，来换取他所爱之人的荣誉。他宁愿下半辈子都见不到她，也不愿给她一次不愉快的经历。我从他小时候就培养他拥有一颗懂得爱情的心，现在我付出的努力有了第一个收获。

所以当务之急就是，找到一个有一定距离但又能够得到她的消息的住处。我们反复寻找，到处打听，得知离这里八公里的地方有一个城镇。为了避免引起周围的人的怀疑，我们宁愿住在那里，也不愿住在附近的村子里。这个第一次体验到爱情滋味的人终于走到了那个城里，带着他的满腔爱意，带着希望和欢乐，尤其是各种真挚的情感；这就是我如何逐渐引导他对善良和诚实日益增长的渴望的方式，我打算在他没有意识到的情况下，把他所有的倾向带向这个方向。

我很早就看出，我即将完成自己的事业。我已经战胜了所有遇到的困难，也越过了所有巨大的障碍，现在重要的是，不要因为太急功近利，而让之前的心血全部白费。我们的人生变幻无常，一定要尽力避免那种用现在换取未来、过于谨慎的畏首畏尾的做法，这往往是以牺牲现在可得到的东西来换取将来无法得到的东西为代价的。我们应该让一个人在什么年龄就做什么事情，这样才不致在付出很多努力之后，还没有过上幸福的生活就死去。如果说我们每个人都有一个时间段是用来享受生命的，那就是在少年时期结束的时候，此时身体和思想的所有部分都得到了最充分的发展，而且这时正处于一生的中点，离他觉得很短促的两端最远。如果这些愚蠢的年轻人做的事情是错误的，那错不在他们贪玩，而是他们追求的不是他们现在就能享受的快乐，而是他们为了追求暗淡的未来，而不在意他们现在拥有的时间。

看看我的爱弥儿：他现在二十几岁，身材魁梧，心灵健康，肌肉发达，手脚灵巧；他充满感情，充满理智，有一颗仁慈而善良的心；他有良好的性格，审美能力也非常出众，既爱美又乐善好施；他摆脱了残酷欲望的支配和偏见的束缚；他在一切事情上都遵守理性的法则和友善的声音。他有许多有用的才能，还懂得几门艺术；他不在乎金钱，他的双手就是他的谋生手段，他走到哪里都能得到面包。但是现在他被一种日益增长的情欲控制住了，第一道情火在他心里燃烧起来，他甜蜜的幻想为他打开了一个欢乐的新世界，他爱上了一个可爱的人，而这个人的性格比外表更可爱。他充满了希望，等待着他应得的酬劳。他们之所以能够产生最初的爱情，就是因为他们心心相印，他们相互投合的纯洁的感情。他凭着自己的信念，特别是凭着自己的理智，毫无畏惧、毫无悔意地去爱，没有任何顾忌，只想着自己和她难舍难分的幸福。他的幸福中还缺少了什么？让我们好好看一看，想想他还需要什么，除了他已经有的，我们还能给他什么？他拥有一个人可能拥有的所有美好的东西，如果你在其中加入任何东西，只会造成这样的结果：让他在得到一样东西的时候失去另一样东西。一个人能够多么快乐，他就有多么快乐。在这种时候，我会剥夺他这么美好的命运吗？我会妨碍他纯粹的快乐吗？啊！他品尝到的幸福是对我一生辛勤工作的奖赏。如果我给他造成了损失，我能给他什么来弥补呢？即使我把一顶皇冠戴在他的幸福上，他的幸福中所包含的最迷人的快乐也会失去。比起实际得到的幸福，希望得到那种幸福所带来的乐趣要甜蜜 100 倍；比起得到的滋味，等待的滋味更加甜蜜。哦，亲爱的爱弥儿，去爱她吧，去被她爱吧！在你拥有这种幸福之前，先享受一段时间；享受爱和纯真；在你等待另一个天堂的时候，把你在人间的天堂修建好。我不会剥夺你生命中这段快乐的时光，我会为你挑选其中最迷人的部分，并尽可能地延长它。哦！很遗憾，它必须在很短的时间内结束，但是我至少会把它留在你的记忆中，这样你就不会后悔曾经享受过它。

爱弥儿还记得我们必须归还给主人的东西。在准备好这些东西之后，我们就骑着马奔驰起来，因为这一次他十分焦急，想要立刻到达目的地。如果一个人的心产生了欲望，就会觉得平常的生活十分寡淡。但是只要我的时间没有白费，他就不会感到无聊。

令人遗憾的是，由于道路十分复杂，加之乡村的道路不好走，我们迷路了。爱弥儿事先发现我们走错了路，但是他并没有不耐烦，也没有抱怨，他把所有的精力都放在找路上。找了很久之后，他才找到路，但是他始终保持冷静。也许你会觉得这一点无关紧要，但我觉得这件事情很了不起，因为我知道他是一个性情急躁的人。从他幼年时起，我就开始培养他在必要的时候沉得住气的能力，现在我发现我的努力得到了回报。

终于，我们到了那里。这次他们对我们的接待比第一次要简单得多，也亲热得多，因为我们已经熟悉了。苏菲在跟爱弥儿打招呼的时候看起来有些羞涩，自始至终，他们两人都没有说过话。当着我们的面，他们能说什么呢？他们不需要任何人目睹他们的谈话。我们在花园里散步，那里有一块很大的菜地，还有一个果园，里面种着各种各样的果树，果树又高又美。果园里面有许多小溪，还有许多花坛。"多么美丽的地方啊！我认为这是阿耳西诺乌斯①的花园。"爱弥儿带着荷马的诗意、满怀热情地说。苏菲想知道阿耳西诺乌斯是谁，所以她的母亲开口问我。我对他们说："阿耳西诺乌斯是科西尔的一个国王，根据荷马的说法，他的花园因为太单调，花草树木太少而受到批评。他有一个漂亮的女儿，就在她父亲留宿一个陌生人的前一天晚上，她梦见自己很快就要有一个丈夫了。"苏菲感到非常惊异，脸涨得通红，低着头一言不发，你无法想象她当时有多尴尬。她的父亲看到她这个样子，反而觉得十分高兴，为了让她更加难堪，还说："那位公主还自己到

---

① 古希腊神话中的一个国王。——译者注

河里去洗餐巾，要知道，她以前甚至没有碰过脏的餐巾，说上面有一股油腻的味道。"苏菲听到父亲的话，知道这是说给自己听的，就将那种天然的羞怯抛到一边，激动地为自己辩护。让她洗的话①，她就会把所有的餐巾都洗得干干净净，就算再多让她洗一些，她也会非常乐意。她说话的时候，有些不安地看着我，我忍不住笑了起来，因为我看到她那颗单纯的心正处于一种惊恐的状态，她要为自己辩护。她的父亲看到她的憨态，就故意嘲笑她，用嘲弄的语气问她为什么要为自己辩护，她和阿耳西诺乌斯的女儿有什么共同之处。她又害羞又害怕，几乎都不敢呼吸了，更不敢抬起头来看人。可爱的女孩，现在不是故作镇静的时候，就算你不说，你也表现得十分明显了。

很快大家就忘记了这个小插曲，或者说好像忘记了。苏菲很幸运，因为爱弥儿是我们当中唯一一个不知道我们讲的是什么的人。散步仍然继续着，一开始，这两个年轻人就在我们旁边，可是他们并不习惯这么慢吞吞地跟着我们，于是走到了我们的前面。他们越走越近，最后终于肩并肩走到了一起，离我们也有了一段距离。看起来，苏菲正在安静地听着，而爱弥儿正在滔滔不绝地说着，很显然，他们谈得很投机。一个小时之后，我们开始往回走。我们叫他们，他们就走了回来，但是这一次他们的速度比之前慢了很多。显然，他们充分利用了这段时间。当他们走到一个我们可以听到他们声音的地方时，就停止交谈，然后加快速度赶上了我们。爱弥儿轻松愉快地朝我们走来，眼睛里闪着喜悦的光芒；他不安地看着苏菲的母亲，不知道她会对他做什么。苏菲在走近我们的时候，表情却不太自然，好像是因为被我们看到和一个年轻男人并肩走而显得有些羞涩。虽然她经常和其他男人交谈，但她从来没有表现出任何不安的迹象，即使有，也没有达到现在这个程度。她气喘吁吁地跑到母亲身边，还说了几句无关的话，

---

① 苏菲的母亲没有让她用她那双细嫩的手沾肥皂，我真是太感谢了，因为爱弥儿时常会亲吻她的那一双手。——原注

似乎在表明她和母亲已经在一起很久了。

看到这两个可爱的年轻人脸上灿烂的表情，我就知道他们的谈话减轻了他们幼稚的心灵的沉重负担。他们一如既往地稳重，但不像之前那么拘谨了。他们的稳重一方面是因为爱弥儿尊重苏菲，另一方面是因为苏菲仍然感到有点害羞。这两个人都是非常真诚的。现在爱弥儿已经敢于和她说话，她有时也敢于回答爱弥儿的问题，但是在说话之前，总是要先看看母亲的眼色。她最明显的变化就是对我的态度。她带着一种由衷的钦佩看着我，并且很注意看我，她用一种不自然的神态和我说话，还仔细观察我喜欢什么；我发现她非常尊重我，也想得到我的尊重。我知道这是因为爱弥儿向她提起过我。也许你会说，他们两个人是在一起博得我的同情；可事实并非如此，要赢得苏菲的认可并非易事。或许情况恰好相反，爱弥儿并没有让她来讨好我，反而让我去讨好她。多么可爱的一对年轻人啊！我很高兴，因为我知道我的苦心得到了回报——我得到了他的友谊。证据就是：我这个年轻朋友那颗充满爱意的心，在他和情人的第一次谈话中多次提到我。

我们又拜访了他们几次。两个年轻人之间的谈话也越来越频繁。爱情使爱弥儿陶醉，他认为他的幸福就要到来了。然而，直到现在，他还没有得到苏菲的正式承诺。她仔细地听他说话，但什么也没说。爱弥儿对这种沉默并不感到惊讶，因为他知道苏菲很害羞。他觉得苏菲对他没有不好的印象，也知道子女的婚姻是由他们的父母主持的，他认为苏菲是在等她的父母的命令。于是他向苏菲提出请求：允许他向她的父母求婚。她同意了。他把这件事告诉了我，我就代表他为他求婚，还是当着他的面。让他大吃一惊的是，直到这个时候他才知道为苏菲做主的是她自己，如果她本人不同意，他就无法获得幸福。他开始对她的行为感到困惑，信心也随之减少。令他吃惊的是，他发现事情并没有像他所期望的那样有很大进展；要想赢得苏菲的心，就需要一些甜蜜的爱情的语言了。

爱弥儿不善于猜测自己会面临什么困难，如果你不告诉他，他可能永远不会知道。而苏菲也不会把自己的困难告诉他，因为她很有自尊。使她胆怯的困难，也许正是另一个女人觉得应该赶快争取的那种优势。她铭记着父母的教育。她知道自己家很贫穷，而爱弥儿家很富有。所以，爱弥儿要做的第一件事，就是赢得她的尊重！他需要具备什么样的道德品质，才能让苏菲觉得这种财产上的不平等并非他们婚姻的障碍？他是怎么看待这个障碍的？爱弥儿知道自己家很有钱吗？他会去哪里问他的父母有多少钱？感谢上帝，他不需要任何财产，没有财产他也能把所有事情做好。让他行善的是他的心，而不是他的钱包。他把自己的时间、精力、爱心和人身都奉献给了穷人；他从来没有说过他在给穷人做好事时花了多少钱。

因为他不知道自己为什么不能得到苏菲的欢心，所以认为是自己犯了错误；因为他没有勇气说这是因为他爱的那个人脾气古怪。那种爱而不得的痛苦，因为自尊心受到的损伤而加深了。以前，他总是带着乐观的信心接近苏菲，认为自己配得上她；现在这种信心消失了。在她面前，他总感到羞怯和不安。他不再试图用他的爱给她留下深刻印象，现在他只想赢得她的同情。有几次他几乎失去了耐心，流露出抱怨的情绪了。苏菲似乎感觉到了他的生气，目不转睛地看着他。这让他立刻屈服了，还觉得很尴尬。相比之前，他现在更加顺从她了。

苏菲顽强的抵抗和沉默让他很恼火，于是他把自己的心事告诉了朋友们，让朋友们分担他的悲伤和苦闷，同时给予他帮助和指导。"这是一个多么难解的谜啊！我可以肯定，她很关心我的命运；她不回避我，而是喜欢我的陪伴；我在她家时她很高兴，我不在时她很伤心；她真诚地接受我对她的关心，当我要求她做某事时她很高兴；她会给我一些建议，有时甚至给我下命令。然而，她拒绝了我的请求。当我鼓足勇气跟她谈婚论嫁时，她立刻郑重其事地制止了我；如果我无视她的表现，继续说下去，她就会离开我。为什么她想让我属于她，却不想听我说她属于我呢？她尊敬你，喜欢你，也不敢阻止你说话；所以你去跟她说吧，让她说一说为什么要这么做。这样你可以帮助你的朋友，也可以完成你的事业，不要让你的学生沦为你教育的牺牲品。如果你不帮助我获得幸福，我会因为你的培养而遭受这种痛苦。"

我去问了苏菲，不费吹灰之力就从她那里知道了就算她不说我也早就知道的秘密。但是我费了很大的周折，才让她同意我把这个秘密告诉爱弥儿。最后，她终于同意了，于是我立刻告诉了爱弥儿。我把原因告诉他，他大吃一惊，连话都说不出来。对于其中的微妙之处，他根本不明白，也想象不出多几枚硬币或少几枚硬币与他的性格和美德有什么关系。我向他解释了金钱对人的偏见的影响，他笑了起来；他是如此高兴，以致他想立刻去毁掉他所有的财产，这样他就可以成为像苏菲一样贫穷但体面的人，然后回来和她结婚。

"你在说什么呢！"我赶紧制止了他，一边嘲笑他的性急，一边说，"你还没长大吗，你这个孩子气的家伙？你一生都在学习哲学，怎么还不会推理？你怎么能不明白，你这个愚蠢的做法注定会使事情变得更糟，使苏菲更加倔强？你比她富有，这是你稍微胜过她的地方；如果你为她牺牲掉你所有的财产，那你胜过她的地方就更多了。在你只胜过她一点的时候，她都十分自尊，不想让你占据上风；如果你胜过她更多，她怎么可能屈服于你？如果她不能忍受一个丈夫说他使她富有，又怎么能忍受他说他为她变穷了呢？唉，可怜的孩子，千万不要让她看出你有这种想法。相反，为了爱她，你应该节俭谨慎，否则她会说你曾经试图用手段来赢得她的好感，会说你是由于平时不在乎才失去了你为了她而自愿牺牲的财产。

"亲爱的爱弥儿，你以为她真的对巨大的财富感到恐惧吗？她是因为你拥有财产才反对的吗？不，她的反对有一个非常重要的原因，那就是她想到了财产对拥有者的心灵的影响。她很清楚，有钱人把他的财产看得比其他一切都重要。为了黄金，他们宁愿舍弃美德。当他们把别人为他们做的工作和他们付给别人的钱相比较时，总是觉得别人做的工作配不上他们付的钱。即使别人一辈子都在为他们工作，他们也会有这种想法：既然他们吃了我的面包，就欠我的。啊，爱弥儿，你能做什么来打消她的恐惧呢？你要她对你有充分的了解，那不是一天两天就能做的。因此，你要打开你的心，让她看看你有什么东西可以弥补你因为有了财产而形成的缺陷。只要你长期坚持，她总有一天会向你投降；只要你有高尚而宽容的情操，你就能让她忘记你是一个富有的人。你必须爱她，为她和她受人尊敬的父母工作。你需要让她明白，你为他们工作，不是因为一时头脑发热，而是因为你心中有一套无法更改的行为准则。你必须让你所有被财产玷污的美德重新散发光芒，这样你才能使你的美德与她所欣赏的美德相协调。"

你可以想象这个年轻人听到我的这番话是多么兴奋，于是，信心和希望又回到了他身上。一想到可以做一些让苏菲高兴的事情，他真诚的心就觉得十分开心，尽管这些事情，即使没有苏菲，或者他不爱她，他也会去做。即使你不太了解他的性格，也能想象他在这种情况下会怎么做。

就这样，我成了这两个单纯的年轻人的知己，成了他们爱情的牵线人！对于一个教师来说，这份工作真是太美好了。它甚至让我觉得：我这一生中从来没有达到如此崇高的地位，我对我的工作也前所未有地满意。此外，这份工作也让我很快乐，因为我在这个家里很受欢迎，大家请求我照顾这两个年轻人，看看他们做事是否规矩；爱弥儿怕得罪我，对我非常顺从。苏菲给了我所有真正的友谊，而我只享受我应得的那一份。于是，她通过我间接地向爱弥儿表达了敬意。为了爱弥儿，她对我表现出了无限的温柔，如果她能亲自对他表现出这种柔情的话，让他去死他都情愿。爱弥儿看到我这样巧妙地对待苏菲，也非常高兴，因为他知道我肯定不会损害他的利益。在散步的时候，如果他看到苏菲拒绝挽着他的胳膊，却挽着我的胳膊，也不会觉得有什么不对，因为他能看出，她是为了他才挽着我的胳膊。他没有任何怨言，和我握了握手就离开了。临走之前，他对我挤了一下眼，低声说："我的朋友，别忘了替我说话。"他注视着我们，试图从我们的脸上读出我们内心的感受，试图从我们的姿势推测出我们说了什么；他知道我们说的每一句话都与他有关。可爱的苏菲，当太累马库斯听不到我们说话的时候，你可以放心地跟他的穆特交谈。你是多么真诚地让他看到你心中美好的想法啊！你是多么巧妙地让他看出了你心中温柔的情感啊！当那个不耐烦的人控制不住自己的脾气，一定要打断你的时候，你是多么巧妙地假装生气啊！当他来到我们身边，让你无法说他的好处，让你无法听到我对他的评论，让你无法从我说的话中找到爱他的理由时，你生气的样子多迷人啊！

终于，大家把爱弥儿当成了一个公然的情人，从那以后，他充分利用了这个地位所带来的所有方便。他反复地进行解释和催促，并向我们提出请求。只要苏菲能听到他的声音，就算她不给他好脸色看，他也不以为意。他用尽办法，终于让苏菲愿意公开对他行使情人的权威了，这些权威包括：她命令他应该做什么；不请求他而直接下达命令；接受他的帮助而不表示感谢；她规定了他去探望她的时间和次数，哪一天能去，能够逗留多久。这些都不是儿戏，而是被非常严格地执行。因为她经过了深思熟虑才接受这些权利，所以在行使权利的时候也非常认真。因此爱弥儿经常后悔，觉得要是没有给她这些权利就好了。但是不管她命令他做什么，他从来不会拒绝；当他按照苏菲的命令离开时，兴高采烈地看了我一眼，好像在说："你看，她已经将我占有。"而苏菲这时候就在默默地观察他，偷偷地嘲笑她的奴隶居然这么骄傲。

阿尔邦①和拉斐尔②，请把你们的笔借给我，让我把甜蜜爱情的场景描绘一番！弥尔顿③，请教我如何用我粗劣的笔叙述他们幸福的爱和纯真！不，在神圣的大自然面前，你们最好还是隐藏起那些故作高深的伎俩。我们只需要做到两点：拥有一颗敏感

---

① 意大利画家。——译者注

② 意大利画家。——译者注

③ 英国诗人。——译者注

的心和一个诚实的灵魂，以及敞开心扉，自由地想象这对年轻恋人的幸福。在父母和导师的关怀下，他们追求着令他们迷幻的甜蜜幻想，没有任何拘束；他们心中充满希望，慢慢地走向幸福的结局；他们用鲜花和花环装饰让他们白头偕老的幸福。有很多美妙的情景让我着迷，我把它们一个一个收集起来，但问题是，它们让我如此着迷，以致我不知道如何将它们组合在一起。啊！任何一个有心的人，都会把父母、女儿、教师和学生的不同情景组成一幅精彩的画面。他还会想象他们是如何共同努力，让这对可爱的恋人走到一起，因为他们的爱和美德而幸福。

直到这时，为了取悦苏菲，他才开始觉得他所学的那几种艺术是有用的。苏菲喜欢唱歌，他就和她一起唱，还会教她音乐。她是一个灵巧的姑娘，喜欢跳舞，他就和她一起跳舞；他纠正她混乱的舞步，使她跳得又熟又好。教她唱歌和跳舞是一件很有趣的事，因为这种快乐活泼的情趣，使他们兴奋无比。而这种情趣融合了他们的爱和他们害羞的表情；一个情人可以敞开胸怀教她跳舞和唱歌，他有权成为她的老师。

她家里有一架风琴，但是有些破旧，爱弥儿为她修理好，并调好了音。这样他就有了两种身份：一个木匠，一个乐器制造者和修理者。他信奉这样一条座右铭：自己能够做的事情都自己做，绝不向别人求助。苏菲的家位于一个风景如画的地方，爱弥儿就以此为背景画了几幅画，在他作画的过程中，有时候苏菲也会给他添上几笔。画完成后，就被挂在了她的父亲的房间，作为装饰。他们装画的框子没有涂任何金色，因为用颜色来衬托画作完全是多此一举。苏菲经常一边看爱弥儿作画，一边模仿他，很快也画得不错了。她开始培养各种各样的艺术才能，在她的美的辅助下，这种才能日渐突出。她的父亲和母亲看到这些令人眼花缭乱的艺术作品，就回想起了当年他们是多么的富有，只有艺术作品才让他们觉得从前的富裕生活乐趣多多，只有爱才能让他们家在不投入钱财和精力的情况下，获得以前需要花大量的金钱和精力才能获得的快乐。

一个崇拜偶像的人会用自己最喜欢的珍宝来对偶像进行装饰，使他的神看起来非常美丽；同样，在一个男人的眼中，即使他的情人已经没有任何缺陷，他也不会满足，还会继续用新的东西装饰她。这并不是说她需要这些东西来让他开心，而是他认为有必要对她进行装扮，他这样做可以再一次向她表示尊敬，并在看到她的时候获得新的快乐。他觉得，他的好东西的唯一用处就是用来装饰她。爱弥儿迫不及待地想把他所知道的一切一股脑儿装进苏菲的脑袋，不问她是否愿意学，也不考虑这些东西是否适合她。看到他这么焦急，你只会觉得又好笑又感动。他带着孩子般的焦急心情，将自己知道的东西向她和盘托出。他觉得只要他讲，她就能明白。他心里想，如果能和她讨论一番，跟他谈论哲理，那该有多快乐；如果他不能把自己的知识展示给她看，那些知识就没有价值；如果他知道一些她不知道的东西，他会觉得很尴尬。

　　现在他和她谈论哲学、物理学、数学、历史，一言以蔽之，讲所有的一切。苏菲看到他兴致这么高，也觉得很快乐，想要充分利用这个机会学点东西。当她允许他坐在她旁边时，他的兴奋无以言表，就像天堂向他敞开了大门。然而，在这种情况下教学虽然对教师没什么影响，但对女学生来说是有些难度的，因此对学习并没有好处。她不知道如何避开他那双紧盯着自己不放的眼睛，一旦他们四目相接，课程就无法进行下去了。

　　妇女们并非不知道如何去思考，但她们推理的时候只能推出表面的东西。苏菲会尽力思考一切的事物，却没办法讲出什么大道理。在伦理学和艺术学方面，她学得游刃有余；至于物理学，她只能了解几个普通的法则，以及一点宇宙体系的概念。有好几次，当他们在散步的时候看到大自然的奇特景象时，也敢于用自己单纯的心去思考大自然的创造者。在造物主面前，他们并不害怕，想要一同向他倾吐心声。

　　什么！两个风华正茂的恋人居然在幽会的时候谈起了宗教！他们居然把时间花费在讲教义上，这简直是在亵渎崇高的上帝。在谈论宗教时，他们陷入了甜蜜的幻想：对方是完美无缺的，他们彼此相爱，激情四射地谈论为什么美德是如此高尚。他们愿意为美德做出各种牺牲，因此，他们觉得美德变得更可爱。他们不得不抑制自己，防止情感任意奔流，有时他们还会流下眼泪，要知道，这两个人的眼泪比露水还纯洁，它使他们沉浸在生命的享受之中。试问，还有谁体会过他们这种如痴如醉的情景？因为自制，他们两个更加快乐，因为他们明白这种牺牲是高尚的。沉迷于肉欲的人，是没有灵魂的躯体，你总有一天会明白这对情人的幸福所在，你会后悔一辈子，因为你在这个幸福的时刻没有享受到这种幸福。

虽然他们都非常理智，但有时候他们也会产生分歧，甚至会吵架；苏菲并不是没有脾气，爱弥儿也会有心急的时候。但是小风暴很快就会平息，爱弥儿从经验中知道，这样的风暴是没什么可怕的；他知道，虽然两个人之间的争吵会对他有害，但是最后他们还是会和解，这对他更有好处。当然，因为第一次争论让他得到了一些利益，他会寄希望于下次争论时再获得利益。当然，这种想法是错误的。他并不是每一次争论都能获得益处，但他在每次争论中都能发现一个事实：苏菲真心地爱着他。也许你会问，他到底得到了什么益处？我很愿意告诉你，我也想借此机会向你阐述一个重要的原理，同时驳斥一个非常有害的观点。

爱弥儿爱着苏菲，但他不是一个会鲁莽行事的人；可以想象，高贵的苏菲也不会让他太过轻佻。可是在任何事情上，严肃都要有一个度，因此，如果说她有什么做得不好的话，那就是她的态度太死板，而不是太放荡。她这种极端的自尊，甚至连她的父亲都担心会变成傲慢。就算两个人秘密幽会的时候，爱弥儿也不敢要求她对他表示丝毫的爱意，甚至连希望她爱他的样子也不敢做出来；在两个人散步的时候，她要是不愿意，就不会挽着他的胳膊。她不会让他觉得自己有权要求她这么做，因此，当她挽起他的胳膊时，一边叹气，一边让她的胳膊贴着自己的胸膛的动作，他也只是偶尔敢做。过了很长一段时间，他才有胆量偷偷地吻她的衣服，有几次他还撞了大运，因为她装作没看见。有一天，当他亲吻她的裙子时，动作幅度有点大，果然，苏菲说他这么做不对。可爱弥儿不想轻易放弃，于是她生气了，对他说了一些难听的话。爱弥儿忍无可忍，就回了几句难听的话；那一整天，他们两个都在闹别扭，最后不欢而散。

苏菲很沮丧。她把母亲视为她的知己，所以不会对母亲隐瞒自己的悲伤。这是她第一次和爱弥儿吵架，并且持续了一个小时，所以这件事的确非常严重。她为自己的错误而自责；她的母亲允许她去弥补自己的过错，她的父亲也对她下达了命令。

第二天，不安的爱弥儿又来了，但是比平时来得早。当时苏菲正在房间里帮她母亲梳妆，她父亲也在。爱弥儿礼貌地走进了房间，但脸色阴沉。他的父母刚一招呼，苏菲就转过身来，向他伸出手，用安抚的语气向他打招呼。很明显，她把美丽的手伸向爱弥儿，是要他亲吻它。可是爱弥儿并没有这么做，只是握着它。苏菲虽然有点害羞，却从容地缩回了手。爱弥儿对妇女的那套做法一无所知，他不知道她们发脾气的用意，无法轻易忘记苏菲那种任性的做法，也不可能很快压下他的愤怒。苏菲的父亲看到她窘迫的样子，笑了起来，苏菲感到无比尴尬。这个可怜的女孩既感到不安，又觉得受到了侮辱，都不知道该把手和脚放在哪里了，只想痛哭一场。她越克制自己，心里就越悲伤；最后，尽管她没有哭出声音，却流下了眼泪。爱弥儿看到她的泪水，慌忙跪下来握住她的手，用力地吻了几下。苏菲的父亲看到这一幕，笑着说："说实话，你真是个好人，如果是我的话，我不会容忍这种发脾气的做法，我必须对那张冒犯我的嘴进行惩罚。"这让爱弥儿更加大胆，他把恳求的目光转向苏菲的母亲，得到的答案是：苏菲的母亲同意了。于是他颤抖着靠近苏菲的脸；苏菲为了保护自己的嘴，就转过了头，却让他亲吻到了她红润的脸颊。鲁莽的爱弥儿似乎还不满足，可苏菲受不了了，稍微挣扎了一下。我不知道如果她母亲没有在旁边看着，他会吻她多久！严肃的苏菲，你要小心，如果你再拒绝，他会经常亲吻你的衣服。

在爱弥儿这样惩罚了苏菲之后，她的父亲就走出房间，忙别的事情去了，然后她的母亲找了个借口把苏菲支开。苏菲离开房间后，她语调严肃地对爱弥儿说："先生，我觉得一个像你这样有好的家庭出身，受过良好教育的年轻人，是有感情和道德的，绝对不会用羞辱来回报一个曾经向你表示友情的家庭。我不是一个严肃的人，也很平易近人。我能理解年轻人的疯狂做法，我对你当着我的面做这种事情予以容忍，就充分证明了这一点。你可以去问你的朋友，让他告诉你，你应该遵守哪些规矩；让他告诉你父亲和母亲当面允许的嬉戏和在他们背后肆无忌惮的行为之间的区别。背着他们胡闹不仅会辜负他们的信任，还会把亲密的友谊变成一个害人的陷阱；然而，如果你在父母面前表现这种亲密的友谊，就不会造成什么不好的影响。你的朋友会告诉你，我女儿最大的错误在于，你第一次逾矩的时候，她没有看出哪些行为你不能做。他会告诉你，只有当她认为你对她友好时，你的行为才是友好的。可是，利用一个女孩的单纯在背地里那样对待她，不是一个讲求体面的人应该做的，尽管她可能允许你在众人面前这样做。因为我们知道什么行为是合理的，可以在众人面前做，却不知道一个人在一个不为人所知的地方，当他自己判断他自己的行为时，他会脱离束缚到什么程度。"

很明显，这番正义的谴责针对的是我，而不是我的学生，这位智慧的母亲说完这番话之后就离开了我们。的确，她让我钦佩她看待事物的深思熟虑的方式。在她看来，爱弥儿可以在她面前亲吻她女儿的嘴，但是不能在背地里吻她女儿的衣服。我们大多数人遵循的那些准则是非常荒谬的，因为它们让我们显得严肃认真，因而葬送了我们诚实的心。我突然意识到：言语越干净的人，心灵越肮脏；行为越严谨的人，做事的时候越不讲道德。

借此机会，我向爱弥儿解释了早该告诉他的规矩。说完之后，我想到了一个新的观点。不过我不能把它告诉苏菲的情人爱弥儿，因为一旦爱弥儿知道了，苏菲就会知道，那她会更伤自尊。我的观点是：虽然她这种所谓高傲的方法被大家所指责，却是一种明智的自卫措施。她知道自己容易冲动，所以即使是最微小的争论她也会害怕，会尽力远离它。她如此严肃不是因为她高傲，而是因为她谦逊。她有信心控制爱弥儿，却害怕自己无法控制自己；她必须通过控制爱弥儿来控制自己。如果她有绝对控制自己的自信，就不会这么高傲了。除了这一点，她应该是这个世界上最温柔，对这种无礼最有耐心，最不愿意冒犯别人的女孩。任何一个女孩都做不到像她这样毫不矫揉造作。况且，她看起来那么高傲，并不是因为自己有各种美德，而是因为自己能够保存美德。如果她能毫无顾忌地按照自己的内心来做，她会愿意把她的爱人拥入怀中。她那谨慎的母亲甚至没有对她的父亲提起过这些情况，因为男人不应该知道女人的所有做法。

苏菲虽然征服了他，却没有因此而感到骄傲。相反，她对造成这个变化的人以外的所有人都更加宽容，也不再挑别人的毛病。她意识到自己是不受约束的，但这并没有使她高尚的头脑自负起来。对于自己以牺牲自由为代价换来的胜利，她进行了谦恭的庆祝。当她听到"情人"这个词的时候，她不会再像之前那样脸红。但是从那时起，她的态度就比之前更端庄，说话也比以前更害羞了。可是，就算她表现得很局促，她的内心也是十分喜悦的，而且她也不是因为局促而表现得如此害羞的。对于那些来到她家的年轻人，她的态度更是大相径庭。自从她不再畏惧他们以后，她对待他们的那种稳重的做法就发生了很大的变化。既然她已经选好了情人，她就可以用自己的真性情与一般人相处；她不再那么在意他们是否有什么优点，所以她就不必像以前那样在意他们的行为了；她认为他们都很讨人喜欢。

如果说在真正的爱情中可以卖弄风情，那么我认为苏菲在她的情人面前时，对其他的年轻人就有卖弄风情的表现。当然，你可以有很多理由辩解：虽然她已经用欲拒还迎的奇妙手法，点燃了爱弥儿心中的情欲，可是为了让这股情欲更加旺盛，她还会更加刺激他。也许你会说，她不敢和爱弥儿这样肆无忌惮地来往，才会故意去取悦别的年轻人，好让他难受。不过，苏菲是不会故意折磨爱弥儿的，因为她是一个非常谨慎、非常善良、非常明智的人。为了让这种充满风险的自己能够有所缓冲，她不再像之前那样畏首畏尾，而是用爱情和真诚代替。她知道了让人吃惊和安心的时机；虽然她有很多次让他感到不安，却从来没有让他伤心过。她故意让他感到焦虑的做法是情有可原的，因为她害怕她爱的男人对她的爱不够强烈。

这样的小把戏对爱弥儿有什么影响？他会因此而嫉妒吗？难道他永远不会嫉妒吗？这就是我们必须考虑的问题；既然这些琐碎问题也属于我这本书的范围，就不能说我谈论这些问题偏离了主题。

我已经在前文论证过，人在对待以个人的偏见为转移的事物时，是如何产生嫉妒之心的。但是说到爱情，那就是另一回事了；表面上，嫉妒与天性如此接近，以至于人们很难相信它不是来自自然；有一些动物的嫉妒心是如此强烈，以致可以让它们发疯，然而，就算它们为例，也可以为我所持有的相反的观点进行论证。有谁能说公鸡互相厮杀，公牛斗得你死我活，是人教的？

毫无疑问，我们排斥一切干扰和阻碍我们幸福的事物，而排斥是一种自然的冲动。独占自己喜欢的东西的想法在某种程度上也属于这种类型。但是当想法变成了欲望，或者疯狂，或者一个痛苦而忧郁的梦，也就是所谓的嫉妒，那就另当别论了。嫉妒的心理可能是自然的，也可能不是，所以我们应该区分它们。

我在《论人类不平等的起源》一书中，分析了来自动物的例子；既然我已经重新考虑了这个问题，我觉得我提出的论点有着充足的依据，所以希望大家可以再次阅读这些论点。我对于我在那本书中提到的区别，我只补充一点：性能力在很大程度上引发了天性产生的嫉妒，当能力能够或者似乎能够源源不断地产生的时候，这种嫉妒就到了顶峰，因为雄性动物在这个时候会按照那种嫉妒心理行使它的权利，所以只能把另一个雄性动物视为一个可恨的竞争者。在这类动物中，由于雌性总是服从率先来找它的雄性，所以它总是雄性动物因为征服而拥有的附属品，因此，它会让雄性动物不断争斗。

而在另外一些动物当中，情况却恰好相反：一个雄性只跟一个雌性相结合，二者的结合具有道德联系，可以说形成了一种婚姻。这类动物当中的雌性之所以会委身于雄性，是由于自己的选择，所以它必须拒绝另一个雄性。这种偏爱的存在保证了雌性动物对雄性动物的忠诚，于是雄性动物在看到其他的雄性动物时，也不会过于不安，因此它们可以相对和平地生活在一起。在这种动物中，雄性也负有一部分养育小动物的责任，这是大自然众多法则中的一个。当我们看到雄性抚育它的小动物时，不禁会十分感动。由此不难看出，因为雄性动物爱它的后代，雌性动物才会以这种方式奖励子女们的父亲。

　　如果我们从人类最原始的简单状态来看，由于男性的性能力有限，以及他适度的欲望，所以只要他获得了一个女人，就会感到满足。在我们国家，从男女人数相等这一事实，也许可以证明这一点。在一些种族中，由于男性的性能力很强，一个男人可以有好几个女人，因此，这个种族中男女人数极不平等。从这方面来说，男人可以被归类为四足动物，虽然他不能像鸽子一样哺育他的孩子，也没有奶水喂养他们。因为年幼的孩子在很长一段时间内都很虚弱，所以他们和他们的母亲不能没有父亲的爱和关心。

　　上述内容说明，我们在阐述人类的时候不能引用某些雄性动物的强烈嫉妒的表现。在一些热带地区，人们实行一夫多妻制，这种特殊的情况更加证明了我所说的原理，因为丈夫之所以实行这种专制的控制，就是因为妻子太多。另外，因为他意识到自己体力上的弱点，就要依靠压制来逃避自然法则的束缚。

　　虽然我们对这个法则的逃避程度不像热带地区的人那么厉害，但在另一种意义上，我们还是在逃避这个法则的，而这种逃避的原因更加不堪，因为，我们的嫉妒根源于社会欲望，而不是原始的本能。在大多数男女的轻佻行为中，男人恨他的对手胜过爱他的情妇。他担心他的情妇不止爱他一个人，因为他有一种自私心（我已经描述过这种自私心的根源），他的动机是虚荣而不是爱。

而且，我们让女人变得十分做作①，性欲强烈，以至于就算她们表达自己的真情实感，我们也不敢相信；即使她们对你表现出偏爱，也是不可靠的，无法让你不担心遇到任何情敌。

至于真爱，那就另当别论了。正如我在前面提到的那本书中指出的，人们总是把这种感情想象得十分自然，但事实并不是这样。情意绵绵的感情和炽热的情欲之间相差悬殊：前者让一个男人爱他的妻子，而后者则导致男人被一个女人装出来的姿色所诱惑，并且认为她比实际上更美丽。爱情是排他的，恋爱双方都希望对方偏爱自己。爱与虚荣的区别在于，虚荣是非常不公平的——只对对方提出各种要求，却不会给出任何回报。相反，爱是对另一方要求多少，也给予另一方多少，它本身就具有公平的性质。此外，男女越是要求对方的爱，就表明他越信任对方。当一个人对另一个人充满爱情的幻想时，很容易相信对方的心。如果爱令人不安是正确的，那么尊重让人彼此信任也同样正确；一个诚实的人不会只爱而不尊重，因为我们爱一个人，是由于那个人在我们看来有值得尊重的品质。

既然嫉妒只是人心中的一颗种子，一个人受到的教育决定了他的发展形式。那么在我们说清楚这几点之后，就可以说出爱弥儿以后会产生什么样的嫉妒心了。爱弥儿钟情而又喜欢嫉妒，但他绝对不是一个脾气古怪而多疑的人，他是一个非常温和、敏感和害羞的人。虽然他会对苏菲的做法感到惊讶，但绝对不会因此而愤怒。他采取的做法不是为了胁迫他的情敌，而是将情人争取过来。他只会将对手视为障碍，而不会当成一个敌人。他不会仇视他，只是会尽量避开他。就算他不可避免地恨上了他的对手，也是因为对方让他遭遇了失去这颗心的危险，而不是对方敢于和

① 我在这里所说的矫情，是完全和适合于她们的性别、天性而来的矫情背道而驰的。后者是为了对她们确有的情感加以掩饰，而前者是为了假装她们原本没有的情感。每个社交界的妇女，每天都在夸耀她们所谓的情感，可是其实她们只爱她们自己。——原注

他争夺他想要占领的芳心。他绝不会愚蠢到认为任何敢于和他竞争的人会伤害他的自尊心。他会更加努力，以便有机会成功，因为他知道：自己是否受到对方的青睐，完全取决于他是否有德行；自己能否成功，决定了自己能否获得荣耀。虽然心胸开阔的苏菲有好几次都用使他吃惊的办法来刺激他的爱情，但她也善于采取措施减轻他的惊讶程度，给他一些补偿。她利用那些年轻人只是为了考验他，考验一结束，她就把他们打发走了。

可是爱弥儿，如果长期这样持续下去，你会不会变成另一个人？我还能认出你是我的学生吗？我发现你变得非常颓废！那个强壮、不怕寒暑和劳累、万事听从理性的年轻人；那个不被任何偏见或欲望所左右，曾经那么热爱真理和服从理性，不在意自己身外的一切事情的年轻人，去了哪里？现在他的安逸生活削弱了他的意志，他让自己听从女人的摆布。他所能想到的就是如何取悦她们，把她们的意志当作法律；他把自己的命运交给了一个年轻的姑娘，在她面前十分顺从。于是，优秀的爱弥儿变成了姑娘的玩具！

各种变化轮番上演，这就是生活。虽然一个人的不同的行为动机取决于他的年龄，但他仍然是同一个人。10岁时，他受糕点指挥；20岁时，他受情人指挥；30岁时，他只追求快乐；40岁时，他只追求野心；50岁时，他只追逐金钱。他什么时候才能开始变得沉迷于理性？当一个人受到引导，在不知不觉中追逐理智的时候，他是多么幸福啊！只要引导他的人能引导他到目标那里，他为什么要在乎是谁引导他呢？甚至连英雄和圣贤都对人的这个弱点持赞赏态度；就算一个人为女人纺过纱，也有可能成为一个伟大的人。

如果你想让一个人终身都受到良好教育的影响，就必须做到：在他的青年时期，仍然让他保持他在童年时期养成的好习惯；当你的学生成为你心目中的样子时，你必须一直保持他的那个样子。这样，你才算圆满地完成了你的工作。正是因为这个原因，教师和他的学生要经常在一起，因为没有教师的指导，年轻人不知道如何去追求爱情。大部分的教师，尤其是大部分的父亲，总是错误地认为孩子有了新的生活方式之后，就会丢掉以前的生活方式；孩子们长大成人之后，就注定会放弃他们在童年时养成的习惯。如果说随着童年的逝去，童年时期养成的好习惯或坏习惯也会消失；如果说采用一种完全不同于童年时期的生活方式，就一定会采用一种新的思想方法，那为什么我们要在他们的童年时期投入如此多的精力来教育他们呢？

所有严重的疾病都会让我们的记忆无法延续，同理，所有强烈的欲望也会让我们的性情无法延续。我们的兴趣和倾向会发生变化，有时这种变化是突如其来的，但这种变化会被我们的习惯所缓和。在色彩逐渐简单的过程中，如果一个艺术家足够巧妙，就能够做到让别人无法看出这个过程，他应该采取的正确做法是：把几种颜色混合在一起，为了不让某种颜色突然消失，他应该在整个画面上涂满某几种颜色。在我们的倾向逐渐发展的过程中，也应该采取这种做法，因为二者的过程是一样的。我们的经验证明，这种方法是正确的。无节制的人每天都在改变他们的爱好、兴趣和感情，却没有改变他们这种反复无常的毛病。普通人总是沿袭他的旧习惯，即使到了晚年，他们仍然喜欢做他们小时候喜欢做的事情。

如果你有能力让年轻人在进入一个新的人生阶段之后，还能记住他们已经经历过的那个阶段；在形成新的习惯之后，不会放弃他们的旧习惯；让他们一直喜欢做好事，不管从什么时候开始。如果你能做到这些，就可以让你的事业成果始终保持，并且能够保证他们在离世之前都不会做坏事。这是因为，最可怕的变化就是你现在密切关注的年龄的变化。有些人因为以后很难改变他们在童年时期养成的习惯而感到十分难堪。可事实上，如果他们改掉了所有的习惯，那他们这一生都很难再培养出那些习惯。

也许你会觉得，你已经让儿童和青年养成了很多习惯，但实际上，你让他们养成的习惯中，有很大一部分都不是真正的习惯，因为他们是受到你的强迫才那么做的，一旦他们抓到能不那样做的机会，就不会再那样做。无论一个人在监狱里待多久，他都不会养成坐监狱的爱好；长期待在监狱里不仅不能减少他对监狱的仇恨，反而会增加他对监狱的厌恶程度。爱弥儿会一直保持他童年时的习惯，是因为在他的童年时代，他只做他想做的和他喜欢做的事情，当他长大成人后，他还是这样。习惯的力量一定会使他更加意识到自由的乐趣。积极的生活、体力劳动和体育运动对他来说是如此不可或缺，就像他要呼吸的空气一样，如果不允许他做这些活动，他一定会难以忍受。如果突然让他过无所事事和静止不动的生活，就相当于把他投入监狱，用铁链锁起来，让他处于一种受限制的状态。我可以肯定，他的身心会因此而受到伤害。他在一个封闭的房间里，会觉得呼吸困难，他需要大量的空气，需要运动和让身体觉得疲劳。即使他坐在苏菲身边，也忍不住要看看田间的景色，希望能和她一起去田野里奔跑。当他不得不待在家里的时候，他也可以待住，但是他很激动，好像在和自己作斗争；他是因为受到束缚才待在家里的。你或许会说，是我使他感到了这种需要，是我使他受到了这种束缚；你是对的，我让他受到了束缚，但这种束缚是成人时期必须要经历的。

爱弥儿爱着苏菲，是感情、美德和对诚实事物的热爱，让他那样爱她。如果他喜欢看到他的情人热爱诚实的事物，那他自己会失去对诚实的事物的爱吗？苏菲对他的要求是：除了他天生的情感，她还要求他尊重一切真正的善，要为人朴素、纯真和慷慨，鄙视一切虚荣和财富。事实上，早在苏菲要求爱弥儿这样做之前，他就具备了这些美德。那么爱弥儿在哪些方面改变了呢？他有许多保持原来的样子的理由，他和以前的自己唯一的区别就是他爱上了苏菲。

我认为，任何一个稍微用心读过这本书的人，都不会觉得爱弥儿现在的环境是偶然拼凑而成的。每个城市都有许多可爱的女孩，但是他爱的女孩住在远离城市的乡下。这是偶然的吗？他是偶然遇见她的吗？他们两人如此相配也是偶然吗？他们只能住在不同的地方是偶然吗？他只能在离她很远的地方找一个住处是偶然吗？他们见面的机会少得可怜，而他费尽心思才能见她一面，这也是偶然吗？也许你会觉得他变成了一个娇弱的人，但实际上，他变得越来越坚强了。为了忍受苏菲让他忍受的疲劳，他必须保持我之前为他养成的健壮的体格。

他住在离她八公里远的地方。这段距离就像一个熔炉的风箱，利用它，我们可以锤炼爱情的锋芒。如果他们门对门住着，或者他能够舒服地坐着一辆漂亮的马车去看望她，那么他就可以自由地接近她，用巴黎人的方式爱她。如果大海没有把赫罗和林德尔隔开，林德尔又怎么会愿意为赫罗牺牲生命呢？读者们，我就不多说了；如果你们明白我的意思，你们可以从我所描述的情节中找到我遵循的是什么原理。

前几次我们都是骑马去看苏菲的，因为骑马比步行的速度更快。我们觉得这是一个不错的方法，因此直到第五次还是骑着马去见苏菲。当我们来到一个距他们家半英里多的地方时，看到路上有很多人在等我们。爱弥儿看到这种情景，就心跳加速。走近他们的时候，他一眼就看到了苏菲，就立刻从马背上跳下来，像风一样冲到了那家人面前。爱弥儿很喜欢马，他的那匹马也很活泼；获得自由之后，它就冲到了田野里。我跟在后面，费了好大劲儿才把它带回来。但是我不敢靠近苏菲，因为她害怕马。爱弥儿并没有看到这个过程，所以苏菲小声告诉他，他给我制造了很多麻烦。他不好意思地跑过来，牵着他的马跟在我们后面。每个人轮流牵马，这是一个极为公平的办法。为了把我们的马牵走，他不得不走在我们前面，就这样，苏菲被抛在了后面。结果就是，他不再觉得骑马是一件舒服的事情。他上气不接下气地跑回来，在半路上接我们。

下次再去时，爱弥儿就不想骑马了。我问他为什么，他说："让我们找个马夫去照看马吧。如果我们骑马去，一定会给这可敬的一家人带来很多麻烦。你看他们不但要招待我们，还要喂养我们的马。"我说："是的，虽然他们并不富裕，但是热情好客。富人们虽然在表面上慷慨大方，但只对他们的朋友大方。可是穷人不一样，连他的朋友的马都会照料到。"他说："我们步行去吧！像你这样一个喜欢和你的学生在劳累中找到快乐的人，不可能没有勇气走路。"我立刻回答："那太好了，而且我认为，用不着在谈恋爱的时候把局面闹得那么僵。"

接近目的地时，我们注意到苏菲和她的母亲又来接我们了，走得比上次更远。我们飞快地走到了她们身边。爱弥儿大汗淋漓，于是苏菲抬起她可爱的手，用手帕为他擦了擦脸。从这之后，我们就再也不愿意骑马了，尽管世界上的马非常多。

尽管如此，这两个人一直无法在黄昏见面，还是很令人难过的。夏天过去了，白天越来越短。不管我们说什么，主人都不允许我们在他们那里玩到晚上，所以如果我们不一大早动身，就只能刚到那里就马上折返回来。好在苏菲的母亲是非常的理解和关心我们，觉得我们可以偶尔在村子里找个地方过夜。她刚一说完，爱弥儿就拍了拍手表示赞同，高兴得跳了起来；苏菲没有去想到底是为什么，只是在她的母亲想出了这个办法之后，更加深情地吻了她的母亲。

我们逐渐建立了一种甜蜜而纯真的友谊。到了苏菲和她的母亲规定的日期，我通常会和我的朋友一起去，但是有时候我也会让他一个人去。我对他的信任培养了他的灵魂，而且现在也不能再用看小孩的眼光看待他。既然我的学生值得我尊重，我就没有必要总是跟他一起去。有时我会一个人去，不带他；那时他虽然很伤心，但从不抱怨。抱怨有什么用？而且，他深知我不会损害他的利益。此外，不管我们是一起去还是各自一个人去，都是风雨无阻。如果我们像落汤鸡一样出现在他们面前，从而引起他们的同情，我们的快乐之情还会加倍。不过苏菲不让我们这么做，她拒绝让我们在天气不好的时候去她家。我发现，在我秘密传授给她的做法中，这是她唯一一项没有按照我的话做的。

有一天他一个人去了，我以为他第二天才会回来，谁知道他那天晚上就回来了。我拥抱了他，说："啊，亲爱的爱弥儿，你是来看望你的朋友的吗？"可他不仅没有回答我，反而有点生气地说："别以为我愿意这么早回来，因为我别无选择。她叫我回来，所以我回来是为了她，而不是为了你。"我再次拥抱了他，对他说："我的朋友，你是一个诚实的人，无法隐瞒有关我的事情。如果你是为了她才回来，那么你这么说就是为了我。是她叫你回来的，是我让你坦白的。我希望你可以永远保持这种高尚和坦率的心灵。那些与我们无关的人喜欢说什么，就让他们说去吧。但如果让一个朋友认为我们拥有原本没有的美德，那就是犯罪。"

我尽量让他充分意识到说话这样坦诚的价值所在，因为我发现他坦诚地说苏菲叫他回来，在很大程度上是因为他爱苏菲，而不是因为他心胸开阔，所以我告诉他，他不愿意说他是自己主动回来的，是因为他想归功于苏菲。他怎么也想不到，他无意中说出的这句话，透露了他的内心。如果爱弥儿慢慢地、一步一步地回来，边走边畅想美好的爱情，那么，他顶多算是苏菲的情人；但如果他满身大汗、匆匆忙忙地回来，那么，尽管他有点生气，我们还是可以看出他确实是穆特的朋友。

正如你所看到的，由于这些安排，这个年轻人无法整天和苏菲在一起，也不可能如他所愿地去看苏菲。他一周最多去一到两次，去一次也只能玩半天，而且几乎没有可能逗留到第二天。他常常盼望见到她，每次见到她之后，都会用大把的时间来甜蜜地回忆见到她的情景，他在这两件事上花的时间，比实际上和她在一起的时间多得多。即使他去看她，他花在路上的时间也比和她在一起的时间多。他对苏菲的爱，受到这种真实的、纯洁的、甜蜜的、想象多于实际的快乐的刺激，却没有把他变成一个像女人一样软弱的人。

在不去看苏菲的日子里，他也没有懒洋洋地待在屋子里。一直以来，他都还是那个原来的爱弥儿。他经常去附近的田野，像往常一样研究他的博物学；他研究当地的土壤、物产和耕作条件，并比较他所看到的耕作方法和他所熟悉的方法，研究它们为什么不同；如果他发现了更好的方法，就会将其传授给当地农民；当他设计出一种样式更好的犁头时，就会让人按照他绘制的图去制作实物；如果他发现了泥灰岩，因为这里的人并不知道泥灰岩的用处，他就会把用处告知他们。他经常亲自去工作，让当地人吃惊不已，因为他们发现，爱弥儿能比他们更熟练地使用工具；他把田地翻得比他们更深；他把犁沟铺得比他们更直；在播种的均匀度和管理苗床方面，爱弥儿都更胜一筹。爱弥儿总是喜欢在谈起庄稼活的时候说大话，但是他们不会嘲笑他，因为他们看出他确实很擅长农活。简言之，他非常热衷于做重大的公益事业。此外，他还会去农民家拜访，了解他们的社会地位和家庭情形，对他们的子女数土地数、产品和销路、拥有的权利以及有多少负担和债务等进行调查。他知道他们中的大部分人不善于支配金钱，因此他只会拿很少的现金去送给他们，把钱交给他们之后，还会亲自指导他们使用。他雇用工人为他们工作，并且经常替他们支付工人的薪水。他经常帮这个人修起那座已经坍塌的茅屋，帮助那个人修理因为资金不足而荒废的土地，还会为了弥补某个人的损失而送给他一头牛、一匹马或者其他牲畜；如果两个邻居要去法庭打官司，他会劝他们和解；如果一个农民生病了，他就雇人来照顾他，自己也会去照顾他①；如果一个农民受到有权有势的邻居欺凌，他会保护他；如果一对青年男女互相爱慕，他会帮他们牵线搭桥；如果一个善良的女人不幸痛失爱子，他会去看望她、安慰她。那他是不是看一眼就转身离去呢？当然不是，他并不歧视穷人，他愿意和困苦的人待在一起；如果他要帮助某个农民，通常会和他一起吃饭；他会接受那些不需要他帮助的人的邀请，去他们家做客。尽管他是一些人的恩人，一些人的朋友，但他始终认为自己和他们是平等的。总之，就像他善于用自己的钱帮助

---

① 所谓护理一个生病的农民，并不是说帮他打扫房间，喂他药吃，给他请医生。对于穷苦的人来说，他们生病时是不需要这些的，他们需要的是更好的、更丰富的食物。你们发烧时，只要不吃东西，身体就痊愈了。可是农民不同，他们如果发烧了，则需要吃东西，还要吃肉、喝酒，他们的病基本上都是因为太累了、太穷了才会得的。因此，你们的酒窖里有他们最好的药水，你们的屠夫是他们最好的药剂师。——原注

别人一样，他也善于用自己的体力帮助别人。

有时他会走近那个幸福的人家，希望能在一个隐蔽的地方，在不被苏菲发现的情况下，看她散步。然而，爱弥儿的一举一动总是很坦然，他不会也不想有什么超越限度的做法。他身上这种讨人喜欢的天性激发了他的自尊心，也公正地见证了他的行为。不该做的事，他绝对不会做；他不会走得太近，不想在偶然中得到只有苏菲允许后才能得到的机会。他会采取相反的做法：在附近徘徊，寻找他的情人的足迹，甜蜜地想象着她为了取悦他，在这条路上耗费了很多精力。在他去看苏菲的前一天，他会去附近的村庄把第二天要吃的东西定好。从表面上看，我们好像是偶然间朝那个方向走的，又碰巧到了那个村子。我们买了一些水果、蛋糕和奶油。对饮食非常讲究的苏菲当然可以看出我们在这一点上花费的心思，她称赞我们准备得很充分。我在这方面没什么功劳，但她在称赞的时候仍然说其中也有我的功劳；她这么说的原因，是因为如果让她直接感谢自己的情人，她会觉得非常难为情。当我和她的父亲吃点心喝酒的时候，爱弥儿就和她们母女在一起，关注着苏菲的勺子，一看到它碰到了哪个奶油碟子，就赶紧端过来自己吃。

说到糕点，我就跟爱弥儿提起了以前赛跑的故事。每个人都想知道发生了什么，我就详细地描述了一下。听完之后，每个人都笑了，问爱弥儿现在是不是还能跑。"速度比以前还快，"他回答说，"要是忘记了赛跑的方法，那就太可惜了。"我们中的一个人想看看他是怎么跑的，但没有勇气说出来；另一个人提议：让爱弥儿再跑一次。他接受了这个提议。于是，他从附近叫来两三个年轻人，我们决定以某样东西作为奖励，并和之前的游戏一样，在终点放一块点心。大家都准备好之后，苏菲的爸爸拍了手，作为起跑的信号。爱弥儿身手敏捷，像风一样跑到了终点，而此时那三个笨拙的年轻人刚跑了几步。爱弥儿从苏菲手中接过奖品，并模仿伊尼阿斯①，慷慨地把奖品分给了失败者。

正当每个人都为胜利而欢欣鼓舞的时候，苏菲却鼓起勇气挑战赢了的爱弥儿，说她跑得和爱弥儿一样快。爱弥儿听到这句话，就同意和她比赛。当她正要进入跑道时，当她卷起裙子的两侧时，当她怀着在比赛中胜过爱弥儿的急切心情，将美丽的腿展现在爱弥儿的眼前时，她看了看自己的裙子，看它是不是够短。同时，她在她母亲耳边小声地说了一句话。她的母亲微微一笑，做了一个手势表示赞成她那么做。于是她来到了对手的身边，刚一听到开始的信号，她就像鸟儿一样飞向前方。

女人天生不是跑步的料，即使她们飞奔向前，也能被赶上。对于妇女来说，虽然跑步不是她们做起来唯一显得笨拙的事，却是做起来姿势唯一难看的事。她们的胳膊会非常可笑地紧贴着身体后面；而且因为她们穿的是高跟鞋，所以姿势很像会跑却不会跳的蚱蜢。

爱弥儿从来没有想过苏菲能比其他女人跑得更好，所以他采取的做法是：站在起点不动，看着苏菲往前跑，脸上还挂着轻蔑的微笑。可是苏菲跑得很快，而且因为她不需要高跟鞋来让自己的脚看起来很小，所以她穿的是平底鞋。她飞快地跑到了前面，以至爱弥儿发现她领先自己很远的时候，就需要马上跑起来，否则这位阿塔兰特②就要跑到终点了。所以他像老鹰抓小鸟一样，开始跑过去追赶她，在她身后紧追不舍，并在她气喘吁吁的时候追上了她。他用左手轻轻地扶着她的腰，像羽毛一样把她裹在胸前，一直跑到终点线，让她抢先一步到达终点。这时候，他一边大喊"苏菲赢了"，一边单腿跪下，承认自己输了。

除了上面提到的事情，我们还去其他地方做我们以前学过的手工活。我和爱弥儿每周至少在某个木工师傅家里工作一天，每当天气欠佳，我们无法到地里干活时，我们就去他家里。身份比

---

① 古希腊勇士。——原注
② 古希腊神话中人物，善于跑步。——译者注

木工师傅高的人到他家里，通常只是做做样子，但我们却是诚心诚意地作为工人来为他工作的。苏菲的父亲曾经来看我们，正好碰见我们在工作。回去之后，他就把看到的情形告诉了他的妻子和女儿，口气里满含赞许。他说："你们去看看那个在工场工作的年轻人，他根本不轻视穷人。"不难想象苏菲听到这番话有多高兴。他们反复谈论这件事，想在他不知道的时候去看他工作的情形。她们故意装出随口一问的样子，从我这里打探出了我们去干活的日期。之后，母女俩就坐着一辆马车，来到镇上看我们。

苏菲一走进工场，就看见那边有一个穿马甲的年轻人，头发蓬乱不堪。他全神贯注地工作，以至根本没有发现她走进来。她停下脚步，向母亲做了个手势。这时候爱弥儿两只手里分别拿着凿子和榔头，正要凿好一个榫眼；凿完了榫眼，他又去锯木板，又用夹子把木板夹住，以便给它抛光。苏菲在看到他在卖力工作并没有笑，反而很受感动，对他十分尊敬。女人，你要尊重为你工作、为你挣钱买面包的你的主人，这样的人才是男人。

我在她们关注他的时候就发现了她们，于是拉了拉爱弥儿的袖子；当他转过身来时，立刻看到了她们；他丢下工具，高兴地尖叫着跑向她们。他快乐了一会儿，就给她们找了一个地方坐下，然后继续他的工作。但是苏菲坐不住了，她兴奋地站起来，在工场里跑来跑去，要么看看工具，要么摸摸刨花板，要么跑到地上捡刨花，要么看着我们的手，还说她喜欢这门手艺，因为它很干净。这个活泼的女孩还模仿了爱弥儿干活的样子。她用她白皙的手拿起一把刨子，想要把木板刨平，可是刨子虽然在木板上来回不停地移动，就是没有刨下任何木花。我好像看到爱神在空中边飞边笑，还在欢呼："海格力斯报了仇了。"

这时，苏菲的母亲问木工师傅："师傅，你一天付给他们多少钱？""夫人，我给他们每人每天二十个铜子，并包伙食；但是，这个年轻人是我们这里最好的工人，如果他愿意，他能赚得更多。""一天二十个铜子，还要包伙食！"苏菲的母亲温柔地看着我们。"是的，夫人，"木工师傅说。听完之后，她跑到爱弥儿跟前，含着泪紧紧地抱住他。"我的儿子！我的儿子！"她大喊。

她和我们谈了一会儿（但没有耽误我们的工作），然后对她的女儿说："已经很晚了，我们回家吧，免得让全家人等我们。"然后她回到爱弥儿身边，摸了摸他的脸说："啊！优秀的工人，你愿意和我们一起回去吗？"他伤心地回答说："我和这个师傅有合同，所以你得去问他。"她问师傅是否愿意放我们走，对方拒绝说："我们的工作非常紧急，后天必须完成。因为我对这两位先生十分信任，所以，虽然有很多人来找工作，我都一一拒绝了他们。要是他们走了，我现在找不着人来代替，那我就没办法按时交货。"苏菲的母亲没有说话，她等着看爱弥儿会怎么说。爱弥儿低下头，什么也没说。她对这种沉默感到有点惊讶，就说："先生，你为什么不说话？"爱弥儿温柔地看着她的女儿，简单地说："看，我必须留在这里工作。"她们听到这个消息后，就转身离开了。爱弥儿送她们到门口，一直目送着她们，直到再也看不见的时候，才叹了一口气，默默地继续工作。

苏菲的母亲对爱弥儿的回答感到不快，在回家的路上，她跟女儿谈起了为什么他这次这么奇怪。她说："我不明白，难道木工就这么难对付，他就必须留下来吗？爱弥儿在不需要花钱的时候总是慷慨解囊，怎么会在本该花钱的时候却不愿意花钱呢？"苏菲回答："哦，妈妈。感谢上帝，爱弥儿并不太相信金钱的力量，所以不想用金钱来损害自己个人的信誉，也不愿意依靠金钱的力量，让自己和另外一个人同时违背承诺。我知道他可以用钱弥补那个木工师傅因为他们的离开而遭受的轻微损失；但是，如果他这样做了，他的灵魂就会成为财富的俘虏，他就会经常用金钱来代替自己应该履行的义务，就会认为用金钱可以做任何事情。爱弥儿绝不会这么想。我希望他不会因为我而改变主意。你觉得他待在那里没有意义吗？妈妈，别搞错了。正是因为我，他才留在那里工作的。这一点我能从他的眼神里看出来。"

这并不是说苏菲对别人是否真的爱她漠不关心；相反，她对爱情非常严格；如果无法得到全心全意的爱，她宁愿不被任何人爱。她以自身具备的美德为荣,她相信,也希望别人会对她的美德给予应有的尊重。她瞧不起意识不到自身的美德价值的人,也瞧不起不能像爱她的美貌那样并且加倍地爱她的美德的人。如果一个人不知道他应该首先履行自己的职责,再去爱她;如果他不知道他爱她胜过一切,她就会瞧不起他。她不想要一个完全听命于她的人,但她想要一个在爱她的同时又不损害自身优点的人。西尔塞把尤利西斯的同伴都变成卑鄙的无赖后,就毫不犹豫地抛弃了他们所有人,只钟情于她无法腐化的尤利西斯。

　　除了这项至高无上的权利,苏菲也十分重视其他一切权利。她在暗中观察爱弥儿:是否真诚地尊重她的权利,是否满怀热情地尊重她的意愿去做,是否善于揣摩她的心思,是否在她约定的时间去找她。她不希望他去得太晚或太早,她希望他准时到达。如果他去得太早,说明他在乎的是他自己而不是她;如果他去得太晚,说明他不在乎她。不在乎苏菲!如果他不在乎她,哪怕只有一次,也休想再获得第二次机会。即使她的怀疑是毫无根据的,也会消灭她所有的希望;但是苏菲是公正的,一旦她发现自己做错了什么,就会努力弥补。

　　一天黄昏,他们等着我们去找他们。之前,爱弥儿已经接到了邀请。他们沿着大路来迎接我们,可惜我们没有去。他们开始想:“是不是出了什么事情?是不是发生了什么意外?为什么没有人知会他们?”他们一直等到天黑。可怜的苏菲以为我们死了,她又伤心又难过,哭了一整夜。当夜,他们打发一个人来问候我们,并让他第二天早晨把我们的消息带回去。我们还派了一个人和那个人同行,替我们道歉,并告诉他们我们都很平安。过了一会儿,我们亲自去了他们家。直到这时候,他们悬着的心才落下。苏菲擦干了眼泪,倘若她还在哭,也是因为她生气了。我们还活着,这使她松了一口气,但她那颗骄傲的心还是很不高兴,因为爱弥儿虽然还活着,却让她白等了一夜。

　　我们到那儿之后,她就想回到她自己的房间。她的父母不让她走,所以她只好留下来;但是她立刻决定用一种假装的冷静和满足来欺骗大家。她的父亲来迎接我们，说："你让我们等了这么久，这个家里有一两个人是不会轻易饶过你的。""谁呀，爸爸?"苏菲假装镇定地笑着说。"跟你无关，因为没有说到你。"她父亲回答道。苏菲没有反驳，只是低着头继续她手里的活计。她母亲虽然用一种礼貌的态度接待我们，但有些冷淡。爱弥儿不好意思走近苏菲，觉得很尴尬。她先和他说话，问他是否还好，还让他坐下；她装得很好，于是这个还不懂愤怒的语言的年轻人几乎被她表面上的镇定蒙骗，几乎要责怪自己做得不对了。

为了不让他继续受骗，我走过去握住苏菲的手，像往常一样去亲吻，她突然抽回手，用一种极其奇怪的声音喊了一句"先生"，这种无意间流露出来的态度，让爱弥儿立刻明白了她的真实感受。

反观苏菲，她发现大家知道了自己的真实感情，也就不再那么克制自己的感情，她表面上的平静变成了一种讥讽的样子。不管你对她说了什么，她都会缓慢而不确定地说一两个字来回答你，好像害怕你看不出她在生气似的。爱弥儿带着极大的痛苦和恐惧看着她，试图让苏菲把目光转向他，好看出她心里究竟在想什么。他这种唐突的做法更加惹恼了苏菲。苏菲生气地朝他看了一眼，只这一眼就打消了爱弥儿想让她再看一眼的念头。爱弥儿吓得瑟瑟发抖，他再没有勇气看着她，和她说话。这也算他走运，因为，即使他没有做错什么，但在她生气的时候还镇定自若、谈笑风生，他这辈子都别想得到她的原谅。

我觉得是时候站出来说话和解释了，所以我又回到了苏菲身边，握住了她的手，这次她没有把手抽回去，因为她就要晕倒了。"我亲爱的苏菲，"我温柔地对她说，"我们非常抱歉，但你是一个非常通情达理的人，在你听到我们讲述的这个故事之前，请不要急着断定是我们的错。现在，请听我说一说昨天发生了什么。"她沉默着，然后我说：

"虽然我们约好的是七点到，但是我们昨天四点就出发了。通常我们都会提前动身，以便在到达这里之前稍作休息。走到三分之二的路程时，距离我们不远的山谷里突然传来了痛苦的叫声。我们跑过去一看，发现了一个摔断腿的农民，他从城里回来的时候喝多了，不小心从马上摔了下来。我们大声呼救，可是过了一段时间仍然没有人回应；我们又试图把他扶上马，也没有成功，因为只要稍微动一下，他就痛得无法忍受。所以我们决定在林中找一个安静的地方，把他的马拴住，然后我们交叉双臂做了一个担架抬起他，按照他指示的路线和方向，尽量周全地把他抬回了家。这段路程很长，我们在路上休息了好几次。终于到达目的地时，我们已经疲惫不堪。我们惊讶地发现，我们曾经去过这个农民的家。我们辛辛苦苦抬回来的这个人，就是我们第一次来这里的时候热情招待过我们的那个农民。可是我们在路上非常慌乱，所以直到到他家之后，我们才认出他来。

"他家里只有两个小孩，很快他的妻子就会生下第三个孩子了。看到我们把他抬回家，她吓了一跳，所以几个小时后她就生了。在一个孤单的茅草屋里，遇到这种情况，自然不能没有人帮忙。这时候爱弥儿想了一个主意：他去牵出我们拴在树林里的马，骑着去城里请医生。找到医生后，他把马给了对方。因为他没能及时找到一个看护，所以他先派人给你送信，然后和一个仆人步行回到了那个农民家。我当然是忙得不可开交了，因为有一个断了腿的男人和一个刚生完孩子的女人等着我照顾，我要为他们准备好所有需要的东西。

"我略过了其他细节，因为它们与我们的事情毫无关系。我们一直忙到凌晨两点。直到天亮的时候，我们才来到你家附近的一所房子。等你们醒来之后，再把我们的经历告诉你们。"

我说到这里就停住了，没有再多说什么。所有人都沉默着。这时候，爱弥儿走到他的情人面前，以一种出乎我预料的坚定的语气大声说："苏菲，你知道，我的命运掌握在你手里。你可以使我悲伤至死，但你不能让我把仁爱的权利抛弃掉。我觉得和你的权利相比，这种权利更加神圣，所以我做不到因为你而放弃这种权利。"

苏菲听完这番话就站了起来，一言不发地用一只胳膊搂住爱弥儿的脖子，在他的脸颊上亲了一下，然后以一种难以形容的优雅姿态向他伸出了另一只手，对他说："爱弥儿，请握住这只属于你的手。只要你愿意，你随时可以做我的丈夫和我的主人，我会尽我所能享受这份荣誉。"

　　当她吻爱弥儿的时候，那位开心无比的父亲拍着手喊道："再吻一次，再吻一次！"苏菲毫不犹豫地在爱弥儿的脸颊上吻了两下。但是，就在她吻他的时候，她被自己的所作所为震惊了，所以她扑到母亲身上，把她羞红的脸藏在母亲的怀里。

　　我在这里就不再赘述大家当时有多么喜悦了，因为这并不难想象。吃完饭，苏菲想去探望那两个生病的人，就问我们要走多远才能去那里。苏菲想去探望他们，这再好不过。我们到达那个农民家时，发现这夫妻俩分别躺在两张床上（因为爱弥儿差人搬来了一张床）。有一些人在照顾他们，这些人也是爱弥儿请来的。不过他们的床上乱糟糟的，这给他们带来了额外的负担：连生病的时候都睡不舒服。苏菲穿上女仆的围裙，先去给农妇整理床，然后又给那个农民整理了床。因为她灵巧的手能感觉到什么东西会刺痛他们，所以她把床铺得非常柔软，以适合他们疼痛的身体。这两个病人光是看到她的到来，心理上就已经获得了极大的安慰。大家都认为，她能估计出是什么使他们不舒服。她原本是一个非常娇弱的女孩子，现在却不怕脏，也不怕臭；她没有请求别人帮助，也没有打扰两个病人，很快就把房间打扫得非常干净，一丝臭味都闻不到了。平常大家都觉得她非常害羞，有时候还会表现得非常高傲，在这个世界上，她从来没有触摸过男人的床，现在却毫不犹豫地把那个受伤的男人抱起来，为了让他睡得更舒服，能多睡一会儿，给他换了伤口上的布。这只能说是慈悲的心肠战胜了害羞的心。她的动作是如此的灵巧和敏捷，能让她在减轻病人痛苦的同时，还让病人没有意识到她已经摸过了他们的身体。农夫和他的妻子齐声为这位前来帮助、怜悯和安慰他们的可爱女人祝福。她是上帝派给他们的天使，她有着天使般的容貌和优雅，有着天使般的温柔和善良。爱弥儿静静地看着她，内心满是感动。男人，你必须爱你的伴侣，因为上帝把她赐给了你，这样她就能在你痛苦的时候安慰你，在你生病的时候照顾你。这样的女人才算是妻子。

大家开始给新生儿施洗礼。当这两个情人把孩子抱到洗礼盆的时候，他们急切地盼望着很快就有一个属于自己的孩子。为了让这一刻早点到来，他们祈祷着，并认为它已经到来。苏菲已经打消了心中所有的疑虑，但现在变成了我心生疑虑。他们还远没有达到他们想象的那种美好程度，这是很自然的，因为每个人都会有产生疑虑的时候。

他们有两天的时间没有见面。第三天早上，我拿着一封信走进爱弥儿的房间，目不转睛地看着他，问："如果有人给你带来苏菲已经死了的消息，你会怎么做？"他叫了起来，拍了拍手，然后站起来，茫然地看着我，沉默不语。"回答我。"我说，仍然镇定自若。他见我这么冷静，有些愤怒地走到我面前，眼睛里满是怒火，摆出一个可怕的姿势站定，说："我怎么做？我也不知道，但是我能确定，不管是谁告诉我这个消息的，我这辈子都不会再见他。"我笑着说："别担心，她还活着，身体非常棒，她在想你，她在等着我们今晚去找他们。现在，我们去散散步，聊聊天。"

现在情欲已经充满了他的内心，以至他无法像以前那样和我谈论纯粹理性的问题，所以我不得不利用他的这种情欲来让他注意我给他的教训。这就是为什么我在我们开始谈话之前问他这样一个可怕的问题。我现在相信，现在就是他倾听我说话的时候。

"亲爱的爱弥儿，所有有情众生的目的都是生活得很幸福，这是大自然让我们拥有的第一个愿望，也是我们永远都在追求的唯一愿望。但幸福在哪里呢？谁知道它在哪里？每个人都在寻找它，但没有人能找到它。我们一辈子都在追求幸福，可是到死的时候都得不到。当你出生的时候，我年轻的朋友，我把你抱在怀里，在上帝最崇高的见证下，我做了一个大胆的承诺：为了让你获得幸福，我愿意献出毕生的精力。我对自己承担的这份工作并没有充分的了解，我只知道，只要你幸福了，我自己也就幸福了。我会在为你追求幸福的同时，让我们共同分担这个工作。

"当我们对自己要做的事情没有任何的了解时，最明智的做法就是什么都不做。在所有的格言中，这一条是最有用的，也是最难遵循的。如果你在不知道幸福在哪里的情况下去追逐幸福，那你越追逐，就会离幸福越远；你走过多少道路，就会遇到多少危险。但是，并不是每个人都知道这种一开始无所作为，然后才能有所作为的方法。当一个人迫不及待地想要找到幸福的时候，他宁愿在寻找幸福的道路上走错，也不愿意待在那里什么也不做；但是一旦我们离开了我们可能会找到幸福的地方，我们就再也不能回到那个地方了。

"我尽量避免在这方面犯错，因为我对自己的工作了解不多。在教育你的过程中，我决定不出现任何差错，同时也不让你走弯路。我追随大自然的道路，这样它就会指引我通往幸福。最后，我发现自然的道路就是通往幸福的道路，在不知不觉中，我们已经走上了这条路。

"你要做我的见证人，做我的裁判。我会坚决认同你的判断。你生命的最初几年并没有浪费；它们对未来的岁月是有益的；大自然赐予你的一切美好的礼物，你都享受到了。在大自然让你身患疾病时，我尽力限制了疾病对你的危害程度。而你经历的这些疾病，能够让你在日后免受其他疾病的侵害。你这一生中从来没有经历过跟仇恨和奴役有关的事情。你过着自由幸福的生活，保持着正义和善良的品格。因为痛苦和邪恶如影随形，一个人只有在过着痛苦的生活时，才会沦为坏人。我希望你能把童年的记忆保存到老年！我深信你那颗善良的心在回忆起童年时，一定会对那只在童年教育你的手表示祝福。

"当你长大到可以明白事理的时候，我会保护你免受人们偏见的影响；当你的心可以感受情感的时候，我会保护你免受欲望的驱使。如果我一直可以让你拥有这种内心的宁静，直到你离开世界的那一刻，那我的心血就没有白费，你也能够获得一个人享受到的最大幸福。可是亲爱的爱弥儿，虽然我曾经把你的心灵浸在冥河的水中，却还没有使它强大到足以抵挡一切力量；你现在遇到了一个新的敌人——你自己。你不知道如何打败这个敌人，我也不知道如何把你从中解救出来。大自然和命运让你过着自由自在的生活。不管是贫穷还是肉体上的痛苦，你都可以承受，而你并没有遇到过精神上的痛苦，而且你以为你可以按照自己的意愿来做事。可现在，你的一切都被你迷恋的事物所左右；当你开始产生欲望，你就变成了欲望的奴隶。虽然你没有受到任何东西的侵犯，身体也没有发生任何变化，但你的心灵可以产生无尽的哀伤。就算你没有生病，你也会觉得痛苦；虽然你还活着，你却觉得自己经历了千百次的死亡。你会因为别人的一个谣言，别人做错的一件事，或者别人产生的一个怀疑，而觉得灰心丧气。

"在剧院里，你看到舞台上的英雄们悲痛欲绝地哭泣，让整个剧院都回响着他们的哭声；他们像女人一样哭泣，像孩子一样哭泣，以赢得观众的掌声，你对此有什么反应？你原本想看到那些人坚定果断的行为，结果却看到了他们哭诉的样子，于是你轻蔑地说：'真是太可耻了。'你满含鄙视地说：'这就是人们希望我们学习的榜样，是我们应该学习的榜样！他们是打着虚伪的美德的幌子夸耀人类的弱点，难道是因为他们觉得人类还不够渺小、可怜和软弱吗？'我年轻的朋友，从现在开始，你必须宽容舞台上的人物，因为你已经成为他们中的一员。

"你对痛苦和死亡无所畏惧。在你遭受肉体上的痛苦时，你可以忍受需要的法则的约束，可是对于你心中的贪欲，你却没有用法则去约束它。我们并不是因为有所需要而产生某些爱好的，所以我们一生中会有很多烦恼。我们的欲望越多，力量就越微弱。一个人如果以欲望作为评判标准，他就需要依赖千百种事物；可如果以他本身作为标准，他无须依赖任何东西，包括自己的生命。但是他喜爱的东西越多，他的痛苦就越多。世界上的一切都有一个完结的时候，我们所喜爱的东西早晚是会失去的，可我们却紧紧依恋着它们，似乎它们永远不会消失。你为什么会害怕苏菲死去？你觉得她会长生不老吗？有一些跟她年纪相仿的人已经死了。孩子，她迟早会死的，而且可能死在你前面。谁都不敢说，她现在一定还活着。大自然只让你经历一次死亡，你却要让自己经历两次。你现在的做法，就是在让你经历两次死亡。

"你被放纵的欲念控制了，这是多么可怜啊，你总是空虚、患得患失和恐惧，连原本可以享受的自由都无法享受。你不愿意牺牲任何东西，最终却一无所有。你一心一意地追求你的欲念，却永远无法满足它们。你一直想要内心的平静，但是你一刻也不能享有内心的平静；这样的话，你将成为一个可怜的人，你将成为一个坏人。当你屈服于自己的欲念时，你怎么能不做坏人呢？如果你对被迫要忍受的穷困无法忍受，就无法自愿抛弃已经占有的东西。这样的话，你就无法做到牺牲自己的爱好来履行你的天职，克制自己的欲念来听从理智。你说，如果有人来告诉你，你的爱人已经死了，你将永远不想再见到那个人，在这种情况下，如果一个人把她从你手里抢走，如果他有勇气对你说：'你必须认为她已经死了，认为她不再拥有美好的德行。'你会怎么对待这个人呢？如果你不计后果，硬要和苏菲在一起，不管她是不是嫁给了别人，不管你是不是娶了别人，不管她爱你还是恨你，不管她的父母是否将她许配给你，你都会按照自己的意愿，你不惜一切代价拥有她。请你告诉我，人若随心所欲，若不抵制自己的私欲，还有什么罪恶的事情做不出来呢？

"我的孩子，没有勇敢的心就没有幸福，没有斗争就完不成德行。'德行'这个词就源于'力量'，后者是所有德行的基础。虽然对一个力量弱小的人来说，能否实现德行部分取决于天性，但他要想果断地完成德行，必须凭借自己的意志。正因为如此，正直的人才能赢得我们的赞美；我们说上帝善良，却不说他有德行，因为他做善良的行为无须经过任何努力。这样说是在冒犯上帝，所以我会等到你有理解能力的时候再跟你说这句话。如果我们能够毫不费力地完成德行，就不需要认识它。只有在我们萌生欲念的那一刻，我们才感到需要知道德行。对你来说，这种时刻已经到来。

"我是在朴实的大自然中抚养你的，在此期间，为了避免让你产生履行天职非常困难的印象，我既没有把那些难以履行的天职告诉你，也让你不沾染恶习。我让你产生了这样一种认识：各种谎言是没有好处的，但也不应该痛恨；我也教导你要像重视自己的权利一样重视他人的权利。虽然我现在还没有让你成为一个有德行的人，但至少已经让你成了一个善良的人。可是对于一个善良的人来说，只有他愿意的时候，他才能做善良的人，因为他的善良的心能够被人类的欲念破坏，甚至可能会消失。一个善良的人只是从他自己的角度来说是一个好人而已。

"什么样的人才算有德行呢？就是能够克制自己感情的人。之所以这样说，是因为一个人能够克制自己的感情，他才能服从自己的理智和良心，将自己的天职履行好，恪守做人的本分，不因任何原因背离这些本分。奴隶能够享受到的自由，只是主人没有给他下达命令前短暂的自由，而现在你享受的就是这种表面上的自由。现在，应该得到实际的自由，你要学会如何成为你自己的主人，让心遵从自己的意愿，哦，爱弥儿，这样你就可以成为一个有德行的人。

"大自然可以把它强加在我们身上的痛苦减轻，可以教我们怎么忍受这些痛苦，却从未说过它可以解除我们自己造成的痛苦。它会将我们弃之不顾，让我们成为自己欲念的牺牲品，去遭受一些没有意义的烦恼的折磨，让我们夸耀原本应该感到羞愧的眼泪。因此，你还要再努力学习一段时间，而且这次学习的内容会更加困难。

"现在你已经产生了第一个欲念，它也许是你应得的唯一欲念。如果你能以男人的气概控制它，就可能让它成为你的最后一个欲念。这样除了美德，你不会再受其他任何欲念的驱使。

"我知道，这种欲望不能被视为一种罪行，它和感受它的心灵一样纯洁。它是由一颗纯洁的心灵所生，由一颗纯洁的心灵所培养。对你们这些幸福的爱人来说，你们爱情的美会因为道德的美而增加，你们所渴望的甜蜜的结合是你们的善良和忠于爱情的回报。但是请告诉我，诚实的人，这种纯粹的欲望难道不是你所有行为的主宰吗？你不还是它的奴隶吗？如果明天它不再那么纯洁，你还能很好地克制它吗？现在是时候试验你的力量了。如果你一直等到试验你的力量的时候再试验，就为时已晚。可怕的试验应该在危险发生前很久就进行。临阵磨刀可不是个好办法，我们必须在开战前做好准备。

"有这样一种错误的做法：将欲念分为可以产生的欲念和禁止产生的欲念，以便自己可以追逐某些欲念。你能控制的所有欲念都是好的，反之就是不好的。大自然不允许我们让爱好超越我们力量的极限；理性不允许我们想要得到不可能得到的东西；良心并不是不允许我们受到引诱，只是不允许我们屈服于引诱。我们无法决定是否产生欲念，却可以决定是否控制欲念。如果我们能够对一种情感加以控制，那它就是合法的；但如果反过来让它控制我们，就是一种罪行。如果一个男人对另外一个人的妻子心生好感，又能以天职约束自己，那他就不是犯罪。相反，如果一个人很爱自己的妻子，以至他愿意牺牲一切来取悦她，那也是一种犯罪。

"你千万不要以为我会给你讲很多道德格言，我只给你讲一条涵盖了其他所有格言的一个格言：你必须成为一个人，把你的心灵约束在你的条件范围之内。对于这个范围，你要进行学习和研究，不管它有多么狭窄，只要你不超越它，你就不会产生痛苦；如果你想超越它，你就不可避免地会遇到很多令人不快的事情；我们不加节制地追求我们的欲望，才会有这么多痛苦。当我们忘记做人的标准，却臆想出各种标准，那当我们从想象的环境回到现实环境时，就会觉得自己很不幸。当我们意识到我们无法获得想要的东西时，就应该改变想法；我们不应该为我们的愿望没有实现而烦恼。虽然一个乞丐想当国王，但他不会因为这个愿望无法实现而苦恼。一个国王之所以想成为神，恰恰是因为他认为自己不仅仅是一个人。

"骄傲是我们一切苦难的根源，所以聪明人一想到人类的苦难，就变得非常节制。他会努力保持自己的地位，不做任何越出自己地位的事情；他绝不会把精力浪费在寻找自己无法拥有的东西上；他会把所有的精力都用在享受自己拥有的东西上；他绝不会像我们一样想要这个或那个，所以他实际上比我们更富有、更强大。在这个世界上，一切都在改变，一切都将成为过去，而我可能明天就会消失在这个世界上。既然一个人总免不了一死，那有没有必要在这个世界上建立某种永久的关系？啊，爱弥儿，我的儿子！如果我失去了你，我不就一无所有了吗？但我必须考虑到失去你的可能性，因为我不知道别人会在什么时候从我手里把你夺走。

"如果你想快乐又严肃地生活，那你的心只能做一件事：爱那永恒的美。同时你还要做到：要按照自己的条件去限制你的欲望；要先履行自己的天职，再去满足自己的欲望；要把需要的法则用在道德的行为上；要学会在失去了可能失去的东西时应该怎么应对；如果有可能，在实践美德的时候要怎样抛弃一些东西；要怎么应对一些变故；要怎么调节自己的心，让它免受伤害；要怎么勇敢地面对逆境，让自己永远不陷入悲惨的境地；要怎么坚定地履行自己的天职，让自己永远不犯罪。这样的话，就算你命运多舛，你也能过上幸福的生活；就算你有很多欲念，也可以过上严肃的生活。你会发现，即使你拥有的东西很容易失去，你也会毫不焦虑地从中享受巨大的幸福；是你拥有它们，而不是它们拥有你。你会意识到所有的东西都有失去的一天，所以要想享受，必须舍得失去。这样的话，你就不会臆想一些虚假的快乐，也就不会尝到虚假的快乐带来的痛苦。这样的转变将大大有益于你，因为这些痛苦是频繁和实际的，而快乐是罕见和虚幻的。你将让很多骗人的偏见无所遁形，也会打破这样一种说法：生命有了不起的价值。对于你的生命，你可以毫无忧虑地享受，也可以毫无畏惧地结束，毫不犹豫地舍弃。其他人十分恐惧，认为一旦他们没有生命，他们就不存在了。而你呢？因为你知道生命非常渺小，所以你会觉得在丧失生命之后，真正的生活才刚开始。死是邪恶的人生命的终结，也是正直的人生命的开端。”

爱弥儿聚精会神地听着，但时不时地露出不安的神色。他担心我在说完这番话后，会得出一个可怕的结论。他猜想：我在告诉他为什么有必要锻炼心灵的力量之后，接下来就会让他接受如此严格的训练。就像一个受伤的人看到一个外科医生走近而颤抖一样，他觉得那只极其厉害、但是为了治好人的疾病和让人免于腐坏的手，已经触碰到了自己的创伤。

他没有回答我，而是问了我问题。当他问我的时候，似乎有点害怕，因为他感到困惑和着急，迫不及待地想要知道我会得出什么结论。他有些胆怯，都不敢抬起眼睛看我。“我该怎么办？我该怎么办？”我坚定地回答：“离开苏菲。”“你在说什么？”他生气地喊道：“离开苏菲！离开她，欺骗她，你这样做是让我变成一个不守诺言的人，一个恶棍！”“爱弥儿，”我打断他，“你以为我希望你成为这样的人吗？”“不，你不会这么做，别人也不会这么做。”他仍然用激烈的语调说，“就算你这么做，我也能保持你对我的教育，永远不会变成这样的人。”

我早已预料到他会这么生气。我之所以做出漠不关心的样子惹他生气，原因也在这里。我拥有能够反复教他做事镇静的能力，所以才会反复教育他做事要沉着。爱弥儿对我非常了解，他确信我永远不会要求他做任何坏事，但是就他对“坏事”的理解而言，离开苏菲就是一件坏事，所以他在等待我的解释。于是我继续说：

“亲爱的爱弥儿，你回想一下过去三个月的生活，会不会相信有人（不管他拥有什么身份）在过去的三个月里比你更幸福。如果你相信，就应该抛弃这种错误的想法。如果在你感受生命的乐趣之前，你就把生命的所有快乐都享受尽了，那你这一生唯一能够享受的就只有这三个月中经历的乐趣。感官的愉悦转瞬即逝，内心的习惯总是会遗忘他们。你在希望中享受的快乐远远大于你将来实际享受的快乐。想象会给你想要的东西蒙上一层迷幻的色彩，但你真正得到这个东西的时候，这层色彩是会褪去的。真正能够称得上美的，只有自在的上帝以及不存在的东西。如果这种状况能够一直持续下去，也许你就能够触及至高无上的幸福。但是人的所有东西都会衰老，人所拥有的一切都会终结，一切都是暂时的。如果使我们快乐的环境无限期地存在下去，那我们会因为已经习惯享受它，而无法体会其中的趣味。如果外界的事物始终如一，我们的心就会改变；要么幸福离开我们，要么我们离开幸福。

"在你陶醉的日子里，时间静静地流逝。夏天已经过去，冬天即将来临。我们在这么热的季节里继续去看他们，就算体力允许，他们也不会同意的。目前这种生活方式难以为继，因此不管我们愿意与否，都要做出改变。我可以从你急切的眼神中看出，改变这种方式并不困难，因为根据苏菲的誓言和你们自己的意愿，找到一个躲避大雪不再去他们那里看她的方法非常容易。临时措施固然很好，但是当春天来临，冰雪融化的时候，你们就只能结婚，所以考虑一个适用于四季的方法极有必要。

"你想和苏菲结婚，但是你们相识还不足 5 个月。你想娶她不是因为她配得上你，而是因为她让你感到喜欢。不过，你爱她并不代表着你们两个相配，也不代表着彼此相爱的人以后不会反目成仇。我知道她是一个品德高尚的人，我知道，可是一个人只有品德是不够的。两个人都诚实，并不代表着他们相配。我真正担心的是她的性情，而不是她的品德。一个女人的性情不是一天两天就能看出来的，要想把她的脾气观察得一清二楚，你知道在多少情况下才能实现吗？4 个月的爱情能保证你永远爱她吗？或许只要过两个月，你就会把她忘得一干二净；或许你只要一离开，就会因为遇到另外一个人而忘记她。也许当你回来的时候，你会发现她对你很冷淡，而不是像现在这样和你亲热。感情与她的品德无关，她可能还是那么诚实，可是她已经不爱你了。我相信她在未来会一如既往地忠贞，可是不经过一番考验，谁也无法保证她还会爱你，也没有人保证你还会爱她。难道你想等到不需要考验的时候才考验，或者两个人无法分离的时候再去了解对方的性情吗？

　　"现在苏菲还不到 18 岁，你刚满 20 岁。这是恋爱的时候，而不是结婚的时候。你们想在这个年纪就成为父亲和母亲吗！如果你想把你的孩子抚养得很好，至少你自己不能是一个孩子。在达到年龄之前就生育后代，因此而损害了身体，缩短了寿命的女性可以说数不胜数。还有很多孩子因为母亲的健康状况不佳而长得很瘦弱。如果母亲和孩子同时发育，就要将身体发育所需的养料一分为二，这样他们就得不到身体发育所必需的营养，自然不会发育得很好。如果我对爱弥儿的判断没有错，他一定会晚点结婚，娶个强壮的妻子，抚养强壮的孩子，而不是牺牲他们的生命和健康来满足他自己的迫切愿望。

　　"现在谈谈你自己吧。你渴望成为一个丈夫和父亲，但是你有没有想过作为一个丈夫和父亲的责任？当你成为一家之主，你就成了这个国家的一员。你知道成为这个国家的一员意味着什么吗？你研究过作为一个人的责任，但你知道作为一个公民的责任吗？你知道什么是政府、法律和国家吗？你知道生活需要付出什么代价吗？你知道你应该为谁而死吗？你以为你什么都知道，其实不然。在你即将在社会秩序中占有一席之地之前，你应该研究并了解什么职位最适合你。

　　"爱弥儿，我让你离开苏菲，并不是说让你抛弃他。如果你能离开她而不娶她，那对她来说就太好了。你现在就要离开她，这样你回来的时候才能更适合做她的丈夫。你现在不该觉得你配得上娶她了。你有很多事情要做！你还有崇高的使命没有完成，你要学会承受离别的痛苦，去获得忠贞的奖赏。这样当你回来的时候，你就拥有了体面地跟她在一起的权利，能够不需要她的赏赐而是直接让她报答你，让她答应你的求婚。"

　　因为这个年轻人还没有自由斗争的经历，也不习惯用意志去克制欲望，所以他并不赞同我的话，要跟我进行辩论。为什么要放弃唾手可得的幸福？她愿意嫁给他，而他拒绝娶她，不就意味着他鄙视她吗？为什么他一定要远离她才能去学习他应该知道的东西呢？即使有必要离开她，为什么不让他等到他和她建立了牢不可破的关系，并且在他得到了保证之后再离开呢？总之，他的意思是除非他成为她的丈夫，否则他不会和我一起走；在他们结婚后，他才可以放心地离开她……"亲爱的爱弥儿，为了离开她，娶她的目的是离开她，这是多么矛盾的想法啊！如果一个男人不在情妇身边也能活下去，那么他值得我们的称赞；但是一个丈夫不应该在没有必要的时候离开他的妻子。不要这么摇摆不定。我知道你这么做并不是出于自己的本心。你应该大胆地告诉苏菲，你必须得离开她。好吧！鼓起勇气。如果你打算违背理性的安排，就得听命于另一个导师了。我想你应该还记得我们之间的约定。爱弥儿，你必须离开苏菲。这是我对你的要求。"

听了我的话，他低下头想了一会儿，然后抬起头，语气非常坚定地问我："我们什么时候走？""一个星期后，"我回答，"苏菲必须做好我们要走的思想准备。女人是软弱的，我们必须为她们做好安排；对你来说，这种分离是不可避免的，但对她来说不是，所以我们必须原谅她，因为她不能像你一样勇敢地面对这一切。"

我想继续讲述这两个年轻人的爱情故事，直到他们分别的那一天；但是，我已经占用了读者们太多的时间，所以就把他们的故事告一段落吧！我觉得，爱弥儿是有勇气向他的情人表示坚决的态度的，就像刚才对他的朋友那样。他之所以能够如此坚决，正是因为他对苏菲的热爱无比真诚。如果他不作出任何牺牲就离开她，他会羞于和她开口；对于他来说，以一个罪人的身份离开她，这个角色有些难以扮演。所以，他的牺牲越大，在那些牺牲他的人的眼中，他就越可敬。他不怕她误解他离开她的动机。他看着她的每一个眼神都仿佛在说："苏菲，你必须明白我的心，你必须忠于你的爱，你的爱人不是一个道德败坏的人。"

至于有自尊心的苏菲，她尽量镇静地接受这个打击，并尽可能表现得漠不关心。但是，她和爱弥儿一样，既没有斗争的经验，也没有胜利的经验，所以很快就不那么坚定了。她不由自主地哭泣和颤抖，害怕爱弥儿会忘记她，所以她对分离感到更加难过。她没有在她的情人面前哭泣，也没有在他面前表现出自己的担心。在他面前，她总是尽量克制自己的感情，甚至连一声叹息都没有。她总是当着我的面流泪，向我诉苦，把我当成她的知己。女人很聪明，而且善于伪装。她知道她的命运掌握在我手中，所以她越是在暗地里抱怨我的专制做法，就越是彬彬有礼地向我献殷勤。

我安抚她，试图让她放心他，并向她保证，她的情人，或者更确切地说，她的丈夫对她是忠诚的，只要她也能对他保持一样的忠诚，我向她保证他将在两年内娶她。她非常尊重我，所以相信我不会欺骗她。我现在是他们相互间的担保人。他们的内心和道德，我的正直，还有他们父母的信心，所有这些都让他们不担心自己的命运。但是，如果一个人的心是脆弱的，即使他有理智也无济于事；他们感到，这种分离就像永别。

那一刻，苏菲想起了欧夏丽也曾有过隐隐的担心，她觉得她现在就处在欧夏丽的地位。我们绝对不能让她在离别之际再产生狂热的感情。"苏菲，"有一天我对她说，"你为什么不和爱弥儿互赠一本书呢。你送给他一本《太累马库斯奇遇记》，他送给你一本他喜欢的《旁观集》。在这本书中，你可以对诚实的妇女有哪些天职进行研究，并了解自己两年后要尽的天职。"互赠一本书给对方，能让他们两个都感觉快乐，产生信心。但最终，悲伤的一天来临了，他们不得不分开。

当我向那位可敬的父亲（我什么事都跟他商量着来）告别的时候，他拥抱了我，并把我拉到一边，略带严肃地说："我已经竭尽全力来让你感到快乐了，我知道我曾与一位很重视荣誉的人一起做事，现在我只有一句话要对你说：记住，你的学生已经吻过我女儿的嘴唇，并且签订了婚约。"

这对恋人的表情是多么不同啊！爱弥儿是如此的兴奋，竟然不由自主地流下了泪水。泪水像小河一样，流到苏菲父母的手上，也流到了苏菲的手上。他哽咽着拥抱着苏菲家里的每一个人，反复说着同样的话。要是在另一个场合，他要是这么没有次序地反复说话，一定会让大家笑掉大牙。至于苏菲，她站在那里，脸色苍白，双目无神，无精打采，一动不动，不说话也不哭泣。她不抬头看任何人，连爱弥儿都不看。虽然他拉着她的手，把她抱在怀里，但她还是那个表情；她一动不动地站着，似乎无法感觉到他的哭泣、他的拥抱、他所做的一切。这种表情比她的情人那种可怜的、泪流满面的表情要感人得多！他看到了苏菲的这种表情，也感受到了，只觉得肝肠寸断。我花费了很大的力气才拉着他离开。如果我让他再多待一会儿，他可能就不想走了。他离开的时候，能够看到这种让人伤心的情景，让我很高兴。万一他将来受到诱惑，将苏菲对他的感情忘得一干二净，我会提醒他在他离开的那天看到了什么情景，只要他的良心没有完全泯灭，我相信我可以把他带回她身边的。

游　历

有些人问年轻人是不是应该外出游历。关于这个问题有很多争论。如果我们换一种方式去问：已经外出游历的人觉得是否应该？也许争论会小一些。

滥读书对科学研究的害处非常大。如果一个人觉得自己已经了解了从书中读到的东西，就觉得没有必要再研究它。这样，读书太多反而会走向一个反面——造就一批自己觉得很厉害，但其实很无知的人。和任何一个世纪相比，本世纪的人读的书是最多的，然而本世纪的人知道的东西是最少的。在欧洲所有的国家中，法国出版的历史、文学和游记是最多的，可对其他民族的才华和风俗也是知道得最少的。这样就形成了一种很有讽刺意味的局面：书籍太多，我们就不去看世界这本书了；就算去看，每个人也只看自己看到的那些内容。当我听到"怎能做一个波斯人"这句话时，要不是我知道确实有人说过这句话，我会以为说这句话的人来自民族偏见最严重的国家，是一个最爱散布民族偏见的女人说的。

巴黎人自诩是了解各个民族的人，但其实他了解的只有法国人；虽然巴黎城中每天都有很多外国人，可是在巴黎人眼中，每个外国人都是最奇怪的。只有在研究过这个城市中有财产的人之后，只有在跟他们生活了一段时间之后，你才能相信，虽然他们非常聪明，但同时也十分愚蠢。有这样一个奇怪的情况：虽然他们把每一个国家的著作都读过十几遍，可是当他们真正见到这个国家的人时，对对方却依然一无所知。

想要不被读者的偏见和我们自身的偏见蒙蔽，看清事物的本来面目，并不是一件容易的事。我这一生读过的游记颇多，却从来没有发现有哪两本游记对一个民族的描述是相同的。在我比较了我的所见所闻和在书中读到的情况之后，我下了一个决心：不再读任何游历家的著作。我非常后悔自己花了那么多时间来读他们的书，并深信，要想进行各种研究，就不该只念书本，而是应该去实地考察。事实的确如此，因为就算每个游历家都非常诚实，他们所描述的也只是自己看到的东西和自己的观点，对于事实的真相，他们一定会用自己的看法进行修饰。如果还要进一步分析他们的谎话和坏话，其结果自然不难想见。

就让那些天生爱读书的人去吹嘘好处吧，因为他们正在对我们这样做。同雷蒙·路尔①的办法一样，这个办法也绝非毫无用处：它至少可以让他们底气十足地讲那些他们根本一无所知的东西。此外，他还有这样的用处：把一些 15 岁的人训练成柏拉图，在一个小圈子中大肆谈论柏拉图的哲学，并按照保罗·吕卡斯②或塔韦尼埃③的话，给人们讲述埃及和印度的风俗。

如果一个人只看见过一个民族的人，就不能说他了解人类，只能说他了解和他一起生活过的人。我对这一点深信不疑。所以，

---

① 是一个学识很高的人，大家认为他无所不知。——译者注
② 法国旅行家。——译者注
③ 法国旅行家。——译者注

对于游历，我们又可以从另一个角度来提出问题了："一个有很好教养的人，是否只需要了解他本国的人？他有没有必要了解各个民族的人？"如果这样问，所有的问题就迎刃而解了。由此不难看出，想要解决一个困难的问题，有时候在很大程度上取决于这个问题该怎么问。

那么问题来了：有没有必要为了研究人类而跑遍地球？是不是只有去日本观察欧洲人才能研究人类？是不是只有研究一个民族中的每一个人之后，才能了解这个民族？当然不是这样，一个民族中的人是非常相似的，所以用不着对其中的每个人进行研究。你观察了 10 个法国人，就可以说对所有的法国人进行了观察。当然，对于英国和其他民族的人，我们虽然不能这么说，但我可以肯定一点，就是不管哪个民族，都有着自己独有的特征。虽然我们无法从一个人身上归纳出这种特征，但是可以从几个人身上归纳出来。你研究过 10 个民族的人，就可以了解这些民族的人，这就和你见过 10 个法国人就等于见到了所有法国人是一样的。

只去各个国家一趟，并不能增长知识，还要知道在这些国家如何进行游历。进行研究的前提条件，就是目光独到，而且把它集中在你想要了解的事物上。为什么有些人在经历了一番游历之后，得到的好处还不如从书本上获得的多呢？因为他们不知道如何思考。在读书的时候，他们至少能够得到作者的指引；可他们自己去游历的时候，却不知道该看些什么。还有一些人并不想获得知识，因此游历之后也根本没有什么收获。他们的目的有着很大的差别，所以不能要求他们以学习为目的去游历。如果你不想观察一样东西，就不可能仔细观察。在世界上的所有民族当中，法国人最喜欢去国外游历，不过他们通常会把不属于习惯的事情也看成习惯，因为他们自己有着太多的习惯。法国人几乎遍布世界的每一个角落。和其他国家的人相比，出去游历的法国人实在是太多了。虽然在欧洲的所有民族中，法国人见到的其他民族的人是最多的，但他们对其他民族的人了解是最少的。英国人也很爱游历，但是跟法国人的游历方式又不一样，甚至可以说完全相反。英国的贵族喜欢游历，但法国的贵族几乎不去外国游历；法国的人民爱游历，但英国的人民几乎不去外国游历。这个差别的存在，我觉得正好表明英国人值得颂扬。法国人通常是为了发点小财才去国外的，而英国人要去外国发财的话，就会带足做生意需要的金钱。英国人去外国游历，主要是为了花掉自己的钱，而不是去讨生活。他们非常骄傲，绝对不会愿意去国外做低贱的事。因此，和带着其他目的去外国游历的法国人相比，英国人更能增长知识。和其他民族的人相比，英国人有着更多的民族偏见，不过这些偏见来自他们内心的情感，而不是他们的无知。骄傲是英国人偏见的根源，而虚荣是法国人偏见的根源。

就像受文化影响最小的人通常都比较聪明一样，不常去外地游历的人一旦出去，反而会取得更好的效果。究其原因，就是他们不会像我们这样关注一些零散的小事，也不像我们一样爱找那些可以满足好奇心的东西，因此，他们可以全神贯注地研究那些真正有意义的问题。就我所知，这样游历的民族只有西班牙人。在去别的国家时，法国人只知道拜访艺术家，英国人只知道临摹古迹，德国人只知道带着自己的提名册去找学者；而西班牙人在到了一个国家后，就默默地去研究那里的政治制度、风土人情和治安状况。他是这4个国家的人中，唯一可以带回一些对自己的国家有益的东西的人。

古代的人几乎不怎么出门游历，也不怎么写作游记之类的书，但是他们彼此之间仍然非常了解，其程度甚至超过了我们同时代的人的了解，这一点从他们遗留的著作中不难看出。以诗人荷马为例，每当我们读到他的作品，就如同亲自到他描述的那个国家走了一遭。就算不提他这样的诗人，对于希罗多德，我们也不得不表示钦佩，虽然他写的历史叙事较多，分析和评论较少，但比起我们今天那些在自己的著作中描写了许多人物的历史学家，他对当时的风土人情的描写还是更胜一筹。塔西佗对他那个时代的日耳曼人的描写，是远非当今任何一个作家对德国的描写能比的。跟我们对自己的邻居的了解相比，钻研古代史的人对希腊人、迦太基人、罗马人、高卢人和波斯人的了解更为深刻。

我们还要认识到一点，因为各个民族原来的特征正在日渐消失，所以想要认识它们是很有难度的。以前各个民族的差别是非常明显的，但是现在随着各个民族的相互混合，民族之间的差别也渐渐消失。在以前，各个民族都闭关自守，相互之间的交通不像现在这么频繁，共同或相互矛盾的利益和各民族之间的政治和群众的关系也不如现在多，各个国王之间的谈判的程度也没有现在激烈，相互之间使节的派遣以及远洋航行都比现在要少。他们不去很远的地方做生意，相互之间的那少得可怜的贸易，要么由国王自己雇佣外国人做，要么由地位卑贱的人做，但是这些人对民族或者民族的相互联系等方面几乎起不到什么影响。如今，与当初高卢和西班牙之间的联系的密切程度相比，欧亚两洲之间的联系的密切程度要高得多；就拿欧洲来说，它的人口远比今天整个世界的人口还要稀疏。

不过对此还要补充一点：大多数的古代人都是原始居民，也就是在他们那个国家出生和成长的人。由于他们在这个国家定居的时间太长，已经忘记了他们的祖先是什么时候开始在那里定居的，同时他们自身也受到了当地风俗的极大影响。而我们现在的人却完全不同，经过了罗马人的入侵和刚发生不久的原始人大迁徙，各个国家和民族的人全都混合到了一起。以前的法国人长得十分高大，有着金黄的头发和白皙的皮肤，但如今已经不是这样了；以前希腊人可以在艺术上作为模特，现在也不是这样了；罗马人不但相貌发生了变化，连心情都有所改变；以前波斯人属于鞑靼族，但是由于和塞加西亚人的血统混合，他们的样貌也不是原来那般丑陋了；如今的欧洲人已经全部都是西塞人，不再是高卢人、日耳曼人、伊比利亚人和阿洛布罗格人了；区别只在于相貌略有差异，而性情有较大的差别。

和今天相比，受到风俗影响而产生的古代的民族特征更能够显示出各个民族之间气质、外貌、习俗和性格上的差异，原因就在于此。今天的欧洲非常不稳定，已经没有足够的时间让自然的原因给自己打上烙印。此外，欧洲的森林已经被砍伐，池塘已经干涸；在土地的耕作上，虽然耕作的情形不及古代，但是耕作方法却比之前好了一些。由于这许多原因，每个国家和每个地方的外形上的区别也很难看出来了。

当我们把这些原因都考虑到，做事就会更加从容，也不会一看到希罗多德、提西亚斯①和普林尼②的书就开始嘲笑，说他们所描写的每一个国家的居民都有我们从未见过的原始的特征和明显的差异。如果可以找到原来那些人，就可以看出他们原来的样子；如果他们没有任何改变，就可以保持原来的样子。如果我们可以同时研究所有曾经生活在这个世界上的人，一定会相信每个世纪的人的差别都非常大，相信他们当中没有一个民族的样子今天还能找到。

随着研究工作不断地变得困难，大家就越来越忽视这一点，做得也越来越不彻底。我们在对人类天性发展的探讨上面成绩不佳，这也是一个原因。一个人怀着怎样的目的去游历，就会在游历的过程中获取与自己的目的有关的知识。如果他想创立一套哲学，就只会看自己想看到的事物；如果他想追逐利益，就会只关注和自己利益相关的事物。虽然商业和手工技术促进了各国人民的相互往来，却阻碍了他们之间彼此进行了解。因为他们眼中唯一的一件事，就是从对方身上谋求利益，所以根本没有心思去过问别的事情。

对于我们来说，广泛地考察我们能够生活的地方大有裨益，因为这样我们就能找到一个让我们生活得最舒适的地方。如果一个人完全可以靠自己的力量来生活，那他只需要做一件事：了解自己生活的地方。原始人不需要任何人的帮助就能生活，他们对世界也没什么非分之想，也因此，他们只了解，而且也只想了解他们生活的地方。如果他们不得不转移到其他地方去生活，也会

① 希腊历史学家。——译者注
② 罗马著述家。——译者注

尽量避免来到人居住的地方，而是更愿意靠野兽生活，而且只要有野兽，他们就能活下去。而我们不一样，我们需要的是文明人的生活，如果不吃东西，我们根本活不下去。为了自身的利益，我们每个人都喜欢去人数最多的国家，也因此，大家才会像潮水一样涌向罗马、巴黎和伦敦。在各国的首都，人血总是最便宜的。每个去都市的人通常都会看到大人物，而那些大人物几乎都差不多。

有人说，为了研究学问，有很多学者已经去外国游历了。实际上这种说法并不正确，那些学者跟别人没什么区别，他们去国外游历也是为了利益。如今我们已经找不到柏拉图和毕达哥拉斯这样的人，就算有，也不会出现在我们国家。我们国家的学者之所以去国外游历，都是因为奉了朝廷的命令。朝廷给他们路费和薪水，让他们去研究各种事物，由此不难看出，他们研究的肯定不是道德方面的事物。他们要把所有的时间都花在为朝廷实现目的上，他们都很老实，所以拿了朝廷的钱就得给朝廷办事。不管在哪个国家，如果真的有好奇的人自己花钱去游历，那他的目的也不是研究人，而是去教训人。他们需要的是浮华的外表，而不是学问。他们并不是想在游历中摆脱偏见的束缚，他们之所以去游历，正是因为出于偏见。

以欣赏一个国家的山川为目的的游历，和以研究一个国家的人民为目的的游历，二者的区别是很大的。好奇的人去游历总是有目的的，对他们来说，观察那个国家的人民只是附带的工作。而研究哲理的人跟他们不一样，他们主要是研究人民，观察山川只是附带的工作。小孩子总是先看东西，长大之后再研究人；而如果大人有时间的话，那他应该先研究人，再看东西。

所以，我们不能因为没有游历好就说游历毫无用处。可是，就算游历有用，也不是每个人都能去游历的。事实上，只有满足以下这些条件的人，才适合去游历：有非常大的毅力；能够从他人的错误中汲取教训而不受诱惑的人；能够总结他人的恶行，而自己不作恶的人。游历能够起到的作用，就是让一个人的天性按照它的倾向发展，最终变成好人或者坏人。如果一个人游览过世界，那他回来的时候是什么样子，终生都会是这个样子。他游历回来之后不会变得更好，而是变得更坏，因为他出去游历的目的就是做坏事，而不是做好事。没有受过良好教育的、行为轻佻的年轻人，在游历的过程中会学会他游历的国家的人的恶习，却连一丁点他们的美德都学不回来，尽管别人在暴露恶习的同时也展现了美德。而那些在善良之家成长起来的青年，因为他们的善良天性受过良好的教养，而且也是为了受到教育才去游历的，所以他们会比之前更好、更聪明。我的爱弥儿也是抱着这样的目的去游历的。那个年轻人，是一个对得起高尚时代的人，一个全欧洲都羡慕其美德的人，一个在大好的年华就为国捐躯，却从来没有虚度一生的人，一个用美德等着外邦人来他的坟墓上撒花以示崇敬的人。

　　任何经过一番推理而做的事情，都有自己的法则。游历这一教育的组成部分也有自己的法则。只以游历为目的去游历，就是一种毫无目的的流浪；就算说以教育为目的去游历，这个目的也非常空泛，因为没有明确目的的教育没有什么意义。我希望年轻人可以有一种鲜明的学习意图，在经过很好地选择之后，这种意图就能够决定学习的内容。既然要采取我实行的办法，那在这里也自然要按照我说的去做。

　　对他来说，虽然有必要研究他和事物的物质关系以及他和人的道德关系，但是也有必要通过他和本国的同胞之间的法律关系来研究他的处境。由于每个人都具有任何力量都无法破坏的权利，所以在他长大成人和自己成为自己的主人后，就可以自由地抛弃把它和社会相联系的契约，进而离开那个社会所在的国家，因此，他有必要大概研究政府的性质、政府的各种形式和他的出生地所在的政府，以便了解他是否适合在那个政府管辖下生活。他是因为还居住在他祖先居住的地方，才会在长到有理智的年龄之后，为大家看作默认了他祖先订立的契约。就像他有权放弃继承父亲的遗产一样，他也有权放弃自己的祖国。不过，因为出生地是自然的赐予，所以如果他放弃了出生地，也就放弃了一切。不管一个人生活在什么地方，只要他想自由自在地生活，就一定会遇到危险，除非他愿意为了取得国家的权利保护而受到法律的管辖。

我给爱弥儿讲述了实际的例子："迄今为止，你都是在我的指导下生活，不具备管理自己的能力。不过这个年龄即将到来。在你达到这个年龄之后，法律会允许你处理自己的事情，让你成为你自己的主人。很快你就会发现，你在这个社会上是孤身一人，你需要依靠各种事物，甚至你的遗产。我对你想组建一个家庭的想法非常赞赏，因为这是一个男人的天职之一。但是在你结婚之前，你要先知道自己想成为一个什么样的人，想怎么度过一生，你可以用什么办法给自己和家庭获取面包。虽然我们不该把获取面包看得过分重要，但这也是一个需要思考的问题。可以肯定，你不想依靠那些你轻视的人。你肯定不愿意依靠那些让你必须受人控制的社会关系，那些让你被迫成为恶人的社会关系，来组建自己的家庭，确定自己的地位。"

说完之后，我就给他列举了很多方法，教他如何运用他的财产，比如可以用来经商，可以用来从政，可以用来理财。我告诉他，他不管做什么都会遇到危险，都会不知道明天如何。他需要看看别人是如何对他的，来决定自己的行为，于是他只能按照别人的榜样和偏见，来改变自己的性情、看法和做法。

我告诉他："还有另外一个可以打破你的时间和精力的办法，就是去当兵。也就是被别人高薪雇佣，去屠杀那些从来没有干过坏事的人。在男子中，这个职业很受尊重，大家也都非常仰慕这种只会杀人的人。这个职业不但不会要求你放弃其他财产，还会让你觉得他们必不可少。对于那些从事这一职业的人来说，消灭其他的从事这一职业的人也是一种光荣。那是不是说最后他们玉石俱焚呢？并不是。而且跟其他的各种职业一样，这种职业也在不知不觉中形成了一种敛财的方法。但是我有些担心，就是在我告诉你这些人是如何取得成功的时候，你会不会产生好奇心，去学他们的样子？

"你还要知道，你在从事这一职业的时候，如果不是追逐女人的话，并不需要多大的勇气。如果你表现得畏畏缩缩，像一个卑贱的奴才一样，反而会受到别人的特别看重；如果你想一门心思地把事情做好，反而会遭到别人的轻视和怨恨，甚至可能会被赶走，当别的同伴在打扮自己的时候，你却去战壕工作，他们就会排挤你。"

　　不难想象，这种职业跟爱弥儿的兴趣并不相符。他会跟我说："我为什么要那么做？我并没有忘记童年时候的本领，我的胳膊没有断，我的力气也没有耗尽，我还能够干活。你说的职业和人们愚昧的偏见，跟我没有任何关系。我只知道，人最光荣的事情就是善良和正直，最幸福的事情就是跟自己喜欢的人一起独立生活，凭自己的劳动去获得面包和健康。我根本不害怕你说的那些危险。只要能够在这个世界上有一小块土地，我就心满意足。我会踏踏实实地工作，让土地产出东西，让我过上自在的生活。只要我和苏菲能有这样一块土地，我们就能够过上富裕的生活。"

　　"我的朋友，你说得没错，对于一个明智的人来说，拥有一位妻子和一块属于自己的土地，足够过上幸福的生活。不过这一点财产虽然算不上很多，也不像你想象的那样，是每个人都可以得到的。你已经找到了最珍贵和最难获得的妻子，我们现在来说说土地吧。

　　"亲爱的爱弥儿，你要去哪里找一块属于你的土地呢？在这个世界上，你可以站在什么地方，说：'我是这里的主人，这块土地上的东西都属于我呢'？我们可以知道什么地方更容易让人变得富裕，却不知道有哪些地方可以让我们没有财富也能生活。谁都不知道，什么地方可以自由生活，而不有求于别人；什么地方不用去侵犯别人的利益，也不用担心别人去侵犯自己的利益。想要找到一个永远让我们诚实的国家，是一件难如登天的事。我认为，靠自己的双手劳动，用自己的土地，是一种合法又可靠的谋生办法。如果真的有这样的办法，我们既不用要弄手段，也不用和别人打交道，就可以独立生活。可是我们在哪个国家能说'我耕种的这一块土地属于我'？想要找到这样一个幸福的地方，你先要知道，是否一定能够在那里找到你寻求的安宁；你要避开专制的政府和不良的习俗，才能维持你的安宁。你要避免各种苛捐杂税，以便保留自己的劳动果实；你要避免跟别人产生无休止的诉讼，才不会耗尽自己的财富；你要生活得十分正直，才不用去讨好当地的官员或他们的下属、法官、教士、有钱有势的邻居和其他各种坏人，因为如果你不做好预防工作，他们就一定会来侵害你的利益。

　　"你尤其要避免的是权贵和富人的欺凌，因为他们一看到拿伯的葡萄园①，就想将其纳入自己的土地范围。要是你倒霉，有一个有地位的人在你的房屋旁边买下或者修建了一所房屋，那你就要考虑一下，你有没有把握让他找不到任何借口用你的土地来扩充它的庄园，不让他修一条大路来侵占你的土地。如果你想树立足够的名声，避免这一切令人不快的事情发生，同时储备足够的财富，你要知道，在这样的情况下积聚财富对你并无坏处；财富和名声是相互依赖的，二者必须同时具备。

　　"亲爱的爱弥儿，我有着比你丰富的经验，也能清楚地看到这个计划要遇到的困难。但是我不得不承认，你这个计划很不错，也非常踏实。如果你努力践行它，一定会获得幸福。为了避免你遇到我刚才说到的那些麻烦，我提议，从现在开始，我们用两年的时间去游历。等我们回来之后，你再在欧洲选择一个可以让你和家人幸福生活的地方。如果我们成功了，你会获得一种别人无法企及的幸福，你也不会后悔自己把时间用在了这上面；如果不幸失败，你就会停止幻想，认为痛苦是不可避免的，从而获得平衡，按照需要的法则办事。"

---

　　①　拿伯的葡萄园，据基督教《圣经》上说，耶斯列人拿伯有一个葡萄园，靠近撒玛利亚王亚哈的王宫；亚哈想把拿伯的葡萄园来作他的菜园，拿伯不同意，说他敬畏耶和华，不敢将先人留下的产业让给别人，于是亚哈的王后遂唆使人诬告拿伯"谤渎上帝和王"，将拿伯处死，并占据了他的葡萄园。参见《旧约全书·列王纪上》，第21章。——译者注

如果我们采取这样的办法，会获得什么结果？对此，我不知道读者是否清楚。但是我敢肯定，如果爱弥儿怀着这样的目的出去游历之后，仍然丝毫不懂得政治制度、风土人情和各种政府法规，只能说我们两个人都有不足的地方：他的智慧不足，我的判断能力不足。

政治学还需要发展，但是我认为它永远无法发展起来。在这方面的学者中，格劳休斯①是最突出的，但他只是一个心眼很坏的小孩子。我认为，从大家在吹捧格劳休斯的同时又痛骂霍布斯的情况来看，世界上根本没有几个明理的人读过或者理解了这两个人的著作。实际上，这两个人的理论完全一样，只是在遣词造句上有所不同；他们论述的方法也不一样，格劳休斯采用了诗人的方法，而霍布斯采用的是诡辩的方法。

有能力创建这样一门不但复杂而且没有用处的学问的人，在近代只有一个，就是著名的孟德斯鸠。但他也只是满足论述各国政府的成文法，却不谈政治学的原理。实际上，在这个世界上的所有事物中，这两门学问的内容是最不同的。

但是任何一个想以各个政府的实际情况为标准对它们进行认真研究的人，都需要把这两种学问结合起来。要先知道它们应该是什么样子，才能知道它们现在是什么样子。它们跟我有什么关系？我应该怎样对待它们？想要阐明这些重大问题，最困难的地方是能否使一个人有兴趣谈论和回答这两个问题。我们已经让爱弥儿可以自己解答这两个问题了。

第二个困难的地方在于，我们每个人都有偏见，都被各种教条影响过，尤其是每个著作家都很偏心。他们总是说自己在阐述真理，但实际上他们考虑的才不是什么真理，而是自己的利益，只是嘴上不说而已。因此，大众的地位是不能够由他们决定的，因为他们没有委任著作家去做教授，也没有给他们年金或法兰西学院院士的席位。我要尽量让爱弥儿觉得，这个困难不算什么。

　　　① 荷兰法学家。——译者注

在他刚知道什么是政府的时候，唯一要做的事情就是寻找最优秀的政府。他来到这个世界上的目的，也不是为了著书立说，就算他真的要写书，也只是为了树立人权，而不是为了讨好当今的权贵。

其实还有第三个困难的地方，但我现在不准备把它提出来，也不想解决它，因为这一点只有极少数的人会遇到，而且解决起来也不难，只要我不怕它，这个困难根本算不上什么。在我看来，想要进行这样一种研究，我们需要的并不是巨大的才能，而是对正义真诚的爱和对真理的尊重。如果我们真的能找到对政治制度进行公正研究的时机，我认为就是现在。如果现在不做，以后很难再找到机会。

我们要先做出一些研究的规则，再开始研究，而且需要经济学原理这样的标准来对我们研究的东西进行衡量。我们衡量的尺度，就是每一个国家的民法。

我们的基本概念非常简单，一目了然，它来自对事物性质的直接归纳。我们要讨论的就是这些基本的概念。而我们要做的，就是先把它们圆满地解决，再将其表述为原理。

比如，我们要想研究自然状态，就要研究：人生来是自由的还是受控制的，生来是独立的还是与他人联合在一起的；如果是联合在一起的，那这种联合是自愿的还是受到暴力的强迫？如果是被强迫，那个强迫他们联合在一起的暴力能否制定一种永久的法律？当这个原先的暴力被另外一种暴力所征服，它也可以凭借这一法律要求大家服从它。这会导致出现和以下类似的情况：自从宁录王①用暴力将人民制伏之后，虽然其他暴力消灭了他的暴力，也被视为不合法的和谋权篡位的，只有宁录王的后代或者他推选的人，才是真正的国君。或者是另外一种情况：在之前的暴力消失之后，它之后出现的暴力是否可以强迫我们服从？是否能够毁灭之前的暴力加给我们的束缚？因而只有它自己对我们施加

---

① 据说是创建巴比伦的国王。——译者注

压力时我们才服从它，而如果我们有了抵抗的力量，就可以不服从。所以，法律也是暴力，只是换了一个说法而已。

我们要研究的一切疾病都是上帝的赐予，因此请医生治病就是一种犯罪。当我们走在大路上，被匪徒拦路抢劫，我们是否应该凭着良心把自己的钱给他，虽然我们有办法把钱包藏好，因为他手中持的枪也是一种权力。在这种情况下，"权力"这个词是不是跟合法的权力有所不同？它是不是必须依据法律才能成立？

如果我们以自然的法律——父权作为人类社会的原理，不承认暴力的法律，那我们就不得不研究这个权力有多大，它有什么自然依据。它能够存在的唯一理由，就是孩子的利益和身体的柔弱，以及父亲对孩子天性的爱。如果孩子的身体不再柔弱，有了成熟的智力，他能否成为唯一一个能对保持自己生命作出判断的人，不受包括父亲在内的任何人的约束？这么说的原因，是因为孩子对自己的爱，远超父亲对他的爱。

如果父亲撒手人寰，孩子们是否一定要服从他们的长兄或另外一个对他们根本没有天然的父爱的人？所有部族是不是只有一个首领，而全族的人都要服从他？如果是这样的话，这种权力为什么会被划分？为什么统治世界的人有那么多？

如果所有民族的构成都来自自己的选择，那么我们就不得不研究法律和事实之间的差异；我们要提出一个问题：这样一个社会是否是自由自愿地结合的？因为孩子服从他们的兄长叔父或者其他亲族，并不是因为对方的胁迫，而是出于自己的自愿。

其次，谈到奴隶法，我们还要问：一个人是否可以依照法律，无条件、无保留、无限制地出让自己的权利？也就是说，他是否可以放弃自己的人格、生命和理智，在做事时不论是非？一言以蔽之，就是是否可以在未死之前就放弃性命，虽然大自然明确要求他保持自己的性命，虽然他的理智和良心告诉他什么应该做，什么不应该做。

如果奴隶法中有某种保留和限制，那我们就不得不问一个问题：这个法律是否就因此变成了一种真正的契约？既然双方都是契约的定约人，也就没有共同的主人，所以按照契约的条件，他们还是自己的主人，每一方都可以享受到这种自由。另外，一旦他们发现这个契约对自己有害，就可以立刻毁掉它。

由此不难得出结论：既然一个奴隶都不能毫无保留地为主人出让一切权利，那一个民族就更不可能毫无保留地为自己的首领出让一切权利了。既然一个奴隶都可以对自己的主人是否遵守了契约作出判断，那一个民族自然也不难判断自己的首领有没有遵守契约。

我们要问：为了组成一个民族，在未出现我们所说的那种契约之前，是否还需要订立一个契约，或者至少有那么一个默契？因为我们要重新进行探讨的话，就不得不研究"集合的民族"这个词的意思。

一个民族既然可以在没有选择自己的国王之前就成了一个民族，那也就是说它是根据社会契约而构成的民族。由此可见，一切文明社会的基础都是社会契约，要想阐明按照这种契约构成的社会的性质，必须以这一契约的性质为依据。

什么才是我们要研究的这种契约的主要内容？我们是不是可以将其笼统概括为："每个人都向全体意志交出自己的财产、人格、生命以及自己的一切能力，由它支配我们，成为我们的最高领导；我们作为最高整体，将每个成员都看成整体的一部分。"

如果可以这么概括，那么我们可以这样定义：这个集体的契约不但不会提到缔结契约的每一个人，反而会制造一个集合体，在大会中有多少人投票，这个集合体就算由多少成员组成。我将这个共同的人格称为"政体"。在它处于消极状态时，它的成员称它为"国家"；在它处于积极状态时，它的成员称它为"主权"。在跟它的同类进行比较的时候就称它为"政权"，称呼成员则是用"人民"。如果进行分别论述，"城市"的一员或者参与主权的人，就称为"公民"，服从同一个主权的人就称为"属民"。

在我们看来，这种联合的契约当中包含一种全体和个人之间的相互约定，因为可以说每个人都跟自己订立了契约，所以每个人都具有双重关系：对于别人来说，他是行使主权的一分子；对于主权者来说，他是国家的一员。

我们还认为，社会契约是独一无二的基本法，因为如果一个人没有亲自订约，就不一定必须遵守契约。虽然全体意志可以根据每个人所处的两种不同关系而强迫所有的属民服从主权，却不具备强迫国家服从它的能力。那这是不是说政体在某些方面不能和别人订立契约呢？并不是，因为它在外国人眼中只是一个简单的存在，一个个体。

我们要研究，订约的双方——每一个个人和全体——是否可以随着自己的心意破坏契约，也就是说觉得契约对自己有害时，就可以不遵守，因为双方并没有一个可以对他们的分歧进行裁判的共同的上级。

对于这个问题，我们的解释是：按照社会契约，主权者是不可能直接损害个人的，一旦要损害，就要损害所有的人，因为按照社会契约，主权者只能根据共同的和全体的意志行事。但是这种情况并不会发生，因为这样做无异于在损害自己。所以社会契约需要的唯一保证，就是公众的势力，因为只有个人才能破坏社会契约，但是个人就算破坏了社会契约也不能摆脱它的束缚，反而会因此受到惩罚。

为了更好地解决类似的问题，我们必须始终牢记：社会契约的性质十分特殊，而且正是因为这种特殊的性质，人民才是和自己订立契约，也就是说，人民作为整体；作为主权者，每个个人作为属民。为什么说每一个人在服从主权者的时候就是服从他自己；和在自然状态中生活相比，在社会契约之下生活更为自由？因为个人只服从主权者，主权者不是其他的东西，而是全体意志。

我们已经从个人方面比较了自然的自由和社会的自由，最后我们还要从财产方面比较产权和主权，个人土地权和最高领土权。如果说主权建立在财产权的基础上，那主权者最应该尊重的权利就是财产权。如果主权者把它看成个人特有的权利，它对主权来说就是神圣不可侵犯的；但如果把它看成所有公民共有的权利，那它必须服从全体意志的支配，如此一来，它就会被全体意志废除。所以，主权者没有侵犯一个人或几个人财产的权利，却能够制定法律，来夺取所有的人的财产。在莱喀古士时代，斯巴达采取的就是这种做法，否则梭伦①废除债务的做法就是不合法的。

既然除了全体意志，没有任何东西对属民有约束力，那我们还要研究这几个问题：这种意志是如何表达的？我们应该通过什么特征把它认出来？法律的定义和真正特征是什么？这是一个从来没有人研究过的问题，我们还需要对法律这个术语下定义。

当一个国家出现下述情况，也许它的人民已经分裂：整个国家的人民在考虑问题的时候，只针对一个或几个成员。因为相互间存在一种关系，整体和部分相互分离，也就是说部分是一个存在，而整体少了这一部分之后，就是另一个存在；可是如果缺少了部分，整体就不能再算是整体；只要存在这种关系，就不能称为整体，只能称为大小不等的两部分。

如果情况恰好相反，全体人民为全体人民制定法律，那就是考虑到了人民自身的情况。如果有一种关系也随之产生，那这种关系就是以不同观点来看的整体，而整体没有分裂。法律的对象和制定法律的意志都是全体。在这里，我们只需要研究：能否以"法律"的名称去命名其他法令。

倘若主权者只能通过法律来表述自己的意志，而且法律对国家所有的成员都有同样的关系的目的，那么主权者就无权针对一个特殊的目的制定法律。但是，有时候为了保存国家，也不得不处理一些特殊的事情，所以我们必须研究如何才能做到这一点。

主权者制定的法令，只能够是体现全体意志的法令，也就是法律。但是，必须有一些强制的、明确的条例，才能确保这些法律的顺利实施。这种条例就是政府的条例。另外，这些条例只能依据特殊的目的订立。因此，主权者在确定人民选举首领的时候所依据的法令，就是真正的法律，而我们在选举执行法律的首领

———————————

① 雅典的立法者。——译者注

时所依据的法令，不过是一个政府的条例而已。

这是第三个关系。我们可以按照这个关系，把集合的人民视为行政官，或者以主权者身份制定的法律的执行者①。

我们需要研究一个问题：人民为了便于将自己的主权交给一个人或几个人，是否可以自己剥夺自己的主权？这么说的原因是，选举的条例并非一种法律，也就是说，人民就不是主权者，因此他们不能把并不属于自己的权力转交给别人。

既然主权的实质就是全体的意志，那我们如何才能让个别的意志跟全体的意志形成一致呢？我的观点是，应该假定个别的意志和全体的意志相矛盾，因为个人的利益总是优先，大众的利益总是相等。也就是说二者可以一致，但前提是这种一致是必然的，无法摧毁的，否则统治权就无法产生。

我们要研究在社会契约完好无损的情况下，不管人民的领袖是以什么名义当选的，是否仅仅是人民的官员，而人民在命令他们执行法律；我们还要研究这些领袖是否有必要将自己的施政情况向人民汇报，他们是否有必要服从他们要求别人服从的法律？

还有一个重要的问题也值得我们讨论：如果人民不能将自己的最高权力让给别人，是否可以将这种权力委托给别人来行使一段时间？如果他们找不到一个人来做自己的主人，是否可以找另一些人来代表自己？

如果人民不能有最高统治者和代表，那我们就要研究下列问题：他们怎么给自己制定法律？他们是否应该有很多法律？他们是否应该经常改变自己的法律？一个人口众多的民族能否自己做自己的立法人？罗马人是不是一个人口众多的大民族？组成人口众多的大民族有没有好处？

---

① 这些问题和提法基本上都来自《社会契约论》，而《社会契约论》自身又是另一部长篇著作的提纲。以我的力量，是根本完不成那样一部长篇著作的，因此我早就放弃了。我会重新发表我从这部长篇著作中所摘录出来的短论文，这里所说的只是它的大纲而已。——原注

从上面阐述的几点我们不难看出：有一个由一个人或几个人组成的中间体，存在于一个国家的属民和主权者之间，他们负有如下责任：掌管行政、执行法律以及维持政治和公民自由。

这个中间体的成员叫行政官或国王，即他们的统治者。按照组成的人来说，整个中间体则称为执政者；按中间体的行为来说，被称为政府。

当我们以整个中间体对他自己的行为，即根据全体对全体或主权者对国家的关系来看待它，我们可以将这个关系视为一个以政府为中项的两个比例外项之间的关系。行政官从主权者那里接受命令，并将该命令发给人民，这样的话，行政官的乘积等于权力和公民（他们既是主权者，又是属民）的乘积，也就是权力。如果你改变这三项中的任何一项，都会打破原有的比例。如果主权者想进行统治，也就是说颁布法律，又或者属民不服从他颁布的法律，原有的秩序就会被打破，混乱就会到来。于是，四分五裂的国家只有两种结局：要么陷入专制政治，要么陷入无政府状态。

假设一个国家由1万个人组成，主权者只能被视为一个集合的整体，而每一个人作为属民，都可以单独或独立存在。这样的话，主权者和属民的人数比就是10000∶1。换言之，虽然国家的成员支配着主权，但实际上每个成员只享有主权的1/10000。可是，如果国家由10万个人组成，而属民的地位保持不变，那在投票的时候，他那张票的作用就只有十万分之一，所以他那一票在法律制定上的影响也会只有原来的十分之一。所以，公民的人数越多，主权者的权力越大，因为属民始终是那个"一"。所以，国家越大，个人的自由就越少。

个人的意志越是违背集体的意志，也就是说个人的意愿越不符合法律，就越要增加压制人民的力量。这样的话，就让社会权力的执行者有了更多地滥用权力的念头和机会。因此，政府越是能够控制人民，主权者就越有权力反过来控制政府。

我们可以从这种双重关系得出这样的结论：主权者、执政者和人民之间的比例并非随便决定的，而是国家性质必然产生的结果。此外，我们还可以得出一个结论：由于人民这两个外项中的一个不会发生变化，所以随着复比的增加或减少，单比也会随之增加而减少；但是每次改变都会造成中项的变化。由此我们可以得出这样的结论：不存在绝对的政治制度，有多少个不同的国家，就有多少种性质不同的政府，区别只在于大小。

如果以下这种说法正确：人民的数目越多，人民的意志和法律的关系就越少。那我们要研究是否可以证明这样的推论：行政官的数目越多，政府就越无能。

想要解释清楚这一点，我们首先要指出，每个行政官身上具有三种本质上不同的意志：倾向自己利益的个别意志、以维护执政者的利益为目的的行政官的共同意志、人民的意志。其中，第二种也叫作集团的意志，对政府来说十分普遍，对国家（政府是国家的一个组成部分）是特殊的。第三种也叫作主权者的意志，不管对于作为总体的国家，还是作为总体的一个组成部分的政府来说，这种意志都非常普遍。如果一个立法机构堪称完美，那就几乎没有个别的特殊意志，政府固有集团的意志也非常次要。所以，其他所有的意志都以主权者的全体意志为标准来进行衡量。而如果按照自然的秩序来说，这几种不同的意志越是集中，它们就越是活跃。个别的意志始终是最强的，集团的意志次之，全体的意志最弱。所以，每一个人首先是自己，然后是行政官，最后才是公民。与社会秩序的先后顺序相比，这个次序的顺序是反过来的。

说明这一点后，我们可以更进一步，假设政府掌握在个人手中。在这种情况下，个人的意志和集团的意志就完美地结合在了一起，由此，集团的意志就达到了它能够达到的最大值。由此我们可以得出这样的结论：由一个人执掌的政府是最活跃的，因为这种强度对于暴力的使用是不可或缺的，政府的绝对权力就是人民的权力。

相反，如果把政府和最高的权力结合在一起，让拥有主权的人民担任执政者，公民的人数和执政官的人数一样，那集团的意志就会和全体的意志搞混，不但不如全体的意志活跃，还会让极少数意志随心所欲。

这些法则都是确信无疑的，其他论点的作用就是阐明它们。比如说，跟构成一个整体的各个公民的活跃程度相比，构成一个集团的各个官员会更加活跃。所以，个别的意志可以在很大程度上影响整体，因为，几乎每个行政官都担任了政府的某种特殊职务，而每个公民又不能以个人的身份行使主权。另外，虽然政府的实际权力并不是因为国家领土的扩大而扩大，但如果国家领土扩大，政府的实际权力也会扩大。不过，政府无法通过增加行政官而获得更多的实际权力，如果国家的领土不变，就算增加行政官也没有用处。这样说的原因，是政府只是保护国家（我们假设其大小不变）权力的人。因此，政府的权力并不会随着行政官数目的增加而增加，其活跃程度反而会因之减弱。

我们已经论证过了，因为行政官的增加，政府会变得松弛；人民的人数越多，政府的压力就越大。现在我们可以得出结论：行政官和政府的比例应该跟人民和主权者的比例成反比，也就是像随着人民数目的增加，领袖的数目会相应减少一样；国家越庞大，政府机构就越缩小。

为了在阐述各种形式的政府时使用更加准确的名称，我们首先指出，主权者可以将政府交给所有的或者大部分人民，让他们去掌管，从而让行政官的人数多于普通公民的人数，我们称这种形式的政府为"民主政府"。

其次，主权者也可以将政府交给少数人，让他们去掌管，从而让普通公民的人数多于行政官的人数，我们称这种形式的政府为"寡头政府"。

主权者也可以将整个政府集中交给一个人，让他独自掌管。这种形式的政府是现在最普遍的，我们称其为"君主政府"或"王权政府"。

在我们看来，这几种形式的政府，至少前两种形式的政府，在掌管政府的人数方面是可以多也可以少的，增减的余地非常大。这么说的原因是，民主政府可以囊括所有的人民，或者至少可以囊括一半的人民。而寡头政府虽然囊括不了一半的人民，但也可以囊括一小部分人民。就算是王权政府，也可能会出现如下情况：在父子或兄弟之间分为几部分。比如，斯巴达就经常出现两个国王，罗马帝国甚至有8个皇帝并存，但人们也并没有因此就说罗马帝国遭到了分裂。可以肯定的是，就像国家有很多公民一样，每一种政府都和另一种政府在某一点上是相混淆的。事实上，有很多政府的形式是从这三种基本形式衍生出来的。

如果结合这三种形式，就可以产生许多混合式的政府，而每一种混合式的政府都可以用所有单一形式的政府去扩展，因为每种政府都可以在某些方面划分成几部分，每一部分都按照各自的形式去治理。

人们经常会讨论，到底哪种形式的政府最好，却没有想过，任何一种形式的政府，在好的环境的情况下，都可以变成最好的政府；而如果环境不好，它又可以变成最坏的政府。如果每个国家的行政官①的人数应该和公民的人数成反比的观点是正确的，我们就可以得出如下结论：民主政府通常适用于小国，寡头政府通常适用于中等国家，而君主政府通常适用于大国。只有以此为线索，才能了解公民有哪些权利和义务，以及这些权利和义务是否能够分割；才能了解什么是祖国，它由什么组成，每个人判断自己有祖国还是没有祖国的依据是什么。

对于这些，我们先从文明社会的本身进行研究之后，还需要比较它们，以便探讨它们之间的各种不同关系：因为它们大小不同，强弱也不同，它们之间经常还会起冲突，在这个过程中造成许多悲惨事件，还会让许多人丢掉性命。也因此，我才会说，如果让人们按他们原始的自由生活，也许牺牲就不会这么大。我们

---

① 大家要牢记，我在这里所说的最高的行政官就是国家的领袖，其他的行政官只是他们在某个方面的代理人。——原注

需要研究的问题有：在社会制度中，我们行使的自由是太多还是太少；如果各个社会都保持其自然的独立，那受到法律和多数人制约的个人是否连这两种状态的好处和坏处都得不到；在这个世界上，比起有几个文明社会，是不是连一个文明社会都没有会更好。要知道，如果你们让人从这两种状态中获得好处，可是由于这种混合状态的影响，他无法从这两种状态中的任何一个中获得好处。"既不让人做战争时期的准备，也不让人享受和平时期的宁静"，这样一种部分的和不完全的联合，一定会给人类带来最大的灾难——暴政和战争。

最后我们还要研究：是否可以采取联邦和联盟的方法？让每个国家都能够对内保持主权，对外用武力来抵抗所有暴力的侵略。另外，我们还要研究的是：如何建立一个良好的联盟，并让它一直维持下去；如何在不损害各国主权的前提下，让联盟的权力尽量扩大。圣皮埃尔神甫的主张是：联合欧洲所有国家，让它们保持长久的和平。这种联合能否实现？如果可以实现，又能维持多久？为了研究这些问题，我们就要去研究国际法，如此一来，我们在研究国内法时难以解决的问题就迎刃而解了。最后，我们还要做到这件事：阐述战争法的真正的原理，研究为什么格劳休斯和其他人所说的原理都是错的。

在我阐述这些问题的时候，聪明的爱弥儿会突然插话："当我们按照法则修建这座宏伟的建筑时，也许人们认为我们用的是木材修筑，而不是人。""是的，我的朋友，但你也要注意一点，法则不会向人的欲念屈服。我们要做的第一件事，是论证政治学的真正原理。现在我们已经打好了基础，不妨来看看大家会在这个基础上修建什么，你会看到很多有趣的情景。"

于是，我让他阅读《太累马库斯奇遇记》，重走太累马库斯曾经走过的路，寻找快乐的萨郎特，以及遭受了很多苦难而变得十分聪明能干的伊多梅内。在这个过程中，我们发现了很多的普洛太西拉斯，却没有找到菲洛克勒斯。像多尼人的国王阿德腊斯特那样的人也有一些。但在这里，我不想论述作者本人想避免或者在无意中多走的弯路，而是让读者自己去联想我们旅途的经过，或者像我们一样，随身携带一本《太累马库斯奇遇记》去游历。

爱弥儿不是王子，我也不是神，所以我们无法像太累马库斯和穆特那样，给别人施以恩惠，不过我们并不会因此而觉得难过，因为我们是最善于按自己的身份行事的人，也是最不愿意做和自己的身份不符的事的人。我们知道每个人都背负着自己的使命，而且只要向善和全力为善，每个人也都能完成自己的使命。我们知道太累马库斯和门特并不是真实存在的人物。在旅途中，爱弥儿并非无所事事，什么都不做。如果他是王子，可能还做不到这样呢。如果我们都是国王，就无法成为行善的人。如果我们同时是国王和行善的人，那每当我们做一件好事（实际上是我们自己觉得的好事），就会做许多坏事。如果我们是国王和闲人，那首先要做的事就是放弃王位，重新做回普通人，这是为了我们自己，也是为了别人。

我已经解释过，对许多人，游历对年轻人更加有害，是我们让他们在游历的时候采取了错误的方法。大多数教师在意的是游历的乐趣，而不是今年能从游历中获得哪些教育，所以他们会带着青年人在各个城市之间穿梭，参观各个宫廷，拜访各界人士。如果那个教师是一个学者或者文学家，他会让年轻人把时间花在涉猎图书、观赏名胜古迹、研究古老碑文和翻录古老文献上。到达一个国家之后，他们就会去研究上个世纪发生的事，并认为这就是在研究那个国家。所以在他们花费了大量钱财，把足迹踏遍整个欧洲，研究了一些小事，自己满身疲惫之后回来，突然发现，自己没有看到任何感兴趣的事情，也没有学到任何有用的东西。

我要去首都了解一个国家的人民，因为各国的首都都相差无几，混居着各种各样的人，流行着各种各样的风气。巴黎和伦敦就是如此。我承认，居住在巴黎和伦敦的人，虽然有不同的观点，但也有很多相同的观点，而他们采取的做法也完全一样。我知道都是些什么人出入这两个地方的宫廷，也知道人口的聚集和财富分配的不均会产生怎样的风气。如果你告诉我一个有 20 万居民的城市的名字，我能立刻知道那里的人是如何生活的。就算那里有一些我不知道的事情，我也没有必要跑去那里研究一番。

如果我们想研究一个民族的天赋和风俗，就要去偏远的省份，因为那里的人民活动较少，通商和外国人的往来也相对不是很频繁，居民流动也较少，财产和社会地位的变动也相对不大。你在首都可以粗略地浏览一遍，可是在远离首都的地方，你就要仔细观察。法国人真正的聚集地不是巴黎，而是土伦；比起伦敦的英国人，麦西亚的英国人更有英国风味；比起马德里的西班牙人，加利西亚的西班牙人更具有西班牙特色。想要看出一个民族的特性和纯粹的样子，就要去远离首都的地方。如果我们想准确地测量一个弧形的面积，就要从最大的半径的尖端开始测量；而如果我们想看出一个政府的好坏，就要去偏远的省份。

《论法的精神》这本书详尽地论述了风俗和政府的必要关系，所以阅读这本书不啻为研究这种关系最好的办法。但是通常来说，要判断一个政府是否相对好，有两个明显的标准，其中的一个就是人口。如果一个国家的人口在不断减少，那它就是在逐渐衰亡；而如果一个国家的人口在逐渐增多，就算非常贫穷，也可以治理得很好①。

不过，这里所说的人口必须是由于政府和风俗而自然达到的结果，而不是由殖民地的人民凑起来的，或者因为某个偶然而暂时的原因而形成的。否则的话，只能说明这个国家治理得并不好。从奥古斯都颁布各种取缔单身汉的法律这件事来看，罗马帝国正在走向衰亡。最有效的做法是用政府的善政去帮助人民结婚，而不是用法律强迫他们结婚。我们无须研究如何用暴力的方法来增加人口，因为人们会想方设法逃避违反天性的法律，让它变成一纸空文。对于我们来说，有必要研究的是利用风俗的影响和自然习惯来促进人口增长的方法，因为能够产生永恒效果的，只有风俗和政府。在对待每个个别的弊病时，好心的圣皮埃尔神甫主张

---

① 据我了解，只有中国是个例外，和这个标准是不相符的。——原注

分别采取小小的补救方法，他没有去寻找缺点的根源，只是思考能否同时纠正它们。如果一个病人得了烂疮，我们不能为他逐个治疗，而是应该想办法让他生长烂疮的血液一起变得干净。听说英国在用奖励的办法发展农业，我根本无法看出这个办法的价值所在；我认为，这样的做法恰好说明那个国家的农业无法长久发达。

同时体现在人口上的还有第二个表明政府和法律相对好的标准，不过，这一个和第一个的体现方式不太一样，其不同并非体现在人口的分布上，而是人口的数量上。两个国家可能有着同样的面积和人口，力量却相差悬殊。比较强盛的那个国家，它的人口分布比较均匀，没有大城市，也就没有那种表面的繁华，也因此，它能够打败对手。大城市生产的财富是一种表面的和虚假的财富，也就是说虽然有很多金钱，但得到的好处却少得可怜，而大城市正是国家贫穷的原因。对于巴黎这个城市，有人说它能抵得过法兰西国王的一个省，但我的观点却是，它耗费了几个省的收入。巴黎的各个方面都由外省供给，它吸纳了外省的大部分收入，而且这些收入流入之后，就再也无法回到老百姓和国王手中。更令人难以想象的是，本世纪有那么多理财家，却没有人能够看出这一点：如果毁掉巴黎，法国会比现在强盛很多。人口分布不均匀不但不会给国家带来好处，反而会造成比人口减少更大的坏处，因为人口减少至多不起什么作用，而人口分布不均匀会带来坏处。如果一个法国人和一个英国人都因为自己的首都很大而骄傲无比，还争论这两个地方哪里的居民更多，那在我看来，他们争论的就是这两个地方哪里的政治更糟糕。

如果你想了解一个国家的人民，就要走出城市，对他们进行研究。如果你只研究政府的表面，只研究他那庞大的行政机构和很多官吏，那就研究不出什么。只有研究政府对人民的影响，以及通过他的各级行政机构去研究他的本质，才能获得一些研究成果。各级行政机构确实存在着形式的差别，只有进行全面观察，才能看出这种差别。在一个国家，如果你想研究某部门的风气，可以去研究那个部门的下级属员的行为；在另一个国家，如果你想研究它是否真正自由，可以去研究国会议员的选举情形。可是无论在哪个国家，只观察城市都无法了解该国的政府，因为政府对城市和农村采取的做法并不一样。但是我们要承认一点：构成一个国家的是农村，构成一个民族的是农村的人口。

在偏远的省份研究各个民族原始的天赋的质朴状态，不能得出一个总的看法：我在本书正文前引用的那句话非常正确，可以给人的心灵带来极大的安慰。通过这种研究还能发现：每一个民族都很好，越是接近自然的民族，性情就越善良；只有在它们聚集到城市，被文化熏陶而败坏的时候，才会想要堕落，还想把一些看起来粗俗而没有坏处的缺点，变成表面上文雅但有害的恶习。

从上面的论述不难看出，我提倡的游历法还有另外一个好处：由于年轻人在腐化的大城市停留的时间很短，所以很难沾染这种风气，还能在非常朴实的人们和人数较少的场合中，培养出更准确的判断力、更健康的审美观和更诚实的作风。不过，我的爱弥儿不会害怕城市的不良风气，他完全有能力保护自己。在这方面，我运用了很多预防手段，利用他心中深处的爱就是其中最可靠的一个。

真正的爱情对青年人的倾向会产生什么影响？大家并不知道这个问题的答案，因为对于真正的爱情，管教青年的人的认识并不比青年们多，所以很容易让青年们在爱情上误入歧途。如果一个年轻人没有偏爱的人，就很容易成为一个淫乱的人。想要在表面上阻止青年人追逐爱情并非难事，有些人给我列出了一大堆青年人的名字，说这些人都十分守规矩，不谈情说爱。我想问："你们能不能告诉我有哪个成年人，在年轻的时候也是十分守规矩，不谈情说爱，而且这么做的原因是因为有了真正的认识。"人们在所有涉及天职和道德的事情中，总是追求表面，但我不是这样，我讲究实际，想要取得实际的效果。我觉得，如果还能找到我的办法之外的其他办法，就是我错了。

我决定先让爱弥儿成为一个有偏爱的人，再开始游历，这个办法并不是我自己想出来的，而是因为一件事。

有一个冬天，我在威尼斯拜访了一位英国青年的老师，当时我们围坐在火炉旁边。这位教师收到了邮局送来的一些信件，他看完之后，就拿出其中一封，大声念给他的学生听。这封信是英文写的，我完全听不懂。可是在他念信的过程中，我看到那个英国青年从衣袖的袖口上撕下很多漂亮的花边，然后不断扔进火炉里，而且扔的动作十分隐秘，好像怕被大家发现一样。看他做出这么任性的行为，我有些惊讶，就看了看他的脸，发现他的内心确实动了感情。无论是谁，都会用同样的外在表现来显示内心，但是由于民族不同，也存在着从表面上就能看出的差别。不同民族讲的不同的语言，其面部表情也不一样。这位教师念完信之后，我向他指了指他的学生想方设法不想让别人看到的那两个没了花边的袖口，问他为什么会这样。

这位教师了解了事情的经过，就笑了起来，高兴地给了他的学生一个拥抱。在征得他的学生同意之后，他把各种缘由告诉了我。

他说：“约翰先生袖口上的那些花边，是前不久同城的一位女士送给他的。不过，约翰先生已经跟本国的另一位小姐订了婚，他深爱着那位小姐，而那位小姐也担得起他的爱。刚才收到的那封信，就是他情人的母亲寄来的。现在我给你翻译其中一段话，就是因为这段话，他才会撕掉花边。

“露西夜以继日地为约翰爵士做衣袖的花边。昨天，贝蒂小姐来了，陪着她玩了一个下午，还帮她做花边。每当我发现露西起得比平时早，我都会去看看她在做什么。今天早上我看到，她正在拆贝蒂昨天帮她做的那部分花边。这是她送的礼物，她不想有任何一部分不是出自她之手。”

过了不久，约翰先生去另外一个房间拿花边，我就问他的老师：“你这个学生有着很优秀的天性，但是请你如实告诉我，你们是不是事先安排好了，才让露西的母亲写这么一封信，你是不是用这种方法来拒绝那位送花边的女士？”他说：“并非如此，一切都是实情。我在教育中靠的都是天真和热情，从来没有什么巧妙的手段。我的工作是上帝帮助我完成的。"

这个年轻人的形象一直留在我的脑海中。对于我这个爱幻想的人来说，它一定会留下很深的印象。

现在，我们的游历该结束了。让我们把约翰爵士还给露西小姐，也就是把爱弥儿还给苏菲。回去之后，他会给她展现一颗和以前一样温柔的心，以及一颗比以前更加聪明的头脑。因为他还研究了各种政府的弊端和各国人民的美好德行，所以回到祖国的时候，他还会把从这些研究中获得的好处一起带回去。我还做了一些安排，每到一个国家，都会有一些有才德的人用古人好客的方式来热情地款待他。如果他将来还会跟那些人互通书信，增进感情，我也不会表示反对。况且，跟遥远国家的人通信也非常有意义和趣味，可以防止出现民族偏见。在日常生活中，我们经常会遇见被民族偏见攻击的事情，所以至少有一天，我们会受到民族偏见的不良影响。想要消除这种影响，最好的办法就是跟我们尊敬的人交往，因为他们不但没有民族偏见，还对民族偏见十分反对。与他们的交往，能让我们获得以一种偏见来抵制另外一种偏见的方法，让我们不受两种偏见的影响。和这些人交往，与住在我们国家的外国人交往，或者跟住在他们国家的外国人交往，是不一样的。因为外国人总是担心自己侨居的国家，所以没有勇气如实表达自己对那个国家的真实想法。只要他还在那个国家继续住下去，就只能说那个国家的好话。只有当他回到自己的国家时，这种担心才会消失，他才能公平地评价那个国家。我总是想知道那些来我们国家的外国人对我们的国家有什么看法，但是我通常会等他们回国之后再去询问。

爱弥儿用了将近两年的时间，游历了欧洲的几个大国和许多小国，学会了两三种语言，并亲眼看到了那些国家的自然风光、政治制度、艺术和人物方面的真正的奇景。现在他已经失去了耐心，并跟我说我们该结束游历了。所以我跟他说："我的朋友，你很清楚这次游历的主要目的，你看到了很多东西，也做了很多研究。请你告诉我，你最终的研究结果如何？你打算怎么做？"如果我用的方法没错，那他一定会这么回答我。

"我会按照你对我的教育做人，让自己不受大自然和法律之外的任何束缚。我对人们在社会中所做的事情研究得越多，就越觉得，他们都想独立，却反而因此成了奴隶，甚至无法用自由去保证自由。他们为了让自己免受各种事物的冲击，就想方设法让自己有所依附。等他们走一步都成为妄想的时候，才会惊奇地发现，原来自己需要依赖一切。我认为，要想让自己得到自由，只要不愿意失去自己的自由就可以了，根本不需要特地做什么事情。我的老师，是你教育我要获得自由，是你教育我要服从需要的法则。所以，不管什么时候，我都可以忍受我得不到的东西，我也不需要为了维持自己的存在而依附什么东西，因为我并没有违反需要的法则。在我们游历的过程中，我总是思索：我能不能在这个世界上找到一小块地方，让我可以完全自由地生活。所以我问自己，这世界上有哪个地方可以不受人的贪欲的影响？可是我研究之后才发现，这个愿望本身就充满矛盾，因为就算我可以不依赖任何东西，却也要依赖我居住的土地；就像森林女神离不开树木一样，我也离不开这块居住的土地。我发现'统治'和'自由'的意义截然相反，我要是想成为一间茅屋的主人，就要放弃做自己的主人。'只要能够在这个世界上有一小块土地，我就心满意足。'

"我知道我们进行这方面研究的目的，是处理我的财产。对于我为什么无法同时拥有我的财富和我的自由的问题，你已经进行了有理有据的论述。但是当你希望我既要自由又不能有所依赖的时候，不是在希望我同时获得两种矛盾的东西吗？因为如果我想摆脱对人的依赖，就只能回过头来依赖自然。对于父母留给我的财产，我会首先让自己不依赖财产，并摆脱所有让我和财产发生关系的因素。如果我父母把财产留给我，我会让它保持原样；如果他们不把财产留给我，我反而不用受到财产的束缚。我不会费尽心思保存自己的财产，而是会坚守本分。不论是贫穷还是富有，不论在什么国家，什么地方，我都要保持自己的自由。因为我已经摆脱了所有偏见的束缚，只遵守需要的法则。从我出生开始，我就开始受到这个法则的束缚，在我离世之前，我会一直受到束缚。我已经是个成年人，在做奴隶的时候，就能够忍受奴隶和这个法则的双重束缚，那在我获得自由的时候，自然更可以忍受。

"我在这个世界上的地位并不重要，我住在什么地方也不重要。不管是在什么地方，只要有人，我就会觉得自己身处自己兄弟的家；如果没有人，我就会觉得自己身处自己的家。只要我能保持自由，拥有财富，就有活下去的办法。如果我的财富想要控制我，我会毫不犹豫地抛弃它。只要我有一双能够做工的手，就可以生活下去。当我的手无法再做工，我可以靠别人的供养生活下去。如果别人抛弃了我，我可以死去；就算别人不抛弃我，我也愿意死。因为死亡并非贫穷造成的痛苦，而是一种自然的法则。我不会在意死亡什么时候到来，在它面前，我并不打算苟且偷生。可是只要我还活着，它就无法影响我的生活。

"我的父亲，以后我都会这么做。我很满意现在所处的地位，所以不需要和命运进行抗争。所以，如果我成年之后不产生什么欲念，就能够像上帝那样独立生活。如果说我受到束缚，那也就是这唯一的束缚能够束缚我，我也会因为受到它的束缚而高兴。现在你把苏菲交给了我，我就自由了。"

"亲爱的爱弥儿，能够从你口中听到一个成年人说出的话，我打心眼里高兴，我很高兴能够从中了解到你的想法，也很高兴看到你在这个年纪毫无私心。在你有了自己的子女之后，就会少一些这种不为自己打算的精神，但是那时你整个人会像一个慈祥的父亲或者智者。在你还没开始游历的时候，我已经预见到了这次游历的结果。我知道你在把我们的各种社会制度严密地观察了一番后，是不会给予它们不配拥有的信任的。你根本无法在法律的保护下寻求自由。法律只是一纸空文而已，也受不到尊重。你随处都能看到，大家都打着法律的幌子追求个人的利益和欲念。然而，自然和秩序的法则是永恒的。对于智者来说，它们就是成文的法律，通过良心和理智，它们深刻地留在人们心里。一个人想要获得自由，就必须遵循这些法则。只有做坏事的人才会沦为奴隶，因为他们在做坏事时违背了自己的良心。任何形式的政府之下都不会存在自由，自由只会存在于自由的人的心里。他走到哪里，自由就在哪里。一个坏人不管走到哪里，都无法摆脱束缚。就算在日内瓦，坏人也要沦为奴隶；但好人不一样，就算在巴黎，好人也能享受自己的自由。"

"如果我对你说起公民的义务，也许你会问我：哪里有祖国？并认为这个问题会难住我。可是亲爱的爱弥儿，你的想法并不正确，一个人可能没有祖国，但不可能没有居住的地方。一个人要想生活安宁，就需要政府和法律的保护。只要他像得到全体意志一样得到了个人利益的保护；只要社会的暴力保障让他免受个人暴力的侵犯；只要他从耳闻目睹的恶事当中得到了爱善的认识；只要他能够通过我们的社会制度看到许多不公平的事，并对这些事产生憎恨，那就算人们不尊重社会契约也无所谓。亲爱的爱弥儿，每个人都要从自己居住的地方那里获得好处。无论这是个什么地方，都能给他人类最宝贵的事物：行为中的美德和对美德的爱。如果他成长于森林，自然能够过得更加快乐和自由，他有可能成长为一个好人，却无法成为一个有德行的人。因为既然他成长在那种环境中，在发展自己的天性中，并不需要为什么事情作斗争，所以根本无法像现在这样，为了克服自己的欲念而变成一个有德行的人。他只通过秩序的表象就能对秩序产生一个认识，并表现出喜爱之情。其他人总是拿公众的福利作为自己行为的借口，可对他来说，公众的福利是他行为的目的。他具备跟自己斗争的能力，具备战胜自己的能力，具备为了公众利益而牺牲个人利益的能力。因此，不可以说法律没有对他产生任何好的影响，因为法律给了他就算跟恶人在一起也可以为人正直的勇气；也不可以说法律没有让他获得自由，因为法律让他学会了如何克制自己。

"因此，不应该说：'我在哪里住并不重要。'因为你能否尽到所有的义务，跟尽到其中一项热爱出生地的义务这一点有关系。

你的同胞在你小时候保护过你，所以在你长大之后，你应该热爱他们。你应该生活在他们当中，就算做不到这一点，也要生活在尽可能可以帮助他们的地方，以便他们需要你的时候，随时可以找到你。当然有时候也会出现这样的情况：和生活在国内相比，一个人生活在国外，会对他的同胞更有用。在这种情况下，他就要听从热情的驱使，无怨无悔地忍受流亡国外的痛苦，因为流亡国外也是他的义务之一。不过可爱的爱弥儿，因为你没有担负向人类阐述真理这样艰巨的使命，所以你无须做出这么大的牺牲。你应该生活在他们中间，通过密切交往和他们建立友情，帮助他们做事情，做他们的模范。相比我们拥有的所有书籍，你的榜样能够起到更大的作用；相比说一番空话来感动他们，亲眼看到你的行为会让他们更受触动。

　　"这是不是说明我硬让你住到大城市里呢？并不是，相反，为了给别人树立榜样，我会让你过居家的田园生活。这样做的原因是，这种生活是人类最朴素的生活，对于一个良心没有被腐败的人来说，这也是最宁静、最自然和最快乐的生活。我年轻的朋友，在任何一个国家，只要你不需要跑到深山老林才能得到安定，那这个国家就是美好的，可是这样的国家在哪里呢？在城市里，一个善良的人需要花费精力来对付坏人和骗子，因此很难满足自己的向往。有些人会欢迎那些毫无一技之长的人到城里，却不知道这些人来城里的目的就是追求财富，而这样做的结果就是将那个国家引向毁灭。事实上，我们应该采取的是完全相反的做法：让城市的人口去乡村，以增加乡村的人口。那些离开大城市去乡村隐居的人为什么会对国家有用呢？因为他们离开了城市，城市里各种弊端的根源，就是人口太多。对于国家来说，如果他们能够把活泼的生活，把文化和对自然的爱带到乡村，他们的作用就更大了。每当我的脑海中浮现出这种情景，我就会非常喜悦：在朴素的环境中，爱弥儿和苏菲给身边的人做了很多好事，让乡间的生活变得更加活跃，让可怜的村民原本已经熄灭的热情又熊熊燃烧起来。我在脑海中想象着，似乎看到了那里的生机勃勃，大地上铺满了绿油油的植物，有很多人在干活，还收获了很多东西，人们在办事情的时候，就像在办喜事一样；由于这对可爱的夫妇让乡村生活重新充满了生机，所以他们周围的乡民们都为他们祝福。有些人认为，流金岁月就像一场春梦。是的，任何一个心灵和爱好被腐坏的人，他最青春的岁月就会像春梦一样消磨过去。也有这样的一些人，他们只是在嘴上说一些后悔的空话，并不是对自己浪费光阴表示真正的悔恨。怎么做才能恢复已经消磨的年华呢？唯一的办法就是爱上已经逝去的光阴，但实际上这个办法是做不到的。

"在苏菲居住的地方，似乎已经重新开始这种生机，所以你唯一要做的，就是跟他们一起完成她的可敬的父母开始的工作。可是亲爱的爱弥儿，你要记得：如果人们让你去承担艰巨的义务，你也不能因过着那种甜蜜的生活为由表示拒绝；你要铭记，罗马人也是先做耕田的农民，才开始执政的。如果国王或国家需要你去为祖国服务，你就要不顾一切地接受人民让你承担的职务，完成公民光荣的使命。如果你觉得承担的义务太过繁重，也可以想办法摆脱，比如用这个诚实又可靠的办法：忠实地执行自己的任务，这样的话，别人就不会再愿意把这样的任务交给你了。你不用担心这样的任务会轮到你头上，因为只要这个世界的人还没有灭绝，他们就不会把为国家服务的任务交给你这样的人。"

爱弥儿回到苏菲身边之后会是什么情景？他们的爱情有着怎样的结局，或者确切地说，他们的夫妻之爱是如何开始的？我很想把这一切都描述出来。他们之所以拥有这样的爱，是因为终生都相敬如宾，是因为有着不会随着美丽的容颜而消失的道德，是因为性情相投。正是因为性情相投，他们才能够和睦相处，即便是垂垂老矣，也可以像新婚时那样甜蜜。不过，叙述这些细节并没有什么价值，虽然可能有些趣味。直到现在，我对自己的要求都是：只陈述有趣味又有价值的细节。现在我的使命即将完成，我也不会打破这个规矩。我已经和我手中的这支笔一样，感到疲惫不堪。我的力量薄弱，本来就很难承担这么一项需要经年累月才能完成的工作。我之所以能够坚持到现在，是因为这项工作已经进展到了这个程度。为了做到有始有终，我现在该把它完成了。

现在，期盼已久的景象近在眼前：爱弥儿最甜蜜和我最快乐的日子已经到来，我的一番心血终于有了回报。现在，我已经开始体会这种成就的乐趣。这对可敬的夫妇紧密地结合在了一起，他们说出了已经被他们的心证实了的誓言。他们结为了夫妇。当他们离开教堂往家里走的时候，他们已经不辨方向，不知道自己在哪里，也不知道要去哪里，周围的人都在做什么，只好被别人领回去。他们什么都听不到，什么都看不到，对于别人的问题也只能含混作答。他们意乱神迷，这是人类的弱点。他已经迷失在幸福中，他还不够坚强，无法应对这种快乐的感情。

很少有人知道，在婚礼的那天应该用什么样的语气和新婚夫妇说话。有些人面无表情，死气沉沉的，还有一些人说话不经过大脑，总说一些十分轻浮的话，我觉得这两种做法都不合适。比起让人们去纠缠他们，分散他们的精力，说一些粗俗的笑话来让他们感到尴尬，我倒宁愿他们自己用心去体会自己的快乐，去感到激动和陶醉。因为我觉得他们的那些笑话在其他时候说也许很有趣，但在婚礼的那天说只会让他们感到不高兴。

我发现，虽然爱弥儿和苏菲看起来很快乐，却有些疲惫，根本不用心听别人对他们说的话。既然我向来都主张他们每天享受自己的生活，自然不会同意他们浪费掉这珍贵的一天，我希望他们能够仔细体会这一天的快乐和甜蜜，尽情享受这一天的美好。于是我带着他们离开了闹哄哄的人群，去了另外一边散步，我和他们说起了他们自己的事，想让他们清醒过来。我当然希望他们听我的话，但我还希望他们用心去听。对于他们在这一天真正感兴趣的话题，我心知肚明。

我握住他们两个的手，说："我的孩子，三年前，我就看到你们点燃了这团浓烈而纯洁的火焰，今天它终于铸成了你们的幸福。这火焰曾经继续升起，现在我从你们的眼睛里看到，它已经达到极值，并且在未来会变得越来越弱。"听到我的话，爱弥儿先是欣喜若狂，然后是兴奋，最后庄严开始宣誓！这种情形应该不难想象，而苏菲的反应也不难想象：她很不开心，把放在我手里的手抽了回去。他们带着轻微的不赞成的神情看着对方，表明他们会一直相爱下去。但我不会在意他们的表情，我还要继续说。

"我常常想，如果我们能在婚后继续保持我们爱情的甜蜜，那就算在人间，我们也像进了天堂。但实际上，迄今为止还没有人做到过这一点。但是，能做到这一点，你们两个也配得上树立一个别人没有做到的榜样。而且，能够学会你们的榜样的人也是凤毛麟角。我的孩子们，你们愿意听我告诉你们，在我看来唯一能树立这样一个榜样的方法吗？"

他们面带微笑地交换了一下眼神，显然没有理会我这种直率的说法。爱弥儿简单地对我道了谢，说他相信苏菲有一个更好的办法，他认为按照苏菲的办法去做就可以了。苏菲立即表示同意，并显得很自信。但是我可以从她冷嘲热讽的神情中看出她很好奇。我细致地观察了爱弥儿，他只是目光灼灼地看着他美丽的妻子，这占据了他所有的注意力，所以根本不把我的话放在心上。我也微笑了一下，对自己说，我很快就会有办法让你注意到我说的话。

从表面上几乎无法看出男人和女人的内心秘密冲动之间的差异，但正是这种差异突出了男人和女人之间性格上的差异。这与流行的观点相反。一般来说，男人不像女人那样专一，而且总是更容易失去对爱的甜蜜的兴趣；女人早就知道男人的心是善变的，并对此感到不安①，也因此，她们才更加嫉妒。当他开始变得冷淡，她不得不反过来关心他，就像他以前关心她一样，所以她不时地哭泣，对他十分恭敬，而且这么做也不是每次都能成功。爱

---

① 在法国，女人是最先离心离德的人，这是毫无疑问的，因为她们的脾气太糟糕了，只是要丈夫以她们为中心，如果丈夫不这样做的话，她们就对他们不理不睬了。在其他的国家则是刚好反过来的，丈夫是率先离心离德的人，这也是毫无疑问的，因为妇女们虽然都很忠诚，可是却很粗暴，她们非要他们对她们的要求加以满足，因此让他们很讨厌她们。这是真实的情况，也是很普遍的情况，这种情形也可能出现一些特殊的，可是我相信它的确是大面积存在的。——原注

和关心原本就是赢得一个人的心的方法，但即使她现在爱和关心他也不奏效。我想回来谈谈我的药方，它可以用来防止结婚之后爱情变得冷淡。

我继续说道："这是一个简单而又容易的方法。在结婚之后，继续像两个情人一样生活。"爱弥儿偷笑着说："其实做到这一点对我们来说非常容易。"

"你说这不难，但也许比你想象的要难得多。现在，请让我说明这一点。

"如果你把一个结打得太紧，它就会断掉。这个道理同样适用于婚姻的结合：你越想让婚姻结合得紧密，它就越不紧密。婚姻的结合要求夫妻双方忠诚，忠诚是所有权利中最神圣的一项；但是，如果要求忠诚，必然会使一方对另一方的管束过于严苛。强制和爱不能共生，命令一个人给予快乐是不可能的。苏菲！不要害羞，也不要逃跑。我向上帝保证，我绝不会伤害你的羞耻心！然而，这件事和你一生的命运密切相关。为了做这样一件重要的事，你必须站在你丈夫和我这位长者之间，听我说这样一番话。虽然在其他场合，这对你来说是无法忍受的。

"无论是占有还是控制，都无法束缚一个人的心。一个男人爱一个和他有外遇的女人胜过爱他自己的妻子。我们怎样才能把温柔的关怀变成责任，把甜蜜的爱变成权利？要使它成为一种权利，在大自然中只有一种方式，就是双方拥有共同的愿望。法律可以限制这一权利，但不能扩大这一权利。当然肉体的快乐也是一种快乐，但是，有没有可能通过强迫获得这种快乐的感觉呢？不能，我的孩子，婚后两个人的心虽然连在一起，但是身体是不能控制的。你们应该做的是对彼此忠诚，而不是互相奉承。你们两个人，谁都不能再许配给另一个人，但你们也不能强迫对方，只能出于自愿。

"在这种情况下，亲爱的爱弥儿，我希望你永远是你妻子的情人，而她呢，永远是你的情妇和她自己的主人；你必须是一个快乐但又尊重她的情人；所有的快乐必须来自爱，而不是强迫对方觉得让你快乐是一种义务。她为你所做的大小事情，你都不能把它看作你应该享受的权利，而是她对你的馈赠。我知道，她不敢公开说她爱你，因为她害羞，所以你要克服她的羞怯。如果一个男人真心地爱着一个女人，一定能看出她内心的秘密。他一定会发现，她口头上的拒绝都是假的，她的心和眼睛早已经十分愿意。我希望你们都能守护好自己的身体和自己的爱，等到自己愿意的时候，再把它们交给对方。永远记住：即使在婚后，你们想要做快乐的事，也只有双方同意才是合法的。我的孩子们，不用担心这个方法会让你们的感情变得疏远，因为他只会让你们更加想去取悦对方，并防止做过多快乐的事情。只要你们彼此忠诚，只靠天性和爱情就足以让你们彼此亲近。"

爱弥儿听完这番话很不高兴，咕哝着表示不同意；苏菲羞涩地用扇子蒙住眼睛，什么也没说。也许这两个人中最不高兴的不是那个咕哝着表示不同意的人。然而，我还是硬着心肠继续往下说，指出爱弥儿缺乏温柔。苏菲听到这里，脸色绯红。于是我确信，苏菲很愿意承担自己应该承担的那一份义务，所以我故意引她说话，而每个人都知道她不敢对我撒谎。爱弥儿不安地望着他年轻的妻子的眼睛，他从她的慌张中看出了某种娇羞，并确信自己可以信任她。他跪在她的脚下，狂喜地吻着她伸出的手，发誓会忠诚于她，并放弃对她的一切权利。他对苏菲说："亲爱的妻子，主宰我的快乐吧，就像你现在主宰我的生活和命运一样。即使你不给我快乐，从而导致我死亡，我也愿意给你我最宝贵的权利。我不需要你的奉承，我需要你的心。"

诚实的爱弥儿，别担心，苏菲是一个非常爽快的人，她不会让你因为对她的慷慨而成为牺牲品。

晚上，在我离开他们之前，尽可能严肃地对他们说："你们要牢记：你们都是自由的，你们之间不存在夫妻权利的问题。照我说的去做，不要假装彼此服从。爱弥儿，你现在想跟我回去吗？苏菲是同意的。"爱弥儿有些不高兴，想要反对我。"苏菲，你怎么看？我能把他带走吗？"这个撒谎的女人脸红了，说："可以。"

这个甜蜜的谎言多么令人愉快，简直比真话还要好！

第二天……人们不再对喜庆的景象感兴趣，因为恶习腐蚀了他们的心灵和品位。他们感觉不到动人的东西，也看不到可爱的事物。你为了描写肉体的快乐，就想象这两个幸福的恋人沉浸在甜蜜之中的情景，但是你想象的情景并不完整。你只描绘了其中最简单的那部分景象，却没有呈现出任何细腻的快乐神情。一对幸福地结了婚的年轻人，在他们第二天早上离开自己的新床时，那昏昏欲睡、天真无邪的眼睛里流露出可爱的天真，散发出他们将一起白头偕老的最珍贵的信心！这种迷人的情景，你们有谁观察过？这就是心灵所渴望的，这就是肉体快乐的真实写照；你已经看过了一百遍，但是你无法认出它，因为你那僵硬的心并不喜欢它。除非表现得快乐而又稳重。白天，她舒适地躺在母亲的怀里。这一点很容易理解，在丈夫的怀抱中度过了夜晚之后，在母亲的怀抱里休息是非常舒适的。

刚过了一天，我就注意到了一个变化，爱弥儿故意表现出一点不满；但是，我很快就注意到他是伪装的，因为他那焦躁的心情显得十分温柔，而且看起来心甘情愿，所以我认为他们没有发生什么龃龉。至于苏菲，她比前一天更快乐了，我从她的眼睛里看到了心满意足的神情。她迷住了爱弥儿，她简直是在捉弄爱弥儿。

这种变化并不容易发现，但我还是注意到了；我感到忐忑，就私下里去问爱弥儿。事情的经过是：前天晚上，尽管他一再恳求，苏菲都不让他和她同床共枕。这个认真的女人急于行使她的权利。我请他告诉我发生了什么事，他说，他对苏菲百般恳求，苏菲却取笑他；最后，当她看到他要生气时，才用温柔和充满爱意的眼神看着他，握住他的手，说了一句动人的话："忘恩负义的人！"爱弥儿是如此愚蠢，竟然完全不知道她的话的意思。至于我，我当然心知肚明；所以我离开了爱弥儿，又私下里去询问苏菲。

我对她说："我知道他为什么这么任性。事实上，爱弥儿是最温柔的人，也是最不会使用自己温情的人。请放心，我亲爱的苏菲，我给你的是一个男人，你要用看待男人的眼光来看待他。你已经接受了他作为一个男人最好的青春，他从来没有把他的青春浪费在别人身上，以后，他也会为你永远保留自己的青春。

"亲爱的孩子，我前天在我们三个人中间说了一番话，现在我需要解释一下。你可能已经从中学会了一种控制自己快乐行为的方法，这样你的快乐就会持续下去。啊，苏菲！我所说的话还有另一个目的，这是我费尽心机想要达到的。爱弥儿既是你的丈夫，也是你的首领；你必须服从他，这是大自然的安排。如果天下的女人都能像苏菲一样，让男人听自己的话，那当然再好不过，因为这也符合自然法则；我之所以要求你节制他行乐，是为了让你能够控制他的心，就像他作为男子控制你的身体一样，这需要你付出很大的努力。但是我想告诉你，如果你能控制自己，也就能控制他；从过去几天的情形来看，我认为你有勇气实现这个困难的办法。如果你在过了很长一段时间后给他一个恩惠，让他觉得你的恩惠是非常珍贵和稀有的，如果你能正确地使用你的恩惠，就可以依靠爱情的力量长久地控制他了。如果你想看到你的丈夫时不时地为你倾倒，就要让自己的身体一直跟他保持一定的距离。不过，你的严肃中要带着一点害羞，不要任性，要让他觉得你很稳重，而不是无理取闹。你应该注意的是：在控制他的爱的同时，不要让他怀疑你的爱。你必须通过你的恩情让他爱你；用拒绝的办法来赢得他的尊重；你必须让他赞美他妻子的贞洁，但不要让他抱怨她的冷漠。

"我的孩子，这样，他就会信任你，采纳你的意见，在遇到事情的时候会征求你的意见，在跟你研究之后再作决定；这样，当他迷失方向时，你就能唤醒他的理智，并温柔地说服他回到正确的道路上来；为了对他有用，你需要让自己变成他眼中一个可爱的人，用你羞涩的美来达到道德的目的，用爱的力量来让他变得理智。

"不过你也不要觉得，做到以上几点，这个办法就能够永远奏效。你最需要注意的东西还是爱情，因为无论你多么细心，快乐的事物最终还是会消弭快乐的心。当爱情经历了很长一段时间，它会产生一种美好的习惯：弥补爱情的缺陷；享受了情欲带来的美妙乐趣，深深的信任就会接踵而来。孩子们会在给予他们生命的两个人之间建立一种甜蜜的联系，这种关系比爱情本身还要牢固。你可以不是爱弥儿的情人，但你无法不是他的妻子、朋友和孩子们的母亲。所以，你应该放弃原来那种矜持的态度，在你们之间建立最诚挚的友谊，不要跟他分榻而眠，不要拒绝他，不要对他使性子。这样，他就会把你当成他身体的一部分，使他不能没有你，当他离开你的时候，会觉得他在离开他自己。你在父母家里的时候，把家管得很有条理，让家庭生活充满乐趣。现在你有了自己的家，也要采取同样的做法。如果一个男人能在家里觉得很快乐，就一定会爱他的妻子。记住：如果你的丈夫在家中觉得很幸福，那你也会是一个幸福的妻子。

"现在，不要对你的情人这么严肃，他值得你对他献殷勤。如果你吓他，他一定会十分愤怒。你不应该牺牲自己的快乐去照顾他的健康，你也应该享受自己的快乐。你不要让他心生厌恶，不要让他想着要消灭欲望。如果你要拒绝他，只能在为了使你给他的恩情更有乐趣的时候，绝对不能为了拒绝而拒绝。"

然后我同时找到了他们两人，当着她的面告诉她年轻的丈夫："你应该好好承担自己愿意接受的束缚，并采取良好的行为，才能让束缚不那么重。你要做到的是为恩情做出补偿，而且千万不要以为，发脾气就能让对方爱你。"对他们来说，讲和并非难事，每个人都能猜出对方讲和的条件。他们互相亲吻了对方，从而签订了契约。最后，我告诉我的学生："亲爱的爱弥儿，不管是哪个男人，一生中都需要别人的建议和指导，迄今为止，我都在尽我最大的努力履行我对你的义务。到现在为止，我投入许多时间的任务就宣告结束了，之后会有另一个人来承担这个义务。从今天开始，我不再拥有你赋予我的权威，你的事务将由她来管理。"

最初的兴奋逐渐消退，这对可敬的夫妇和快乐的情人开始悠闲地享受新环境的美丽。为了歌颂他们的美德，为了描述他们的幸福，我不得不叙述他们的人生历程。当我一次又一次地从他们身上看到我工作的成果时，我的心因为喜悦而悸动！我曾多次握住他们的手，从心底深处感谢上帝！有多少次我亲吻他们俩的手！有多少次他们欢乐的眼泪落在我的手上！他们被我快乐的心情深深感动，与我分享这令人陶醉的快乐。从孩子们的青春生活中，他们可敬的父母再次享受到了青春的美丽，他们可以说，他们在孩子们身上重新生活了一次，或者更准确地说，他们首次体验到了生命的价值，他们埋怨过去的财富没有让他们在青年时期享受如此美好的生活。如果世界上真的有幸福存在，我们就要去自己居住的地方寻找。

　　几个月后的一个早晨，爱弥儿走进我的房间，抱着我说："我的老师，祝贺您的学生吧，我很快就要当父亲了。哦，我们的肩膀上将要承担多么艰巨的重任，我们多么需要您！但我不希望您在抚养一个父亲之后，又抚养他的儿子。我不会让除了我自己以外的任何人来承担这样一个神圣而高贵的责任；即使我可以像我父母为我挑选教师那样为他挑选一个教师，我也不会让任何人来完成这个任务！但是，我希望您能继续教导我们这样年轻的教师，引导我们，请您放心，我们一定会听您的话。只要我还活着，我就需要您。我现在比以往任何时候都更需要您，因为我开始担负起成年人的责任。您已经完成了任务，请引导我以您为榜样，让我能做得像您那样。您好好休息吧，现在是您休息的时候了。"